Leo Carew

Wolfsthron

Under the Northern Sky

Band 1

Roman

Aus dem Englischen
von Wolfgang Thon

GOLDMANN

Die englische Originalausgabe erschien 2018 unter dem Titel »The Wolf«
bei Wildfire, an imprint of Headline Publishing Group, London.

Dieses Buch ist auch als E-Book erhältlich.

Für Mum, in Liebe

Verlagsgruppe Random House FSC® N001967

1. Auflage
Deutsche Erstveröffentlichung September 2018

Umschlaggestaltung: UNO Werbeagentur, München
Umschlagmotiv: Nach einer Covergestaltung von
Patrick Insole für Headline Publishing Group. Wolf image by Lee Gibbons.
Other images © LANBO/Shutterstock, phiseksit/Shutterstock,
photka/Shutterstock
Karte: © Morag Hood
Redaktion: Waltraud Horbas
KS • Herstellung: kw
Satz: KompetenzCenter, Mönchengladbach
Druck und Bindung: CPI books GmbH, Leck
Printed in the Czech Republic
ISBN: 978-3-442-48735-6
www.goldmann-verlag.de

Besuchen Sie den Goldmann Verlag im Netz

ALBION
AVONSEE
HASKOLI
SCHLACHT VON HARSTATHUR
DAS SCHWARZE KÖNIGREICH
SCHLACHT VON GITHRU
SCHLACHT AUF DER FLUTEBENE
DAS HINDRUNN
FLUSS ABUS
N
UNHIEREA
SÜDDAL
LUNDENCEASTER
EREBOS

PROLOG

Es regnete, als ginge die Welt unter. Eine dichte Wolkenschicht verbarg Mond und Sterne und verdunkelte die gepflasterte Straße, auf der sich eine menschliche Gestalt, in einen Kapuzenmantel gehüllt, vorankämpfte. Ihr Ziel war die Tür eines Steinhauses. Immer wieder wurde die Gestalt von dem heftigen Wind zurückgeworfen. Sie stemmte sich gegen die stürmische Dunkelheit und hielt den Saum ihrer Kapuze fest, um zu verhindern, dass der Wind sie ihr vom Kopf blies und ihr Gesicht enthüllte. Die Rieddächer der Häuser in der Straße lösten sich allmählich auf, und Halme des Schilfrohrs flogen durch die Luft. Als sie die Tür des Steinhauses erreichte und den Riegel zurückschob, flog diese nach innen auf und krachte gegen die seitliche Steinmauer, so gewaltig war die Kraft, mit der der Wind auf das Haus einstürmte. Im Inneren herrschte tiefste Dunkelheit. Weder Kerzen noch Lampen waren entzündet worden, und auch die stürmische Nacht bot keinerlei natürliches Licht.

Einen Moment lang blieb die Gestalt auf der Schwelle stehen und spähte nach drinnen. Dann tastete sie sich weiter und drückte die Tür hinter sich zu. Das Brausen des Sturmes verklang zu einem Wehklagen, als es aus dem Raum ausgeschlossen wurde, und aus der pechschwarzen Dunkelheit drang das leise Geräusch plätschernden Wassers. Die Gestalt streifte die Kapuze zurück.

Schritte ertönten in der Finsternis.

Regungslos blieb die Gestalt stehen, als in einer Ecke ein Lichtschein aufglomm und langsam größer wurde. Dann tauchte ein großer dunkelhaariger Mann in dem Lichtkreis auf. Die Kerze in dem Zinnhalter, den er mit einer Hand umfasste, erhellte seine edlen Gesichtszüge und die silbernen Strähnen an seinen Schläfen. Beim Anblick des Eindringlings an der Tür blieb er abrupt stehen. Seine Hand schnellte zum Griff eines langen Dolchs an seinem Gürtel.

»Wer seid Ihr?«

Die Gestalt trat in den Kerzenschein, und es wurde klar, dass es sich um eine Frau handelte. Ihr goldblondes Haar war zurückgebunden und schimmerte feucht vom Regen. Sie lächelte, und der Mann starrte sie einen Augenblick verblüfft an.

»Seid Ihr allein hierhergelaufen?«

»Bei so einem Wetter sind die Straßen menschenleer«, entgegnete die Frau.

Der Mann trat ein paar Schritte auf sie zu, um ihr Gesicht im Kerzenschein genauer zu betrachten. Ihre Kleidung war durchweicht, aber offensichtlich teuer und verriet ihre hohe Herkunft. Doch damit endete auch schon ihre Ähnlichkeit mit den anderen adligen Frauen des Landes. Sie war ganz und gar nicht wie sie – blass, geschminkt, mit Schmuck behangen, zart und zierlich. Ihre Schönheit war herber, zeigte sich in ihren ausgeprägten Wangenknochen, den Fältchen an ihren Augenwinkeln und ihrer selbstsicheren Haltung. Sie trug weder Gold- noch Silberschmuck, und ihre Haut war nicht weiß wie Kreide, sondern von der Sonne gebräunt.

»Wo ist Seine Majestät?«, erkundigte sich der Mann.

»Schläft. Sein Leibarzt hat ihm einen Trank verabreicht, er wird nicht aufwachen. Er fürchtet die Blitze.« Die Frau mit den schimmernden goldblonden Haaren verdrehte die Augen.

Er betrachtete sie einen Moment, während der Wind durch die Ritzen und Spalten in der Tür pfiff und die Kerzenflamme flackern ließ. »Ihr seid verrückt.«

Sie lächelte, und ihre Brauen hoben sich leicht, während sie ihn aus schmalen Augen ansah. »Genau das sagt man am Hof über Euch. ›Hütet Euch vor Bellamus von Safinim, Euer Majestät. Dieser Emporkömmling ist nicht ganz richtig im Kopf.‹«

Bellamus von Safinim streckte die Hand nach ihr aus, und sie trat zu ihm. Sie schlang ihren Arm um seine Taille und schmiegte sich an ihn. Bellamus blickte auf ihr Gesicht herab. Noch immer lächelte sie ihn an, die Lider leicht gesenkt. Er küsste sie, dann lockerte er den Griff und musterte seine Finger, die feucht von ihrem Mantel waren. »Du brauchst dringend ein wärmendes Feuer.«

Sie wandten sich um und verschwanden in der Dunkelheit. Die Kerze kämpfte gegen die abgrundtiefe Finsternis an und erleuchtete kurz das Becken in der Mitte der Halle, in das das Wasser durch eine Öffnung im Dach herabstürzte. Verblasste Fresken an den Wänden tauchten im Schein des Kerzenlichts auf, als die beiden einen Korridor entlanggingen. Die Königin wandte den Kopf und betrachtete im Vorübergehen die Wandgemälde. Eines zeigte einen Bären, der von einem Speer durchbohrt wurde. Das nächste stellte einen stiernackigen Mann im Profil dar, umringt von Blättern und tanzenden Gestalten. Der Putz, auf den das Fresko gemalt worden war, wies durch Alter und Trockenheit Risse auf, und die Königin konnte den Staub riechen, der davon aufstieg, während er stumm verfiel.

Am Ende des Ganges schimmerte ein ruhiges Licht, und sie betraten eine Kammer mit blanken Steinmauern. In eine der Wände war ein Kamin eingelassen worden, und ein hölzerner Stuhl stand vor dem Feuer, das darin brannte. Ein zweiter Holzstuhl befand sich vor einem glaslosen Fenster auf der anderen Seite des Raums.

»Du warst wach?«, fragte die Königin und warf einen Blick auf das Feuer.

»Ich habe dem Gewitter zugesehen.« Bellamus führte sie zu dem Stuhl am Kamin und löschte die Kerzenflamme zwischen

Zeigefinger und Daumen. Dann schritt er durch den Raum und trug den Stuhl vom Fenster herbei sowie eine Decke, die daneben auf dem Boden gelegen hatte. Er reichte der Frau die Decke, schob den Stuhl neben ihren und setzte sich zu ihr.

»Was hat der König gesagt?«, fragte er.

»Er sagte: ›Ihr werdet in den Krieg ziehen.‹«

Bellamus atmete langsam aus. »Wir marschieren ein?«

Bekräftigend hob sie die Brauen und starrte in die Flammen.

Bellamus lachte, zunächst nur leise, doch dann steigerte es sich, bis er vor Lachen brüllte. Triumphierend sprang er auf, wandte sich der Königin zu und verbeugte sich. »Gut gemacht, Euer Majestät.« Er lehnte sich vor und küsste sie erneut, während sich seine Finger in ihre Schultern gruben. »Wie hast du das nur geschafft?«, fragte er, nachdem er sich von ihr gelöst hatte.

Doch sein Lob verfing nicht bei ihr. »Wir beide haben es bewerkstelligt. Du hast ihn fast verrückt gemacht, ihm Angst eingejagt. Die Feuerschlangen und die Fluten haben ihn regelrecht in Panik versetzt, und ich habe seine Angst dann benutzt und in die richtigen Bahnen gelenkt.«

Die Feuerschlangen. In der Nacht zuvor – es war kühl gewesen und der Himmel klar – hatten Schreie und lautes Wehklagen Königin Aramilla zu ihrem Fenster gelockt. Als sie hinausblickte, erstrahlte der Himmel in unirdischem Grün. Als wäre ein Schleier von den Sternen herabgesunken. Der grüne Schleier flatterte und tanzte in einer Brise, die einzig diese Erscheinung zu bewegen schien. Sie leuchtete immer stärker, und schließlich sah es aus, als wäre ein gigantischer Topf smaragdgrüner Farbe zwischen den Sternen ausgeschüttet worden, die sich in gewaltigen Strömen von einem Horizont zum anderen schlängelte. Fasziniert und voller Ehrfurcht hatte Aramilla zugesehen, als die Stadt unter ihr zu schreien begann. Die Straßen leerten sich, die Menschen flüchteten in ihre Häuser. Einige suchten Schutz in der Kirche, um Erlösung vor dem zu erflehen, was dieses Zeichen auch immer bedeuten mochte. Es hatte die ganze Nacht angedauert, bis die Wolken, die den gegenwärtigen Sturm ankündigten, aufgezogen waren und den Anblick verborgen hatten.

»Sie waren wunderschön«, sagte Bellamus und ließ sich wieder auf seinen Stuhl sinken. »Auf mich haben sie nicht wie ein böses Vorzeichen gewirkt, aber ich bin trotzdem froh, dass der König es anders gedeutet hat.«

»Nun, für dich waren sie ja auch kein schlechtes Omen«, erwiderte die Königin. »Aber vielleicht werden sie sich als ein schlechtes Omen für den König herausstellen. Jedenfalls habe ich dafür gesorgt, dass er es so deutet. Die Fluten, die Seuchen … und jetzt die Schlangen am Himmel. Er glaubt, Gottes Zorn sei entbrannt.«

»Ich bin beeindruckt. Bereitet es ihm keine Sorge, so spät im Jahr noch einen Feldzug zu beginnen?«

»Die Vorstellung, einen ganzen Winter lang den unversöhnlichen Zorn Gottes ertragen zu müssen, fand er deutlich beängstigender.« Sie legte ihm eine Hand an die Wange. »Ich habe dich in den Krieg geschickt, mein Soldat. Sorge dafür, dass ich es nicht bereue.« Sie klang vergnügt, aber er ergriff trotzdem ihre Hand.

»Das wirst du nicht«, sagte er. »Ich komme immer zurück.«

»Bringst du mir etwas mit aus dem Land jenseits des Abus?« Ihre Pupillen waren geweitet, und sie nahm seinen Anblick ganz in sich auf.

Er betrachtete sie. »Was würde dir denn gefallen? Die Anakim besitzen keine Schätze. Dinge, die keinen Zweck erfüllen, achten sie nicht.«

»Was besitzen sie dann?«

»Waffen«, antwortete Bellamus. »Größere und bessere Waffen als die, die es im Süden gibt. Ich könnte dir eine prächtige Axt mitbringen, wie wäre das?«

»Lass dir etwas Besseres einfallen«, erwiderte sie amüsiert.

»Ich würde mich zum Beispiel mit dem Geweih eines gigantischen Elchs zufriedengeben.«

»Nichts leichter als das«, erwiderte Bellamus. »Allerdings habe ich vor, dem König eine ganz besondere Trophäe zu überreichen. Und ich denke, du wirst nicht zufrieden sein, wenn du nicht etwas ebenso Prachtvolles bekommst.«

»Was willst du ihm mitbringen?«, fragte sie.

Bellamus nickte nachdenklich, wie zu sich selbst, bevor er leise sagte: »Den Kopf des Schwarzen Lords.«

Sie warf ihm einen Blick aus den Augenwinkeln zu und lehnte sich dann gegen seine Brust. »Mein Emporkömmling. Ich beneide die Anakim nicht darum, dass sie dich zum Feind haben.«

Sie schwiegen eine Weile. Plötzlich erhellte ein greller Blitz die Kammer und erlaubte der Königin, den Raum für den Bruchteil einer Sekunde so zu sehen, wie er im Tageslicht wirken musste. Dann wurde er wieder von der Dunkelheit verschlungen. Die Königin zählte zehn Herzschläge, bevor Donner über den Himmel rollte, und erschauerte behaglich. »Ich wünschte, ich könnte dich in den Norden begleiten und die Anakim sehen, bevor du sie auslöschst.«

Bellamus war in nachdenkliches Schweigen versunken. Er starrte in die Flammen und spielte gedankenverloren mit ihrem Haar.

»Hast du jemals einen von ihnen getötet?«, fragte sie. »Einen der Anakim, meine ich?«

»Ein paar«, sagte er. »Jedoch nie einen bewaffneten und gepanzerten Krieger. Die überlasse ich größeren Helden, als ich einer bin. Aber wie wir alle sind sie weitaus weniger beeindruckend, wenn sie überrumpelt werden.«

»Ist es wahr, was man sich über ihre Knochenpanzer erzählt? Oder war das nur ein weiterer Versuch, den König in Angst und Schrecken zu versetzen?«

Bellamus grinste. »Wenn wir dieses Spiel überleben wollen, müssen wir uns an Lügen halten, die niemals als solche entlarvt werden können. Diese Schilderungen allerdings sind wahr. Ihre Knochenpanzer reichen von den Lenden bis zum Hals und sind nur äußerst schwer zu durchbohren.«

»Mein Vater hat sich darüber lustig gemacht. Er sagte, das wären nur Gerüchte, wie sie der Krieg hervorbringt.«

»Earl Seaton kann sich glücklich schätzen, dass er niemals einem leibhaftigen Anakim begegnet ist. Unsere Grenzen sind mittlerweile schon so lange sicher, dass die Menschen vergessen haben, wie ernst die Bedrohung ist. Und das ist kein Gerücht, meine Königin.«

Sie drehte sich leicht in seinen Armen. »Warum willst du sie dann angreifen?«, setzte sie nach. »Ich dachte, sie faszinieren dich. Und wie brüchig der Frieden auch sein mag, immerhin hält er nun schon seit Jahren. Warum setzen wir alles aufs Spiel, um sie für immer auszulöschen?«

Bellamus schwieg einen Moment, und ihr war klar, dass er überlegte, wie viel er ihr verraten sollte.

»Man muss sich für eine Seite entscheiden«, sagte er schließlich, »und dann alles in seiner Macht Stehende tun, um diese Seite voranzubringen, oder nicht? Die andere Seite wird ganz sicher dasselbe tun. Und nur wenn man härter und entschlossener vorgeht als die anderen, wird die eigene Seite triumphieren.«

Darüber dachte sie einen Augenblick nach. »Ich habe mich für eine Seite entschieden.«

»Ich weiß, für wen du kämpfst«, sagte er anzüglich.

»Für dieselbe Person, für die du auch kämpfst.« Sie lächelte zu ihm hoch. »Für mich.«

TEIL I

HERBST

1. KAPITEL

DAS ZERBROCHENE UHRWERK

Seit Tagen regnete es nun schon unablässig. Die Straße lag mehr als eine Handbreit unter schlammigem Wasser, ja, das gesamte Land schien wie im Wasser versunken. Ropers Pferd stolperte und knickte auf der Vorhand ein. Nur mit Mühe konnte er sich im Sattel halten.

»Hoch mit dir, Junge!«, befahl Kynortas. »Du musst doppelt so stark sein, wie du es von deinen Kriegern erwartest.«

Roper stieg ab, damit sein Pferd sich hochrappeln konnte, bevor er sich wieder in den Sattel schwang. Die Krieger hinter ihm hatten nichts bemerkt. Sie marschierten weiter, die Köpfe im Regen gesenkt.

»Welche Auswirkungen wird der Regen haben?«, fragte Kynortas.

»Er wird die Schlacht verkürzen«, wagte Roper eine Vermutung. »Die Schlachtordnung kann leichter durchbrochen werden, und Männer sterben schneller, wenn sie keinen festen Halt auf dem Boden finden.«

»Eine gute Einschätzung«, urteilte Kynortas. »Außerdem kämpfen die Männer im Regen weniger entschlossen. Das begünstigt die Männer aus Süddal. Unsere Soldaten sind zwar besser ausgebildet, aber sie werden im Regen Schwierigkeiten haben, ihre Überlegenheit auszunutzen.«

Roper sog jedes Wort aufmerksam auf. »Inwiefern ändert das unseren Schlachtplan, Lord?«

»Es gibt keinen Schlachtplan«, erwiderte Kynortas. »Wir wissen nicht, was uns erwartet. Unsere Kundschafter berichten, dass die Truppen des Südens eine gut zu verteidigende Position bezogen haben. Also wissen wir nur, dass uns die Rolle des Angreifers zufällt, mehr nicht. Aber«, fuhr er fort, »wir müssen unsere Legionen mit Bedacht einsetzen. Es dauert Hunderte von Jahren, sie auszubilden, und weil sie niemals flüchten, können sie in einer einzigen Schlacht vernichtet werden. Vor allem daran musst du denken: Die Legionen sind unersetzlich. Schütze stets die Legionen, Roper.«

Hinter Kynortas marschierten fast neunzigtausend Soldaten – die gesamte Streitmacht des Schwarzen Königreiches. Die Kolonne führte zahllose Banner mit sich, die vom Regen durchtränkt waren und schwer herabhingen, und erstreckte sich viele Meilen die Straße hinab, so weit, dass ihr Ende außer Sicht war. Auch jetzt marschierten die Männer im Gleichschritt, und ihre Schritte ließen die Oberfläche des überschwemmten Grunds erzittern. In Ropers gesamten neunzehn Lebensjahren war noch nie eine so gewaltige Armee aufgestellt worden. Normalerweise scheuten die Anführer davor zurück, sämtliche Legionen unter einem einzigen Banner marschieren zu lassen. Zu groß war das Risiko einer Katastrophe. Wie Kynortas gesagt hatte: Die Legionen waren unersetzlich. Sie zu verlieren war die Urangst aller Anführer ihres Volkes.

Aber diesmal hatten sie keine andere Wahl gehabt. Ihre Feinde hatten eine gewaltige Armee zusammengezogen, die das Gleichgewicht der Kräfte in Albion zu zerstören drohte. Die gegnerische Streitmacht bestand aus angelsächsischen und fränkischen Soldaten sowie Söldnern aus Samnia und Iberia und war so groß, dass niemand genau wusste, wie viele Männer der Feind befehligte. Auf jeden Fall waren es deutlich mehr als die Krieger, die Kynortas anführte.

»Warum folgen wir nicht dem Beispiel des Südens, Lord«, fragte Roper, »und vereinigen all unsere Häuser unter einem einzigen Banner?«

Diese Idee fand nicht Kynortas' Billigung. »Kannst du dir vorstellen, dass ein Herrscher einem anderen die Kontrolle über seine Streitkräfte überträgt? Und dass ein Dutzend Herrscher übereinkommt, denselben Mann zu unterstützen?« Er schüttelte verächtlich den Kopf. »Unter einer Million Männer mag es vielleicht einen einzigen geben, der die Anakim vereinigen könnte. Vielleicht. Doch weder bin ich dieser Mann, noch werde ich jemals die Legionen einem fremden Machthaber überlassen.«

Roper konnte sich keinen größeren Lord als Kynortas vorstellen. Ebenso streng wie sein Gesicht und stark wie sein Körperbau waren auch sein Glaube und seine Überzeugungen. Er ging aufrecht und ernsthaft durchs Leben, und sein finsteres, leidenschaftliches Gesicht hatte bislang noch keine Narben von Auseinandersetzungen davongetragen. Seine Männer blickten zu ihm auf. Seine Feinde verachteten und respektierten ihn gleichermaßen. Er verstand es, Verbündete zu gewinnen, seine Gegner einzuschüchtern und ein Schlachtfeld wie ein Gedicht zu lesen. Er war ein groß gewachsener Mann, obwohl Roper ihm in dieser Hinsicht bereits fast gleichkam. Ihr Haus galt als überaus mächtig und Roper als vielversprechender Nachfolger von Kynortas. Zudem sicherten seine beiden jüngeren Brüder ihre Blutlinie.

Der Schwarze Lord und sein junger Nachfolger ritten der gewaltigen Kolonne voran zum Gipfel einer Anhöhe, hinter der eine weite überflutete Ebene lag. Jenseits des vom Wind gekräuselten Wassers verlief ein ausgedehnter Hügelkamm. Ob es sich um eine natürliche Formation in diesem vernarbten Land handelte oder um uralte Befestigungsanlagen einer längst vergessenen Schlacht, war aus der Ferne nicht ersichtlich, aber die Hügelkette erstreckte sich fast von einem Horizont bis zum anderen. Auf ihrer nördlichen Flanke, die von einem großen

Wald gesäumt wurde, hatten sich die Horden des Südens in Stellung gebracht. Tausende säumten den Hügelkamm. Zehntausende. Geschützt durch den aufgewühlten regennassen Hang vor ihnen. Ihre Banner hingen ebenso nass und schwer herab wie die der Legionen, aber Roper konnte Hellebardiere, Langbogenschützen und Schwertkämpfer erkennen sowie weitere Männer, die im Regen gräulich schimmerten. Wahrscheinlich waren es Gepanzerte. Am Südende des Hügelkamms wartete drohend die gewaltige Kavallerie des Feindes.

Es war Ropers erste Schlacht. Bisher hatte er Schlachtenlärm nur aus der Ferne gehört. Ein Donnern und Krachen, als schlüge ein aufgewühlter Ozean gegen eine mit Eisen gepanzerte Küste. Er hatte Krieger zurückkehren sehen, die meisten von ihnen erschöpft und jeglicher Lebenskraft beraubt, einige wenige übermütig und voller Tatendrang. Doch allesamt waren sie schmutzig und vom Kampf gezeichnet gewesen. Er hatte zugesehen, wie die Verletzten versorgt wurden, mit angesehen, wie Wundärzte die Schädel bewusstloser Männer aufbohrten oder aus ihren Unterarmen Stahlsplitter zogen, die abgesprungen waren, als Klingen gegeneinanderschlugen. Auch hatte sein Vater ihm oft von Schlachten erzählt. Genau genommen sprach er von kaum etwas anderem mit seinem Erben. Roper hatte es vollkommen verinnerlicht und sich seit seinem sechsten Lebensjahr im Schwertkampf geübt. Sein Leben hatte sich bisher fast ausschließlich um dieses Heilige Klirren gedreht, und doch war er auf den Anblick, der sich ihm jetzt bot, in keiner Weise vorbereitet.

Den Feind im Blick, gaben der Schwarze Lord und sein Sohn ihren Pferden die Sporen und entfernten sich von der Kolonne. Kynortas schnippte mit den Fingern, und ein Adjutant trieb sein Pferd neben ihn.

»Bring unsere Armee in Stellung, und zwar so nah wie möglich am Wasser.« Kynortas gab eine Reihe von Anweisungen, wo in der Schlachtordnung die einzelnen Legionen ihren Platz einnehmen sollten, und schloss mit dem Befehl, dass die gesamte Kavallerie die rechte Seite zu beziehen habe. »Abgesehen von den Reitern der Häuser Oris und Alba. Die beziehen zur Linken Position.«

»Das sind viele Befehle, Lord«, entgegnete der Adjutant.

»Delegiere!«

Der Adjutant gehorchte.

»Uvoren!«, rief Kynortas.

Ein berittener Offizier löste sich aus der Kolonne und trabte zu ihm.

»Mylord?«

Sein hochgebundener Pferdeschwanz, der durch eine kleine Öffnung auf der Rückseite seines Helms gezogen war, kennzeichnete ihn als einen Heiligen Wächter. In das rechte Schulterstück seiner Rüstung war ein silbernes Auge eingearbeitet, und er grinste seinen Herrn durch den schützenden Helm verwegen an.

»Du kennst Uvoren, Roper.« Kynortas stellte die beiden einander vor.

Roper hatte von Uvoren gehört. Jedes Kind im Schwarzen Königreich hatte schon von ihm gehört: dem Hauptmann der Heiligen Wache. Eine Stellung, von der jeder ehrgeizige Krieger träumte. Es gab keine höhere Wertschätzung der kriegerischen Fähigkeiten als die Berufung in dieses Amt. Über den Rücken hatte Uvoren seinen berühmten Streithammer geschlungen: Seelenjäger. Man erzählte sich, dass Uvoren selbst dessen großartigen, geriffelten Stahlkopf aus den Schwertern von vier Südfürsten geschmiedet hatte, nachdem er jeden einzelnen von ihnen eigenhändig getötet hatte. Als die Hoffnung auf einen Sieg bei der Belagerung von Lundenceaster – der größten Siedlung Albions, weit im Süden gelegen – nur noch ein ferner Wunsch war, war es Seelenjäger gewesen, der endlich einen Zugang an der Mauer freigeschlagen hatte. Und in der Schlacht von Eoferwic hatte sein großes, stumpfes Kopfstück den Rücken von König Offas Pferd zerschmettert, dann den vergoldeten Helm des am Boden liegenden Königs zertrümmert und dessen Schädel wie ein faules Ei zerquetscht.

Ja, Roper hatte von Uvoren gehört. Als er früher in der Akademie weit oben im Norden mit den anderen Jungen gespielt hatte, tat Roper immer so, als wäre er Uvoren der Mächtige. Der kleine Stock, den er schwang, war kein Schwert gewesen, sondern ein Streithammer.

Er nickte dem Hauptmann, der ihn freundlich anstrahlte, stumm zu.

»Natürlich hat er das.«

»Hauptmann der Heiligen Wache und ein Vorbild an Demut«, erwiderte Kynortas beißend. »Uvoren, wir verhandeln mit dem Feind. Roper wird uns begleiten.«

»Das wird Euch gefallen, junger Lord«, sagte Uvoren, drängte sein Pferd neben das Ropers und drückte seine Schulter.

Roper konnte den Heiligen Wächter nur mit großen Augen anstarren.

»Es bereitet immer großes Vergnügen, Eurem Vater dabei zuzusehen, wie er mit dem Feind verhandelt.«

Begleitet von einem weiteren Heiligen Wächter mit einer weißen Fahne, ritten die drei gemeinsam in die überflutete Ebene hinunter.

»Die weiße Fahne passt gut zu dir, Gray«, rief Uvoren dem Wächter zu.

Der starrte seinen Hauptmann, ohne zu lächeln, an.

Uvoren lachte. »Nur ruhig, Gray. Lern erst einmal zu lachen.«

Roper warf einen Blick zu Kynortas hinüber, unsicher, was er von der Szene halten sollte, aber der Schwarze Lord hatte offenbar keine Notiz genommen von dem Schlagabtausch der beiden.

Sie ritten in die überflutete Ebene, und obwohl das Wasser unter den Hufen ihrer Pferde aufspritzte, war es höchstens einen Fuß tief. Auf der gegenüberliegenden Anhöhe löste sich eine Gruppe von Reitern aus der Armee des Südens und ritt ihnen entgegen. Roper bemerkte, dass ihre beiden Gruppen unterschiedlich stark waren. Sein Vater, Uvoren und Gray sowie er selbst zählten gerade einmal vier, ihnen entgegen ritten jedoch mindestens dreißig Mann. Drei unbehelmte Lords führten die Gruppe an und wurden von mehr als zwei Dutzend Rittern in glänzenden Plattenpanzern begleitet. Sie hatten die Visiere heruntergeklappt, und die verzierten Satteldecken ihrer Pferde bauschten sich im Wind.

»Ist dies Eure erste Schlacht, kleiner Lord?«, fragte Uvoren Roper.

»Die erste«, bestätigte Roper. Er war längst größer als die meisten Gleichaltrigen und alles andere als »klein«, trotzdem hörte sich dieser Ausdruck aus dem Mund eines so hochstehenden Mannes wie Uvoren nicht sonderbar an.

»Es gibt nichts Vergleichbares. Heute werdet Ihr herausfinden, wofür Ihr geboren wurdet.«

»Ihr habt ... Eure erste Schlacht ... genossen?«, fragte Roper. Normalerweise war er nicht auf den Mund gefallen, aber als er Uvoren jetzt ansprach, stammelte er.

»Oh ja.« Der Hauptmann lächelte breit. »Das war, bevor ich ein Legionär wurde und meinen ersten Fürsten getötet habe. Es ist nicht schwer, diese Südlinge zu bekämpfen. Seht sie Euch nur an.«

Sie näherten sich der Gruppe von Reitern. Roper hatte noch nie zuvor Menschen aus dem Süden gesehen, und ihr Äußeres verblüffte ihn. Sie sahen genauso aus wie er, nur waren sie kleiner. Alle Anakim waren gemeinhin groß. Weder Roper selbst noch Gray, Uvoren oder Kynortas maßen weniger als sieben Fuß. Auf dem Rücken ihrer Pferde überragten sie ihre Feinde, die in jeglicher Hinsicht kleiner waren, deutlich. Das Ungleichgewicht der Kräfte war aufgehoben.

Als Roper die Männer aus dem Süden genauer betrachtete, bemerkte er auch einen Unterschied, was ihre Gesichtszüge betraf. Sie wirkten beinahe kindlich. Ihre Augen waren sehr ausdrucksvoll, und ihre Gefühle und Wesenszüge schienen ihnen mit einer Deutlichkeit ins Gesicht geschrieben, die sie fast liebenswert machte. Ihre Züge waren weicher und weniger robust. Im Vergleich dazu wirkte Kynortas' Miene wie aus Eichenholz geschnitzt. Beim Anblick der Südmänner dachte Roper unwillkürlich an etwas Gezähmtes, an einen Hund etwa. An etwas, dem Wildheit fremd war.

Kynortas hob grüßend die Hand. »Wer hat hier den Befehl?« Obwohl er die Sprache der Angelsachsen sehr gut beherrschte, stellte er die Frage in der Zunge der Anakim. Die Ritter erzitterten leicht, als die Worte in der Sprache des Schwarzen Königreiches über sie hinwegspülten.

»Ich kommandiere hier«, antwortete ein Mann in der Mitte der Gruppe – ebenfalls in der Sprache der Anakim, wenn auch stockend und mit starkem Akzent. Er ritt auf Kynortas zu, offenbar unbeeindruckt von dessen Größe. »Ihr müsst der Schwarze Lord sein.« Er hielt sich gerade im Sattel und trug eine Plattenrüstung, die so blank glänzte, dass Roper sein Spiegelbild in dem Brustharnisch sehen konnte. Der Mann hatte einen dunklen Bart und eine Lockenmähne, und was von seinem Gesicht zu sehen war, schien durch übermäßigen Trunk gerötet. »Ich bin Earl William von Lundenceaster. Ich führe diese Armee an.« Er deutete nach links. »Das ist Lord Cedric von Northwic und das«, er wies nach rechts, »ist Bellamus.«

»Habt Ihr einen Titel, Bellamus?«, wollte Kynortas wissen.

William von Lundenceaster antwortete an seiner statt. »Bellamus ist ein Emporkömmling ohne Titel oder Rang. Trotzdem befehligt er unseren rechten Flügel.« Earl William ersetzte die Worte, die er auf Anakim nicht kannte, durch den entsprechenden Ausdruck in seiner eigenen Sprache. Er wusste, dass Kynortas ihn trotzdem verstand.

Die Worte des Fürsten schienen Kynortas zu faszinieren, und Bellamus hob zustimmend die Hand. Der Emporkömmling sah gut aus, ein Hauch von Silber durchzog sein dunkles welliges Haar an den Schläfen, und er wirkte wohlhabend. Von den anwesenden Südmännern war er der einzige, der keine Rüstung trug, sondern ein dickes Wams aus gepolstertem Leder mit Goldbesatz an Halsausschnitt und Ärmelmanschetten. Seine hohen Stiefel waren von bester Qualität und sahen so neu aus, als müssten sie an den Füßen scheuern. Unter dem Wams trug er eine dunkelrote Tunika, und er saß auf einem Bärenfell, das über den Rücken seines Pferdes gelegt worden war. Außerdem fehlten die beiden äußeren Finger seiner linken Hand. Neben den strengen, schwer gepanzerten Lords fiel der Emporkömmling durch seine Erscheinung auf.

Der Schwarze Lord sah wieder zu Earl William.

»Ihr seid in unser Land eingefallen«, stieß Kynortas barsch hervor. »Ihr habt den Abus überquert, obwohl der Fluss seit Jahren eine friedliche Grenze bildet. Ihr habt gebrandschatzt, geplündert und vergewaltigt.« Kynortas trieb sein Pferd dichter an Earl William heran. Seine riesige Gestalt, die gesamte Ausstrahlung unterstrichen seine unerbittliche Haltung. »Zieht Euch zurück, unverzüglich, sonst hetze ich die Schwarzen Legionen auf Euch. Sollte ich mich gezwungen sehen, meine Soldaten in die Schlacht zu schicken, werden wir keine Gnade walten lassen.« Er warf einen Blick zu dem Bergkamm jenseits der feindlichen Generäle. »Außerdem bezweifle ich, dass Ihr eine so große Armee hierherführt und dann noch Streitkräfte habt, die Eure Heimat verteidigen können. Ihr habt unseren Frieden gebrochen, und sobald ich Eure Armee dezimiert habe, marschiere ich nach Lundenceaster und plündere es bis auf den letzten Knochen aus, als Entschädigung. Das Blutvergießen«, er beugte sich vor, »wird unvorstellbar sein.«

Uvoren stieß ein zustimmendes Lachen aus.

»Wir könnten uns natürlich zurückziehen«, erwiderte Earl William, der sich nicht von der Stelle gerührt hatte, als Kynortas auf ihn zugeritten war. »Aber wir fühlen uns hier sehr wohl.

Wir haben genug Vorräte und eine starke Stellung. Der einzige Grund, warum Ihr uns den Rückzug anbietet, ist der, dass Ihr keine Soldaten verlieren wollt. Ihr schätzt sie viel zu hoch, und sie sind nur schwer zu ersetzen. Ihr wollt uns nicht angreifen.«

Earl William schielte leicht. Dennoch sah er Kynortas angriffslustig an, der seinerseits auf die Forderung wartete, die folgen würde. »Gold«, sagte der Fürst leise. »Für das Leben Eurer Legionäre. Dreißig Kisten würden uns für unseren Aufwand entschädigen. Das und die lächerliche Beute, die wir bereits in Euren östlichen Gefilden gemacht haben.«

Kynortas antwortete nicht. Er starrte Earl William lediglich an, und das Schweigen zog sich in die Länge.

Roper beobachtete ihn. Dreißig Kisten waren eine vollkommen absurde Forderung. Der Wohlstand des Schwarzen Königreiches beruhte nicht auf Gold, sondern auf härteren Metallen, welche die Schmiede im Süden nicht bearbeiten konnten. Die Anakim konnten unmöglich dreißig Kisten Gold heranschaffen, was Earl William sicher wusste. Nicht einmal, wenn sie das ganze Land vom kleinsten Weiler bis zur prächtigsten Burg durchkämmten. Der Fürst wollte sie also nur herausfordern, wenn auch nicht allzu offenkundig. All das führte Roper zu einer einzigen Schlussfolgerung: Er legte es darauf an, dass sein Angebot ausgeschlagen wurde, gab aber vor, es ernst zu meinen. Die Männer aus dem Süden hatten einen Plan, und sie hatten ihre Entscheidung bereits getroffen, wie diese Verhandlungen enden sollten. Roper vermutete, dass Earl William Kynortas zu einem überstürzten Angriff verleiten wollte, bei dem die Legionäre getötet werden konnten, sobald sie versuchten, den schlammigen Hang zu erklimmen.

Kynortas dagegen, klüger, schlachtenerprobter und erheblich erfahrener, hielt sich mit solchen Überlegungen nicht auf. Für ihn waren die Südmänner einfach nur unwissend und töricht. »Wir schätzen ein Metall nicht, das so begrenzt verwertbar ist«, antwortete er schließlich. »Wir haben keine dreißig Kisten davon, um Eure Gier nach einem weichen Metall zu befriedigen, das zu nutzlosen Dingen verarbeitet wird. Und wir würden sie Euch auch nicht geben, selbst wenn wir sie hätten.«

Kynortas beugte sich plötzlich in seinem Sattel vor. Sein Lederharnisch knarrte, als er den oberen Rand von Earl Williams Brustpanzer packte. Das Gesicht des Fürsten rötete sich noch mehr, und er lehnte sich hastig im Sattel zurück, während er verzweifelt versuchte, sein Pferd aus Kynortas' Reichweite zu treiben. Aber der Schwarze Lord hielt ihn mit eisernem Griff fest. Der Südfürst geriet in Panik, und Entsetzen machte sich auf seinem Gesicht breit, als Kynortas' fremdartige Hand seine Haut berührte. Mit einem metallischen Kreischen gab der glänzende Brustpanzer nach, als Kynortas ihn herunterriss und das schweißgetränkte Leder darunter entblößte. Verächtlich warf er die Rüstung zu Boden. All das ging so schnell, dass die Ritter von Earl Williams Leibwache nichts weiter tun konnten, als schockiert zuzusehen. Earl William selbst zitterte, vollkommen überrumpelt.

»Wertlos«, schnaubte Kynortas und lehnte sich in seinem Sattel zurück. »Und darunter befindet sich ein schwächlicher Knochensack. Ihr seid nicht in der Lage, gegen meine Legionen zu kämpfen. Sie werden Euren Brustpanzer durchtrennen wie ein Stück Schinken.«

Er lächelte Earl William finster an, der den rechten Arm schützend über die Brust gelegt hatte, als wäre sie verletzt worden. Der Emporkömmling Bellamus warf einen Blick auf seinen General, und ein Ausdruck der Belustigung huschte über sein Gesicht. Offenbar waren die beiden keine Freunde.

»Eure letzte Chance, Earl William. Zieht Euch zurück, sonst lasse ich die Legionen angreifen.«

»Sollen Eure verdammten Soldaten doch kommen!« Earl Williams Stimme bebte vor Wut. »Seht nur zu, wie sie im Dreck herumkriechen und verrecken!« Er riss sein Pferd herum und galoppierte davon, als könnte er Kynortas' Gegenwart keinen Moment länger ertragen.

Der Schwarze Lord sah ungerührt zu, wie die Ritter des Fürsten ihm folgten, bis nur noch Bellamus übrig war, der ihn offen musterte. Der kleinere Mann brach das Schweigen zuerst.

»Da Ihr mit einer Knochenrüstung ausgestattet seid, habt Ihr keine Vorstellung davon, wie es sich für Earl William anfühlte, als Ihr ihm die Rüstung so verächtlich vom Leib gerissen habt. Ehe die Schlacht vorüber ist, werde ich Euch zeigen, was das für ein Gefühl ist.« Bellamus beherrschte die Sprache der Anakim derart makellos, dass er sogar als Untertan des Hindrunn hätte durchgehen können, wäre er nicht von kleinerer Statur gewesen. Er hatte leise gesprochen und nickte nun den vier Anakim zu, bevor er mit einem Zungenschnalzen sein Pferd antrieb und langsam den Hang hinaufritt. Im Davonreiten hob er den Arm zum Gruß.

»Enden die Verhandlungen immer so?«, erkundigte sich Roper, als sie zu ihren eigenen Streitkräften zurückritten, die sich auf der Ebene in Stellung brachten.

»Immer«, bekräftigte Kynortas. »Niemand verhandelt bei Verhandlungen. Es ist eine Übung in der Kunst der Einschüchterung.«

Uvoren schnaubte. »Euer Vater nutzt Verhandlungen, um sich in der Kunst der Einschüchterung zu üben, Roper«, verbesserte er den Schwarzen Lord. »Alle anderen hoffen in der Tat, eine Schlacht vermeiden zu können.« Uvoren und Gray lachten.

»Sie wollten ohnehin nicht verhandeln«, stellte Roper fest.

Kynortas warf ihm einen kurzen Blick zu. »Wie kommst du zu dieser Annahme?«

»Wegen der Art und Weise, wie er das Angebot formuliert hat, und weil er gewusst haben muss, dass wir seine Forderungen niemals hätten erfüllen können. Er wollte uns zum Kampf anstacheln.«

Kynortas dachte darüber nach. »Vielleicht. Also sind sie überheblich.«

Roper erwiderte nichts darauf. Wer würde schon überheblich

in eine Schlacht gegen die Schwarzen Legionen ziehen? Ihre Feinde mussten einen guten Grund für ihre Haltung haben. Vermutlich hatten sie einen Plan. Aber Roper kannte die Sitten der Südmenschen nicht. Vielleicht stärkte ihre zahlenmäßige Überlegenheit ihr Selbstvertrauen. Vielleicht waren sie auch einfach ein selbstbewusstes Volk. Roper wusste es nicht, also sagte er auch nichts.

***

»Bleib in meiner Nähe, Junge«, befahl Kynortas Roper. »Beobachte und lerne. Eines Tages wirst du für die Legionen verantwortlich sein.«

Die Schwarzen Legionen rückten langsam auf die überschwemmte Ebene vor. Der rechte Flügel mit dem größten Teil der Kavallerie bestand aus Ramneas Hunden – den Elitesoldaten des Schwarzen Königreiches. Der ruhmreiche Ruf dieser Legion wurde nur von dem der Heiligen Wache übertroffen. Am linken Flügel war die Schwarzfelsen-Legion postiert: kampferprobte Veteranen, denen man nachsagte, besonders grausam zu sein. Manche Männer behaupteten, dass die Schwarzfelsen noch effizienter wären als Ramneas Hunde, wenn es darum ging, die feindlichen Linien zu durchbrechen. Allerdings dienten die meisten der Männer, die das behaupteten, selbst bei den Schwarzfelsen.

Die Legaten – die Kommandeure der Legionen – waren alle vor ihre jeweilige Legion geritten. Sie präsentierten sich ihren Kriegern und hoben die Arme, während jeweils zwei Legionäre zu Pferde hinter ihnen auftauchten und jedem einen weiten Umhang aus braun schimmernden Adlerfedern umlegten. Er wurde an ihren Schultern befestigt und bedeckte auch den Leib ihres Pferdes. Die Umhänge schillerten, als die Legaten die Arme wieder sinken ließen. Geschmückt mit diesem heiligen Gewand, ritten sie an der vordersten Reihe ihrer vorrückenden Legionen entlang, einen Stechpalmenzweig vor sich haltend.

Die schmalen Blätter an der Spitze der Zweige waren zu einem Auge geflochten. Dieses Auge richtete sich auf die Schlachtreihen der Soldaten, prüfte den Mut der Männer für den bevorstehenden Kampf und segnete jene, die sich als würdig erwiesen.

Roper und Kynortas trabten hinter die Schlachtreihe, gefolgt von einer Gruppe Adjutanten. Kynortas entsandte sie zu den Legionen, mit der Aufforderung, tapfer zu kämpfen und die Reihen geschlossen zu halten, sowie mit Anweisungen und Ratschlägen an die Kommandeure der Legionen. Er war so ruhig, der Schwarze Lord. So gelassen. Seine Zuversicht, sein Vertrauen in die Legionen strahlte von ihm aus wie die Wellen, die sein Pferd im Wasser erzeugte. Roper beobachtete seinen Vater und hoffte, sein Auftreten und seinen Charakter einfach nur durch bloßes Zusehen in sich aufnehmen zu können. Selbst als sie in den Schatten des Hügelkamms vorgerückt waren, Pfeile der Langbögen des Feindes im Wasser um sie herum landeten und von den Rüstungen zweier Adjutanten abprallten, wirkte der Schwarze Lord unerschütterlich.

Die Südmänner auf dem Hügelkamm sangen. Sie schlugen mit ihren Schwertern und Spießen auf ihre Schilde und brüllten den Anakim höhnisch zu, sie wären Teufel. Dämonen. Missgeburten, Ungeheuer, Zerstörer. Gegenseitig stachelten sie sich an, steigerten sich mit ihren Trommeln und Schreien in einen wilden Rausch, um ihre schreckliche Furcht vor den Giganten zu übertönen, die ihnen gegenüberstanden.

»Tötet sie!«, schrie einer ihrer Lords.

»Töten, töten, töten!«, brüllten seine Männer.

»Tötet sie!«, wiederholte der Lord.

»Töten, töten, töten!«, heulten seine Männer.

»Schreit es ihnen ins Gesicht!«, brüllte der Lord. »Sie sind die Mörder des Schwarzen Königreiches! Schreit es ihnen entgegen!« Seine Männer grölten. »Sie sind die gefallenen Engel, die Gott aus dem Himmel vertrieben hat! Und jetzt will Gott diese Dämonen aus unseren Landen verbannen! Erfüllt heute eure Pflicht eurem Gott gegenüber!« Schilde und Spieße schlugen rhythmisch gegeneinander, dann stampften die Männer des Südens mit den Füßen dazu. Es klang, als würde jemand eine gewaltige Trommel schlagen, so mächtig, dass das Geräusch das Wasser kräuselte, durch das die Anakim marschierten.

Die Anakim hatten ebenfalls Trommeln, aber sie unterschieden sich von denen ihrer Feinde. Jede Legion rückte in ihrem eigenen Rhythmus vor. Die Trommler standen in den hinteren Reihen und trieben die Krieger voran. Es waren keine wilden Trommelwirbel wie bei den Armeen des Südens. Ihr Rhythmus war mechanisch und klar und bildete eine gleichmäßige Woge aus Klang.

Tausende Banner erhoben sich wie ein Blätterwald über den Reihen der Anakim. Die Krieger schwenkten große viereckige Standarten aus besticktem Leinen, wie die Männer aus dem Süden, aber auch lange Wandteppiche aus gewebter Seide, die von bis zu sechs Standartenträgern gehalten werden mussten. Sie zeigten uralte Schlachten in den leuchtenden Farben der Anakim. Daneben erhoben sich Gigantenaugen, geflochten aus den blättrigen Zweigen von Stechpalme, Weide und Esche, und manchmal auch ein aufgespanntes Bärenfell oder ein halbes Dutzend an einer Stange befestigte, zerfetzte Wolfspelze, die im Wind flatterten. Wo die Legaten ritten, wurden gewaltige, mit Adlerfedern besetzte Leinenbahnen hochgehalten. Sie kräuselten sich im Wind. All diese Banner bis auf das letzte wurden gesenkt, wenn die Bannerträger sich in den Kampf stürzten.

Die Legionäre selbst schrien nicht, während sie vorrückten. Sie schlugen auch keinen Rhythmus mit ihren Waffen wie die Männer aus dem Süden. Stattdessen sangen sie. Jede Legion stimmte düstere, unheimliche Schlachtenhymnen an, die untereinander nicht harmonierten, sondern im Widerstreit zueinander standen und immer lauter wurden. Sie schwollen an, aufgeladen mit Emotionen, bis den Südmännern übel wurde, so fremdartig waren diese Gesänge. Sie spiegelten die undurchdringliche Wildnis, durch die die Krieger marschierten, den grauen aufgewühlten Himmel über ihnen und die rauschenden Wälder rechts und links von ihnen. Der Wind selbst frischte auf, als würden die Männer aus dem Süden von den Verbündeten der Anakim umringt, die den Ruf ihrer unirdischen Gesänge erwiderten. Dies war das Land der Anakim. Es war das Schwarze Königreich – jeder Fingerbreit davon so trostlos und unheilig, wie sie befürchtet hatten.

An der rechten Flanke der Streitmacht aus dem Süden erkannte Kynortas den Emporkömmling Bellamus. Er ritt an der Frontlinie entlang und brüllte seine Männer an. Wo er vorbeikam, richteten sich die Männer stolzer auf und hoben ihre Waffen. Das fiel Kynortas auf. *Eines Tages,* dachte er, *werde ich mich einer Armee stellen müssen, die allein von diesem Mann kommandiert wird.*

Kaum hatte er das gedacht, brach die rechte Seite der Südlinge aus. Vielleicht hatte Bellamus seine Männer so sehr aufgestachelt, dass die Offiziere die Kontrolle über sie verloren hatten. Vielleicht verstand er aber auch nicht mehr vom Krieg, als seine niedere Stellung es vermuten ließ, und wurde angesichts seines stetig und berechenbar vorrückenden Feindes tollkühn. Was auch immer der Grund sein mochte, die Soldaten der Südmänner strömten jedenfalls den Hang hinab. Sie rutschten in einem wilden Angriff gegen die Schwarzfelsen-Legion durch den Schlamm. Ihre Schlachtordnung löste sich auf, und sie gaben den einzigen Vorteil auf, den sie gehabt hatten: ihre Position auf dem Kamm. Tausende strömten hinab und schrien nach dem Blut der Anakim.

Eine derart günstige Gelegenheit hatte Kynortas nicht erwartet. So ungeordnet und orientierungslos, wie sie jetzt waren, würde der Feind im offenen Kampf zerfleischt werden. »Lasst die Schwarzfelsen angreifen!« Ein Trompeter hinter ihm blies die drei glorreichen Töne, die den Schwarzfelsen den Befehl zum Angriff gaben.

Etwa ein Jahrzehnt zuvor hatte Kynortas einmal eine mechanische Uhr gesehen. Gesandte der von den Anakim besetzten

Länder im Süden hatten um eine Audienz gebeten und eine Allianz vorgeschlagen. Sie wollten als Amboss dienen, auf den der Hammer des Schwarzen Königreiches herabsausen sollte. Und geschmiedet werden sollten die zentralen ereboanischen Territorien Süddals. In diese Allianz hatten sie geschickt eine Handelsvereinbarung eingeflochten, die, wie sie sagten, für beide Seiten von Vorteil wäre. Sie hatten Muster der Waren präsentiert, die die Märkte des Schwarzen Königreiches überschwemmen würden. Eine Schiffsladung von wunderschönem dunklem Holz, angeblich das beste in der ganzen bekannten Welt für den Schiffbau. Säcke mit Eiderdaunen, die fast nichts wogen. Weinrote Kristalle, für das Schwarze Königreich angeblich wertvoll wegen des hervorragenden Metalls, das man aus ihnen gewinnen konnte. Und eine Uhr, die erste, die Kynortas jemals gesehen hatte. Im Schwarzen Königreich änderte sich die Länge einer Stunde mit jedem Tag des Jahres und wurde nach dem Verlauf von Sonne und Mond berechnet. Kurze Zeiträume maßen sie mit einer Wasseruhr. Sie benötigten kein mechanisches Gerät zur Zeitmessung, und doch war Kynortas von dem rätselhaften Objekt fasziniert gewesen.

Zusammengehalten wurde es von einem äußeren Skelett, das einen Blick auf seine innere Mechanik ermöglichte. Es schien halb Maschine, halb Organismus zu sein. Sein Herz bestand aus einer kleinen, perfekt eingestellten Feder, die die geschäftigen Zahnräder antrieb, mit denen sie verknüpft war. In der gesamten Mechanik war kein einziger Fehler zu finden. Die Uhr tickte und klickte ruhig und zuverlässig, und zwölfmal am Tag schlug eine Glocke die Stunde. Natürlich war ein derartiges Gerät überflüssig, eine frivole Verschwendung von gutem Stahl. Aber Kynortas war überzeugt gewesen, dass er in diesem Moment die Zukunft gesehen hatte. Eines Tages würden solch geschickte Handwerker ein Schiff bauen, das sich selbst bemannte, oder eine Erntemaschine, die ein ganzes Feld abmähte, sobald man sie einmal in Gang gesetzt hatte.

Und jetzt stellte er sich seine Legionen als ein solches Uhrwerk vor. Als Verkörperung eines makellosen, harmonischen Zusammenwirkens. Die Schwarzfelsen-Legion machte sich bereit, fünftausend Klingen wurden aus ihren Scheiden gezogen. Die Soldaten stürmten in zehn Wellen vor, jeweils fünfhundert nebeneinander. Kynortas schickte sie durch die überfluteten Felder. Sie waren seine Erntemaschine, und er hatte sie in Bewegung gesetzt. Zwei Schlachtreihen, eine ruhig und geordnet, die andere aufgestachelt und chaotisch, rannten durch die überflutete Landschaft aufeinander zu, dass das Wasser in alle Richtungen spritzte. Es würde ein Gemetzel geben.

Und dann versagte das Uhrwerk.

Die Schwarzfelsen stolperten und stürzten in die Fluten. In Scharen fielen Legionäre zu Boden, bis die gesamte erste Reihe sich im Wasser wälzte. Sie sangen nicht mehr, sondern schrien vor Schmerz. Die zweite Reihe ereilte dasselbe Schicksal. Männer stolperten und stürzten in die überschwemmten Felder. Kynortas galoppierte zur linken Flanke und versuchte zu begreifen, was er da sah. Warum verloren seine Soldaten den Halt? War der Untergrund so tückisch? Doch nein, es war eine List der Südlinge: Das Wasser rund um die Männer der Schwarzfelsen-Legion färbte sich rot von Blut. Man hatte unter dem Wasser eine Falle ausgelegt.

Der Vormarsch der Schwarzfelsen war abrupt zum Stillstand gekommen. Jeder Mann, der versuchte, weiter vorzurücken, stolperte und fiel. Die Südmänner auf dem Hügelkamm höhnten und jubelten, und ihre Krieger, die scheinbar so chaotisch angegriffen hatten, machten mehr als siebzig Schritte vor der angeschlagenen Legion Halt. Wie Kynortas jetzt sah, waren es Langbogenschützen. Mit ihrer leichten Bewaffnung und Panzerung hätten sie in einer offenen Schlacht keine Chance gegen die Schwarzfelsen-Legion gehabt. Ihr Angriff war jedoch nur vorgetäuscht gewesen, um die Legion aus ihrer Stellung zu locken. Denn jetzt zeigten sie ihre wahre Stärke: die in ihren großen Eschenbögen lag. Sie machten sie bereit, nockten ihre Pfeile auf die Sehnen und feuerten auf die Schwarzfelsen. Die gefiederten Pfeile zischten durch die Luft. Es war ein Geräusch, als flöge ein ganzer Himmel voller Sperlinge auf die Legionäre zu. Aus dieser kurzen Distanz durchbohrten etliche Stahlspitzen selbst die Plattenrüstungen der Anakim. Die Legionäre konnten nirgendwohin ausweichen, also warfen sie sich ins Wasser, um die verheerende Wirkung dieses tödlichen Schwarms aus Pfeilen zu begrenzen. Sie kauerten im Schlamm, schienen darin zu versinken. Kynortas musste mit ansehen, wie eine seiner Legionen durch die List dieses Emporkömmlings der Südlinge beinahe vollkommen vernichtet wurde: Bellamus. Die linke Flanke der Anakim war aufgerieben, und dabei hatten sie noch keinen einzigen Mann aus dem Süden getötet.

»Roper, zu mir!«, brüllte der Schwarze Lord. Er galoppierte auf die Frontlinie zu und befahl dem Trompeter, das Signal zum Anhalten zu geben. Die Schlachtreihe der Legionen kam zum Stehen. Jetzt würde sie die im Schlamm festsitzende Schwarzfelsen-Legion nicht überholen und damit ihre Flanke entblößen. Aber dadurch waren die Krieger den Pfeilen der Langbögen von den Bogenschützen auf dem Bergkamm ausgesetzt, die auf sie herabregneten. Diese Geschosse wurden zwar aus größerer Entfernung abgefeuert und hatten deshalb weniger Durchschlagskraft, aber sie fanden dennoch zahlreiche Opfer in den Reihen der Anakim.

Roper und Kynortas galoppierten zu den Schwarzfelsen. Kynortas wollte das Problem in Augenschein nehmen, um dann nach einer Lösung zu suchen, ganz gleich welche. Aber die ruhige Zuversicht des Schwarzen Lords war der Angst gewichen: Angst um seine Legion. Er verstand nicht, wie er so schnell die Kontrolle über die Schlacht hatte verlieren können.

Eine Pfeilsalve prasselte auf ihn und Roper herab.

Es klang, als würde eine Glocke geschlagen, als die Geschosse auf die Plattenrüstungen prallten. Die Wucht riss den Schwarzen Lord aus dem Sattel, und sein Erbe taumelte. Kynortas blieb mit dem Stiefel im Steigbügel hängen und wurde von seinem durchgehenden Hengst durchs Wasser gezerrt, direkt auf die Schlachtlinie der Südlinge zu. Sein Körper hinterließ eine Blutspur im Wasser.

Roper hielt sich taumelnd im Sattel. Der Schaft eines Pfeils ragte unterhalb seines Schlüsselbeins heraus, aber er jagte hinter seinem Vater her. Kynortas wehrte sich nicht. Er hing schlaff im Steigbügel und galoppierte auf seine Feinde zu. Roper trieb seinem Pferd die Sporen so hart in die Flanken, dass sich das Blut des Tieres mit dem seinen vermischte und vom Steigbügel tropfte. Pfeile schlugen um ihn herum ins Wasser, prallten von seiner Rüstung ab, während der Abstand zwischen ihm und seinem Vater immer größer wurde.

Blutrünstige Südmänner stürzten sich von allen Seiten auf ihn. Zum allerersten Mal zog Roper sein Schwert in glühender Wut und schlug auf sie ein. Metall klirrte gegen Metall, und die Wucht des Aufpralls lief wie eine Welle durch Ropers Arm. Er schlug wie wild zu, einmal, zweimal, dreimal. Dabei ließ er seinen Vater nicht aus den Augen, der von einer brodelnden Masse von Südlingen vom Pferd gezerrt worden war. Männer zückten Langmesser und stürzten sich im Gewühl auf ihn, um die kostbarste aller Trophäen zu erbeuten: einen gefallenen König. Der Schwarze Lord war tot, und sein Sohn würde ebenfalls sterben.

Roper brüllte wilde Flüche gegen die Männer, die sich zwischen ihn und seinen Vater stellten, und versuchte, sein Pferd weiterzutreiben. Jemand packte seinen Stiefel und riss ihn aus dem Sattel. Er stürzte in die Fluten, und für einen Moment konnte er weder etwas sehen noch hören, als das Wasser über ihm zusammenschlug. Dann spürte er ein brennendes Stechen im Oberschenkel – jemand hatte ihn durchbohrt. Panik verlieh ihm neue Kraft, und er kämpfte sich hoch. Er hatte sein Schwert umklammert und riss es aus dem Wasser, doch ein Speerstoß ins Bein warf ihn erneut zu Boden. Aber noch konnte er sein

Schwert schwingen und hieb auf die Südmänner ein, die ihn umzingelt hatten. Er wehrte ihre Angriffe, so gut er konnte, ab. Ein Hieb durchdrang seine Deckung, und eine Klinge krachte gegen seinen Kopf. Die Schnittwunde ging bis auf den Knochen, aber nicht weiter. Ropers Schädel dröhnte, und ein weißer Schleier breitete sich vor seinen Augen aus, als ihn ein weiterer Schlag gegen die Brust traf. Die Klinge durchbohrte seine Rüstung und wurde erneut nur von seinem Knochenpanzer aufgehalten.

Roper merkte nicht einmal, dass er schrie. Es war ein Schrei voll Verzweiflung und Wildheit, während sein Schwert durch die Luft zischte in dem vergeblichen Versuch, jemanden zu töten. Er war auf sich allein gestellt, dort im Wasser, das sich von seinem Blut rot färbte. Den Himmel konnte er kaum sehen, da sein gesamtes Blickfeld von angreifenden Südmännern ausgefüllt wurde. Noch einige Herzschläge lang nahm er keinerlei Lärm wahr, so vollkommen hatte ein überwältigender Überlebensinstinkt von ihm Besitz ergriffen.

Dabei fühlte er sich auf eine fast unglaubliche Weise frei. Sämtliche Selbstzweifel waren verschwunden. Sein Kopf war wie leergefegt, der Geist ausschließlich auf ein einziges Ziel ausgerichtet. Er sah auch nicht mehr so, wie er es gewohnt war. Sein Blick, seine Wahrnehmung war eingeschränkt und ausschließlich auf Bewegungen ausgerichtet. Er dachte nicht mehr, hatte keinerlei Kontrolle über sich. Roper war auf sein innerstes Wesen reduziert, wie eine Wildkatze, die man in die Enge getrieben hatte. Er nahm nichts mehr wahr außer seiner schmerzenden Lunge und seinem schwingenden Schwert. Dunkle Gestalten scharten sich um seinen am Boden liegenden Körper.

Plötzlich öffnete sich eine Bresche in der Wand aus Leibern, die ihn umringten, und das fahle Licht des grauen Himmels fiel auf Roper.

Ein Südling stürzte vor ihm in einem Sprühnebel aus Blut tot ins Wasser, und er hörte einen Warnschrei. Ein Lichtstrahl blitzte zwischen zwei weiteren Südmännern auf, und sie wurden zurückgerissen. Dann füllte ein mächtiger Schatten die Lücke, die sie freigemacht hatten. Die Gestalt hob ihr großes, glänzendes Schwert. Funken stoben, als sie an der Waffe eines anderen Südlings entlangglitt und dem Mann den Schädel vom Körper trennte, als würde ein Apfel vom Ast geschlagen. Die Männer des Südens wurden niedergemäht wie Weizen von einem Schnitter, bis auch die letzten Angreifer flohen und durch das Wasser davonrannten, das in alle Richtungen spritzte.

Eine Hand packte Roper am Kragen und zog ihn hoch. Er schrie laut auf vor Schmerz, als der Speer aus seinem Bein gerissen wurde, aber sein Retter achtete nicht darauf und schleppte ihn einfach vom Schauplatz des Kampfes weg. Roper hätte vor Schreck fast sein Schwert fallen lassen, bekam es jedoch im letzten Moment am Knauf zu fassen, als er davongetragen wurde. »Mein Vater!«, brüllte er. »Der Schwarze Lord! Er liegt dort drüben! Holt ihn!«

Andere Hände packten Roper, und im nächsten Moment umschwärmten ihn Anakim. Sie strömten zwischen ihn und die Schlachtreihen der Südmänner. »Lasst mich los!«, schrie er. Es war die Heilige Wache. Die besten Kämpfer der Welt. Sie waren hier, verpflichtet durch ihre Ehre, das Blut zu retten, das durch Ropers Adern strömte.

Doch sie behandelten Roper ebenso unbarmherzig, wie sie die Männer aus Süddal behandelt hatten. Sie ignorierten seine Proteste und brachten ihn von der Front weg. Rings um ihn schien die Gewalt förmlich zu explodieren. Schließlich legte man ihn ins Wasser, benommen und blutend, etwa vierzig Schritte von dem Tumult entfernt. Er richtete seinen Blick auf den Mann, der ihn am Kragen gepackt hielt und ihn soeben vor dem sicheren Tod gerettet hatte. Es war ein Legionär der Schwarzfelsen, aber Roper kannte seinen Namen nicht. Er fragte ihn danach.

»Helmec, Mylord.« Bei dem Wort »Mylord« durchfuhr es Roper, obwohl er nicht hätte sagen können, warum.

»Ich mache einen Heiligen Wächter aus dir, Helmec.«

Helmec starrte ihn an. Mittlerweile war Roper wieder so weit zur Besinnung gekommen, dass er die Miene des Mannes genauer betrachten konnte. Er schien noch jung zu sein, was jedoch bei all den Narben schwer zu sagen war. Eine Wange war so zerfetzt, dass man durch die alte Wunde das Innere seines Mundes sehen konnte. Er verhielt sich wie ein Veteran, müde und selbstsicher, obwohl er alles andere als müde gewesen war, als er Roper verteidigte. »Mylord ...«

Da war es wieder. *Lord.*

Männer scharten sich wie verlorene Schafe um Roper, wagten es jedoch anscheinend nicht, etwas von ihm zu verlangen. Ein vages Gefühl von Verantwortung legte sich über ihn und schien ihn immer mehr zu bedrücken.

»Ein Pferd«, murmelte Roper. Vielleicht wurde ja alles klarer, wenn er erst auf einem Pferd saß. Man brachte ihm eines. Wegen seines verletzten Beins gelang es ihm nicht aufzusteigen, und Helmec tauchte neben ihm auf und half ihm in den Sattel. »Ich bin dir zu Dank verpflichtet«, murmelte er und trieb das Pferd in die Richtung, wo die Heilige Wache das Wasser der überfluteten Felder rot färbte.

Uvoren steckte mitten im Getümmel, seinen Seelenjäger in der Hand. Roper beobachtete, wie er mit einem mächtigen Schlag die schwächliche Deckung eines Südmannes zertrümmerte und den Mann zu Boden schlug. Die anderen Wächter massakrierten die leicht gepanzerten Langbogenschützen um sie herum, aber jenseits dieser ungleichen Auseinandersetzung waren die Anakim in großen Schwierigkeiten. Unter dem unaufhörlichen Pfeilhagel schien sich die Schwarzfelsen-Legion in den Fluten aufzulösen. Der Rest der Armee war in einer kaum besseren Position. Sie standen immer noch an derselben Stelle wie zuvor, schutzlos den Pfeilen vom Bergkamm ausgesetzt, weil sie sich nicht hinter Schilden verstecken konnten. Ihre Rüstungen aus Stahl und Knochen begrenzten den Schaden zwar, doch die Auswirkungen auf ihre Moral waren erheblich schlimmer. Die Männer des Südens waren nicht vorgerückt, sondern gaben sich damit zufrieden, die tödliche Arbeit den Bogenschützen zu überlassen.

»Lord?«, sagte jemand hinter Roper. Er drehte sich um. Ein halbes Dutzend berittener Adjutanten stierte ihn an. Roper nickte ihnen kurz zu und wandte sich dann wieder der Schlacht zu. *Allmächtiger Gott, was jetzt?* Er hatte nicht das Gefühl, als gäbe es einen Ausweg. Seine linke Flanke konnte nicht vorrücken. Irgendetwas im Wasser verhinderte es. Und selbst wenn der Rest der Armee den Vormarsch fortsetzte, wusste Roper nicht, ob die Legionäre in der Lage sein würden, den schlammigen Hang zu erklimmen. Sie würden sehr hohe Verluste erleiden, so viel war sicher, und außerdem wäre dadurch auch ihre linke Flanke ungeschützt. *Aber was ist die Alternative? Dass wir uns zurückziehen?* Er konnte kaum atmen.

»Lord?« Diesmal klang es nachdrücklicher. Roper zitterte. Sein Mund formte mehrere Worte, aber keines kam ihm über die Lippen.

Was jetzt? Allmächtiger, hilf mir! Was jetzt?

»Mylord!«

Schütze die Legionen, Roper.

»Ziehen wir uns zurück.« Roper betonte den Befehl, als wäre es eine Frage. »Rückzug«, wiederholte er gehetzt. »Die Kavallerie soll uns decken!« Fast hätte er hinzugesetzt: *Denke ich.*

Die Adjutanten starrten ihn an. »Lord?«, sagte einer, sichtlich verwirrt. »Das ist nicht ...«

»Rückzug!«, befahl Roper. »Rückzug!« Dann kam ihm ein Gedanke. »Die Kavallerie soll die überfluteten Felder rund um die Schwarzfelsen-Legion meiden!« Einer der Adjutanten nickte, lenkte sein Pferd zur Seite und gab einem Trompeter einen Befehl. Die anderen folgten seinem Beispiel, Trompetensignale ertönten. Ein Ruck ging durch die Legionen. *Unsere Disziplin wird uns retten,* dachte Roper, als die Legionen kehrtmachten und losmarschierten. Pfeile schlugen immer noch um sie herum ins Wasser. Als die Südmänner sahen, dass die Streitkräfte des Schwarzen Königreiches sich zurückzogen, brandete höhnisches Jubelgeschrei auf dem Bergkamm auf. Ein Donnern ertönte, so tief, dass Roper es zunächst für ein fernes Gewitter hielt. Dann wurde ihm klar, dass die Kavallerie der Südlande sich an die Verfolgung der Legionen machte.

Im nächsten Moment tauchte Uvoren auf einem Pferd neben Roper auf. Er schnarrte Befehle, schickte Adjutanten über das Schlachtfeld, und augenblicklich schmetterten Trompeten. Die Kavallerie setzte sich in Bewegung und deckte den Rückzug der Legionen. Uvoren warf Roper einen Blick zu. »In Eurer Schulter steckt ein Pfeil, Roper.« *Allmächtiger Gott.* Roper schwankte im Sattel. Uvoren starrte ihn einen Moment offensichtlich fasziniert an.

Jenseits des Wassers, hinter der Schwarzfelsen-Legion, die ebenso viele Männer in den Fluten ließ, wie sich zurückziehen konnten, sah Roper das Blitzen von Stahl. Dort saß Earl William auf seinem Pferd, umringt von den Rittern seiner Leibwache. Er hatte einen neuen Brustpanzer angelegt, genauso prachtvoll wie der, den Kynortas ihm heruntergerissen hatte. Sein Pferd stand mitten zwischen den Langbogenschützen, die immer noch ihre Pfeile auf die sich zurückziehenden Schwarzfelsen feuerten. Jetzt gab der Earl einem Trompeter ein Zeichen. Offenbar befehligte er die Kavallerie der Südlinge. Bellamus war nirgendwo zu sehen. Wahrscheinlich hatte Earl William das Kommando über diesen Abschnitt des Schlachtfeldes übernommen.

Plötzlich hörte Roper Schreie rechts von sich. Er drehte sich zur Seite und sah gerade noch eine Gestalt, die durch das Wasser rannte. Einen dunklen Schatten, der sich unglaublich schnell bewegte. Der Krieger stürmte ganz allein auf die Schlachtreihen der Südmänner zu und änderte dann unvermittelt die Richtung. Irgendwie gelang es ihm, ungehindert die vorderste Linie des Feindes zu passieren. Männer des Südens drängten sich ihm entgegen und versuchten, ihn aufzuhalten, aber sie schlugen lediglich in die Luft, während die Gestalt durch ihre weit auseinandergezogene Schlachtreihe rannte.

Roper klappte unwillkürlich der Mund auf. Der Krieger stürmte auf Earl William zu. Es war ein Heiliger Wächter. Sein Pferdeschwanz war außerordentlich lang, und er griff ganz allein den Befehlshaber der südlichen Streitkräfte an. Er war unglaublich schnell und ließ eine Spur aus Gischt und verblüfften Kriegern Süddals hinter sich. Ungehindert durchquerte er die Schlachtreihen des Feindes und erreichte das freie Wasser dahinter.

Uvoren hatte ihn ebenfalls gesehen. »Schafft Platz für euren Liktor!« Die Wächter gehorchten und griffen erneut an. Sie trieben einen Keil in die Schlachtreihe der Südlinge. Offenbar versuchten sie, dem namenlosen Krieger, der sich mittlerweile Earl William näherte, den Rückweg freizuhalten.

Die Leibwache des Fürsten hatte den Kämpfer ebenfalls bemerkt. Ein halbes Dutzend gepanzerter Ritter griff ihn mit gesenkten Lanzen an. Der Wächter änderte seine Richtung und lief zum Rand der Reiterformation. Er zog sein Schwert. Es ging ganz schnell, in einem Wirbel von Eisen. Die Gestalt, neben der die Reiter, die sich ihm entgegenstellten, wie Zwerge wirkten, hatte zwei Lanzen zur Seite geschlagen und war zwischen den Pferden hindurchgelaufen. Jetzt stand nichts mehr zwischen ihm und Earl William. Letzterer hatte die Gefahr erkannt, in der er schwebte, und zerrte verzweifelt am Zügel seines Pferdes, um sich in Sicherheit zu bringen.

Aber er hatte zu spät reagiert. Der Wächter hatte ihn erreicht, bevor sein Pferd mehr als ein paar Schritte gemacht hatte. Er packte Earl Williams Stiefel und zerrte ihn aus dem Sattel. Der Befehlshaber der Armee des Südens stürzte ins Wasser. Blitzschnell fuhr eine Klinge hoch und stieß auf den im Wasser Liegenden herab. Zweimal. Dann richtete sich der Wächter auf und hielt etwas Nasses, Tropfendes hoch. Dabei drehte er sich um die eigene Achse, um es sowohl den Südmännern als auch der Armee der Anakim zu zeigen.

Earl Williams Kopf.

Der Wächter hielt ihn mit seiner großen Hand an den langen Locken hoch, während Blut und Wasser aus dem Bart und dem Hals troffen. Dann schleuderte er den Kopf verächtlich von sich und drehte sich zu den Rittern herum. Sie hatten kehrtgemacht und griffen ihn erneut an. Er verschwand aus Ropers Blickfeld, als die herangaloppierenden Pferde sich zwischen sie schoben.

Irgendjemand schlug Roper gegen den Hinterkopf. Er drehte sich um. Uvoren ritt an ihm vorbei. »Bewegt Euch!«, rief er über die Schulter zurück. »Pryce hat uns Zeit verschafft. Wir verschwinden von hier.«

Pryce? Roper sah zu dem Wächter zurück, der Earl William getötet hatte. Er traute seinen Augen nicht, als der Mann wieder auftauchte. Zwei Pferde lagen vor Schmerz wiehernd im Wasser. Ein anderes Pferd war reiterlos, und die restlichen Ritter verzichteten darauf, ihren Angriff fortzusetzen. Sie hielten Abstand zu dem Wächter, der sich in Bewegung gesetzt hatte und losgerannt war. Todesmutig hielt die Heilige Wache die Gasse im Getümmel für ihn offen, durch die der einsame Held zurückkehrte.

Das also ist Krieg.

Die Schwarzen Legionen zogen sich überstürzt zurück. Ihre Offiziere ließen sie in Kolonnen abrücken, während sie verwirrt zu dem Allmächtigen Auge der Heiligen Wache blickten. Dort musste irgendjemand den Befehl haben, das wussten sie. Tausende tote Anakim lagen in den Fluten. Pfeile steckten in ihren Leichen, die von den schweren Rüstungen unter Wasser gedrückt wurden.

Nur die Heilige Wache hatte das Blut der Südlinge vergossen, und das auch nur, weil sie Roper hatte retten müssen. Trompeten schmetterten Signale über das Schlachtfeld, als die Armee der Anakim sich sammelte und die Kavallerie des Südens ihnen folgte, auf der Suche nach einer Möglichkeit zum Angriff. Doch die Reiterei der Anakim vereitelte jeden Versuch, indem sie selbst der feindlichen Kavallerie unablässig zusetzte und mit ihrer Disziplin den Rückzug der Legionen sicherte.

Es war ein Anblick des Grauens. Hunderte von Legionären der Schwarzfelsen krochen oder schwammen hinter den sich zurückziehenden Soldaten her. Auch die anderen Krieger hielten keine Marschordnung mehr ein, sondern wateten, so schnell sie konnten, durch das Wasser, weg von dem Hügelkamm, wo die Infanterie der Südlande jetzt ebenfalls vorrückte.

Der Feind hatte die Verfolgung aufgenommen.

2. KAPITEL

DAS HINDRUNN

Schon immer hatte es eine Oase der Ruhe im Schwarzen Königreich gegeben. Welcher Krieg auch gerade den Rest des Landes erschüttern mochte, diese große Feste an der Grenze – das Hindrunn – versprach Sicherheit. Die wabenartige Festung aus schwarzem Granit, Blei und Feuerstein war vor eintausenddreihundert Jahren von einem Vorfahren Ropers erbaut worden. Von Süddal aus betrachtet bot sie einen düsteren und abschreckenden Anblick. Sie war der Grund dafür, warum sich die Grenze in all den Jahrhunderten kaum verändert hatte. In ihrem Inneren, einem Gewirr aus breiten gepflasterten Straßen, lebten die Legionen.

Die Tradition verlangte, dass sie bei ihrer Rückkehr von den Frauen und Kindern der Festung begrüßt wurden. Die Menschenmenge säumte die Straßen, ausgestattet mit kleinen Sträußen aus Kräutern, die sie vor den Legionären auf das Pflaster warfen. Ein würziger Duft von Rosmarin, Zitronenmelisse und Beinwell lag in der Luft und war ebenso sehr ein Ausdruck der Feierlichkeit wie auch der Erleichterung. Erneut kehrten die Krieger nach einem erfolgreichen Kampf nach Hause zurück. Und längst hatten dann die Nachrichten das Hindrunn erreicht, wer mit besonderer Tapferkeit oder Geschicklichkeit gekämpft hatte. Die Menge skandierte ihre Namen, die Jungen betrachteten die Krieger und malten sich den Tag aus, an dem sie endlich in die Rüstung des Schwarzen Königreiches hineingewachsen waren und wann es endlich an ihnen war, durch diese Straßen zu paradieren.

Zuerst zog die Heilige Wache durch das Große Tor. Sie marschierte im Gleichschritt, stets im Gleichschritt!, durch die gepflasterten Straßen. Die Menge, die sie säumte, ließ in ihrer Begeisterung regelmäßig eine viel zu kleine Gasse, durch die sich die Legionäre drängen mussten. Menschen lehnten sich aus den Fenstern im Obergeschoss ihrer Häuser, um ihre Kräutersträußchen hinabzuwerfen, und die stolzen, ernsten Krieger versuchten, ein Grinsen zu unterdrücken.

Roper war auch einmal dabei gewesen, war ein Teil der Menschenmenge gewesen, welche die Legionen bei ihrer Heimkehr begrüßt hatte. Doch nie hatte er sich ausgemalt, den Platz seines Vaters einzunehmen, in seiner ganzen Pracht auf einem Schimmel an der Spitze der Kolonne zu reiten. Roper sah sich eher etwas weiter hinter ihm, in der Rüstung eines Wächters. Gewiss war ein Schwarzer Lord etwas Besonderes und einzigartig, aber sie wurden in ihr Amt hineingeboren. Ein Heiliger Wächter dagegen hatte sich seine Position selbst erkämpft, durch seine eigenen Verdienste. Etwas Prächtigeres gab es nicht, und es war schon Jahrhunderte her, seit die Schwarzen Legionen auf dem Schlachtfeld gescheitert waren.

Die Menschenmenge war an Niederlagen nicht gewöhnt.

Als nun die Nachricht die Festung erreichte, dass die Legionen geschlagen worden waren, herrschte zunächst blanke Ungläubigkeit. Die Legionäre schlichen mit eingekniffenem Schwanz nach Hause, und der große Kynortas, der dem Land seit vierzig Jahren als Schwarzer Lord gedient hatte, war auf dem Schlachtfeld gefallen? Es war schlicht undenkbar, dass die Legionen eine derartige Niederlage erlitten hatten. Sicherlich waren die Berichte, dass Zehntausende Soldaten Süddals das Schwarze Königreich überschwemmten, übertrieben. Doch dann traf allmählich ein Strom von Flüchtlingen ein, die bestätigten, dass ihnen eine plündernde feindliche Streitmacht auf den Fersen war. Ungläubigkeit schlug in Wut um. Einige behaupteten, die Armee hätte nicht einmal gegen die Südlinge gekämpft. Die Legionäre hätten einfach nur kehrtgemacht und wären angesichts einer starken Verteidigungsposition und eines Hagels wütender Pfeile davongelaufen. Das war nicht nur eine Niederlage, es war eine Demütigung. Noch klarer schien, dass Roper in dieser Feuerprobe versagt hatte, wie es so viele zu tun pflegten, und, da er das Kommando einfach nur geerbt hatte, in Panik geraten war und auf den Rückzug bestanden hatte. Er war nicht einmal lange genug geblieben, um den Leichnam seines Vaters zu bergen. Man hatte Kynortas' Leiche den Südlingen überlassen, die ihn entkleidet und geschändet hatten.

Roper selbst wusste nicht einmal genau, wer die Armee auf dem trostlosen Marsch zurück in das Hindrunn angeführt hatte. Er jedenfalls war es wohl kaum gewesen. Denn niemand hatte ihn nach seinen Befehlen gefragt, und Roper hätte auch nicht gewusst, wem er sie hätte geben und wie sie hätten lauten sollen. Stattdessen hatten ihn auf dem Marsch alle bis auf zwei Personen vollkommen ignoriert. Die erste war ein Wundarzt gewesen, der stumm den Pfeil aus seiner Schulter entfernt und seine Verletzungen versorgt hatte. Roper hatte die Zähne zusammengebissen, als die Pfeilspitze aus seinem Fleisch gezogen wurde. Er hatte kaum zwei Atemzüge tun können, als auch schon ein glühendes Brandeisen auf die Wunde gepresst wurde. Er gab keinen Laut von sich, aber das Zischen und der Gestank von verbranntem Fleisch waren zu viel gewesen. Ihm war schwarz vor Augen geworden, und er hatte auf seinem Schemel geschwankt. Als es vorbei war, konnte er nicht sagen, ob er das Bewusstsein verloren hatte oder nicht.

Etwa um diese Zeit war Ropers zweiter Besucher aufgetaucht: Uvoren. Er hatte Roper regungslos und mit zusammengepressten Kiefern beobachtet. Offenbar faszinierten ihn die Wunden, obwohl er doch schon so viele gesehen haben musste. Schließlich hatte er Roper herausfordernd angelächelt. »Ihr seid ein wahrer Unruhestifter, Lord, richtig?« *Lord*. Schon wieder. »Ich habe noch nie erlebt, dass der Anführer unserer Armee ganz allein mitten ins Gewühl unserer Feinde geritten wäre.«

Roper sah zähneknirschend zu Uvoren hoch. »Was er vor allem nicht schnell genug getan hat.«

Uvoren zuckte mit den Schultern. »Ihr hättet ihn nicht retten können, Lord. Er war bereits tot. Es war ein kühner Versuch, wenn auch kein besonders kluger. Dass wir uns jedoch zurückgezogen haben … Nun, Ihr müsst jetzt sehr vorsichtig sein. Dem Hindrunn wird das nicht sonderlich gefallen. Wenn wir morgen die Festung erreichen, müsst Ihr an der Spitze der Kolonne reiten.«

»Muss ich das?«

»Ich empfehle Euch das dringend. Eure Untertanen sollten sehen, dass Euer Kommando über diese Armee unangefochten ist.«

Roper nickte. »Verstehe.«

Uvoren betrachtete Ropers verbeulten Brustpanzer, der an der Tasche des Wundarztes lehnte. Das Metall war von einem Stoß durchbohrt worden, hinter dem beträchtliche Wucht gesteckt haben musste. Es war während Ropers Überlebenskampf auf den überfluteten Feldern passiert. »Und Ihr braucht eine neue Rüstung. Der Schwarze Lord sollte unbesiegbar erscheinen. Ihr wollt bei den Menschen ja wohl kaum den Eindruck erwecken, Ihr hättet gerauft wie eine Kanalratte.«

Roper nickte erneut. Uvoren musterte ihn noch einen Moment, bevor er sich abwandte. Ein sonderbares Lächeln lag auf seinen Lippen. Roper tat jedenfalls, was der Hauptmann ihm geraten hatte. Er legte eine neue Rüstung an und übernahm die Führung der Kolonne, als der Schatten der Festung am Horizont auftauchte. Die Legionäre sahen vorwurfsvoll zu ihm hoch, als er an ihnen vorbeiritt, sagten jedoch nichts. Roper kauerte im Sattel des fremden Pferdes, auf das man ihn auf dem Schlachtfeld gesetzt hatte, und mied den Blick seiner Soldaten.

Es ertönten keine Willkommensrufe, als sich das Große Tor öffnete. Nur das dumpfe Geräusch, mit dem die Balken zurückgezogen wurden, war zu hören. Der Himmel leuchtete tiefblau, kurz vor Einbruch der Nacht. Die ersten Sterne schimmerten bereits. Es hatte aufgehört zu regnen, aber die Luft war noch feucht und kühl. Roper führte die ersten Reihen durch das Tor und sah auf den Straßen dahinter wie immer eine Menschenmenge, hauptsächlich Frauen und Kinder. Aber sie hielten keine Sträuße in den Händen.

Roper straffte sich und blickte starr nach vorn. *Bleib stark.* Noch nie war ihm seine Heimat so fremd vorgekommen. Wo normalerweise Jubel und laute Rufe durch die Straßen hallten, blieb die Menge jetzt atemberaubend stumm. Nur ihre Augen bewegten sich, als Roper an ihnen vorbeiritt. Hunderte Augenpaare folgten ihm mit ihren Blicken. Die Hufe seines Pferdes klangen übermäßig laut auf den Pflastersteinen, und Roper schämte sich plötzlich für seine glänzende neue Rüstung. Die Stille lastete schwer auf ihm.

Und sie hielt an.

Er hörte, wie die Wächter versuchten, das Dröhnen ihrer Stiefel hinter ihm zu dämpfen. Selbst diese heldenhaften Männer schienen in ihren Rüstungen verschwinden zu wollen. Einem der Zuschauer entfuhr ein Zischen, das von den anderen aufgenommen wurde. Es brandete über die Straße und erhob sich rasend schnell wie eine Flutwelle auf beiden Seiten. Roper hielt den Atem an, und seine Lunge schien zu bersten, als das Zischen immer lauter wurde, als wäre es Desaster selbst, die große gepanzerte Schlange, die dereinst die Welt umstürzen würde, wenn sie sich aus der Erde erhob. Das Zischen verebbte, und die Menge ließ ihrer Verachtung freien Lauf. Die Menschen johlten und pfiffen, als die Legionäre mit schamroten Gesichtern in das Hindrunn einzogen. Ein Mädchen schrie, die Legionäre hätten ihre Waffen den Frauen überlassen sollen, denn sie hätten sich gewiss ehrenvoller geschlagen als ihre Männer. Die Menge johlte höhnisch.

Roper ritt allein an der Spitze, gebrandmarkt von der Verachtung, die ihm von beiden Seiten der Straße entgegenschlug, und dem Hass, der sich in seinen Rücken zu bohren schien. Ihm würde man die Schuld für all das geben. Es war die schlimmste Demütigung, die die Legionen jemals erlitten hatten, und sie lastete allein auf seinen Schultern. Dennoch war diese Erkenntnis nicht das Schlimmste, was über ihn hereinbrach. Ein anderer, weit üblerer und viel bedeutsamerer Gedanke war ihm plötzlich gekommen: Unerwartet, ohne es zu wollen, hatte sich Roper einen Furcht einflößenden Feind gemacht.

Roper saß allein am Kopfende des großen Tisches im Ratssaal. Der Tisch bestand aus langen Eichenplanken, die so massiv waren, dass sie nicht von einem lebenden Baum stammen konnten. Kynortas hatte Roper einmal erzählt, man hätte das Holz einem brodelnden Sumpf im Süden entrissen, in dem die uralte Baumart konserviert worden war, die einst ganz Albion bedeckt hatte. Jetzt dominierte der Tisch diesen riesigen Raum aus Granit, dessen Boden Bärenfelle bedeckten und in dem selbst zu dieser späten Stunde drei Dutzend Öllampen ausreichend Helligkeit spendeten. In einem gewaltigen steinernen Kamin, der in eine der Mauern gemeißelt worden war, loderten die Flammen.

Hier hatte er schon oft an Kynortas' Seite Verhandlungen miterlebt, die Planung von Feldzügen und sogar disziplinarische Anhörungen. Warum er sich jetzt hier hatte einfinden sollen, wusste er nicht genau.

Ein Adjutant, einer der jungen Krieger, die in der Zukunft eine Rolle im Hohen Kommando anstrebten, war in Ropers Quartier aufgetaucht. Er hatte ihm ausgerichtet, dass Uvoren ihn hier treffen wolle, sobald Roper dazu in der Lage wäre.

Trotz seines verletzten Beins war Roper, so schnell er konnte, zum Ratssaal gehumpelt. Er hatte erwartet, zu spät zu einem Kriegsrat zu kommen, in dem die Kommandeure darüber diskutierten, wie sie die Flut von Kriegern aus dem Süden aufhalten sollten, die das Schwarze Königreich überschwemmten, während draußen Adjutanten durch die Flure hasteten, um die kriegerische Vergeltung ihrer Nation vorzubereiten.

Stattdessen war der Raum verlassen gewesen.

Roper hatte sich zuerst auf seinem üblichen Platz niedergelassen, rechts neben dem Sitz, den normalerweise sein Vater innehatte. Der Steinerne Thron. Kurz darauf war er nach links gerutscht – er sollte den Platz seines Vaters einnehmen. Und dort saß er nun schon länger als eine Stunde. In der Zeit war nur eine einzige Person in den Saal gekommen, ein grimmiger Legionär, der die Öllampen auffüllte. Er hatte Roper nicht angesprochen, und auch Roper hatte nicht gewusst, was er zu dem Mann hätte sagen sollen. Er kam sich ziemlich einfältig vor, so stumm auf dem Steinernen Thron hockend, und noch dümmer, als der Legionär verschwand und er allein in dem Saal zurückblieb.

Die Erkenntnis, die ihm gekommen war, als er durch das Tor ritt, quälte Roper. Und seine Verzweiflung wuchs noch, als er jetzt allein in diesem Raum saß und auf Uvoren wartete.

Der Hauptmann der Heiligen Wache tauchte anderthalb Stunden später auf. Er stieß die Tür auf und marschierte zu einem Platz an Ropers Ende des Tisches, gefolgt von zehn Männern. Ihren Helmkämmen nach zu urteilen handelte es sich bei vieren um Heilige Wächter, zwei waren Ramneas Legionäre und zwei Legaten. In der Gruppe befanden sich außerdem zwei Männer in bestickten Roben, ein Ratgeber und ein Legionstribun. Der letzte Heilige Wächter, der seinen Stuhl so achtlos zurückzog, als hätte er keine Zeit, sich lange hinzusetzen, hatte einen besonders langen schwarzen Pferdeschwanz. Er reichte bis zu seiner Taille. Während die anderen angespannt wirkten, schien dieser Mann einfach nur ungeduldig zu sein.

Uvoren stellte Roper weder vor, noch grüßte er ihn. »Wir müssen Pläne schmieden«, sagte er nur.

»Dann sollten wir uns beeilen«, erwiderte der Mann mit dem langen Pferdeschwanz. »Jokul hat mich zu einem zweistündigen Gespräch bestellt, sobald ich abkömmlich bin. Ich will nicht die ganze Nacht mit Beratungen verbringen.«

Uvoren lächelte den Mann an. »Zwei Stunden mit Jokul? Schon eine könnte dich umbringen.«

Der Mann mit dem Pferdeschwanz nickte. »Mir ist eher bange, dass ich es überlebe.«

Seinen Worten folgte einen Herzschlag lang Stille, dann brandete Lachen am Tisch auf.

»Der Mann kommt mir jedes Mal, wenn ich ihn sehe, dünner vor«, erklärte einer der Heiligen Wächter.

»So dünn, dass die Bussarde ihm folgen, wenn er hinausgeht«, warf Uvoren ein. Wieder lachten alle. Roper stimmte in das Lachen ein, verstummte jedoch, als Uvoren ihn anstarrte. Wieder lächelte er so sonderbar. »Du solltest nicht über Jokul lachen, Roper.« *Ah, jetzt heißt es also Roper!* »Er ist seit vielen Jahren ein Staatsdiener. Und du solltest auch nicht auf dem Steinernen Thron sitzen. Er bleibt nach dem Tod des Schwarzen Lords drei Tage lang unbesetzt, als Zeichen des Respekts.« Er deutete beiläufig auf einen Stuhl weiter unten am Tisch.

Roper rührte sich einen Moment lang nicht. Er glaubte Uvoren nicht und starrte ihn störrisch an. Dann spürte er die Blicke aller Anwesenden am Tisch auf sich ruhen und begriff, dass er diesen Machtkampf nicht gewinnen konnte. *Also Rückzug, schon wieder!* Langsam erhob er sich und setzte sich weiter unten an den Tisch. Der Mann mit dem Pferdeschwanz betrachtete ihn ausdruckslos, als er sich hinsetzte. »Wie heißt du, Wächter?«, fragte Roper. Er wollte irgendwie die Initiative übernehmen.

»Liktor«, antwortete der Mann.

»Das ist ein Titel«, erwiderte Roper.

»Ja, mein Titel.«

Und mein Titel ist Lord, dachte Roper, schwieg jedoch. Er kannte nicht nur den Ruf des Mannes, sondern hatte ihn auch schon in Aktion gesehen. Die Liktoren, die Zuchtmeister der kämpfenden Einheiten, hatten die Aufgabe, dafür zu sorgen, dass die Soldaten ihre Befehle ausführten. Sie hatten die Befugnis, ihre Kameraden zu Tode zu prügeln, wenn sie das für angemessen hielten, während diese keine Hand an sie legen durften. Es war eine sehr einflussreiche Position, die normalerweise einem Mann verliehen wurde, der überragend viel Selbstbewusstsein und Kühnheit besaß. Was auf diesen Mann mit dem Pferdeschwanz zutraf, denn er war derjenige, der Earl William getötet hatte.

Roper kannte seinen Namen und seinen Ruf sehr gut: Das war der Läufer Pryce Rubenson, der zweimal mit der Medaille für Kühnheit ausgezeichnet worden war. Er war fast so berühmt wie Uvoren selbst. Und außerdem im gesamten Schwarzen Königreich bekannt als einer der besten Athleten, die das Land jemals hervorgebracht hatte. Er war ein Held, sowohl für die jungen Frauen des Landes als auch für die Krieger.

In den nächsten Stunden sollte Roper sehr viel lernen.

Der Kommandeur der Schwarzfelsen-Legion, der seine Männer zu Pferde angeführt hatte, schilderte, was das Wasser verborgen hatte. »Diese Mistkerle waren verdammt gerissen. Es waren Krähenfüße. Ich habe so etwas schon einmal gesehen, in Sannia. Es sind Eisendornen, so geschmiedet, dass ihre Spitzen immer nach oben zeigen. Sie wurden vor meinen Legionären ausgestreut, und zwar so dicht wie Gras. Dann haben sie uns mit diesem undisziplinierten Angriff getäuscht und dafür gesorgt, dass wir im vollen Lauf waren, als die Falle zuschnappte.« Der Kommandeur schüttelte den Kopf. »Das war wirklich sehr schlau. Und dann dieser Nerv, genau den richtigen Moment abzupassen. Ich bedauere fast, dass du Earl William getötet hast, Pryce. Denn sein Tod wird den Aufstieg dieses Bellamus nur beschleunigen. In ihm haben wir einen würdigen Feind.«

»Ich bin keineswegs traurig darüber«, erklärte Uvoren. »Denn nur der Streit zwischen Bellamus und Lord Cedric von Northwic hat verhindert, dass sich unser Rückzug in eine ausgewachsene Katastrophe verwandelt hat.« Er drehte sich um und warf Roper einen finsteren Blick zu.

»Ich habe der Kavallerie befohlen, sich von den Schwarzfelsen fernzuhalten!«, platzte Roper heraus, woraufhin die anderen Männer am Tisch in eisiges Schweigen verfielen.

»Schweig, Roper«, sagte Uvoren schließlich. »Du hast keine Ahnung, wovon du redest. Dein Vater war als Anführer noch einigermaßen erträglich. Begrenzt in seinen Möglichkeiten, aber erträglich. Für dich spricht dagegen nicht das Geringste.« Alle am Tisch außer Pryce lachten. Uvoren grinste. »Was machst du überhaupt hier?«

»Du hast mich selbst hierherbestellt«, gab Roper zurück. Er hätte gern mehr gesagt, wusste jedoch, dass Uvoren ihn lächerlich machen würde, was auch immer er vorbrachte.

»Er hat dich hierherbestellt?«, warf ein anderer Wächter ein. Sein Gesicht war verschwitzt. »Wenn du immer genau das tust, was man dir befiehlt, darfst du am Ende vielleicht doch regieren, Roper.« Wieder lachten die Männer am Tisch.

Roper blieb stumm. Er wusste, dass sein erster Versuch zu kommandieren schwerlich ein schlimmeres Ende hätte nehmen können, aber er hatte nicht erwartet, dass man ihm mit derart unverhüllter Aggression begegnen würde. Uvoren, der in Kynortas' Gegenwart so zuvorkommend und freundlich zu ihm gewesen war, hatte sich gegen Roper gestellt. Und dieser Mann war sein Feind: Uvoren der Mächtige. Der höchstgeschätzte Mann im ganzen Land und sein ruhmreichster Krieger. Sie hatten angefangen, ein Spiel zu spielen, ohne dass Roper es überhaupt bemerkt hatte. Denn Uvoren hatte Roper nur deshalb geraten, die Rüstung zu wechseln, damit es so aussah, als hätte er das Kommando aus sicherer Entfernung geführt und wäre in Panik geraten, statt selbst zu kämpfen. Aus demselben Grund hatte er Roper aufgefordert, an der Spitze der Kolonne zu reiten. So wurde ihm die Schuld schon bei der Ankunft im Hindrunn angelastet.

Die Gesetze der Thronfolge waren klar, Roper musste regieren. Aber Uvoren, einer der einflussreichsten und meistrespektierten Krieger dieses Zeitalters, der zudem einem der größten Häuser des Landes vorstand, versuchte, Ropers Position so zu unterminieren, dass man eine Ausnahme machen würde. Uvoren hatte den Rückzug scheinbar unterstützt, aber Roper gab man die Schuld dafür. Wer würde nach all dem und angesichts eines solch offensichtlich fähigen Rivalen um den Thron noch Roper unterstützen? Welche Chance hatte ein neunzehnjähriger Junge ohne Erfahrung und Namen, außer dem, den ihm sein Vater hinterlassen hatte, gegen den größten Krieger des Landes?

Roper hatte keine Ahnung, wo er anfangen sollte, keine Vorstellung, wo er die Verbündeten finden konnte, die seinen Anspruch stützten. Aber er wusste, wo seine Feinde zu finden waren.

Sie waren alle hier, an diesem Tisch. Uvorens Kriegsrat.

Roper prägte sich jeden Einzelnen ein. Er prägte sich ihren Namen ein, ihren Rang, ihre Haltung. Er merkte sich, wer Uvoren persönlich nahestand und wer nur ein Kumpan war. Er beobachtete, wie sie dasaßen, zog Schlussfolgerungen auf ihren Charakter und ihre Schwächen. Lag da Widerwille im Blick von Uvorens Söhnen Unndor und Urthr? War Asger, der stellvertretende Kommandeur der Heiligen Wache, der Mann mit dem verschwitzten Gesicht, wirklich so dümmlich? Vor allem jedoch faszinierte ihn der Heilige Wächter neben ihm: Gosta. Während des gesamten Kriegsrats sagte der Legionär nicht viel und wurde auch nur selten nach seiner Meinung gefragt. Manchmal gab man ihm einen Befehl, den er mit einem stummen Nicken akzeptierte. Roper wusste nichts über ihn, aber Uvoren behandelte ihn wie seinen treuen Hund. Die anderen Offiziere schienen Gosta zu misstrauen. Selbst Pryce hielt beinahe angewidert Abstand zu ihm.

Vor Roper saß eine sehr einflussreiche und mächtige Gruppe. Männer mit Vermögen und Ansehen, die Uvorens Anspruch auf den Steinernen Thron stützen würden. Wollte Roper herrschen, musste er sie brechen, alle, einen nach dem anderen.

Und natürlich auch Uvoren selbst, der jetzt sprach.

»Vergesst Jung-Roper, er ist unbedeutend. Wir sind in einer heiklen Position. Die Schwarzfelsen-Legion verfügt nur noch über die Hälfte ihrer Truppenstärke, die Moral ist am Boden, und wir haben nicht damit gerechnet, dass wir die Legionen zurück ins Hindrunn führen würden. Wir brauchen wesentlich mehr Vorräte. Die Skiritai haben angedeutet, dass die Südlinge nicht vorhaben, uns zu belagern. Aber sie werden unsere südlichen Ländereien verwüsten. Dem müssen wir Einhalt gebieten. Mit dieser Aufgabe werden wir uns aber erst morgen befassen. Ich gehe jetzt zu Bett.«

Uvoren stand auf, und der Rest des Kriegsrats folgte seinem Beispiel. Pryce mit seinem langen Pferdeschwanz wartete nicht darauf, dass er entlassen wurde, sondern ging an Roper vorbei aus dem Ratssaal. Roper blieb sitzen. Uvoren musterte ihn aus schmalen Augen. Störrisch erwiderte Roper den Blick.

»Ein Legionär der Schwarzfelsen hat sich heute bei mir gemeldet, Roper. Er hat mich darüber in Kenntnis gesetzt, dass du ihn zu einem Heiligen Wächter ernannt hast. Versuch nie wieder, deine Männer in meine Einheit zu versetzen.«

»Das ist mein Recht, Uvoren«, erwiderte Roper und errötete.

»Tatsächlich?« Uvoren klang ungläubig. Dann lachte er über Ropers wütende Miene, beugte sich vor und tätschelte seine Wange. »Beruhige dich, Junge«, sagte er. »Du nimmst das Leben viel zu ernst. Der Tod deines Vaters hat dich doch nicht etwa erschüttert, oder?« Roper schwieg, und Uvoren lachte erneut. »Es war ein guter Tod«, bemerkte er gleichgültig. »Kameraden, bis morgen. Gute Nacht.«

Sie gingen nacheinander aus dem Saal und ließen Roper allein zurück. Er stand auf, ging zum Steinernen Thron und setzte sich trotzig wieder darauf. Dann rieb er mit den Fingern über die glatten Armlehnen. Die Hände von einem Dutzend Schwarzer Lords hatten sie blank poliert, zuletzt die seines Vaters. Und Schwarze Lords weinten nicht.

Stattdessen stieg ein lautes Heulen in Ropers Kehle auf.

3. KAPITEL

INFERNO

Das war eine gute Strategie, Bellamus«, sagte Lord Northwic beiläufig. In seiner Jugend war der Lord ein hervorragender Krieger gewesen, und seine Erfahrungen machten ihn auch jetzt noch, da er ein alter Mann war, zu einem unschätzbaren Anführer. Er mochte Ende sechzig sein, war aber immer noch gesund und agil. Sein leuchtend roter Bart reichte weit seine Wangen hinauf, und während er sprach, glitt der Blick seiner wässrigen, zwischen tiefen Falten liegenden Augen über die Landschaft. Er wirkte zäh, was er auch war, und harsch, was er ganz und gar nicht war. »Habt Ihr schon einmal gesehen, wie diese Stacheln in einer Schlacht benutzt wurden?«

»Ihr meint die Krähenfüße? Ja, in Safinim. Mein Vater diente dort als Pikenier.«

»Ein Landsknecht?« Der Lord schnaubte. »Wahrhaftig, Ihr kommt wirklich von ganz unten, stimmt's?« Bellamus ging davon aus, dass Lord Northwic ihm damit ein Kompliment machen wollte. »Nur schade um William«, fuhr Northwic fort.

»Findet Ihr wirklich?«, konterte Bellamus amüsiert. Als er die schockierte Miene des Lords sah, versuchte er rasch, seinen Worten die Schärfe zu nehmen. »Es war ein spektakulärer Tod«, setzte er hinzu. Er hatte noch vor Augen, wie dieser Hüne über die überflutete Ebene gestürmt war. Dieser gewaltige Krieger hatte mühelos ganz allein ein halbes Dutzend von Süddals vornehmsten Rittern niedergemacht.

»Das lässt sich kaum bestreiten«, räumte Northwic ein.

Die Generäle saßen im Sattel ihrer Pferde auf dem Hügelkamm, von dem sich Ropers Streitkräfte zurückgezogen hatten. Es goss immer noch in Strömen, aber die beiden Männer wurden von einem Baldachin geschützt, den vier Adjutanten an den Ecken hielten. Ihnen lief das Wasser über das Gesicht. Der größte Teil der Armee der Südlande machte sich gerade daran, das Schwarze Königreich mit Fackel und Schwert zu verheeren, aber unten auf der Flutebene wimmelten noch etliche Tausend Soldaten.

Die bleichen, vom Wasser aufgequollenen Leichen der Anakim wurden ihrer Kleidung und aller Wertsachen beraubt. Der Stolz der Legionäre, ihre kostbaren Waffen und Rüstungen, die sie zu Lebzeiten so liebevoll gepflegt hatten, wurden achtlos zu großen Haufen aufgeschichtet. Sie sollten später eingeschmolzen und zu Rüstungen von passenderer Größe geschmiedet werden. Die derben Wolltuniken waren zwar gebraucht, aber noch sehr gut verwendbar. Doch die kostbarste Beute befand sich in den Leichen selbst.

Die Knochenrüstung.

Die Soldaten Süddals durchtrennten die vom Regen aufgeweichte Haut ihrer Feinde und legten die sich überlappenden Knochenplatten darunter frei. Dann zersägten und zerrissen sie die Gelenkbänder, die sie hielten, zogen schließlich die steinharten Platten aus den Leichen und häuften sie ebenfalls aufeinander. Sie wiesen nicht die kalkweiße oder cremige Farbe anderer Knochen auf, sondern hatten einen rostroten Ton. Die Platten waren leichter und härter als alle Stahlrüstungen, die der Süden entwickelt hatte, und Bellamus hatte schon sehr genaue Vorstellungen, wie er dieses Material nutzen würde.

Nach der Schlacht hatte man einen gewaltigen Leichnam auf den Hügelkamm geschafft, damit er ihn inspizieren konnte. Er unterschied sich von den anderen Toten, war größer und prächtiger gerüstet. Die Soldaten, die gesehen hatten, wie er vom Pferd gestürzt war, tödlich getroffen durch einen Pfeil in der Kehle, hatten ihn daher für eine Art Offizier gehalten. Doch Bellamus erkannte das Gesicht. »Also haben wir dich am Ende doch erwischt«, hatte er beinahe traurig zu Kynortas' Leichnam gesagt. »Und da du tot bist, muss jetzt dein Sohn regieren.«

Bellamus betrachtete den Leichnam kritisch. »Gebt mir seinen Helm.«

Der Mann, der die Leiche mit einem Pferd auf die Anhöhe geschleppt hatte, löste den großen Kriegshelm von Kynortas' Kopf und reichte ihn Bellamus. Der strich mit den Fingern darüber und drehte ihn in den Händen. Wie er vermutet hatte, bestand der Helm nicht aus Stahl. Es war eine Art Legierung, matter als Stahl und erheblich schöner. Sie bildete ein marmoriertes Muster, in dem sich die Farben der Wolken, der Dämmerung, von Eisen und Mondlicht zu vermischen schienen und ineinanderflossen. »Das berühmte Unthank-Silber. Ich habe noch nie gesehen, dass sie es für etwas anderes als für Schwerter benutzt hätten.« Der Helm fühlte sich fast zu leicht an für den Einsatz in einem brutalen Kampf, aber Bellamus wusste, dass die Anakim niemals eine Ausrüstung nur wegen ihres prunkvollen Äußeren akzeptiert hätten. Krieg war ihr Handwerk, und wenn sich dieser Kriegshelm in seiner Hand zu leicht anfühlte, zeigte das nur, wie wenig er wusste. Er setzte ihn auf und stellte fest, dass er viel zu groß war für seinen Kopf.

»Unthank-Silber, Mylord?«

»Ich bin kein Lord«, wandte sich Bellamus an den Pferdemeister. »Ich bin ein Gemeiner wie du. Und ja, so nennt man die Legierung, aus denen die Anakim ihre Schwerter schmieden. Ich kann nicht behaupten, dass ich wüsste, wie sie sie herstellen. Aber ich habe gehört, dass Unthank-Waffen weiße Funken schlagen, wenn sie sich im Kampf kreuzen. Wie der Amboss eines Schmiedes. Vielleicht kann uns das ja einen Hinweis auf seine Beschaffenheit geben.«

Der Pferdemeister jedenfalls wirkte eher ratlos.

Bellamus nahm den Helm wieder ab und untersuchte ihn noch einmal. »Einfach prachtvoll.« Ein Helmbusch aus Metall führte von der Stirn zum hinteren Teil der Krone, und eine besonders scharfe Klinge, die wie die Schneide einer Axt geformt war, saß auf der Vorderseite der Helmzier. Am hinteren Teil hingen sich überlappende Platten, die den Nacken des Trägers schützten, und ein Visier und ein Wangenschutz aus derselben Legierung vervollständigten den umfangreichen Schutz. »Eine Schande, dass die Jormunrekur ihn verloren haben. Ich bin nicht sicher, ob sie es sich heutzutage noch leisten können, dieses Stück so einfach zu ersetzen. Wir werden ihn ihnen zurückschicken.« Er warf dem Pferdemeister den Helm zu und bat ihn, ihn dem Toten wieder anzulegen. Eigentlich hatte er vorgehabt, dem König Kynortas' Schädel zu schicken. Aber der König würde sich mit einem anderen Geschenk begnügen müssen. Für diesen Kopf hatte Bellamus eine bessere Verwendung im Sinn.

Sein Blick fiel auf das mächtige Schwert, das immer noch in der Scheide an Kynortas' Hüfte steckte. Offenbar bestand es aus demselben Metall wie der Helm und war ebenso leicht und stark. Aber es glitzerte sonderbar im grauen Tageslicht. Die Schneide schien von innen heraus zu schimmern. Es war viel zu lang, als dass er es hätte schwingen können. Außerdem konnte er kaum den Griff umschließen, der für eine weit größere Hand gedacht war. Trotzdem schnallte sich Bellamus die Waffe um. Es gab mehr als eine Möglichkeit, eine solche Waffe zu benutzen.

Bellamus hatte Lord Northwic den Tod von Kynortas gemeldet, aber nicht erwähnt, dass man dessen Leiche gefunden hatte. Jetzt ritt er mit dem Lord langsam über den Hügelkamm, damit die Baldachinträger Schritt halten konnten. In den Bergen im Norden donnerte es, und ein Blitz zuckte grell über dem düsteren Schlachtfeld auf. An der Stelle, wo er einschlug, schien das Wasser zu kochen.

»Das ist ein wirklich trostloses Land«, sagte Lord Northwic und betrachtete die Soldaten, die die toten Anakim plünderten. »Wir müssen uns der Anakim entledigen, gewiss, aber darüber hinaus ... Es lohnt die Mühe nicht, dieses Land zu erobern.«

»Sie haben zweifellos ebenso unter diesem ungewöhnlich starken Regen gelitten wie wir«, erwiderte Bellamus zurückhaltend. »Ich kann mir vorstellen, dass dieses Land im Sonnenlicht wunderschön aussieht, wenn auch ein wenig rau.«

»Es ist eine Wildnis«, antwortete Lord Northwic abschätzig. »Diese Berge sind ein Krebsgeschwür auf dem Angesicht der Erde. Südlich des Abus gibt es gute fruchtbare Erde. Bebaut, kultiviert und gepflegt. Das kommt einem Paradies schon ein wenig näher. Das hier dagegen ...« Er deutete mit gichtigen Fingern auf den Wald, der eine Seite des Hügelkamms säumte. Die Baumwipfel wiegten sich im Wind. »Das hier ist das Land des Wolfs, des Bären und der Wildkatze. Ihre Dörfer sind weit voneinander entfernt und werden zusätzlich noch durch die Wildnis isoliert. Sie teilen sich ihr Land mit den Barbaren und den Wilden. Kein Wunder, dass sie selbst so unzivilisiert sind. Ich frage mich wirklich, ob man dieses Land jemals befrieden kann. Wenn wir die Anakim unterworfen haben, kann man dann dieses Land bestellen, oder ist der Boden zu steinig dafür? Werden hier Kühe und Schafe weiden können, oder ist die Erde zu sauer?«

»Die Trawden-Wälder müssen wir erhalten«, erwiderte Bellamus. »Den Berichten zufolge soll es ein legendäres Jagdrevier sein.«

»Das ist also Euer Plan«, knurrte Lord Northwic. »Erobere den Norden, dann bist du sein Herr.«

Bellamus lächelte leicht. »Niemand sonst scheint ihn zu wollen. Seine Majestät spricht sogar davon, eine große Mauer zwischen Nord und Süd zu errichten, obwohl wir damit die Hälfte unserer Insel verlieren würden. Gebt mir den Norden. Ich werde ihn befrieden.«

»Ist es nur der Norden, nach dem es Euch verlangt, Bellamus?« Lord Northwic warf ihm einen raschen Seitenblick zu, und Bellamus wusste sofort, worauf er anspielte. »Ich war auch einmal so jung wie Ihr, wenn nicht noch jünger«, spottete er. »Ich sehe genau, wie Ihr Euch in Gegenwart von Königin Aramilla gebärdet. Sie ist die Einzige am Hofe, zu der Ihr respektvollen Abstand haltet.«

»Man spielt besser nicht mit dem Feuer«, sagte Bellamus, ohne Lord Northwics Blick zu erwidern.

»Das ist allerdings besser«, antwortete Lord Northwic nachdrücklich. »Und zwar sowohl in den Augen Gottes als auch der Menschen. Seid vorsichtig, was sie betrifft.«

»Ich kenne sie kaum«, gab Bellamus zurück.

»Ich kenne euch beide«, erwiderte Lord Northwic. »Sie ist unberechenbar. Aber Ihr verheimlicht etwas.« Lord Northwics Tonfall war barsch, aber Bellamus wusste, dass der alte Mann ihn ungeachtet seiner scharfen Worte mochte. Jedenfalls drohte ihm von dieser Seite keine Gefahr. Denn dem Mann, der dem König hinterbrachte, seine Gemahlin hätte eine Affäre, drohten weitaus mehr Unannehmlichkeiten als den Beschuldigten. Die beiden Männer ritten eine Weile schweigend weiter. »Vielleicht sollten wir versuchen, das Hindrunn einzunehmen«, schlug der Lord vor.

»Das ist keine gute Idee, Cedric«, widersprach Bellamus. Lord Northwic war ein souveräner und gelassener Anführer, den die vertrauliche Anrede nicht zu stören schien. »Solange die Legionen in der Festung sind, ist diese Nuss nicht zu knacken. Es würde ihnen nichts mehr gefallen, als wenn wir eine Belagerung versuchten.«

»Also setzen wir die Plünderungen fort.« Der Lord klang nicht besonders begeistert.

»Ja, weitere Plünderungen«, pflichtete Bellamus ihm bei. »Je mehr Beute in den Süden gelangt, desto mehr Krieger werden sich unserem Feldzug anschließen. Außerdem ist das die beste Strategie, um die Schwarzen Legionen aus dem Hindrunn zu locken. Besser, als die Festung anzugreifen.«

»Was wisst Ihr über ihren neuen Anführer, diesen jungen Roper?«, wollte Northwic wissen.

Bellamus hatte sich einen Namen als Anakim-Experte von Erebos gemacht. Das war der Kontinent, vor dem Albion lag. Niemand manövrierte so gut in den Schatten wie der Emporkömmling, und keiner konnte sich wie er auf Augenhöhe mit den Anakim verständigen. Er verstand sie, kannte ihre Beweggründe, ihre Sitten und ihre Sorgen. Bellamus hatte viel Zeit mit ihnen in den Alpen, in Iberia und jetzt in Albion verbracht. Sie waren seine Berufung geworden. Die meisten sahen nur die hoffnungslose Armut der Sprache der Anakim, ihre primitive, schematische Kunst, ihre verblüffend unlogischen Karten, die Tatsache, dass sie keine Schrift besaßen, und ihre barbarischen Sitten. Deshalb versuchten sie gar nicht erst, mit ihnen Handel zu treiben. Nicht so Bellamus. Die Menschen der Südlande faszinierten ihn. Die Anakim jedoch fesselten ihn.

Bellamus hatte mit Charme, Einschüchterung und Bestechung etwas erreicht, was die Adligen von Süddal für unmöglich gehalten hatten: Er hatte ein Netzwerk aus verlässlichen Spionen der Anakim im Schwarzen Königreich selbst geknüpft. Bei den früheren Invasionen im Norden war ihr Wissen über den Feind, mit dem sie es zu tun hatten, und dessen Taktik schmerzhaft unzulänglich gewesen. Bellamus hatte sich unersetzlich gemacht, weil er mehr wusste als alle anderen. Und er hatte ein höchst unerwartetes Talent als Anführer bewiesen.

»Er galt immer als vielversprechend«, antwortete er jetzt auf Lord Northwics Frage. »Aber ich bezweifle, dass er tatsächlich das Sagen hat. Man hat mir gesagt, dass ein hoher Offizier des Landes, ein Krieger namens Uvoren, Vorkehrungen getroffen hat, um die Macht zu übernehmen, sollte Kynortas in der

Schlacht fallen. Wir haben ihn übrigens bereits getroffen«, setzte er hinzu und sah Lord Northwic an. »Er war der Anakim mit dem Streithammer, zur Linken von Kynortas. In seinen Brustpanzer war eine Wildkatze eingraviert.«

»Der in der Mitte war also Kynortas, der den armen Earl William so gedemütigt hat.« Lord Northwic versuchte, sich zu erinnern, und verzog dabei sein Gesicht derartig, dass seine Augen vollkommen in den Falten verschwanden. »Uv … Uvora?«

»Uvoren«, verbesserte Bellamus ihn.

»Uvoren mit dem Streithammer zur Linken. Roper war der schlaksige Bursche auf der rechten Seite. Und wer war der andere?«

»Das weiß ich nicht«, gab Bellamus zu. »Ein Heiliger Wächter, seiner Rüstung nach zu urteilen.« Die beiden ritten eine Weile schweigend weiter. Bellamus genoss das Schweigen, betrachtete die regennasse Landschaft und sog tief den feuchten Geruch ein.

»Ich bin nicht sicher, dass wir diesen Feldzug beenden werden«, sagte Lord Northwic schließlich.

Bellamus sah schockiert drein. »Mylord?«

»Wirklich, Bellamus!«, sagte Lord Northwic barsch. »Wenn ich Euch jemals etwas erzählen sollte, was Ihr nicht schon vorher wusstet, wäre ich enttäuscht.«

Bellamus lachte.

Es gab tatsächlich neue Kunde aus dem Süden. König Osbert, der die Anakim wirklich fürchtete, schien geneigt, seine Armee jetzt, da Earl William getötet worden war, zurückzuziehen. Die Briefe, welche die Boten nach Norden gebracht hatten, zeichneten das Bild eines Königs, der ganz offensichtlich glaubte, er hätte genug getan, um Gottes Zorn zu beschwichtigen. Offensichtlich war er der Ansicht, sie sollten sich mit dem begnügen, was sie gewonnen hatten, und sich zurückziehen. Northwic war zwar ein sehr mächtiger Lord, aber er war nach allgemeinem Dafürhalten weder vornehm noch ruhmreich genug, um eine

Armee nördlich über den Abus zu führen. Der Winter nahte mit großen Schritten, und die erste Schlacht war weit besser gelaufen, als irgendjemand zu hoffen gewagt hatte. Die Gerüchte besagten, dass König Osbert überlegte, den Feldzug zu beenden und ihn zu einem großen Erfolg zu erklären. Von jetzt an konnte es seiner Ansicht nach nur schlimmer werden.

Sollte das eintreffen, so wäre das der Todesstoß für Bellamus' ehrgeizige Pläne. Er hatte all seine Beziehungen, seinen gesamten Einfluss und Wohlstand in diesen Feldzug nach Norden investiert. Wenn er so schnell endete oder der König einen anderen Fürsten nach Norden schickte, um Earl William zu ersetzen, konnte das alles zerstören. Dennoch machte er sich keine allzu großen Sorgen. Bereits nach Eintreffen des ersten Briefes hatte er einen Kurierreiter mit einer Antwort nach Süden geschickt. In seinem Brief bat er Königin Aramilla, sich beim König für ihn einzusetzen. Bis jetzt hatte sie ihn noch nie enttäuscht.

»Ich bin sicher, dass Seine Majestät Vernunft annehmen wird«, sagte Bellamus nach einer Weile. »Es wäre Wahnsinn, den Feldzug jetzt abzubrechen. Uns bietet sich hier eine Gelegenheit, wie wir sie wahrscheinlich nie wieder bekommen.«

Northwic nickte. »Also, wer hat Earl William getötet?«, knurrte er.

»Ich kann nur Vermutungen anstellen, aber die Beschreibung trifft auf einen Mann zu«, erklärte Bellamus. »Es gibt da einen Heiligen Wächter, der ziemlich berühmt ist – Pryce Rubenson. Er ist ein legendärer Läufer. Man behauptet, er wäre zu Fuß schneller als ein Reiter, und zwar über jede Entfernung und jedes Terrain. Zudem soll er der mutigste Krieger des Nordens sein.«

»Verschafft Euch Gewissheit«, sagte Northwic. »Und sorgt dafür, dass er für Williams Tod bezahlt!«

»Wie Ihr wünscht«, antwortete Bellamus.

»Ihr seid ein sehr nützlicher Mann, Bellamus.«

»Ihr wisst eben, wie Ihr mich nehmen müsst, Lord.«

»Allerdings.« Lord Northwic schnaubte. »Indem ich Euch genau das tun lasse, was Ihr tun wollt.«

* * *

Das Schwarze Königreich wurde überrannt. Die Niederlage auf der Flutebene – zu demütigend, um der Schlacht auch nur einen Namen zu geben – ermöglichte es den Kriegern Süddals, zum ersten Mal seit Jahrhunderten nördlich des Abus zu brandschatzen. Es war, als hätte jeder Soldat persönlich dieses lange Warten erduldet, so begierig machten sie sich alle ans Plündern.

Vor allem aber schienen sie das Brandschatzen zu lieben.

In Kriegszeiten war es durchaus verbreitet, Dörfer und Kornkammern, auf die man stieß, in Brand zu stecken. Das schwächte die Moral des Feindes, erschwerte es ihm, Widerstand zu leisten, und machte die Hilflosigkeit des besetzten Gebietes mit Händen greifbar.

Doch selbst das konnte nicht erklären, was im Osten des Hindrunn geschah. Von jeder der großen Granitmauern aus oder von den Türmen, die den Hohen Fried umringten, sah man die gewaltige Rauchwolke, die den Osten überschattete. Sie verdeckte die Sonne und färbte jeden Sonnen- und Mondaufgang schmutzig rot. Alle Soldaten des Hindrunn sahen es: Der Himmel selbst wurde von der systematischen Vernichtung ihres Landes erstickt. Kundschafter strömten in Scharen herbei und berichteten von einem Feuer, das zu groß war, um einen Weg hindurch zu finden. Es war ein Flammenmeer, das das Land hinter der Armee Süddals verbrannte.

Aber die Nachrichten sollten noch schlimmer werden.

Die Anakim waren den Männern der Südlande zahlenmäßig schon immer unterlegen gewesen, aber ihre kriegerische Gesellschaft und ihr einschüchternder Ruf hatten dafür gesorgt, dass es sich jeder gut überlegte, bevor er in ihr Land einfiel. Doch als sich die Kunde von diesem großen Sieg verbreitete, strömte Verstärkung aus Süddal nach Norden und ließ die Reihen der

Armee anschwellen, die jetzt von Lord Northwic kommandiert wurde. Er war ein guter Befehlshaber, dieser Lord, und schien sich damit zufriedenzugeben, das Hindrunn sich selbst zu überlassen. Stattdessen trachtete er danach, das Land rundherum zu vernichten und so die Legionen zu veranlassen, wütend aus ihrem Nest zu schwärmen.

Davon wollte Uvoren jedoch nichts wissen. Er traf sich jeden Tag im Ratssaal mit seinem kompletten Kriegsrat. An dem gewaltigen Eichentisch drängten sich alle vierzehn Legionskommandeure, dazu Vertreter der Großen Häuser des Reiches, die Köpfe der Ämter des Staates, die Leitende Historikerin und ihre Stellvertreterin und auch die Vertreter der Städte, die auf der Flucht vor der Horde des Südens Schutz im Hindrunn gesucht hatten. Roper war ebenfalls dort, und er hörte zu, als dieselben Stimmen immer und immer wieder um Gehör baten. Dann standen sie da, wiederholten ihre Sicht der Dinge, entweder unter brummender Zustimmung oder unter lautstarkem Widerspruch. Es sah aus, als teilten die meisten Wortführer am Tisch Uvorens Einstellung in dieser Angelegenheit.

Die Legionen sollten in der Festung bleiben. Es sei bedauerlich, gewiss, dass die umliegenden Gebiete dem Feuer anheimfielen, aber sie müssten längerfristig denken. Im Hindrunn konnten sie jeden Angriff aussitzen. Solange der wahre Reichtum des Schwarzen Königreiches, die Legionen, geschützt wurde, konnten sie irgendwann alles zurückerobern, was sie verloren hatten.

Die Leitende Historikerin widersprach als eine der wenigen dieser Sichtweise. Sie hatte stahlgraues Haar, ein kantiges Gesicht und war unerbittlich rechtschaffen. Ihre Rolle bestand darin, die Situation aus einer anderen Perspektive zu betrachten und die Aufmerksamkeit des Kriegsrates auf ähnliche historische Ereignisse zu lenken. »Wir sollten alle begreifen, dass dies das erste Mal ist, dass das Hindrunn ausschließlich zu Verteidigungszwecken genutzt wird. Es wurde wie ein Wespennest konstruiert, nicht wie eine Geldkassette. Bei allen früheren Invasionen sind die Ratgeber stets zu dem Schluss gelangt, dass wir ohne die Vorräte, die uns die Ländereien ringsum liefern, nicht überleben können. Folglich haben wir uns unserem Feind auf dem Schlachtfeld gestellt. Aber außerhalb der Mauern dieses Raumes steht das Schwarze Königreich in Flammen.«

»Wir hier sind das Schwarze Königreich«, knurrte Uvoren. Es gab nicht viele, die es wagten, seiner Meinung zu widersprechen. Es war zu offensichtlich, woher der Wind wehte.

Also blieben die Legionen im Hindrunn und warteten ab.

Bei seinem ersten richtigen Kriegsrat war Roper, während er sich bemühte, so wenig wie möglich trotz seines verletzten Beines zu humpeln, hoch aufgerichtet zum Steinernen Thron gegangen und hatte darauf Platz genommen. Kalt hatte er die Blicke all jener erwidert, die ihn angesehen hatten. Sein Verhalten hatte etliche missbilligende Mienen hervorgerufen, aber Uvoren hatte es nicht gewagt, vor so vielen Ratsmitgliedern seine Lüge mit den drei Tagen Trauer zu wiederholen. Roper hatte jedoch keine Ahnung gehabt, wie er dann weitermachen sollte. Er hatte versucht, selbst das Wort zu ergreifen, aber Uvoren hatte ihn angefahren, dass er gefälligst schweigen solle. Die anderen hatten lautstark ihre Zustimmung bekundet. Also war das Ropers üblicher Beitrag geworden. Schweigen.

Fünf Tage nach der Rückkehr der Legionen ins Hindrunn waren sie immer noch hier, warteten hinter steinernen Mauern auf das Ende des Sturms. Ein weiterer Kriegsrat endete mit der Entscheidung, die Tore vor dem Schwarm der Flüchtlinge zu verschließen, die vor dem Hindrunn auftauchten. Uvoren erklärte, dass sie außerhalb der Wälle bleiben müssten, und führte als Grund seine Sorge wegen der Hygiene an. Als die Zahl der Flüchtlinge immer mehr anwuchs und der Mob vor den Toren der Festung schließlich immer rastloser wurde, argwöhnte Roper, dass diese Entscheidung letztendlich ihm angelastet werden würde.

Während der Kriegsrat jetzt langsam den Ratssaal verließ, erhob sich Roper von dem Steinernen Thron. Er sah, wie die Leitende Historikerin einen der anderen Ratgeber zurückhielt. Sie legte ihm eine Hand auf die Schulter und flüsterte ihm etwas ins Ohr. Der Mann stand regungslos da und lauschte, das Gesicht zur Tür gewandt. Bei dem Mann handelte es sich um Jokul, wie Roper in Erfahrung gebracht hatte. Die anderen Ratsherren waren frustriert und verzweifelt und dachten nur daran, den Saal zu verlassen. Sie strömten um das Paar herum, bis sich Jokul schließlich umdrehte und Roper direkt in die Augen sah. Die Leitende Historikerin flüsterte immer noch in sein Ohr, während Roper und Jokul sich gegenseitig musterten. Schließlich nickte Jokul, ohne ein einziges Wort zu sagen. Der Ratssaal leerte sich, bis nur noch die drei übrig waren. Jokul und die Leitende Historikerin betrachteten Roper. Uvoren war der Letzte, der hinausging. Er warf ihnen einen forschenden Blick zu, schnaubte dann und rief dem schwitzenden Asger, dem Leutnant der Heiligen Wache, etwas zu. Der lachte schallend und versuchte, noch einen Blick auf »Jung-Roper« zu erhaschen, bevor Uvoren die Tür schloss.

Roper kannte die Leitende Historikerin und hatte Jokul die letzten Tage scharf beobachtet. Er war einer der wenigen Ratsherren, die sich gegen die Idee ausgesprochen hatten, die Legionen im Hindrunn festzuhalten. Und was noch ungewöhnlicher war: Wenn er sprach, wurden seine Worte von Uvoren und seinen pöbelnden Speichelleckern nicht etwa verächtlich kommentiert, sondern argwöhnisch überdacht. Sie behandelten ihn sehr vorsichtig, wie eine dieser giftigen Schlangen, die manchmal durch Handelsschiffe aus fernen Ländern hierher verschleppt wurden und die selbst Uvoren nicht zu reizen wagte. Aber Roper sah keinen offensichtlichen Grund dafür. Jokul besaß weder einen Ruf als Kämpfer, noch genoss er die Unterstützung irgendeines der Großen Häuser, jedenfalls soweit Roper wusste, und er war ganz gewiss kein besonders begabter Redner.

Im Gegenteil, wenn er sprach, schien er förmlich alles Leben aus dem Raum zu saugen.

»Können wir reden, Mylord?«, fragte die Historikerin.

»Selbstverständlich«, erwiderte Roper und ließ sich schwer auf den Thron zurückfallen. Er hatte immer noch starke Schmerzen, wenn er sein Bein oder seine Schulter belastete. Die Leitende Historikerin kam näher, und Jokul folgte ihr. Beide setzten sich auf die linke Tischseite vor Roper.

»Wisst Ihr, wer wir sind, Lord?«, erkundigte sich die Historikerin ruhig.

»Ihr seid die Leitende Historikerin«, antwortete Roper. »Frathi Akisdottir.« Er wandte sich zu Jokul. »Von Euch kenne ich den Namen. Aber nicht Euren Rang.«

»Nein«, antwortete Jokul. Seine Stimme klang dünn und brüchig. »Mein Titel lautet Meister der Kryptea.«

Schlagartig begriff Roper.

Er starrte den Mann einen Moment an, während sich seine Gedanken überschlugen. Dann richtete er den Blick auf die alte Historikerin, die ihn unbeeindruckt erwiderte, während sie mit einem Finger auf den Tisch tippte, als versuchte sie, das Tempo dieser Besprechung damit zu beschleunigen. Roper sah wieder zu Jokul. »Also?«, fragte er schließlich herausfordernd.

»Ihr wisst um die Kryptea, aber unsere Funktion wird absichtlich im Dunkeln gelassen. Seid allerdings gewiss, dass ich niemals den Schwarzen Lord vor der verlässlichsten Zeugin des gesamten Königreiches ermorden würde.« Jokul deutete auf die Leitende Historikerin.

Roper leckte sich die Lippen. »Warum seid Ihr dann hier?«

Jokul lehnte sich auf dem Eibenstuhl zurück und schlug die Beine übereinander. Er war unglaublich dünn. Wären seine Unterarme nicht von einem dichten Netz aus Adern überzogen gewesen, hätte man ihn fast für einen lebenden Leichnam halten können. Roper erinnerte sich an das, was Uvoren vor einigen Tagen über ihn gesagt hatte. *So dünn, dass die Bussarde ihm fol-*

gen, wenn er hinausgeht. Jokul spielte mit einer Silbermünze, die er zwischen Daumen und Zeigefinger drehte. »Wir bewahren die Stabilität des Schwarzen Königreiches«, antwortete er. »Es stimmt, manchmal hat sich dies in der Vergangenheit dadurch manifestiert, dass wir Mitglieder Eurer Familie ermordet haben, die ihre Macht zu exzessiv genossen haben. Aber Ihr besitzt im Moment keine Macht. Oder doch?«

»Nein«, gab Roper zu. »Gar keine.«

»Dann stellt Ihr ja wohl kaum eine Bedrohung für das Land dar.«

»Ihr seid an Stabilität interessiert?«, platzte Roper heraus. »Es würde allen das Leben erleichtern, wenn ich nicht existierte und Uvoren die Macht übernähme.«

»Diese Meinung teilen wir nicht«, sagte die Leitende Historikerin. Jokul spielte immer noch mit der Münze und veränderte seine Haltung auf dem Stuhl. Es schien, als versuchte er herauszufinden, wie er so wenig Platz wie möglich darauf mit seinen schmalen Schultern einnehmen konnte. Ropers Blick glitt zu der Frau, aber auch ihr Anblick beruhigte ihn nicht sonderlich. Sie war steifer, ähnelte mehr einem Eichenstamm, während Jokuls Biegsamkeit Roper an eine Weidengerte denken ließ. Und wenn er sie ansah, begegnete er dem durchdringenden Blick ihrer hellblauen Augen. »Wir haben Eure Entwicklung beobachtet, während Ihr herangewachsen seid«, fuhr sie fort. Ihre Stimme war sanfter als ihr Blick. »Wir hegten die Hoffnung, dass Ihr eines Tages ein Anführer werden könntet. Kein Herrscher, sondern ein Anführer. Jemand, der die Liebe der Legionen wecken könnte, so wie Euer Vater ihren Respekt genossen hat. Bedauerlicherweise ist Euer Vater gefallen, bevor Ihr bereit wart, das Kommando über die Legionen zu übernehmen. Zweifellos glaubte Kynortas, dass er mehr Zeit hätte, um Euch vorzubereiten. Aber Zeit ist für uns alle ein knappes Gut.« Sie beugte sich plötzlich vor. »Was wisst Ihr von den Menschen aus dem Süden?« Sie machte den Eindruck, als wäre ihr seine Antwort wichtig.

»Sie sind klein«, erwiderte Roper gleichgültig.

»Was? Klein?« Sie lehnte sich zurück und tat, als hätte Roper nicht geantwortet. »Das Wichtigste, was Ihr über sie wissen müsst, ist, dass sie nicht länger leben als ein Jahrhundert. Deshalb sind diese Südlinge ein so unersättliches Volk. Sie haben keine Zeit, also müssen sie konsumieren. Sie alle wollen Veränderungen erleben während ihrer kurzen Lebensspanne. Wir dagegen wissen, dass wir nur abzuwarten brauchen, bis die Veränderung kommt.«

»Ich weiß nichts über sie«, räumte Roper ein.

»Niemand scheint das zu tun. Die Akademie«, das war die Schwesternschaft, die sie anführte, »und die Kryptea«, sie deutete auf Jokul, der zusammengekauert auf dem Stuhl saß, »teilen einen gemeinsamen Kummer. Wir haben Tausende von Jahren gegen die Südlinge gekämpft, und noch nie hat jemand auch nur versucht, sie zu verstehen.«

Roper hatte in diesem Moment nur wenig Interesse an den Südlingen. Er warf einen Blick auf Jokul. »Ihr wollt also diesen Machtkampf zwischen mir und Uvoren einfach aussitzen und nichts unternehmen?«

»Es kommt sehr selten vor, dass sich die Kryptea zum Handeln genötigt sieht«, antwortete der blasse Mann. »Meine Aufgabe besteht vor allem darin, Informationen zu sammeln. In letzter Zeit stellen die Streitkräfte Süddals eine sehr viel realere Bedrohung für die Stabilität unseres Landes dar, als Eure Familie es jemals getan hat. Der Kampf zwischen dem Wolf und der Wildkatze ...« Jokul spielte auf die Wappen von Ropers und Uvorens Häusern an. Er kniff die Augen zusammen. »Noch besteht keine Notwendigkeit, hier zu intervenieren.«

»Also könnt Ihr nicht dafür sorgen, dass wir gegen den Feind ins Feld ziehen?«, wollte Roper wissen.

»Damit würde ich meine Stellung missbrauchen«, gab Jokul zurück. »Die Kryptea herrscht nicht selbst. Wir sorgen nur dafür, dass die richtige Person es tut.«

»Ich bin die richtige Person …«

»Tatsächlich?«, fiel Jokul Roper ins Wort. Seine hellen Brauen zuckten hoch. »Ganz sicher nicht in den Augen des Schwarzen Königreiches. Die meisten Untertanen halten Euch für einen Feigling.«

»Ich habe das Richtige getan«, widersprach Roper leise. Er hatte allerdings keine Ahnung, ob das wirklich stimmte.

»Ich war nicht dabei«, antwortete Jokul. Es gelang ihm, seine Worte so klingen zu lassen, als wüsste er trotzdem mehr von den Ereignissen der Schlacht als Roper.

Natürlich warst du nicht dabei, dachte Roper. Er hatte noch nie einen Mann gesehen, der so wenig von einem Krieger an sich hatte.

»Keiner von uns beiden war dabei«, warf die Historikerin ein. »Aber wir teilen die Meinung, dass Uvoren nicht Eurem Vater nachfolgen sollte. Er hat seine Talente. Er kennt das Handwerk des Krieges, hat viele Anhänger und genießt die höchst willkommene Unterstützung der Lothbrok.« Das war Uvorens Haus. »Aber sein Jähzorn ist ein Problem. Zudem handelt er stets im eigenen Interesse, und er ist nicht klug. Ich will nicht, dass er das Schwarze Königreich regiert. Ist Euch klar, warum er das Ausrücken der Legionen verzögert?«

»Aus Egoismus«, erwiderte Roper verbittert. »Er würde niemals etwas für andere riskieren.«

Jokul schnalzte missbilligend mit der Zunge. »Verachtet Uvoren nicht«, sagte er. »Hass ist keine angemessene Emotion für einen Mann.«

»Behandelt mich nicht so herablassend!«, fuhr Roper ihn an. Es überraschte ihn nicht, dass Jokul nicht an starke Gefühle glaubte.

Die Historikerin wischte Jokuls Bemerkung mit einer Handbewegung beiseite. »Reagiert nicht einfach aufgrund von Gefühlen«, sagte sie unbeirrt. »Sondern denkt nach. Uvoren verlässt diese Festung nicht, weil er weiß, dass Euch die Schuld dafür zugeschoben wird, wenn das Schwarze Königreich brennt. Ihr seid offiziell an der Macht, und er wartet, bis die Enttäuschung über Euch überkocht. Er wartet auf den richtigen Moment, um Euch zu stürzen, Lord Roper – bis die Reaktion der Menschen auf einen Umsturz Erleichterung sein wird. Die Zeit arbeitet gegen Euch, also müsst Ihr schnell handeln.«

»Wenn ich auch nur die geringste Unterstützung fände«, sagte Roper, »würde ich die Legionen nur zu gern zu einem Angriff führen.«

Die Historikerin hob eine Braue. »Was benötigt Ihr dafür?« Sie beobachtete die Wirkung ihrer Worte sehr scharf. Es war ganz offensichtlich ein Test, doch Roper, von den beiden in die Ecke gedrängt, reagierte nicht darauf. »Wir werden den Steinernen Thron nicht für Euch sichern«, fuhr die Historikerin fort und umging damit seinen Widerstand. »So viel Macht habe ich nicht. Aber ich würde gern herausfinden, ob Ihr selbst das vermögt. Uvoren besitzt Einfluss, Vermögen und Ansehen, und er hat viele Verbündete. All dies braucht Ihr ebenfalls, wenn Ihr es mit ihm aufnehmen wollt.«

»Zuerst brauche ich Verbündete«, antwortete Roper. »Mein Haus hat nicht die Macht, das Haus Lothbrok herauszufordern.«

»Euer Vater war ein starker Herrscher«, räumte die Historikerin ein. »Starke Herrscher brauchen ihre Familien nicht über andere zu erheben. Doch dieses Verhalten hat Eure Thronfolge gefährdet. Selbst die Angehörigen des Hauses Jormunrekur, die noch hohe Positionen bekleiden, zögern, Euch zu unterstützen. Sie mussten sich anderen mächtigen Fraktionen anschließen, sonst wären sie entmachtet worden. Aber Uvoren hat auch viele Feinde. Sie schweigen jetzt, weil sie fürchten, dass seine Macht wachsen könnte. Ihr müsst sie aufwiegeln und sie an die Öffentlichkeit treten lassen.«

»Und wer sind diese Feinde?«

Die Historikerin zuckte die Schultern. »Das herauszufinden

ist Eure Aufgabe. Es ist Eure Prüfung. Man sollte meinen, der Thron stünde Euch allein wegen des Geburtsrechts zu, aber Ihr müsst ihn Euch verdienen. Wir wollen sehen, ob Ihr genug Talent besitzt, Uvoren zu stürzen.« Ihr Ton klang beschwichtigend, aber ihr Blick beunruhigte Roper. »Wenn dem so ist, dann wärt Ihr der verdienteste Schwarze Lord seit Jahrhunderten, weil Ihr dafür alles geben müsst, was in Euch steckt. Diese Aufgabe wird Euch alles abverlangen, und ich bezweifle, dass selbst das genügt. All Euren Charme, Eure Fähigkeit zu strategischem Handeln, Euer Glück. Uvoren ist ein mächtiger Krieger, und die größten Krieger können in jeder Arena kämpfen.« Jokul neben ihr hatte endlich aufgehört, mit der Münze zu spielen, und legte sie jetzt flach auf den uralten Eichentisch.

Also gut, fangen wir an, dachte Roper. »Er ist ein mächtiger Krieger und zudem einer, der sehr viel mehr Erfahrung hat als ich und unendlich mehr über diese sogenannte ›Arena‹ weiß. Das ist nicht wirklich ein fairer Wettstreit, aber ich werde einen daraus machen. Wo soll ich beginnen?«

Jokul blieb stumm. Er schien nicht geneigt zu sein, allzu aktiv Partei zu ergreifen. Erneut war es die Historikerin, die Ropers Frage beantwortete. »Mit einem Heiligen Wächter namens Gray Konrathson. Er war Uvorens größter Konkurrent um die Position des Hauptmanns der Heiligen Wache. Hätte die Vernunft obsiegt, so hätte er diesen Wettstreit auch gewonnen. Er entstammt keinem der Großen Häuser, das ist wohl wahr, und er besitzt formell nur wenig Macht. Aber er ist Uvorens lautester Widersacher und genießt hohen Respekt. Gewinnt Gray für Euch, dann habt Ihr Euch zwei wertvolle Verbündete gesichert.«

»Zwei?«

»Gray und seinen Protegé: den Zuchtmeister Pryce Rubenson.«

»Pryce?«, erwiderte Roper verständnislos. Er hatte sich den Namen und das Gesicht dieses Mannes in eben diesem Raum eingeprägt. »Er gehört zu Uvorens Kriegsrat. Und er schien nicht sonderlich daran interessiert zu sein, mir zu helfen.«

»Das bezweifle ich auch«, stimmte die Historikerin ihm sarkastisch zu. »Aber er sitzt in Uvorens Kriegsrat, weil er der am meisten bewunderte Mann des ganzen Königreiches ist. Deshalb will Uvoren ihn auf seiner Seite haben. Es streben mehr Menschen nach der Gunst dieses Mannes, als Uvoren sich auch nur erträumen könnte. Und Pryce hört nur auf einen einzigen Mann. Also gewinnt Gray für Euch. Bei ihm fangt Ihr an.«

Roper fuhr mit den Fingern über die steinernen Armlehnen. »Das alles kann nur zu einem Schluss führen.«

»Bürgerkrieg«, sagte die Historikerin.

»Und das zu einer Zeit, wo wir uns einer gewaltigen Invasion gegenübersehen. Mein Vater hat Bürgerkrieg für das größte Übel gehalten, das einer Nation widerfahren kann. Und nun geschieht es während meiner Amtszeit ...« Roper wandte den Blick ab und starrte trostlos ins Feuer.

»Das ist die Schuld Eures Vaters«, erklärte die Frau. Ihre unnachgiebige Haltung erinnerte Roper an Kynortas. »Ihr wurdet in einer sehr schwachen Position zurückgelassen. Deshalb helfen wir Euch. Uvoren hat deutlich gemacht, dass er dieses Land vollkommen niederbrennen lassen würde, um den Thron zu erlangen, auf dem Ihr jetzt sitzt.« Sie deutete auf den Steinernen Thron. »Deshalb braucht Ihr Verbündete. Vor allem hochstehende Verbündete.«

»Eine Heirat?«, fragte Roper.

»Eine Heirat.« Sie nickte knapp. »Überlegt selbst, mit wem.« Sie erhob sich, und Roper sah zu seinem Erstaunen, dass Jokul bereits hinter ihr stand. Dieser blasse Mann hatte eine so unauffällige Präsenz, dass Roper nicht einmal bemerkt hatte, wie er hinter sie getreten war. Roper wuchtete sich mühsam aus dem Thron, um sich von ihnen zu verabschieden. In dem Moment wandte Jokul sich an ihn.

»Das Wichtigste ist jetzt, einen Mann zu finden, dem Ihr

Euer Leben anvertrauen könnt. Uvoren hat gesehen, dass wir uns unterhalten. Ihr schwebt damit in noch größerer Gefahr als zuvor. Kennt Ihr einen Krieger, der dafür infrage käme?«

Roper dachte scharf nach. »Vielleicht.«

Jokul nickte. »Macht ihn zu Eurem Schildmann. Uvoren hat überall Informanten.« Er deutete eine Verbeugung an und wandte sich zur Tür. Die Historikerin stand immer noch neben Roper.

»Enttäuscht mich nicht, Mylord«, sagte sie. »Ich vermute stark, dass wir Euch brauchen.« Sie folgte Jokul, der die Tür für sie aufhielt. Als sie hindurchgegangen war, drehte sich Jokul noch einmal zu Roper um, eine Hand am Türgriff.

»Ihr hattet selbstverständlich Recht, Lord. Die Stabilität des Reiches würde sich durch Euren Tod in der Tat verbessern. Und wir benötigen in den uns bevorstehenden Zeiten eine starke Führung, so oder so. Also tut, was notwendig ist, Mylord. Oder die Kryptea wird es tun.«

4. KAPITEL

DER ABGETRENNTE KOPF

Königin Aramilla schlenderte eine Allee entlang, in ihrem Gefolge ein Schwarm von Höflingen und vor ihr der König, der zwei heftig zerrende Hunde an der Leine hielt. Kupferrote Blätter bedeckten den schmutzigen Pfad durch den königlichen Wald. Aramilla hatte nicht das geringste Interesse an der Jagd, der allein dieser Wald diente. Ihre Unterhaltung fand heute in ihrem Tross statt. Die aufwendig gekleideten und geschminkten Frauen ihres Hofstaates fochten einen ständigen Kampf aus, um sich an ihre unberechenbar variierende Mode anzupassen. Als sie hier beim letzten Mal auf die Jagd gegangen war, war das Wetter trocken und milde gewesen. Aramilla hatte das ausgefallenste, extravaganteste Kleidungsstück aus ihrer Garderobe gewählt, das sie in die Finger bekommen konnte. Es war mit so vielen Perlen besetzt gewesen, dass sie einer Hagelwolke ähnelte und bei jedem Schritt leise klingelte. Sie hatte ihren für die Jagd eher praktisch gekleideten Hofdamen erklärt, sie dürften ihre Maßstäbe niemals niedriger ansetzen, ganz gleich, wohin sie auch gingen. Zu ihrer großen Befriedigung hatten sich prompt alle für diesen Tag übertrieben zurechtgemacht. Und jetzt zuckten sie wie Schafe vor dem Schlamm zurück, der ihre kostbaren Gewänder beschmutzte. Aramilla dagegen hatte sich für ein dunkleres und praktisches Kleid entschieden und warf amüsierte Blicke über die Schulter auf die Hofdamen zurück, die ihr sichtlich unglücklich folgten. Nur eine einzige andere Frau war in ihren Scherz eingeweiht: ihre dunkelhaarige Favoritin, die einen grauen Mantel trug, der für einen bedeckten Tag wie diesen erheblich angemessener war.

»Amüsierst du dich, Maria?«

»Selbstverständlich, Majestät«, erwiderte die dunkelhaarige Frau.

Aramilla hob den Arm, packte einen tief hängenden Zweig, der über den Weg hinausragte, und zog ihn ein paar Schritte mit, bevor sie ihn wieder losließ. Er schnellte in seine alte Haltung zurück. Die Blätter erzitterten, und ein eisiger Schauer aus Regentropfen ging auf die beiden Frauen nieder, die der Königin auf dem Fuß folgten.

Es herrschte tiefstes Schweigen.

Aramilla blickte zurück. Die beiden Hofdamen hatten ihre Schultern bis zu den Ohren hochgezogen, und ihre Gesichter waren vor Schreck verzerrt. Die Königin lächelte, und nervöses Gelächter antwortete ihr – vor allem das erleichterte Lachen der Hofdamen, die nicht Opfer dieses Scherzes geworden waren. Eine der Frauen, die von den Tropfen durchnässt worden war, zwang sich rasch zu einem Lächeln, als Aramilla sie ansah. Die andere erwiderte ihren Blick mit einer Mischung aus Entsetzen und Verachtung. Aramilla blieb stehen und richtete einen vor Mitgefühl triefenden Blick auf die Frau. »Oh, teure Lady Sophia, ich wollte Euch nicht so erschrecken.« Sie trat zu Lady Sophia, packte ihren Arm und zog sie weiter. Man sah Lady Sophias Miene den beherrschten Zorn an, als die Königin ihren Ellbogen packte und neben ihr herging. »Seht Ihr, so schlimm ist es gar nicht«, sagte sie. Ihre zuckersüße Stimme schlug in Ungeduld um, noch bevor sie den Satz beendet hatte. »Der kleine Marsch wird Euch wieder aufwärmen. Genießt Ihr die frische Landluft?«

»Ich würde sie zweifellos mehr genießen, wenn Ihr mir nicht

Eure Krallen in den Arm bohrtet, Majestät.« Lady Sophia blickte starr geradeaus.

Aramilla lächelte nur. »Ihr werdet Euch schon bald beruhigen und Euch albern vorkommen, weil Ihr so übertrieben auf ein paar Wassertropfen reagiert habt.«

Lady Sophia versuchte, ihren Arm zu befreien, aber Aramillas Finger gruben sich fester in ihren Ellbogen. So fest, dass die Hofdame vor Schmerz keuchte. Lady Sophia kämpfte noch einen Moment länger dagegen an, aber die Königin war unerbittlich. Schließlich gab sie nach und folgte ihrer Königin. Sie gingen eine Weile schweigend weiter, und als Aramilla schließlich Lady Sophias Gesicht von der Seite betrachtete, sah sie zwar die Missbilligung, aber keine Wut mehr. Aus einem Impuls heraus änderte sie ihr Verhalten. »Euer Kleid gefällt mir sehr, meine Liebe«, sagte sie bewundernd zu der anderen Frau. »Wo habt Ihr es anfertigen lassen?«

»Es kommt aus dem Frankenreich«, erwiderte Lady Sophia mürrisch. »Von einem Schneider in Massalia.«

»Ihr müsst mir unbedingt seine Adresse nennen. Diese Seide. Es hat fast den Anschein, als würde er die Seidenraupen dazu bringen, freiwillig mitzuarbeiten.« Das entlockte Lady Sophia ein widerwilliges Lächeln. Sie kapitulierte. Aramilla beließ es dabei und drückte noch einmal ihren Ellbogen. »Ich denke, ich muss jetzt ein wenig mit meinem Gemahl plaudern.«

Die Königin ließ ihre Hofdamen hinter sich und gesellte sich zu dem plumpen König Osbert. Er war ebenso grotesk gekleidet wie die meisten Damen aus Aramillas Gefolge. Der Rand seines Helms war vergoldet, und über den Schultern trug er einen verschlissenen Bärenpelz. In den Händen hielt er die Leinen der beiden unruhigen Bluthunde, die er brutal zurückriss, während er darüber lamentierte, dass sie sich nur selbst schadeten.

»Darf ich um Euren Arm bitten, Liebster?«, fragte Aramilla, als sie neben ihn trat.

Der König verbeugte sich übertrieben. »Meine Königin.«

Seine dröhnende Stimme ließ die Luft um Aramilla erzittern. Die Hunde wurden einem Verwalter übergeben, und die Königin schob ihren Arm durch die Armbeuge ihres Gemahls. Sie spürte seinen warmen Schweiß unter dem Fell.

»Wie wunderbar, endlich einmal aus Lundenceaster herauszukommen.« Sie seufzte und lehnte sich an ihn, als sie um eine schlammige Pfütze herummanövrierten.

»Allerdings«, stimmte König Osbert zu. »Ich habe mich selten so unbeschwert gefühlt.«

»Die Stadt ist wirklich rastlos.« Aramilla drückte mitfühlend seinen Arm. »Hier habt Ihr weniger Sorgen, ohne die Höflinge und die Priester, die ständig nach Eurer Aufmerksamkeit verlangen.«

Der König wedelte mit seiner von Goldringen beschwerten Hand. »Die Anakim, die Anakim. Das ist das Einzige, was ich von ihnen höre.«

»Vielleicht kommt bald der Tag, an dem Ihr diese Worte nicht mehr hören werdet. Die Nachrichten aus dem Norden klingen sehr gut.«

König Osbert hob warnend einen Finger und wandte sich ihr zu, um sie nachsichtig anzulächeln. »Keineswegs, meine teure Lady. Ich mache mir große Sorgen um meine Männer nördlich dieses dunklen Flusses, jetzt, da sie nicht mehr von der erfahrenen Hand des geschätzten Earl William geführt werden. Er war ein feiner Mann, möge Gott ihn gnädig bei sich aufnehmen. Ich bin geneigt, sie alle zurückzurufen. Die Jahreszeit für einen Feldzug ist ohnehin vorüber. Wir haben ihnen die Nase blutig geschlagen und können uns mit der Beute zurückziehen, die wir gemacht haben. Den Zorn Gottes haben wir zweifellos besänftigt. Und ohne die Führung des klugen Earl William … Mir ist bange um all diese Soldaten.« Seine melodische Stimme brach fast vor Mitgefühl.

»In der Tat, Euer Majestät.« Aramilla nickte. »Er war ein sehr erfahrener Krieger. Welche Feldzüge führte er noch einmal an?

Ich erinnere mich daran, dass er in Eoferwic dabei gewesen ist. Und natürlich in Iberia.«

Der König schüttelte den Kopf. »Allerdings, allerdings. Nur war ihm in beiden nicht gerade das Glück hold.«

»Nein«, erwiderte Aramilla traurig. »Ich fürchte, die Anakim dagegen werden sich an beide Feldzüge nur zu gern erinnern. Jedenfalls mehr als an den derzeitigen Feldzug.«

»Wahrhaftig«, sagte der König. »Seht nur, was er schon in der ersten Schlacht erreicht hat. Doch wenn man von der Front aus kommandiert, geht man selbst ein großes Risiko ein.«

»Was hat er denn genau erreicht? Was stand noch einmal in der Nachricht von Lord Northwic?«, setzte Aramilla nach.

»Oh, er hat darin seiner Kühnheit Tribut gezollt. In dieser Hinsicht war die Nachricht sehr herzlich.«

»Wie hat er denn die Anakim besiegt?«

Der König wiegte bedächtig den Kopf. »Northwic behauptete, dass Bellamus von Safinim maßgeblich beteiligt war. Sein Plan zwang die Anakim, sich unter großen Verlusten zurückzuziehen. Ich kann kaum glauben, dass diese Strategie dem Hirn eines Gemeinen entsprungen ist, auch wenn er zweifellos ein sehr fähiger Mann ist.«

Aramilla schnaubte verächtlich. »Ich bin sehr dankbar, dass Northwic unsere Männer im Norden führt. Bellamus? Ein Söldner und Emporkömmling soll die Anakim besiegen? Er ist zu nicht viel nutze. Jedenfalls hat er nichts in der Nähe eines Schlachtfeldes zu suchen.«

»Aber, aber, meine Königin«, tadelte König Osbert sie. »Wir wollen nicht ungerecht sein. Ich vermute, dass er viel gerissener ist, als man ihm gemeinhin unterstellt.«

Aramilla schwieg einen Moment. Als sie dann sprach, klang ihre Stimme herzlich. »Ihr habt ihn wahrhaft großzügig unterstützt«, sagte sie und lehnte sich erneut an ihren Ehemann. »Ich habe schon immer Eure Fähigkeit bewundert, seine niedere Herkunft einfach zu übersehen.«

»Wir müssen in allen Dingen großzügig sein, wenn wir wirkungsvoll regieren wollen«, erwiderte König Osbert weise.

»Und Ihr seid auch großzügig genug, sie nicht zurückzurufen. Wenn Bellamus wirklich für diesen ersten Sieg verantwortlich war, dann solltet Ihr ihm und Northwic weiter den Befehl im Norden überlassen«, sagte sie. »Northwic ist von vornehmer Abstammung, womit er die Loyalität der Armee genießt, und Bellamus kann Northwics Mangel an Erfahrung im Kampf gegen die Anakim ausgleichen.«

»Möglicherweise«, erwiderte der König zerstreut. »Aber ich hätte lieber einen Adeligen von höherem Rang im Norden. Vielleicht schicke ich Euren Vater dorthin. Er ist ein wahrhaft listiger Mann und wäre zudem ein höchst vornehmer Repräsentant des Königs.«

Aramilla blieb unvermittelt stehen, hielt jedoch den Arm ihres Gemahls fest, sodass auch er stehen bleiben musste, und sah ihn mit großen Augen an. »Bitte schickt meinen Vater nicht nach Norden, um gegen die Anakim zu kämpfen, Liebster«, sagte sie leise.

König Osbert blinzelte verblüfft. »Nein, natürlich nicht.« Er küsste sie auf die Stirn. »Wie unbedacht von mir, meine süße Gemahlin. Er wird hier bei uns im Süden bleiben, in Sicherheit. Ja. Ja, wir werden den Feldzug Northwic und Bellamus überlassen.«

* * *

Helmec klopfte an die Tür von Ropers Quartier. Es war eine Ehre, in die Privatgemächer des Schwarzen Lords bestellt zu werden. Jedenfalls war es unter Kynortas so gewesen. Roper war einfach nur erleichtert, dass der Heilige Wächter aufgetaucht war, und rief ihn sofort herein. Helmec trat ein. Auf der rechten Seite seiner Tunika prangte das Wappen seines Hauses. Ein aufrechter Speer, gekrönt von einem gespaltenen Schlachtenhelm. Das Haus Baltasar.

Roper hatte an einem Tisch aus prächtiger Mooreiche gesessen und stand jetzt auf, um dem Mann entgegenzugehen. Er versuchte, ebenso zuvorkommend zu sein, wie Kynortas es gewesen war. »Helmec.« Er lächelte, beugte sich vor und hielt dem Wächter seine Hand hin. Helmec nahm Ropers Hand in seine riesige, narbige Pranke und verbeugte sich. Ein unkontrollierbares Grinsen verzerrte sein verstümmeltes Gesicht.

»Mylord«, sagte er. *Lord.* In einem Gemach, weit entfernt von den Schrecken der Schlacht, wo er irgendwie passender gewirkt hatte, bot Helmec einen grauenvollen Anblick. Durch das Loch in der Wange sah man den ständig arbeitenden Kiefer und auch die gelblichen Backenzähne. Die Wange bestand mehr aus Fetzen als aus Fleisch. Darüber hinaus fehlte ihm eine Braue, und welche Klinge sie ihm auch genommen hatte, sie hatte das linke Augenlid fast gespalten. Die grauen Augen waren hell, als gehörten sie einem Gespenst, und sein Körper wirkte wie ein kompaktes Muskelpaket und erinnerte nur wenig an die ideale Statur, wie man sie bei den Statuen der Anakim bevorzugte, mit breiten Schultern und schmalen Hüften.

Roper bot dem Wächter einen Stuhl auf der anderen Seite des Tisches an, und die beiden setzten sich einander gegenüber. »Helmec, ich wollte dir noch einmal für den Dienst danken, den du mir in der Schlacht erwiesen hast. Letzten Endes hast du mir das Leben gerettet.«

»Es war mir eine Ehre, Lord«, erwiderte Helmec loyal. »Ich habe getan, was jeder Mann an meiner Stelle getan hätte.«

»Hattest du Angst?«

»Ich hatte Angst um Euch, Lord«, sagte Helmec. Das Lächeln zeigte sich wieder auf seinem Gesicht. »Ich fürchtete, Ihr wäret tot, bevor ich Euch erreichen konnte. Aber Ihr seid sehr schnell mit Eurem Schwert.«

Roper nickte. Er war so sehr darauf konzentriert, Helmec für sich einzunehmen, dass ihm das Kompliment noch nicht einmal auffiel. »Wir brauchen mehr von deiner Sorte, Helmec, selbst in der Heiligen Wache.« *Du trägst zu dick auf,* dachte er. *Geh subtiler vor.* »Ich nehme an, deine neue Einheit hat dich willkommen geheißen?«

»Selbstverständlich, Lord.«

Roper betrachtete den Wächter genauer, als hätte Helmec gerade unfreiwillig etwas verraten. Helmecs Antwort war durchaus überzeugend gewesen, aber Roper konnte sich denken, wie Uvoren einen Mann behandelte, der von Roper gegen den Willen des Hauptmanns zur Heiligen Wache versetzt worden war. »Uvoren behandelt dich gut?«

»Ja, Mylord«, erwiderte Helmec. Diesmal klang er nicht ganz so überzeugend.

»Sprich weiter.« Roper beugte sich besorgt vor, als hätte Helmec gerade dazu angesetzt, Uvoren zu verurteilen, und sich im letzten Moment zurückgenommen.

»Er behandelt mich gut«, wiederholte Helmec hartnäckig.

Roper seufzte und senkte den Blick auf das uralte Eichenholz. »Uvoren ist ein glühender Diener dieses Landes und einer unserer mächtigsten Krieger. Aber er bewacht seine Einheit höchst eifersüchtig. Häufig schließt er auch Krieger aus, die weit mehr Recht hätten, in der Wache zu dienen, als andere.«

Helmec zögerte.

»Ich bin ganz entschieden gegen ein derartiges Vorgehen. Die Heilige Wache muss als echte Einheit handeln und darf nicht von erbärmlichen Rivalitäten gespalten werden, wenn sie mit ganzer Kraft kämpfen will. Er hat also versucht, den Rest der Wächter gegen dich aufzubringen?« Das war reine Spekulation.

Helmec wirkte betroffen. »Ja, Lord«, gab er schließlich zu.

»Ich werde alles tun, was in meiner Macht steht, um dir zu helfen. Das ist das Mindeste, was du verdient hast. Sei versichert, dass Uvoren nicht erfahren wird, dass du dich mir anvertraut hast.« Helmec nickte knapp. Er wirkte beschämt, weil er überhaupt etwas gesagt hatte. Roper setzte eine unbeteiligte

Miene auf, aber insgeheim war er erfreut. Das war eindeutig sein Mann. »Also, Helmec, ich habe ein paar besondere Pflichten für dich.«

»Gewiss, Mylord.«

»Ich möchte, dass du in den nächsten Tagen in meiner Nähe bleibst. Du wirst mir helfen, die Horde der Südmänner aus unserem Land zu vertreiben.«

»Es wäre mir eine Ehre«, erwiderte Helmec pflichtschuldigst. Allerdings hätte er sich auch nur schwer weigern können. Jetzt nicht mehr, nachdem er seine Unzufriedenheit mit Uvorens Führerschaft zugegeben hatte.

»Sehr gut«, sagte Roper. »Ich regle das mit Uvoren. Und jetzt geh auf deinen Posten, Helmec.«

Helmec verließ verwirrt Ropers Quartier und postierte sich neben der Tür.

Roper hatte seinen ersten Verbündeten.

* * *

Uvoren entsandte den Boten von der südlichen Begrenzung des Hindrunn, unmittelbar außerhalb des Großen Tores. Abgesehen von einer Handvoll unterirdischer Tunnel war das Große Tor der einzige Weg in die Stadt hinein und hinaus. Es durchbrach die Äußere Mauer, ein fünfzig Meter hohes, wellenförmiges Bauwerk aus dunklem Granit, das die äußerste Grenze der Festung bildete. Sie war mit ehernen Kanonen und einer Vielzahl anderer Waffen bestückt, um Angriffe zurückzuschlagen, und galt allgemein als unüberwindbar. Doch das focht den Boten nicht an, denn die beiden Flügel des massiven Eichentores, fünfzehn Meter hoch und mit Eisen beschlagen, schwangen vor ihm auf. Dahinter lag ein absinkender steinerner Schlund, der sich durch die Äußere Mauer zog und weit entfernt am anderen Ende in einem kleinen Fensterchen aus Helligkeit endete. Als das Tor wieder hinter dem Boten verrammelt wurde, tauchte ihn das in bedrückende Dunkelheit. Unmittelbar über sich konnte er in der Finsternis gerade noch die schwarzen, rußgeränderten »Mörderlöcher« erkennen, durch die brennendes Pech auf jeden feindlichen Soldaten gegossen wurde, dem es gelungen sein sollte, das Große Tor zu überwinden.

Der Bote hatte diesen Weg schon viele Male zurückgelegt, und die Verteidigungsanlagen bereiteten ihm keine Sorge. Sein Weg in den Hohen Fried würde ihn noch durch weitere Anlagen wie diese hier führen. Am Ende des Tunnels gelangte er schließlich in den Stadtbereich des Hindrunn. Vor ihm erstreckte sich eine gepflasterte Straße, die von mürrischen Legionären gefegt wurde. Die Straßen führten durch ein dicht besiedeltes Viertel aus massiven Steingebäuden, die sich bemerkenswert ähnelten. Sie waren aus Granit gebaut, mit Schiefer gedeckt und hatten Regenrinnen aus Blei. Einem Neuankömmling würde zweifellos auffallen, dass es viele große unverglaste Fenster gab, obwohl in diesem Land nördlich des Abus Kälte herrschte. Außerdem mochten irgendwelche Fremden vielleicht vorsorglich die Nase rümpfen, weil sie den Gestank von ungeklärtem Abwasser erwarteten, der ihnen in ihrer Heimatstadt und jeder großen Festung entgegenschlug, die sie bisher besucht hatten. Stattdessen jedoch roch es nach frisch gebackenem Roggenbrot, nach Holzkohlenrauch, nach frisch gefärbtem Tuch, nach Heu, Pferdedung und nach fruchtbaren Dingen. Letzterer Duft stieg von den schmalen, wild wachsenden Gärten auf, die sämtliche Häuser säumten. Weißdornbüsche, schwer beladen mit Mehlbeeren, kletterten an den Seiten der Gebäude empor. Die Zweige der Holzapfelbäume und Himbeersträucher wiegten sich sanft im Wind, und Preiselbeerbüsche, an denen erbsengroße rubinrote Früchte hingen, drängten sich auf dem restlichen Platz. Als der Bote daran vorbeikam, rannten Gänse aufgeregt zum Rand der Gärten und zischten ihn an.

Er ging weiter, querte, ohne nachzudenken, die kleinen klaren Rinnsale, die manchmal in steinernen Kanälen die gepflasterte Straße kreuzten. Die Vertrautheit mit der Umgebung machte ihn blind für die vielen Feinheiten, die einem Neuankömmling aufgefallen wären. Vor allem, wenn dieser aus Süddal hierher gereist wäre. Da waren zum Beispiel die gemeißelten Umrisse von Händen im Granit einiger Häuserwände oder die Abdrücke nackter Füße in einigen der größeren Pflastersteine. Oder die Schwingen von Adlern, Falken und Habichten, die über den Türen oder unter den Regenrinnen hingen. Was waren das für zwei Steinsäulen, die scheinbar willkürlich zusammengedrängt aus einigen Dächern aufragten? Die schwarzen Pflastersteine, die sich an manchen Stellen zwischen die grauen mischten. Halbkreisförmige Instrumente an einigen der Mauern, die ein Mensch aus dem Süden möglicherweise für Sonnenuhren gehalten hätte, die aber nur vier Markierungen hatten. Rechts von dem Boten ertönten Geräusche, und einige Bewohner strebten in die Richtung. Sie trugen Säcke aus gewebtem Tuch oder trieben eine kleine Schar Gänse vor sich her.

Der Bote setzte seinen Weg fort und gelangte schließlich an eine zweite Mauer, eine weitere mächtige Welle aus dunkelgrauem Granit. Er passierte ein anderes Tor, gelangte in einen anderen Bezirk. In diesem hier herrschten stärkere Gerüche vor. Er kam an stinkenden Schweinekoben und Schafställen vorbei. Sie waren aus Stein und Schiefer errichtet, aber erheblich besser isoliert als die Behausungen ihrer Anakim-Herren. Die Stallungen wichen Bruchsteinmauern, in deren Umfriedung Gänse und Enten herumrannten und sich am Wasserloch in der Mitte drängten, als wollten sie sich dort ertränken. Bis jetzt war in der ganzen Festung kaum ein einziges Stück Holz zu sehen gewesen. Alle Gebäude waren aus unnachgiebigem Stein errichtet worden.

Er kam zu den Webhäusern, die mit prallgefüllten Säcken mit Wolle beliefert wurden. Man stapelte sie auf Paletten und zog sie mit einem Flaschenzug in das Obergeschoss der Häuser. Dann kamen die Gerbereien. Vor den Gebäuden stapelten sich die Häute von Rotwild, Ochsen und Schweinen. In der Luft hing der bittere Gestank von Gerbsäure und Salzlauge. Ihnen folgten Gebäude, vor denen Karren mit Fässern standen. Aber es roch nicht wie in einer Brauerei. Stattdessen drang der säuerliche Geruch von gegorenem Käse aus den Fenstern, und die gut isolierten Fässer waren mit Milch gefüllt. Am Ende dieses Bezirks schmiegten sich an die dritte Mauer dieses gewaltigen Bienenstocks die Kasernen. Waffen und Helme lagerten auf Gestellen davor. Auch sie waren geschickt aus Stein gemeißelt. Selbst für diesen einfachen Zweck verschmähte man hier Holz als Baustoff. Und aus den geschäftigen Küchen am Ende drang der Geruch von Bier und warmen Speisen.

Der Bote passierte ein weiteres Tor in einer weiteren Mauer und überquerte den Fluss, der durch die Festung strömte und eine ständig arbeitende Wassermühle antrieb. Eine endlose Kolonne von Getreidekarren polterte in ihr Inneres. Wieder folgte eine Reihe von Gebäuden, deren Funktion sofort zu erkennen war. Es duftete nach Hefe, nach Holzfeuer und gebackenem Brot. Er kam an den Brauhäusern vorbei, an den Räucherhäusern, deren Aroma einem den Mund wässrig machte und in deren aufgesperrten Schlund Karren mit Schlachtvieh fuhren, während gleichzeitig Fuhrwerke mit Häuten für die Gerbereien herauspolterten. Die Geräusche und die Gerüche schwollen stetig und geheimnisvoll an. Das Klirren und Hämmern und der Geruch von heißem Eisen und Holzkohle erfüllten die Luft, lange bevor der Bote die Schmieden erreicht hatte. Schwerter, Speerblätter, Pfeilspitzen, Helme, Rüstungen, Hufeisen, Axtköpfe, Gürtelschließen und vieles mehr wurden von dieser rauen Gemeinschaft hergestellt. Funken sprühten über die Straße, und hier, in diesem Viertel, erinnerte sich der Bote kurz an eine Geschichte, die er einmal gehört hatte, nämlich dass die Menschen in den Südlanden die Anakim für gefallene Engel gehalten hatten. An diesem lauten Ort aus Metall und Rauch war es in der Tat schwierig, nicht an die Hölle zu denken. Für jemanden aus dem Süden mochte es tatsächlich scheinen, als führte diese

Straße genau dorthin: in eine Grube oder zu einer Wendeltreppe, auf der es immer nur hinabging.

Über all dem erhoben sich hinter der letzten welligen Mauer zwei Gebäude. Eines davon war das Ziel des Boten: der Hohe Fried. Das andere, näher gelegene, war die Spitze einer gewaltigen stufenförmigen Pyramide, die von einem schimmernden silbernen Auge gekrönt wurde. Es war bereits seit einigen Minuten zu sehen gewesen und wachte schlaflos und allsehend über die Bewohner der Festung.

Der Bote passierte auch diese letzte Mauer, die aus einem ganzen System von Wellen bestand. Jedes Tor führte in einen Hof, der von Befestigungen mit einer Vielzahl tödlicher Waffen umringt war. Im Moment standen dort jedoch nur Pferde, die zufrieden aus ihren Futtersäcken mampften. Schließlich erreichte der Bote durch diese scheinbar endlose Abfolge von Verteidigungsanlagen und Werkstätten den Hohen Fried. Und, bis jetzt durch die Mauern verborgen, den Heiligen Tempel. Das Tempelgebäude sah aus wie ein umgekippter Steinkessel, der von etlichen Morgen Blei abgedichtet war. In steinernen Nischen hielten die verwesten Leichname uralter Krieger ihre gruselige Wache. Die Leichen dieser alten Helden wurden nur durch ihre Rüstungen aufrecht gehalten. Eine pergamentene Hand ruhte auf dem Griff eines Schwertes in seiner Scheide. Durch vertrocknete Lippen waren die gebleckten gelben Zähne zu sehen. Ein Fuß der Toten stand jeweils ein Stück vor dem anderen, als wären sie im Marsch vom Tod überrascht worden.

Neben dem Tempel erhob sich der gemauerte Fried einhundert Meter senkrecht in die Höhe, umrahmt von einem Dutzend äußerer Türme und geschmückt von einer kriegerischen Krone aus Zinnen.

Wenn all das auch eindeutig mit dem Gedanken an Krieg und Gemetzel errichtet worden war, strahlte die Festung dennoch etwas Gutes, Beschützendes aus. Frisches Wasser strömte durch die Kanäle, bereit, den Geschäften und Werkstätten der

Anakim zu dienen. Die ganze Festungsanlage war offen und hell, und bis auf die Türme, den Hohen Fried und die von dem silbernen Auge gekrönte Pyramide bestand kein einziges Gebäude aus mehr als zwei Stockwerken. Alles war frisch und sauber, unberührt von Unrat, Abwässern oder Seuchen. Und überall fanden sich diese kleinen Gärten mit Obstbäumen und Büschen, die der steinernen Kolonie Leben einhauchten. All dies vermittelte den Eindruck von klaren Gedanken und Zielen. Hier herrschte keine Unordnung, gab es keine Kompromisse. Nur Willen und Wildheit.

Aber der Bote war noch nicht am Ende seiner Reise angekommen. Er stieg eine breite Treppe hinauf, die zum Hauptportal des Hohen Frieds führte. Hinter dieser Tür befand sich eine steinerne Halle mit einer Gewölbedecke, deren einziger Schmuck die alle paar Schritte in der Wand eingelassenen Ständer für die Öllampen waren. Ein Dutzend Türen führten von der Halle ab. Der Bote durchquerte die Tür ganz rechts und erreichte ein Treppenhaus außen am Fried mit einer schmalen Wendeltreppe, die er emporstieg. Die Stufen wurden von kleinen Schießscharten für die Bogenschützen schwach erhellt, die alle paar Dutzend Schritte die Wand durchbrachen. Schließlich gelangte er vier Stockwerke weiter oben an eine weitere Tür. Dahinter befand sich ein Korridor, und am Ende dieses Korridors stand Helmec. Der Bote wollte an ihm vorbeigehen, wurde aber von einer festen Hand auf seiner Brust aufgehalten. Er sprach eine Weile mit dem Schildmann. Schließlich zuckte der Bote mit den Schultern und wandte sich ab. Helmec sah ihm nach, dann drehte er sich um und klopfte an die Tür hinter sich.

»Mylord?« Helmec schob seinen Kopf durch den Türspalt. »Ein Bote hat eine Nachricht von Uvoren überbracht. Er sagt, es gäbe etwas außerhalb des Großen Tores, das Eure Anwesenheit und Einschätzung erfordert.«

Roper pflegte in seinem Quartier gerade seine Ausrüstung. Sein Brustpanzer stand glänzend auf dem Tisch, und es roch nach Öl und Bienenwachs. Er sah Helmec an und ließ den ölgetränkten Lappen sinken. Sein Argwohn war sofort geweckt. »Er wird versuchen, mich zu demütigen.«

»Das weiß ich nicht, Lord.«

»Der Bote soll dir mehr Informationen geben.«

»Der Mann war sehr hartnäckig, Lord«, entschuldigte sich Helmec. »Er sagte, die Angelegenheit dulde keinen Aufschub.«

Roper überlegte, ob er sich weigern konnte. Vielleicht wäre es klüger. Aber er hoffte immer noch, dass es vielleicht wirklich einen triftigen Grund für seine Anwesenheit geben mochte. Er hatte ohnehin nur selten Gelegenheit, sich als Anführer zu zeigen, und konnte es sich nicht leisten, es auch noch auszuschlagen, wenn sich ihm eine bot. Daher bat er Helmec, ihn zu begleiten. Sie ließen sich zwei Pferde aus den Stallungen unterhalb des Hohen Frieds geben. Dann ritten sie klappernd über die gepflasterten Straßen zum Großen Tor. Helmec begann, von seinen beiden Töchtern zu erzählen, nach denen Roper ihn gefragt hatte.

»Sie arbeiten beide in der Freyi, Lord, wo sie die jungen Mädchen in Heilkunde unterrichten. Eine von ihnen hat mir gestern eine Nachricht geschickt. Sie sagte, dass die Pflanzen, die sie zu dieser Jahreszeit normalerweise ernten, nirgendwo zu finden sind. Alles wurde von den heftigen Regenfällen überflutet.«

Roper hörte ihm jedoch nicht richtig zu. Als sie das Torhaus erreichten, sah er Uvoren, der auf der Bastion darüber stand. Er lehnte sich gegen die Befestigungen und lachte schallend mit Asger, dem Leutnant der Heiligen Wache. Uvoren sah Roper und winkte ihm zu, bevor er auf etwas deutete, das Roper hinter dem Tor nicht sehen konnte. »Sieh es dir selbst an!«, rief er, bevor er einem Torwächter befahl, das Tor zu öffnen. Die Balken wurden knirschend zurückgezogen und das Gegengewicht entriegelt, sodass sich die Torflügel knarrend öffneten.

Selbst von seinem Pferd aus konnte Roper hinter dem Tor zunächst nichts erkennen. Die weite Graslandschaft vor der Festung schien verlassen zu sein, was an sich bereits sonderbar war. Viele Wochen lang hatten dort Tausende von Flüchtlingen gelagert, die vor der Invasion der Südarmee geflohen waren. Jetzt jedoch waren nur noch ihre kümmerlichen Habseligkeiten zu sehen. Ihre Besitzer schienen sich zerstreut zu haben. Roper ritt weiter und sah sich aufmerksam um. Er erwartete fast, dass Uvoren ihm einen Streich spielen wollte und sich die Tore hinter ihm schlossen. Deshalb ließ er Helmec zurück, falls Uvoren auf die Idee kam, ihn auszusperren. Und dann sah er es. Ein Stock, der etwa fünfzig Schritt entfernt in die Erde gerammt worden war. Darauf steckte eine dunkle Masse.

Roper erkannte, lange bevor er den Stock erreichte, worum es sich handelte. Der Stock war ein Speer, dessen angespitztes Ende in den Boden gepflanzt war. Auf dem Blatt war ein behelmter Schädel aufgespießt. Roper war kreidebleich, als er schließlich dort ankam. Er bewegte sich immer langsamer, je näher er kam. Schließlich blieb er einige Schritte vor dem Kopf stehen. Er schwebte genau in Augenhöhe vor ihm. Lange starrte er ihn an, und sein Vater erwiderte den Blick ebenso starr.

Das also hatte Uvoren ihm zeigen wollen. Er drehte sich um und blickte zum Tor zurück. Uvoren und Asger beobachteten ihn immer noch, obwohl er ihre Mienen nicht erkennen konnte. Er wandte sich wieder zu dem Kopf um. »Hallo, Mylord«, sagte er leise. Eine Träne rann seine Wange hinab und tropfte auf seine Rüstung. Ein schmerzlicher Laut entrang sich ihm, dann holte er scharf Luft und richtete sich auf. »Ich bin froh, dass du hier bist.« Sein Vater starrte ihn mit halb geschlossenen Augen an, als wäre er trunken. Roper beugte sich vor und versuchte, den Kopf von dem Speer zu ziehen, aber sein Mageninhalt stieg ihm in der Kehle auf, und er fühlte sich so schwach, dass er es nicht schaffte. Er versuchte es weiter, bis er sich schließlich übergab. Dann wich er zitternd und keuchend zurück. Der Kopf stank nach Verwesung.

»Was mache ich jetzt?«, fragte er den Kopf. Seine Stimme

bebte. »Allmächtiger Gott, was soll ich jetzt tun?« Der Kopf sah ihn ausdruckslos an. »Ich habe einen Feind, Mylord«, fuhr Roper fort. Er sprach stockend, fast als würde er mit dem lebenden Kynortas reden. Der hätte für solche Gefühlsausbrüche kein Verständnis gehabt. »Mein Feind ist Uvoren, und ich glaube, er will mich töten. Aber ich will auf dem Schlachtfeld sterben. Bitte, lass mich auf dem Schlachtfeld sterben! Er könnte mich jetzt töten, und ich glaube nicht, dass irgendjemand auch nur versuchen würde, ihn aufzuhalten. Aber vorher will er noch mit mir spielen.« Roper holte erneut tief Luft und blinzelte. Jetzt plötzlich erschien ihm das Ding vor seiner Nase tot. »Also werde ich ihn zuerst töten. Hast du mich verstanden, Vater? Ich werde Uvoren töten. Ich werde die Loyalität der Armee gewinnen. Ich werde seinen verräterischen Rat in tausend blutige Stücke zerschlagen. Und dann werde ich diesen überheblichen Mistkerl umbringen.«

Roper hielt inne und atmete noch einmal tief durch, um sich zu beruhigen. Hinter sich hörte er zwei Krähen krächzen. *Genug der Worte. Handle!* Er packte den Schaft des Speeres und riss ihn aus dem Boden. Dann hielt er den Kopf hoch über sich, während er zur Festung zurückritt und durch das Tor galoppierte. Auf der anderen Seite warteten Uvoren und Asger auf ihn. Sie waren von den Zinnen des Torhauses hinabgestiegen. Beide grinsten, und Uvoren beugte sich zu Asger. Er murmelte etwas, laut genug, dass Roper es hören konnte. »Ich habe dir doch gesagt, dass er heulen wird.«

Roper blieb vor ihnen stehen. »Danke, dass du nach mir geschickt hast, Hauptmann«, sagte er so ruhig, er konnte. »Ich hoffe, dir ist klar, dass du jederzeit nach mir rufen kannst, wenn du Hilfe benötigst.« Uvoren zuckte mit keinem Muskel, obwohl in seinen Augen Belustigung schimmerte. Er hatte Roper zwar gehört, aber seine Worte waren ihm keine Erwiderung wert. Ein Neunzehnjähriger war für den Hauptmann der Heiligen Wache nur eine lästige Wespe. Er war der höchstgeachtete Krieger in

Albion. Der Junge dagegen war schwach. Roper besaß weder seine Fertigkeiten, seine Kraft, seine Erfahrung noch seine Entschlossenheit.

»Er wird dich rufen, wann immer es ihm gefällt, Roper«, sagte Asger und warf einen beflissenen Blick auf Uvoren. Der hatte jedoch nur Augen für Roper.

Roper schnaubte verächtlich bei Asgers Worten. Er verachtete den Hauptmann zutiefst. Selbst an diesem kühlen Morgen schimmerte dessen Gesicht von Schweiß. Er war Uvorens Schoßhund. Ein kläffendes Ärgernis, das kein Talent für irgendetwas besaß und es doch geschafft hatte, sich an Uvorens Mantelschöße zu klammern und zu dieser bedeutenden Position hochzudienern. Wenn Uvoren einen Witz machte, war er der Erste, der lachte, und der Letzte, der aufhörte. Kommentierte Uvoren etwas, stimmte Asger ihm eifrig zu, bis Uvoren zu dem Schluss kam, dass er vielleicht doch nicht Recht gehabt hatte. Dann sagte Asger, wie weise er wäre. Er redete gern mit jedem, bis Uvoren einen Raum betrat. Dann sah er überlegen und hochmütig drein, blickte zu Uvoren und verdrehte die Augen, als wollte er sagen, dass diese Gesellschaft nur seine Zeit verschwendete.

»Du sprichst mich mit ›Lord‹ an, Asger«, sagte Roper und machte eine kleine Pause. »Du schwitzt ja wirklich immer. Aber natürlich muss dir warm sein, wenn dein Kopf so tief in Uvorens Arsch steckt.«

Darüber musste selbst Uvoren lachen. Asger dagegen blies sich auf, aber Roper nickte den beiden einfach nur zu und spornte sein Pferd an. Helmec folgte ihm. Roper freute sich insgeheim sehr darüber, dass er Asger wütend gemacht hatte.

Er brachte den Kopf zu den Ärzten im Hohen Fried und bat sie, das Fleisch zu entfernen und ihm den Schädel anschließend auszuhändigen. Der Mann mit dem drahtigen Haar, dem er den Kopf überließ, war zwar überrascht, schien aber gern zu helfen. Roper würde den Schädel irgendwo in der Wildnis begraben, wo die Knochen der Anakim hingehörten. Dann kehrte er in sein Quartier zurück, um Kynortas' kostbaren Schlachtenhelm zu verstauen. Er war froh, dass er den Helm zurückbekommen hatte.

Er hatte noch viel zu erledigen.

Sein Quartier befand sich in einem der vielen Türme des Frieds, die ihn säumten. Die äußere Wendeltreppe führte ihn hinab bis zu den Grundmauern. Hier hatten Ramneas Hunde, die besten Krieger des Schwarzen Königreichs, ihre Übungshalle. Es war eine höhlenartige, sieben Meter hohe Kaverne mit einer Gewölbedecke. Die dicken Steinmauern und Dutzende von Schächten, die mit glänzendem Kupfer ausgeschlagen waren und frische Luft und helles Licht in die Kaverne dringen ließen, sorgten das ganze Jahr über für eine kühle, angenehme Atmosphäre.

Roper folgte Helmec auf dem Fuß, bewaffnet und gepanzert. Roper selbst trug seine Rüstung, die von den Waffenschmieden im Hindrunn geflickt und versiegelt worden war. Außerdem trug er eines der großen Schwerter seines Hauses Jormunrekur. Es hieß *Kaltschneide* und war Roper vor vier Jahren zu seinem fünfzehnten Geburtstag von seinem Vater feierlich überreicht worden. Es war eine der auffälligsten Waffen in Albion: ein Schwert mit gerader Klinge, aus der besten, gehärteten Legierung. Die Jormunrekur besaßen die berühmtesten Schwerter des Landes. Nur die Kriegsklinge seines Vaters war vielleicht noch schöner. Das Schwert wurde *Blitzschock* genannt, und seine Klinge funkelte aufgrund des Diamantenstaubs, der während des Schmiedens hineingestreut worden war. Man behauptete, dass es selbst andere Unthank-Waffen zu zerbrechen vermochte, wenn sich die Klingen kreuzten. Außerdem rankte sich eine unheimliche Legende um das Schwert. Die Leute behaupteten, *Blitzschock* dürste nach Blut wie keine andere Klinge. Sollte diese Gier nicht während der Schlacht befriedigt werden, dann konnte es seinen Besitzer sogar zu einem Mord treiben. Diese Waffe jedoch war verloren: Kynortas hatte das Schwert am Gürtel getragen, als er von den Südlingen überwältigt wurde.

Roper war froh, dass er *Kaltschneide* bei sich hatte und sich daran erinnern konnte, wie er es bekommen hatte, als er die Gesichter der Legionäre sah. Diejenigen, die über die Bahn rannten, die am Rand der Halle entlangführte, warfen ihm feindselige Blicke zu, wenn sie an ihm vorbeikamen. Eine Abteilung Legionäre, die gerade den Schwertkampf übte, hielt inne. Die Männer starrten ihn aggressiv und neugierig an. Sogar ihr Zuchtmeister verharrte in verdächtiger Untätigkeit.

»Warte hier auf mich, Helmec«, befahl Roper. Helmec hatte unwillig auf den Anblick des Zuchtmeisters reagiert, gehorchte aber und stellte sich neben die Tür, als Roper über die Laufbahn schritt und zu den Legionären ging. Der Zuchtmeister sagte nichts, als Roper sich ihm näherte. Und er verbeugte sich auch nicht, obwohl das die angemessen respektvolle Begrüßung gewesen wäre.

»Auf was starrst du, Liktor?« Roper war vor dem Offizier stehen geblieben. Er war größer als der Krieger und blickte auf den kleineren Mann herab. Dabei nahm er eine Haltung an, die sein Vater ihm beigebracht hatte. Gerader Rücken, Schultern zurückgezogen und die Hände hinter dem Rücken verschränkt.

»Auf nichts.« Der Offizier erwiderte Ropers Blick ausdruckslos.

»Um deinetwillen hoffe ich, dein erschreckender Mangel an Respekt lässt sich darauf zurückführen, dass du nicht weißt, wer ich bin.« Roper trat einen Schritt näher an den Mann heran und hob die Stimme. »Schließlich habe ich diese Position noch nicht lange inne. Mein Name ist Roper Kynortasson aus dem Hause Jormunrekur. Ich bin der Schwarze Lord, dein Herr. Du sprichst mich mit ›Mylord‹ an.«

»Ich weiß«, erwiderte der Zuchtmeister.

»Ich weiß … was?« Roper beugte sich dichter zu dem Mann hinab.

»Ich weiß, Mylord«, erwiderte der Zuchtmeister mürrisch.

Roper richtete sich wieder auf. »Deine Männer sollten trainieren, Liktor. Die zweite Trompete wurde noch nicht geblasen.«

Der Zuchtmeister blinzelte und starrte Roper einen Moment an, bevor er sich zu seinen Soldaten umwandte. »Habe ich gesagt, dass ihr euch ausruhen könnt?« Sofort setzten die Legionäre ihre Übungskämpfe fort.

Roper betrachtete den Zuchtmeister kalt. »Wo trainiert die Wache?«

»Warum, Lord?«

»Ich bin unverschämten Zuchtmeistern keine Antwort schuldig. Du antwortest mir, Mann! Also, wo trainiert die Wache?«

Der Zuchtmeister deutete in die Mitte der Halle, wo Roper jetzt auch das Banner der Heiligen Wache erkennen konnte: ein silbernes Auge auf einem schwarzen, mit Sternen übersäten Hintergrund. Es hing von einem der Pfeiler herab.

»Wie ist dein Name?«, fragte Roper den Zuchtmeister, während er auf das Banner starrte.

»Ingolfur, Lord.«

»Ich werde mich an dich erinnern«, erklärte Roper und maß den Legionär mit einem Blick von Kopf bis Fuß. »Mach weiter, Ingolfur.«

Der Zuchtmeister verzichtete immer noch darauf, sich zu verbeugen, wandte sich jedoch zu seinen Soldaten um, während Roper zu dem silbernen Auge marschierte. Eines hatte er bereits gelernt: Männer mochten ihn verurteilen und verhöhnen, wenn sie in einer Gruppe waren. Wurden sie jedoch isoliert, dann waren sie weniger mutig.

Während die meisten anderen Krieger aufhörten zu kämpfen, als Roper an ihnen vorbeiging, würdigten die Männer der Heiligen Wache ihn keines Blickes, als er sie schließlich erreicht hatte. Sie übten ebenfalls und benutzten die schwereren stumpfen Stahlklingen, die man während der Übungen einsetzte. Im

Kampf benutzten sie die leichteren Waffen aus Unthank-Silber, aus denen die besten Waffen der Anakim bestanden. Sie waren beinahe wundersam einfach zu schwingen. Man hatte durch das hallende Klirren der Klingen fast den Eindruck, in einer Gießerei zu stehen statt in einer Trainingshalle.

Der Wächter neben Roper war ein anderer Mann, dessen Gesicht er sich eingeprägt hatte: Gosta, einer aus Uvorens Kriegsrat. Die meisten Wächter kämpften mit knappen, sparsamen Bewegungen. Diszipliniert und fit. Gosta focht mehr wie ein wilder Hund und schlug mit seinem Schwert wie ein Schnitter um sich, während er seinen offensichtlich eingeschüchterten Widersacher zurücktrieb und ihm dabei üble Beleidigungen an den Kopf warf. Plötzlich sprang Gosta vor und schlug die Klinge seines Gegners zur Seite. Sein eigenes Schwert fuhr zurück und traf dann in einem wuchtigen Hieb mit der stumpfen Schneide den unbehelmten Kopf des Mannes. Der dumpfe Knall dröhnte durch die Trainingshalle, und selbst die abgebrühten Wächter hielten inne und sahen hin. Einige starrten sogar mit offenem Mund, als Gostas Widersacher zu Boden krachte. Der Wächter drehte sich weg und nahm einen Wasserschlauch hinter sich vom Boden auf, um daraus zu trinken.

»Allmächtiger Gott, was war das denn?«, murmelte Roper. Er betrachtete Gostas Opfer, das bewusstlos auf dem Boden lag. Das Haar des Mannes schimmerte dunkel von Blut. Als Roper den Blick hob, begegnete er dem eines anderen Mannes, den er ebenfalls erkannte: strahlend blaue Augen in einem ausgesprochen gut aussehenden Gesicht. Das war Pryce, der Protegé des Mannes, den er suchte. Gray.

»Du wirst für den Rest der Woche auf halbe Rationen gesetzt, Gosta.« Pryce wandte sich wieder zu seinem Trainingspartner um. »Du bist zu hart.«

Gosta sagte nichts, sondern warf Pryce nur einen ausdruckslosen Blick zu, während er noch einen Schluck Wasser trank. Roper trat jetzt vor, über den am Boden liegenden Wächter hinweg, und rief Pryce' Namen. Der reagierte nicht, sondern hätte weitergekämpft, hätte sein Partner nicht eine Hand gehoben und auf Roper gedeutet. Pryce drehte sich zu Roper herum.

»Ich brauche deine Hilfe, Liktor«, sagte Roper. »Ich will wissen, wo der Wächter namens Gray ist.«

Pryce schnaubte verächtlich, ließ sein Schwert sinken und wandte sich von Roper ab, um seinen Wasserschlauch aufzuheben. Roper sah ihm einen Moment nach, dann wandte er sich dem Partner des Wächters zu, den dieser einfach hatte stehen lassen. Der ließ sein Schwert ebenfalls sinken und verbeugte sich vor Roper.

»Du bist Gray?«, fragte Roper, während er den Wächter betrachtete. Der Mann trug den schwarzen Wappenrock mit dem allmächtigen Auge über seinem Herzen. Auf der rechten Brustseite war das Wappen des Hauses Alba eingestickt: ein sich aufbäumendes Einhorn.

»Ja, Mylord. Gray Konrathson.« Der Wächter richtete sich wieder auf. Er war sehr groß, breitschultrig und hielt sich gerade. Sein Gesicht war wenig bemerkenswert bis auf die aufmerksamen dunkelbraunen Augen. Roper erinnerte sich, dass er diesen Mann schon einmal gesehen hatte. Es war der Wächter gewesen, der die weiße Fahne getragen hatte, als sie vor der Schlacht mit Earl William verhandelt hatten.

»Gray«, sagte Roper. »Wir sind uns schon einmal begegnet.«

»Allerdings, Lord. An einem Tag, den ich gern vergessen würde, abgesehen von unserer Begegnung.« Gray hatte eine entspannte und ruhige Ausstrahlung. Aber seine Worte weckten Ropers Argwohn. Nach all den Wochen der Feindschaft fiel es ihm schwer, freundlichen Worten Vertrauen zu schenken.

»Geh ein Stück mit mir, Gray. Ich benötige deine Dienste.«

»Selbstverständlich, Lord.« Sie machten einen Bogen um die trainierenden Wächter und gingen zu der äußeren Laufbahn. Gray warf einen kurzen Blick auf Ropers Schwert. *Kaltschneide*. Er nickte. »Eine der großen Klingen unseres Landes. Ich habe es schon immer der Waffe Eures Vaters vorgezogen, Lord.« Er meinte das verloren gegangene Schwert *Blitzschock*.

»Warum?« Roper wollte wissen, was für ein Mann Gray war.

»Wegen seiner Balance«, erwiderte Gray. »Es ist eine verheerende Waffe bei einem Hieb, aber ebenso gut als Stoßwaffe einzusetzen. Und bei ernsthaften Kämpfen muss man die Spitze nutzen können.« Gray sah aus, als hätte er mehr als genug ernsthafte Kämpfe hinter sich gebracht. Er musste einer der älteren Angehörigen der Heiligen Wache sein. Er hatte vielleicht schon hundert Jahreszeitenzyklen erlebt und konnte viele Narben vorweisen, die das belegten. Sein Haar war zu einem hohen Pferdeschwanz hochgebunden, was erkennen ließ, dass ihm ein Ohr fehlte. Roper bemerkte auch, dass der kleine Finger an Grays rechter Hand abgetrennt worden war. »Ihr wisst, woraus der Griff besteht, Mylord?«, fragte Gray jetzt.

»Sag es mir.«

»Aus Mammut-Elfenbein. Aus den Stoßzähnen einer der großen Bestien, die schon lange von dieser Welt verschwunden sind. Aber sie haben zu Tausenden dieses Land durchstreift, als unsere Vorfahren hier ankamen.« Roper warf einen Blick auf den cremefarbenen, von schwarzen Linien durchzogenen Handgriff von *Kaltschneide* und fragte sich, ob das stimmen konnte. »Als sie ankamen, fanden sie ein eisiges Land vor. Die Landschaft wurde von Flüssen aus Eis getrennt, und die Erde war so kalt, dass keine Bäume wuchsen, wenn man den Aufzeichnungen der Akademie glauben kann. Unsere Vorfahren, die ersten Anakim, trotzten dem Eis ein Heim ab. Sie machten Feuer aus Tierknochen und Schiefer und Torf, den sie ausgruben, weil sie kein Holz hatten. Sie bauten ihre Häuser aus Eis oder Knochen und teilten sich dieses Land mit Tieren, die wir heute für Monster halten. Könnt Ihr euch eine solche Existenz vorstellen? Wurden sie durch Konflikte im Süden hierhergetrieben? Oder haben sie sich freiwillig für dieses Leben entschieden?«

»Bewunderst du sie?«, wollte Roper wissen.

»Das tue ich, Lord. Entweder sie wussten nicht, was sie vorfinden würden, als sie nach Norden zogen, oder aber ihnen war klar, dass es eine eisige Einöde war, und sie sind trotzdem gekommen. Sie haben unser Heim geschaffen, und jetzt können wir es nicht einmal bewahren. Das Schwarze Königreich brennt, die Südlinge brandschatzen und plündern nach Belieben.«

»Vielleicht kannst du mir helfen, genau dagegen etwas zu unternehmen«, sagte Roper, als sie nebeneinander an der Laufbahn entlanggingen. »Ich würde nichts lieber tun, als die Legionen in Marsch zu setzen und mich an den Südlingen zu rächen.«

»Denkt nicht an Rache, Lord«, sagte Gray entschieden. »Aber ich kann Euch sicherlich helfen, dieses Land wieder zurückzugewinnen.«

»Ich frage mich, ob du das auch sagen würdest, wenn du wüsstest, was dafür erforderlich ist.«

Gray warf Roper einen listigen Blick zu. »Es braucht dazu eines von zwei Dingen, Lord. Die einfachere Option für Euch wäre zweifellos, aus dem Schwarzen Königreich zu fliehen. Vielleicht nach Süddal überzulaufen? An König Osberts Hof. Wie ich höre, ist er von den Anakim besessen. Er würde Euch zweifellos als Ratgeber willkommen heißen und Euch mit Land und Titeln überhäufen. Wohin auch immer Ihr geht, damit wäre Uvoren der unumstrittene Befehlshaber der Legionen. Dann könnte er es sich nicht mehr leisten zu zögern, weil die nicht unbeträchtliche Wut, die im Moment Euch entgegenschlägt, dann ihn treffen würde.«

Roper antwortete nicht, weil er wusste, dass Gray noch mehr zu sagen hatte.

»Das könnte dieses Land sehr wohl retten. Wie Euer Vater Euch zweifellos gelehrt hat, ist der Schwarze Lord der erste Diener des Reiches. Ungeachtet Eurer persönlichen Entehrung, ungeachtet Eurer zu Grabe getragenen Ambitionen wäre das der ehrenhafte Kurs, wenn Ihr glaubt, dass es im Dienste dieser brennenden Nation wäre.«

»Versteige dich nicht dazu, mir meine Pflichten zu erklären«, brachte Roper schließlich heraus.

»Diese Möglichkeit scheint Euch offensichtlich nicht zu gefallen«, bemerkte Gray ungerührt. »Das ist sehr verständlich, Lord. Was uns zu der Alternative führt: Ihr bleibt, Ihr sammelt Verbündete um Euch, und Ihr brecht Uvoren. Danach könnt Ihr Euch vielleicht um die drängendere Aufgabe kümmern und unsere Ländereien zurückerobern. Aber um einen solchen Weg zu rechtfertigen, müsst Ihr wirklich glauben, dass Ihr ein deutlich besserer Anführer seid als Uvoren. Im anderen Fall wäre es weit einfacher, ihm das Kommando und die Macht zu überlassen.«

»Uvoren ist eine selbstsüchtige Schlange«, zischte Roper. »Er wäre ein verheerender Anführer.«

»Ihr solltet ihn nicht hassen, Lord«, sagte Gray und wiederholte damit Jokuls Ratschlag. »Er hat viele Qualitäten. Aber er wird Eure ignorieren. Tut ihm nicht den Gefallen, genauso zu handeln.«

»Er will mich töten. Er hat jeden nur möglichen Vorteil genutzt, den er aus dem Tod meines Vaters ziehen konnte. Er hält die Legionen im Hindrunn zurück und lässt zu, dass unser Land brennt, weil er weiß, dass man mir daran die Schuld geben wird. Wenn er meinen Hass nicht verdient hat, dann hat ihn niemand verdient.«

Gray schien von Ropers scharfen Worten enttäuscht zu sein. »Zufällig will ich dasselbe wie Ihr.« Eine Abteilung Legionäre rannte auf der Bahn an ihnen vorbei, aber Gray sah keine Notwendigkeit, seine Stimme zu senken. »Euer Haus ist noch nicht am Ende, und ich würde lieber sterben, bevor ich Uvoren auf dem Steinernen Thron sitzen sehe. Er und ich sind keine Freunde, aber ich hasse ihn nicht. Soldaten beherrschen ihre Gefühle. Der Hass würde nur meine Fähigkeit zu kämpfen trüben.«

»Uvoren ist ein Krebsgeschwür an diesem Land«, entgegnete Roper nachdrücklich. »Und gemeinsam werden du und ich es herausschneiden.«

»Ja, Lord.« Grays Stimme klang plötzlich düster. »Dafür habt Ihr mich an Eurer Seite. Und auch Pryce.«

»Es hat nicht so ausgesehen, als würde Pryce mir folgen«, erwiderte Roper trocken.

»Aber Pryce wird mir folgen«, erklärte Gray. »Er ist mein Bruder.« Er verwendete das Wort Bruder in dem Sinne, dass Menschen, die nebeneinander in der Schlacht kämpfen, Brüder sind. Wer sich gegenseitig in Augenblicken größter Angst und Erschöpfung in der Schlacht erlebt, wer den anderen reduziert bis auf den Kern gesehen hat, kennt jeden Winkel seines Charakters. Man verlässt sich vollkommen aufeinander, legt sein Leben in die Hände des anderen Mannes und stellt fest, dass der Kamerad der Herausforderung gewachsen ist – Brüder aus freier Entscheidung.

Roper selbst hatte zwei Brüder, Zwillinge. Bei der Geburt war ihre Mutter gestorben. Sie lebten weiter oben im Norden, in einem der Haskoli: Akademien in den Bergen, in denen junge Krieger des Landes ausgebildet wurden. Und für mögliche Erben des Steinernen Throns wurden keine Ausnahmen gemacht. Im Alter von sechs Jahren wurden sie ihren Müttern weggenommen und dorthin gebracht. Sie waren absichtlich in Gebieten angesiedelt, die so kalt und unwirtlich waren wie nur möglich. Die Jungen sollten lernen, mit Schwert und Speer umzugehen. Vor allem aber lehrte man sie dort Charakterfestigkeit. Die Stärke, immer und immer wieder Strafen zu ertragen, ohne sich zu beschweren. Die Kühnheit, sich einer überwältigenden Streitmacht zu stellen und nicht in die Schwäche der Panik zu verfallen. Die Pflichten und Erwartungen zu ertragen, die es mit sich brachte, Teil der besten Armee der bekannten Welt zu sein. Kurz gesagt, das Haskoli lehrte einen Mann die Art von Charakter, die einen veranlasste, ihn Bruder zu nennen.

Roper hatte schon seit Wochen nicht mehr an seine Brüder gedacht. Zweifellos mussten sie mittlerweile von Kynortas' Tod erfahren haben, aber sie waren wahrscheinlich weit weniger in Gefahr als er. Es war nicht nötig, den Zweiten und Dritten in der Thronfolge für den Steinernen Thron zu ermorden, solange der Erste noch lebte.

»Also kann ich auf deine Unterstützung zählen, wenn ich in Uvorens Kriegsrat das Wort ergreife, Gray?«, fragte Roper.

»Gewiss, Lord«, gab Gray zurück. »Aber ich würde Euch raten, Eure Karten nicht zu früh auf den Tisch zu legen. Zurzeit hält Uvoren Euch nicht für einen ernstzunehmenden Konkurrenten um den Führungsanspruch. Sorgt dafür, dass er erst von Eurem wachsenden Einfluss erfährt, wenn Ihr genug Macht besitzt, um ihn zu einer Reaktion zu zwingen. Ihr müsst heiraten und den Rückhalt eines anderen Großen Hauses gewinnen. Selbst dann ist es eine fast unmögliche Aufgabe. Der Einfluss, den Ihr im Moment habt, könnte vielleicht einige dazu bewegen, Euch zu unterstützen. Aber wenn Ihr Uvoren direkt angreift, müsst Ihr Euch als Anführer beweisen. Und es fällt mir schwer zu glauben, dass Uvoren Euch eine Gelegenheit dafür geben wird.« Gray verstummte.

»Das lass meine Sorge sein«, sagte Roper. »Ich habe einen Plan.«

»Ich hoffe, es ist ein guter Plan, Lord.« Sie hatten den Torbogen erreicht, neben dem Helmec wartete. »Ich habe zwar gesagt, ich würde sterben, wenn ich damit verhindern kann, dass Uvoren den Thron besteigt. Aber es wäre mir lieber, wenn es nicht so weit kommt.« Er lächelte Roper entwaffnend an. »Habt Ihr schon darüber nachgedacht, wen Ihr heiraten könntet, Lord?«

»Ich habe viele Gedanken darauf verwendet, bin aber noch zu keinem Schluss gekommen«, sagte Roper grimmig. Der Gedanke beunruhigte ihn genauso stark wie die Aussicht, öffentlich Uvoren gegenüberzutreten.

»Pryce hat eine Cousine. Keturah Tekoasdottir, die in etwa in Eurem Alter sein müsste. Es wird Zeit, dass sie heiratet, und es wäre eine sehr vorteilhafte Verbindung.«

»Tekoasdottir?« Roper war nervös. Pryce' Onkel Tekoa war der berüchtigte Patriarch des Hauses Vidarr. Roper hatte ihn zwar noch nie im Kriegsrat gesehen, aber ihm war aufgefallen, dass der Platz für ihn stets freigehalten wurde, selbst wenn sich die Anwesenden an dem großen Tisch drängten. Falls er sich doch entschied teilzunehmen.

Gray setzte so unvermittelt eine Miene kindlichen Entsetzens auf, dass Roper unerwartet schallend zu lachen begann. »Keine Sorge, Lord«, sagte der Wächter. »Er bellt besser, als er beißt. Aber trotzdem dürfte es eine Herausforderung sein, ihn auf Eure Seite zu ziehen.«

»Danke, Gray Konrathson.« Roper streckte seine Hand aus, die Gray mit einer Verbeugung ergriff. »Vielleicht könnte Pryce sich bei seinem Onkel für mich einsetzen und die Bestie beruhigen, bevor ich mich ihr stellen muss.«

»Lord, Ihr könnt mit Sicherheit davon ausgehen, dass nichts die Bestie mehr in Rage bringt als ein Gespräch mit Pryce.«

Roper lächelte und verließ die Halle. Gray ging zurück in die Mitte der Halle, wo die Wächter immer noch trainierten. Inzwischen kämpfte Pryce mit einem anderen Wächter, also nahm Gray einen Wasserschlauch und beobachtete seinen jungen Protegé. Er war kein besonders geschliffener Kämpfer. Viele Angehörige der Heiligen Wache vermochten außergewöhnliche Dinge mit einer Klinge anzustellen. Dinge, die Gegner und Zuschauer in gleichem Maße verwirrten. Gray wusste, dass er diese Geschicklichkeit nicht einmal erreichen würde, wenn er ein Leben lang trainierte. Pryce war keiner dieser Kämpfer. Seine Bewegungen waren wild und unkontrolliert. Die technisch weit fortgeschrittenen Schwertkämpfer hätten ihn im Training leicht besiegen können. Sie erkannten ein ungeschütztes Handgelenk oder eine freie Kehle und nutzten das sofort. Wächter wie Vigtyr der Schnelle oder Leon Kaldison sollten ihn relativ leicht bezwingen können.

Trotzdem herrschte bei den Legionen die Devise: »Kämpfe niemals gegen Pryce.« Seine Finten und Schläge mochten wild sein, aber er bewegte sich erheblich schneller als viele Männer, gegen die Gray angetreten war. Zudem hatte er eine ausgezeichnete Balance, war außerordentlich flink auf den Füßen. Jeder, der ihn in einem Kampf gesehen hatte, verstand diesen Spruch nur zu gut. *Kämpfe niemals gegen Pryce.* Seine Brutalität und Energie überwältigten die meisten seiner Widersacher, und er schien absolut keinen Schmerz zu empfinden. Man behauptete sogar, dass Pryce, selbst wenn man ihm einen tödlichen Hieb versetzte, immer noch die Zeit hätte, einen mit seinem Schwert ebenfalls zu töten. Und hatte man ihn einfach nur entwaffnet, würde er mit Zähnen und Klauen weiterkämpfen.

Die zweite Trompete schmetterte durch die Halle – das Zeichen, dass die Legionäre aufhören konnten zu kämpfen und zum Essen gehen sollten. Gray wartete, während Pryce seinem Widersacher auf die Schulter schlug und mit ihm lachte. Sie gestikulierten, als sie einen Schlagabtausch nachspielten. Der Wächter wirkte höchst erfreut darüber, dass Pryce mit ihm lachte. Alle freuten sich, wenn Pryce Interesse an ihnen zeigte. Gray brachte man durchaus Respekt entgegen, aber er wusste, dass sich die Leute längst nicht so um seine Anerkennung bemühten wie um die von Pryce. Der junge Läufer war einfach eine Naturgewalt.

Pryce gab seinem Widersacher die Hand, verabschiedete sich von ihm und trat zu Gray. »Wie ist das Gespräch mit Jung-Roper gelaufen?«

»Zufriedenstellend«, erwiderte Gray, als sie gemeinsam zur Messe gingen. »Er weiß, was er zu tun hat.«

Pryce runzelte die Stirn. »Also willst du ihn unterstützen? Dieses Kind, das die Demütigung eines Rückzugs nach einem vollen Aufmarsch aller Legionen auf sich geladen hat?«

»Es war die richtige Entscheidung«, sagte Gray, ohne zu zögern. »Möglicherweise hätten wir die Schlacht gewonnen, wenn er weiter vorgerückt wäre, aber wir hätten einen fürchterlichen Preis bezahlt. Ehre mag alles sein, aber ich weigere mich, eine Definition von Ehre zu akzeptieren, die taktischen Selbstmord höher bewertet als den Schutz und die Sicherheit zukünftiger Generationen.«

»Du magst Recht haben«, lenkte Pryce ein. »Trotzdem – ein Jüngling soll auf dem Steinernen Thron sitzen?«

»Seit er erwachsen geworden ist, zeigt er gute Anlagen. Und die Alternative ist trostlos. Dein Onkel will nicht regieren, es ist ihm zu mühsam. Also bleiben Roper oder Uvoren. Ich weiß, für welchen von beiden ich mich entscheiden würde. Mit der richtigen Unterstützung könnte er sogar ein außerordentlich guter Anführer werden.«

»Woher willst du das wissen?«

Gray lächelte abwesend. »Ich weiß es nicht. Aber wenn einmal so viele Kameraden neben dir in der Schlachtlinie gestanden haben wie neben mir, dann weißt du sehr schnell, wem du dein Leben anvertrauen kannst. Roper ist klug, er weiß, wie man führt, und vor allem ist er ruhig. Seine Gefühle sind sehr viel ausgeglichener als die der meisten anderen hier.« Gray deutete mit einer ausholenden Bewegung auf die plaudernden Legionäre, die zum Speisesaal gingen. »Er beherrscht sich selbst, und solche Menschen können die besten Anführer werden.« Gray lächelte wieder und tippte Pryce mit dem Finger ins Kreuz. »Stehst du an meiner Seite?«

»Das weißt du.«

* * *

Das Quartier des Schwarzen Lords wurde für gewöhnlich von zwei Wächtern bewacht, und zwar Tag und Nacht. Soweit Roper wusste, gab es jedoch nur zwei, vielleicht drei Wächter, denen er trauen konnte und die sich nicht gegen ihn wenden würden, wenn Uvoren es ihnen befahl. Da er aber nicht die ganze Zeit von Gray und Helmec bewacht werden konnte, hatte Roper sämtliche Wachen weggeschickt. Er schlief lieber unbewacht und vertraute darauf, dass Uvoren nicht so hinterhältig war, wie Roper vermutete. Verzweifelt versuchte er, den Hauptmann der Heiligen Wächter nicht zu hassen. Immer und immer wieder sagte er sich: »Es gibt keinen Grund, ihn zu hassen – besiege ihn einfach.« Aber das wollte nicht wirken. Er verabscheute Uvoren.

Es war schon spät. Der Mond stand hoch am Himmel, nachdem die Sonne schon lange am Horizont untergegangen war. In die Mauern des Turms waren kleine Alkoven eingelassen, die den Eulen Schutz boten. Die Tiere stießen jetzt ihre düsteren Rufe aus. Ebenso hingebungsvoll wie alle Diener des Schwarzen Königreiches kämpften die Eulen gegen die einzige Armee, die jemals erfolgreich das Hindrunn erobert hatte: die Ratten. Abgesehen davon war es ruhig in der Festung. Die Legionen und ihre Familien hatten sich zur Ruhe begeben. An den schrecklichen orangefarbenen Schein am östlichen Horizont hatten sie sich mittlerweile gewöhnt, sodass er ihren Schlaf nicht mehr störte.

Roper saß an einem Tisch mit dem Blick auf ein Fenster. Er hatte sein Bestes versucht, um die Dunkelheit aus dieser kleinen Ecke seines Quartiers zu verbannen. Drei Öllampen spendeten ihm genug Licht, um eine Rede vorzubereiten. Anakim hatten keine Schrift, deshalb benutzten sie, wenn sie sich lange Verse einprägen wollten, kleine primitive Piktogramme in einer Reihe, die ein Thema veranschaulichten und die Erinnerung anregten. Roper kratzte eine Reihe von Symbolen auf das Pergament. Die Tinte war so schwarz wie die Nacht und roch schwach nach Ruß. Er machte eine Pause, stellte die Feder in das Tintenfass zurück und starrte durch das geriffelte Glas. Ein gefiederter, mondbeschienender Umriss durchschnitt die Dunkelheit, als eine Eule an dem Fenster vorüberflog.

Das würde seine erste Rede werden. Er hatte keine Ahnung, ob er die Gelegenheit bekam, sie auch zu halten, aber er musste auf die Möglichkeit vorbereitet sein, falls sie sich ergab. Roper konnte es sich nicht leisten, irgendetwas dem Zufall zu überlassen, wenn er es auch kontrollieren konnte. Erneut nahm er den Federkiel und malte ein weiteres Symbol auf die Seite. Diesmal war es ein Krieger. Es klang sonderbar. Stirnrunzelnd betrachtete er die Spitze des Federkiels.

Dann hörte er das Geräusch erneut.

Es war ein Knarren. Das leise Knarren von dickem Leder, wenn es sich dehnte. So unbedeutend wie das Tapsen einer Katze. Aber Roper hörte es dennoch. *Ich hätte es nicht gehört, wenn ich geschlafen hätte.*

So leise er konnte, drehte er die Dochte zurück und löschte die Öllampen. Dann schwang er seine Beine auf die Seite des Stuhls. So konnte er aufstehen, ohne ihn geräuschvoll zu verrücken. Nach drei schnellen, lautlosen Schritten in der Dunkelheit hatte er seine Waffenkiste erreicht. Die eisenbeschlagene Truhe stand hinter der Tür, und auf dem Deckel lag *Kaltschneide.* Der Griff glänzte von dem Wachs, mit dem er ihn eingerieben hatte.

Erneut ertönte das Geräusch, direkt vor der Tür. Ein Stiefel, dessen Leder zusammengedrückt wurde, als der Besitzer sein Gewicht verlagerte. Roper zog *Kaltschneide* aus der Scheide. Er riss die Augen weit auf, um seine Sicht besser auf die Dunkelheit einzustellen. Durch das Fenster schien genug Mondlicht, sodass Roper sehen konnte, wie sich der Riegel an der Tür hob. Hören konnte er es nicht. Dann öffnete sich die Tür zwei Handlängen weit. Das genügte der dunkel gekleideten Gestalt, um hindurchzugleiten und die Tür wieder zu verriegeln. Roper hatte nicht gesehen, wer es war. Die Aufmerksamkeit der Gestalt war auf Ropers Bett und die Decken darauf gerichtet. Sie waren aufgehäuft und konnten durchaus den Eindruck erwecken, jemand würde darunter schlafen.

Roper war sicher, dass der Meuchelmörder seinen Herzschlag hören musste. Er selbst hörte kaum etwas anderes, weil das Blut in seinen Ohren rauschte und seine Hände im Pulsschlag zuckten. Die Gestalt war maskiert. Er musste handeln, musste den Eindringling töten, weil der jeden Moment erkennen konnte, dass Ropers Bett leer war.

Roper trat vor. Furcht verlangsamte seine Bewegungen, als wäre sein Blut zu Pech geronnen. Der Meuchelmörder hatte ihn gehört, wirbelte herum und zog dabei ein Kurzschwert mit einer schwarzen Klinge aus der Scheide. Roper brüllte und schwang *Kaltschneide* mit aller Kraft. Er zielte auf den Hals des Mannes.

Roper sah nicht, wo das Schwert traf, aber er fühlte den Aufprall. Es war nicht der heftige Schlag, mit dem Klinge auf Klinge traf, sondern eher ein fester Widerstand. Der Meuchelmörder stürzte zu Boden. Der Schlag hatte ihn gefällt wie einen Baum. Roper sah, wie das schwarze Schwert merkwürdig geräuschlos auf einem Fell auf dem Boden landete. Erneut brüllte er und hob *Kaltschneide.* Er wollte seinen Vorteil nutzen und nachsetzen, statt auf den nächsten Angriff zu warten. Aber das war gar nicht nötig.

Der Mann lag immer noch ausgestreckt da, dunkles Blut quoll auf Ropers Boden. Sein Kopf war von einer Maske verhüllt und bog sich in einem falschen Winkel nach hinten ab, wie bei einer Blume, deren Stängel gebrochen war. Roper hatte ihn halb geköpft.

Es war vorbei. Der Attentäter war tot.

Roper zitterte am ganzen Körper und rang nach Luft. Die Spitze von *Kaltschneide* sank langsam herab, bis Roper den Griff losließ und die Waffe auf den Boden fiel. Dann sank er auf die Knie. Seine Herzschläge waren so heftig, dass sie sich wie ein Schluckauf anfühlten. »Scheiße!«, stieß er hervor. »Scheiße.«

Er hatte einen Mann getötet. Er hatte ihn überrumpelt und zugeschlagen, bevor der Mann die Zeit hatte, sich mit dem schwarzen Kurzschwert zu verteidigen, das jetzt neben *Kaltschneide* lag. *Allmächtiger Gott.*

Roper beugte sich vor und zog dem Mann mit zitternden Fingern die Maske vom Gesicht. Er erkannte das schlaffe Gesicht nicht. Und er wollte auch nicht auf die leblosen Züge blicken, die im Tod so sehr denen auf dem abgetrennten Haupt seines Vaters glichen. Stattdessen untersuchte er die Maske. Sie bestand aus weichem dunkelbraunem Leder. Und sie hatte nur zwei Löcher, für die Augen. Es gab weder welche für den Mund noch für die Nase. Statt eines Gesichtes zeigte der Träger dieser Maske den Stempel, der auf das dunkle Leder geprägt war: einen Kuckuck mit gespreizten Flügeln, der den Kopf zur Seite drehte.

Die Maske der Kryptea. Roper erkannte auch das Kurzschwert mit der schwarzen Klinge. Es war in engen Räumen wirkungsvoller zu handhaben, und die mattschwarze Legierung machte es im Dunkeln fast unsichtbar.

Die Kryptea.

Jokul wollte ihn also trotz all seiner gegenteiligen Versicherungen töten. Und die Kryptea konnte man nicht aufhalten.

5. KAPITEL

HAUS VIDARR

Roper verbrachte den Rest der Nacht hinter die Tür gekauert, *Kaltschneide* in der Ecke neben sich. Nachdem er lange vergeblich nach einem besseren Versteck gesucht hatte, hatte er den Leichnam des Agenten der Kryptea schließlich in sein eigenes Bett gelegt. Er hatte ihm die Maske wieder aufgesetzt und ihn mit den Wolldecken bedeckt. Falls es noch einen zweiten Angreifer gab, würde der vielleicht die Leiche für Roper halten.

Quälend langsam wurde es heller. Die ersten Strahlen der aufgehenden Sonne färbten die Wände von Ropers Quartier bronzefarben, beleuchteten die Pfütze aus geronnenem Blut und fielen auch auf den von Wolldecken bedeckten Leichnam auf dem Bett. Die Spuren des wilden Handgemenges der Nacht zuvor boten zwar keinen angenehmen Anblick, flößten ihm jedoch genug Mut ein, um seine Rüstung anzulegen und sich an den Schreibtisch zu setzen. Er versuchte, sich abzulenken, indem er prüfte, an wie viel von seiner Rede er sich noch erinnern konnte.

So fand Helmec Roper vor. Als sein Klopfen ignoriert wurde, betrat Helmec zögernd das Gemach. Sein Blick fiel zuerst auf das getrocknete Blut am Boden. Dann musterte er Roper und suchte den Körper seines jungen Herrn nach einer Wunde ab. »Was ist passiert, Lord?«

Roper brachte es nicht über sich, die Szene vom letzten Abend zu schildern. Wer würde wohl einen Mann unterstützen, der zum Ziel der Kryptea geworden war? Dennoch deutete er mit einem Nicken auf das Bett. Helmec ging hin und zog die Decken zurück. Dann starrte er auf das maskierte Gesicht vor ihm. Er warf einen Blick auf Roper, bemerkte das Blut an der Klinge von *Kaltschneide* und zog dem Toten die Maske ab.

»Diesen Mann kenne ich«, sagte Helmec leise. »Ihr habt einen von Ramneas Hunden getötet. Aslakur Bjargarson aus dem Haus Algauti.« Helmecs Worte schienen Roper jedoch nicht zu erreichen. Sein Schildmann sah ihn an, trat zu ihm und legte ihm die Hand auf die Schulter. »Es ist vorbei, Lord. Ihr habt ihn getötet.«

Ropers Augen waren glasig und starr, doch bei den Worten seines Schildmannes kehrte Leben in sie zurück, und er sah zu ihm hoch. »Das Haus Algauti?« Erst jetzt begriff er endlich, was Helmec gesagt hatte. Ihm kam eine Idee. »Helmec, hol mir den Heiligen Wächter Gray Konrathson. Sofort.«

»Lord.« Helmec verbeugte sich und verließ das Gemach. Kurz darauf kehrte er mit Gray zurück. Lakaien aus Ropers eigenem Gefolge, dem Hause Jormunrekur, wurden gerufen und beauftragt, den Leichnam wegzuschaffen. Gray und Helmec behielten sie scharf im Auge. Beide hatten ihre Hände auf dem Griff ihrer Schwerter.

»Entkleidet ihn«, befahl Roper. »Rammt eine Pike in den Boden und spießt den Leichnam darauf auf.« Gray sah Roper fragend an, wollte seinen Herrn jedoch nicht vor den anderen zur Rede stellen. »Und ruft Jokul«, fuhr Roper grimmig fort.

Er konnte nicht verheimlichen, dass man ihn angegriffen hatte, also würde er sich diese Tatsache so gut wie möglich zunutze machen. Möglicherweise machte es ihn ja noch verhasster, wenn er einen Legionär aufspießte, aber vielleicht zeigte das auch seine Stärke, und sie würden beginnen, ihn zumindest mit einem Anflug von Respekt zu behandeln. Immerhin hatte er einen von

Ramneas Hunden im Zweikampf getötet. Und in diesem Moment war es Roper lieber, wenn man ihn hasste, als dass man ihn verachtete. Vielleicht hielt man ihn dann endlich nicht länger für einen unbedarften Jungen.

Jokul tauchte unverzüglich auf. Der Blick seiner hellen Augen streifte das Blut auf dem Boden, bevor er ihn auf Roper richtete, der von Helmec und Gray flankiert wurde. »Wollt Ihr mich hinrichten, Lord?«, erkundigte er sich mit seiner üblichen Gelassenheit.

»Also gebt Ihr zu, dass Ihr trotz Eurer anderslautenden Worte versucht habt, mich umzubringen?«, fragte Roper kalt.

»Ich gebe gar nichts zu«, erwiderte Jokul und ging plötzlich vor Roper, der sich seine Überraschung nicht anmerken ließ, in die Knie. »Bei meiner Ehre.« Jokul hob flehend die Hände, und Roper ergriff sie. »Bei meinem Rang und bei meinem Leben. Dieser Meuchelmörder war kein Mitglied der Kryptea.«

»Er trug die Maske«, gab Roper ernst zurück. »Und er war mit dem schwarzen Schwert bewaffnet!«

»Beides muss gestohlen worden sein«, meinte Jokul. »Ich will Euren Tod nicht. Und ich will nicht, dass Uvoren den Thron besteigt.«

»Erhebt Euch.«

Jokul stand auf. Auch im Stehen wirkte er nicht viel beeindruckender als auf den Knien.

»Dieser Mann war Aslakur Bjargarson aus dem Hause Algauti.« Ropers Worte klangen fast wie eine Frage. Aber wenn jemand seinen Verdacht bestätigen konnte, dann der Meister der Kryptea.

»Das sollte Euch alles sagen, was Ihr wissen müsst, Mylord«, erwiderte Jokul schlicht.

Das Haus Algauti war ein Vasall des Hauses Lothbrok, Uvorens Familie. Es war ein kleineres, unbedeutendes Haus, das von den Lothbrok für seine loyale Unterstützung mit Wohlstand, Rang und Schutz belohnt wurde. Wollte Roper Jokuls Andeutung glauben, war dieser Meuchelmörder von Uvoren geschickt und als Krypteaner verkleidet worden. Wäre das Attentat geglückt, hätte sich der Zorn über diesen Mord gegen die Kryptea gerichtet, und Uvoren hätte gute Aussichten gehabt, den Steinernen Thron zu besteigen. Schlug der Mordversuch fehl, konnte man ihn dennoch nicht zu Uvoren zurückverfolgen. Und zudem hatte es möglicherweise noch den Vorteil, dass er damit einen Keil zwischen Roper und Jokul trieb. Schließlich hatte Uvoren gesehen, wie sie miteinander gesprochen hatten.

Es war ein brutaler und sehr gerissener Schachzug, und die Sache stank förmlich nach Uvoren. Roper wurde sehr nachdrücklich an die Worte der Leitenden Historikerin erinnert, als sie im Ratssaal miteinander gesprochen hatten. *Die größten Krieger können in jeder Arena kämpfen.* Roper musste reagieren. Er musste dafür sorgen, dass man ihn nicht einfach töten konnte, ohne einen Aufruhr zu riskieren. Damit Uvoren es sich zweimal überlegte, bevor er noch einmal zu einer derartigen Taktik griff.

»Ich bleibe von jetzt an an Eurer Seite, Mylord«, erklärte Gray. »Und schickt nach Pryce. Ihn braucht Ihr ebenfalls.«

»Und schickt mich nicht mehr fort, Lord«, bat Helmec. »Wir werden Euer Leben beschützen, bis Ihr Uvoren stellen könnt.«

Roper sah die beiden an. Er war ziemlich bewegt. Zwar hatte er im Augenblick wenig Anlass, irgendjemandem zu trauen, doch diesen beiden vertraute er. »Was habe ich getan, um die Treue von zwei so großartigen Kriegern zu verdienen?«, fragte er leise. »Ich danke euch.« Dann drehte er sich zu Jokul herum. »Uvoren hat den Ruf der Kryptea für seine eigenen Zwecke missbraucht. Was gedenkt Ihr dagegen zu unternehmen?«

Jokul betrachtete Roper. »Wir bewahren die Stabilität dieses Landes. Deshalb ist es gewiss nicht in unserem Interesse, ihn zu töten. Aber wir können diesen Anschlag nicht ignorieren. Wir werden herausfinden, wer die Maske und die Klinge gestohlen hat. Sie werden sterben. Wir werden Uvoren verwarnen. Und …« Sein Blick wurde schärfer. »Ihr habt eine Atempause, für den Moment jedenfalls, Lord Roper. Ich gewähre Euch eine Frist von einem Monat, damit Ihr Eure Kräfte sammeln könnt. Dann schätzen wir die Lage neu ein.«

»Mehr brauche ich nicht«, antwortete Roper.

* * *

Bellamus saß in einem Zeltpavillon. Sein Schreibtisch schien in einem schwarzen Meer aus Dunkelheit auf der kleinen Insel aus Licht zu treiben, das von zwei Öllampen gespendet wurde. Regen prasselte auf die Segeltuchwände. Die Tropfen liefen innen vom Dach herab über die Seiten und bildeten Pfützen unter dem Rand. Es gab keine Fenster – die Öffnungen waren zugenäht –, und in das Zelt drang nur wenig Tageslicht. Die einzige Verbindung zu der Welt außerhalb der Wände war das Trommeln des Regens in der Dunkelheit.

Hier empfing er seine Spione, verhörte Feinde und Gefangene, und hier disziplinierte er auch seine Soldaten. Die Gespräche hatten alle einen ähnlichen Charakter, und dieser Pavillon war so entworfen worden, damit sich seine Informanten behaglich fühlten. Bellamus hatte schon vor langer Zeit erkannt, dass manchmal allein die richtige Umgebung genügte, um die störrische Haltung eines Gesprächspartners zu unterwandern. Der sanfte Schein der brennenden Öllampen verlieh dem Ort eine verschwörerische Atmosphäre, löschte alle Ablenkungen aus und lenkte den Verstand auf das Gespräch. Dieses Licht hatte wohl eine ähnliche Wirkung wie die Feuer, um die sich schon seit Urzeiten die Menschen scharten, um ihren Nächsten ihre Geheimnisse zu verraten.

Für die Informanten der Anakim hatte Bellamus einen Stuhl anfertigen lassen, der ihrem größeren Körper angepasst war. Den gleichen Stuhl benutzte er selbst, damit sie beide auf Augenhöhe saßen. Jedes Wort seiner Eröffnung, jede Geste hatte er zuvor geübt. Dies war, wie er festgestellt hatte, entscheidend. Wurde nicht von Anfang an der richtige Ton angeschlagen, verlief das

Gespräch fruchtlos. Selbst der leiseste Hauch von Feindseligkeit würde zu einem eisigen Schweigen führen. Diese Anakim waren verdammt dickköpfig, was wohl auch nicht weiter überraschte, da immerhin eine feindliche Armee in ihrem Land lagerte.

Bellamus hatte an diesem Morgen bereits mit einer von ihnen gesprochen, einer Frau namens Adras. Sie hatten allein in diesem Zelt gesessen, einen Krug Wein zwischen sich, den Bellamus zuvor entkorkt hatte. Dann hatte er zwei Becher vollgeschenkt. Als er einen der Becher der Anakim hingeschoben hatte, hatte diese wegen des starken Geruchs des Weins die Nase gerümpft.

Sie starrte den Becher an, dann Bellamus, und schwieg. Die Frau saß stocksteif da, jeder Muskel angespannt. Bellamus schien das nicht zu bemerken, als er den Becher nahm und sich auf seinem Stuhl zurücklehnte, um einen Schluck zu trinken. Er blickte über den Rand des Bechers auf die Frau. Als er ihn sinken ließ, wirkte seine Miene mitfühlend. »Dieser Becher da ist für dich.« Er sprach Anakim. »Trink, wann immer du willst.«

Die Frau griff nicht nach dem Becher, sondern warf nur einen Blick darauf.

»Dieser Ort hier, wo wir lagern, muss dein Zuhause sein«, fuhr Bellamus fort. »Dafür entschuldige ich mich. Wir werden schon bald weiterziehen, aber in der Zwischenzeit würde ich mich gerne mit dir unterhalten. Du kannst anschließend hierbleiben, wenn du möchtest.«

»Worüber sollten wir wohl reden?«, fragte die Frau.

»Über dich.« Bellamus lächelte freundlich. »Bitte vergib mir, dass ich so vertraulich werde. Aber mein Gewerbe zu Hause, in Süddal, ist mein Wissen über dein Volk. Ich wäre wohl kaum sonderlich nützlich, wenn ich dieses Wissen nicht ständig erweitern würde. Und ich werde nicht lange einzigartig bleiben, was diese Fähigkeiten anbelangt. Andere werden den Wert meines Handelns erkennen und versuchen aufzuholen. Das heißt, ich muss stets Meister in allem bleiben, was die Anakim angeht, du verstehst? Wenn du also die Güte hättest, könntest du mir vielleicht bei diesen Wörtern hier helfen.« Bellamus nahm das oberste Pergament vom Tisch und überflog es. »*Kip-sen-ga*? Sprechen ich das richtig aus?« Er beugte sich vor. »*Kipsenga*?«

»*Kipsanga*«, verbesserte Adras ihn.

»*Kipsanga*. Was bedeutet das?«

Adras machte eine Pause und betrachtete ihn eine Weile. »Das ist die beste Art von Freundschaft.«

»Erkläre es mir.« Bellamus trank noch einen Schluck Wein.

Die Anakim schwieg, nahm dann ihren eigenen Becher und roch kurz daran. Sie warf einen Blick auf Bellamus, der so tat, als würde er seine Wortliste überfliegen, und trank einen Schluck. »Ein *Kipsanga* ist ein Freund, den du als Person respektierst und mit dem du außerdem besonders gut auskommst.« Sie hielt inne, aber als Bellamus sie hoffnungsvoll ansah, lächelte sie. »Vielleicht«, fuhr sie fort, »weil ihr einen ähnlichen Sinn für Humor habt oder euch besonders gut miteinander amüsieren könnt. Aber du respektierst auch seinen Charakter.«

»Gibt es noch andere Arten von Freunden, außer *Kipsanga*?«, setzte Bellamus nach. »Vielleicht das Gegenteil?«

»Wir kennen drei Arten von Freunden«, sagte Adras. »Ein *Kipsanga* vereint die beiden wichtigsten Elemente der Freundschaft. Ein *Unga* hat nur eines davon. Das ist zum Beispiel jemand, mit dem man sehr gut zurechtkommt, den man aber vielleicht als Person nicht bewundert.«

»Könntest du mir ein Beispiel dafür nennen?«

Adras zuckte mit den Schultern. »Vielleicht ist diese Person freundlich zu dir, aber nicht nett zu anderen. Oder vielleicht ist ihre Gesellschaft zwar angenehm, doch manchmal versucht sie, dich zu manipulieren. Oder aber …« Sie dachte sorgfältig nach. »Vielleicht ist die Person faul und furchtsam und nicht bereit, ihre eigenen Mängel zu erkennen.«

Bellamus schrieb mit, so schnell er konnte. Er sah, wie Adras neugierig auf das Pergament blickte, und hielt das Blatt hoch, um es ihr zu zeigen. »Schrift«, erklärte er. »Wir können damit Worte lagern. Ich vermute, wir Menschen aus den südlichen Landen haben ein weniger gutes Gedächtnis als dein Volk. Wie auch immer, manchmal ist eine so exakte Form der Erinnerung sehr hilfreich. Denn das Gedächtnis kann die Ereignisse verzerren. Aber bitte, sprich weiter.«

»Die dritte Art ist das Gegenteil eines *Unga:* ein *Badarra.* Das ist eine Person, die man sehr respektiert oder zu der man eine zurückhaltende Zuneigung empfindet, mit der man aber nicht gut zurechtkommt. Es kann eine ernste Person sein, die jedoch besonders freundlich und großzügig ist. Oder jemand, der ganz andere Überzeugungen hat als man selbst. Trotzdem kannst du anerkennen, wie gut begründet die Meinungen dieser Person sind und dass sie fest an die Richtigkeit ihrer Überzeugungen glaubt. Vielleicht ist es auch einfach jemand, zu dem du nicht viel zu sagen hast, den du aber trotzdem sehr respektierst.«

»Faszinierend, wirklich faszinierend.« Bellamus war vollkommen in sein Pergament vertieft. »In eurem Volk hat man eine sehr objektive Sicht auf diejenigen, die einem nahestehen.«

Adras zuckte mit den Schultern. »Selbstverständlich.«

Bellamus fing gern mit den einfachen Fragen an, mit den Wörtern. Er hatte gewusst, was *Kipsanga* bedeutete, und hatte es absichtlich falsch ausgesprochen, um Adras eine erste Information zu entlocken. Ebenso kannte er die Begriffe *Unga* und *Badarra.* Doch auf diese Weise näherte er sich Informanten und schätzte ein, wie bereitwillig sie ihm antworteten. Die Erklärung dieser Begriffe war gerade so kompliziert, dass sie etwas Mühe erforderte, aber das Konzept war nicht schwierig. Indem Bellamus das Thema Freundschaft ansprach, hoffte er außerdem, Adras positiv auf ihr Gespräch einzustimmen. Und dann konnte er zu den schwierigeren Fragen kommen.

Was war die Bedeutung von Wildnis?

Wie manifestierte sich die Erinnerung bei den Anakim, und inwiefern unterschied sie sich von seiner eigenen?

Warum flüchteten die Anakim nicht angesichts seiner vorrückenden Armee?

Warum rebellierten sie niemals, trotz ihrer harten und unbarmherzigen Lebensumstände?

Wie konnte man ein Land, das keine Schrift kannte, so vollkommen kontrollieren?

Diese Fragen waren nicht leicht zu beantworten und verlangten nach einem Informanten, der ungewöhnlich bedacht, bereitwillig und beredt war. Bellamus hatte jeden Vorteil, den er besaß, genutzt, damit er vorbereitet war, wenn ihm jemand so Vielversprechendes wie Adras in die Hände fiel.

Außerdem lernte er auch schon mehr, einfach nur weil er sich nördlich des Abus aufhielt. An diesem Ort, der von der anderen Seite des dunklen Wassers aus so albtraumhaft gewirkt hatte. Das Land im Süden war bestellt und bearbeitet. Säuberlich gepflügte Felder, auf denen Getreide gepflanzt werden konnte und die eine gewisse Ordnung aufwiesen. Hier jedoch, im Schwarzen Königreich, war das Land von den Wurzeln gigantischer Bäume so durchzogen, dass man nicht einmal hoffen konnte, es zu bestellen. Oder es klebte so steil an den Hängen der Berge, dass man sich wundern musste, wie die Erde überhaupt dort hielt. Und dennoch hatten die Anakim ganz eindeutig keine Schwierigkeiten, hier zu überleben. Die Wälder, welche die Truppen aus Süddal verbrannt hatten, waren von geisterhaften Ruinen durchzogen, von steinernen Skeletten großer Städte und Tempel, welche einst die uralten Kreaturen beherbergt haben mussten, die in diesen Landen gelebt hatten. Jetzt dienten diese gewaltigen Bauten als Höhlen für die riesigen, kurzschnauzigen Bären, die seine Leute terrorisierten, wenn sie auf Nahrungssuche gingen. Selbst die Dörfer waren von diesen Bäumen vollkommen eingekesselt worden, beinahe so, als wollten sie sie beschützen. Sie wuchsen nebeneinander und auch übereinander, willkürlich, so wie die Straßen der Anakim die Landschaft durchzogen. Man sah diese Straßen meist erst, wenn man unmittelbar auf sie stieß, und sie schienen jeden Umweg in Kauf zu nehmen, um sich den Hügeln und Bäumen anzupassen. Sie schnitten keine klare Linie durch diese Hindernisse, wie so viele Straßen in den südlichen Landen, sondern schlängelten sich stets um sie herum.

Es war ein Land von beeindruckender Größe und unglaublicher Wirkung, dessen Erde so fruchtbar war, dass sie verfaulte, wenn man sie umgrub. Die Vögel über ihren Köpfen schrien wie Phantome. Und die Schreie der Tiere, die durch den Wald hallten, waren so sonderbar, dass Bellamus sich nicht einmal vorstellen konnte, welche Bestien sie ausstießen. Normalerweise schlief er tief und unbekümmert. Hier jedoch wurde er von sonderbaren Träumen verfolgt. In der Nacht erfüllten riesige Schatten, außergewöhnliche Kreaturen und intensive Gerüche seinen Verstand. Und auch Furcht befiel ihn in seinen Träumen in einem Maß und einer Klarheit, wie er es bis dahin nicht gekannt hatte. Häufig schreckte er aus dem Schlaf hoch und hörte dann eine sonderbare, unirdische Musik außerhalb seiner Zeltwände. Dreimal war Bellamus mitten in der Nacht durch den Zelteingang hinaus in das Land der silbernen Schatten gestolpert, das ihn umgab, und hatte die Quelle dieser fernen Musik gesucht. Doch jedes Mal war sie allmählich verklungen, sodass er regungslos in einem stillen und vom Mond beschienenen Wald stand und sich fragte, ob die Musik einfach nur der Nachhall seiner intensiven Träume gewesen war. Es konnte gar nicht anders sein, denn auch wenn jede einzelne Note herzerweichend gewesen war, vermochte sich Bellamus nicht an die Melodie zu erinnern. Ihm blieb nur im Gedächtnis haften, wie er sich dabei gefühlt hatte.

Hier war Geschichte weit weniger fern. Im Süden veränderte sich die Geschichte viel schneller und wurde ständig erneuert. Die Gebäude waren aus Materialien errichtet, die leicht von Erde und Feuer verzehrt werden konnten. Deshalb überdauerte nur weniges mehr als ein paar Generationen. Hier jedoch wurde

Bellamus gezwungen, das Schwarze Königreich auf jeder Meile seiner Reise einzuatmen. Ganz gleich wie sehr er versuchte, dem Norden seinen Stempel aufzuprägen, es gab immer noch mehr Wald. Das Schwarze Land anzugreifen glich fast dem Bestreben, seine Wut an einem Berg auszulassen. Es betrachtete seine Bemühungen gleichmütig. Und irgendwie schien es ihn tatsächlich zu betrachten. In gewisser Weise ähnelte dieses Land sehr stark einem einzigen Organismus, einem Organismus unvorstellbaren Alters und ebenso unvorstellbarer Bedeutung.

Bellamus schüttelte den Kopf und schob die morgendliche Begegnung mit Adras und den Gedanken an die fremde Welt vor seinem Zelt beiseite. Stattdessen kümmerte er sich wieder um seine Papiere. Die Worte auf dem Pergament waren vollkommen unverständlich. Es waren sinnlos aneinandergereihte Buchstaben, die willkürlich in unaussprechliche Wörter unterteilt worden waren. Bellamus stellte seinen Becher beiseite und fuhr mit dem Finger über das oberste Papier. »Aha!« Nach kurzem Suchen zog er ein rissiges hölzernes Rechteck unter einem Pergament hervor. Es war kaum dicker als das Pergament selbst, und in das Holz waren etliche Dutzend kleine Löcher geschnitten. Bellamus legte das Holzstück sorgfältig auf das Pergament, und jedes der winzigen Löcher umrahmte einen der Buchstaben, die darunter lagen. Diese Buchstaben ergaben, wenn man sie der Reihe nach las und erriet, wo man die Satzzeichen setzen musste, verständliche Sätze.

Mein Emporkömmling – wie verlangt habe ich den königlichen Arm kraftvoll verdreht. Man wird dich nicht zurückrufen und auch nicht mit einem anderen Fürsten behelligen. Ich

Bellamus drehte das Stück Holz herum und legte es bündig mit dem unteren Rand an das Ende des Pergaments an, um die verborgenen Textzeilen weiter unten auf der Seite zu markieren.

habe dem König außerdem die Idee dich zum Herrn des Nordens zu machen in den Geist gepflanzt. Warten wir ab wie der Keim sich entwickeln wird. Vergiss mein Geschenk nicht. A

Bellamus hatte viele Informanten und benutzte viele Chiffren. Diese war ausschließlich für seine Korrespondenz mit Aramilla reserviert. Es gab nur zwei Exemplare des Holzstücks, das Bellamus für die Entschlüsselung benutzt hatte. Das andere war im Besitz der Königin.

Bellamus vertraute nicht vielen Menschen. Und auch Aramilla vertraute er nicht gänzlich. Er wusste, dass sie Zuneigung für ihn empfand und glaubte, dass diese auf interessiertem Respekt beruhte. Allerdings hütete er sich zu glauben, er wäre besonders wichtig für sie. Aramilla war bereit, ihm zu helfen, weil sie das damit verbundene Spiel und die Gefahr genoss, und außerdem genoss sie auch ihn. Er amüsierte sie, aber sollte er je mit einem Anliegen an sie herantreten, das ein echtes Opfer von ihr forderte, würde sie ihn mit kalter Belustigung abspeisen. Er hatte zwar noch nie erlebt, wie sie dem König Dinge in den Kopf setzte, aber er hatte sich schon oft auf ihre Fähigkeiten verlassen. Ein- oder zweimal hatte er sogar am eigenen Leib erfahren, wie geschickt sie mit Worten umzugehen verstand. Er hatte bemerkt, wie sie die Unterhaltung so lenkte, dass die Gedanken, die sie jemandem einpflanzen wollte, Früchte trugen. Ging das Gespräch jedoch nicht in die von Aramilla gewünschte Richtung, sagte sie gar nichts. Schweigen zog sie der Aufdeckung ihrer Absichten vor.

Der ganze Hof stand unter ihrem Bann. Die Waffen, die sie benutzte, veränderten sich unmerklich. Manchmal merkte man erst im Nachhinein, dass man bereits auf einem Feld kapituliert hatte, während man sich ihr auf einem anderen noch widersetzte. Bei einem Mann begann sie mit einem Blick, der flüchtiges Interesse bekundete – ein Fremder, von dem sie nicht wusste, was sie von ihm halten sollte. *Beeindrucke mich,* hieß das. Gehorchte ihr Gegenüber – und das tat er! – und machte einen plumpen Scherz, lachte sie. Bellamus hatte sie nur ganz selten aufrichtig so lachen hören. Ihr Lachen klang wie das Keckern einer Elster oder das Klappern von Würfeln in einem Holzbecher. Es bedeutete, ihre Aufmerksamkeit gehörte ganz und gar dir. Wie es dann weiterging, hing davon ab, wie selbstbewusst man auftrat. Bei den Selbstsicheren kamen noch mehr Ermutigungen, mehr Gelächter und dann vielleicht eine scharfzüngige Bemerkung. *Du hast noch nicht gewonnen,* hieß das. *Versuch es weiter.* Die Fragileren dagegen waren ihr bereits verfallen. Sanfte Spötteleien loteten ihre Beziehung aus, bis ihre Opfer am Ende ihre Forderungen erfüllten, ohne es überhaupt zu bemerken.

War ihr Opfer jedoch eine Frau, waren ihre Methoden gnadenlos. Sie wechselte ständig zwischen Charme, Humor und beiläufiger Erniedrigung hin und her, bis die Frau von der Vergeblichkeit jeden Widerstands überzeugt war. Mit Aramilla zu streiten war ebenso erschöpfend wie fruchtlos, gab man jedoch jeden Widerspruch auf, war sie eine angenehme Gesellschaft. Und kapitulierte man, konnte sie eine sehr großzügige Geliebte sein. Solange man nicht vergaß, wo man hingehörte.

* * *

Unter den Mächtigen im Schwarzen Königreich gab es knapp zwei Dutzend kleinere Häuser und vielleicht drei größere. Der Einfluss von Ropers Haus, dem Hause Jormunrekur, war in den letzten Jahren gesunken, obwohl dieses Geschlecht den Schwarzen Lord stellte. Der vollendete Anführer stieg nur durch Verdienste auf. So hatte Kynortas es gehalten, um seine eigene Familie nicht etwa zu begünstigen. Dies hatte nun allerdings dazu geführt, dass das Haus Lothbrok, dessen erster Sohn Uvoren war, das Haus Jormunrekur sowohl an Wohlstand als auch an Einfluss überflügelte. Jetzt musste Roper Uvorens Macht brechen, und dafür brauchte er die Unterstützung des dritten großen Hauses: des Hauses Vidarr.

Obwohl er die Notwendigkeit einsah, flößte Roper die Aussicht, mit dem Haus Vidarr zu verhandeln, Furcht ein. Es wurde von dem Patriarchen Tekoa Urielson geführt, Pryce' Onkel und Legat der Skiritai-Legion, der Waldläufer. Roper war ihm noch nie persönlich begegnet, hatte aber von dem unbeugsamen Willen des Mannes gehört. Er erinnerte sich an die Worte, mit denen Kynortas den Patriarchen einst beschrieben hatte: »Tekoa wäre ein feiner Diener des Staates, wenn er nicht eine so maßlos hohe Meinung von sich selbst hätte.«

Als Roper Pryce gefragt hatte, wie er dessen Onkel am besten auf seine Seite ziehen könnte, hatte der Zuchtmeister geantwortet: »Unterhaltet ihn.«

Diese Gedanken schossen Roper durch den Kopf, als Helmec jetzt an die Tür von Tekoas Haus klopfte. Roper hatte versucht, ihn in sein Quartier im Hohen Fried zu bestellen. Sein Bote war sichtlich erschüttert zurückgekehrt. Er hatte ihm ausgerichtet, dass Roper, falls er Tekoa zu sehen wünschte, diesen gefälligst dort treffen sollte, wo er einen bequemen Stuhl und einen Becher Birkenwein genießen konnte.

Die Tür wurde von einem von Tekoas Gefolgsleuten geöffnet, einem Legionär mit dem Zeichen des Hauses Vidarr auf seinem Wappenrock: eine monströse Schlange in einem Kettenpanzer, die eine noch größere Stechpalme umschlang. »Der Schwarze Lord, Roper Kynortasson aus dem Hause Jormunrekur, kommt zu einer Audienz mit Tekoa Urielson«, verkündete Helmec. Der Legionär grinste und trat zur Seite. Seine Miene sagte: *Ihr seid ihm willkommen.*

Roper, Helmec und Gray betraten das Haus und fanden sich in einer großen Empfangshalle aus Granit wieder. Eibenstühle säumten die Wände, und ein Feuer brannte in einer erhöhten Feuerstelle. Das Gebäude war größer als die meisten anderen Häuser innerhalb der Mauern des Hindrunn. Tekoa war sehr wohlhabend, aber auch ein treuer Untertan des Schwarzen Königreiches, und er hatte das Haus schmucklos möbliert. Die

Mauern waren kahl bis auf Halter für Öllampen und einen einzigen Seidenteppich. Die schwarze und cremefarbene Seide zeigte denselben Baum und dieselbe gepanzerte Schlange wie das Wappen auf der Brust des Legionärs. Wie alle Kunstwerke der Anakim hatte auch dieser Teppich keine weiteren Farben, sondern zeigte nur Umrisse. Der Steinboden war unter der Vielzahl von Tierfellen kaum zu sehen, aber Roper bemerkte an einer freien Stelle zwei gemeißelte Fußabdrücke. Als er genauer hinsah, fielen ihm auch die Handabdrücke auf, die in die Wand gemeißelt worden waren. Ein Paar war niedriger und kleiner und musste einem Kind gehört haben.

Der Legionär, der sie eingelassen hatte, bat sie, in dieser Halle zu warten, während er Tekoa holte. Er verschwand durch eine Eichentür, neben der ein niedriger Tisch stand. Darauf befand sich ein kugelförmiges Objekt in einem Holzgestell. Roper ging darauf zu und streckte die Hand aus, um es zu untersuchen.

»Fasst es nicht an!«, rief jemand hinter ihm.

Roper riss die Hand zurück und fuhr herum. Vor ihm stand eine Frau, die anscheinend aus einem der angrenzenden Räume in die Kammer getreten war. Sie war sehr groß, fast so groß wie Roper. Ihre Augen waren von einem gespenstischen hellen Grün, und sie hatte außerordentlich langes, sehr feines blondes Haar. Ihre Haut war so hell, dass sie fast durchscheinend wirkte. Roper konnte die Adern an ihren Schläfen sehen. Und zudem war sie schrecklich dünn. Es schien fast so, als würde ihr weißes Leinenkleid sie stützen.

»Mylady?« Roper fiel auf, dass ihr Haar auf die Art zurückgebunden war, wie es verheiratete Mütter trugen. Also war sie ein vollwertiger Untertan des Schwarzen Königreiches. »Warum nicht?«

»Ihr dürft es nicht berühren!«, wiederholte sie. Aus einem anderen Raum tauchte ein Dienstmädchen auf, das im Vergleich zu der Frau fast grotesk klein wirkte. Sie starrte Roper vorwurfsvoll an, als hätte er ihre Herrin absichtlich aufgeregt. Die große

Frau trat vor und blieb aufdringlich dicht vor Roper stehen. Sie schien mit ihren geisterhaften Augen fast durch ihn hindurchzublicken. »Wer seid Ihr?«

Roper trat unwillkürlich einen halben Schritt zurück, bevor er antwortete. »Roper Kynortasson. Ich bin hier, um mit Legat Tekoa zu sprechen.«

»Ihr wollt Keturah, stimmt's?«, verlangte die Frau zu wissen.

»Ich möchte nur mit dem Legaten sprechen«, wiederholte Roper.

»Keturah ist uns sehr teuer. Ihr dürft ihr niemals wehtun!«

»Ich habe nicht vor, irgendjemandem wehzutun«, gab Roper verdutzt zurück. »Bitte, Lady, ich bin wirklich nur hier, um mit Legat Tekoa zu sprechen.«

Unvermittelt schien die Frau sämtliches Interesse an ihm verloren zu haben. Sie machte in einem großen Bogen kehrt, wie ein Schiff unter vollen Segeln, und schlurfte zum Feuer, die Hände vor sich ausgestreckt. »Ihr dürft es nicht berühren«, wiederholte sie. Ihre Stimme klang jetzt leiser und ruhiger. »Diese Kugel ist unheilig ... Sie macht krank ...« Dann sagte sie, unvermittelt wieder lauter: »Warum behält er sie?«

»Wie lautet Euer Name, Mylady?« Roper sprach zu dem Rücken der Frau.

»Ich bin die Lady des Hauses«, erwiderte sie. »Skathi. Regt meinen Ehemann nicht auf. Er ist ein guter Mann.«

Roper war völlig verdutzt. Das Dienstmädchen näherte sich Skathi und nahm sie an der ausgestreckten Hand. Dann führte sie sie in einem weiteren Halbkreis zurück in ihr Zimmer. Skathi schien nichts dagegen zu haben und würdigte Roper keines Blickes, als sie hinausging.

»Setzen wir uns ans Feuer in Eurem Zimmer, Mylady«, sagte das Dienstmädchen freundlich. »Eure Webarbeit ist nahezu fertig.« Die junge Frau warf Roper einen weiteren missbilligenden Blick zu, bevor sie die Tür hinter sich zuzog. Der Riegel wurde mit einem vernehmlichen Klicken vorgeschoben.

Roper sah Gray fragend an.

»Tekoas Gemahlin«, sagte Gray leise. »Sie hatte kein einfaches Leben. Keturah ist ihr ältestes noch lebendes Kind. Davor hat sie fünf Söhne verloren, vier auf dem Schlachtfeld und den letzten noch als Säugling.«

»Verstehe.« Roper nickte abrupt und wandte sich wieder zu der Kugel auf dem Tisch um. Nach Skathis befremdlichen Worten darüber faszinierte sie ihn noch mehr, und er beugte sich vor.

Roper erkannte nach wenigen Augenblicken, dass dies ein Modell der bekannten Welt war. Er hob die Kugel hoch und drehte sie in den Händen. An einer Stelle fand sich eine Insel, deren Umrisse er wiedererkannte. Sie war auch auf der erbeuteten Landkarte aus Süddal verzeichnet, die in seinem Quartier hing. Es war seine Insel. Albion. Sie war so klein! Nur ein Felsbrocken, umgeben vom endlosen Ozean. Die große, weiße, zerklüftete Krone darüber verwirrte Roper zunächst. Dann erinnerte er sich. Eis. Genug Eis, um die Spitze der Welt zu bedecken. Und südlich und westlich von Albion, über unterschiedlich große Ozeane hinweg, erstreckten sich etliche andere Länder. Von einigen hatte er gehört, die meisten kannte er nicht. Landmassen und Reiche, neben denen seine Insel vollkommen unbedeutend wirkte. Und im Westen? Eine riesige See und ein Schatten. Eine angedeutete Küste, hinter der sich nur Dunkelheit befand. Unbekannte Länder. Und weit im Süden, über eine Handspanne glänzenden Holzes hinweg, das eine unvorstellbare Fläche wogenden Ozeans darstellte, eine andere Eiskappe. Es sah fast so aus, als hätte die Welt zwei obere Enden.

Roper fühlte Übelkeit in sich aufsteigen. Dieses Objekt löste das Gefühl in ihm aus, er stünde auf dem höchsten Turm des Frieds und lehnte sich über den Rand, ließe einen Fuß über den Abgrund baumeln. Die Kugel schien unter seinen Füßen anzuschwellen. Sie dehnte sich um ihn herum aus, und jede Fläche enthielt unzählbare Wegstunden, die durch Länder führten, die so anders waren als seines. Dieses Eis: Dort konnten unmöglich Bäume existieren. Deshalb konnte es dort kein Feuer geben. Der Boden selbst würde sich unter den Füßen bewegen. Dort verband einen nichts mit der Welt, in der man existierte. Keine Gerüche, denn jeder Geruch wäre gefroren. Keine Berge oder Hügel, keine Pflanzen, keine Erinnerungen. Nur ein endloses weißes Meer, das sich in alle Richtungen erstreckte, und vielleicht den heulenden Wind als einzige Gesellschaft.

Schritte ertönten auf der Treppe hinter Roper, und er nahm sich zusammen. Er riss den Blick von dieser beunruhigenden Kugel los, während er sich gleichzeitig fragte, wer wohl freiwillig einen solch merkwürdigen Gegenstand in seinem Haus aufbewahrte. Rasch legte er die Kugel wieder in das Gestell zurück und hatte sich gerade neben Gray und Helmec auf einen der Eibenstühle gesetzt, als ein Mann hereinkam, bei dem es sich unverkennbar um Tekoa Urielson handelte.

Seine Haltung verriet ihn. Gebieterisch. Voll Tatkraft. Und er sah aus wie eine ältere Version von Pryce. Dunkelhaarig, markant und ohne sichtbare Narben. Unvermittelt blieb er stehen, als er sah, dass Roper sich noch auf dem Stuhl zurechtsetzte, und warf sofort einen Blick zu der Kugel. Sie stand etwas schief auf dem Gestell, als wäre ihr ebenso wie Roper von ihrer Begegnung übel geworden. Tekoa runzelte die Stirn und warf Roper einen missbilligenden Blick zu, während er die Kugel geraderückte.

»Kleiner Mistkerl«, knurrte er. Gray und Helmec stießen ärgerliche Laute aus, aber Tekoa brachte sie mit einer ungeduldigen Handbewegung zum Schweigen. Er nahm einen Stuhl und zog ihn zum Feuer. »Wir reden am Kamin«, erklärte er. Roper begriff, dass er bereits in der Defensive war, stand auf und zog seinen eigenen Stuhl ebenfalls ans Feuer. Der Legionär kam zurück und reichte Tekoa einen Kelch mit Birkenwein. »Bist du schon alt genug für Wein, Roper?«, wollte Tekoa wissen.

»Ich bin alt genug für Wein und höhergestellt genug für ein ›Mylord‹«, wies Roper ihn zurecht.

Tekoa betrachtete ihn abwägend. »Wohlan denn, warum behelligt Ihr mich, *Mylord*? Welchem Umstand verdanke ich Eure geschwätzige Anwesenheit in meinem Haus?« Er winkte dem Legionär, der Roper ebenfalls einen Kelch mit Wein reichte.

»Dem Umstand, dass meiner Meinung nach keiner von uns Uvoren auf dem Steinernen Thron sitzen sehen möchte. Und gestern Nacht sind wir dieser Möglichkeit sehr nahe gekommen.« Roper nippte an dem Birkenwein. Er schmeckte köstlich. Tekoas Haus mochte asketisch sein, aber alles, was sich darin befand, stammte von den besten Handwerkern und war vom Feinsten.

Tekoa lachte. Es klang wie das Donnern einer Kanone. »Ha! Ich habe gehört, dass die Kryptea es auf Euch abgesehen hat.«

»Jokul schwört das Gegenteil«, sagte Roper. »Und ich glaube ihm. Der Meuchelmörder gehörte zum Haus Algauti.«

Tekoa brummte und starrte in seinen Kelch. »Der Umstand, dass der Kerl seinen Auftrag vermasselt hat, spricht noch viel mehr dagegen, dass es ein Krypteaner war.«

Unwillkürlich musste Roper lachen. Alle anderen hatten nur sehr zurückhaltend über diese verstörende Begegnung geredet, aber Tekoa kannte in dieser Hinsicht keine Rücksichtnahme. Roper fand es befreiend, zur Abwechslung einmal darüber lachen zu können.

»Vielleicht«, räumte er ein. »Uvoren strebt nach dem Thron und wird alles tun, was in seiner Macht steht, um ihn für die Lothbrok zu gewinnen. Und schreckt dafür auch vor einem Mord nicht zurück. Es gab Zeiten, in denen man so etwas Hochverrat nannte.« Tekoa grinste, was Roper als Zeichen nahm, dass er den Mann amüsierte. »Und die Vidarr … Wer weiß? Vielleicht beabsichtigt Ihr ja, selbst Anspruch auf den Thron zu erheben. Dann können wir unter uns dreien in aller Ruhe das Hindrunn in Stücke reißen, während die Südlinge dasselbe mit unserem Land machen.« Er trank noch einen Schluck Wein.

»Verlockend, sehr verlockend«, murmelte Tekoa. »Also schlagt Ihr als offenkundige Alternative eine Allianz zwischen den Vidarr und den Jormunrekur vor.« Er dachte nach. »Was bedeutet, Ihr wollt mir eine meiner Töchter wegnehmen.«

Roper war einen Moment von der Direktheit des anderen wie vor den Kopf gestoßen. »Das ist der natürliche Weg, einen Pakt zu besiegeln«, sagte er dann sachlich.

»Ja, das ist alles recht und billig für Euch, Roper«, knurrte Tekoa. »Sehr vernünftig. Ihr gewinnt den Steinernen Thron, einen mächtigen Verbündeten und dazu eine meiner teuren Töchter. Aber was gewinne ich bei diesem Pferdehandel, abgesehen von Uvorens Missfallen?« Trotz der barschen Worte des Mannes hatte Roper nach wie vor das Gefühl, als würde sich Tekoa amüsieren.

»Wenn Ihr mich unterstützt, ist mein Thron ohne jeden Zweifel gesichert«, gab Roper zurück. »Und wie mein Vater bereits gezeigt hat, belohnen wir jene, die uns helfen.«

»Versprechungen auf zukünftige Gewinne!« Tekoa lehnte sich zurück, legte die Fingerspitzen aneinander und sah Roper an. »Etwas Besseres könnt Ihr wohl schwerlich vorbringen. Es sei denn natürlich, Ihr würdet mir einen konkreten Vorteil bieten. Selbstverständlich ist Uvoren bereits mit erheblich handfesteren Angeboten an mich herangetreten, als Ihr sie jemals machen könntet. Warum also sollte ich mich für Euch entscheiden?«

»Weil Ihr Uvoren bereits abgewiesen habt.« Roper spekulierte und hoffte, dass er richtiglag.

Tekoa brach in schallendes Gelächter aus. »Ich habe wirklich erwartet, dass Ihr Euer Anliegen überzeugender vortragen würdet. Warum wohl sollte ich Uvoren zurückweisen? Mit ihm bin ich auf der sicheren Seite. Auf der erheblich sichereren Seite.«

»Sicher ist dabei nur, dass Ihr einen ruhmreichen Krieger mit einer unübertrefflichen Selbstsucht in Eure Familie aufnehmen würdet«, erwiderte Roper gelassen. »Es wäre besser, etwas zu riskieren.«

»Er zeigt in der Tat sehr wenig Talent zur Führerschaft«, räumte Tekoa ein. »Es überrascht mich, dass Ihr beide Euch nicht blendend versteht.« Roper ignorierte diesen Seitenhieb. »Also habe ich meine Wahl bereits getroffen, sagt Ihr? Überlassen wir doch Eurer zukünftigen Frau die Entscheidung.«

Roper sah ihn verdutzt an. Das Gespräch entwickelte sich erheblich schneller, als er sich das vorgestellt hatte. Wenn sein Vater politische Fragen diskutiert hatte, war er immer subtil und ruhig vorgegangen, jedenfalls wenn Roper dabei gewesen war. Manchmal hatte Roper sich sogar dabei gelangweilt. Tekoa dagegen zeigte sich deutlich weniger zurückhaltend.

»Schick Keturah zu mir!«, rief Tekoa seinem Legionär zu.

»Ich weiß nicht, wo sie ist, Herr.« Der Legionär trat durch die Eichentür wieder in die Halle.

Tekoa drehte sich auf seinem Stuhl herum und musterte den Legionär boshaft von oben bis unten. »Harald, ich habe wirklich nicht die geringste Ahnung, warum du mich mit einer derartigen Mitteilung behelligst.«

Harald runzelte die Stirn und lächelte. »Ihr wollt, dass ich sie suche?«

»Du bist wirklich ein helles Köpfchen.«

Harald verbeugte sich und verschwand. Tekoa wandte sich wieder Roper zu. »Während wir warten, könnt Ihr mir berichten, wie der Attentäter von letzter Nacht die Schmach erleiden konnte, durch Eure Hand zu sterben.«

Roper schilderte die Vorkommnisse, während sie warteten. Als der Legionär zurückkehrte, sprachen sie gerade über Kynortas' Tod. »Ich habe das bedauert«, sagte Tekoa. »Und zwar nicht nur, weil es uns indirekt in einen Bürgerkrieg treibt. Kynortas und ich waren zwar nie einer Meinung, aber er war ein Krieger durch und durch. Er war gut für dieses Land.«

»Miss Keturah«, verkündete der Legionär von der Tür her. Er verbeugte sich, als Tekoas Tochter hereinkam. Roper hatte seine wachsende Erwartung im Zaum gehalten und stand jetzt auf, um die Frau anzusehen, die vielleicht seine zukünftige Gemahlin werden würde.

Keturah war groß, kaum zwei Fingerbreit kleiner als Roper selbst und mindestens so groß wie ihre Mutter. Sie hatte auch Skathis grüne Augen. Aber vielleicht, weil sie das schwarze Haar ihres Vaters geerbt hatte und ihre Haut nicht so hell war, wirkten ihre Augen lebhaft, fast schon stechend, nicht geisterhaft. Sie betrachtete Roper skeptisch, als sie näher kam. Ihr Gang verriet das Selbstbewusstsein und die Anmut ihres Cousins Pryce und ihres Vaters, aber sie ging wiegender. Tekoa und Pryce wirkten unnahbar. Keturah war zwar ebenso selbstsicher, schien aber ein gewisses Interesse an anderen Sterblichen aufzubringen.

»Da bist du ja, meine Süße.« Tekoa blieb sitzen und bedeutete ihr mit einer Handbewegung, sich einen Stuhl zu nehmen und sich zu ihnen zu setzen. »Ich habe ein passendes Opfer für dich gefunden.«

»Miss Keturah.« Roper nahm die Hand, die sie ihm hinhielt. Seine Wangen wurden warm.

»Der Schwarze Lord«, sagte Keturah.

Schwingt da Spott in ihrer Stimme mit?

»Angeblich«, setzte sie spitz hinzu.

Oh ja. »Bitte, setzt Euch.« Roper bot ihr seinen Stuhl an. Sie setzte sich, und Roper holte sich einen anderen. Dabei fing er Helmecs grinsendes Zwinkern auf, als er an dem Mann vorbeikam. Roper setzte sich rechts neben Keturah, Tekoa gegenüber. Der wirkte höchst zufrieden.

Keturah betrachtete Roper. »Vater, du willst mich mit dem Mann verheiraten, der nicht in der Lage war, mit einer vollen Mobilisierung die Streitkräfte Süddals zu besiegen?« Ropers Wangen brannten heißer, und Keturah nahm ihn noch mehr unter Feuer. »Also was wollt Ihr hier?«, fragte sie ihn. »Warum sollte mein Vater Eure Position für Euch festigen? Ein Geschlecht wie Eures kann doch nicht wirklich einen Spross hervorgebracht haben, dem es so vollkommen an Talenten mangelt?«

»Ebenso wenig wie Eures ein Individuum mit einer annähernd maßvollen Selbsteinschätzung hervorbringen könnte«, erwiderte Roper, was Keturah ein Lächeln entlockte.

»Ah. Ihr habt meinen Cousin kennengelernt?«

»Pryce? Ich hatte bereits das Vergnügen, ja.«

»Das ist kein großes Vergnügen«, erwiderte Keturah bissig. »Soweit ich weiß, läuft er immerhin recht schnell, aber das scheint er ja mit Euch gemein zu haben.« Ihre Augen funkelten.

»Aber, aber, meine kleine Spinne«, mischte sich Tekoa vergnügt ein. »Die Jormunrekur sind empfindsamer als wir. Der Junge wird uns nicht mehr viel nützen, wenn du sein Selbstbewusstsein so in Fetzen reißt. Außerdem, stell dir deine Schuldgefühle vor, sollte der nächste Meuchelmörder fähiger sein als der erste.«

»Sollte ich Eure Tochter tatsächlich heiraten, werde ich mir vielleicht wünschen, dass sich Eure Worte bewahrheiten, Tekoa«, gab Roper zurück und sprach damit unbeabsichtigt zum ersten Mal seine ehrlichen Gedanken aus.

Vater und Tochter strahlten sich förmlich an. Wie es aussah, schienen die Vidarr es ebenso zu genießen einzustecken wie auszuteilen.

»Also, worin bestehen Eure Fähigkeiten, Mylord?«, setzte Keturah nach und verspottete Roper erneut mit seinem Titel.

»Ich bin ein Anführer«, erwiderte Roper. »Das ist alles. Und genau den braucht dieses Land. Sollte ich jemals die Gelegenheit bekommen, werde ich es unter Beweis stellen.«

Keturah strich ihr Haar zurecht und streifte ihren Vater mit einem lebhaften Blick, bevor sie Roper wieder ansah. »Und warum habt Ihr Euch in der Schlacht zurückgezogen?«

»Weil es die richtige Entscheidung war«, sagte Roper. »Die Südlinge haben klug gekämpft. Vielleicht hätten wir sogar gewonnen, wenn ich weiter vorgerückt wäre. Ich hätte die Legionen zwingen können, die horrenden Verluste hinzunehmen, die es gekostet hätte, wenn sie unter einem Pfeilhagel einen schlammigen Hang hinaufgeklettert wären. Sie hätten sich dann noch durch eine Armee kämpfen müssen, die der unseren zahlenmäßig um Zigtausende überlegen war, und das mit ungeschützter Flanke. Möglicherweise hätte ich tatsächlich so handeln sollen. Es hätte mir die Geißelung erspart, die ich seit meiner Rückkehr ertragen muss. Aber ein Sieg, bei dem wir die Hälfte unserer Legionen verlieren, ist kein Sieg«, beendete Roper seine Erklärung. Er hatte die Stimme leicht gehoben. Die Ungerechtigkeit der Situation traf ihn immer noch. Er wurde von eben jenen Männern gehasst, deren Leben er gerettet hatte, von den Frauen, deren Ehemänner, Brüder und Väter er sicher nach Hause gebracht hatte, und von der Festung, deren langfristige Zukunft er gesichert hatte.

»Die Furcht hat Besitz von unseren Untertanen ergriffen«, setzte Roper hinzu. »Sie sind davon so besessen, dass sie sich in einen kläffenden Mob verwandelt haben, der den Gedanken der labilsten und boshaftesten unter ihnen folgt. Es ist an der Zeit, dass wir ihren Glauben an sich selbst wiederherstellen.«

Vater und Tochter musterten ihn ruhig. »Du warst dabei, Vater. Teilst du seine Einschätzung?« Keturah nahm den Blick nicht von Roper, als sie diese Frage stellte.

»Ich befehlige die Skiritai«, antwortete Tekoa. »Die Waldläufer. Ich war draußen, vor der Armee, im dichtesten Pfeilhagel, und traute meinen Ohren nicht, als ich das Signal zum Rückzug hörte. Und das, bevor wir auch nur einen Tropfen Blut der Südlinge vergossen hatten? Erfahrene Legionäre, Helden, die ihr ganzes Leben lang für den Krieg ausgebildet wurden, sollten den Schwanz einziehen und vor ein paar Pfeilen davonlaufen? Ich bin selten in meinem Leben wütender gewesen, Roper.«

Tekoa leerte den Kelch mit Birkenwein und stellte ihn dann auf den Boden. »Du willst wissen, warum ich Uvorens Angebot, eine Allianz mit ihm einzugehen, abgelehnt habe? Und warum ich dein Ersuchen in Erwägung ziehe? Weil der Rückzug an diesem Tag in der Tat die richtige Entscheidung gewesen ist. Und es war die schwerere Entscheidung, das habe ich trotz meiner Wut erkannt. Ich glaubte, ich könnte einem Mann folgen, der in der Lage ist, eine solch harte Entscheidung zu treffen. Und jetzt, da ich dich kennengelernt habe …« Tekoa betrachtete Roper eindringlich, als erwartete er, dass er jeden Moment in Flammen aufgehen würde. »Du bist hoffnungslos überfordert«, erklärte er schließlich. »Du bist ein Schmetterling in einem Wirbelsturm. Und doch bist du ruhig. Ungebeugt. Und neugierig genug, um unerlaubt mit meinem verfluchten Eigentum herumzuspielen. Ich denke, ich könnte auf dich setzen. Was ist mit dir, Keturah? Setzt du mit mir auf ihn? Ist das ein Mann, dem du folgen könntest?«

Sie betrachtete Roper ebenfalls abschätzend. »Ich glaube, das könnte ich, Vater«, sagte sie schließlich gedehnt.

»Wohlan denn!«, brüllte Tekoa und nahm schwungvoll seinen Kelch vom Boden. »Birkenwein!« Legionär Harald kam eiligst herbei, gab Keturah einen Kelch und füllte den von Roper und Tekoa erneut. »Auf den Schwarzen Lord«, sagte Tekoa ernst und hob seinen Kelch. »Und auf meine Tochter.« Sie tranken.

* * *

Dies war nicht der richtige Moment für Roper und Keturah, um zu heiraten, daher gaben sie sich lediglich ein Eheversprechen in den Mauern von Tekoas Anwesen. Dann enthüllte Roper einem skeptischen Tekoa seinen Plan.

»Das ist Wahnsinn, Roper.«

»Mein Titel lautet ›Lord‹.«

»Das ist Wahnsinn, Mylord.«

»Mag sein. Wir machen es trotzdem genau so.«

* * *

Roper hatte lange über Uvoren nachgedacht und glaubte, ihn richtig einzuschätzen.

Also zwang er an diesem Nachmittag Uvoren, den Rat einzuberufen. Tekoa hatte Uvoren eine Nachricht geschickt. Entweder er berief einen vollständigen Rat ein, oder Tekoa und Roper würden selbst den Rat zusammenrufen und Uvoren ausschließen. »Immerhin«, hatte sein Bote ausgerichtet, »sitzt der Hauptmann der Heiligen Wache nicht selbstverständlich im Rat.«

Der Ratssaal begann sich bereits wenige Stunden später zu füllen. In letzter Zeit waren die Ratssitzungen ziemlich eintönig gewesen. Die Kommandeure der Legionen hatten es satt, sich immer im Kreis zu drehen und Debatten zu führen, die niemanden weiterbrachten. Diese Sitzung jedoch bekam eine zusätzliche Würze durch die Nachricht über das vereitelte Attentat auf Roper. Mittlerweile hatte sich der Vorfall im ganzen Hindrunn herumgesprochen. Die Kommandeure unterhielten sich angeregt, als sie ihre Sitze einnahmen. Sie ließen zwei Plätze frei: den Steinernen Thron am einen Ende und den Sitz für Tekoa am anderen Ende des langen Tisches.

Als Roper eintrat, breitete sich Stille aus. Er war bewaffnet und gepanzert und hatte Gray sowie einen gereizt wirkenden Pryce im Schlepptau, als er sich auf den Thron setzte.

»Wirklich gut gewappnet, Roper«, bemerkte Uvoren.

»Es scheint, als wollte mich jemand töten, Hauptmann«, erwiderte Roper.

»Und Ihr glaubt wirklich, dass man es heute in diesem Raum erneut versucht?« Uvorens Anhänger kicherten.

Sag du es mir.

Roper blieb es erspart, nach einer passenden Antwort zu suchen, da Tekoa in diesem Moment den Saal betrat. Augenblicklich trat Schweigen ein. Tekoa würdigte keinen einzigen der anderen Ratsherren auch nur eines Blickes. Seine Anwesenheit im Rat war eine fast unerhörte Ausnahme.

»Legat Tekoa«, sagte Uvoren trocken. »Wie gut, dass Ihr Euch zu uns gesellt.«

»Das ist mehr, als jeder von euch verdient«, knurrte Tekoa und starrte den Mann neben seinem Stuhl an. Der rückte schließlich mit seinem Stuhl zur Seite, um Tekoa mehr Raum zu geben. Der Kommandeur setzte sich.

Uvoren sah mit finsterer Miene von Tekoa zu Roper. Dann beugte er sich zu Roper vor. »Du kleiner Mistkerl«, zischte er, während er Roper angrinste. »Ich genieße immer noch die Unterstützung des restlichen Rates. Und ich werde keinen Fingerbreit nachgeben.«

Roper erwiderte das Grinsen. »Du wirst mir alles geben, was ich verlange, Hauptmann«, entgegnete er unbekümmert. »Warte nur ab.«

»Ich werde weit mehr tun als das«, antwortete Uvoren und richtete sich wieder auf. Dabei begegnete er dem Blick von Tekoa, der Uvoren unfreundlich anlächelte.

Die Stille am Tisch wirkte bedrückend. Die meisten Anwesenden sahen von Tekoa zu Uvoren und warfen dann noch einen Blick auf Roper. Die Ratsherren schienen aufgeregt bei der Aussicht auf die Szene, deren Zeuge sie gleich werden würden.

Roper erhob sich, und sofort sprang auch Uvoren auf und knurrte ihn an, er solle sich gefälligst wieder hinsetzen. »Pflanz dich wieder auf den Thron, den du so würdelos besetzt hältst.«

»Ganz meine Meinung!«, schrie der verschwitzte Asger, der links neben Uvoren saß. »Roper hat in diesem Rat nichts von Bedeutung beizutragen.«

»Wirklich eine gehaltvolle Bemerkung, Asger«, entgegnete Tekoa boshaft. »Da du im wahrsten Sinne des Wortes das Sprachrohr von Uvorens Arsch bist.« Asger wirkte beleidigt und richtete sich auf, wagte aber nichts zu erwidern. Tekoa wandte sich an den Hauptmann der Wache. »Mit welchem

Recht versucht Ihr, Uvoren, dem Schwarzen Lord zu verbieten, in seinem eigenen Rat zu sprechen? Habt Ihr ihm nicht Treue geschworen, als Kynortas noch unter uns war?«

»Ich habe Kynortas Treue geschworen«, erwiderte Uvoren. »Sein Tod befreit mich von der Verpflichtung seinem Welpen gegenüber! Diesem Welpen, der den ersten Rückzug unserer Streitkräfte vom Schlachtfeld seit zweihundert Jahren befahl, und den ersten überhaupt seit einer vollständigen Mobilisierung der Legionen. Ich wüsste nicht, warum wir einem Jungen zuhören sollten, der keinerlei Verdienste vorweisen kann und der so leichtsinnig die Ehre der Legionen in den Schmutz getreten hat.« Uvoren leckte sich die Lippen. »Und wie ich höre«, fuhr er dann bösartig fort, »wird er ohnehin nicht mehr allzu lange auf dieser Welt wandeln, so interessiert, wie die Kryptea an ihm ist.« Die letzten Worte wurden mit schallendem Gelächter von Uvorens Anhängern quittiert.

»Schweigt!«, brüllte Tekoa. Augenblicklich kehrte Ruhe ein. »Es ziemt sich nicht für diesen edlen Rat, dass die Hälfte seiner Mitglieder wie ein Rudel Köter herumkläfft. Wie Besessene!« Er schleuderte das Wort verächtlich in ihre Richtung, und seine Feinde wurden schlagartig wieder ernst.

Es gab einige Todsünden für einen Untertanen des Schwarzen Königreiches. Die schlimmste war Selbstmitleid. Dann vielleicht Eifersucht. Aber direkt danach kam Besessenheit: als Teil eines Mobs zu handeln und nicht mehr als Individuum. Zuzulassen, dass niedere Gefühle wie Hass, Verachtung oder Verherrlichung das Urteilsvermögen trübten und einen in ein unproduktives, gedankenloses Tier verwandelten.

»Die Kryptea will ihn also?«, fuhr Tekoa fort. »Verzeiht mir, Mylord.« Er sah zu Roper hinüber. »Aber vielleicht sollten wir, bevor Ihr sprecht, hören, wie der Meister der Kryptea zu dieser Behauptung steht. Was sagt Ihr, Jokul? Habt Ihr Eure Männer ausgeschickt, um den Schwarzen Lord zu töten, wie es Euer Recht wäre?«

Jokul stellte sich vor die Ratgeber und richtete den Blick seiner blassen Augen auf Uvoren. »Bei meiner Ehre«, sagte er. »Bei meinem Amt, bei meinem Leben: Der Attentäter Aslakur Bjargarson war kein Mitglied der Kryptea.«

Uvoren lachte höhnisch. »Ich würde niemals Jokuls Ehre infrage stellen, aber er ist durch andere Gesetze gebunden als wir. Wir können nicht erwarten, dass der Meister der Kryptea die Befehle verrät, die er seinen Männern gegeben hat.«

»Mir klingt das aber sehr danach, als würdet Ihr genau das beabsichtigen – seine Ehre infrage zu stellen«, konterte Tekoa. »Da Meister Jokul ja seine Aussage gerade bei seiner Ehre beschworen hat. Ihr müsst zugeben, Uvoren, Euer Beharren darauf, die Schuld an diesem vereitelten Attentat der uralten Institution der Kryptea anzulasten, lässt diese Geschichte ziemlich undurchsichtig erscheinen.«

»Was wollt Ihr damit andeuten?« Uvoren klang gefährlich.

»Letzten Endes nur, Hauptmann, dass Ihr nicht den geringsten Grund habt, Euch von Eurem Platz zu erheben. Der Schwarze Lord wird sprechen.« Die Vidarr am Tisch, von denen es einige gab, klopften bekräftigend mit den Knöcheln auf das uralte Eichenholz. Roper bemerkte, dass die Leitende Historikerin ebenfalls Beifall spendete. Ihr unerschütterlicher Blick war auf Uvoren gerichtet.

Uvoren ließ sich langsam auf den Stuhl zurücksinken und beugte sich zu Asger. Er zischte ihm etwas ins Ohr.

»Ich danke Euch, Tekoa.« Roper neigte respektvoll den Kopf in Richtung des Kommandeurs. Dann sah er sich am Tisch um, mit scharfem Blick und aufrechter Haltung. »Ehrenwerter Rat. Standesgenossen.« Er benutzte den Ehrentitel, der zwischen den Untertanen gebräuchlich war. »Wir befinden uns in einer ausweglosen Situation. Der Hauptmann der Heiligen Wache, Uvoren, rät dazu, hinter den Mauern zu bleiben, unsere Stärke zu bewahren und auf den richtigen Moment zu warten, um die Streitkräfte Süddals zurückzuschlagen.« Roper nickte Uvoren kurz zu. »Das ist eine ehrenwerte Haltung, und ich kann seine Motive schwerlich infrage stellen. Wir alle haben gehört und gesehen, wie viele Krieger der Seelenjäger bereits zur Strecke gebracht hat. Niemand könnte Uvoren Ymerson der Feigheit bezichtigen.«

»Sag, was du zu sagen hast, und zwar schnell, Roper!«, fuhr Uvoren ihn an. Asger klopfte mit den Knöcheln auf den Tisch.

»Ich werde sagen, was gesagt werden muss«, erwiderte Roper unbeeindruckt. »Denn Uvorens Motive sind ehrenhaft. Hat er nicht immer wieder bewiesen, wie sehr er sich selbst liebt?« Roper hielt einen Moment inne, blinzelte, schüttelte dann den Kopf und schnippte mit den Fingern. »Ach! Ich meinte natürlich, wie sehr er dieses Land liebt. Verzeih, Uvoren. Dieser Fehler unterläuft mir doch immer wieder.« Zuerst ertönte ungläubiges Kichern am Tisch, das sich schließlich zu schallendem, rauem Gelächter steigerte. Roper sah, dass sogar Randolph, der Kommandeur der Schwarzfelsen und einer von Uvorens ergebensten Anhängern, lachte. Es wäre das Beste für Uvoren gewesen, wenn er mit den anderen zumindest gegrinst hätte. Aber seine Unfähigkeit, über sich selbst zu lachen, war einer der Gründe, warum dieser Scherz so gut traf. Statt zu lachen, durchbohrte er Roper mit einem wütenden Blick, so wie dieser es sich erhofft hatte. Roper spürte, wie die Sympathie des Rates langsam in seine Richtung kippte. Dies hier war ein Schachspiel, und Roper hatte gerade einen Läufer geschlagen.

Er wartete, bis das Gelächter verebbte, und hob die Hände, um zu signalisieren, dass er weitersprechen wollte, nun wieder sehr ernst. »Standesgenossen, wir müssen den Blick auf unsere eigenen Motive richten. Wir hier, im Hindrunn, sind nicht das Schwarze Königreich. Ebenso wenig, wie die Legionen es sind.«

Roper trat ein Stück zur Seite, sodass die Ratsherren durch das regennasse Fenster den Rauch sehen konnten, der den Horizont verdunkelte. »Das Schwarze Königreich, unser Land, ist da draußen. Es ist das Gras, das gerade unter einem Meer von

Stiefelsohlen der Südlinge plattgetreten wird. Es ist die regennasse Asche, die Überreste dessen, was einst unsere größten Städte waren. Es ist das Feuer, das dieses Land verheert und gerade in diesem Moment einen Teil unseres kostbaren Waldes, jemandes Heim, Ernte oder Familie vernichtet. Wir alle dienen nur einem Zweck. Wir sind der größte Schatz des Königreiches. Diese Festung und unsere tapferen Krieger sind hier, um das zu verteidigen, was der Feind aus Süddal so verächtlich vernichtet. Die Südlinge vergewaltigen und versklaven unsere Frauen. Sie ermorden unsere Standesgenossen und Kinder. Sie fällen Bäume, die Tausende von Jahren gestanden haben, radieren unsere uralten Dörfer aus und schleppen alles, was sie finden, außer Landes, zu ihren unersättlichen Landsleuten.«

Roper holte tief Luft. »Unser Ruf als kriegerische Nation ist zerstört. Niemand stellt sich vor diese Horde, während sie ihre Gräueltaten begeht. Dieses Land verhieß einst vollendete Finsternis für das Volk des Südens. Für jeden Mann, der einen Fuß nördlich des Abus setzte, wurde ein abgetrennter Kopf auf das südliche Ufer geworfen. Armeen von Eindringlingen begegneten wir mit kompromisslosem Stahl. Wir haben ihre Länder mit Feuer und Eisen heimgesucht, wenn sie unser Volk bedrohten. Die Bewohner Süddals wagten nur zu flüstern, wenn sie über uns sprachen. Wir waren unbesiegbar: ein Hornissennest, in das sie nicht zu treten wagten, aus Angst vor dem rachsüchtigen Schwarm, der sie attackieren würde. Wo ist dieser Schwarm jetzt? Jene, die einst Angst davor hatten, unser Land zu betreten, strömen jetzt zu Tausenden über den Abus. Und die Gestalten, die sie einst in ihren Albträumen verfolgten, sitzen hier an diesem Tisch und predigen Geduld.«

Er richtete seinen Blick auf Uvoren. »Ihr Sieg ist ihnen sicher, solange wir uns hinter diesen hohen Mauern verstecken und uns nicht dem Entsetzen stellen, das all jene heimsucht, die dort draußen leben. Ich bin beschämt! Unsere Untertanen haben all ihr Vertrauen in die Legionen gesetzt, und wir halten sie hier fest. Unsere Frauen opfern mit frohem Herzen ihre Söhne, Brüder und Väter unserer Armee, in dem Wissen, dass es kein kühneres Ziel geben kann, als dieses Land zu verteidigen, und keine hingebungsvollere Streitmacht als unsere. Sie arbeiten unermüdlich, um uns in unserem Widerstand zu unterstützen. Stellt euch vor, wie bestürzt sie sein müssen, nachdem sie jetzt wissen, dass eine Invasionsarmee auf ihrer Schwelle steht und wir nicht einmal den Mut haben, es mit ihr aufzunehmen. Unsere Kinder trainieren und wetteifern von ihrem sechsten Lebensjahr an, um die Rüstung unseres Reiches tragen und das Wappen ihrer Legion in die Schlacht führen zu dürfen. Wie können wir erwarten, dass sie sich gänzlich einem Leben weihen, das wir durch unser Verharren hinter sicheren Mauern vollkommen entehren, während Familien abgeschlachtet oder als Sklaven verschachert werden? Wisst ihr, wofür sie im Süden die Anakim-Sklaven einsetzen? Wir sind ihre Lasttiere! Sie spannen uns vor Karren wie Ochsen oder schnallen uns Lasten auf den Rücken, als wären wir Maultiere. Unsere Frauen werden in Brutmaschinen verwandelt, deren einziger Zweck darin besteht, Mischlingssklaven hervorzubringen, die bis zu ihrem erbärmlichen Tod als Landarbeiter schuften. Wir dürfen nicht zulassen, dass noch einen weiteren Sohn oder eine weitere Tochter des Schwarzen Königreiches ein derartiges Schicksal ereilt. Wir dürfen nicht einen Moment länger in diesem Zustand der Schande verharren. Ich werde euch sagen, was ich zu tun gedenke, und ihr könnt selbst entscheiden, welcher Plan eher eurer Ehre entspricht – meiner oder der von Uvoren. Ich werde eine Streitmacht befehligen, ganz gleich wie groß, und wir werden kämpfen. Ganz gleich in welcher Schlacht. Die Legionen dürfen nicht länger entehrt werden, indem sie ausharren, so wie wir es ihnen bis jetzt aufgezwungen haben. Eine Niederlage dagegen wäre eine nur unbedeutende Konsequenz. Wir müssen kämpfen.«

Als Roper geendet hatte, hämmerten die Vidarr und etliche andere donnernd mit ihren Knöcheln auf den Tisch, aber Uvoren war sofort aufgesprungen. »Roper appelliert in bewundernswerter Weise an euer Gefühl!«, überschrie er den Lärm. »Aber wo war sein Kampfgeist, als er das letzte Mal auf dem Schlachtfeld war?«

»Eigentlich hättest du das sehen müssen, Uvoren«, sagte Roper kalt in die einkehrende Stille hinein. »Mein Kampfgeist war ziemlich offensichtlich, als ich dem Leichnam meines Vaters hinterhergeritten bin. Oder als ich allein auf den überfluteten Feldern kämpfte. Nur sag mir, wo warst du eigentlich in diesem Moment?«

Eisige Stille breitete sich aus. Etliche Ratsherren drehten sich auf ihren Stühlen herum und richteten ihren Blick auf Uvoren. Der Hauptmann warf Roper einen harten Blick zu. Roper erwiderte ihn unbeeindruckt.

»Roper sollte sich auf der Stelle entschuldigen!«, mischte sich Asger ein. »Er hat Uvorens Ehre infrage gestellt und kann sich glücklich schätzen, wenn Uvoren ihn nicht dafür zur Rechenschaft zieht.«

Noch immer herrschte Schweigen. Gray schlug Pryce auf die Schulter. Der Zuchtmeister trat hinter Asger, der plötzlich kleinlaut und regungslos auf seinem Stuhl saß und zu Uvoren blickte. Sein Herr kam ihm jedoch nicht zu Hilfe. Ropers Schachfiguren hatten sich bewegt und erhöhten den Druck auf Uvoren. Sie versuchten, von dem kleinen Bereich des Schachbretts aus, den er kontrollierte, den Sieg zu erringen. Sie hatten die bessere Position, und jetzt lag es an Roper, dies auszunutzen und in einen Sieg umzumünzen. Er hielt den Blick weiterhin auf Uvoren gerichtet, als er antwortete. »Asger, falls du noch einmal das Wort ergreifst, sprichst du mich als ›Schwarzer Lord‹ an. Sollte es nötig sein, wird Pryce dich daran erinnern.« Asger schien die Luft anzuhalten. Pryce hinter ihm wirkte vollkommen unbeteiligt.

Roper sprach weiter, weil er Uvoren nicht die Gelegenheit geben wollte, selbst das Wort zu ergreifen. »Ich schlage Folgendes vor. Ich werde die Skiritai, die Pendeen, Ramneas Hunde und fünf Hilfslegionen unter meinen Befehl stellen. Die Heilige Wache wird mich ebenfalls begleiten. Ich werde den Kampf gegen die Horden Süddals aufnehmen, und ich werde dieses Land von ihnen befreien. Uvoren erhält während meiner Abwesenheit das Kommando über das Hindrunn. Er bekommt die Schwarzfelsen, die Grauen und vier Hilfslegionen. Das ist mehr als genug, um das Hindrunn selbst gegen die größte Armee zu verteidigen.«

Der ganze Tisch schien plötzlich zu vibrieren. Pryce und Gray warfen sich einen kurzen Blick zu. Pryce war sichtlich entsetzt. Tekoa lehnte sich seufzend auf seinem Stuhl zurück. Uvorens Unterkiefer war herabgesackt, dann hoben sich seine Mundwinkel in einem zögerlichen Lächeln, während er einige seiner Anhänger ansah. Roper merkte sich genau, wen er anblickte. Tore, den Legaten der Grauen, und Baldwin, den Legionstribun.

»Das ist ein kühner Plan!« Uvoren leckte sich die Lippen. »Sehr kühn.« Er meinte damit nicht die Absicht, gegen die Streitmacht der südlichen Lande zu kämpfen, das war allen am Tisch klar. Roper sah, dass etliche Angehörige der Vidarr aussahen, als hätte man sie hintergangen, und Tekoa wütend oder verletzt anblickten. Er hatte die Finger verschränkt und starrte mit gerunzelter Stirn auf den Tisch vor sich. »Einverstanden, Mylord«, sagte Uvoren schließlich. *Jetzt heißt es also Lord.* »Ich werde das Hindrunn gegen alle Invasoren verteidigen. Und ich bete, dass Ihr über die Streitmacht Süddals triumphiert.« Er beugte sich vor und bot Roper seine Hand. Dabei strahlte er über das ganze Gesicht. Roper, der genauso groß war wie Uvoren, schlug ein.

»Ich werde bei meiner Rückkehr siegreich durch diese Tore schreiten«, antwortete er und lächelte Uvoren freundlich an.

Aufgeregtes Stimmengemurmel brandete am Tisch auf. Einige Anhänger der Vidarr erhoben sich, die Gesichter vor Zorn gerötet, aber Tekoa schlug mit der Faust auf den Tisch, bevor einer von ihnen etwas sagen konnte, und verbot ihnen damit das Wort. Etliche von Uvorens Anhängern umarmten sich ausgelassen lachend.

Es war ein verzweifelter Schachzug von Roper. Sobald er seine Legionen aus dem Hindrunn geführt hatte, gab es keinen Weg mehr zurück. Er verließ die größte Festung der bekannten Welt und ließ mehr als genug Männer darin zurück, um sie gegen jede Streitmacht zu verteidigen – in den Händen eines rücksichtslosen Feindes. Er überließ Uvoren die vollkommene Kontrolle über die Festung.

Wollte Roper in das Hindrunn zurückkehren, würde er dafür Mauerbrecher und Belagerungswaffen benötigen. Ströme von Blut würden fließen.

Es bedeutete Bürgerkrieg.

6. KAPITEL

ASCHE

Roper und Keturah schlossen am nächsten Tag den Ehebund. Da Roper keine Eltern mehr hatte, waren bei der Zeremonie statt ihrer seine Leibwächter Gray, Pryce und Helmec anwesend sowie Keturahs Eltern Tekoa und Skathi und zwei Offiziere der Skiritai. Skathi wurde von demselben Dienstmädchen begleitet, das Roper bei seinem Besuch in Tekoas Haus so missbilligend beäugt hatte. Die Herrin des Hauses war ruhiger und abgeklärter als bei ihrer ersten Begegnung. Sie ergriff nur zweimal das Wort. Beim ersten Mal ermahnte sie Roper streng, ihre Tochter über alles andere auf dieser Welt zu stellen.

»Das werde ich tun, Mylady«, versprach Roper.

Beim zweiten Mal nahm sie Keturahs Hand und versicherte ihr wortreich, wie sehr sie ihr Glück wünschte. Roper erwartete fast, dass Keturah sie mit einer ihrer bissigen Bemerkungen abfertigte, stattdessen jedoch hielt sie die Hand ihrer Mutter und hörte aufmerksam zu. Ihre Miene war ernst, und als Skathi fertig war, strahlte Keturah sie an und küsste sie auf die Wange. »Danke, Mutter«, erwiderte sie liebevoll.

Einer der Legaten, festlich geschmückt mit seinen mächtigen Adlerschwingen, sprach die Gebete im nur einen Steinwurf vom Hohen Fried entfernten Heiligen Tempel. Roper und Keturah leisteten ihre Schwüre und tauschten dabei ein Paar identischer silberner Armreifen. Roper gelobte, Keturah immer zu beschützen, und Keturah schwor, eine pflichtbewusste Ehefrau zu sein. Sie beendeten ihre Schwüre jeweils mit den Worten: »Du begräbst mich.« Damit bekräftigten sie ihre Absicht, eher zu sterben, als sich zu trennen.

Tekoa war zwar nach wie vor wenig davon erbaut, dass sie die Festung Uvoren überlassen würden, aber er überreichte Roper dennoch ein prachtvolles Hochzeitsgeschenk: ein Pferd. Es war ein monströses Schlachtross, das für den Kampf ausgebildet war. »Sein Name ist Zephyr«, knurrte Tekoa, als er das Pferd am Strick zu Roper führte. »Er hat eine Risthöhe von zwanzig Handbreit. Wahrscheinlich ist er das größte Schlachtross, das jemals in einem Gestüt des Schwarzen Königreiches gezüchtet wurde, ganz sicher jedenfalls gab es nie ein größeres in einem Stall der Vidarr. Sei gewiss, dass deine Feinde dich auf diesem Pferd kommen sehen.« Er klopfte dem Tier die hellgraue Flanke.

Roper hatte viel gelernt, seit er das letzte Mal durch das Große Tor des Hindrunn geritten war. Damals hatte Uvoren ihn vor seinem Volk gedemütigt, als er Roper überredet hatte, eine neue, strahlende Rüstung anzulegen, und ihn darin vor einer beschämten Armee hatte paradieren lassen. Auch diesmal machte Roper es so, aber aus freier Entscheidung. Er würde ebenfalls in einer prächtigen Rüstung an der Spitze der Armee hinausreiten, doch diesmal würde die Wirkung eine ganz andere sein.

Vor dem Hohen Fried musterten sie die Legionen, die unter Ropers Befehl gestellt wurden. Auch wenn es kaum mehr als eine halbe Mobilisierung war, etwa vierzigtausend Männer, boten die zahllosen Reihen von Legionären mit blank gescheuerten, glänzenden Rüstungen ein großartiges Bild.

Und Roper führte sie an.

In der Scheide an seiner Hüfte steckte *Kaltschneide.* Sein stählerner Brustpanzer war geölt und poliert, und überlappende, flexible Stahlschichten schützten seine Schultern und Oberarme. In den Brustpanzer war mit Silberdraht ein Wolf mit gefletschten Zähnen eingehämmert, und ein Kettenhemd reichte bis über seine Schenkel. In die hohen Lederstiefel waren unsichtbar Metallstreifen über Waden und Schienbeine eingearbeitet, und über all dem trug er einen schwarzen Umhang. Außerdem hatte er Kynortas' Schlachtenhelm aufgesetzt, den Helm des Schwarzen Lords. Sein Haar hatte er wie ein Heiliger Wächter in einem Zopf durch das Loch im Hinterkopf gezogen. Jeder Zoll an ihm wirkte wie ein Kriegslord. Visier und Wangenschutz des Helms verbargen sogar seine jugendlichen glatten Gesichtszüge. Selbst Uvoren hatte gelächelt und genickt, als er ihn sah. »Ihr gebt eine beeindruckende Figur ab, Mylord.« Roper und er hatten sich höflich voneinander verabschiedet. Sie wussten beide, dass sie sich ab sofort als Gegner gegenüberstanden.

Die Sonne hatte die dunkle Wolkendecke durchbrochen, die den Himmel seit Monaten verbarg, und tauchte das Hindrunn in wässriges Gold. Roper führte die Armee durch die Straßen, die erneut von Frauen und Kindern gesäumt wurden. Ihre Blicke bohrten sich durch Ropers Rüstung, wie keine Waffe es vermocht hätte, als er auf Zephyr dem Großen Tor entgegenritt. Diesmal jedoch lachte niemand. Vielleicht war der Grund dafür der gescheiterte Mordversuch, den Roper ganz allein vereitelt hatte. Oder weil er die Legionen anführte, die sich jetzt endlich gegen die Südlinge stellten. Vielleicht lag es jedoch auch einfach nur daran, dass er auf seinem ungeheuren Schlachtross aussah wie ein wahrer Anführer. Was auch immer es sein mochte, ihm schlug so etwas wie vorsichtiger Respekt entgegen.

Roper riskierte weit mehr, als nur das Hindrunn und etliche Legionen Uvorens Kontrolle zu überlassen. Ihn erwartete in diesem Feldzug gegen die Krieger der Südlande ein höchst ungleiches Kräftemessen. Vierzigtausend Männer und eine etwa achttausend Reiter starke Kavallerie standen ihm zur Verfügung. Niemand wusste genau, wie groß die Streitmacht Süddals war, aber selbst die günstigsten Schätzungen gingen davon aus, dass sich ihre Armee seit Ropers letztem Zusammenstoß mit ihr ungefähr um die Hälfte vergrößert hatte. Einige behaupteten sogar, dass die Legionen gegen ein Heer von mehr als zweihunderttausend Mann in den Kampf zogen. Das glaubte Roper zwar nicht, aber er konnte nicht leugnen, dass sie dem Feind zahlenmäßig weit unterlegen waren. Pläne für einen Feldzug wurden für gewöhnlich mit fiebernder Erwartung aufgenommen, aber als Roper die Legionskommandeure zusammengerufen hatte und sie bat, ihm in den Krieg gegen diese Horde der südlichen Lande zu folgen, hatte er den Schreck auf ihren Gesichtern gesehen. Er erteilte ihnen Anweisungen und erlebte, wie sich ein unwirklicher Schleier über den Saal legte. Die Kommandeure hatten kein Wort gesagt, waren hinausgestolpert und hatten dabei ungläubig vor sich hin gestarrt. Die Gepanzerten, die jetzt hinter Roper marschierten, trugen dieselbe starre Miene zur Schau. Die Frauen, die die Straßen säumten, wussten, was das bedeutete, und verfolgten ihren Auszug mit geballten Fäusten und zusammengepressten Lippen. Es war ein schockiertes Lebewohl. Diese Mobilisierung war so plötzlich gekommen, und der Sieg schien so unwahrscheinlich. Wie könnten sie am Ende triumphieren?

Roper ignorierte das alles. Seine Zweifel verbarg er hinter seiner entschlossenen Miene; sie würden sich nur bemerkbar machen, wenn er den Mund öffnete. Also sagte er gar nichts. Gray ritt hinter ihm und blickte vollkommen ausdruckslos um sich. Er tätschelte mit seiner behandschuhten Rechten den Hals seines Pferdes und lächelte ab und zu, wenn er den Blick eines Zuschauers auffing. Tekoa ritt neben Gray. Er wirkte so unbeugsam wie immer.

Dann schwangen die beiden großen Torflügel aus eisenbeschlagener Eiche vor Roper auf. Er zog bereits kurz, bevor er auf dem Weg zur Äußeren Mauer hindurchritt, sein Schwert. Unter dem Torbogen hob er *Kaltschneide* als Gruß an die Menschenmenge hinter ihm hoch in die Luft und fragte sich dabei, ob er jemals wieder in diese Festung zurückkehren würde.

Zu seiner großen Überraschung jubelte hinter ihm jemand. Das Geräusch schwoll an, als die Menge den Ruf aufnahm und schließlich zu applaudieren begann. Roper hatte nicht einmal im Entferntesten bedacht, welche Auswirkungen es auf seine Beliebtheit haben würde, wenn er die Legionen in den Kampf führte. Für ihn war das nur eine Möglichkeit gewesen, genug Verbündete und Kriegsruhm anzuhäufen, um Uvoren auszuschalten und zugleich die Südarmee aus ihrem Land zu vertreiben. Er hatte vergessen, dass die Menschen im Hindrunn so etwas liebten. Sie waren immerhin das kriegerischste Volk der Welt. Ihre Liebe zu den Legionen und demjenigen, der sie kommandierte, war tief in ihnen verwurzelt.

Unsinnig erfreut trottete Roper mit Zephyr durch den Tunnel auf die Ebene jenseits der Mauer. Dort lagerten immer noch die Flüchtlinge. Sie schützten sich mit alten Umhängen und Decken vor der Witterung. Selbst sie, die jetzt noch, Wochen nach der Zerstörung ihrer Häuser, aus der Festung ausgeschlossen blieben, erhoben sich und jubelten ihm zu. Roper reagierte auf den Applaus, indem er sein Schwert in den Himmel reckte, während er weiterhin vor Freude strahlte. Dann lenkte er sein Pferd etwas zur Seite, damit die Kolonne an ihm vorbeimarschieren konnte, und wandte sich zur Mauer zurück. Oben auf dem Torhaus stand eine einsame Gestalt.

Uvoren.

Roper hob *Kaltschneide* erneut und richtete die Spitze des Schwertes auf den Hauptmann der Wache. Als eine Art Gruß, wenn man so wollte.

Uvoren hob zur Erwiderung die Hand. Roper erkannte das Lächeln auf seinem Gesicht. *Spielen wir*, hieß das.

* * *

Eine Armee anzuführen war komplizierter, als Roper vermutet hatte. Sobald die Legionäre im Alter von sechs Jahren ins Haskoli kamen, wurden sie darin ausgebildet, sich selbst mit Nahrung zu versorgen. Trotzdem war es eine nahezu unmögliche Aufgabe, die Legionen ausreichend zu verpflegen. Es waren fast fünfzigtausend Soldaten, einschließlich der Kavallerie, die Roper unbemerkt schon früher aus der Festung geschickt hatte, bevor Uvoren klar geworden war, dass er sie mitnahm. Dazu achttausend Pferde und unzählige weitere Tiere im Versorgungstross. Sie zu ernähren erforderte riesige Vorräte an Weizen, Bohnen, Gerste, Hafer und Roggen. Zudem eine Herde von Schlachtvieh. Sie führten Vorräte für zwei Wochen mit sich, und jeder Krieger trug einen großen Teil seines Proviants auf dem Rücken. Aber sie würden Schwierigkeiten haben, draußen im Feld mehr zu finden.

Sie waren bereits zwei Tagesmärsche vom Hindrunn entfernt, als jemandem auffiel, dass die Legionäre zwar wie immer ihre Bögen mitgenommen hatten, aber keine Pfeile. Die Legionskommandeure informierten Roper darüber, dass diese Pflicht normalerweise den Skiritai oblag. Tekoa, ihr Kommandeur, explodierte vor Wut und knurrte, sie hätten härter geschuftet, als man von ihnen verlangen konnte. Also hätte sich gefälligst jemand anders um die Beschaffung dieser verfluchten Pfeile kümmern müssen. Sofort wurden Männer zurückgeschickt, um sie zu holen.

Etliche Stunden später trafen die Männer mit einigen Karren, beladen mit Pfeilen, wieder bei der Armee ein – es waren dennoch bei Weitem nicht genug. In einer Schlacht würden sie sie bereits nach kurzer Zeit verschossen haben. Unmittelbar danach meldete ein Soldat der Kavallerie Roper, dass ihnen die Hufeisen ausgingen. Roper wollte wissen, wie das möglich war. Immerhin hatten sie das Hindrunn erst vor zwei Tagen verlassen. Man teilte ihm mit, dass die Kavallerie normalerweise etwas früher benachrichtigt wurde, wenn sie auf einen Feldzug gingen. Also wurden erneut Männer zurückgeschickt, um Hufeisen zu holen.

Es war bereits Spätherbst. Normalerweise war die Saison für einen Feldzug längst vorbei. Und die Krieger aus den Südlanden hatten ihnen nichts zurückgelassen. Ropers Streitkräfte marschierten durch verbranntes Land. Sie trotteten über eine Schicht heißer, feuchter Asche, wo einst stolze Dörfer gewesen waren. Wälder waren abgeholzt und niedergebrannt worden. Überall in den Bergen lagen die Gerippe von Schafen verstreut. Die hungrigen Südlinge hatten sie bis auf die Knochen abgenagt. Kornkammern, Lagerhäuser, all das hatten sie heimgesucht und dafür gesorgt, dass auch nicht eine einzige Bohne der Vernichtung entging.

Und überall stießen sie auf menschliche Knochen. Etliche waren schwarz oder grau und vom Feuer halb verzehrt. Andere lagen weiß und glänzend, vom Regen gesäubert, auf einem Aschebett. Schädel. Wirbelsäulen. Zähne.

In einem Dorf stießen sie auf die Überreste eines Massakers. Die Knochen der Anakim wiesen wuchtige Kerben auf, die verrieten, dass ihre Besitzer von Klingen getötet worden waren. Sie ragten aus der Asche empor. Um sie herum lagen Axtköpfe und Speerblätter, deren hölzerne Schäfte vom Feuer vernichtet worden waren. »Rippen. Aber keine Knochenrüstung.« Gray wirbelte mit einem Tritt angewidert die Asche auf. »Kein einziges Stück.« Er sah Roper an. In seinem Blick lag Wut und Schmerz. »Das sind die Leichen von Frauen. Sie haben hier mit Äxten und Speeren gekämpft, während wir hinter Mauern aus Granit gekauert haben!«

Roper blickte von Zephyrs breitem Rücken hinab. Zwischen den Leichen der Frauen lagen die Knochen von Kindern, von Jungen, die ihr sechstes Lebensjahr noch nicht erreicht hatten, und von Mädchen unter sieben Jahren, die noch nicht in die Akademien geschickt worden waren. Da die Legionen im Hindrunn blieben, hatten die Frauen offenbar verzweifelt versucht, sich zu verteidigen. »Du hast mir einmal gesagt«, sagte Roper leise zu Gray, »ich solle nicht daran denken, Rache an den Südlingen zu nehmen. Sondern sie im Namen derer bekämpfen, die noch leben. Was sagst du jetzt dazu, mein Freund?«

Gray holte tief Luft. »Es gibt keinen Anlass, sich zu rächen. Aber unser Land ist besser dran ohne Kreaturen, die zu so etwas fähig sind.« Er warf einen Blick auf die Knochen. »Sie müssen besiegt werden.«

Roper nickte. »Sorge dafür, dass sich unter den Männern herumspricht, was wir hier gefunden haben. Wir müssen ihnen so viel Kampfmoral wie möglich einpflanzen, wenn wir diese Horde vertreiben wollen.«

Die Legionäre kannten dieses Land, als es noch in seiner gesunden Blüte gestanden hatte. Und diese Brandschatzung entfachte ein Feuer in ihrem Inneren. Es speiste die Wut in ihnen, bei jeder zerstörten Siedlung, an der sie vorbeikamen, bei jedem Brunnen und jedem Fluss, der von Tierkadavern vergiftet wurde. Bei jedem Knochen eines Anakim, der sie weiß und starr anblickte. Etliche Familien der Soldaten waren in den Schutz des Hindrunn geflohen, die meisten jedoch waren in ihren Heimstätten geblieben. Diese Legionäre streiften jetzt zu den Orten, wo sie ihre Häuser vermuteten, suchten nach den Knochen ihrer Liebsten. Andere hoben Knochen auf, die sie gefunden hatten. Sie hatten Tränen in den Augen, denn sie glaubten, dass sie in ihren Händen die Knochen ihrer Frau hielten, ihrer Tochter, ihres Sohnes.

Die Wut in jedem Mann wuchs und unterdrückte die Furcht vor dem Feind, dem sie nachjagten. Die Moral der Männer war zwar am Boden, aber der Gedanke an Desertion oder Rückzug lag ihnen fern. Stattdessen keimte das Verlangen nach Rache in ihnen auf, und Roper nährte es. Auch wenn Gray ihn warnte, weil das nicht die Art der Legionäre wäre. Eine so verzehrende Empfindung war in seinen Augen schlicht und einfach Besessenheit.

Es war nicht schwer, die Armee Süddals zu finden. Ein Heer von dieser Größe konnte sich kaum verstecken. Sie brauchten nur dem Rauch zu folgen, der den Horizont verdunkelte. Roper schickte die Skiritai in alle Richtungen aus. Die berittenen Waldläufer waren nur leicht gepanzert, damit sie schnell und geschickt manövrieren konnten, und suchten nach Proviant, Überlebenden und verirrten Südlingen.

Zuerst stießen sie auf Überlebende. Die stürzten sich so dankbar in die Arme der Armee, dass Roper sich schämte. Die Menschen weinten beim Anblick der Legionen, die zu ihrer Rettung heranmarschierten, nachdem sie so lange hilflos und auf sich gestellt gewesen waren. Die Vorhut bildete die Heilige Wache. Diese Männer wurden so verehrt, dass viele Überlebende auf sie zurannten, um sie zu umarmen, oder ihnen schluchzend vor die Füße sanken. Für sie bedeutete ihr Auftauchen den Sieg.

Und Roper? Sie starrten diesen großen Kriegsherrn bewundernd an. Man hatte bereits gemunkelt, das Haus Jormunrekur wäre am Ende und die Lothbrok bereit, seine Nachfolge anzutreten. Doch hier zeigte sich ein Held in schimmernder Rüstung: Groß, streng und in Stahl gehüllt ritt er auf dem größten Pferd, das sie jemals gesehen hatten, an der Spitze dieser großen Armee. Sie segneten ihn, dankten ihm und gelobten dem neuen Schwarzen Lord die Treue.

Die Legionen hatten weniger Vertrauen in ihn, aber Roper arbeitete hart daran, das zu ändern. Jede Nacht bestand er darauf, seine Schlafstatt selbst zu errichten, entzündete sein eigenes Feuer und arbeitete sogar zusammen mit den Legionären an der Befestigung des Lagers, trieb angespitzte Pfähle in die Erde rund um die Zelte. Dann schlenderte er zwischen den Kochfeuern umher, wo die Krieger ihr Essen zubereiteten, sprach mit dem einen oder anderen und teilte ihnen mit, wie weit sie vermutlich noch vom Feind entfernt waren. »Zwanzig Wegstunden unebenes Gelände«, sagte er eines Abends an einem Feuer, um das sich Pendeen-Legionäre scharten. »Wir gehen in die Berge.« Darüber sprachen sie noch eine Weile.

»Dort sind wir im Vorteil«, bemerkte einer.

»Wie wollen wir gegen sie kämpfen, Lord Roper?«, fragte ein anderer.

»Dafür stehen uns viele Möglichkeiten offen«, erwiderte Roper forsch. »Eine Taktik wäre, sie immer wieder aus dem Hinterhalt zu überfallen. Sie sollen lernen, dieses Land zu fürchten. Ich persönlich bevorzuge natürlich eine offene Feldschlacht. Wir werden ihnen klarmachen, dass sie nur durch reines Glück so weit gekommen sind.« Die Männer murmelten zustimmend, und Roper verschwand in der Dunkelheit, nachdem er ihnen eine gute Nacht gewünscht hatte. Wohin er auch ging, folgten ihm Gray, Pryce oder Helmec. Vor allem wenn er von Gray und Pryce begleitet wurde, schien das die Wertschätzung zu steigern, die die Männer ihm entgegenbrachten. Und es half auch, dass die beiden anderen Helmec rasch akzeptiert hatten. Die drei Krieger bildeten eine Art Triumvirat und wurden oft gesehen, wie sie lachend zusammenstanden.

In der Armee marschierten auch etliche Anhänger von Uvoren mit, unter anderem Asger. Als stellvertretender Kommandeur führte er in Uvorens Abwesenheit die Heiligen Wächter. Es juckte Roper in den Fingern, ihn zu ersetzen, aber sein Einfluss war so unbedeutend, dass es die Mühe nicht zu lohnen schien. Doch Gosta, einen anderen Anhänger von Uvoren, behielt Roper stets wachsam im Blick. Er war ebenfalls ein Angehöriger des Hauses Algauti, eines unbedeutenden Vasallen der Lothbrok. Selbst für einen Algauti war Gosta zutiefst loyal gegenüber seinem Herrn. Für Roper ähnelte er mehr einem Hund als einem Mann. Und es spielte keine Rolle, in welcher Situation, man konnte sich darauf verlassen, dass Gosta Uvorens Willen bis ins kleinste Detail umsetzte. Es war nicht ganz klar, wie Uvoren es fertigbrachte, eine derartige Loyalität in ihm zu wecken, da Gosta alle anderen Männer zu verachten schien. Aber er war ein mächtiger Verbündeter. In ihm hatte Uvoren einen Kämpfer, der ebenso kompromisslos war wie Pryce, wenn auch nicht ganz so flink.

Gray und Tekoa hatten Roper davor gewarnt, dass Uvoren möglicherweise einen weiteren Mordversuch an Roper befehlen könnte, in der Hoffnung, dass die Legionen, die der neue Schwarze Lord befehligte, sich ihm unterwarfen, statt sich abschlachten zu lassen. Deshalb war Roper stets wachsam.

Schließlich marschierten sie in die Wildnis. Als das Gelände steiler wurde, musste Roper Zephyr am Zügel führen. Der Regen hatte wieder eingesetzt, und der Hengst war schon bald nicht mehr stahlgrau, sondern schlammbraun. Doch je widriger die Wetterbedingungen wurden, desto fröhlicher schienen die Legionäre. Genau für das hier waren sie geboren. Wenn sie nicht auf einem Feldzug waren, beschäftigten sich diese Legionen, Ramneas Hunde, die Pendeen und die Skiritai, mit erschöpfenden Trainingskämpfen im Hindrunn. Die anderen fünf Hilfslegionen arbeiteten in den Schmieden, den Steinbrüchen und den Wäldern. Dort gingen sie den unendlich vielen kleinen Aufgaben nach, die gewährleisteten, dass das Land im Frieden ebenso wie im Krieg funktionierte. Ein Feldzug war für sie alle gewissermaßen eine Erleichterung.

Die Überlebenden, denen sie begegneten, zeigten Ropers Streitkräften die Plätze, wo sie ihre Nahrungsmittelvorräte vergraben hatten. Das ergänzte die Rationen der Legionen, während sie immer weiter vorrückten. Sieben Tage nachdem sie das Hindrunn verlassen hatten, stießen sie auf die ersten Südlinge. Kundschafter der Skiritai entdeckten eine Gruppe von Nachzüglern, die von dem halben Dutzend versklavter Anakim-Frauen aufgehalten wurden, die sie mit sich schleppten. Die Skiritai machten kurzen Prozess mit den Kriegern und befreiten die Frauen. Von da an stießen sie alle paar Meilen auf Nachzügler des Feindes. Roper wusste, dass dies bedeutete, sie näherten sich der Hauptstreitmacht Süddals, und er schickte die Skiritai noch weiter vor. Sie kundschafteten die Hügel etliche Wegstunden rund um die Armee aus.

Am elften Tag entdeckten sie den Feind.

Zwei berittene Kundschafter meldeten sich bei Roper. Sie waren auf ein Heer von Tausenden Soldaten gestoßen, etwa sechs Wegstunden nordwestlich. »Zeigt es mir«, antwortete Roper nur. Er stieg auf ein ausdauerndes Rennpferd, denn ein Pferd von Zephyrs Größe hatte bei Weitem nicht genug Durchhaltevermögen für eine solche Mission. Dann folgte er den beiden Kundschaftern in die Hügel. Gray und Helmec begleiteten ihn.

In dem Schlamm kamen die Pferde nur schwer voran und mussten auf ihrem Weg zwischen die Hügel Baumstämmen ausweichen und sich durch weite Aschefelder arbeiten. Sie brauchten fast vier Stunden, bis sie den Rand eines großen Tals erreichten. Die Skiritai verstanden ihr Handwerk und hatten die Gefahr, entdeckt zu werden, sorgfältig vermieden. Sie banden die Pferde außer Sicht hinter einem Felsvorsprung an, bevor sie sich zu Fuß dem Kamm des Tales näherten. Die letzten Meter krochen sie auf allen vieren weiter und spähten schließlich in das Tal hinab.

Dort lagerte die Armee des Südens – oder zumindest ein Teil davon. Zehntausende Soldaten schienen in dem Tal eine Art provisorisches Lager aufgeschlagen zu haben. Zelte übersäten den Boden, dazwischen saßen Männer an zahllosen Kochfeuern und kümmerten sich um ihre Ausrüstung.

»Sie wissen noch nicht einmal, dass wir das Hindrunn schon verlassen haben«, sagte Roper, während er das Szenario betrachtete. »Sieht irgendjemand irgendwo Wachposten?«

»Da drüben«, sagte Gray, der mit seinem geübten Blick das Tal überflog. Er deutete auf zwei winzige Gestalten, die auf einem Hang auf der anderen Seite des Tals standen. »Und da … Und dort auch.«

Die fünf Männer drückten sich dichter an den Boden. Dieses Tal hatte einmal einem Wald Schutz geboten. Aber die Bäume waren gefällt, zerhackt und an den Hängen zu Stapeln von Brennholz aufgeschichtet worden, die gleichzeitig eine primitive Barrikade bildeten. Es schien, als glaubten die Südlinge, dass man in einem Wald nicht lagern konnte. Es gab ihrer Meinung nach offenbar nur Platz für Soldaten oder für Bäume, nicht aber für beides.

»Sie werden nervös, wenn sie nicht weit sehen können, stimmt's?«, bemerkte Helmec.

»Sie kämpfen mit unserem Land«, sagte einer der Skiritai. »Wir haben überall, wo wir gekundschaftet haben, Skelette der Südlinge gefunden. Häufig wurden sie von wilden Bären oder Wölfen getötet. Deshalb fällen sie die Wälder. Diejenigen, die wir gefangen genommen haben, waren geradezu dankbar, dass wir sie aufgespürt haben. Bis sie exekutiert wurden.« Der andere Skiritai lachte.

»Gestur, Margeir«, sagte Roper. Er hatte sich die Namen der beiden Kundschafter der Skiritai von Tekoa geben lassen, bevor sie aufgebrochen waren. Die beiden krochen dichter zu ihm. »Ich gehe davon aus, dass ihr wisst, wie ihr euch unbemerkt an diese Eindringlinge heranpirschen könnt«, meinte er und lächelte. »Ich wäre dankbar, wenn ihr diese Armee gründlich in Augenschein nehmen könntet. Ich muss wissen, über wie viele Männer sie verfügen und wie stark ihre Kavallerie ist. Berichtet mir, wie sie sich überhaupt ernähren, wenn sie sich hier so unwohl fühlen. Sagt mir auch, ob sie ihre Streitkräfte aufgeteilt haben. Sammelt so viele Informationen, wie ihr könnt, und kommt morgen vor Einbruch der Dunkelheit zurück.«

Die Kundschafter kehrten gehorsam zu ihren Pferden zurück und verschwanden.

»Und wir«, fuhr Roper an Gray und Helmec gewandt fort, »kehren ebenfalls zu den Legionen zurück. Wir können nichts weiter unternehmen, solange wir nicht wissen, womit wir es zu tun haben.«

Die drei stiegen auf und ritten denselben Weg zurück, den sie gekommen waren. Sie mussten ihre Pferde an einigen steileren Hügeln sogar am Zügel führen, so rutschig war das Gelände. Als sie wieder in ihrem Lager waren, ordnete Roper eine Verstärkung der Befestigungen an. Dann erkundigte er sich bei

Tekoa, wie die Skiritai am besten das umliegende Gelände im Auge behalten konnten, ohne Aufmerksamkeit zu erregen. »Wir patrouillieren in Form einer Acht«, erwiderte Tekoa. »In Gruppen von drei Männern zu Fuß, die in sich überlappenden Achten das Lager umkreisen. Das Zentrum der Acht ist das Lager, sodass sie Informationen weitergeben und neue Befehle einholen können, bevor sie weitergehen.«

»Sehr gut«, sagte Roper und nickte. »Und ich habe noch einige besondere Wünsche an Eure Männer.« Tekoa hob die Brauen, als Roper ihm erklärte, was er brauchte.

»Das klingt fast so, als plantet Ihr irgendetwas Dummes, Mylord.«

»Ich habe mehrere Pläne. Und ich hoffe, dass ich auf diesen nicht zurückgreifen muss.«

»Es ist immer gut, vorbereitet zu sein.« Aber Tekoa klang zweifelnd.

Sie hatten den Umkreis des Lagers gesichert und es gut befestigt. Jetzt mussten sie warten. Roper ging zwischen seinen Männern umher, von Kochfeuer zu Kochfeuer, und verbreitete die Nachricht, dass sie den Feind aufgespürt hatten. »Es dauert nicht mehr lange, Männer«, erklärte er. »Wir warten auf genauere Kunde, aber ich versichere euch, es gibt genügend Südlinge für alle von euch. Ihr alle werdet noch früh genug eure Pflicht erfüllen müssen.« Er ermunterte die Krieger, sich auszuruhen, gut zu essen und dafür zu sorgen, dass ihre Waffen und ihre Rüstung in bestem Zustand waren.

Roper erwartete nicht, dass die beiden Kundschafter Gestur und Margeir vor Einbruch der Dunkelheit am nächsten Tag zurückkommen würden. Da er vermutete, Untätigkeit wäre schlecht für die Moral der Legionen, ließ er sie arbeiten. Einige wurden losgeschickt, um Proviant zu suchen, andere mussten Piken montieren, und wieder andere übten den Marsch auf einem improvisierten Schlachtfeld, das Roper vorgegeben hatte. Nichts davon war wirklich notwendig. Roper bezweifelte, dass er die Piken jemals benötigen würde, und noch mehr Nahrung war ebenfalls nicht erforderlich. Sie waren mit genügend Rationen ausgestattet, und außerdem gab es in diesen Hügeln ohnehin nicht viel Nahrungsmittel. Und die bestausgebildeten Soldaten der Welt brauchten ganz sicher nicht das Marschieren zu üben. Aber Kynortas hatte geglaubt, dass Müßiggang Männer, vor allem Krieger, auf dumme Gedanken brachte. Und es war nicht gut, wenn man am Vorabend einer Schlacht zu viel grübelte.

Roper blieb im Lager und wartete darauf, dass die Kundschafter zurückkehrten. Sie kamen wieder, als die Nacht sich gerade über die Hügel legte und alle Legionäre im Lager waren. Und sie brachten schlechte Nachrichten mit.

»Die Armee ist riesig, Lord«, sagte Gestur, während er an Ropers Feuer saß und einen Eintopf verschlang, den der Schwarze Lord selbst zubereitet hatte. Roper hatte gerade mit Gray und Tekoa gegessen, als die Skiritai zurückkehrten. Er hatte sie gebeten, ihnen Gesellschaft zu leisten.

»Genauer bitte«, erwiderte Roper.

Die Kundschafter sahen sich an. »Es dürften etwa hundertfünfzigtausend Krieger sein«, erklärte schließlich Gestur, der Gesprächigere der beiden. »Es war schwierig, uns um ihre Wachen herumzuschleichen, Lord. Trotzdem sind wir fest davon überzeugt, dass die feindliche Armee über mehr als hundertdreißigtausend Infanteristen und zwanzigtausend Reiter verfügt.«

»Zwanzigtausend Berittene«, sagte Gray leise. »Verflucht.«

»Es gibt in ganz Albion keine zwanzigtausend Ritter«, meinte Tekoa. »Nicht einmal zehntausend. Sie müssen Verstärkung vom Kontinent bekommen haben.«

»Es scheint so. Aber wir können auf jeden Fall davon ausgehen, dass sie uns vier zu eins überlegen sind«, schloss Roper. Er nahm sich einen weiteren Löffel Eintopf, während er stirnrunzelnd in seine Schale starrte. »Was noch?«

»Sie haben ihre Streitkräfte zusammengezogen. Sie lagern alle im Tal. Und ihre Vorräte bekommen sie von einem riesigen Nachschubtross im Norden.«

»Wir glauben, sie haben das gemacht, damit ihre Streitkräfte zwischen unserer wahrscheinlichsten Angriffsrichtung und dem Nachschub stehen. Um ihn besser verteidigen zu können.«

»Was? Eine einzige riesige Wagenburg im Norden für das ganze Lager?«, hakte Roper nach.

Die beiden Späher nickten. »Soweit wir sehen konnten, ja.«

Roper dachte einen Moment nach. »Gestur, Margeir, ich danke euch für eure Dienste. Bitte nehmt euer Essen mit und esst in Ruhe weiter. Uns müsst ihr entschuldigen. Ich muss mit meinen Gefährten Pläne schmieden.«

Die beiden Skiritai nahmen ihre Schüsseln, verbeugten sich vor Roper und gingen zu einem Feuer in der Nähe, an dem einige ihrer Kameraden saßen und laut lachten.

»Zwanzigtausend Ritter, das ist eine entmutigende Aussicht«, stellte Tekoa fest, sobald die Kundschafter außer Hörweite waren. »Wir müssen die Schlacht an einem Ort austragen, an dem sie ihre Kavallerie nicht einsetzen können.« Tekoa sah Roper an. Ihm war klar, dass er soeben aufgefordert worden war, genau diesen Ort zu finden.

»Einverstanden«, sagte Gray. »Irgendwo, wo man uns nicht in die Flanke fallen kann und wo wir ihnen trotz ihrer Masse durch unser Können überlegen sind.«

»Selbst an einem solchen Ort wären es noch zu viele«, erwiderte Roper rundheraus. Gray und Tekoa warfen sich einen Blick zu.

»Mylord.« Tekoa richtete sich auf dem Holzblock auf, den er als Bank benutzte. »Ich gebe zu, dass ich von Eurer Qualität als Anführer bis jetzt beeindruckt bin. Dennoch wisst Ihr in diesem Punkt nicht, wovon Ihr redet. Ihr habt erst eine Schlacht erlebt. Gray und ich haben zusammen mehr als fünfzig geschlagen, und ich sage, dass die Legionen ein größeres Können besitzen als die Soldaten der Südlande. Ihr dürft unserem Urteil vertrauen, und unseren Legionären.«

»Ich stimme dem zu, Mylord«, sagte Gray nachdrücklich. »Wenn wir das geeignete Schlachtfeld finden, können wir gegen die Armee Süddals kämpfen. Die Alternative hieße wieder Rückzug. Einmal abgesehen von der erneuten Schande und dem Ehrverlust, würde Euer Kommando so etwas zweimal hintereinander nicht überleben.«

»Vielleicht könnten wir gewinnen«, räumte Roper ein. »Wir könnten die Streitkräfte Süddals immer wieder gegen unsere Schlachtreihe branden lassen, bis sie brechen. Und dabei müssen wir dann noch hoffen, dass unsere Kavallerie irgendwie zwanzigtausend Ritter in Schach halten kann. Aber wir würden Tausende Legionäre verlieren, vielleicht sogar Zehntausende. Darüber hinaus droht die Gefahr, dass wir die ganze Schlacht verlieren. Wollt ihr das vielleicht abstreiten, meine Ratgeber?«

»Es wäre immer noch besser als die Alternative«, knurrte Tekoa.

Gray dagegen beobachtete Roper scharf. Der Blick seiner braunen Augen schien sich in die grünen Augen Ropers zu bohren. »Worauf wollt Ihr hinaus, Mylord?«, fragte er schließlich.

»Ich sage, dass der Preis des Sieges viel zu hoch wäre. Wir müssen diese Armee besiegen, ohne die Zahl unserer Streitkräfte zu dezimieren.«

»Ihr fürchtet, das Hindrunn nicht einnehmen zu können, wenn wir zu viele Männer verlieren?«, hakte Gray nach.

»Vergesst das Hindrunn«, antwortete Roper. »Darum können wir uns später kümmern.«

»Das ist nicht gesagt, Lord«, widersprach Gray. »Vergesst nicht, warum wir hier sind. Ihr sagt, um die Südlinge in ihre Lande zurückzutreiben, nicht um Euer Vermächtnis zu sichern. Nun, ich fürchte, dass Ihr tatsächlich nicht beides gleichzeitig bewerkstelligen könnt.«

»Ich sage dir, ich denke nicht an das Hindrunn«, beharrte Roper. »Ich denke an die Zukunft. Wenn wir hier unsere halbe Armee verlieren, würden wir vielleicht eine Schlacht gewinnen, dafür aber einen Krieg verlieren, und dieser Verlust würde uns über Generationen schwächen. Wir müssen die Legionen bewahren, um am Ende den Sieg davonzutragen, ansonsten zahlen wir einfach nur mit Blut für Zeit. Wir können die Männer aus den Südlanden nur dann vernichtend schlagen, wenn wir hier einen überwältigenden Sieg erringen.«

Es trat eine Pause ein, in der Gray den Schwarzen Lord aufmerksam betrachtete. Dann richtete er seinen Blick auf Tekoa. »Das kann ich akzeptieren, Legat«, sagte er dann respektvoll. »Hören wir uns seine Alternative an.« Tekoas Gesicht lief vor Wut rot an, und er musterte Roper finster. Am Ende jedoch nickte er kurz.

»Das Schwarze Königreich selbst wird eine solche Horde nicht auf lange Sicht tolerieren«, erklärte Roper. »Es wird sie abschütteln, früher oder später. Aber wir müssen ihm dabei zu Hilfe kommen, und ihr beide solltet mich vor den anderen Kommandeuren stützen. Wir müssen uns einig sein, ansonsten werden wir uns ganz bestimmt selbst vernichten.«

»Also soll das Land die Männer aus den Südlanden für uns besiegen?«, wollte Tekoa wissen.

»Es wird uns behilflich sein«, erklärte Roper. »Mithilfe des Landes werden wir die Horden aus den Südlanden immer mehr schwächen, und wenn schließlich der richtige Moment gekommen ist, wenn ihre Streitkräfte von Furcht durchsetzt sind und am Meeresstrand festsitzen, werden wir sie zermalmen.«

* * *

Roper schürte das Feuer und suchte noch ein paar große Holzblöcke, um Sitze darum herum zu schaffen, bevor er die Legaten zusammenrief. Sie waren zu neunt, einschließlich Tekoa und dem Befehlshaber der Kavallerie. Gray, Asger und Pryce waren als Vertreter der Wächter ebenfalls anwesend, sodass schließlich dreizehn Männer um das Feuer saßen.

Die Stimmung der Kommandeure unterschied sich deutlich von der Ropers. Als sie eintrafen, plauderten sie gut gelaunt. Selbst bei so robusten Soldaten wie den Legionären war die Stimmung auf Feldzügen nicht immer so zuversichtlich. Aber Ropers Sinn für kleine Gesten und sein Wissen um ihre Wirkung auf die Moral der Männer zeigten Wirkung. Bis jetzt war er überall aufgetaucht. Nie hatte er zugelassen, dass jemand ihn hatte schlafen sehen. Er hatte den Wachleuten am Rand des Lagers Gesellschaft geleistet, hatte sein Feuer und seinen Eintopf mit den Soldaten geteilt und schien die Namen aller Soldaten zu kennen, die unter seinem Kommando dienten. Jedes Mal, wenn man ihn etwas fragte, wusste er eine Antwort, die sowohl vollkommen aufrichtig als auch beruhigend war. Er wirkte selbstsicher, ruhig und gelassen, und er übte allmählich denselben Einfluss aus, den Kynortas einst am Anfang seiner Herrschaft gehabt hatte. Trotz seines wankelmütigen Rufs begannen die Legionäre allmählich, diesen neuen Schwarzen Lord zu bewundern. Er zeigte Bereitschaft, Energie und so etwas wie Kompetenz.

Roper wartete, bis die Kommandeure sich hingesetzt hatten, und bat dann um Ruhe. Es war sein dritter Kriegsrat auf diesem Feldzug, und die Männer hörten schneller auf zu reden als beim letzten Mal. Und das war schon schneller gewesen als beim Mal davor. »Standesgenossen, vielleicht habt ihr mittlerweile die besorgniserregenden Neuigkeiten gehört, die uns die Späher der Skiritai überbracht haben. Der Feind verfügt über eine Streitmacht von mehr als einhundertdreißigtausend Kriegern und hat dazu die Unterstützung von zwanzigtausend Rittern.« Kein einziger der Männer zuckte bei diesen Worten auch nur mit der Wimper. Sie starrten Roper ungerührt an. »Ich habe abgewägt, welche Gefahr eine derartig große Streitmacht darstellt, und bin zu dem Schluss gekommen, dass es unklug wäre, uns ihnen jetzt in einer offenen Schlacht zu stellen.« Diese Worte lösten allerdings eine Reaktion aus. Die Kommandeure rutschten unruhig hin und her, und Asger schnalzte laut mit der Zunge.

»Du bist anderer Meinung, Asger?«, sprach Roper ihn direkt an.

Asger sprang sofort auf. »Das zeigt nur wieder die Feigheit eines zweitklassigen Anführers, der sich erneut weigert zu kämpfen«, verkündete er pathetisch. Das Unbehagen der Männer verriet Roper, dass er mit dieser Meinung nicht allein stand. »Du hast für einen Kampf einfach nicht genug Mumm, Roper.«

»Ungeachtet deiner Meinung sprichst du mich mit ›Lord‹ an«, erwiderte Roper. »Deine Bemerkung wurde zur Kenntnis genommen, Asger.«

»Ihr schlagt einen Rückzug vor, Lord?«, fragte ein anderer Kommandeur ungeduldig. Sein Name war Skallagrim, der Legat der Gillamoor, einer der fünf Hilfslegionen der Armee.

»Nein. Stattdessen schlage ich vor, die Gegebenheiten unseres Landes zu nutzen, so gut wir können, um die Feinde zu schwächen, bevor wir sie zu einer offenen Schlacht zwingen.« Roper machte eine kleine Pause und lächelte dann bedauernd. »Ich glaube, jeder hier weiß, dass wir uns nirgendwohin zurückziehen können. Die Tore des Hindrunn sind für diese Armee verschlossen.«

»Unsinn!«, widersprach Asger.

Roper ließ das betretene Schweigen andauern, das diese Bemerkung verdient hatte. »Es hat mich schon immer interessiert, warum man dich zum Leutnant der Heiligen Wache gemacht hat, Asger«, sagte er schließlich. »Ich habe es zwar noch nie selbst erlebt, aber man hat mich schon mehrfach darüber informiert, dass du nicht die kriegerischen Fertigkeiten besitzt, um als Heiliger Wächter zu dienen, geschweige denn gar als Hauptmann. Ebenso gering schätzt man deine Fähigkeiten als Anführer.«

Asgers Gesicht rötete sich vor Wut, aber er wagte es nicht zu antworten. Pryce saß direkt neben ihm und hatte sich auf seinem Holzstamm so umgedreht, dass er dem im Kreis isolierten Hauptmann direkt gegenübersaß.

Roper sprach weiter und brachte Asger langsam und absichtlich immer mehr in Wut. »Es gibt sogar einige, die daran zweifeln, dass du einen Platz unter Ramneas Hunden verdient hättest, obwohl ich nicht alle Geschichten über deine Feigheit glauben mag, die mir zu Ohren gekommen sind. Trotz alldem hat dein kometengleicher Aufstieg offenkundig erst begonnen, nachdem dein Jugendfreund Uvoren Hauptmann der Heiligen Wache geworden ist.« Diese vernichtende Einschätzung aus dem Mund eines so jungen Mannes, die zudem auf einen so stolzen Mann wie Asger gemünzt war, musste wehtun. Etliche Kommandanten verkniffen sich ein Lächeln, während sie zuhörten. Asger war leicht zu durchschauen und nicht sonderlich beliebt. »Wenn ich nun all das in Erwägung ziehe, bist du, will mir scheinen, einmal zu oft unverschämt gewesen. Du wirst von deinem Posten als Leutnant der Heiligen Wache abgelöst. Deine Pflichten übernimmt ab sofort Gray.«

»Fertig, Roper?«, stieß Asger tiefrot vor Wut hervor.

»Aber sicher«, erwiderte Roper. »Du bist ganz gewiss hier fertig.«

Pryce und Tekoa schnaubten vor Gelächter, und etliche Kommandeure applaudierten höhnisch. Asger sprang kochend vor Wut auf die Füße, warf einen giftigen Blick auf Pryce, der ihn unbewegt anstarrte, und stürmte davon.

»Wie ich schon sagte«, fuhr Roper fort, »werden wir die Armee der Südlande schwächen, bevor wir sie offen bekämpfen.«

»Wie?« Wieder war es Skallagrim, der gesprochen hatte.

»Durch einen Angriff«, erklärte Roper. »Und zwar einen, der sich gegen ihren Nachschub richtet, nicht gegen ihre Krieger. Wir werden sie mit einem Scheinangriff ablenken, und wenn sie ausschwärmen, um uns zurückzuschlagen, wird unsere Kavallerie den Nachschubtross in Fetzen reißen.«

»Ihr kämpft gegen eine riesige Armee, Lord«, sagte Skallagrim. »Wenn die Streitmacht, die als Ablenkung dient, gestellt wird, dann geschieht das nicht auf einem Schlachtfeld, das wir ausgewählt haben. Sie würden uns umzingeln und vollkommen vernichten.«

»Aus diesem Grund sollte sich die Streitmacht nicht umzingeln lassen. Und das wird sie auch nicht tun. Dieser riesige Heereswurm kann sich nicht annähernd so schnell durch unser Land bewegen, wie wir das können.«

Skeptisches Schweigen antwortete ihm.

»Ich halte das für ein sehr leicht zu durchschauendes Scheinmanöver«, wandte ein anderer Legat ein. Er hieß Sturla Karson und befehligte Ramneas Hunde. »Und zudem eins, das höchstwahrscheinlich in einem Desaster endet. Unsere Streitmacht ist bereits dramatisch in der Unterzahl. Sie zu teilen kommt mir vor, als würden wir unsere Vernichtung geradezu herausfordern.«

Die Männer murmelten zustimmend.

Roper nickte dem Kommandeur zu. »Das ist ein ernst zu nehmender Einwand, Legat. Aber bedenkt die Mentalität der Südlinge. Sie haben schon auf den Knien ihrer Mütter die Geschichten über unser barbarisches und brutales Volk mit der Milch eingesogen. Sie haben unser Land gesehen: wilde Berge und eine ungezähmte, in ihren Augen gespenstische Landschaft. Für sie sind wir riesige, unheilige Krieger mit undurchdringbarer Rüstung, die zudem unter unserer Haut verborgen ist, und verfügen über schreckliche Vernichtungswaffen. Sie sind hier, weil man sie mit der Peitsche zu diesem brutalen und selbstgefälligen Handeln treibt. Aber diese Brutalität führt zu fahrlässigem Verhalten. Ihr Empfinden wird ihr Untergang sein. Wenn sie erst unsere Soldaten sehen, werden sie nicht als Erstes lange darüber nachdenken, warum wir hier sind. Sie werden sich nicht mit der nötigen Ruhe und Vernunft in den Kampf werfen. Um ihre Ängste zu überwinden, werden sie mit äußerster Wucht auf einen Angriff unsererseits reagieren.«

Roper machte eine winzige Pause. »Ja, sie haben eine erste Schlacht gewonnen. Aber ich sage euch, sie glauben noch immer nicht, dass diese Invasion einfach werden würde. Und sie glauben auch nicht, dass unsere Krieger die ganze Zeit überschätzt wurden. Oh nein. Ein einziger Zusammenstoß genügt nicht, um eine lebenslange Erziehung auszulöschen. Sie fürchten uns immer noch. Deshalb werden sie auf den Angriff reagieren wie ein Hund, dessen Welpen bedroht werden. Sie werden sich auf uns konzentrieren und nicht auf ihren Nachschubross.«

Die Krieger rund um das Feuer wirkten zwar immer noch skeptisch, aber Roper wusste, dass er Recht hatte.

»Ich weiß, was in diesen Menschen vorgeht«, sagte er. »Im schlimmsten Fall werden sie unseren Köder nicht schlucken. Dann werden wir sie abhängen, wenn sie uns verfolgen, und es erneut versuchen müssen. Aber dazu wird es nicht kommen. Ist nicht ein Überraschungsangriff im Morgengrauen bereits an sich eine mächtige Waffe? Sagt selbst: Wenn ihr fürchten müsstet, dass eure Wachen überwältigt worden sind, würdet ihr dann irgendetwas anderes tun, als, ohne zu zögern, auf die naheliegende Bedrohung zu reagieren?«

Gray brach schließlich das Schweigen. »Das ist ein starker Plan«, erklärte er wohlwollend. Tekoa knurrte seine Zustimmung durch zusammengebissene Zähne. Wieder herrschte angespanntes Schweigen. Roper wusste, dass sie alle nach Gründen suchten, die Idee als unsinnig abzuschmettern.

Zu Ropers großer Überraschung war es Pryce, der als Nächster das Wort ergriff. »Ich unterstütze den Vorschlag meines Lords«, sagte er zuversichtlich. Das gab den Ausschlag. Niemand wagte es, gegen das Triumvirat Pryce, Gray und Tekoa zu stimmen.

»Was befehlt Ihr, Lord?«, erkundigte sich Skallagrim schließlich zögernd.

Roper sagte es ihnen. Und am nächsten Tag marschierten sie nach Norden.

7. KAPITEL

AUS DEM NEBEL

Bellamus hatte Schwierigkeiten, morgens aufzuwachen. Er spielte ein Spiel mit seinen Bediensteten: Sie sollten ihn wecken, ganz gleich wie, außer durch einen Eimer Wasser. Ein Mann namens Rowan hatte sich als besonders geschickt in diesem Spiel erwiesen. An diesem Morgen überraschte er Bellamus, indem er ein Pony aus dem Nachschubtross in die Schlafkammer des Zeltes führte und seinem Herrn Hafer auf die Brust streute. Bellamus war aus einem der erschreckenden Träume aufgewacht, die ihn hier im Norden verfolgten, und hatte sich dem Tier gegenübergesehen, das ihn anstupste und behutsam die Körner von den Wolldecken fraß.

»Mit dir erlebt man immer wieder eine Überraschung, Rowan«, sagte Bellamus streng zu dem unbeeindruckten Kammerdiener, als er das Zelt verließ. »Mir war die Schinkenmethode am liebsten. Du hast meine Erlaubnis, sie zu wiederholen.« Das letzte Mal hatte Rowan ihn mit einem Teller geräucherten Schinken geweckt und aus seinem Schlafzelt gelockt.

Bellamus duckte sich aus dem Zelteingang und trat in den besonders kalten Morgen. Die Wolken hatten sich in der Nacht verzogen, und sämtliche Wärme, die sich an die nasse Erde geklammert hatte, war verdunstet. Der Schlamm war spröde und hart. Das Wasser im Umkreis war gefroren, teilweise bis zu einem Fingerbreit dick. Selbst auf den Böschungen des breiten Flusses, der durch die Mitte des Tals strömte, hatten sich Eisplatten gebildet. Nur noch ein schmales Rinnsal verlief träge zwischen den vereisten Rändern des Stroms. Dichter Nebel quoll durch das Tal, und Lord Northwics Zeltpavillon, der kaum zwanzig Schritte entfernt stand, war nur in Umrissen zu erkennen. Trotzdem verhieß er Frühstück.

Bellamus trat ein und fand Lord Northwic wie immer bereits wach vor. Er saß am Ende des schweren Eichentisches, gekleidet in eine Hose aus Spaltleder und ein Baumwollhemd. Er hatte eine Wolldecke über die Schultern gelegt und trank aus einem dampfenden Becher. Da seine Augen so schlecht waren, dass er nicht mehr lesen konnte, stand ein Bediensteter in einer Ecke und las ihm aus einem Geschichtsband vor.

»Bellamus«, knurrte der Lord und klopfte auf einen Stuhl neben sich. Bellamus setzte sich, drehte sich kurz um und gab einem der Bediensteten hinter sich ein Zeichen. Der lächelte und verschwand, bevor er nur Augenblicke später mit einem Stück Brot und einer Schale gewässerten Weins zurückkehrte. Bellamus bedankte sich überschwänglich.

Lord Northwic, der einen Becher mit in heißes Wasser getauchte Piniennadeln umklammerte, warf einen missbilligenden Blick auf Bellamus' Frühstück. »Für einen Mann, dessen Vater Pikenier war, habt Ihr einen recht dekadenten Lebensstil angenommen, Bellamus«, bemerkte er.

»Es geht dabei in der Tat um den Kontrast, Mylord«, erwiderte Bellamus, nahm das aufgeweichte Brot aus der Schale und biss davon ab.

»Ich nehme an, Euer Bediensteter hat Euch heute Morgen nicht enttäuscht?«

»Rowan ist ein guter Mann«, erwiderte Bellamus mit vollem Mund. »Ihr habt das Pony gesehen?«

»Allerdings.« Northwic schnaubte leise. »Aber Ihr geht zu vertraulich mit ihnen um.«

»Ich sehe keine Notwendigkeit, mich wie ein Tyrann aufzuführen«, antwortete Bellamus friedfertig. Sie schwiegen einen Moment. »Es ist kalt«, fuhr er dann fort. »Ich glaube, ich werde mich nie wieder über ein Quartier beschweren.«

»Wir hätten so spät im Jahr keinen Feldzug beginnen sollen, aber … Seine Majestät wollte sich nicht umstimmen lassen. Vielleicht sollten wir die Dächer des nächsten Dorfes, auf das wir stoßen, instand setzen. Dann könnten wir dort Unterschlupf finden, bevor wir bereit sind weiterzuziehen.« Northwic nippte an seinem Getränk. »Obwohl die Gebäude der Anakim nur selten komfortabler sind als dieses Zelt.«

»Sie sind ein sehr zähes Volk«, bestätigte Bellamus. »Aber wenn man zweihundert Jahre lebt, akzeptiert man vielleicht irgendwann, dass kein Gebäude so lange überdauert wie man selbst, und ergibt sich in sein Schicksal, es immer wieder neu bauen zu müssen.«

»Es ist einfach nur ein sehr armes Land«, widersprach Northwic abschätzig.

»Das Hindrunn dürfte Euch beeindrucken. Angeblich gibt es weiter im Norden größere Ortschaften mit solideren Gebäuden. Wenn wir eine finden, könnten wir dort vielleicht ein festes Lager aufschlagen und nördlich des Abus überwintern.«

Lord Northwic nickte. »Mir ist auch nicht danach, alles, was wir gewonnen haben, dem Winter zu überlassen. Gott sei Dank hat Seine Majestät davon Abstand genommen, uns zurückzubeordern. Vielleicht sollten wir ein Fort errichten. Trotzdem, wir müssen sehr viele Männer in diesem öden Land ernähren, und wir werden Schwierigkeiten haben, die Fyrd zum Bleiben zu überreden.«

Die Fyrd war eine Kriegshorde, die sich den Anakim aufgrund der Versprechungen von Wohlstand und der Furcht vor ihnen angeschlossen hatte. Sie waren schlecht ausgerüstet und ebenso schlecht ausgebildet, aber sie glichen das durch ihre große Zahl aus.

»Manchmal …«, setzte Bellamus an und machte dann eine Pause.

Lord Northwic forderte ihn mit einem Laut auf weiterzusprechen.

»Die Anakim führen ihre Männer nicht so, wie wir es tun.«

»Was soll das heißen?«

Bellamus überlegte, was er einem Mann wie Lord Northwic, der so eng gefasste Ansichten hatte, zumuten konnte. »Anführer und Soldaten sind nicht so streng getrennt wie bei uns. Sie schlafen auf dieselbe Art und Weise, essen dieselben Speisen und tragen dieselbe Last.«

»Dann dürften die Anführer der Anakim müde sein, wenn es zur Schlacht kommt«, erwiderte seine Lordschaft. »Was uns zum Vorteil gereichen wird.«

»Gut möglich«, räumte Bellamus ein. »Aber ich glaube, die Anakim werden von diesem Vorbild angespornt. Sie werden dem Schwarzen Lord freudig folgen, weil er der Beste von ihnen ist. Er arbeitet härter als sie und ruht weniger. Folglich kämpfen sie wilder, wenn sie seinen Blick auf sich spüren.«

Lord Northwic musterte Bellamus finster mit seinen entzündeten Augen. Zunächst war er ein wenig argwöhnisch, dann jedoch wurde der Blick weicher. »Wie Ihr schon sagtet, sie sind ein zähes Volk. Vielleicht ist es nicht möglich, den Respekt von solchen Menschen zu erringen, ohne durch Taten zu führen und nicht nur durch Worte.«

»Das ist sehr interessant.« Bellamus hob seine Brauen. Er kam mit Lord Northwic so viel leichter zurecht als mit Earl William. »Ich will nicht vorschlagen, dass wir ihrem Beispiel folgen sollten«, erklärte er. »Aber so vieles, was sie tun, unterscheidet sich von unserer Art. Deshalb lohnt es sich, darüber nachzudenken.«

»Ich beuge mich Eurem Urteil in allen Dingen, die die Anakim betreffen.« Seine Lordschaft trank erneut einen Schluck aus seinem dampfenden Becher.

»Wenn wir hier fertig sind, werde ich die Unhieru studieren, denke ich.« Die Unhieru waren das dritte Menschengeschlecht in Albion. Sie lebten in den Hügeln und Tälern im Westen der Insel und waren selbst im Vergleich zu den Anakim hünenhafte Leute. Ihre unzähmbare Wildheit und ihre Barbarei waren berüchtigt, und angeblich wurden sie von dem mythischen Gogmagoc regiert, einem Gigantenkönig, der so alt war wie Albion selbst.

»Ihr glaubt, Ihr würdet in ihrer Gesellschaft lange genug überleben, um sie studieren zu können?«, wollte Lord Northwic wissen.

»Es geht zunächst einfach nur darum, ihre Sprache zu erlernen«, erwiderte Bellamus. »Aber ich glaube …«

Was Bellamus glaubte, blieb unausgesprochen, denn er unterbrach sich unvermittelt.

Ein Hornsignal ertönte.

Der klagende Laut durchdrang schwach den Nebel. Ein Mal. Ein zweites Mal. Dann ein drittes Mal.

»Feindlicher Angriff«, murmelte Bellamus. Lord Northwic war bereits aufgesprungen und blaffte seinen Bediensteten Befehle zu. Diese rannten aus dem Pavillon und holten seine Rüstung, sattelten sein Pferd und fanden heraus, wie weit entfernt und in welcher Richtung der Feind aufgetaucht war.

Bellamus leerte die Schale mit Wein und verließ dann ebenfalls eilig den Pavillon. Draußen empfing ihn blankes Chaos. Mit Waffen und Kettenhemden beladene Männer huschten wie Gespenster durch den Nebel, als sie sich fertigmachten. Eine Ziegenherde aus dem Nachschubtross hatte sich losgerissen und stürmte durch das Lager. Die Tiere meckerten wütend. Ein Mann stolperte durch ein Lagerfeuer und stieß einen Kochtopf um, sodass sich eine Wolke aus Funken und Dampf bildete.

»Was ist geschehen?«, schrie Bellamus die Vorbeilaufenden an, während er sich einen Weg durch die aufgescheuchten Krieger zu seinem Zelt bahnte.

»Die Anakim, Lord!« Der junge Rowan hüpfte vor Aufregung

von einem Bein aufs andere. »Ihre Armee hat am Eingang des Tals angegriffen!« Rowan deutete auf eine gespenstische Dunstwolke über ihnen. Sie war selbst im Morgennebel gegen den heller werdenden Himmel zu erkennen. Es war der Atem von Tausenden von Kriegern.

»Große Güte!« Bellamus blieb stehen und blickte kurz durch das Tal. »Mein Pferd, Rowan, sofort!« Er war bereits fertig gewappnet. In Schlachten kämpfte er nicht selbst, sondern zog es vor, Befehle von einem Hügel aus zu geben, von dem er einen freien Blick auf das Schlachtfeld hatte. Deshalb trug er zwei dicke Lederwämser übereinander, mit einem Kettenhemd dazwischen, das ihn vor Pfeilen schützte. Man brachte ihm sein Pferd, und er stieg auf. Dann wandte er sich an Rowan. »Sag Lord Northwic, dass ich unterwegs bin, um sie aufzuhalten. Ich wäre ihm zu größtem Dank verpflichtet, wenn er rechtzeitig auftauchte, um sie zu erledigen, bevor sie mich erledigen können.« Er gab seinem Pferd die Sporen und galoppierte in den Nebel. Die berittenen Angehörigen seines Trosses schwangen sich ebenfalls auf ihre Pferde und eskortierten ihn. Etwa ein halbes Dutzend gepanzerter Krieger donnerte kurz darauf mit ihm in den weißen Nebel hinaus.

Sein Zelt befand sich etwa in der Mitte des Tals, und die Anakim hatten von Süden her angegriffen. Wegen der ungeheuren Ausdehnung der Armee war Bellamus etliche Meilen von der Front entfernt, an der die Anakim aufgetaucht waren. Er war vielleicht zu weit weg, aber Entschlossenheit war ein großer Vorteil im Krieg. Ihm ging die ganze Zeit über ein einzelnes Wort im Kopf herum: *Angriff*. Die Anakim waren im Vorteil, weil sie sich auf einen unvorbereiteten Feind stürzten, der ihnen nur vereinzelt und dazu halbherzig Widerstand leisten würde. Falls Bellamus eine Gruppe von unerwartet hartnäckigen Kriegern um sich scharen konnte, bestand die Chance, dass er sie aufhalten konnte. Sollte ihm das gelingen, konnte Lord Northwic Verstärkung heranführen und sie überwältigen. Bellamus bezweifelte, dass sie es mit der ganzen Armee der Anakim zu tun hatten. Die Wahrscheinlichkeit, dass es eine volle Mobilisierung gegeben hatte und sich das gesamte Heer der Legionen unbemerkt hatte ihrem Lager nähern können, war gleich null. Seine Spione hatten ihm von der Führungskrise berichtet, die sich im Hindrunn abspielte. Deshalb kam es ihm unwahrscheinlich vor, dass es einem General gelungen sein könnte, die Kontrolle über die ganze Armee zu gewinnen. Das hier war nur ein Teil ihrer Streitmacht, eine andere Möglichkeit gab es nicht. Lord Northwic und er konnten diesen Überraschungsangriff gemeinsam zurückschlagen. Aber er musste schnell sein, und er musste entschieden vorgehen.

Bellamus konnte keinerlei Kampfgeräusche hören, und er sah auch keine Umrisse im Nebel. Ebenso wenig roch es in der kalten Luft nach Rauch. Aber über ihm waberte, sichtbar vor dem hellen Himmel, diese bösartige Dunstwolke. Das Hornsignal drang wieder durch das Weiß: *Feindlicher Angriff*. Sie waren hier.

Mittlerweile war Bellamus von zwei Dutzend Rittern umgeben, und ein Dutzend weitere tauchte aus dem Dunst auf. Sie scharten sich um einen Lord mit einem dichten schwarzen Bart. »Zu mir!«, schrie Bellamus. Bei seinen Worten setzten sie sich erschrocken in Bewegung. »Zu mir! Ihr alle, rennt oder reitet, um eure Heimat zu verteidigen!« Mittlerweile strömten von allen Seiten Soldaten zu ihm. Einige bissen wütend die Zähne zusammen und hielten nur ein blankes Schwert in den Händen, hatten nicht einmal ihre Rüstung angelegt. Andere folgten seiner wachsenden Gruppe mit ängstlich aufgerissenen Augen, schnappten sich von irgendwoher einen Schild und drückten sich Helme auf ihre vom Schlaf noch zerzausten Haare. Bellamus führte erst sechzig Mann an, dann neunzig und schon bald hundertfünfzig. Schwertkämpfer, Reiter, Speerträger, Langbogenschützen. Sie alle hielten mit ihm Schritt. Ihr Feind konnte jeden Moment aus dem Nebel auftauchen, aber sie gewannen immer mehr an Schwung und stürmten durch das Tal. Es war eine stetig wachsende Welle von Männern, die zum Widerstand entschlossen waren.

Bellamus blickte nach vorn, auf die weiße Nebelwand, die alles verschluckte bis auf das Rauschen des Flusses links von ihnen. Hörte er da Hufschläge? Tatsächlich. Sie wurden rasch lauter. Riesige Gestalten tauchten aus dem Nebel vor ihm auf und stürzten sich auf seinen zusammengewürfelten Haufen. Bellamus fluchte. Seine einzigen Waffen waren seine Fingernägel. Doch dann hielt ihm einer der Soldaten neben ihm den Schaft eines Speeres hin. Bellamus ergriff ihn mit einem dankbaren Nicken. »Angriff!«, brüllte er, als seine Gruppe stockte. »Wir werden sie hier aufhalten!«

Aber als sich diese Gestalten vor ihnen deutlicher abzeichneten, hielten auch sie inne. Bellamus ließ seine Männer noch ein paar Herzschläge länger vorrücken, hielt seinen Speer wie eine Lanze und sah sich mit wildem Blick um, ehe er begriff. Das hier waren Männer aus den Südlanden, seine eigenen Männer, die vor den Anakim hinter ihnen flüchteten. »Halt! Halt! Schart euch um uns! Zurück, sofort zurück!« Er zeigte in die Richtung, aus der sie gekommen waren. Die meisten der flüchtenden Soldaten waren unbewaffnet und zögerten, bis sie von Bellamus' entschlosseneren Kriegern mitgezogen wurden. Dann bewegten sie sich wie eine Einheit, während immer mehr Kämpfer aus den Zelten um sie herum zu ihnen stießen. Sie gaben denen Waffen, die keine hatten.

Während sie das Tal hinaufstürmten, wurde die Atmosphäre immer bedrückender. Die sich aufgeregt zusammendrängenden Männer in seiner Gruppe verstummten. Die Energie unter ihnen war so stark, dass Bellamus fast erwartete, Funken zwischen den Ringen an den Fingern der Hand sprühen zu sehen, mit der er die Zügel seines Pferdes gepackt hielt. Mittlerweile scharten sich etliche hundert Männer um ihn. Keiner von ihnen sprach; sie keuchten und stampften stumm voran.

Hoch oben rechts von ihnen polterte etwas, und Bellamus

drehte sich so heftig zu dem Geräusch herum, dass sein Pferd sich fast mit ihm gedreht hätte. Der Nebel hing dicht über dem Boden, aber er konnte trotzdem keine Bewegung auf den steilen Hängen des Tales erkennen. Dann sah er eine kleine Steinlawine, die den Hang vor ihnen herabprasselte. »Weiter!«, schrie er. Er konnte nichts daran ändern, falls der Feind sie umzingelt hatte. Das hatte Bellamus als Allererstes gelernt: Welchen Plan auch immer du hast, verfolge ihn mit äußerster Konsequenz.

Bellamus lauschte angestrengt in den Nebel hinein und glaubte zum ersten Mal, den Feind zu hören. In diesem dichten Nebel trugen die Geräusche weit, und das Erste, was er hörte, war nicht das lauteste Geräusch, sondern das, das in dieser feuchten Luft am besten übertragen wurde. Es war ein schwaches, wenn auch misstönendes Klingeln, das sich täuschend süß anhörte. Es hätte die silberne Musik sein können, die Bellamus in seinen Träumen hörte. Wie Glöckchen, die selbst unter der schwächsten Berührung anschlugen.

Dann drangen weitere menschliche Geräusche an ihre Ohren: ein Würgen, ein Schmerzensschrei, der einige der angreifenden Männer aus Süddal sichtlich schockte. Dann ein Geheul, unnatürlich wild. Atemzüge, so angestrengt, dass sie beinahe wie Stöhnen klangen. Husten, als Krieger ihre Lunge stärker belasteten, als sie es je zuvor getan hatten. Kampfgeräusche hören sich von außen unendlich viel schrecklicher an, als inmitten des Tumults. Und sie kommen einem zudem so nahe vor. Bellamus war fest davon überzeugt, dass sie jeden Moment den Schauplatz der Schlacht erreichen würden, aber der Nebel war tückisch, und sie stürmten immer weiter ins Nichts vor. Um sie herum standen immer noch unversehrte Zelte. Ein stetiger Strom von Männern zog sich von dieser lauten Nebelbank zurück und vereinigte sich mit Bellamus' Truppen. Dadurch schwoll ihre Zahl zwar an, aber gleichzeitig breitete sich eine schleichende Beklommenheit unter ihnen aus. »Wir sind die Einzigen, die kommen werden!«, schrie Bellamus den Männern um sich herum zu. »Niemand sonst wird euch retten! Schüttelt eure Angst ab, beißt die Zähne zusammen und lehrt die Anakim den Schrecken der Männer des Südens! Treibt sie zurück! Zahlt es ihnen mit gleicher Münze heim – lehrt sie das Fürchten. Haltet sie auf! Northwic wird uns zu Hilfe kommen!«

Endlich sahen sie die ersten Spuren der Kämpfe. Tote, die halb von ihren zerstörten Zelten bedeckt waren oder auf dem Talboden lagen. Flammen züngelten aus den brennenden Barrikaden, gedämpft vom Nebel. Viele der Gestalten vor ihnen lebten noch und krochen auf Händen und Knien zum Rand des Tals oder suchten Schutz unter einem Karren. Die Kampfgeräusche schienen allmählich abzuklingen, und Bellamus fragte sich, ob die Anakim sich bereits zurückzogen. »Schneller!«, brüllte er. »Sie flüchten! Schneller!«

Der Talboden stieg langsam an, und sie mühten sich bergauf. Bellamus konnte einfach nicht glauben, dass sie immer noch nicht auf Anakim gestoßen waren. Aber vor ihnen war nichts. Nur immer mehr Tote, geisterhaftes Feuer und noch mehr von diesem verfluchten Nebel! Er starrte in den Dunst.

Nichts.

Dann tauchten drei dunkle Flecken im Weiß vor ihm auf und waren im nächsten Moment wieder verschwunden. Er trieb sein Pferd schneller an, ritt seiner Schlachtreihe ein Stück voraus und blickte mit angehaltenem Atem nach vorn. Die Umrisse von drei Reitern tauchten erneut im Nebel auf. Sie waren so riesig, dass er in ihnen den gesuchten Feind erkannte. »Da! Ihnen nach!« Er griff an, den Speer mit der Hand umklammernd. Seine Ritter gaben ihren Pferden die Sporen, und die anderen Reiter stürmten ebenfalls aus der Schlachtreihe vor. Sollten die Anakim sich zurückziehen, konnte er sie festnageln, und sie würden für ihren Angriff bezahlen. Sie ließen die Fußsoldaten hinter sich zurück und galoppierten hinter den drei Gestalten her, die wieder im Nebel verschwunden waren. Dann tauchten sie erneut auf. Bellamus hatte aufgeholt. Vielleicht lag es aber auch daran, dass sie den Hang hinaufritten und allmählich über den Nebel gelangten.

Unvermittelt hatten sie ihn hinter sich gelassen, und das Tal öffnete sich vor ihnen. Die schwache Wintersonne schimmerte auf dem von Frost überzogenen Boden.

Es wimmelte von Anakim. Tausende von ihnen krochen über die Hügel. Jeder einzelne dieser riesigen Krieger funkelte, als wäre er von Tau überzogen. Ihre Rüstungen waren so glänzend poliert, wie nur Stahl es zuließ. Und sie kletterten die Flanke des Tales hinauf, zu einer Einkerbung unterhalb des Kamms. Es war ein Pass, der zwischen zwei gewaltigen Felsflanken hindurchführte.

»Ho, halt, halt!« Bellamus zügelte sein Pferd, und seine Leute folgten seinem Beispiel. Dann starrten sie stumm und fasziniert auf die drei Gestalten vor ihnen. Die drei Reiter, die sie verfolgt hatten, waren kaum fünfzig Schritt von ihnen entfernt und erwiderten ihre Blicke. Sie hatten sich zu ihnen herumgedreht und beobachteten Bellamus und seine mehrere hundert Reiter aufmerksam. Regungslos standen sie da, als hätten die Hufe ihrer Pferde im Boden Wurzeln geschlagen.

Der Reiter in der Mitte war riesig. Er überragte selbst die anderen Anakim neben sich. Vielleicht lag es auch daran, dass er auf dem größten Pferd saß, das Bellamus jemals gesehen hatte. Es war ein hellgraues Tier, unglaublich muskulös, und seine Hufe hatten den Durchmesser eines mittelgroßen Fasses. Der Reiter trug einen schwarzen Umhang, hatte breite, mit Stahl gepanzerte Schultern und trug einen Helm, den Bellamus erkannte.

Der Schwarze Lord. Ihr Feind stand unmittelbar vor ihnen, regungslos, kalt und aufmerksam.

Er will sehen, wie wir reagieren. Bellamus blickte zu dem Gebirgspass hinauf. Er war vielleicht zwei Meilen breit und von etlichen hundert Fuß hohen Bergflanken gesäumt. Es war eine Furcht einflößende Verteidigungsposition, die man nur über einen gefährlich steilen Hang erreichen konnte. Dort nahmen die ersten Anakim Aufstellung. Hunderte von Bannern zeichneten sich vor dem Himmel dahinter ab. »Das stinkt«, sagte Bellamus. »All das hier stinkt. Sie haben es geplant.«

»Was haben sie geplant?«, fragte einer der Ritter aus seinem Gefolge.

»Ich weiß es nicht.« Bellamus schüttelte den Kopf. »Sie führen irgendetwas im Schilde.« Er warf einen Blick auf den Sprecher und winkte ihn zu sich. »Zieh dein Hemd aus. Gehen wir zu ihnen und fragen sie.« Niemand war besser als er dafür geeignet, den Plan der Anakim in Erfahrung zu bringen, und außerdem war ohnehin niemand anderes da. Was auch immer die Gegner vorhatten, Bellamus musste es herausfinden. Er drehte sich zu einem anderen Ritter herum. »Reite zurück ins Tal und halte unsere kleine Gruppe auf. Wir wollen ihnen noch nicht unsere Karten zeigen.« Der Ritter verschwand, und Bellamus befestigte das schmutzige weiße Hemd, das ihm der andere Ritter hinhielt, am Blatt seines Speeres. Er hielt ihn hoch, als kläglichen Ersatz für eine weiße Fahne, und ritt mit zwei Gefährten weiter, um sich mit dem Schwarzen Lord zu treffen.

Die drei Reiter vor ihnen warteten, ohne sich zu rühren, bis Bellamus und seine Gefährten sie erreicht hatten. Der Mann in der Mitte, der Schwarze Lord, warf einen Blick auf Bellamus' armselige Parlamentärsfahne. »Soll das eine weiße Flagge sein, Bellamus?«, fragte er auf Anakim.

»Ihr wisst, dass es eine ist, Mylord. Und da ich gehört habe, dass Ihr ein ehrenwerter Mann seid, weiß ich, dass Ihr ein solches Zeichen nicht entehren werdet.« Bellamus machte eine Pause und versuchte, das Wappen eines Hauses zu erkennen. Das hätte ihm gesagt, ob Roper oder Uvoren unter dem Helm des Schwarzen Lords steckte. Aber er fand keines. »Wie ich sehe, habt Ihr den Helm bekommen, den ich Euch geschickt habe.«

Der Schwarze Lord antwortete nicht sofort. Seine beiden

Gefährten sahen ihn an, während sie auf seine Reaktion warteten, und Bellamus schoss der Gedanke durch den Kopf, dass er zu weit gegangen sein könnte. Er zweifelte nicht daran, wer den Kampf gewinnen würde, wenn der Anakim sich weigerte, seine alberne Fahne zu akzeptieren. »Das habe ich«, sagte der Kriegsherr schließlich. »Allerdings hätte ich mir gewünscht, Ihr hättet ihn noch am Leichnam meines Vaters zu mir geschickt.«

Roper. »Ihr habt nicht viele Männer bei Euch, Lord Roper«, bemerkte Bellamus und warf einen Blick auf den Hügelkamm. »Vielleicht genug für einen Überraschungsangriff, aber nicht genug, um unsere Streitkräfte zurückzuschlagen. Wenn sich nicht noch mehr Männer dort verstecken, die ich aus irgendwelchen Gründen nicht sehen kann, dürftet Ihr Schwierigkeiten bekommen, trotz Eurer besseren Position.«

»Sie genügen«, erwiderte Roper, als überraschte es ihn, dass Bellamus überhaupt auf so eine Idee kam. »Wo bleibt Lord Northwic?«

»Er ist hinter mir, zusammen mit der gesamten Armee. Ihr werdet nicht viel gewinnen, wenn Ihr mich hier tötet.«

Die finstere Atmosphäre kippte urplötzlich, als Roper schallend zu lachen begann. Er warf einen Blick auf Bellamus' Leibwächter, die die Unterhaltung zwischen ihm und Bellamus nicht hatten verstehen können, und angespannt in ihren Sätteln saßen. »Da bin ich mir nicht so sicher. Ich habe gehört, dass Lord Northwic ein fähiger Heerführer ist, aber Ihr? Ihr seid etwas ganz Besonderes, stimmt's?«

»Vielleicht nur ein bisschen anders, Mylord«, sagte Bellamus bescheiden. Roper lächelte, und Bellamus stellte zu seiner Überraschung fest, dass er diesen jungen Mann mochte.

»Wohlan, Bellamus, wir werden Euch nicht töten. Nicht hier. Und nicht unter dieser … weißen Fahne. Nur wüsste ich gern, was Ihr mit dem Schwert meines Vaters gemacht habt.«

»*Blitzschock* – so heißt es, stimmt's?«, erkundigte sich Bellamus. Roper widersprach nicht. »Es erfüllt einen guten Zweck«, antwortete er. Er sah, wie Roper ihn von Kopf bis Fuß musterte und nach irgendeinem Anzeichen für die Klinge suchte. Bellamus lachte leise. »Vergesst es, Mylord. Ihr werdet es nicht zurückbekommen. Aber ich muss Euren Schmieden zu der Qualität dieser Waffe gratulieren.«

Roper knurrte. »Ich kann mir nur schwer vorstellen, welche Verwendung ein Südling für eine Klinge aus Unthank-Silber haben könnte. Also gut, Bellamus, möchtet Ihr noch irgendetwas besprechen? Denn wir haben bereits den Verlauf der weiteren Geschehnisse festgelegt.«

»Was soll denn geschehen?«, fragte Bellamus geradeheraus.

Der Schwarze Lord lachte wieder. »Greift uns an, Bellamus«, erwiderte er. »Dann findet Ihr es schon heraus.« Er nickte Bellamus zu und wendete sein gewaltiges Schlachtross. Dann ritt er zu dem Gebirgspass hinauf, gefolgt von seinen beiden Gefährten. Bellamus sah ihnen kurz nach, bevor er sich wieder zu der Nebelwand herumdrehte.

»Ein General, der ein Schlachtross reitet?«, sagte einer seiner Leibwächter, sobald sie außer Hörweite waren. »Wie weit kommt man mit so einem Koloss, vierhundert Schritte?«

»Eine wirklich sonderbare Wahl«, stimmte Bellamus ihm zu. Ein schnelles, ausdauerndes Pferd wäre weit angemessener gewesen. Es war leichter und beweglicher und weit besser geeignet, wenn man Befehle auf einem Schlachtfeld geben wollte. Ein Schlachtross, ein voll gepanzertes und muskulöses Kampfpferd war zwar für einen gepanzerten Ritter die richtige Wahl und ein einschüchternder Anblick im Kampf, würde unter einem General jedoch sehr schnell ermüden. Trotzdem hatte Roper Bellamus beeindruckt. Er schien trotz der schwierigen Umstände in seine Rolle hineingewachsen zu sein.

Sie stießen zu den Reitern, die unter ihnen warteten, und tauchten wieder in den Nebel. Bellamus war in sich gekehrt und hatte die Stirn nachdenklich gerunzelt. Es dauerte nicht lange, bis er im Nebel seine Infanterie entdeckte, die unruhig auf ihn wartete. Lord Northwic war ebenfalls dort und galoppierte auf seinem ausdauernden Renner zur Frontlinie. Ihm folgte ein Bannerträger mit einem großen Banner, das einen schwarzen Bären auf einem weißen Hintergrund zeigte.

»Habt Ihr sie gesehen?«, rief er Bellamus zu.

»Ich habe sogar mit ihnen gesprochen«, erwiderte Bellamus und wendete sein Pferd, um sich neben Northwic zu stellen. »Roper hat den Befehl. Er reitet ein Tier, das wie ein Hippopotamus aussieht.«

»Wie ein was?«

»Schon gut.«

»Wie viele Anakim warten dort?«

»Vielleicht dreißigtausend«, schätzte Bellamus. »Sie haben eine Verteidigungsstellung an einem Gebirgspass weiter oben in der Flanke des Tals bezogen.«

Lord Northwic runzelte die Stirn. »Warum? Hoffen sie etwa, dass wir sie dort angreifen?«

»Das bezweifle ich«, erwiderte Bellamus. »Sie hecken etwas aus. Das alles hier ist sorgfältig geplant.«

Allmählich löste sich der Nebel in der Sonne auf, die das Tal überflutete und auch den Frost taute, der das Gras überzog. Tausende Männer versammelten sich um Bellamus und Northwic, und an den Flanken tauchten immer mehr Ritter in voller Rüstung auf.

»Jedenfalls wissen wir, wo ein großer Teil ihrer Armee steckt«, erklärte Northwic. »Löschen wir sie aus.«

»Ja, sicher. Aber was übersehen wir?« Bellamus war abgelenkt.

Northwic hob eine Braue, als wollte er sagen, dass das keine Rolle spielte. Er wandte sich um, versammelte die Soldaten und schickte die Langbogenschützen zu einem Angriff nach vorn. Dann holte er die Krieger mit Schilden an die Front und schickte die Ritter in die Reserve.

Bellamus ignorierte ihn. Er ritt ein Stück zur Seite, immer

noch nachdenklich. *Was hoffen sie dadurch zu gewinnen? Wenn das wirklich ein Ablenkungsmanöver ist, dann ist es aber ein sehr aufwendiges.* Er sah zu dem Gebirgspass hinauf, der allmählich sichtbar wurde, je weiter sich der Nebel auflöste. Es war eine ausgezeichnete Verteidigungsposition, aber sie bot den Anakim kaum Möglichkeiten für irgendeinen Überraschungsangriff. Wenn sie also eine List im Schilde führten, würden sie sie ganz gewiss nicht hier ausspielen. *Aber wenn es tatsächlich eine Ablenkung ist, wovon wollen sie uns dann ablenken?* Es gab einen offensichtlichen Hinweis. Sie hatten am Südende des Tals angegriffen. Wenn das also ein Ablenkungsmanöver war, sollte es ihre Streitkräfte vermutlich vom nördlichen Ende fernhalten. *Aber was ist am Nordende des Tales?*

Bellamus erstarrte. »Gütiger Gott!« Er sah sich nach Lord Northwic um, der bereits etliche hundert Schritt von ihm entfernt war. Bellamus folgte ihm nicht sofort. Einen Moment streichelte er nur sanft die Mähne seines Pferdes und tätschelte seinen warmen Hals. Am Nordende des Tals war die Wagenburg. Der Tross mit ihren Vorräten und ihrer Ausrüstung. Ihre Nabelschnur in dieser fremdartigen Welt. Und in diesem Moment strömte der überwiegende Teil ihrer Armee auf diese Streitmacht der Anakim zu. Die Armee aus Süddal hatte auf die Bedrohung vollkommen gedankenlos reagiert, wie ein Rudel Straßenköter, und hatte ihren unersetzlichen Tross schutzlos zurückgelassen. Bellamus hatte zwar keinerlei Beweise dafür, aber plötzlich kam es ihm vollkommen offenkundig vor. »Und wir werden viel zu spät kommen, verflucht!«, stieß er bitter hervor. Er schnippte mit den Fingern und hob den Kopf. »Lord Northwic!«, brüllte er. Der alte Lord drehte sich im Sattel zu ihm herum und sah ihn fragend an. »Lord Northwic!«

8. KAPITEL

ZWEI GEHENKTE

In der Festung herrschte nach einem Ausrücken der Legionen immer Grabesstille. Obwohl etwa die Hälfte noch vor Ort war, hatte sich die Energie, die für gewöhnlich das Hindrunn belebte, aufgelöst. Viele Zurückgebliebene waren bedrückt und warteten auf den Moment, an dem ihre Ehemänner, Standesgenossen und Brüder wieder am Horizont auftauchten. Etliche aber mochten diese Ruhe. Die Legionen waren häufiger draußen unterwegs als innerhalb der Mauern, und viele der Frauen des Hindrunn hatten sich an den Frieden gewöhnt, an den vielen Platz und an die Gemeinschaft, die sich in Abwesenheit der Krieger allmählich herausgebildet hatte.

Keturah gehörte nicht zu ihnen. Sie liebte den Menschenauflauf, wenn die Legionen zurückkehrten. Und sie liebte die Wildheit der Feiern, die auf einen erfolgreichen Feldzug folgten, die Euphorie auf den Märkten, wenn die Legionäre, die monatelang von Feldrationen gelebt hatten, alles kauften, wonach es sie in dieser Zeit verlangt hatte. Sie liebte die Schilderungen vom Krieg, Geschichten, die sich um den Feldzug drehten, und die unausweichliche Häufung von Verlobungen, die ihm folgten. Sie liebte die Rückkehr ihrer Freunde und Bewunderer unter den Legionären. Vor allem aber liebte sie es, dass einfach mehr passierte, wenn die Legionen im Hindrunn waren. Dann fühlte sie sich als Teil von etwas Größerem: einer Gemeinschaft von Seelen, die dem gleichen Ziel folgten. Ein Gefühl des Miteinanders herrschte dann vor, so als würden sie zur Symmetrie der Erde beitragen.

An diesem Tag ging Keturah allein über eine der gepflasterten Straßen des Hindrunn, einen Ledersack über einer Schulter, mit einer leicht ungeduldigen Miene, obwohl sie eigentlich entspannt war. Sie dachte an ihren Vater, der ins Feld gezogen war. In den letzten Tagen hatte sie kaum an etwas anderes gedacht, denn der Abschied war sehr untypisch verlaufen. Er hatte seinen mächtigen Umhang aus Adlerfedern für den Abmarsch bereits angelegt und den Helm unter einen Arm geklemmt. Dann hatte er sich an seiner Ausrüstung zu schaffen gemacht. Er behauptete, er könnte sein Tafelmesser nicht finden.

»Du hast einen Dolch«, hatte Keturah erwidert. Sie tat, als wüsste sie nicht, dass ihr Vater keinerlei Probleme mit seiner Ausrüstung hatte und fast nie gehabt hatte. Er zögerte, weil er ihr etwas zu sagen hatte.

»Behalte deine Vorschläge für dich, Tochter. Gott allein weiß, wie unsere Ländereien nach einem Monat in deiner Obhut aussehen werden. Aber ich gehe doch davon aus, dass du dein Bestes tun wirst?« Sie nickte und sah ihn gelassen an. »Lass dich von niemandem übers Ohr hauen, wenn du etwas verkaufst. Und kauf am besten auch nichts … Wir brauchen mehr Schafböcke in Loratun, aber das kann auch noch eine Weile warten. Und sprich nicht mit dem Gutsverwalter in Trawden, er würde dich nur verwirren. Eigentlich wäre es das Beste, wenn du gar nichts machst, Keturah.«

»Ja, Vater.«

Tekoa sah sie gereizt an. »Du lenkst viel zu bereitwillig ein. Ich werde bei meiner Rückkehr nach der Rauchsäule Ausschau halten, die mir schon von Weitem ankündigt, dass du irgendeine Dummheit begangen hast. Und kümmere dich um deine Mutter.« Er hatte sich abgewendet und machte Anstalten, den Raum zu verlassen. Dann blieb er stehen und drehte sich zu ihr herum. Er machte eine kleine Pause. »Und pass auf dich auf.«

Keturah war entzückt. Sie lachte, ging zu ihrem Vater und legte ihm den Arm um die Schultern. »Machst du dir Sorgen um mich, Vater?«

»Ich mache mir Sorgen um jeden, der mit dir zu tun bekommt, solange du unbeaufsichtigt bist.« Und dann hatte er sie tatsächlich schockiert. Er hatte ihre Hand sanft von seiner Schulter genommen und festgehalten. »Du hast jetzt für eine Seite Partei ergriffen, Tochter. Und die meisten deiner Verbündeten machen gerade Anstalten, diese Festung zu verlassen. Sie kehren möglicherweise nie wieder zurück.«

Sie verdrehte die Augen. »Du kommst zurück.«

»Vielleicht. Aber wie dem auch sein mag, sobald wir durch das Große Tor geritten sind, hat Uvoren die Macht im Hindrunn. Du musst vorsichtig sein, wenn du mit ihm zu tun hast. Wie ich sagte, pass auf dich auf, Tochter.« Dann hatte er sich auf dem Absatz herumgedreht und war verschwunden. Sein Umhang war noch einen Moment in der offenen Tür zu sehen gewesen, bevor er ebenfalls verschwand.

Das war so ungewöhnlich für ihn, dass Keturah unwillkürlich darüber nachdachte. Aber sie hatte seine Worte nicht ernst genommen, bis sie Uvoren zwei Tage später das erste Mal begegnete. Sein Gang war selbstbewusster. Und er war hartnäckiger, zuversichtlicher und hatte großes Interesse an Keturah an den Tag gelegt. Sie vermutete, dass er wegen ihrer Hochzeit mit Roper auf sie aufmerksam geworden war, was ihr keineswegs gefiel.

Sie bog nach rechts ab, und vor ihr öffnete sich der Markt. An den Gebäuden rechts und links neben dem Weg hing ein Seil herab, an dessen Ende jeweils ein Leichnam etwa fünf Meter über dem Boden baumelte. Der Anblick hatte Keturah schockiert, als die Leichen noch frisch gewesen waren. Man hatte ihnen die Kehlen durchgeschnitten, und ihre Eingeweide hingen heraus. Jetzt waren die Eingeweide verschwunden, von den Aasvögeln gefressen, und die Leichen waren geschrumpft und steif geworden, als die Feuchtigkeit verdunstet war. Aber das Zeichen auf ihrer Stirn war trotzdem noch sehr gut zu erkennen: ein Kuckuck mit gespreizten Flügeln.

Das Zeichen der Kryptea.

Bei den Toten handelte es sich um die beiden Legionäre, welche die Gegenstände der Kryptea gestohlen hatten, die man bei dem Mordversuch an Roper benutzt hatte. Sie waren ungesehen direkt beim Markt gehenkt worden, einem der geschäftigsten Orte in der Festung, als Beweis für die Verstohlenheit der Kryptea. *Sie können agieren, wann und wo sie wollen,* sagten die Leichen. *Bestehlt die Kryptea nicht.* Niemand wagte es, die Leichen abzuschneiden, nicht einmal die armen Seelen, an deren Häusern sie hingen. Sie wussten nicht genau, ob die Kryptea sie als ihr Eigentum betrachtete, also ließ man die Leichen dort, obwohl sie die Hauswände beschmutzten. Die vertrockneten Lippen enthüllten grinsende Zähne.

Keturah achtete jetzt kaum noch auf sie. Sie war häufig diesen Weg gegangen, und die beiden boten keinen so üblen Anblick mehr, weil sie jetzt nicht mehr den Lebenden ähnelten. Sie ging zum Markt, auf dem die Stimmung etwas gedrückter war als gewöhnlich. Trotzdem schlenderten Dutzende von Menschen zwischen den Buden umher, und viele riefen ihr etwas zu, als sie vorbeikam.

»Glückwunsch zu Eurer Hochzeit, Miss Keturah!«

»Etwas Trockenobst für Euch und Eure Mutter, Mylady?«

»Was für eine Wonne für meine alten Augen, Miss Keturah!«

Sie lächelte den Leuten zu, neigte den Kopf und gab ein paar freundliche Worte zurück, auch wenn sie sich nirgendwo lange aufhielt.

»Liebes!«, rief ihr eine Frau aus einer Bude voller Stoffballen zu. Sie trug eine ausgebeulte Schärpe über Schulter und Hüfte.

»Sigurasta!« Keturah trat zu ihr und umarmte die Frau über

ihren Tisch mit Waren hinweg. »Schön, dich wiederzusehen«, sagte sie. Das war der liebevolle Gruß des Schwarzen Königreiches. »Wie geht es deinem wunderbaren Mädchen?« Behutsam schob Keturah den Rand der Schlinge zurück und blickte auf das schlafende Baby. Es hatte seinen Kopf zu seiner Mutter gedreht und eine eigensinnige Miene aufgesetzt.

»Es ist gesund, bis jetzt«, sagte Sigurasta. »Wie ich gehört habe, hast du jetzt ein eigenes Problem, um das du dich kümmern musst?« Sie spielte auf den Besitz der Vidarr an, dessen Leitung jetzt in Keturahs Händen lag.

»Das ist kein Problem«, gab sie zurück. »Vater jammert gerne, aber es ist nur eine geringe Verantwortung. Ich muss ein bisschen Holz verkaufen, also sollte ich jetzt lieber weiter, bevor Avaldr mit Holz überschwemmt wird. Kommst du morgen Abend auf einen Becher Wein zu uns?« Sigurasta willigte ein, und Keturah gab ihr und ihrem Baby einen Kuss auf die Wange, ehe sie sich verabschiedeten. Als sie sich von ihnen abwendete, setzte sie erneut ihre ungeduldige Miene auf.

Sigurasta Sakariasdottir war die Ehefrau von Vinjar Kristvinson, dem Ratsherrn für Landwirtschaft und engem persönlichem Freund von Uvoren dem Mächtigen. Ropers Angelegenheiten waren jetzt auch Keturahs Angelegenheiten, und Roper musste Uvorens Kriegsrat zu Fall bringen. Vinjar Kristvinson musste fallen, und vielleicht war seine Frau der Schlüssel dafür. Keturah sah sich ebenso als Krieger wie jeder der Legionäre, die ins Feld gezogen waren. Das hier war ihr Schlachtfeld und Sigurasta eine ihrer Verbündeten, ob sie es nun wusste oder nicht.

Keturah gelangte zu einer Bude, um die sich bereits eine kleine Gruppe Kunden versammelt hatte. Hinter dem Tresen stand ein kleiner untersetzter Mann, der ganz eindeutig die Aufmerksamkeit genoss, die man ihm entgegenbrachte. Als sein Blick auf Keturah fiel, riss er die Augen weit auf. »Der Allmächtige sei mir gnädig!« Er warf in gespieltem Entsetzen die Hände hoch. »Nein, nicht heute, Miss Keturah. Ich habe so schon genug zu tun, auch ohne mich mit Euch auseinandersetzen zu müssen.«

Sie lachte bei seinen Worten und schob sich durch die anderen Kunden hindurch. Dann legte sie ihm eine Hand auf den Arm. »Avaldr, ich bin nur gekommen, um dir einen Gefallen zu tun.«

»Das sagt sie immer«, meinte Avaldr an seine anderen Kunden gerichtet. »Worum geht es denn diesmal, Miss Keturah? Eine mächtige Mooreiche? Oder einen Kristall von der Winterstraße?« Avaldr machte gern Scherze, wenn er Keturah sah, und jetzt hatte er zudem noch Zuschauer. »Und was möchtet Ihr als Bezahlung? Meine Bude? Oder gar meine Schuhe?«

»Du brauchst nicht so melodramatisch zu sein, Avaldr. Ich habe heute schöne Esche für dich, aber wenn du sie nicht willst, kann ich immer noch Bjarkan oder Parmes fragen.«

»Nicht, solange die Ulpha im Feld sind«, erwiderte Avaldr listig. Seine beiden Kontrahenten dienten in dieser Hilfslegion.

Keturah war amüsiert. »Es ist Holz, Avaldr. Dann behalte ich es eben, bis sie wieder da sind. Ich muss es dir nicht verkaufen, solange du glaubst, dass du der einzige Käufer in der Festung bist.«

Er strahlte sie an. »Aber ich bin der einzige Käufer in der Festung!« Er deutete auf die Kunden, die seine Bude umringten.

»Aber Avaldr, wir sind doch so alte Freunde.« Sie streichelte sacht seine Wange. »Du wirst mir trotzdem den besten Preis bezahlen.«

Avaldr wedelte mit den Händen, als wollte er sie verscheuchen, obwohl er mächtig erfreut wirkte. »Wie es aussieht, habe ich kaum eine Wahl. Wie viel habt Ihr?«

»Drei Tonnen, jeweils zwanzig Fuß lang.«

»Grün?«

»Noch. Sie wurden vor zwei Wochen in Trawden gefällt.«

Die beiden schlossen den Handel ab. Avaldr willigte ein, Tekoas Haus Eisen als Zahlung für das Holz zu liefern, das vor den Mauern der Festung gelagert wurde. Nachdem Keturah sich von ihm verabschiedet hatte, löste sie sich aus der Menschenmenge und suchte eine Bude, wo Garn verkauft wurde. Sie fand eine und erstand etwas davon im Austausch gegen ein bisschen Kupfer. Sie zog das Kupfer aus dem Ledersack über ihrer Schulter und reichte es der Frau hinter dem Tresen. Die schlug mit einem breiten Meißel und einem Hammer ein paar Brocken Kupfer ab und gab Keturah den Rest der Stange zurück. In der nächsten Bude gab es Gänseeier, und Keturah kaufte mit ihrem restlichen Kupfer eine Kiste davon. Die Eier lagerten in Stroh. Als sie nach rechts blickte, sah sie ein bekanntes Gesicht.

»Hafdis.« Sie legte der Frau neben ihr eine Hand auf den Rücken. Hafdis war groß, wenn auch etliche Fingerbreit kleiner als Keturah, und hübsch. Sie hatte eine Stupsnase, blaue Augen und kastanienbraunes Haar, das ihr bis auf den Rücken fiel. Allerdings wurde ihre Schönheit von ihrer beständig angewiderten Miene geschmälert, die den Eindruck erweckte, sie würde fortwährend von ihrer Umgebung enttäuscht werden. Aber ihre Kleidung bestand aus fein gewebter Wolle, ihre Stiefel waren aus dem weichsten Leder, und sie bezahlte für ihre Gänseeier mit einer sehr seltenen Währung: mit Seidenballen. Das war Hafdis Reykdalsdottir, die Frau von Uvoren dem Mächtigen.

Hafdis drehte sich zu Keturah herum und schenkte ihr ein schwaches Lächeln. Dabei umarmte sie die junge Frau. »Sieh an, Keturah. Geht es dir gut?« Ohne auf eine Antwort zu warten, redete sie weiter. »Ist es hier nicht schrecklich langweilig, wenn die Legionen fort sind?«

»Jedenfalls gibt es weniger Gelächter im Haus, seit mein Vater abgerückt ist«, sagte Keturah. »Obwohl es hauptsächlich sein Gelächter war, wenn er über seine eigenen Scherze lachte. Aber ich bin froh, dass die Südlinge endlich bekämpft werden.«

»Ja, sicher. Ich nehme an, du kümmerst dich um deine Mutter«, erwiderte Hafdis mit gleichgültiger Stimme. »Es ist viel zu warm heute.«

Keturah kannte Hafdis' Sprunghaftigkeit, sodass sie sie nicht zu lange in Beschlag nahm. Sie dachte, dass es natürlich unter all diesen Schichten von Wolle warm sein musste, sagte jedoch nur honigsüß: »Du bist für kühleres Wetter gekleidet, meine Liebe. Wie ich hörte, haben Unndor und Urthr geheiratet. Ich gratuliere.«

Der missgelaunte Ausdruck auf Hafdis' Gesicht verstärkte sich noch. »Ich hatte eigentlich auf eine bessere Partie für die beiden gehofft. Ein Niemand aus dem Hause Oris, und noch ein Niemand aus dem Hause Nadoddur? Mein Ehemann hat noch einiges zu erklären.«

»Wollten deine Jungen diese Ehe nicht?«

»Keiner der beiden hat seine Frau vor der Verlobung gesehen. Die beiden Mädchen sind langweilig und sehr schlicht. Diese Eheschließungen waren alles andere als wünschenswert.«

»Das tut mir leid.« Keturah schüttelte den Kopf und unterdrückte den Ausdruck spöttischer Belustigung, mit dem sie normalerweise auf eine solche Nachricht reagiert hätte. In Ropers Abwesenheit hatte Uvoren versucht, seine Macht über das Hindrunn auszubauen, indem er seine Söhne mit zwei bekannten Töchtern von neutralen Häusern verheiratete. Das Haus Oris und das Haus Nadoddur waren zwar kleine Häuser, die nicht allzu viel für Uvorens Anliegen in die Waagschale werfen konnten. Aber dennoch verliehen sie seinem Griff nach dem Thron einen gewissen Nachdruck. Roper musste zuvor natürlich erst einmal in der Schlacht scheitern. Aber Uvoren würde dafür sorgen, dass ihm, Uvoren, die öffentliche Unterstützung zufiel, selbst wenn Roper ins Hindrunn zurückkehrte. Dieser Schachzug war gnadenlos. Da die Waagschale sich schon so sehr zu seinen Gunsten neigte, war es kaum notwendig, sich noch mehr Unterstützung zu verschaffen. Uvoren hatte bereits den Fuß auf Ropers Kehle gesetzt und verstärkte jetzt einfach nur noch den Druck. Aber wenn man den Gerüchten trauen konnte, dann waren Unndor und Urthr beide fuchsteufelswild über dieses

Arrangement gewesen. Keturah hatte sogar gehört, dass Unndor seine Hochzeitsnacht so weit entfernt wie möglich von seiner Braut verbracht hatte.

»Ich muss zu meiner Mutter zurück, liebe Hafdis. Aber vielleicht hast du ja Lust, übermorgen auf ein Glas Wein zu mir zu kommen? Es wäre mir ein großes Vergnügen, dich zu sehen.« Hafdis stimmte zu, dass es ein Vergnügen wäre, während Keturah sich insgeheim zu ihrer Selbstaufopferung gratulierte, die sie für ihren neuen Ehemann auf sich nahm. Sie wählte ihre Freunde sehr sorgfältig aus, und die Gesellschaft von Hafdis hätte sie für gewöhnlich nicht gesucht. Aber niemand konnte sie besser über Uvorens Geheimnisse in Kenntnis setzen als seine desillusionierte Ehefrau. Noch eine Verbündete von Keturah: Diese Schlacht verlief ziemlich gut.

Sie wollte gerade gehen, als die Stimmung um sie herum unvermittelt umschlug. Schweigen breitete sich zwischen den plaudernden Kunden an den Buden aus. Die Händler verstummten und drehten sich zu Keturah herum. Die allgemeine Aufmerksamkeit dieses Teils des Marktes konzentrierte sich auf eine Stelle hinter ihrer rechten Schulter. Selbst Hafdis war verstummt und rührte sich nicht.

Keturah wandte sich um, obwohl sie wusste, wem sie gegenüberstehen würde. Uvoren dem Mächtigen. Er hatte sich unmittelbar hinter ihr aufgebaut. Für einen Mann, der nicht in den Krieg zog, trug er ziemlich viel Stahl. Sein Gürtel war damit besetzt, und auf der Brust seines Wollhemdes waren dicke Platten davon befestigt. Ein großer Langdolch hing an seiner Seite. Während einer Schlacht trug er ihn nie. Sein Umhang wurde mit einer stählernen Fibel zusammengehalten, und ein dünnes Stahlseil hob seinen Pferdeschwanz auf die Art und Weise an, die Lords und Angehörigen der Heiligen Wache vorbehalten war. Bei seinem Anblick zog Keturah abschätzig die Brauen hoch. Uvoren schien einen ausgesprochenen Hang zu übertriebenem persönlichem Schmuck entwickelt zu haben.

Das Schweigen wich einem erregten Murmeln. Uvoren grinste die Leute auf dem Marktplatz an. »Guten Morgen, meine Freunde. Bitte, macht weiter!«

Die Marktbesucher schienen kaum darauf zu reagieren.

Neben Uvoren stand Baldwin Duffgurson, der Tribun der Legion. Er war groß, schwarzhaarig, hatte ein schmales Gesicht und schmale Gliedmaßen und betrachtete Keturah gebieterisch. Als wäre er misstrauisch, weil Ropers Gemahlin ihnen so nah war.

»Was machst du hier, Tekoasdottir?«, fragte er kalt.

Keturah sah sich übertrieben erschrocken um. »Sonderbar, Tribun, ich dachte, ich wäre auf dem Markt. Wartet ...« Sie sah sich noch einmal umständlich um. »Oh, ja, tatsächlich, ich bin auf dem Markt. Dann kaufe ich wohl ein.« Sie warf ihm einen eisigen Blick zu.

Uvoren lachte und gab Baldwin einen freundschaftlichen Stoß, was Letzterer allerdings offensichtlich nicht zu schätzen wusste. Dann fiel sein Blick auf seine Frau, und sein Lächeln wirkte plötzlich wie festgefroren. »Und du? Warum bist du hier?«

»Ich kaufe Eier«, erwiderte Hafdis unsicher.

»Solltest du nicht weben?«

»Ich hatte es satt zu weben.«

»Da du jetzt deine Pause hattest, kannst du damit weitermachen.« Uvoren lächelte immer noch. Hafdis warf einen Blick auf Keturah und verabschiedete sich stumm von ihr, dann ging sie nach Hause. Sie hatte einen Korb mit Eiern unter einen Arm geklemmt. Uvoren sah Keturah an, während seine Frau verschwand. »Und womit handelst du, Miss Keturah?«

Sie zuckte mit den Schultern. »Holz aus den Trawden-Wäldern, Hauptmann. Ich verkaufe es. Und ich brauchte Garn. Garn und Gänseeier.«

Er lächelte sie an. Sein Lächeln war wieder so charmant und so herzlich und vertraulich, dass sie beinahe hätte vergessen können, wer er war. Er kam ihr fast sympathisch vor. »Du hast vor, selbst zu weben?«

»Mit meiner Mutter. Es ist schwer für sie, wenn mein Vater im Feld ist. Sie braucht eine Ablenkung.«

»Ah! Nun, ich hoffe, es gelingt dir.« Uvoren warf einen Blick auf Baldwin, der immer noch eine hochmütige Miene aufgesetzt hatte. »Geh schon voraus, Baldwin.« Der Tribun trat an Keturah vorbei und ging auf den Markt. Uvoren sah ihm einen Moment nach und trat dann etwas dichter zu Keturah. Sie wich nicht zurück. »Ich bete darum, dass dein Ehemann siegreich zurückkehrt.«

»Selbstverständlich tut Ihr das, Hauptmann.« Keturah war sehr groß, aber selbst im Vergleich zu ihr war Uvoren der Mächtige wirklich riesig. Selbst unbewaffnet und ohne Helm schienen seine Schultern so breit zu sein wie die Flügelspanne eines Adlers und seine Arme so dick wie die Ketten, die das Fallgitter vor dem Großen Tor hoben. Obwohl Keturah die Gegenwart von Tekoa und Pryce gewohnt war, Männer, die auf andere ebenso beeindruckend wirkten wie Uvoren, fühlte sie sich von diesem monströsen Individuum eingeschüchtert. Und als er jetzt sprach, schien seine Stimme in ihrer Brust und bis in ihren Hals zu vibrieren.

»Es muss schwer für dich sein, dass sowohl Roper als auch dein Vater dich verlassen haben. Vor allem, wo es deiner Mutter so schlecht geht.« Keturah wich immer noch nicht zurück, obwohl er jetzt noch näher kam. »Du bist in meinem Haus immer willkommen, falls du dich jemals zu allein fühlen solltest.«

Sie lachte darüber, legte Uvoren eine Hand auf die Brust, zuerst leicht, fast wie eine Liebkosung, dann jedoch drückte sie zu und schob ihn zurück. Das Lachen entwaffnete und bezauberte ihn zugleich. Der Stoß überrumpelte ihn. Er ließ sich zurückschieben, angesteckt von ihrem Lachen, lächelte und spielte mit.

»Komm schon. Du wirst Jung-Roper gegenüber doch wohl nicht jetzt schon loyal sein?«

»Er ist der Schwarze Lord«, antwortete Keturah, hob die Brauen und lächelte Uvoren immer noch an. »Ich dachte, wir alle wären ihm gegenüber loyal.«

»Der Schwarze Lord ist er nur dem Namen nach. Wir beide wissen, was mit ihm passieren wird.«

»Ich dachte, Ihr würdet für seinen Sieg beten?«

»Oh, das schon. Aber ob er siegt oder nicht, er wird das Große Tor nie wieder durchschreiten. Du brauchst nicht länger an ihn zu denken.« Er sprach tröstend, als müsste sein Rat Balsam für sie sein.

Keturah strich sich das Haar zurück und seufzte. »Ich bin der Inbegriff der treuen Ehefrau«, sagte sie. »Solange mein Ehemann lebt, denke ich an ihn.«

»Wir werden sehen, was wir diesbezüglich unternehmen können. Vielleicht …«

»Eure Frau scheint unglücklich zu sein, Hauptmann«, unterbrach ihn Keturah. Sie milderte den abrupten Themenwechsel, indem sie einen halben Schritt auf ihn zutrat.

»Das ist sie immer«, antwortete er.

»Vielleicht solltet Ihr Euch um sie kümmern?«, schlug sie freundlich vor.

»Das ist nicht möglich.«

»Nun denn, dann könnt Ihr mir vielleicht helfen.« Sie warf einen vielsagenden Blick auf die Kiste mit Gänseeiern und Stroh. »Ich habe meine Karre vergessen.«

Uvoren grinste und verbeugte sich spöttisch. »Mylady.« Er bückte sich, hob die Kiste auf, und sie ging voraus zum Haus Tekoas. Unter normalen Umständen wäre Keturah nach ihrer Hochzeit von ihrem Elternhaus in das von Roper gezogen. Aber ihre Mutter brauchte Pflege, und ihr Vater wollte, dass sie sich um seinen Besitz kümmerte, solange er fort war. Außerdem brauchte Keturah einen sicheren Ort, solange ihre Verbündeten nicht in der Festung waren. Und all das war für sie einfacher zu bewerkstelligen, solange sie in ihrem Elternhaus blieb.

Uvoren und sie gingen eine Weile nebeneinander her. Uvoren machte Scherze, denen sie angespannt lauschte. Nach einer Weile unterbrach sie ihn erneut. »Also, was geschieht mit meinem Ehemann, wenn er zurückkehrt?«

Uvoren warf ihr einen ironischen Blick zu. »Wir wissen beide, dass es davon abhängt, wie er sich dem Tor nähert.«

»Da bin ich mir nicht sicher«, erwiderte Keturah. Sie redeten beide, als wäre es ein amüsantes Thema. *Für Uvoren,* dachte Keturah, *ist es das vielleicht auch.* Ihr gelang es nur durch lebenslange Selbstbeherrschung, ihre Stimme spielerisch klingen zu lassen. »Ihr werdet ihn töten, ganz gleich, ob er als Bittsteller oder Kriegsherr zurückkehrt.«

Uvoren lächelte nur und sah geradeaus, was Keturah als eine Bestätigung ihrer Worte nahm.

»Es gibt jedenfalls bessere Todesarten, als durch Pechfeuer zu sterben.« Mehr sagte er nicht. Sie vermutete, dass Roper durch die Flammen des Feuerwerfers vor den Toren sterben sollte, wenn er versuchte, mit Gewalt in die Festung einzudringen.

»Tatsächlich? Ich bin sicher, es ist sehr schmerzhaft, Hauptmann, aber es ist auch schnell vorüber. Einige wenige Momente des Schmerzes bedeuten nichts im Vergleich zu dem Leben, das man gelebt hat. Die Menschen machen sich zu viele Sorgen um den Akt des Sterbens. Für gewöhnlich ist er ziemlich kurz.«

»Es ist besser, nicht zu wissen, dass der Tod auf einen wartet«, sagte Uvoren.

Keturah schnalzte ungeduldig mit der Zunge. »Warum? Wenn man es weiß, kann man sich selbst und seine Mitmenschen darauf vorbereiten. Du kannst so sterben, wie du es für richtig hältst. Auf die Art, wie die Leute sich an dich erinnern sollen.«

Uvoren hob die Brauen. »Du bist in deinen zwanzig Jahren schon oft dem Tod begegnet, Miss Keturah?«

»Nicht so oft wie Ihr, möchte ich behaupten, Hauptmann«,

gab sie zurück. »Aber ich habe ihn aus der Nähe erlebt und viele seiner Gesichter gesehen. Es ist besser, man weiß, dass er kommt.«

»Wenn du das sagst.« Sie überquerten die Laufbahn, die rund um die inneren Mauern des Hindrunn führte, als gerade ein paar Frauen vorbeieilten. Sie trugen die schwarzen Tuniken der Akademie, die sie als Historikerinnen auswiesen. Uvoren drehte sich um und sah ihnen nach. Die meisten Frauen erwiderten seinen Blick, einige wenige lächelten und sahen den Hauptmann an, als sie vorbeiliefen. Dann streiften sie auch Keturah mit einem Blick und fragten sich zweifellos, was die beiden wohl zusammen machten.

»Augen nach vorn, Hauptmann«, befahl Keturah spöttisch. »Und was ist mit meinem Vater?«

»Ich hoffe, dein Vater stützt mich, sobald Jung-Roper gefallen ist.«

»Er ist ein sehr dickköpfiger Mensch«, erwiderte Keturah. »Er ändert seine Meinung nicht so leicht.«

»Ich respektiere deinen Vater.« Uvoren zuckte mit den Schultern, sodass die Kiste in seinen Händen sich ein Stück hob. »Er hat sich nur für die falsche Seite entschieden. Bei einem Mann wie ihm wäre ich großzügig. Aber Jung-Roper? Er wird von niemandem wirklich vermisst.«

Sie hatten Keturahs Haus erreicht. »Stellt die Kiste dorthin, Hauptmann.« Keturah deutete auf eine Stelle neben der Tür. Sie öffnete sie, bevor sie sich wieder zu Uvoren umdrehte. »Danke. Und kümmert Euch um Eure Gemahlin. Die arme Frau braucht ein bisschen Zuwendung.«

»Wie weise du bist, Miss Keturah«, erwiderte Uvoren.

Sie hob eine Braue und sah ihn amüsiert an, als sie die Tür schloss. Dann jedoch verzog sie das Gesicht und lehnte sich gegen das Holz.

War ich zu freundlich zu ihm? Sie wusste es nicht, aber sie glaubte ihn zu kennen und zu wissen, dass der Stoß, den sie ihm gegeben hatte, kaum Eindruck hinterlassen hatte. Er würde sich an das Lachen und die zarte Geste davor erinnern. An den Stoß würde er nicht denken. Sie musste ihm jedes Mal ein klein wenig mehr entgegenkommen. Genug jedenfalls, damit er glaubte, er könnte sie mit seinem Charme für sich gewinnen, statt auf Gewalt zurückgreifen zu müssen. Aber nicht so weit, dass ihr kein Spielraum mehr blieb, bevor ihr Vater zurückkehrte. Er musste bald zurückkommen. Die Zeit arbeitete gegen sie.

Keturah holte tief Luft, streifte sich das Haar hinter die Ohren, straffte sich und ging zum Kamin. Ihre Mutter saß dort und starrte in die Flammen.

»Mutter«, sagte sie und küsste sie auf die Wange. »Was wollen wir heute Nachmittag unternehmen?«

9. KAPITEL

BEWACHE IHN

Bellamus und Lord Northwic hatten ihre Pferde auf einen Hang am Nordende des Tales getrieben. Unter ihnen sah es aus wie in einem Schlachthaus. Ein grausiger Teppich aus Toten bedeckte den Talboden, und der Fluss, verstopft von Leichen und zertrümmerten Fuhrwerken, trat über die Ufer und tränkte das umliegende Land mit funkelndem Wasser. Einige Soldaten wühlten in den Fluten, zogen Überlebende heraus und bestahlen gleichzeitig unauffällig die Toten. Sie taten für die Verwundeten, was sie konnten, aber oft blieb ihnen nur ein Stich ins Herz, eine Geste der Barmherzigkeit. Möwen und Krähen waren bereits in großen Scharen herangeflogen und pickten den Gefallenen Augen, Lippen und Zungen aus. Wie Staubkörner in einem Lichtstrahl kreisten sie unter den aufziehenden Wolken.

Bellamus fröstelte. Der Wind frischte auf und verhieß noch mehr Regen. Natürlich hatte er Recht gehabt. Ropers Angriff im Süden war nur ein Ablenkungsmanöver gewesen, um ihre Streitkräfte vom Nachschubtross im Norden abzuziehen. Dann war die Kavallerie der Anakim in das Tal gedonnert, hatte den schwachen Widerstand weggefegt, der sich ihnen entgegengestellt hatte, und anschließend die Karren und Fuhrwerke mit Nachschub in den Fluss gestürzt.

Bellamus hatte Lord Northwic gerade um Truppen gebeten,

um den von ihm vermuteten Angriff auf den Tross zurückzuschlagen. Der Lord hatte seinem Wunsch gern entsprochen. Doch noch während sie unterwegs waren, hatte Bellamus bereits das Hornsignal im Norden gehört. *Feindlicher Angriff!* Aber niemand im restlichen Heer hatte darauf reagiert, weil die Offiziere einfach angenommen hatten, es wäre nur ein verspätetes Echo dessen, was im Süden vor sich ging. Als Bellamus beim Tross ankam, war der Angriff, der hervorragend mit dem Scheinangriff abgestimmt gewesen war, längst beendet. Bellamus ließ seine Truppen als Wache dort, falls die Kavallerie der Anakim zurückkehren sollte, und eilte erneut zum Süden des Tales zurück.

Dort kämpfte Lord Northwic gegen Schatten. Ropers Soldaten, die nur als Ablenkung gedient hatten, hatten sich kurz nach Bellamus' Verschwinden zurückgezogen. Obwohl Northwic sie verfolgt hatte, waren die Männer aus Süddal weit weniger auf so etwas vorbereitet gewesen als die Anakim und bewegten sich offensichtlich auch nicht so schnell und kundig durch das fremde Gelände.

Die Verluste der Armee Süddals hatten kaum große Auswirkungen angesichts der enormen Zahl ihrer Kämpfer. Trotzdem war dieser Schlag vernichtend. Es war ohnehin nur sehr schwer möglich, einen Nachschubtross durch ein solch unwirtliches Land zu bewegen. Die Vorräte, die der Fluss davongetragen hatte, waren unverzichtbar für ihre Versorgung gewesen – dessen waren sich alle Krieger in diesem Tal schmerzlich bewusst. Bellamus hatte registriert, wie sich der Gang und die Haltung seiner Männer nach dieser Niederlage verändert hatten. Sie schlurften nur noch und hielten die Köpfe tief gesenkt, als fürchteten sie, dass das Tal wilde Krieger auf sie herunterspucken würde, wenn sie auch nur zum Rand der steilen Felswände hinaufblickten.

»Wie hoch sind unsere Verluste?«, erkundigte sich Bellamus.

»Die Verluste?« Lord Northwic zog gereizt die Luft durch

die Nase und warf Bellamus einen mehr als nur argwöhnischen Blick zu. »Zwölftausend Männer sind gefallen. Ihr könnt diese Zahl gern in Eure Aufzeichnungen übernehmen.«

Bellamus nahm keinen Anstoß an Northwics Tonfall. Es hätte weit schlimmer kommen können, als nur zwölftausend Soldaten zu verlieren.

»Aber es werden mehr werden«, fuhr Northwic ruhig fort.

»Mehr was?«

»Es bleibt nicht nur bei diesen zwölftausend. Sicher, wir haben zwölftausend Gefallene, aber nachdem wir jetzt so entwürdigend besiegt wurden, werden wir mindestens doppelt so viele verlieren, weil sie desertieren.«

Bellamus war skeptisch. »Sie wären Narren, wenn sie wegliefen. Männer aus den Südlanden ganz allein, auf sich gestellt nördlich des Abus? Sie könnten von Glück sagen, wenn sie auch nur eine Nacht überlebten.«

»›Südlanden‹? Ihr habt wohl zu viel Zeit mit Euren Spionen verbracht!«

»Ihr seid sehr kühl, Cedric, obwohl ich keine Ahnung habe, warum. Immerhin habe ich heute mehr als nur meine Pflicht getan.«

Lord Northwic schwieg einen Moment. »Ich weiß.« Er starrte weiter auf das Massaker unter ihm. Dann schüttelte er verbittert den Kopf. »Ich weiß.«

»Wir können jetzt nichts mehr daran ändern«, fuhr Bellamus freundlicher fort. »Wir haben überlebt. Jetzt brauchen wir frische Vorräte. Wir sind dieser Streitmacht der Anakim zahlenmäßig immer noch weit überlegen und haben nach wie vor unsere Reiter. Wir werden an einem anderen Tag kämpfen, und dann werden wir triumphieren.« Er warf einen Blick auf Lord Northwic und bemerkte zu seiner Überraschung Tränen in den Augen des alten Mannes. Sie drohten, ihm über das Gesicht zu laufen, bis Lord Northwic blinzelte und sie mit dem Ärmel wegwischte. Blass und zusammengekauert hockte er auf seinem

Pferd. Seine Miene war düster, und er ballte die Hände zu Fäusten.

»Es fühlt sich an … Es fühlt sich an, als würde meine Lunge brennen.« Seine Stimme wurde immer leiser, als hätte er nicht einmal den Mut, den Satz zu beenden.

Bellamus vermutete, dass diese Niederlage Northwic besonders naheging, weil er letztendlich die Verantwortung für die Armee trug. Und es war seine Aufstellung der Truppen gewesen, die bei diesem Angriff so rücksichtslos ausgenutzt worden war. Bellamus wusste, wie sich so etwas anfühlte. Auch er hatte schon Niederlagen erlebt, nach denen er sich vollkommen leer gefühlt hatte. So leer, dass er das Gefühl hatte, körperlich geschrumpft zu sein, und jeder Atemzug ihm vorkam, als versuchte er, Schmetterlinge zu schlucken. Und jetzt, in diesem Moment, hatte Bellamus das Gefühl, als hätte man ihm eine Ohrfeige versetzt. Das Wort, das Northwic für diesen Überfall benutzt hatte, hatte sich in ihm eingebrannt. *Entwürdigend.* Die Herrscher über diese Traumwelt waren endlich aufgetaucht und hatten alle so mühsam errungenen Erfolge der Männer aus Süddal geradezu verächtlich hinweggefegt. Northwic und Bellamus hatten sich ihren Weg durch das Schwarze Königreich mit Feuer und Stahl gebahnt, und die Antwort war Schweigen gewesen. Ein Schweigen, das jetzt rückblickend höchst unheilvoll klang.

Die Ereignisse in dem Tal hinterließen einen bitteren Geschmack. Auch wenn Bellamus es niemals zugegeben hätte, fühlte er sich in dieser Einöde allmählich verloren. Aus einiger Entfernung hatten die Anakim ihn fasziniert. In ihrer eigenen Umgebung jedoch, eingebettet in eine Ordnung, die Bellamus fremd war, schienen sie eher verstörend als faszinierend. Die hochmütigen, schneebedeckten Gipfel der Berge waren die Herren dieser launischen Wildnis, nach deren Willkür man sich richten musste. Nach ihrer Rückkehr von der Verfolgung Ropers waren Northwics Streitkräfte um eine Biegung einer der kurvenreichen Straßen der Anakim gekommen und hatten einen grasenden Auerochsen aufgescheucht. Der wütende Bulle war durch ihre Reihen gestürmt, hatte Soldaten über die Köpfe ihrer flüchtenden Kameraden geschleudert, vier von ihnen getötet und fast zwei Dutzend verletzt, bevor er schließlich zwischen den Bäumen verschwunden war. Jeden Tag verloren sie mindestens ein Dutzend Soldaten auf der Suche nach Proviant an Rudel von erschreckend wilden Wölfen oder gigantische Bären. Diese Bestien benahmen sich nicht wie die wilden Tiere südlich des Abus. Es war Bellamus nicht klar, was seine Männer falsch machten oder warum sie den Zorn dieser Raubtiere erregten, die andererseits die Anakim so friedlich zu dulden schienen.

Was für ein Volk war das, das in einer solchen Welt existieren konnte? In Süddal war Bellamus fest entschlossen gewesen, sie vollkommen auseinanderzunehmen. Er war sicher gewesen, dass er sie beinahe ganz und gar verstand. Hier vor Ort jedoch war er ebenso erschüttert wie seine Männer, und ihm hatte der Atem gestockt, als das Horn das Signal *Feindlicher Angriff* in dem nebelverhangenen Lager geschmettert hatte. Er war dumm gewesen. Er hatte genauso wenig nachgedacht wie ein Tier, das sich nur verteidigen wollte. Genau damit hatten die Anakim gerechnet. Man hatte es gegen sie eingesetzt, um ihnen etwas Kostbares zu rauben. Sie hatten ihnen eine Lektion erteilt, und er war sich nicht sicher, ob er sich den außerordentlich hohen Preis leisten konnte, den er dafür hatte zahlen müssen.

»Dort unten liegt nicht ein einziger Leichnam eines Anakim«, sagte Lord Northwic. »Ich habe selbst nachgesehen. Es sind Ungeheuer.«

»Also wissen wir jetzt, dass die Anakim schlau sind. Es heißt nicht, dass sie unverwundbar sind.«

Lord Northwic sah den jüngeren Mann ausdruckslos an.

»Das ist Kriegsführung mit dem Geist«, erläuterte Bellamus widerwillig. »Selbstverständlich haben auch sie Männer verloren! Aber sie haben ihre Leichen mitgenommen, um unseren

Mut zu schwächen, wenn wir das nächste Mal gegen sie kämpfen. Sie wollen, dass wir sie für unverwundbar halten.« Die beiden schwiegen einen Moment. »Was für eine Verschwendung«, sagte Bellamus leise. Und dann, an sich selbst gerichtet: »Du blöder, verfluchter Dummkopf!«

Lord Northwic schüttelte den Kopf, als wollte er die gedrückte Stimmung vertreiben. »Wir werden mit der Armee an die Küste ziehen«, sagte er. Dort gab es erheblich mehr Nahrung als im Inland. Sie konnten Fische, Krabben und Schalentiere fangen und Seetang ernten. Zudem bestand dort die Möglichkeit, von Schiffen aus Süddal mit neuen Vorräten versorgt zu werden. »Wir werden unsere Vorräte auffrischen und dem König eine Botschaft schicken, die besagt, dass wir einen kleineren Überfall zurückgeschlagen haben.«

»Es sieht ganz so aus«, antwortete Bellamus gedehnt, »als wüsste Roper genau, was er tut. Bei Gott, wir werden uns rächen.«

* * *

Der Tag neigte sich dem Ende zu, als die Anakim schließlich haltmachten. Die meisten Legionäre waren schweigsam, als sie das Lager errichteten. Sie waren erschöpft, erleichtert und gleichzeitig schockiert. Körperlich und geistig waren die Legionäre an ihre Grenzen gekommen. Es hatte ungeheure Mühe gekostet, durch die Nacht zu marschieren, um die Südlinge im Morgengrauen anzugreifen, durch ihr Lager zu stürmen und dann so schnell wie möglich zu dem Gebirgspass hinaufzusteigen, sodass der Feind gar nicht erst auf die Idee kam, die Verfolgung aufzunehmen. Roper hatte seine Soldaten förmlich ausgelaugt, doch er war mit einem überwältigenden Sieg belohnt worden. Natürlich hatten sie ebenfalls Gefährten verloren. Männer hatten zugesehen, wie Freunde aus einem Dutzend Feldzügen bei dem Angriff auf das Lager gefallen waren. Das hatte das benommene Staunen über ihren Sieg an diesem Tag ein wenig gedämpft. Roper war vollkommen erschöpft, obwohl er versuchte, der Heiligen Wache dabei zu helfen, einige einfachen Befestigungen zu errichten. Er arbeitete so langsam, dass Helmec ihn sanft an den Schultern packte und ihn zum Feuer geleitete. Dort drückte er ihm eine Schüssel mit heißem Eintopf in die Hände. Roper starrte eine Weile in den breiigen Eintopf, bevor er schließlich einen Löffel nahm und ihn sich zerstreut in den Mund schaufelte.

Denn vor allem er, der Schwarze Lord, war stets mitten im dichtesten Getümmel gewesen. Er war nicht neben oder hinter seinen Legionären geritten, sondern er war mit ihnen zu Fuß gegangen, hatte jede Wegstunde auf den überfluteten Straßen mit ihnen geteilt, und sich Blasen gelaufen. Er war mit ihnen durch die Dunkelheit einer mondlosen Nacht gestolpert, als sie sich dem Lager der Männer aus Süddal genähert hatten. Den Angriff hatte er in der ersten Reihe angeführt und den Rückzug mit der Nachhut gedeckt. Während des Kampfes war er der Gefahr mehr ausgesetzt gewesen als alle anderen Männer. Dennoch nahm er das Risiko auf die leichte Schulter, scherzte mit den Männern um sich herum und tat die Bedrohung der riesigen Armee Süddals beiläufig ab. Als sie schließlich das feindliche Lager erreichten und sich darauf stürzten, hatte der Schwarze Lord Zephyr bestiegen, ohne darüber nachzudenken, was auf ihn und seine Leute dort im Nebel warten mochte. Er war seinen Männern vorangeritten. Gray und Helmec hatten sich anstrengen müssen, um mit ihm Schritt zu halten und ihren Lord zu beschützen.

Wenn seine Männer beim Rückzug ausrutschten, half der Schwarze Lord ihnen nicht hoch, obwohl sie bis aufs Mark erschöpft waren. Er blieb neben ihnen stehen, scherzte, bis der Sturz unbedeutend schien und sich aufzurichten kaum Mühe kostete. Es hatte keine Sonderbehandlung für ihn gegeben. Er benutzte keine großen Zeltkonstruktionen mit vielen Kammern, wie Lord Northwic und Bellamus sie auf ihren Feldzug mitgenommen hatten. Stattdessen schlief er unter den dunklen Wolken, eingewickelt in seinen großen schwarzen Umhang, den Kopf auf den Sattel seines Pferdes gelegt.

Und er sprach seine Soldaten nicht mit ihrem Rang an, sondern mit ihren Namen. Es waren so viele Namen, dass es ein Wunder schien, wie er sie sich alle merken konnte. Sein Geheimnis war, dass jede zufällig wirkende Handlung sorgfältig geplant war. Bevor er sich auf dem Marsch einer Gruppe von Männern näherte, besprach er sich mit ihren Offizieren. Er kochte sich selbst seine Mahlzeiten, pflegte selbst seine Waffen und achtete sowohl auf seine Laune als auch auf die Stimmung der Männer um ihn herum.

All diese Anstrengungen jedoch hatten ihren Preis. Wenn Roper zwischen den Legionären marschierte, fand man ihn manchmal nicht, obwohl er eine Entscheidung treffen musste. Deshalb mussten die Legionskommandeure gelegentlich den Befehl über die Armee übernehmen. Indem er sich großen Gefahren aussetzte, riskierte er auch das Wohl seiner Truppen. Sollten die Südlinge ihn gefangen nehmen oder er zufällig einer Patrouille in die Arme laufen, würde das die Armee ins Chaos stürzen. Manchmal war Roper so erschöpft, dass er kaum etwas sah, geschweige denn die Legionen effektiv führen konnte. Aber das behielt er für sich. Er hatte seine Entscheidung getroffen. Genau so wollte er führen, durch sein Beispiel und ohne Kompromisse.

Im Moment leistete ihm ein Dutzend Wächter Gesellschaft am Feuer, nachdem sie ihre Arbeit beendet hatten. Pryce saß links von ihm und Gray rechts. Die anderen füllten die Lücken im Kreis, und jeder verbeugte sich vor ihm, wenn er an ihm vorbeiging. Es war eine respektvolle Geste, die sie schon früher hätten beachten sollen. Aber Roper war viel zu müde, um zu registrieren, wie sich sein Ruf allmählich veränderte. Die Schilderung, wie er auf Zephyr allen voran ins Tal gedonnert war, verbreitete sich rasch. Die Wächter nahmen sich Eintopf aus einem rußigen Gemeinschaftskessel, der an einem Dreibein aus frisch geschlagenem Holz über dem Feuer hing. Dann setzten sie sich in kameradschaftlichem Schweigen auf die Holzscheite und begannen zu essen.

»Das war ein Triumph, Mylord«, brach Gray nach einigen Minuten das Schweigen. Die Männer ringsum trampelten zustimmend im Gras.

Roper blickte mit einem schwachen Lächeln von seinem Schälchen hoch. Etwas von dem Eintopf lief ihm über das Kinn. »Das war es, stimmt's?« Mehr brachte er nicht heraus.

»Und wie schmeckt Euch Euer erster Sieg, Lord?«, wollte Pryce wissen. Von allen Männern, die Roper gesehen hatte, schien dieser Athlet am wenigsten von den Anstrengungen des Tages gezeichnet. Sein markantes Gesicht war von einer Platzwunde auf dem linken Wangenknochen verunziert, die an den Rändern in einen Bluterguss und Schorf überging. Aber er ignorierte die Wunde. Dieser unbezähmbare Wächter schien nicht einmal müde zu sein.

»Ich habe es geliebt, Pryce«, gab Roper zu. »Ich weiß, dass es Tausende von Toten gegeben hat. Und ich weiß auch, dass wir viele tapfere Standesgenossen verloren haben und dass die Schlacht heute nicht einmal annähernd an den Ruhm einer echten Schlacht heranreicht ... Aber ich bin noch nie so begeistert gewesen.« Er schüttelte den Kopf, unfähig auszudrücken, was er empfunden hatte.

»Dafür leben wir«, erwiderte Pryce zustimmend.

»Ihr seid für diese Rolle geboren, Mylord«, stellte Gray fest. »Man weiß nie, wie ein Mann im Kampf reagiert, bevor man ihn zum ersten Mal in die Schlacht katapultiert. Ich habe soldatische Wunderkinder des Haskoli und des Berjasti erlebt, die das Gemetzel nicht ausgehalten haben. Sie schreckten davor zurück, voller Verachtung für die Brutalität und unfähig, über die Toten hinwegzusehen, die Notwendigkeit und die Dynamik des Kampfes zu erkennen. Nicht jeder kann sein Mitgefühl so weit zügeln, wie es in dem Moment erforderlich ist. Echte Krieger entdecken eine Seite an sich, von der sie vor ihrem ersten Kampf nichts wussten. Wenn ein Mann zum ersten Mal mit seinem Schwert nach dir schlägt, findest du in dir die Schlüssel zu einem Raum, der nur in einem Kampf geöffnet werden darf. Einige Männer haben den Schlüssel, andere Männer nicht.«

»Friede ist langweilig«, fasste Pryce die Sache etwas gröber zusammen. »Nichts ist mit einem Zweikampf zu vergleichen, wenn du die Erfahrung erst einmal gemacht hast. Alles danach kommt einem …«

»Schal vor«, schlug ein anderer Wächter vor, und Pryce akzeptierte den Ausdruck mit einem Schulterzucken.

»Aber es wird immer auch Männer geben, die Euch verurteilen und verachten, weil Ihr den Kampf liebt, Lord«, fuhr Pryce dann ungeduldig fort. »Sie halten dich für einen Barbaren, für unfähig, deine niederen Instinkte zu beherrschen. Sie können nicht nachempfinden, was du fühlst, und sie können auch nicht akzeptieren und schätzen, dass weder du noch sie selbst die Macht besitzen, ihr eigenes Wesen zu verändern. Aber sie verallgemeinern ihr Wesen und halten es dem anderer Männer für überlegen. Sie glauben, sie hätten etwas gezähmt, wozu du nicht in der Lage wärest.«

»Jeder versucht seine eigene Natur zu erklären«, flocht Gray ein, ohne Pryce' Einwurf zu werten. »Hattet Ihr Angst, Mylord?« Roper begriff vage, dass Gray versuchte, ihm etwas zu verdeutlichen. Denn genau diese Fragen hätte sein Vater ihm gestellt, wäre er noch am Leben gewesen. Sie hätten zusammen diesen Kampf durchgesprochen, herausgefunden, was für ein Mann Roper war, und den Weg für den Krieger bereitet, der er werden würde.

»Nein.« Roper war selbst ein wenig verwirrt. »Ich habe wirklich erwartet, dass ich Angst empfinden würde, aber nein.« Er hatte sein ganzes Leben damit verbracht, gegen diese Angst vorzugehen, die, wie man ihm sagte, seine Gedanken verschleiern und seine Gliedmaßen schwächen würde. Aber er hatte keine Angst gespürt. Stattdessen hatte er nur Zuversicht, Euphorie und Stolz empfunden. Roper wollte noch mehr sagen, war aber nicht sicher, ob diese Männer, von denen viele nach der Schlacht einfach nur vollkommen leer zu sein schienen, ihn wirklich verstehen konnten.

»Männer wie Euch gibt es selten«, sagte Gray und deutete auf die Männer am Feuer. »Einige dieser Männer sind wie Ihr, wahre Krieger. Pryce ist einer. Leon auch.« Er deutete auf einen hageren, streng wirkenden Wächter ihnen gegenüber. »Ich bin es nicht.« Er lächelte. »Ich muss mein Entsetzen vor jedem Feind, dem ich mich stelle, kontrollieren, und selbst nach einem Sieg wie heute kann ich nur an die Verluste denken, die wir erlitten haben. Aber macht Euch keine Sorgen, weil Ihr den Kampf genossen habt.« Gray deutete Ropers Schweigen richtig. »Es ist so, wie Pryce gesagt hat: Man kann sein Wesen nicht verändern. Das macht Euch nicht zu einem schlechteren Mann, aber möglicherweise erlaubt es Euch, ein immer besserer Anführer zu werden. Mir dagegen fällt es immer schwerer und schwerer, die Schlacht zu ertragen, und eines Tages werde ich vielleicht nicht mehr in der Lage sein, meine eigene Furcht zu überwinden.« Er grinste. »Ich hoffe, dass ich bis dahin ein Bürokrat geworden bin.«

Die anderen Wächter lachten verständnisvoll.

»Deshalb ist er der beste Mann des Schwarzen Königreiches.« Pryce deutete auf Gray, der abwinkte. »Sein Mut ist weit größer als meiner, weil er stets trotz der Furcht handelt, die ich gar nicht empfinde. Es ist eine Sache, in diese Rolle hineingeboren zu sein. Eine andere ist es, sich selbst so zu trainieren, dass man seine Gefühle vollkommen beherrscht.«

»Ich bin bei Weitem nicht der Einzige, der seine Furcht bezwingen muss«, erklärte Gray ernst.

»Trotzdem bist du anders«, mischte sich der Wächter namens Leon ein. Seine Stimme klang wie das Grollen eines Bären.

»Streite es nicht ab, Konrathson. Du bist viel achtsamer als alle anderen Männer, und doch habe ich noch nie gesehen, dass die Furcht deine Hand verlangsamt oder deinen Schritt verzögert hätte. Deine Wahrnehmung von Gefahren ist außerordentlich, und doch wurdest du mit mehr Tapferkeitsauszeichnungen geehrt als alle anderen lebenden Männer.«

Gray schnaubte und hob kurz die Brauen. »Nun, wenn wir schon davon reden, dann werde ich euch von meinem Traum erzählen, dem Traum, dem ich mein Leben gewidmet habe. Es ist kein besonders tiefsinniger Traum, und er ist auch nicht sehr ehrgeizig. Ich versuche, die Furcht zu studieren. Ich will sie verstehen, den Grund dafür herausfinden, warum ich sie empfinde, und wie man sie wirklich beherrschen kann. Wenn es möglich ist, will ich über sie hinauswachsen. Ich will jedes egoistische Verlangen nach Leben abschütteln und nur noch leben, um anderen zu dienen. Ich hoffe, eines Tages in die Schlacht zu ziehen und dabei dieses Bewusstsein meiner eigenen Sterblichkeit zu empfinden, das ich jetzt habe, das Wissen, dass ich wahrscheinlich sterben werde, ohne dass es mich kümmert. Ich möchte nur Freude darüber empfinden, dass ich in der Lage bin, mein Leben für jene zu opfern, die ich liebe. Das ist mein Ziel.«

»Und? Kommst du diesem Ziel näher oder entfernt es sich?«, wollte Roper wissen. »Und ist so etwas überhaupt erreichbar?«

»Ich glaube, dass es möglich ist und dass ich ihm auch ein wenig näher komme«, antwortete Gray bedächtig. »Ich will dieses Ziel nicht durch Überdruss am Leben oder an der Schlacht erreichen. Stattdessen werde ich auf diesem Weg täglich von den Männern inspiriert, die mich umgeben. Mein junger Protegé hier«, er deutete auf Pryce, »beflügelt mich. Er ist heroisch und sein Mut von wirklich ganz besonderer Art. Auch wenn es nicht das ist, wonach ich suche. Nicht ganz, jedenfalls, aber fast.«

Er machte eine kleine Pause. »Ich werde euch eine Geschichte erzählen, und dann werde ich schweigen. Sie handelt vom

Tod von Reynar dem Großen, der meiner Überzeugung nach dichter als alle anderen Männer davor war, den Traum zu verwirklichen, von dem ich eben sprach.«

Die Wächter blickten von ihren Schüsseln hoch. Von Müdigkeit oder Verlorenheit war nichts mehr auf ihren Gesichtern zu erkennen. Reynar der Große wurde allgemein als einer der größten Krieger aller Zeitalter betrachtet. Er hatte mehr Tapferkeitsauszeichnungen erhalten als alle anderen Männer und war gestorben, als er gerade die vierte errang. Nur Gray und zwei andere Männer hatten seinen Tod miterlebt, und mittlerweile war Gray der einzige noch lebende Zeuge. Alle hier neben Roper kannten die Sage und wussten, dass Gray seine Geschichte noch niemandem außer Pryce anvertraut hatte.

»Die meisten von euch wissen, dass man mir Reynar als Mentor an die Seite stellte, als ich in die Wache eintrat. Was hätte ich mehr verlangen können? Dreifacher Gewinner der Tapferkeitsauszeichnung, seit einem Dreivierteljahrhundert bereits ein Heiliger Wächter und einer der tapfersten Männer, die je gelebt haben, bereits zu seinen Lebzeiten. Ich gestehe, dass ich zunächst nicht besonders erfreut war. Meiner Meinung nach war ich ohnehin schon hoffnungslos überfordert. Ich hatte nie die Absicht gehegt, in die Heilige Wache einzutreten. Die Wächter sterben leichten Herzens, und dazu war ich nicht bereit. Also war ich dieser Gemeinschaft nicht würdig, und dann auch noch Reynar an die Seite gestellt zu bekommen … Das war nicht gerade die Art von unauffälligem Dienst, nach dem es mich verlangte. Ich füllte eine Lücke in der Wache, die eigentlich von einem anderen Krieger hätte eingenommen werden sollen, und jetzt wurden die Talente dieses Helden auch noch an mich verschwendet. Und so begann ich, entgegen meinen eigenen Wünschen, mit der Ausbildung und kämpfte neben einem der größten Krieger, die je gelebt haben. Erinnert sich einer von euch daran, wie Reynar auf dem Schlachtfeld gewesen ist?« Gray sah sich um und lachte.

»Natürlich nicht. Meine Güte, das heißt wohl, ich bin der Älteste hier? Wahrscheinlich. Jedenfalls war er nicht so wild wie Pryce und auch kein so rücksichtsloser Kämpfer wie unsere Freunde Leon oder Uvoren. Wenn er kämpfte, machte es den Eindruck, als wollte er nicht den Feind töten, sondern seine Standesgenossen beschützen. Keine Frage, er tötete so viele Feinde wie alle anderen Männer in der Schlacht, aber mit seinen Hieben und Paraden schützte er häufig die Männer an seiner Seite, statt nur den Feind vor sich zu töten. Bei vielen Gelegenheiten in der Schlacht war ich mir gewiss, dass ich sterben würde. Ich kämpfte links neben Reynar, und er schützte mich mit dem Schwert. Dabei nahm er manchmal sogar eine eigene Verletzung in Kauf. Und er schien mir dennoch zu vertrauen. Denn ich fühlte mich durch ihn weder bewacht noch beobachtet. Und doch gab es immer wieder Situationen, in denen ich zu müde war oder meine Geschicklichkeit nicht ausreichte und Reynar mich im letzten Moment rettete. Er muss immer genau gewusst haben, wo wir waren, ich und der Mann zu seiner Rechten, wer auch immer das gerade sein mochte. In ihm sah ich die vollkommene Verkörperung des Kriegers. Einer, der aus Liebe zu seinen Standesgenossen kämpft, statt aus Liebe zum Ruhm. Man musste ihn schon genau im Kampf beobachten, um das zu erkennen. Er selbst redete nicht über solche Dinge, und die meisten sahen nur den gefeierten Krieger. Aber ich glaube, dass ich ihn am Ende gut kannte und dass meine Einschätzung korrekt ist.« Cray schwieg einen Moment, bevor er weitersprach.

»Jedenfalls, bei meinem dritten Feldzug mit Reynar gelang es den Südlingen, einen unserer Feuerwerfer zu erbeuten. Der Tank war mit Pechfeuer gefüllt. Sie zogen sich in die Stadt Eskanceaster zurück, und wir verfolgten sie. Wir waren entschlossen, uns den Feuerwerfer zurückzuholen, bevor sie die Gelegenheit bekamen, die Zusammensetzung des Pechfeuers herauszufinden und selbst welches herzustellen. Diese Aufgabe wurde Reynar, mir und zwei weiteren Wächtern übertragen. In der Nacht vor dem entscheidenden Angriff sollten wir in die Stadt schleichen, den Feuerwerfer finden und ihn unbrauchbar machen, damit er nicht gegen unsere Legionen eingesetzt werden konnte. Wir kletterten über die Mauern und arbeiteten uns zum Fried vor, wo er unserer Meinung nach hingebracht worden war. Dieser Fried dort ist von einem Graben umgeben und kann nur über eine einzige Brücke betreten werden. Es gab also nur einen Weg hinein, und genau dort hatten sie den Feuerwerfer positioniert. Wir sahen, dass er von zwei Soldaten bewacht wurde. Sie waren bereit, jeden zu Asche zu verbrennen, der versucht hätte, die Brücke zu überqueren und in den Fried vorzudringen. Wir beobachteten sie eine Weile und wussten, dass wir nicht genug Zeit haben würden, um uns auf sie zu stürzen, bevor sie das Pechfeuer einsetzen konnten. Dann jedoch entdeckte einer von uns, ein Mann, der Konstrukteur gewesen war, bevor er ein Heiliger Wächter wurde, dass sie zu viel Druck auf dem Tank hatten.«

Er sah Ropers fragenden Blick. »Das bedeutet, sie hatten zu viel Luft hineingepumpt. Er erkannte es daran, dass sie die Pumpe nicht mehr herunterdrücken konnten. Der Druck war zu hoch, was bedeutete, dass sie das Pechfeuer nicht mehr abstellen konnten, sobald sie es einmal entzündet hatten. Sie hatten also nur einen Schuss, dann war der Tank leer. Wir beschlossen, sie in Panik zu versetzen, damit sie zu früh schossen, und dann abzuwarten, bis sie den Tank geleert hatten. Also zeigten wir uns. Aber obwohl sie Alarm schlugen, schossen sie nicht. Sie waren vorsichtig, und sosehr wir uns auch bemühten, wir konnten sie nicht dazu bringen zu feuern, bevor wir wirklich in Reichweite der Waffe waren. Wir hörten, wie sich die Soldaten der Garnison näherten, und wussten, dass die Zeit knapp wurde. Dann handelte Reynar …«

Gray unterbrach sich plötzlich. Er hatte die Stirn gerunzelt und holte tief Luft. Dann schüttelte er den Kopf und sprach weiter.

»Reynar reichte mir sein Schwert, bat mich, darauf aufzupassen, und rannte auf die Brücke. Er lief direkt auf den Feuerwerfer zu, obwohl ihm klar gewesen sein musste, dass er es niemals hätte schaffen können. Sie stellten ihn an.«

Gray verstummte erneut und aß einen Löffel Eintopf. Dann sah er zu Roper hoch und lächelte müde. »Auf dieser Brücke fand Reynar sein Ende. Die Flamme war so heiß und gewaltig, dass wir anschließend keine Spur mehr von seinem Leichnam fanden. Nur die leer gebrannte Rüstung und sein Helm lagen auf dem Boden. Ich erinnere mich noch daran, wie er direkt auf diese Flammenlanze zugerannt ist und eine Hand hob, als könnte er sich damit vor der Hitze schützen. Reynar hat das für uns getan. Er tat, was getan werden musste, weil die Zeit knapp wurde. Wir warteten, bis der Feuerwerfer leer war und die Flammen erloschen. Dann liefen wir über die Brücke und stießen ihn in den Morast des Grabens. Das gelang uns, ebenso wie unsere Flucht, nur dank Reynar, dem man dafür nach seinem Tod die vierte Tapferkeitsauszeichnung verlieh. Als er mir sein Schwert gab, war mir nicht klar, was er vorhatte, denn ich konnte keinerlei Furcht in ihm erkennen. Ich glaube, als Reynar sein Leben opferte, war er kurz davor, meinen Traum zu verwirklichen. Obwohl ich natürlich nicht weiß, was er empfand, als er in die Flammen rannte. Er hob seine Hand, also verspürte er vielleicht doch so etwas wie Furcht. Eines Tages werde ich ihn wiedersehen, und dann frage ich ihn. Bis dahin trage ich sein Schwert als ständige Erinnerung an sein Opfer.«

Gray zog die Klinge und balancierte sie vor sich auf der Spitze, um den faszinierten Wächtern die eingeätzte Legierung zu zeigen. *Ramnea* hieß die Waffe, und sie war eine Schönheit. Länger, dünner und heller als jede Unthank-Klinge, die Roper bisher gesehen hatte. Ihr Griff bestand aus graviertem Walknochen, und sie schien in der Dämmerung beinahe zu glühen. Sie trug den Namen des hundeköpfigen Engels der göttlichen Rache, und Gray dieses Schwert zu vermachen war ein Akt ungewöhnlicher Großzügigkeit gewesen. Man hätte sogar sagen können, dass Reynar gar nicht das Recht gehabt hatte, diese Klinge weiterzugeben. Denn es war eines der berühmtesten Schwerter des ganzen Landes. Über Generationen hinweg war es im Haus der Vidarr weitergegeben worden, und Reynars Söhne begehrten diese Klinge sehr. Eine Waffe von solcher Qualität wurde über Generationen als Eigentum der Familie angesehen, nicht nur als das eines einzelnen Mannes. Aber angesichts der heldenhaften Weise, wie Reynar gestorben war, und wegen seiner herausragenden Stellung hatten sich die Vidarr großzügig gezeigt. Sie stellten Grays Anspruch auf die Waffe nicht infrage. Reynar hatte damit auch einer neuen Tradition den Weg geebnet: Derartige Waffen wurden jetzt nicht mehr nur vom Vater auf den Sohn weitergegeben, sondern auch von einem außergewöhnlichen Krieger zum anderen.

»Das ist das Ende meiner Geschichte, und ihr werdet sie nie wieder zu hören bekommen«, schloss Gray. »Und um die Frage meines Lords zu beantworten – deshalb halte ich es für möglich, einen derartigen Geisteszustand zu erreichen. Und *Ramnea* erinnert mich daran, jeden Tag. Sie erinnert mich daran, dass ich zugelassen habe, dass ein großer Mann für mich gestorben ist. An meiner Stelle hat er etwas getan, das, wie ich wusste, getan werden musste. Diesem Vorbild widme ich mein Leben.«

In dem darauffolgenden Schweigen schob Gray die Waffe wieder zurück in die Scheide. Dann zuckte er mit den Schultern. »Aber wen kümmert es schon, was ich sage? Das alles ist unbedeutend, wenn ich nicht so lebe, wie ich rede. Schlimmer als unbedeutend.« Er löffelte den restlichen Eintopf aus seinem Schälchen, stand auf, verzog das Gesicht und stellte das Schüsselchen neben das Feuer. »Ich löse die Wachposten ab. Ihr habt heute gut gekämpft, ihr alle. Vor allem Ihr, Mylord.« Die Wächter trampelten erneut anerkennend mit den Füßen, und Gray ging davon.

Später verließ Pryce das Feuer und ging zum äußeren Rand

des Lagers. Unterwegs sammelte er etliche Gegenstände in einer dicken Lederrolle ein: gebleichte Leinenstreifen, Phiolen mit Essig, in dem Ziest eingelegt war, Seidenfäden und Katzendarm, gebogene Stahlnadeln und vier Pinzetten, zwei mit spitzen und zwei mit flachen Köpfen. Dazu etliche Aderpressen aus Leder und ein scharfes Messer. Dann ging er am Rand des Lagers entlang und grüßte die Wachposten mit gehobener Hand, wenn sie ihn anriefen. Schon bald fand er Gray, der in die pechschwarze Nacht starrte. Der Mond und die Sterne waren spurlos hinter dichten Wolken verschwunden.

»Du alter Narr«, sagte Pryce verärgert.

»Was denn?«

»Nun zeig mir schon dein Bein.«

Gray hob sein Kettenhemd an und entblößte eine gezackte Wunde auf seinem Oberschenkel. Sie war tief und mit getrocknetem Blut verklebt.

»Setz dich!«, befahl Pryce. Gray gehorchte und streckte das verletzte Bein vor sich aus. Pryce machte sich daran, es mit einem Leinentuch zu säubern, das er zuvor in den mit Ziest versetzten Essig getaucht hatte. »Wie hast du dir die Wunde eingehandelt?«

Gray holte tief Luft und schloss die Augen, als der Essig in die Wunde sickerte. »Indem ich das getan habe, was du jetzt gerade tun solltest, nämlich den Schwarzen Lord beschützen.«

»Er ist schon in Sicherheit«, sagte Pryce wegwerfend.

»Nicht ohne dich«, widersprach Gray drängend. »Der heutige Sieg hat ihn in noch größere Gefahr gebracht als zuvor. Uvoren wird früher oder später davon erfahren, und er wird wissen, dass Roper eine echte Bedrohung geworden ist. Gosta und Asger werden nach einer Gelegenheit suchen, ihn zu töten. Alle Freunde von Uvoren werden das versuchen.«

»Uvoren sitzt sicher im Hindrunn und verfügt über dreißigtausend Soldaten«, widersprach Pryce. »Er hat eine derartig heimtückische Taktik nicht nötig.«

»Selbst Uvoren würde es lieber vermeiden, die Hälfte der Legionen vor den Mauern des Hindrunn zu vernichten«, beharrte Gray. »Er wird versuchen, ihn ermorden zu lassen, und zwar schon bald. Bevor Roper sich einen noch größeren Namen machen kann.«

Nachdem der Schorf entfernt war, blutete Grays Wunde erneut stark. Pryce warf einen nachdenklichen Blick darauf, wischte das Blut weg und bat Gray, ein zusammengerolltes Stück Leinen darauf zu drücken, während er einen Seidenfaden in eine Nadel einfädelte. Er wusch sich die Hände mit Essig, nahm dann behutsam Grays Hand von der Wunde und machte sich daran, sie zusammenzunähen.

»Du brauchst dir keine Sorgen zu machen, Gray. Ich kann Gosta aufhalten«, sagte er, als er nach einem Stich die Wunde abtupfte. »Und Asger auch. Ich kann sie sogar beide gleichzeitig aufhalten, wenn es sein muss.« Er biss sich auf die Lippe, während er sich auf die Arbeit konzentrierte.

»Du kannst sie nur aufhalten, wenn du bei ihm bist. Ich werde ihn nicht verlassen, es sei denn, es muss sein, aber einer von uns muss immer bei ihm bleiben, und das solltest du sein. Ich kann Gosta nicht im Kampf Mann gegen Mann bezwingen.«

»Die Amme spielen!«, stieß Pryce ärgerlich hervor. »Wie lange soll ich denn noch an seiner Seite bleiben?«

»Solange es nötig ist«, erwiderte Gray schlicht. »Du bist ein Heiliger Wächter, oder nicht? Also bewache ihn.«

»Soll das doch jemand anders machen.«

»Es gibt niemanden, dem ich vertraue. Helmec vielleicht, aber ich kenne ihn nicht gut genug, um zu wissen, wem gegenüber er wirklich loyal ist.«

Pryce schüttelte den Kopf und zog heftig an dem Faden. Gray schnappte unwillkürlich nach Luft. »Verzeih«, sagte Pryce. Er nähte die Wunde schweigend zu und wickelte dann einen Leinenstreifen um die Verletzung. Als er fertig war, befestigte er den Verband mit einem Knoten.

»Danke, Pryce«, sagte Gray.

»Also muss ich ihn jetzt bewachen?«

»Jetzt und so lange, bis wir eine Möglichkeit gefunden haben, uns Gostas und Asgers zu entledigen. Glaubst du wirklich, dass du sie beide gleichzeitig bekämpfen könntest?«

»Vielleicht.« Pryce runzelte die Stirn.

»Nun, vielleicht machen sie es uns leicht und greifen ihn an, während du ihn bewachst.«

»Das würde ich für niemand anderen tun, Gray.« Pryce stand auf und schwang sich die Lederrolle wieder auf den Rücken. In seinem Gesicht spiegelte sich Wut. »Und ganz bestimmt mache ich das nicht für Roper«, setzte er dann noch hinzu.

Gray erhob sich mit einem leisen Schmerzenslaut und nahm Pryce' Hand. »Ich weiß«, sagte er, drehte sich dann wieder um und starrte erneut in die Dunkelheit.

10. KAPITEL

DER PASS AM MEER

Bevor die Heiligen Wächter ihren Tag begannen, beteten sie. Sie lebten weit mehr im Bewusstsein ihrer eigenen Sterblichkeit als fast alle anderen Soldaten der Legionen. Nur bei den Berserkern überstieg die Zahl der Toten bei einer Schlacht noch die der Wächter. Allgemein galt deshalb, dass jeder Wächter stets mit der Vorstellung Frieden geschlossen haben musste, der anbrechende Tag könnte sein letzter sein. Er musste imstande sein, sein Ende ohne Klagen zu akzeptieren und ohne seine Kameraden zu entehren. Alles, was er tat, sollte er daher in dem Wissen tun, dass er in nicht allzu ferner Zukunft vor den Allmächtigen treten und Rechenschaft über seine Handlungen ablegen musste.

Es wurde heller im Osten, und während der Rest der Heiligen Wache hinter ihm kniete, übernahm Gray die Aufgabe des Vorbeters. Roper hatte es sich zur Gewohnheit gemacht, mit ihnen zu beten, und kniete diesmal neben Asger. Der gedemütigte Wächter warf Roper giftige Blicke zu, während er pflichtbewusst die Gebete sprach. Roper achtete jedoch nicht darauf. Asger war für ihn erledigt. Gosta kniete auf der anderen Seite neben Asger. Weder betete er laut, noch schloss er die Augen. Stattdessen blickte er starr auf den Rücken des Wächters vor sich.

Andere Legionäre, vor allem die der Hilfslegionen, beobachteten fasziniert, wie die Heilige Wache betete. Sie bekamen nicht oft die Chance, gemeinsam mit diesen Helden auf einen Feldzug zu gehen. Die Heilige Wache war die ruhmreichste und am meisten verehrte Einheit der Anakim-Gesellschaft, und die Hilfstruppen nutzten jede Gelegenheit, um ihre fremdartigen Praktiken zu beobachten. Sehnsüchtig starrten sie auf das Auge, das in das rechte Schulterstück eines Wächters eingraviert war, auf den mit Silberdraht gehämmerten Wolf seines Brustpanzers oder auf den stählernen Helm, durch dessen runde Öffnung am Hinterkopf der lange Pferdeschwanz gezogen wurde. Ihre Blicke blieben an den Schwertgriffen der Wächter hängen, in deren Knauf ein Ring eingearbeitet war. Dieser Ring war der Heiligen Wache vorbehalten und vom Schwarzen Lord selbst verliehen worden. Er symbolisierte die gegenseitige Verpflichtung von Wächter und Lord. Hatte der Wächter auch noch eine Tapferkeitsauszeichnung in Form eines silbernen Armreifs bekommen, wurde er noch mehr verehrt.

Die Männer der Hilfslegionen beobachteten auch, dass die Wächter immer in Paaren gingen. Mentor und Protegé verband eine enge Freundschaft, und sie kämpften auch auf dem Schlachtfeld gemeinsam. Sie versuchten jedes Wort aufzuschnappen, das ein Wächter sagte, versuchten zu erspüren, was es war, das diese Männer zu etwas so Besonderem machte. Wie es ihnen gelang, so gefasst im Angesicht des Todes zu sein und wie sie eine derartige Geschicklichkeit im Umgang mit den Waffen erworben hatten. Sie kannten den Namen jedes Wächters. Sie kannten sogar die Namen ihrer Schwerter und wussten, welche Taten beide gemeinsam vollbracht hatten. Und sie kämpften viel erbitterter, wenn sie wussten, dass einer dieser Helden ihnen zusah.

Hierin lag ein anderer Grund für die Frömmigkeit der Heiligen Wache. Nur vor dem Allmächtigen konnten sie Demut zeigen. Sie wurden von den anderen Menschen derartig verklärt, dass es ihnen sehr wichtig war, sich einer höheren Macht vollkommen zu unterwerfen, einer Macht, der sie sich jeden Tag durch ihre Gebete öffneten.

»... bis wir mit dir gehen«, beendete Gray schließlich die Gebete. Die meisten Wächter standen auf und machten sich daran, das Frühstück zuzubereiten. Einige jedoch, darunter auch Gray, verharrten auf den Knien und schlossen die Augen, um noch ein persönliches Gebet zu sprechen. Roper hatte sich von Gray inspirieren lassen und folgte seinem Beispiel. Kynortas war kein frommer Mann gewesen und hatte nicht viel für die religiöse Hingabe der Heiligen Wache übriggehabt. Aus diesem Grund hatte er Uvoren diesbezüglich auch so viele Freiheiten zugestanden. Sie waren sich einig gewesen, dass diese Hingabe überflüssig war.

Roper betete für seine Brüder im nördlichen Haskoli. Er betete für die Seelen seines Vaters und seiner Mutter. Und er betete darum, ein besserer Mann zu werden, sowie für die Sicherung seines Throns, von dem aus er das Land gerecht und wirksam regieren konnte. Doch egal wie viel er auch beten mochte, er war immer vor Gray fertig. Der kniete noch länger, das Gesicht nach Osten gerichtet und die Augen geschlossen, während seine Lippen unhörbare Worte murmelten.

Roper stand auf und nahm aus den Augenwinkeln eine dunkle Gestalt wahr, die sich vor dem Morgengrauen abhob. Die riesige Gestalt beobachtete die übrigen Wächter, die immer noch beteten. Der Mann musste mindestens einen Kopf größer sein als Roper selbst. Es war nicht ungewöhnlich, dass Krieger der Wache zusahen. Selbst in diesem Moment taten das noch mindestens ein Dutzend weitere. Aber diesen Hünen kannte Roper. Er hatte schon häufiger bemerkt, dass er die Heilige Wache betrachtete. Auf seinem Brustpanzer war ein hundsköpfiger Engel eingraviert, der ein Schwert schwang, und seine linke Schulter war nicht gepanzert. Stattdessen schlang sich ein eisernes Band um seinen Oberarm. Diese Abzeichen wiesen ihn als Liktor von Ramneas Hunden aus. Auch wenn dies eine bedeutende Position in der Legion war, gab es doch viele Zuchtmeister. Von den anderen unterschieden ihn seine ungewöhnliche Größe und die Tatsache, dass er als Linkshänder sein Schwert an der rechten Hüfte trug.

Dieser Mann war Vigtyr der Schnelle.

Er war nicht so berühmt wie Uvoren der Mächtige oder Pryce Rubenson oder Leon Kaldison oder ein anderer dieser Helden. Aber für jeden, der wusste, wovon er redete, war Vigtyr der Beste von ihnen. Angeblich war dieses linkshändige Ungeheuer seit Jahrzehnten nicht mehr im Übungsring besiegt worden. Die anderen Krieger konnten weder mit seiner Geschwindigkeit und Reichweite noch mit seiner Genauigkeit mithalten.

Man sagte, dass Vigtyr sich mit einer nahezu verzweifelten Gier nach seiner Aufnahme in die Heilige Wache sehnte. Aus diesem Grund schaute er auch heute Morgen zu. Er war der mit Abstand beste Krieger im ganzen Schwarzen Königreich, aber die Anerkennung der Öffentlichkeit würde ihm erst dann zuteilwerden, wenn er das Allmächtige Auge auf seinem rechten Schulterstück trug. Roper hielt inne und betrachtete ihn einen Moment. Vigtyr hatte ihn nicht bemerkt, weil er nur Augen für die knienden Wächter hatte.

»Vigtyr der Schnelle«, sagte eine Stimme hinter Roper. Der drehte sich um. Tekoa stand unmittelbar hinter ihm.

»Wie schnell ist er?«, wollte Roper wissen.

Tekoa legte eine Hand auf Ropers Rücken und führte ihn zum Feuer, wo die anderen Legionskommandeure versammelt saßen. »Er ist nicht so schnell wie Pryce«, erwiderte er. »Allerdings sieht es aus, als wäre er schneller, weil seine Bewegungen so sparsam, aber unglaublich wirkungsvoll sind. Dieser Mann ist ein perfekter Schwertkämpfer. Er würde Pryce in Stücke schneiden.«

»Warum ist er dann kein Heiliger Wächter?«

»Weil er kein guter Mensch ist. Jeder steht irgendwie in seiner Schuld, und er kennt die Geheimnisse vieler Menschen. Niemand will, dass er noch mehr Einfluss bekommt, als er jetzt schon besitzt. Er könnte nahezu jeden Mann im Schwarzen Königreich vor das Gericht der Ephoren bringen, wenn er wollte, und gelegentlich tut er das auch. Viele der finstersten Vorfälle der letzten Jahrzehnte sind vom Ruch Vigtyrs umgeben. Wenn man die Belastungen ertragen muss, mit der es die Heiligen Wächter regelmäßig zu tun bekommen, will man einen solchen Menschen nicht im Rücken haben.«

Roper hätte gern mehr darüber erfahren, aber als sie sich setzten, verlangten die Kommandeure sofort seine Aufmerksamkeit. Er nahm sich ein Schälchen mit gekochtem Haferbrei und frühstückte, während sie ihn mit den neuesten Informationen versorgten. Seit ihrem Sieg gegen die Krieger aus Süddal waren vier Tage vergangen. In diesen vier Tagen hatte Roper die Kriegshorde aus dem Süden in Ruhe gelassen. Obwohl nur seine Kavallerie tatsächlich in anstrengende Kampfhandlungen verwickelt worden war, hatten all seine Männer vor und nach dem Angriff einen Gewaltmarsch hinter sich gebracht. Einige erholten sich immer noch von den Wunden, die sie davongetragen hatten, während sich die meisten feindlichen Krieger bei ihrem letzten Aufeinandertreffen kaum angestrengt hatten. Roper wollte, dass seine Männer so ausgeruht und kampfbereit wie nur irgend möglich waren, bevor die beiden Seiten erneut gegeneinander kämpften. Außerdem würden die Männer aus den Südlanden aufgrund ihrer verringerten Rationen dann weniger Kraft haben und anfälliger für Krankheiten sein.

Es gab jedoch noch einen weiteren Grund, warum er den Kriegern aus Süddal eine Pause gönnte. Roper war zu dem Schluss gekommen, dass er eine überlegene Position brauchte, wenn er die zahlenmäßige Überlegenheit des Feindes bei einer Schlacht ausgleichen wollte. Eine Position, in der auch ihre Flanken gut geschützt waren. Er ging davon aus, dass Lord Northwic auf den Verlust seines Proviants vermutlich dadurch reagieren würde, dass er sich ans Meer zurückzog. Dort würden sie sich leichter mit Nahrung versorgen können. Und wenn sie dort an der Küste festsaßen, konnten sie vernichtet werden. Roper hatte Tekoa schon vor dem ersten Kriegsrat gebeten, genau so ein Schlachtfeld an der Küste zu finden.

Wenn sie eine derartige Stelle ausfindig machten und die Südlinge dazu gebracht werden konnten, dieses Schlachtfeld zu akzeptieren, dann wollte Roper es endlich wagen, an einen Sieg zu glauben. Er hatte sogar bereits über die nächste Schlacht hinausgedacht und sich überlegt, wie er das Hindrunn erneut betreten konnte, ohne dass Uvoren ihn und seine Soldaten auslöschte. Die Äußere Mauer des Hindrunn war nicht nur mit Kanonen und Wurfgeschützen gespickt, sondern auch mit allen möglichen anderen Waffen, mit denen man einen Belagerungsangriff zurückschlagen konnte. Die Mauer selbst bestand aus solidem Granit, war hundertfünfzig Fuß hoch und an ihrem Fundament über fünfzig Fuß breit. Bei ihrer Rückkehr würde sie von dreißigtausend Kriegern bemannt sein, die ebenso wild und gut ausgebildet waren wie jene, die Roper kommandierte. Kam es dort zu einem Kampf, würden Ropers vierzigtausend Krieger zu Staub zermahlen.

Als Roper Gray diese Bedenken vorgetragen hatte, war er nicht auf allzu viel Verständnis gestoßen. »Hört auf, Euch Gedanken über das Hindrunn zu machen, Mylord«, hatte Gray streng gemahnt. »Wenn Ihr über etwas anderes nachdenkt als über die nächste Schlacht, dann wird das nicht nur Euer Ende und meines sein, sondern auch das Ende des Schwarzen Königreiches. Ihr habt der Armee Süddals schwer zugesetzt. Gewiss, sie werden erschöpft sein, unterernährt und vielleicht sogar krank, aber unterschätzt nie, wie gefährlich eine verletzte Bestie sein kann. Sie haben nichts mehr zu verlieren. Und sie verfügen über Tausende von Soldaten mehr als wir. Die Südlinge werden sich nicht zurückhalten, sondern versuchen, die Legionen zu überwältigen, und Ihr müsst dieser Aufgabe gewachsen sein, sonst ist alles, was wir bis jetzt erreicht haben, umsonst gewesen. Also vergesst das verfluchte Hindrunn.«

»Das kann ich nicht, Gray. Ich weiß, dass ich es versuchen sollte, aber ich muss immerzu an die Festung denken und an den Mann, der sie kommandiert.«

»Ihr denkt nicht an das Hindrunn«, widersprach Gray. »Jedenfalls nicht wirklich.« Seine Miene wurde milder. »Ich habe versucht, Euch genau davor zu warnen. Aus diesem Grund müsst Ihr Euren Hass überwinden. Am Ende wird er Euch sonst überwältigen. Was Euch beschäftigt, ist Uvoren, nicht die Festung, die er beherrscht. Warum wollt Ihr der Schwarze Lord sein?«

»Um meinem Land zu dienen«, antwortete Roper auf der Stelle. Gray wartete. »Vielleicht auch, weil ich sterben werde, wenn ich scheitere. Zudem ist das mein Zweck, meine Aufgabe in dieser Welt.« Gray wartete immer noch. »Und vielleicht auch, um Uvoren zu besiegen.«

»Wenn Ihr nicht genau durchdenkt, was Euch antreibt, dann bemerkt Ihr Eure eigenen Fehler nicht. Es ist offensichtlich, dass Ihr Uvoren hasst, und dafür habe ich auch sehr viel Verständnis. Er ist schlecht für das Land. Doch Hass ist das Gefühl, das am schwierigsten zu beherrschen ist«, räumte Gray ein. »Und der Vorteil, wenn man aus Hass handelt, ist zugleich sein größter Nachteil. Es gibt kein Ziel, das man erreichen kann. Ganz gleich, ob es Euch gelingt, Uvoren zu demütigen oder vielleicht zu töten, Euer Hass auf ihn wird niemals verschwinden. Ihr könnt Furcht ignorieren, und sie wird vergehen, wenn Ihr anfangt, Euch an sie zu gewöhnen. Trauer klingt ab. Triumph verblasst, wie sehr Ihr auch versucht, ihn festzuhalten. Hass jedoch brennt unvermindert weiter. Es ist dasselbe wie Ekel: eine primitive Reaktion auf alles, was Ihr am meisten verachtet. Man kann sich nicht zum Verzeihen zwingen, wenn man diese Fähigkeit nicht in sich hat. Also müsst Ihr Euch ändern, damit diese Dinge, die dazu führen, dass Ihr Uvoren verachtet, nicht länger

Hass in Euch auslösen. Vergesst das Hindrunn, Mylord. Es ist, was es ist.«

Er spricht wie ein Mann, der sich auf den Tod vorbereitet, dachte Roper, sagte aber nichts mehr. Denn er glaubte selbst, dass Gray Recht hatte und dass seine Besessenheit von der Festung durch seinen Hass auf Uvoren genährt wurde. Trotzdem konnte er das Hindrunn nicht vergessen. Wenn seine Männer nach Einbruch der Dunkelheit schliefen, lag Roper wach und starrte in den Himmel. Er dachte an Türme, Mauern und Waffen. Die Festung war wie ein Geschwür in seinem Verstand, und sie wurde in seiner Vorstellung immer größer und uneinnehmbarer, je mehr er sie erforschte. Das Hindrunn war unbezwingbar. Es war als äußerste Bastion eines paranoiden Volkes errichtet worden, das es mit einem übermächtigen Feind zu tun hatte. Und irgendwie musste Roper sie einnehmen. Sein unbezwingbares Zuhause hatte sich gegen ihn gewendet und war zu einem bösartigen, dunklen Schatten in seinem Kopf geworden.

Tekoa ergriff das Wort und riss Roper aus seinen Tagträumen. »Meine Männer haben ein Schlachtfeld für Euch entdeckt, Mylord.«

»Sprecht!«, befahl Roper und zog mit den Zähnen einen klebrigen Klumpen Haferbrei von seinem Knochenlöffel.

»Der Ort liegt etwa dreißig Wegstunden von hier entfernt. Man nennt ihn Githru. Um dorthin zu gelangen, müssen wir den Kreuzweg von Harstathur passieren. Die Poeten behaupten, das wäre ein recht kühnes Unterfangen. Sie sagen, dass Harstathur der Schauplatz irgendeiner nebulösen uralten Schlacht wäre.«

»Welcher uralten Schlacht?«, erkundigte sich Pryce.

»Der Schlacht von Harstathur«, erwiderte Tekoa.

»Vielen Dank. Wirklich sehr hilfreich.«

»Ich bin kein verfluchter Poet!« Tekoa hob hilflos die Hände. »Das ist alles, was ich weiß.« Er sah die anderen Anwesenden Hilfe suchend an, ob einer von ihnen vielleicht etwas Erhellendes über die Schlacht von Harstathur beitragen konnte.

»Also«, ergriff Skallagrim das Wort. »Harstathur war die letzte und wichtigste Schlacht der Entwurzelung, in der die Anakim endlich die südlichen Reiche bezwangen und das Schwarze Königreich gründeten. Man nennt Harstathur auch den Altar von Albion.«

»Kennst du das Gedicht?«, fragte Gray, der seine Gebete beendet hatte und sich zu ihnen setzte. »Ich würde es irgendwann wirklich gern hören.«

»Ich kenne es gut«, antwortete Skallagrim. »Ich trage es euch gern vor.«

»Vielleicht verschieben wir das auf später«, griff Roper rasch ein. »Was ist jetzt mit diesem Schlachtfeld hinter Harstathur, Tekoa?«

»Githru. Es ist ein Pass zwischen den Bergen und dem Meer. Meine Kundschafter berichten mir, dass das Feld etwa zwei Wegstunden breit ist und an der Ostseite schroff abfällt. An der Westseite wird es von einer steilen Klippe begrenzt. Die perfekte Lage, um die feindliche Überzahl auszugleichen. Meine Späher haben eine Karte angefertigt.« Tekoa beugte sich auf dem Holzstamm, auf dem er saß vor, und hob zwei abgeknickte Holzstücke auf. Er legte sie parallel auf den Boden, und Roper beugte sich vor, um sie zu untersuchen. Einem Südling hätten sie nichts bedeutet, aber die Anakim erkannten in den geschnitzten Stöcken den Umriss des beschriebenen Passes. Jeder Stock stand für eine Grenze, und zwei v-förmige Kerben bezeichneten einen Fluss, der ins Meer strömte. Andere Knoten und Knicke deuteten auf Erhebungen im Gelände, einen gefährlichen Abhang oder, wie Roper überrascht feststellte, auf die Gefahr hin, dass das Meer einen Teil des Schlachtfeldes überfluten könnte. Natürlich war diese Karte keine echte Wiedergabe des Schlachtfeldes, wie es sich einer darüber kreisenden Krähe darbieten würde. Die Größe und der Abstand bestimmter Merkmale waren übertrieben oder reduziert, um die Gebiete darzustellen, die die Skiritai, die die Karte hergestellt hatten, für wichtig in der bevorstehenden Schlacht hielten.

Roper lehnte sich zurück und kratzte mit finsterer Miene seine Schüssel sauber. »Githru«, sagte er gedehnt. »Was ist hier?« Er deutete auf eine Erhebung im Holz, die einen Punkt bezeichnete, wo das Meer den Durchgang überfluten könnte.

»Meine Späher haben ein paar Einheimische aufgestöbert, die sich in den Hügeln versteckt halten«, antwortete Tekoa. »Die sagten, im Frühling würde das Meer diesen Bereich überfluten. So, wie der Mond zurzeit steht, brauchen wir uns deshalb wahrscheinlich keine Sorgen zu machen. Aber es könnte schwierig werden, die Südlinge nach Githru zu locken.«

»Das bezweifle ich«, sagte Roper. »Wir sind es, die es sich leisten können abzuwarten, nicht sie. Jeder Tag, den sie zögern, macht sie schwächer. Wir werden Position beziehen und ihnen eine Nachricht schicken.« Ihm war klar, dass ihm seine Kommandeure zweifellos heftig widersprochen hätten, wäre die letzte Schlacht nicht so erfolgreich verlaufen. Jetzt jedoch herrschte Stille, die schließlich von Skallagrim gebrochen wurde.

»Es könnte keine schicksalshafteren Vorzeichen geben, als durch Harstathur zu marschieren«, sagte er.

Die anderen Kommandeure murmelten zustimmend.

»Es wäre eine richtige Schlacht.« Gray starrte auf die Karte. Bei seinem Tonfall blinzelte Roper überrascht. »Zwei gewaltige Heere, die sich auf einem so kleinen Schlachtfeld zusammendrängen. Was für eine Härte. Bei einer solchen Schlacht kommt es auf Nervenstärke und Ausdauer an.« Er sah zu Roper hoch. »Das gefällt mir, Mylord.« Leise fügte er hinzu: »Was das für eine Prüfung werden wird.«

»Dann sollten wir es angehen«, erklärte Pryce. »Unser Proviant neigt sich nämlich allmählich ebenfalls dem Ende zu.«

»Und ich bin immer noch hungrig«, beschwerte sich Skallagrim.

»Ich gebe das gern an den Herold weiter«, erwiderte Tekoa bissig.

»Githru«, wiederholte Roper. »Also müssen wir dreißig Wegstunden marschieren.« Er stand unvermittelt auf. »Standesgenossen, trefft eure Vorbereitungen. Wir brechen in einer Stunde auf.«

»Das ist knapp bemessen«, bemerkte einer der Kommandeure.

»Wir tun es trotzdem«, sagte Roper im Gehen.

* * *

Die Nachricht, dass sie nach Githru marschierten, lief wie ein Donnergrollen durch die Legionen. Die Soldaten schienen von frischer Energie erfüllt zu werden, und Pryce machte es zu seiner persönlichen Aufgabe, dafür zu sorgen, dass sie wirklich in einer Stunde zum Aufbruch bereit waren. Als Liktor besaß er beträchtliche Autorität, und er warf sie bei der Heiligen Wache in die Waagschale. Er schritt durch das Lager und trieb die Männer mit lautem Gebrüll an. »Unser Lord hat unseren Abmarsch nach Githru befohlen! Auf die Füße, ihr heiligen Mistkerle! Wir ruhen keinen Moment länger, nicht einen einzigen Augenblick! Löscht die Feuer, packt eure Umhänge und euren Proviant zusammen. Schnappt euch eure Helme und legt eure Rüstungen an. Wir marschieren in die Schlacht!«

Der einzige Wächter, der sich nicht rührte, war Gosta. Er blieb am Feuer sitzen und starrte Pryce mit unverschämtem Blick an, während er in einem Topf mit Haferbrei rührte. Pryce warf einen Blick auf die Miene des Wächters und trat dann so heftig gegen Gostas Kochtopf, dass dieser durch die Luft segelte. Es musste schrecklich wehgetan haben, gegen den schweren Eisentopf zu treten, aber Pryce ließ sich nichts anmerken. Dann trampelte er das Feuer aus, an dem Gosta immer noch saß und in ohnmächtiger Wut mit den Zähnen knirschte. »Was ist, Gosta, habe ich dich etwa aufgeschreckt?«, sagte Pryce gelassen und schritt dann davon.

»Ihr seid Heilige Wächter, das Herz dieser Armee! Ihr seid unsere Racheengel, Diener von Ramnea! Ihr seid Stahl, ihr seid Eiche, ihr seid Granit! Ihr seid unsere Krallen! Ihr habt euer Leben diesem Land verpfändet – und jetzt marschieren wir nach Githru!«

Ihre Route würde sie über den Kreuzweg von Harstathur in den Bergen führen, und als sie sich vorbereiteten, sangen die Barden von der großen Schlacht, die dort vor fast fünfzehntausend Jahren stattgefunden hatte. Unter diesen Gesängen wurden die Pferde beladen und gesattelt. Die Pfähle, die man zur Befestigung benutzt hatte, wurden auf den Nachschubtross verladen. Die Feuer wurden gelöscht, die Eintöpfe verschlungen und die Töpfe und Utensilien verstaut, ohne dass sie gesäubert worden wären. Die Rüstungen wurden einfach angelegt, statt sie mitzuschleppen, und die Helme mit dem Kinnriemen am Gepäck der Legionäre befestigt. Man nahm Pferden, Ponys und Zugochsen die Fußfesseln ab. Pryce' Energie war ansteckend. Entschlossen machten sich die Männer ans Werk.

»Bereitet euch auf ein scharlachrotes, bluttriefendes Schlachtfeld vor, wenn ihr dazu imstande seid! Der Dreißig-Wegstunden-Marsch ist eure Ruhepause, der Anstieg zum Harstathur euer Schlaf. Euer einziger wacher Moment wird die Schlacht am Meer sein. Ihr seid die Auserlesenen! Wenn ihr euch dereinst an dieses Schlachtfeld erinnert, werdet ihr lachen bei dem Wort *Raserei*, mit den Achseln zucken, wenn jemand von *Grauen* redet, und wenn ein Standesgenosse zu euch von Erschöpfung spricht, dann werdet ihr antworten, ihr wart in Githru! Ihr werdet den Blutdurst kennenlernen. Ihr werdet endlich die Bedeutung des Wortes *Gewalt* verstehen. *Tapferkeit* ist nur ein blasser Abglanz dessen, was ihr am Meer brauchen werdet. Nämlich alles, was in euch steckt, ihr Mistkerle!«

Githru. Der Pass am Meer. Innerhalb einer Stunde waren die Legionen abmarschbereit, und Roper, der diesmal auf Zephyr ritt, statt mit seinen Kriegern zu marschieren, führte die Kolonne nach Nordosten, zurück in Richtung der Armee der Südlande, zum Schlachtfeld. Tekoa und Gray flankierten ihn, und Pryce und Helmec ritten hinter ihnen, während sie ständig das Gelände im Auge behielten. In einem weiten Halbkreis voraus kundschafteten die Skiritai die Hügel rund um die Kolonne aus. Das Ende war in Sicht, und angesteckt von Pryce' manischer Energie gierten die Legionen nach der Schlacht, obwohl sie zwei zu eins in der Unterzahl waren und bisher noch nicht gegen die Elite Süddals und ihre gepanzerten Reiter gekämpft hatten. Sie wollten diese Schlacht. Ihre Moral war ausgezeichnet, und sie waren sich ihrer Sache sicher.

»Ich hasse Pferde«, knurrte Tekoa, der gereizt an den Zügeln zerrte, während er neben Roper hertrottete. »Es sind Mistviecher. Überempfindlich und egoistisch. Außerdem sind sie weder hübsch anzusehen, noch zeigen sie so etwas wie Zuneigung. Ich finde ihre Unfähigkeit, Kunst oder Musik zu produzieren, keineswegs liebenswert. Sie sind nutzlos, es sei denn, ihre Hufe sind mit Eisen beschlagen. Aber wenn du versuchst, ihnen die Eisen an die Hufe zu nageln, dann stellen sie sich an. Was für ein mittelmäßiges Tier! Deshalb dachte ich, es wäre ein passendes Hochzeitsgeschenk für Euch, Lord«, stichelte Tekoa mit einem unbewegten Blick auf Zephyr.

Roper unterdrückte ein Lächeln. »Welche Tiere schätzt Ihr dann, Tekoa?«

»Hunde. Sie sind loyal, liebevoll, gehorsam und von Geburt an nützlich. Ein Hund braucht keine Eisen, um zu laufen, stimmt's?«

»Das nicht«, räumte Roper ein. »Aber ich bin trotzdem sehr froh über Zephyr. Er ist ein ebenso guter Krieger wie die Besten aus der Heiligen Wache.« Er tätschelte den mächtigen Hals des Tieres.

»Ich hatte keine Ahnung, was ich mit diesem Monster anfangen sollte«, gab Tekoa zu. »Ich wollte es nicht reiten, aber ich wollte verdammt sein, wenn ich zuließ, dass jemand wie Pryce ein größeres Pferd hatte als ich.« Sie ritten eine Weile schweigend weiter. »Also, ich bezweifle, dass Ihr Euch auf das Ende dieses Feldzugs freut, Roper. In Anbetracht der giftigen Viper, die Euch zu Hause erwartet.«

»Uvoren?«

»Keturah«, erwiderte Tekoa. »Wenn Ihr erst einmal versucht, mit meiner Tochter in Ehe zu leben, werdet Ihr bald froh sein, es mit Uvoren zu tun zu bekommen, weil der so leicht zu nehmen ist.«

»Oh.« Roper lächelte. »Das ist eine Herausforderung, auf die ich mich freue. Ich nehme sie gerne in Angriff.«

»Das Angreifen solltet Ihr lieber lassen, junger Mann!«, knurrte Tekoa.

Gray lachte schallend, und Roper hörte, wie sogar Pryce hinter ihm belustigt schnaubte.

»Vielleicht hat sie sowieso schon jemand anderen gefunden!«, rief Pryce. »Meine Cousine hat keinen Mangel an Verehrern.«

»Sie folgen ihr wie Schoßhündchen!« Tekoas Miene verfinsterte sich plötzlich. »Wie ein Rudel Narren.«

»Macht Euch keine Sorgen, Mylord«, beschwichtigte ihn Gray. »Keturah erscheint mir wie jemand, der einen Narren zu nehmen weiß.«

»Damit dürfte die Sache für Euch dann leider wohl erledigt sein, Roper«, warf Tekoa ein.

Diesmal lachte auch Helmec, und Gray grinste über das ganze Gesicht. Roper merkte trocken an, dass Tekoa offenbar ausgezeichnete Laune hatte.

»Natürlich«, sagte Tekoa. »Wir sind unterwegs zu einem guten Kampf. Und was noch besser ist: Danach sind wir wieder im Hindrunn. Das ist der einzige gemütliche Platz nördlich des Abus.«

»Ihr seid schon einmal südlich des Abus gewesen?«

»Früher sind wir regelmäßig nach Süden gezogen«, sagte Tekoa stirnrunzelnd. »Euer Großvater, Rokkvi, hielt es für eine kluge Verteidigungsstrategie, die Südlinge zu terrorisieren. Damals sind wir vollkommen ungestraft durch ihr Land marschiert. Die Menschen in den Südlanden waren mehr oder weniger machtlos. Sie hatten kein stehendes Heer, wenn auch die Städte und Siedlungen befestigt waren. Wenn wir nach Süden marschierten, zogen sie sich zurück, wie eine Auster, die ihre Schale schließt.«

»Habt Ihr es bis nach Lundenceaster geschafft?« Das war Süddals ausgedehnte Hauptstadt.

»Wir haben es besetzt«, antwortete Tekoa. »Aber Rokkvi fand die Stadt dekadent, verseucht und verdorben. Außerdem wollte er nicht über die Südlinge herrschen. Also gab er ihnen die Stadt im Austausch gegen eine extrem große Menge Eisen zurück.«

»Aber Euch hat sie gefallen?«

»Sie hatte etwas Besonderes.« Tekoa zuckte mit den Schultern. »Aber Rokkvi hatte Recht: Es war die Mühe nicht wert.«

»Ich habe meinen Großvater nie kennengelernt«, sagte Roper.

»Glückspilz.« Tekoa grinste.

»Rokkvi war ein ausgezeichneter Anführer, Mylord«, warf Gray ein. »Aber fast genauso streitlustig wie Tekoa.«

Tekoa warf Gray einen verächtlichen Blick zu. Roper wollte jedoch mehr über seinen Großvater wissen, also erzählten ihm Gray und Tekoa von ihren Feldzügen. Die beiden hatten viele Schlachten gemeinsam geschlagen und hegten eine unerwartete Zuneigung zueinander. Jeder schien Gray zu mögen, aber überraschend war, dass Gray Tekoa ebenso schätzte. Sie waren zwar keine ausgesprochenen Freunde, aber eine angenehme Gesellschaft auf dem Marsch.

Roper wollte etwas über die Belagerung von Lundenceaster hören. Er suchte nach Ideen, wie er am Ende das Hindrunn wieder einnehmen konnte. Der Frage folgte eine Pause, die Roper verriet, dass die beiden Männer genau wussten, wonach er wirklich fragte.

Gray antwortete zuerst. »Die schlimme Sache bei Belagerungen, Mylord, sind die hohen Verluste. Man kann eine gut vorbereitete Festung nicht angreifen, ohne dabei viele – sehr viele – Männer zu verlieren. So ist das eben.«

»Solche Belagerungen sind das Schlimmste am Krieg«, schloss sich Tekoa an. »Man erntet dort keinen Ruhm. Es gibt nur Tote. Tausende und Abertausende. Und Feuer. Schlimmer noch als alles andere ist die Furcht.« Eine Weile herrschte Schweigen. »Gray hat Lundenceaster für uns erobert.«

Gray lachte tonlos. »Sagt man jedenfalls.«

»Oh doch, das hat er«, beharrte Tekoa. »Rokkvi hatte unsere Streitkräfte auf ein zu kleines Gebiet konzentriert, und die Südlinge kämpften erbittert. Immer und immer wieder wurden wir zurückgeschlagen, und der Graben vor der Mauer füllte sich allmählich mit Leichen. Uvoren wurde von einem abprallenden Katapultgeschoss getroffen und verlor das Bewusstsein. Er kann von Glück sagen, dass der Stein ihm nicht den Schädel eingeschlagen hat. Also hat Gray das Kommando übernommen, hat ein paar Leitern genommen und den Rest der Wächter zu einer anderen Mauer geführt. Dort hat er sie bis auf die Bastionen hinaufgebracht und damit genügend Verteidiger zusammengezogen, sodass wir uns auf der Mauer festsetzen konnten. Das war sehr schlau.«

»Ich wollte einfach nur nicht in diesem Graben sterben«, sagte Gray. »Und Uvoren hat seine Sache sehr gut gemacht. Er kam gerade noch rechtzeitig zu sich und hat sich über die Leiter auf die Bastionen vorgekämpft. Er hat den Wächtern den Raum geschaffen, den wir dann genutzt haben.«

»Allen Berichten zufolge stimmt das. Er hat seine Sache in der Tat gut gemacht«, räumte Tekoa ein. »Das hat ihm auch die Tapferkeitsauszeichnung eingebracht. Aber ganz gleich, was dieser Quatschkopf Gray Euch über seine Furcht erzählt, Roper«, fuhr er streng fort, »Ihr werdet keinen tapfereren Krieger kennenlernen. Die Leute sagen, dass Uvoren mutig ist. Sie behaupten, dass mein Neffe Pryce mutig ist. Die beiden sind Löwen. Für einen Löwen ist es leicht, das zu bekämpfen, was sich ihm gerade in den Weg stellt. Gray dagegen denkt. Er beobachtet. Und dann tut er, was getan werden muss. Sein Verstand ist wie geschaffen für die Schlacht.«

»Also wüsstest du, wie du das Hindrunn einnehmen könntest?«, fragte Roper Gray.

»Ich würde jetzt noch nicht darüber nachdenken, Lord. Erst erledigen wir die Südlinge, und dann zerbrechen wir uns über Uvoren den Kopf.«

Sie diskutierten über die anderen Feldzüge Rokkvis, und Gray gab schließlich nach. Er erzählte Roper, wie die drei anderen Belagerungen mit einer erfolgreichen Eroberung geendet hatten. Tekoa überließ Gray das meiste, unterbrach ihn jedoch ab und zu und schilderte seine eigene Sicht der Dinge.

»Ich habe einmal sagen hören«, meinte Roper, »dass die größten Krieger in jeder Arena kämpfen können. Glaubt ihr, das stimmt?«

»Zweifellos«, bestätigte Gray. »Die größten Tugenden eines Kriegers sind Ausdauer und Mut. Es gibt nur sehr, sehr wenige, die geborene Kämpfer sind, und selbst die werden nur wenig mehr als passabel sein, wenn sie nicht an ihren Fertigkeiten arbeiten. Wer nicht vor harter Arbeit zurückschreckt und die Kraft hat, sich immer und immer wieder von Neuem aufzuraffen, nachdem er gescheitert ist, wird irgendwann auf jedem Schlachtfeld nur schwer zu besiegen sein.«

»Und ist Uvoren einer von diesen Männern?«

»Das ist er allerdings«, erklärte Gray. »Er mag in seinen eigenen Ruf verliebt sein, aber unterschätzt ihn deshalb nicht. Er arbeitet sehr, sehr hart. Als er den Seelenjäger als Waffe gewählt hat, war er fast so etwas wie eine Witzfigur. Er hat es getan, um sein Ansehen zu vergrößern, nur deshalb. Damals war er einer der wenigen Privilegierten, die eine andere Waffe als das Schwert benutzen durften, also tat er es, nur um seine Stellung zu unterstreichen. Aber er war an das Gewicht nicht gewöhnt, und wenn er kämpfte, wirkte er unbeholfen und linkisch. Daraufhin trainierte er jeden Tag, länger und härter als alle, die ein Schwert benutzen. Dann sahen wir ihn in Eoferwic kämpfen, wir alle. Er schlug die Ritter links und rechts von sich zu Boden, bis er König Offa erreicht hatte. Plötzlich waren diese gepanzerten Reiter für ihn ebenso leicht zu bezwingen wie eine Schnecke, die man auf ihr Haus gedreht hat. Ja, er kann in jeder Arena kämpfen.«

»Verdammt!«, stieß Roper hervor.

»Allerdings«, sagte Gray. »Doch, Mylord, denkt über Folgendes nach: Die größten Krieger können in jeder Arena kämpfen, aber ein wahrhaft großer Anführer braucht gar nicht zu kämpfen.«

Sie ritten weiter. Am ersten Tag bewältigten die Legionen elf Wegstunden, von denen sie vier über wildes Land marschieren mussten, durch dichten Wald und über reißende Flüsse, bis sie schließlich die Straße erreichten. Diese wurde von den Wäldern geschützt und passte sich nach Art der Anakim dem Gelände an, statt einfach gerade hindurchzuführen.

In dieser Nacht bemerkte Roper bei einer Schüssel gekochtem Pökellamm, wie gut die Stimmung unter den Legionären zu sein schien, obwohl sie müde waren. Gewiss war ihre Moral auch durch den Sieg gestiegen, den sie über die Armee der Südlande errungen hatten. Aber hier wurde sich Roper zum ersten Mal der Tatsache bewusst, dass die Männer unter seinem Kommando dann am glücklichsten waren, wenn sie ein Ziel hatten. Da ihnen klar war, wohin sie gingen und warum, dienten sie wesentlich bereitwilliger als zuvor. Es gab keine Kluft mehr zwischen ihren Pflichten und dem letzten Ziel des Feldzugs. Jeder einzelne Legionär sah, wie jede Handlung, die er ausführte, zu dem Sieg über die Streitkräfte Süddals beitrug.

* * *

Am nächsten Tag trieb Roper die Legionen sehr hart voran. Er stieg von Zephyr, schulterte seinen Rucksack und marschierte zügig los. Als er an der Reihe der Krieger vorbeiging, erreichte er bald die Pendeen-Legion. Anfang des Jahres hatte er noch bei ihnen gelernt, als er aus dem Berjasti, der zweiten Stufe der Ausbildung der Jünglinge im Schwarzen Königreich, geholt worden war, um schneller für die Position des Anführers ausgebildet zu werden. Einige Männer riefen ihm etwas zu, während er vorbeischritt. Roper erwiderte den Gruß und wechselte ein paar Worte mit ihnen. Viele von ihnen kannten ihn noch. Zudem war es die einzige Legion, die ihn freundlich behandelt hatte, als er das Kommando übernommen hatte. Dann erreichte er etwa ein halbes Dutzend seiner besonderen Freunde, die ihn lautstark begrüßten.

»Lord!«

»Junger Lord!«

Roper lächelte, was nicht oft vorkam, und ging neben ihnen her.

»Ihr könnt ja wieder geradeaus gehen, Lord«, sagte ein kleiner Legionär und schenkte ihm ein ansteckendes Grinsen.

»Lass uns nicht darüber reden!«, gab Roper zurück. Diese Männer hatte er das letzte Mal beim Fest von Avadon im Speisesaal der Pendeen gesehen. Es war Ropers erstes Kriegerfest gewesen.

»Ich finde schon, dass wir darüber reden sollten, Lord«, sagte ein anderer Krieger mit einer flachen krummen Nase und lachte laut.

Der kleinere Legionär erbarmte sich seiner und wechselte das Thema. »Und wie fühlt es sich an, jetzt selbst die Befehle zu geben, Lord?«

»Es ist, was es ist«, antwortete Roper zurückhaltend. Sie mochten seine Freunde sein, aber Roper war nicht bereit, das Bild von sich zu zerstören, das er gerade aufbaute, indem er zu viel von sich preisgab. »Ich werde wohl das Allmächtige Auge auf mein Wappen sticken lassen müssen. Das zählt sicherlich etwas.«

Der kleine Legionär lachte. »Was für ein Wappen würden wir dem jungen Lord verleihen, wenn wir es könnten?« Es war ein beliebtes Spiel bei den Legionen während des Marsches.

»Vielleicht das einer Eule?«, schlug einer der Legionäre vor.

»Er ist aber nicht so klug wie eine Eule«, widersprach der Legionär mit der platten Nase. »Wie wäre es mit einem zänkischen Weib? Für diesen wilden und planlosen Ritt allein durch das Lager der Südlinge.« Das kam gut an und rief schallendes Gelächter hervor.

Roper sah ihn verstimmt an. »Es ist sehr unklug, so etwas zu dem Mann zu sagen, der tatsächlich die Macht hat, dein Wappen zu ändern, Otar«, gab er zurück. »Ich schlage als Emblem eine Distel vor.«

Sie marschierten weiter. Vor den Pendeen marschierten Ramneas Hunde, und Roper ging schneller, um die Elite des Schwarzen Königreiches zu inspizieren. Er bemerkte, dass diese Legionäre selbst auf dem Marsch versuchten, sich von den üblichen Soldaten zu unterscheiden. Sie hielten sich gerader, redeten mehr und hatten selbst jetzt einen unverkennbar selbstbewussten Gang, auch wenn der nur durch die Aufnahme in diese hoch geschätzte Legion ausgelöst wurde. Angeblich musste man, wenn man zu Ramneas Hunden kam, seinen Freunden aus der alten Legion Lebewohl sagen, weil die einen von da an unerträglich fanden.

Roper runzelte die Stirn, als er sie beobachtete. Einer der Legionäre, ein besonders großer Mann, ging ohne Rucksack, während der Mann neben ihm zwei trug. Einen auf den Rücken geschnallt und einen vor der Brust. Der große Mann schien nicht besonders müde zu sein. Stattdessen lachte er fröhlich mit dem Soldaten auf der anderen Seite. Seinen Rucksack hatte er einfach einem Nachbarn aufgedrückt, der ihn jedoch offenbar ganz bereitwillig trug. Allerdings lag ein ernster, angespannter

Ausdruck auf seinem Gesicht. Als Roper die Reihe erreichte, sah er, dass es sich bei dem Legionär ohne Rucksack um Vigtyr den Schnellen handelte, den hünenhaften Zuchtmeister. Es war der Mann, den er dabei beobachtet hatte, wie er die Heilige Wache beim Gebet betrachtete. Er sah ihn nachdenklich an, als er vorbeimarschierte, und fragte sich, ob hinter dieser Szene mehr steckte als einfach nur Trägheit.

Sie marschierten, bis die Sonne allmählich am Horizont versank. In dem schwachen Licht aus Westen beeilten sich die Männer, das Lager aufzuschlagen, bevor die Dunkelheit ihnen die Arbeit erschwerte. Roper hatte fünfunddreißig Meilensteine neben der Straße gezählt. Fast zwölf Wegstunden. Noch sieben bis Harstathur.

Abgesehen von seinem Wiedersehen mit den Pendeen hatte es auf diesem Marsch kaum Gespräche gegeben. Die Männer konnten nur wenig Energie für etwas anderes erübrigen als für die Straße. Und am Abend hatte Helmec mit vor Erschöpfung zitternden Händen zehn Minuten gebraucht, bis er endlich ein Feuer entfacht hatte. Zu stolz, um einen brennenden Zweig von einem der Lagerfeuer um ihn herum zu holen, hatte er es immer wieder versucht, bis schließlich ein Funke den Fetzen rußigen Leinens entzündete, den er als Kienspan benutzte. Dann hatte er geduldig gewartet und einige Male tief Luft geholt, bevor er das glimmende Tuch an ein zusammengebundenes Stück Bast hielt und die Flammen anblies. Die Dunkelheit war in einer Nacht, in der die Wolken den Mond verbargen, beinahe undurchdringlich.

Sie versammelten sich im flackernden Licht des Feuers und bereiteten einen weiteren Eintopf mit gepökeltem Lamm zu. Tekoa war in tiefes Grübeln versunken und machte sich nicht einmal die Mühe, Leuten zu antworten, die ihn ansprachen. Selbst Pryce schwieg die meiste Zeit. Auch er war von den Anstrengungen des Tages erschöpft. Gray jedoch redete zu Ropers Erleichterung. Da kaum jemand etwas einwarf, hielt er mit seinen müden Zuhörern Hof.

»Habe ich euch jemals von der Zeit erzählt, als ich Totengräberpflichten übernommen habe?«, begann Gray plötzlich und sah sich am Feuer um. »Bringt mich zum Schweigen, wenn ihr es schon gehört habt. Es geschah nach Prestaburgh. Ich hatte in der Nacht zuvor vergessen, ein paar Ponys vom Nachschubtross Fußfesseln anzulegen. Deshalb bekam ich ein paar Peitschenhiebe und wurde zum Begraben der Toten abkommandiert. Wir waren den ganzen Tag damit beschäftigt. Der Strom der Leichen riss nicht ab, und wir schaufelten ununterbrochen Gräber für sie. Es regnete leicht, weshalb wir nur langsam vorankamen. Dann ging einer der Standesgenossen los, um Wasser zu holen, und wir beschlossen, ihm einen Streich zu spielen. Ich bedeckte mich mit Schlamm, zog eine verbeulte Rüstung an und legte mich zu den Leichen. Dann stellte ich mich tot, um ihn zu erschrecken, wenn er zurückkam und versuchte, mich ins Grab zu hieven.« Einige der Männer grinsten bereits. »Mir schien es eine witzige Idee zu sein. Ich war jung und unternehmungslustig, also machte ich mich bereit und legte mich neben eine der Leichen in den Schlamm. Dort lag ich eine Weile und wartete darauf, dass der Mann endlich zurückkommen würde, als plötzlich die Leiche neben mir meine Hand nahm und sagte: ›Ganz schön feucht hier unten, was?‹«

Die Männer am Feuer lachten.

»Eine der Leichen lebte noch?«, fragte ein Wächter mit todernster Miene.

»Die Leiche war der Mann, auf den ich gewartet hatte«, sagte Gray. »Er hatte sich umgezogen, um mich zu erschrecken, während ich grub. Es war ganz offensichtlich ein Scherz, den sie häufiger machten, aber an meinen Schreien hatten sie eine ganz besondere Freude.«

* * *

Roper führte die Kolonne am nächsten Tag erneut an und tat so, als würde er weder seine steifen Beine noch den Schmerz in seinen brennenden Schenkeln spüren, als die Straße anstieg. Allmählich näherten sie sich der uralten Kreuzung von Harstathur, wo sie ein Nachtlager aufschlagen wollten, bevor sie zum Schlachtfeld nach Githru vorrückten. Roper schickte Helmec und einen der Kundschafter zu Pferde als Herolde voraus, um den Kriegern aus Süddal die Aufforderung zur Schlacht zu überbringen. Sie verabredeten, sich auf Harstathur wieder zu treffen.

Als sie hinaufstiegen, wich der Wald von der Straße zurück, die Bäume dünnten sich aus, wurden schlanker, und schließlich verschwanden sie ganz. Zwei Stunden vor Sonnenuntergang verlief die Straße wieder eben, und sie befanden sich auf einem gewaltigen Steinplateau. Harstathur war wie ein riesiges Rechteck geformt, das an dem gegenüberliegenden Ende erheblich breiter war als an der Stelle, an der die Legionen es betreten hatten. Die Kreuzwege gingen von jeder Ecke des Rechtecks ab, und an den längeren Seiten fiel das Plateau steil ab und bot reichlich Beteiligungsmöglichkeiten für die Flanken jeder Armee, die diese Bühne bereits besetzt hielt. Der Name »Altar von Albion« war gut gewählt. Das Plateau erinnerte tatsächlich an einen riesigen Opfertisch. Es war schwer zu sagen, auf welcher Höhe sie sich befanden, aber sie waren stundenlang bergauf gestiegen, und die Luft war hier erheblich kälter als im Schutz der Täler. Man konnte sich leicht vorstellen, dass alles, was sich auf diesem Plateau abspielte, dem Himmel besonders verdächtig vorkommen musste. Es fühlte sich gewichtig an, bedeutend. Als Roper über das Plateau blickte, stellte er sich einen Moment lang die uralte Schlacht vor, die ihre Spuren in diesen Ort eingegraben hatte.

Die Legionäre waren froh, dass sie endlich ihr Ziel erreicht hatten, und machten sich daran, das Lager aufzuschlagen. Die Sonne war am Rand des Plateaus untergegangen, bevor Helmec und sein Gefährte zu ihnen stießen. Sie waren ganz offensichtlich hart geritten, und Roper ließ sie sofort zu seinem Feuer bringen. Er reichte ihnen jeweils ein Schälchen mit Eintopf, bevor er ihnen irgendwelche Fragen stellte. »Die Südlinge kommen«, waren die ersten Worte, die Helmec sagte.

»Hast du mit Lord Northwic gesprochen?«

»Ja, Lord. Mit ihm und mit Bellamus.« Helmec beschrieb, wie sein Gefährte und er in das Lager der Südarmee geritten waren und dabei eine weiße Fahne geschwenkt hatten. »Sie haben fürchterliche Angst vor uns, Lord!«, erklärte Helmec freudestrahlend. »Sie sind wie versteinert! Die Krieger haben versucht, hart zu wirken, aber ein einziger Blick genügte, um sie zu verscheuchen.«

Es überraschte Roper nicht, dass sie vor Helmec Angst gehabt hatten. Der Wächter war mehr als sieben Fuß groß, und sein Gesicht war so vernarbt wie ein Schlachtfeld. Das war einer der Gründe, warum Roper ausgerechnet ihn geschickt hatte. *Niemand verhandelt bei Verhandlungen. Es ist eine Übung in der Kunst der Einschüchterung.*

»Sie haben uns also in ein großes dunkles Zelt geführt, ausgestattet mit Tierfellen und Tischen und Stühlen und Lakaien, wo uns Bellamus erwartete. Er schickte nach Lord Northwic und bot uns Wein an, während wir warteten.«

»Wein und Lakaien!«, erwiderte Roper amüsiert. »Vielleicht sollte ich mehr Feldzüge führen, wenn es sich im Krieg so leben lässt.« Helmec grinste, und Roper musste sich zusammenreißen, um vor dessen Grimasse nicht zurückzuschrecken. »Wie hat der Wein geschmeckt?«

Helmec zog triumphierend seinen Wasserschlauch von der Schulter und reichte ihn Roper. Dieser lachte ungläubig und trank einen Schluck. Nur selten hatte er Traubenwein gekostet, und er fand ihn berauschend.

»So eine gastfreundliche Geste kann man nicht zurückweisen, Lord«, sagte Helmec ernst. Roper, Helmec und sein Gefährte, der Skiritai, tranken gemeinsam den Wein in der samtenen Dunkelheit und dem kalten Licht der Sterne über ihnen.

»Dann kam Lord Northwic herein, und ich sagte, dass wir sie morgen am Githru erwarteten, um diesen Krieg zu beenden. Bellamus machte Witze und fragte uns, ob wir sie diesmal auch wirklich bekämpfen wollten.«

»Du hast versprochen, dass wir es tun würden?«

»Ich habe es versprochen, Lord. Lord Northwic sagte, dass wir dann dort sterben würden. Dann meinte Bellamus, er wolle uns etwas zeigen, bevor wir wieder gingen, und führte uns ein Stück den Hügel hinauf. Dabei plauderte er sehr freundlich mit uns.«

Roper wollte wissen, ob Helmec ebenfalls freundlich reagiert hätte. Hatte er nicht. Und was war oben auf dem Hügel geschehen?

»Es war nur ein Aussichtspunkt. Er wollte uns die Armee zeigen, das ausgedehnte Lager. Es sind sehr viele Krieger. Er deutete auf eine große Fläche mit Zelten, die mehr Raum einnahm als unser ganzes Lager. Er sagte, das allein wären nur ihre Panzerreiter. Er hätte siebenunddreißigtausend von ihnen, und sie hätten so viele Pferde, dass sie die ganzen Hügel leer fräßen. Er sagte, sie würden über das Meer mit Nachschub und Proviant versorgt.«

Das war Unsinn. Roper hätte das Hindrunn verwettet, dass sie in der kurzen Zeit, seit die Anakim den Nachschubtross zerstört hatten, keine Nachricht in den Süden hätten schicken und bereits eine Antwort bekommen können. Außerdem erschien ihm die Zahl von siebenunddreißigtausend Rittern höchst unwahrscheinlich. »Er will, dass du diesen Unsinn unter den Legionen verbreitest«, erklärte Roper. »Was wirst du also auf keinen Fall tun?«

»Diesen Unsinn unter den Legionen verbreiten?«, antwortete Helmec grinsend.

»Ganz genau. Sie kommen also.«

»Sie kommen, Lord.«

Die Nachricht verbreitete sich rasend schnell im Lager. Morgen würden sie kämpfen, wie Pryce es versprochen hatte. In dem schmalen Pass am Meer, so lange, bis ihre Lungen brannten.

11. KAPITEL

DER KAMPF AM FEUER

Es schien, als sollte es einfach nicht Nacht über Harstathur werden. Kaum war die Sonne untergegangen, machte es den Eindruck, als wollte sie wieder aufgehen. Ein bedrohliches Flackern erleuchtete den Himmel im Osten, als ob das Morgenrot gerade hinter dem Horizont glühte. Der Anblick bestürzte die Legionäre, die sich nach ein paar Stunden tiefster Dunkelheit sehnten, um sich für den Kampf am Meer auszuruhen. Und sich dann im Klirren der Waffen und Rüstungen an die nächtliche Stille erinnern zu können.

Aber dieses Flackern rührte nicht von einem unnatürlichen Sonnenaufgang her. Es war der ferne Schein von den Lagerfeuern der Armee des Südens. Tausende und Abertausende davon. Eine Galaxie, die sich über die fernen Ebenen erstreckte.

Das brachte Roper auf eine Idee. Er befahl jeder Gruppe, einen Scheiterhaufen zu errichten, statt der praktischen Kochgruben, die sie normalerweise benutzt hätten. Die Vorstellung, dass die Südlinge diesen gewaltigen Schein über dem Plateau sahen, bereitete ihm Genugtuung.

In dieser Nacht schliefen sie unter freiem Himmel; wahrhaftig dicht am Firmament und unter einer Decke von Sternen, die ab und zu aufzureißen schien, wenn einer von ihnen aus dem Kosmos auf die Erde stürzte. Es wurde still im Lager. Die Legionen trugen ihre Ausrüstung an die Feuer und begannen, sie gründlich zu untersuchen. Sie scheuerten und ölten ihre Plattenrüstungen, stopften die Löcher im Leder und schärften ihre Schwerter und Äxte sehr gründlich. Einige redeten auch, für gewöhnlich zu laut. Es fiel Roper auf, dass an seinem eigenen Feuer Ruhe herrschte. Gray war zur Heiligen Wache gegangen, um sie an ihre Pflichten am nächsten Tag zu erinnern. Sie waren immer noch zwei zu eins in der Unterzahl, und die bevorstehende Schlacht lastete schwer auf dem Lager.

»Skallagrim«, brach Roper schließlich das Schweigen. »Du hast uns bisher noch nicht von der Schlacht von Harstathur erzählt.«

Solche Geschichten wurden für gewöhnlich auswendig gelernt und in Gesangform vorgetragen. Es gab Tausende solcher Rezitationen, Zehntausende, die die Geschichte des Schwarzen Königreiches dokumentierten. Sie wurden von der Schwesternschaft der Historikerinnen in der Akademie aufbewahrt, der Pyramide in der Nähe des Hohen Frieds. Die Historikerinnen stellten die lebenden Archive der Historie des Schwarzen Königreiches dar und waren für eine Gesellschaft, die keine Schrift kannte, von größter Bedeutung. Die Leitende Historikerin und ihre Stellvertreterin nahmen an jeder Ratsversammlung teil und nannten historische Präzedenzfälle, wenn es von ihnen verlangt wurde. Zudem schufen sie eine Erzählung dieser jetzigen Stufe der Geschichte. Sie hatten sich bereits in ersten Zügen die Ereignisse der jüngsten Vergangenheit eingeprägt. Für einen tieferen Zugang oder für alles, was länger zurücklag als zwölftausend Jahre, mussten sie eine Zelle aufsuchen. Das war ein Trio von Historikerinnen, die auf eine bestimmte Periode der Geschichte spezialisiert waren. Von diesen Zellen gab es Hunderte. Jeder, der die Kunst eines Barden erlernen wollte, konnte eine Verabredung mit der Leitenden Historikerin treffen. Sie würde dafür sorgen, dass eine Zelle die Probanden in so vielen Gesängen wie gewünscht unterwies. Die Barden konnten diese

Gedichte dann auf großen Festen zum Besten geben. Und jetzt war es gewiss eine gute Ablenkung vor der Schlacht.

Skallagrim war ein alter Krieger, und alles, was er tat, fiel ihm längst nicht mehr so leicht wie in seiner Jugend. Seine rechte Schulter war so mitgenommen, dass sie sich ausrenken würde, wenn er sie plötzlich hochzog. Er stöhnte, wenn er aufstand oder sich setzte, weil er dadurch die Narben dehnte, die seine Schenkel und Waden überzogen. Manchmal fiel ihm selbst das Atmen schwer, und er musste sich die Brust massieren. Das war ein Andenken an eine Schlacht, in der ein Streithammer sie zerschmettert hatte. Und in diesem Moment wickelte er sich als Vorbereitung für den nächsten Tag einen Lederstreifen um sein schwaches rechtes Knie.

»Möchtet Ihr sie denn gern hören, Mylord?« Er verknotete den Lederriemen und belastete vorsichtig sein Bein.

Als Roper bejahte, blickte Skallagrim einen Moment ins Feuer, bevor er tief Luft holte und begann. Rezitationen wurden häufig von Trommeln und Obertonsängern untermalt, aber das einzig Besondere an diesem Abend waren der Ort sowie die Bedeutung und Erwartung, die fühlbar in der Luft lagen. Die Männer unterbrachen die Pflege ihrer Ausrüstung, beugten sich vor und versuchten, sich in das Lied zu versenken.

»Es begann fünfzehntausend Jahre zuvor, mit der Ankunft der Menschen aus dem Süden. Eine kleine Gruppe von ihnen war aus der Wüste im Osten aufgetaucht. Woher genau sie kamen und warum, wusste niemand genau. Einige behaupteten, sie wären die Vorboten von Desaster, der ungeheuren Schlange, die drohte, die Welt zu vernichten. Andere glaubten, die Tausende Jahre andauernde Kälte hätte lange Zeit zuvor eine Gruppe von Anakim isoliert und bezwungen, sodass sie sich allmählich in diese verkümmerte Sorte von Südlingen verwandelt hätten. Wieder andere hielten es für möglich, dass diese Kreaturen aus dem Boden gewachsen waren und eigentlich unterirdisch lebende Zwerge wären. Ein Bürgerkrieg hätte sie gezwungen, an die

Oberfläche zu kommen. Was auch immer der Grund war, der kleinen Gruppe folgte jedenfalls eine weitere, größere, und dann strömte ein ständiger Fluss von Frauen, Männern und Kindern aus irgendeiner fernen Quelle heran. Sie kamen mit ihrer eigenen Sprache, ihren eigenen Werkzeugen, ihren eigenen Sitten und ihrer eigenen Geschichte. Es war ein weit entwickeltes Volk, das ebenso schockiert über die Begegnung mit den Anakim war wie auch die Anakim selbst.

Die ersten Begegnungen zwischen den beiden Völkern waren nicht feindselig verlaufen, sondern vorsichtig. Und je mehr sie voneinander erfuhren, umso nachhaltiger schlug diese Vorsicht in Verwirrung um. Die Menschen aus dem Süden waren rastlos, gierig und heimatlos. All das war für einen Anakim vollkommen unverständlich. Die Verwirrung beruhte jedoch auf Gegenseitigkeit, denn die Menschen aus dem Süden verstanden die primitive Kunst der Anakim und ihre begrenzte Symbolsprache nicht. Sie verabscheuten die Wildnis, die die Anakim so liebten, betrachteten die Werkzeuge, die sie benutzten, mit Verachtung und waren kaum in der Lage, mit diesen Hünen zu kommunizieren. Damals waren die Anakim riesig. Sie waren fast neun Fuß groß und schüchterten ihre kleineren südlichen Nachbarn ein. Obwohl derartige Unterschiede überwunden werden könnten, dämmerte den Menschen aus dem Süden allmählich eine Erkenntnis: Sie waren nicht die einzigen Menschen auf der Welt. Der besondere Platz, den sie für sich beansprucht hatten, war zerstört worden, und die Geschichte ihrer Zivilisation musste entsprechend angepasst werden. Und wenn die Menschen aus dem Süden etwas besaßen, dann war es Anpassungsvermögen.

So schnell, wie die Südlinge sich vermehrten, wuchs auch die Feindseligkeit. Durch Hunderte kleinerer Scharmützel, die sich immer weiter ausbreiteten und zu Misstrauen führten, näherte sich die kurze Periode, in der diese beiden Völker friedlich nebeneinander existiert hatten, allmählich dem Ende. Und so begann die Entwurzelung. Mit ihrer einzigartigen Willensstärke und ihrer Gier vertrieben die Südlinge allmählich die Anakim aus Erebos. Sie nahmen ihnen das Land, zerstörten ihre Wildnis und ersetzten sie durch die Ordnung, welche die Südlinge so liebten. Die Neuankömmlinge waren den Anakim zahlenmäßig weit überlegen. In kürzester Zeit durchdrangen und prägten sie das Land. Der Konflikt mit den Anakim hatte ihren Erfindungsgeist noch angespornt. Sie bauten beispielsweise Bögen, indem sie sich an einer Waffe der Anakim orientierten, verbesserten jedoch die Pfeile, damit sie exakter flogen. Ebenso entwickelten sie nach dem Vorbild der Knochenpanzer eine Rüstung aus Schiefer und gehärtetem Leder. Allmählich wanderte dieses neue Menschengeschlecht immer weiter nach Norden. Es war eine endlos scheinende Welle, und die Anakim, die sich nicht zurückzogen, wurden von ihr überspült.

Die Menschen aus dem Süden griffen von allen Seiten an, als die verschiedenen Familien der Anakim getrennt und an entlegene Zufluchtsorte getrieben wurden. Einige flüchteten bis zur südlichsten Spitze Iberias. Andere wurden entlang der Küste nach Nordosten verdrängt, in ein Land aus Dunkelheit und Eis. Aber nicht nur die Anakim litten. Die Bergmenschen, die sogenannten Unhieru, wurden ebenfalls umzingelt und nahezu vernichtet. Heute überleben sie in den Hügeln und Tälern im Westen von Albion. Die Haefingar und die Riktolk, zwei weitere Völker, die einst in Erebos gelebt hatten, wurden vollkommen ausgelöscht und würden nie wieder über diese Erde wandeln.

Die letzten Anakim im Westen von Erebos wurden bis zur Küste zurückgedrängt, und obwohl ihr Volk niemals zuvor etwas mit dem Wasser zu tun gehabt hatte, flüchteten sie über die tosende See und zogen sich nach Albion zurück. Doch die Südlinge folgten ihnen und überrannten ihre Verteidigungsstellungen. Sie suchten nicht nur neues Land. Sie wollten ihren Feind auslöschen.

Für die Anakim schien die Lage hoffnungslos. Ihnen blieb nur eine Möglichkeit: Sie mussten sich vereinigen, oder sie würden für immer untergehen. Unter ihnen war einer, der den Anakim genug Angst einflößte, um sich ihren Respekt zu verdienen. Chlodowich, der mächtige König der Jormunrekur. Er war ein Hüne von Gestalt, und seine Feinde nannten ihn »Roper«, den Taureeper. Denn er hatte die Angewohnheit, den Feinden, die er getötet hatte, das Haar abzuschneiden und es in sein eigenes einzuflechten. Damit formte er einen grauenerregenden Pferdeschwanz, der ihn, zu einem breiten Gürtel geflochten, zwölfmal umringte. Dieser Anführer flößte den Südlingen Furcht ein, und unter ihm vereinigten sich die einzelnen Stämme. Sie machten ihn zum ersten Schwarzen Lord.

Doch obwohl sie sich vereinigt hatten und von einem Krieger wie Chlodowich angeführt wurden, der so Furcht einflößend war, dass die Südlinge ihre Köpfe vor der Schlacht schoren, um nicht an seinem grausigen Gürtel zu enden, verloren die Anakim die Schlacht. Sie wurden immer weiter nach Norden durch das Land getrieben, das irgendwann zu Süddal wurde, während die Furcht über den Hügeln hing, dicht wie Nebel. Nachdem Chlodowich und seine Streitkräfte verstreut worden waren, setzte er mit seinen restlichen Kriegern über den Abus. Eine Kriegerhorde der Südlinge folgte ihnen.

Das war das Ende der Anakim. Chlodowich hatte nur noch seine dreihundert Gefolgsleute, seine Heilige Wache. Er zog sich nach Harstathur zurück, stieg auf den Altar von Albion und opferte sein eigenes Pferd, als er um die Kraft bat, die Armee der Südlande zu besiegen. In einem Pakt mit dem Allmächtigen gelobte er, sein Leben zu opfern, wenn dieser die Anakim rettete.

Der Allmächtige erhörte sein Gebet.

Vierhundert Reiter des Stammes Oris tauchten auf dem Plateau auf. Chlodowich schickte sie in alle Richtungen aus, um Verstärkung von seiner in alle Winde zerstreuten Armee herbeizuholen. Sie kamen in kleinen Gruppen, alle Stämme. Die Vidarr, die Baltasar, die Nadoddur, die Lothbrok. Einige Oris ritten nach Norden, wo sie das Bergvolk fanden, die Alba. Sie waren bereit, sich ihnen anzuschließen. Als Letzte wurden die Algauti aufgestöbert, die sich mit Chlodowichs Kriegern vereinigten. Es war der noch lebende Rest seiner einstigen Allianz.

Auf dem Plateau bereiteten sie sich auf die Schlacht vor, indem sie frische Steinspitzen an ihren Speeren befestigten und die ersten Schilde schufen: Sie bearbeiteten Holz, das sie ringsum fanden, und bespannten es mit Tierhäuten, als Verteidigung gegen die Pfeile der Südlinge. Es war klar, dass die Anakim selbst vereint längst nicht zahlreich genug waren, um die Südlinge zu besiegen. Also bereiteten sie sich auch auf ihren Tod vor. Chlodowich führte seine Männer zum Gebet auf den Altar.

Es dauerte nicht lange, bis der gewaltige Stamm der Krieger des Südens sie fand. Die beiden Armeen formierten sich, und die Anakim wappneten sich nicht für den Sieg, sondern dafür, sich ihrer Vernichtung zu ihren eigenen Bedingungen zu stellen. Die ersten Pfeilsalven zischten durch die Luft, aber schnell zeigte sich, dass sie gegen die mit Schilden geschützten Anakim wirkungslos waren. Dann kämpften sie Speer gegen Speer. Die steinernen Spitzen schlugen gegeneinander und brachen. Die Schlachtreihen rückten vor und prallten aufeinander. Mit jedem Angriff und jeder Abwehr wurde deutlicher, dass der Allmächtige sie nicht vergessen hatte. Chlodowich und seine Heilige Wache waren von göttlicher Macht durchdrungen. Die steinernen Speerspitzen der Südlinge zerbrachen, wenn sie sie berührten. Unermüdlich kämpften Chlodowich und die Wache in der Mitte des Plateaus. Die Schlacht dauerte Stunden. Immer wieder zogen sich die Schlachtreihen zurück und rückten vor, aber schließlich brachen Chlodowich und die Heilige Wache durch die Mitte der Südlinge und zerrissen ihre Formation. Die Krieger aus dem Süden verloren den Mut und zogen sich zurück. Sie wurden von den Reitern der Oris verfolgt, die den Feind zu Tausenden niedermetzelten.

Kraft ihres Glaubens hatten die Anakim den Sieg errungen. In ihrer dunkelsten Stunde wurde der eigensinnige Widerstand der

Anakim vom Allmächtigen belohnt. Aber ein Pakt war geschlossen worden. Als sich die beiden Armeen ein letztes Mal trennten, wurde Chlodowich, der sein Ziel erreicht hatte, am Ende von einem Axthieb niedergestreckt. Der Allmächtige ist gerecht und lässt sich nicht betrügen. Die Knochen dieses großen Mannes wurden hier auf Harstathur begraben als Opfer an Gott.«

Skallagrim beendete seine Erzählung. Das Feuer knisterte, und das Schweigen im Kreis war tiefer als zuvor. Auf dem Schauplatz dieses heiligen und uralten Triumphes und unter einem klaren, wunderschönen Sternenhimmel hatten sie sich alle diese uralten Helden vorgestellt. Skallagrim war ein guter Barde. Mit seinem Sprechgesang hatte er die Atmosphäre aufgeladen. Am Rand des Feuerscheins glaubte Roper Schatten zu sehen, die sich bewegten. Sanfte Veränderungen der Dunkelheit, Schatten, die ihn beobachteten. Etwas glänzte matt, als würde sich eine dunkle Speerspitze in der Nacht bewegen. Was war das? Der Geist eines dieser gigantischen Helden? Vielleicht gar Chlodowich selbst? Die anderen am Feuer bemerkten, wohin Roper sah, und folgten seinem Blick in die Dunkelheit. Das Muster in der Finsternis veränderte sich. Etwas entfernte sich, dessen war Roper sich gewiss. Er war allerdings nicht sicher, ob er es sehen oder hören konnte. Vielleicht fühlte er es auch nur. Erschütterungen, hervorgerufen von schweren Schritten, die sich in der Dunkelheit entfernten.

Als Roper sich umsah, stellte er fest, dass die anderen es ebenfalls gespürt hatten. »Gefährten, ihr habt gehört, wie heilig dieser Ort ist, an dem wir lagern«, sagte er. »Es könnte keinen schicksalshafteren geben. Jetzt geht und sprecht zu euren Legionen. Sagt ihnen, dass unser Land auf diesem Amboss geschmiedet wurde.«

Die Kommandanten verschwanden in der Nacht, sodass nur Roper und Pryce am Feuer zurückblieben.

Roper hatte aufgehört, *Kaltschneide* zu schärfen, als er Skallagrim zuhörte. Jetzt fuhr er erneut mit dem Wetzstein über die

Klinge. Pryce sah sich in der Dunkelheit um. Er wirkte rastlos. Bis auf das prasselnde Geräusch des Feuers war es still. Roper war sich plötzlich sehr bewusst, dass er zum ersten Mal mit Pryce allein war. Die Gegenwart des Heiligen Wächters bereitete ihm Unbehagen.

»Skallagrim ist ein guter Barde, stimmt's?«, versuchte Roper die Stimmung aufzulockern.

»An einem solchen Ort erzählt sich eine derartige Geschichte von allein«, erwiderte Pryce geringschätzig. »Chlodowich ist angeblich Euer Vorfahr, Roper«, fuhr er dann nach einer Pause fort. »Seine gewaltige Leistung bestand darin, das beschämendste Kapitel in der Geschichte der Anakim zu beenden, die Entwurzelung. Und jetzt sind wir hier, auf demselben Schlachtfeld mit einem Anführer, in dessen Adern dasselbe Blut fließt, und sehen uns demselben Feind gegenüber.« Er warf Roper einen sonderbaren Blick quer über das Feuer zu. »Ich kann daraus nur schließen, dass Chlodowich uns etwas Zeit erkauft hat, nicht mehr. Sein Blut ist heutzutage sehr verdünnt.«

Roper hörte erneut auf, sein Schwert zu schärfen. »Werde deutlicher, Wächter.«

Pryce sah ihn kalt an. »Sie alle scheinen Euren Rückzug vergessen zu haben. Ich jedoch nicht.«

Roper öffnete vor Verblüffung den Mund. »Ich stehe zu diesem Rückzug«, sagte er. Sein Gesicht wurde heiß.

»Wie ich sagte, Chlodowichs Blut ist sehr verdünnt.«

»Ist das ein Verrat, Wächter? Hast du deinen Treueschwur vergessen?«

»Ich würde gern wissen, was Ihr getan habt, um meine Loyalität zu verdienen. Und mir fällt nichts ein, was mir Grund gäbe, für Euch zu sterben.«

»Obwohl du jeden Tag vor dem Allmächtigen kniest, bist du sehr arrogant, Pryce.«

Das kümmerte den Heiligen Wächter nicht. »Ich bin, was ich bin.«

Schweigen kehrte ein, und Roper machte sich wieder daran, *Kaltschneide* zu schärfen. Seine Hände zitterten so stark, dass der Wetzstein an der Klinge klapperte. Es fühlte sich an, als hätte sich ein treuer Hund gegen ihn gewendet. Am Rand seines Blickfeldes bemerkte Roper eine Bewegung, als Pryce ihm den Kopf zuwandte. Offenbar hatte er das Klappern des Wetzsteins gehört. Roper musste nicht hochblicken, um zu wissen, dass Pryce' Miene verächtlich war.

Dann tauchte ein anderer Wächter am Rand des Feuers auf. »Mylord? Hauptmann Gray bittet dringend um Eure Anwesenheit am Rand des Lagers.«

Roper stand unvermittelt auf, froh über diese Möglichkeit, der Situation zu entfliehen. Er schob *Kaltschneide* sorgfältig in die Scheide und folgte dem Wächter in die Dunkelheit. Pryce schien davon auszugehen, dass er jetzt Grays Problem war, und ließ ihn ziehen. »Worum geht es?«, fragte Roper, als er neben dem Wächter herging.

»Das weiß ich nicht, Lord, aber er hat darauf bestanden, dass Ihr so schnell wie möglich zu ihm kommt.«

Roper nickte. Der Wächter führte ihn an zahlreichen Feuern vorbei. Sie alle waren von den Silhouetten stummer Krieger umringt. Die Männer starrten in die Flammen und dachten an den nächsten Tag. Über ihnen glühte der Himmel immer noch orangefarben, und der Pfad, auf den Roper geführt wurde, lief parallel zu dem großen Fluss aus Sternen, der den Himmel bedeckte. Man nannte ihn die Winterstraße. Sie folgten ihr in die Richtung, wo sie am Horizont begann. Schon bald wurden die Lagerfeuer weniger, und schließlich verschwanden sie ganz, bis Roper nur noch das Feuer eines Außenpostens in der Ferne sah. Darum herum bewegten sich Gestalten, die immer wieder das orangefarbene Feuer verdeckten.

Der Wächter, mit dem er ging, blieb stumm. Roper fühlte sich unwohl. Wären seine Gedanken nicht gerade noch bei der Konfrontation mit Pryce gewesen, hätte er sein Unbehagen richtig gedeutet: schleichender Argwohn darüber, wie sich die Situation entwickelte. Er folgte dem Wächter immer tiefer in die Dunkelheit, obwohl er den Mann nicht kannte. Bald hatten sie das Lager hinter sich gelassen. Roper war isoliert.

Als er nahe genug an dem Feuer war, um die Leute zu erkennen, die an diesem Außenposten standen, erstarrte er.

Jedenfalls versuchte er es. Der Wächter in seiner Begleitung packte ihn jedoch im Genick und schob ihn weiter. Er stieß ihn in den Lichtkreis des Feuers und drückte ihn dann mit Gewalt auf einen daneben liegenden Baumstamm. Rund um das Feuer saßen drei weitere Gestalten. Einer war ein Wächter, den Roper nicht erkannte. Die beiden anderen waren Asger und Gosta.

Du Idiot!, schalt er sich. *Du gottverdammter Narr!* Es hatte keine Nachricht von Gray gegeben. Diese Wächter waren Uvorens engste Verbündete und hatten sein Vertrauen zu Gray missbraucht, um ihn hierherzulocken. Roper wollte nicht einmal darüber nachdenken, zu welchem Zweck. Dann fiel ihm ein, wie er in der Dunkelheit jemanden in der Nähe seines Feuers wahrgenommen hatte. War es einer dieser Männer gewesen, der gekommen war, um nachzusehen, ob er ungeschützt wäre?

»Mylord«, begrüßte Asger Roper ironisch und warf ihm einen Blick zu. Selbst in dieser kalten Nacht glänzte der Schweiß auf seinem Gesicht im Feuerschein. Der Wächter, der ihn hierhereskortiert hatte, ging zu Asger und setzte sich neben ihn. Dann streckte er die Hände aus und wärmte sie sich am Feuer.

»Was mache ich hier, Wächter?«, fragte Roper. Er bemühte sich, so gebieterisch wie möglich zu klingen, nicht jedoch aggressiv. »Wo ist Hauptmann Gray?«

»Hauptmann Gray ist da, wo er hingehört – sehr weit weg von hier.«

Roper riss sich zusammen. »Dann werde ich jetzt gehen. Ihr entschuldigt mich.« Er stand auf.

»Setz dich!«, befahl Asger.

Roper warf einen Blick auf Gosta, der neben Asger saß und

wie eine gespannte Sprungfeder wirkte. Er beschloss, sich wieder hinzusetzen. Dann leckte er sich die Lippen und starrte die beiden Wächter nacheinander an.

»Also, was habt ihr tapferen Männer mit mir vor, so weit hier draußen? Wenn ihr mich umbringt, dann erwartet euch die schlimmste Hölle.«

»Wir haben dir nicht die Treue geschworen«, erwiderte Asger schlicht. Er zog im Sitzen sehr langsam sein Schwert und balancierte es mit der Spitze auf dem Boden, so wie Gray es mit *Ramnea* getan hatte. Mit zwei Fingern auf dem Heft begann er, es auf der Spitze rotieren zu lassen, wobei er Roper grinsend musterte. Die Klinge blitzte im Licht des Feuers.

»Mir ist klar, wie viel Druck Uvoren dir macht«, sagte Roper. »Aber du würdest zur Strecke gebracht werden. Du wirst damit nicht durchkommen. Wenn du mich jetzt gehen lässt, dann schwöre ich dir, dass ich mich nicht rächen werde. Wir können das einfach vergessen.«

»Ich will es aber nicht vergessen«, erwiderte Asger kalt. »Du hast mir das Kommando über die Wache entzogen!«

»Das musste ich. Du warst Uvorens Spitzel. Aber es ist noch nicht zu spät, einem anderen Herrn zu dienen. In meinen Adern fließt Chlodowichs Blut. Ich bin der rechtmäßige Schwarze Lord.«

»Deine Armee ist dem Untergang geweiht, wenn sie morgen in die Schlacht zieht, *Mylord*.« Asger spielte immer noch mit seiner Klinge. »Aber Tekoa wird das Kommando übernehmen, wenn du diese Nacht nicht überlebst. Er ist ein pragmatischer Mann. Er wird begreifen, dass es viel vernünftiger ist, sich ins Hindrunn zurückzuziehen, wo Uvoren ihn selbstverständlich als treuen Diener aufnehmen wird.«

»Es ist wahrscheinlicher, dass er dir die Skiritai auf den Hals hetzen wird!«, widersprach Roper.

»Kein Angehöriger dieser Armee würde es wagen, einen Heiligen Wächter zu töten.«

Roper musste zugeben, dass er damit möglicherweise sogar Recht haben könnte.

»Aber mir geht im Augenblick nur ein einziger Gedanke durch den Kopf, Roper.« Asger stand auf und wog das Schwert in seiner Hand.

Roper lehnte sich zurück und holte tief Luft.

Doch dann entstand eine unnatürliche Pause. Schritte in der Dunkelheit – sie hörten, wie sich jemand dem Feuer näherte.

Roper und Asger starrten sich, der eine sitzend, der andere im Stehen, lange an, während die Schritte lauter wurden. Gosta rutschte unruhig auf seinem Holzblock hin und her und versuchte die Dunkelheit mit seinen Blicken zu durchdringen. Jemand näherte sich ihnen.

Dann trat Pryce in den Feuerschein. Er sah von Roper, der angespannt mit der Hand auf dem Griff von *Kaltschneide* dasaß, zu Asger, der mit gezücktem Schwert vor ihm stand. Dann lachte er leise und setzte sich unbeeindruckt auf den Baumstamm neben Roper.

Asger atmete zischend aus. »Oh, Pryce.« Er lächelte und setzte sich nach kurzem Zögern ebenfalls wieder hin. Die Stimmung rund um das Feuer wurde noch angespannter. Eine neue Spielfigur hatte das Feld betreten, und Roper hatte keine Ahnung, für welche Seite sie kämpfen würde. »Wir haben uns gerade mit Jung-Roper hier unterhalten«, sagte Asger ölig. »Um zu hören, wie er sich den Verlauf der Schlacht morgen vorstellt.«

»Wahrscheinlich werden wir verlieren«, knurrte Pryce und warf Asger einen vielsagenden Blick zu.

Scheiße.

»Ich muss zugeben, dass wir das auch gedacht haben. Also ist es besser, die Hälfte unserer Legionen nicht einfach sinnlos zu opfern.«

»Wohl wahr, wohl wahr.« Pryce lehnte sich entspannt und zufrieden auf dem Baumstamm zurück.

»Also dann.« Asger strahlte. »Wie ich schon sagte, ich habe im Moment nur einen einzigen Gedanken im Kopf, Roper.«

»Wenn überhaupt ein Gedanke in deinem Kopf ist, dann bedeutet das, dass ihn jemand anders dort eingepflanzt hat, du unterwürfiger Scheißkerl!«, explodierte Roper. Pryce lachte schallend und sah grinsend seinen Lord an. Aber Roper erwiderte den Blick nicht, sondern starrte Asger an. »Und du sprichst mich gefälligst mit ›Mylord‹ an.« Er würde nicht um sein Leben betteln.

Asger sah aus, als hätte Roper ihm gerade eine Ohrfeige verpasst. Unvermittelt sprang er auf. »Ich werde nicht vor einem Jungen niederknien. Und ich habe dir nicht Treue geschworen.« Er hob sein Schwert, erstarrte jedoch, als Pryce ebenfalls aufstand. Er lächelte immer noch, aber seine Hand lag nun auf seinem Schwertgriff.

»Pryce«, sagte Asger verblüfft, »tritt zur Seite. Ich will dich nicht töten.«

»Das ist gut«, erwiderte Pryce. »Denn du könntest es auch gar nicht.«

Asger verzog höhnisch das Gesicht. Gosta neben ihm stand unvermittelt auf, ebenso die beiden anderen Wächter. Und auch Roper erhob sich.

»Setz dich!«, fuhr Pryce ihn an. »Du kannst gegen diese Männer nicht kämpfen.«

»Du nennst mich ›Mylord‹!«, knurrte Roper und pflanzte seine Füße fest in den Boden.

Asger beobachtete die beiden und lächelte bösartig. »Ich höre jetzt seit Jahren immer nur ›Kämpfe niemals gegen Pryce. Du wirst sterben, egal ob du gewinnst oder nicht.‹ Und doch ... Du bist kein besonders guter Schwertkämpfer. Du bist ziemlich schnell, das schon, aber alle Schnelligkeit der Welt kann deinen vollkommenen Mangel an Scharfsinn nicht ausgleichen. ›Kämpfe niemals gegen Pryce.‹ Ich bin sehr versucht herauszufinden, warum nicht.«

»Ich kann dich nur dazu einladen. Es wäre mir ein Vergnügen, dir deine hervorstehenden Augen in deinen miesen Hinterkopf zu treiben.«

Asger starrte ihn lange an. »Du willst wirklich für diesen Jungen sterben?«, fragte er dann sehr leise.

»Eines Tages.« Pryce lächelte nicht mehr.

»Ich weiß, woher du deine Befehle hast.« Asger sprach jetzt so leise, dass Roper seine Worte kaum noch verstehen konnte. »Was für ein Witz, Pryce. Du wolltest mich zum Narren halten, dabei hat deine eigentliche Treue schon immer Gray Konrathson gegolten. Der große Pryce, der vor diesem talentlosen Spielverderber winselt und kuscht. Du folgst ihm wie ein stinkender Köter.«

»Das ist mir eine Ehre«, erwiderte Pryce. »Ihm gehören meine Loyalität und mein Leben. Für deinen Uvoren dagegen wüsste ich kein Wort, das niederträchtig genug wäre.«

»Du bist ein dickköpfiger Narr, Pryce. Ein Narr! Willst du es tatsächlich allein mit uns hier aufnehmen? Uvoren wird von deinem Verrat erfahren, wenn wir mit dir fertig sind. Und dann wird Gray ebenfalls sterben, das weißt du.«

Roper konnte kaum noch atmen. Die Nacht, die sie umgab, verdichtete sich und lähmte seine Gliedmaßen. Ein Scheit im Feuer knackte laut, und Funken stoben in der Dunkelheit. Roper blinzelte.

Deshalb verpasste er den Moment, als Pryce' Schwert aus seiner Scheide fuhr und Asgers Kehle glatt durchbohrte. Asger riss die Augen auf und ließ sein Schwert fallen. Dann hob er die Hände zu der Klinge, die ihm in die Gurgel gefahren war. Pryce riss sie heraus, und Asger war tot, noch bevor er auf dem Boden landete. Blut sprudelte aus der Wunde, als er in den Dreck rollte. Mit der Geschwindigkeit einer angreifenden Schlange wirbelte Pryce zu Gosta herum, dem es gelungen war, sein Schwert zu ziehen. Die Klingen klirrten dreimal in rascher Folge gegeneinander, und bei jedem Schlag stoben weiße Funken auf, bevor

Pryce seinen Widersacher mit einem Kopfstoß zu Boden schickte.

Mittlerweile hatten Roper und die beiden anderen Wächter ebenfalls ihre Schwerter gezogen. Derjenige, der Roper gegenübersaß, stürzte sich auf ihn, um ihn zu töten. Der andere versuchte, seinem am Boden liegenden Kameraden zu helfen, Pryce zu bezwingen. Roper und der Wächter prallten aufeinander. Roper zog sich zurück und sah jetzt nicht mehr, was mit Pryce passierte. Er hörte die Schreie, das Gebrüll und das Klirren von Schwertern nicht, denn seine ganze Welt schien nur noch aus dem schlanken Stück Legierung zu bestehen, das er vor sich hochhielt.

Es gelang ihm, einen ersten Angriff abzuwehren, dann einen zweiten. Der dritte war eine Finte, was Roper wusste. Er trat zur Seite und ließ das Schwert seines Widersachers an seiner Klinge vorbeigleiten. Dann hämmerte er dem Wächter den Knauf von *Kaltschneide* ins Gesicht. Es krachte, aber der Mann schien den Hieb kaum wahrgenommen zu haben. Er schlug Roper die behandschuhte Faust ins Gesicht, und dieser taumelte zurück, unfähig, den nächsten Angriff abzuwehren. Die Faust seines Angreifers krachte gegen die Knochenrüstung seiner Brust und schleuderte ihn zurück. Wieder griff er an, und auch diesen Hieb konnte Roper nicht parieren. Sein Gegner unterlief seine Abwehr und schlug ihm die Beine unter dem Leib weg. Die Klinge hatte seine Knöchel getroffen, und zum zweiten Mal in seinem Leben lag Roper auf dem Rücken und kämpfte ums Überleben.

Der Wächter stürzte sich auf ihn und zielte nach seiner Kehle. Verzweifelt wehrte Roper den Schlag ab. Funken tanzten vor seinen Augen. Er versuchte einen Gegenangriff, doch der Wächter schlug sein Schwert verächtlich zur Seite. Diesmal musste Roper die feindliche Klinge mit der behandschuhten Linken von seiner Kehle fernhalten. Die Schneide drang tief in seine Hand ein, aber es gelang ihm zu verhindern, dass der Mann ihm den Hals durchtrennte.

Plötzlich wurde es dunkel. Ihm war Blut in die Augen gespritzt, und er sah nur noch schwarze Flecken. Etwas Schweres fiel auf Roper, und er spürte, wie heißes Blut über seine Seite lief. Er bemühte sich, das Schwert in den Körper zu rammen, der auf ihm lag, aber die Klinge war zu lang, sodass er die Spitze nicht in den Wächter stoßen konnte.

»Das reicht!«, knurrte jemand über ihm. »Er ist erledigt.« Roper erstarrte und gehorchte. Der Körper auf ihm war schlaff und regungslos. Es war ein Leichnam.

Sein Angreifer war tot.

Roper atmete mehrmals durch und wischte sich das Blut aus den Augen. Dann wand er sich unter dem Toten heraus und setzte sich auf. Pryce stand neben ihm. Der Zuchtmeister hatte tiefe Schnittwunden an beiden Armen und in einer Wade. Außerdem schien er ein Ohr verloren zu haben. Aber er stand trotzdem auf beiden Beinen. Um ihn herum lagen die Leichen von vier Heiligen Wächtern. Roper mochte seinen Augen kaum trauen.

Pryce warf ihm einen harten Blick zu. Blut lief ihm über die Arme und tropfte von seinen Händen. Er wirkte auf Roper so perfekt wie ein Raubvogel. Ein Jäger. Jemand, den die Angelegenheiten von Menschen nicht auf die übliche Art und Weise betreffen. Jemand, dessen Reaktionen so instinktiv waren, dass sie das Gehirn vollkommen umgingen. Sowohl was seine Gedanken als auch seine Taten anging, war er eine ganze Klasse schneller als alle anderen Menschen, die Roper jemals getroffen hatte. Es stimmte, er war kein besonders raffinierter Schwertkämpfer. Aber seine Bewegungen waren so kompromisslos wild, so brutal schnell, dass Roper sich nicht vorstellen konnte, wie noch so viel Geschicklichkeit Pryce' Schnelligkeit überwinden könnte.

»›Kämpfe niemals gegen Pryce‹«, sagte Roper mit zitternder Stimme. »Ich bin dir zu Dank verpflichtet.«

»Es war mir ein Vergnügen.« Roper hatte den Eindruck, dass Pryce es tatsächlich ernst meinte. »Aber jetzt zurück, und zwar schnell.«

Er half Roper auf die Beine. Dessen linke Hand hatte eine tiefe Schnittwunde, und er konnte auf seinen verletzten Knöcheln nur humpeln, aber seine Verletzungen waren nichts im Vergleich zu denen von Pryce. Der Zuchtmeister blutete aus vielen Wunden, doch er ignorierte es. Stattdessen legte er sich Ropers Arm über die Schultern und half ihm, ins Lager zurückzukehren. »Schnell«, drängte er ihn. Schließlich kamen sie an die ersten Lagerfeuer. Pryce brüllte Befehle, trieb die Männer von ihren Feuern und schickte sie in alle Richtungen. Sie brauchten Wundärzte, sie brauchten Wasser, und vor allem brauchten sie Gray. »Ich will, dass jemand ihn suchen geht. Sofort!«

Doch Gray fand sie zuerst. Er tauchte unvermittelt neben ihnen auf. Sein Gesicht war weiß vor Wut. »Was zum Teufel war das? Asger?«

»Der aufgeblasene Dreckskerl ist tot!«, stieß Pryce angestrengt hervor. Er schleppte Roper weiter zu dessen eigenem Feuer. »Das meiste davon war Gostas Klinge.«

»Ein Glück, dass du da warst«, sagte Gray, bevor er das Kommando übernahm. Im Lager herrschte Aufruhr. Wachmänner drängten sich um die kleine Gruppe, doch Gray schob sie wenig freundlich zur Seite. »Sucht nach den Leichen! Bringt sie zu mir!«, befahl er.

Die Wundärzte tauchten auf und kümmerten sich um Roper. Er verlor Pryce aus den Augen, hörte ihn jedoch fluchen, als sie sich auch um ihn kümmerten.

»Gray?«, rief Roper.

»Lord?«

»Pryce hat mir das Leben gerettet. Wird er überleben?«

Gray lachte kurz auf. Dann legte er Roper die Hand auf die Schulter. »Es braucht schon mehr als zwei von Uvorens besten Männern, um diesen Mann umzubringen.«

»Sie waren zu viert«, murmelte Roper. »Es waren vier Heilige Wächter.«

Das schockte Gray sichtlich, aber er fasste sich rasch wieder.

»Vergesst es, Mylord. Ihr seid jetzt bei uns, in Sicherheit. Es gibt nur eines, was wichtig ist und woran wir denken müssen: an die morgige Schlacht.«

12. KAPITEL

ÖFFNET DIE TORE

Uvoren war es nicht gewohnt, bei einem Feldzug nicht dabei zu sein. Normalerweise führte er selbst auf dem Schlachtfeld den Sieg herbei, statt unruhig im Hindrunn auf Nachrichten zu warten. Er hatte nur ironisch eine Braue gehoben, als er sah, wie die Massen Roper bei seinem Auszug aus der Festung zujubelten. Die Nachricht von seinem ersten Sieg hinzunehmen war ihm jedoch schwerer gefallen. Das Hindrunn hatte die Kunde erreicht, dass Roper mit einem Überfall im Morgengrauen ein taktisches Meisterstück geliefert hatte. Die Legionen waren unverzagt marschiert und hatten heldenhaft gekämpft, und die Leute sagten, Roper wäre allein durch das Lager der Südlinge geritten und hätte Dutzende von Feinden getötet. Natürlich konnte das nicht stimmen, aber es nagte an Uvoren.

Es war die richtige Entscheidung gewesen, nach dem Hindrunn zu greifen, als es ihm wie eine reife Frucht in den Schoß gefallen war, aber Uvoren konnte es kaum ertragen, innerhalb seiner Mauern zu warten. Als er sicher gewesen war, dass Roper bereits etliche Wegstunden entfernt war, hatte er sich an die Spitze seiner restlichen Kavallerie gesetzt und war ausgeritten, um den Kampf zu suchen. Aber er hatte den Feind nicht angetroffen. Die Armee des Südens wurde erheblich straffer zusammengehalten, als er es bei einer solchen Horde erwartet hätte. Als Folge war er rastlos und gereizt.

Doch Roper war nicht der Einzige, der es verstand, Loyalität in den Menschen zu wecken. Uvoren hatte von einer erheblich besseren Position aus begonnen als sein Rivale, weil man ihm allein schon wegen seines Rufs beträchtlichen Respekt entgegenbrachte. Er trainierte mit den Legionären, die bei ihm in der Festung geblieben waren. Ihm war bewusst, dass allein seine Anwesenheit genügte, um seine Krieger zu ermuntern. Er sah, wie sie sich in seiner Nähe benahmen. Unter seinem Blick stammelten diese erfahrenen und kampferprobten Männer verlegen, und wen er ansprach, der strahlte so sehr, dass es fast schon grotesk wirkte. Sie boten ihm ihre Wasserschläuche an, schmeichelten ihm und baten ihn, ihnen die Geschichte von König Offas Tod zu erzählen. Anders als Roper versuchte Uvoren die Loyalität seiner Männer nicht dadurch zu gewinnen, dass er diente; stattdessen forderte er, dass sie ihm dienten. Er wusste, dass Männer, die einem großzügigen Herrn einen Dienst erwiesen, rasch eine respektvolle Haltung zu diesem entwickelten. Folglich war Uvoren überall, stellte Forderungen an die Soldaten und dankte ihnen großzügig, wenn sie sie erfüllt hatten. Sorgfältig achtete er darauf, jeder Gruppe von Kriegern, mit denen er zu tun hatte, ein anderes Kompliment zu machen. Bei den einen bewunderte er ihren Umgang mit dem Schwert, anderen schmeichelte er damit, von ihren Taten gehört zu haben.

Kaum war Roper verschwunden, veranstaltete er ein Turnier, um die Krieger in der Festung beschäftigt zu halten. Uvoren selbst kämpfte nicht, weil er es für besser hielt, wenn die Männer weiterhin über seine Kühnheit als Kämpfer spekulierten, statt ihre Vermutungen bestätigt zu sehen. Aber er sah zu und applaudierte, als die Krieger vor einer tosenden Menge kämpften. Er stellte auch die Preise für dieses Turnier, für das Erste Schwert einen ungeheuer kostbaren Brustpanzer aus Unthank-

Silber und eine edle Klinge aus demselben Material für den Gewinner des Ringkampfs. Außerdem spendierte er die Speisen und den Birkenwein für die dankbare Menge. Ropers Ansehen mochte wachsen, aber Uvoren sorgte dafür, dass sein Ansehen noch schneller wuchs.

Dann veranstaltete er eines der brutalen Pioba-Spiele auf den Straßen der Festung. Alle anderen sahen entzückt zu, wie zwei Mannschaften um die Kontrolle über die aufgeblasene Schweinsblase rangen, die als Ball benutzt wurde. Unter heftigen Schlägen versuchte jede Seite, den Ball in den Bereich ihrer Widersacher zu tragen. Diejenigen, die den Ball trugen, liefen durch kleine Gassen, während die Untertanen sich aus den Fenstern lehnten und ihnen zujubelten. Oder aber sie mischten sich in das Gedränge der Männer, die versuchten, für ihre Mannschaft auf einer der Hauptstraßen einen Vorteil zu erringen, indem sie das gegnerische Team zurückdrängten.

Uvorens wirkungsvollste Veranstaltungen aber waren die athletischen Wettbewerbe. Es gab Wettläufe mit und ohne Rüstung, Wettkämpfe, in denen die Männer ihre Kraft maßen, und den Lieblingswettkampf des Hindrunn, ein kräftezehrendes Rennen über zwölf Runden entlang der gesamten inneren Mauer des Hindrunn. Die Läufe waren seit Langem nicht mehr so umkämpft gewesen, da zum ersten Mal seit Jahrzehnten weniger erfolgreiche Athleten aus Pryce' Schatten treten und um den Sieg beim Sprinten wetteifern konnten.

Uvoren ließ es sich nicht nehmen, jeden Tag mit seinem schönsten Pferd und in voller Rüstung, begleitet von einem Tross aus hoch geschätzten Kriegern, zum Äußeren Tor zu reiten. Dort stellte er sich auf das Torhaus und blickte zum Horizont, als suchte er einen Hinweis darauf, wie Roper sich schlug. Er akzeptierte ernst und streng die Verehrung, die man ihm entgegenbrachte, hob ab und zu die Hand zum Gruß, aber lächelte weder, noch würdigte er die Untertanen, die ihn grüßten, eines Blickes. Er war der erhabene Herrscher, der völligen

Gehorsam verlangte und bekam. Schließlich war er sich sicher, dass seine Soldaten ihm gehorchen würden, wenn der Moment kam und sie gezwungen waren, ihre Kameraden unter den Schwarzen Legionären, die Roper befehligte, zurückzuschlagen.

Aber Roper machte es ihm schwer. Denn er hatte einen überwältigenden taktischen Sieg errungen, und für das Volk des Schwarzen Königreiches überwog Erfolg im Krieg alles andere. Also nutzte Uvoren auch das zu seinem Vorteil. Heimlich wurde von einem Dutzend Quellen, die überall im Hindrunn verteilt waren, ein neues Gerücht in die Welt gesetzt. Angeblich waren die Männer aus Süddal nach seinem letzten Sieg an Roper herangetreten und hatten ihm einen Handel vorgeschlagen. Sie wollten sich mit dem Schwarzen Königreich die östlichen Länder teilen, und Roper hatte akzeptiert. Tagelang war es das einzige Gesprächsthema in der Festung. *Hast du schon gehört? Der Schwarze Lord will Frieden mit den Südlingen schließen, im Austausch gegen ein großes Stück Land im Osten.*

Am Ende jedoch war es Roper selbst, der Uvorens Machenschaften überflüssig machte. Am dreiundzwanzigsten Tag nach Ropers Abmarsch erreichten Uvoren Neuigkeiten. Zunächst nur vereinzelt und unbestätigt, hielten sie sich dennoch hartnäckig. Schließlich gab es keinen Zweifel mehr: Roper war nach Githru marschiert, um sich den Männern aus Süddal dort in einer Schlacht zu stellen, und hatte eine katastrophale Niederlage erlitten.

Es war taktisches Unvermögen gewesen, nichts anderes. Angeblich hatte er eine sehr starke Stellung gehalten, und die Legionäre waren guten Mutes. Aber irgendetwas schien ihn erschreckt zu haben, und so hatte er in letzter Minute versucht, sich zurückzuziehen. Die Krieger der Südlande hatten ihre gepanzerten Reiter losgeschickt und auf dem schmalen Schlachtfeld ein wahres Massaker veranstaltet.

Jetzt waren die Reste von Ropers Legionen auf dem Rückzug zum Hindrunn, gejagt von der Armee des Südens. Roper kämpfte mit den verbliebenen Streitkräften ein verzweifeltes Rückzugsgefecht, während eine Kolonne von Verwundeten sich dem Hindrunn näherte. Uvoren ritt selbst hinaus, um sie zu empfangen.

Ein langer Zug von Karren, vollgestopft mit Verletzten, holperte über die Straße zum Hindrunn. Selbst Uvoren empfand Mitleid bei diesem Anblick. Es schien, als hätten sie sich so rasch zurückgezogen, dass die Wundärzte nicht einmal Zeit gehabt hatten, ihre Verletzungen ordnungsgemäß zu versorgen. Etliche Legionäre lagen, mit ihren eigenen vertrockneten Eingeweiden bedeckt, bleich und regungslos auf den Karren. Die meisten von ihnen waren tot. Überall klebte Blut, getrocknetes wie auch frisches, und Männer stöhnten und wälzten sich hin und her, wenn die Karren über Wurzeln und Steine auf dem Weg rumpelten. Die Verbände etlicher Männer waren bereits rostrot gefärbt von getrocknetem Blut, viele kauerten sich zusammen und rührten sich nicht. Vermutlich würden nur sehr wenige von ihnen ihre Rückkehr ins Hindrunn lange überleben.

»Das sind aber nicht viele«, bemerkte Uvoren.

»Der Rest ist tot, Lord«, antwortete der Kutscher, den Uvoren angesprochen hatte. »Das sind alle, die wir retten konnten.«

»Allmächtiger Gott!« Uvorens Lippen zuckten. Er starrte den Kutscher ungläubig an, während er neben dem Fuhrwerk herritt. »Wie viele Legionäre hat Jung-Roper noch?«

»Ziemlich wenige, Lord. Ich schätze, höchstens fünfzehntausend.«

Uvoren schnappte nach Luft und verschluckte sich fast. »Fünfzehntausend! Das Hindrunn wird nicht erfreut sein.«

Damit war die Sache erledigt. Ropers Nerven hatten ihn im Stich gelassen, wie Uvoren es erwartet hatte. Er hatte seine Krieger geopfert und damit auch jede Chance vertan, das Schwarze Königreich zu regieren. Uvoren empfand das Triumphgefühl, das er erhofft und erwartet hatte, gleichzeitig aber auch eine glühende Wut. Unfähigkeit, nichts anderes, hatte all diese Legionäre das Leben gekostet. Roper hatte nicht das Zeug zu einem Herrscher. Er war schwach.

»Ich wette, der erste Sieg ging auf Tekoa«, sagte er zu Tore, dem Legaten der Grauen. Die beiden ritten zusammen zum Hindrunn zurück. Es war kalt, und wie alle guten Anakim genoss Uvoren die Kälte. Deshalb gab es so wenige Glasfenster in den Häusern des Hindrunn. Wenn einem warm war, bedeutete das, dass man von der Wildnis getrennt war. Für diese Art der Isolation hatten die Anakim ein Wort: *fraskala*, das Gefühl, in einem Kokon zu stecken. Das Gegenteil wurde positiv gesehen und ausgedrückt. *Maskunn* – offen.

»Er muss gewusst haben, dass man Roper nicht vertraut, und hat ihn an der kurzen Leine gehalten.«

»Und dann hat Tekoa ihn für die zweite Schlacht von der Leine gelassen«, pflichtete Tore ihm bei. »Mit dem Ergebnis, dass Roper zwanzigtausend Krieger in den Tod geführt hat.« Er klang verbittert. Es war eine schreckliche Verschwendung, und selbst wenn sie die Südlinge trotzdem noch aus ihrem Land vertreiben konnten, würde es Generationen dauern, sich von dem Verlust zu erholen.

»Informiere die Legionen!« Freude und Wut rangen in Uvorens Stimme um die Vorherrschaft. »Sag ihnen, was Roper getan hat, Bera.« Er benutzte Tores Spitznamen aus dem Haskoli. »Wer weiß, vielleicht schaffen wir es ja sogar zu siegen, ohne Ropers Streitkräfte zu vernichten. Ich bezweifle, dass sie nach diesem zweiten Desaster weiter für ihn kämpfen werden. Wenn wir Roper töten, werden sich die anderen uns anschließen.«

»Wahrscheinlich. Aber töte Roper vor den Toren, damit wir sehen können, wie seine restlichen Legionäre reagieren.«

»Sehr gut. Zwei Kanonen dürften genügen.«

»Und was ist mit Tekoa? Wie wird er auf all das reagieren? Falls er überhaupt noch am Leben ist.«

»Er hat gewiss überlebt.« Uvoren war vollkommen zuversichtlich. »Er stirbt nicht für eine verlorene Sache. Sicher hat er gespürt, woher der Wind weht. Wir werden ihn aufnehmen. Ich gebe ihm eine wohlklingende Position und etwas Einfluss, dann ist er zufrieden. Und nachdem seine Tochter Witwe geworden ist, nehme ich sie vielleicht ebenfalls bei mir auf.«

»Du hast schon eine Frau«, merkte Tore an.

»Gewiss«, antwortete Uvoren ungeduldig. »Aber denk an die Autorität, die ein Kind besitzen würde, das halb Lothbrok, halb Vidarr ist. Das wäre ein Geschlecht, das dem der Jormunrekur in nichts nachstünde.«

»Wir können tausend Jahre regieren, mit oder ohne die Vidarr.«

Die beiden Männer kehrten zur Festung zurück. Die Verwundeten auf den Fuhrwerken, die durch die Tore direkt zum Lazarett rumpelten, waren nach ihnen die letzten Soldaten, die man in die Festung ließ, solange Roper noch lebte. Hinter ihnen wurden die schweren Balken vorgeschoben, und die Fallgitter, die normalerweise nur gesenkt wurden, wenn sich eine feindliche Armee näherte, glitten vor dem Großen Tor hinab.

Dann wurden die Legionen zusammengerufen. Die beiden regulären Legionen, die Schwarzfelsen und die Grauen, versammelten sich auf der Mauer rechts und links neben dem Großen Tor. Sie bereiteten sich darauf vor, Ropers Männer mit dieser Zurschaustellung von Macht zu empfangen. Die anderen, die Hilfslegionen, nahmen in der Mitte des Hindrunn Aufstellung, bereit, an jede Stelle der Mauer geschickt zu werden, die vielleicht angegriffen wurde.

Die großen bronzenen Drachenkanonen auf der Äußeren Mauer wurden geladen, um eine verheerende erste Salve abzufeuern. Sie waren so gewaltig, dass die Kanoniere sich an die Wand stellen und schreien mussten, wenn sie abgefeuert wurden, damit ihnen nicht die Trommelfelle platzten. Ihre Reichweite war ungeheuer, aber in dieser Nacht würden sie, Uvorens Schätzung zufolge, nicht weiter als fünfzig Schritt schießen müssen. Roper würde zu einem Gesetzlosen erklärt und zerfetzt werden.

Die Tanks der Feuerwerfer, die tief in der Äußeren Mauer lagen, wurden gefüllt. Wenn der Feind näher kam, pumpte man mit Pedalen Luft in die Tanks und erhöhte den Druck, sodass sie feuerbereit waren. Innerhalb einer Entfernung von dreißig Schritten von der Mauer konnten diese Feuerwerfer alles mit dem Pechfeuer überziehen. Es war so heiß, dass das Fleisch auf den Knochen schmolz, und man konnte es nur löschen, wenn man die Flammen mit Sand erstickte. Die Feuerwerfer waren die am meisten gefürchteten Waffen, über die das Hindrunn verfügte.

Katapulte und Speerschleudern wurden in Position gebracht, Ständer mit Ersatzspeeren daneben positioniert.

Die Plattenschleudern, mechanische Waffen, die geschärfte Metallscheiben in die feindlichen Schlachtreihen feuern konnten und zu verheerenden Schnittverletzungen führten, wurden ebenfalls nach vorn geschoben und mit ihren schweren Geschossen beladen.

Außerdem schafften die Legionäre zahllose Eimer mit Pfeilen auf die Mauer und häuften daneben altes Mauerwerk auf, um es hinabzuwerfen.

Die Flüchtlinge jenseits der Äußeren Mauer hörten die Vorbereitungen und kamen zu dem Schluss, dass sich eine feindliche Armee näherte. Sie flohen in die Dunkelheit. Diejenigen innerhalb der Mauern sahen, wie sich die Legionäre auf den Straßen versammelten und wie man die Waffen zu den äußeren Mauern schaffte. Hastig eilten sie davon. Diese Vorbereitungen hätte die Festung auch getroffen, wenn sich eine Armee aus Süddal genähert hätte, aber alle wussten, auf wen diese Waffen gerichtet werden würden. Sie wussten, dass Roper und seine geschlagene Armee näher kamen. Alle hatten von dem Fiasko in Githru gehört und wussten, dass Roper schon bald das schlimmste Schicksal treffen würde: Man würde ihn zum Feind des Schwarzen Königreiches erklären. Zu einem Gesetzlosen. Einer Kreatur ohne Loyalität, deren Leichnam vernichtet werden würde, damit er nicht von den Toten auferstand, wenn die Schlange Desaster dereinst aus dem Sand des Ostens auftauchte. Bei einem Konflikt zwischen dem Wolf und der Wildkatze sollte man sich hüten, zwischen die Fronten zu geraten.

* * *

Dunkle Gestalten huschten über die Straße, zu beschäftigt, um auf die beiden Frauen zu achten, die in einem angrenzenden Garten unter einem Weißdornbusch saßen. Die größere Frau lehnte an der Wand des Hauses, die kleinere an einem Baumstamm. Selbst in der Dunkelheit konnte man die glänzenden grünen Augen der größeren Frau sehen, als sie die Gestalten auf der Straße mit dem Blick verfolgte. Die meisten waren Frauen, die Holz, Nägel, Holzkohle, Faustäxte und Säcke mit getrockneten Früchten umklammerten, alles Dinge, mit denen sie ihre Häuser für die bevorstehende Belagerung vorbereiteten. Ihre Männer waren anderswo, warteten bereits gerüstet auf ihren Positionen.

Es gab ein altes und unausgesprochenes Wissen über Belagerungen. Wenn man eine feindliche Armee zwang, einen Stützpunkt zu stürmen, dann ließen die Soldaten jeden für den Widerstand teuer bezahlen, sobald sie erst hineingekommen waren. Sollte es dem Schwarzen Lord gelingen, sich irgendwie den Zugang zu erzwingen, dann würde die Wut seiner Legionäre schrecklich sein. Sie würden ihre Wut höchstwahrscheinlich an ihrem eigenen Heim auslassen, nachdem es sich schließlich ja auch mit Kanonen und Feuerwerfern gegen sie gewendet hatte.

»Große Angst beherrscht die Menschen«, bemerkte die große Frau.

Ihre kleinere Gefährtin war eine junge Küchenmagd, Glamir, die in Tekoas Haushalt arbeitete. Sie drehte sich nicht zu Keturah herum, als sie antwortete. »Wir sollten hineingehen. Was tun wir, wenn Uvoren jetzt kommt, um Euch zu holen?«

»Der Hauptmann der Wache hat im Moment wichtigere

Dinge im Kopf. Wahrscheinlich kommt er erst, wenn er mit meinem Ehemann fertig ist, und dann wird ihn auch eine geschlossene Tür nicht aufhalten.« Sie verdrehte die Augen. »Es wird eine ermüdende Unterhaltung werden.«

Doch Keturah dachte nicht an Uvoren. Ebenso wenig dachte sie an ihren Ehemann. Sie dachte nicht einmal an ihren Vater, weil sie darauf vertraute, dass er all das, was vor den Mauern geschah, schon überstehen würde.

Sie dachte an ihre Freunde, die unter Roper marschierten. Vielleicht marschierten sie jetzt ja gar nicht mehr, sondern waren von ihm geopfert worden. Sie waren auf diesem blutigen Schlachtfeld am Meer zurückgelassen worden. Aber irgendjemand musste überlebt haben. Es waren freundliche Männer, mit denen sie oft gescherzt und getratscht hatte. Sie hatten ihr besonderes Interesse an Keturah bekundet, hatten versucht, sie zu umgarnen und zu beeindrucken, ihr kleine Geschenke überreicht, die sie selbst gemacht hatten. Sie waren vor dem Haus ihres Vaters aufgetaucht, um ihr etwas vorzusingen, wenn sie betrunken waren. Mehr als einmal war Tekoa barsch und mit finsterer Miene, aber mit einem Lachen in den Augen herausgestürmt. In seinem beeindruckenden Legatenumhang hatte er sich vor dem versammelten Kreis von Zuschauern aufgebaut und sie aufgefordert, diesen zwitschernden Halunken sofort zu entfernen, da er anderenfalls jedem einzelnen von ihnen einen Hoden abschneiden würde, um ihn zu einem Stück Seife zu verarbeiten.

Wie würden sie sich wohl benehmen, diese freundlichen Männer, wenn sie die Verteidiger auf den Mauern überwanden und sich ihren Weg in diese Straßen erzwangen? Höchstwahrscheinlich, sagte sich Keturah, würden sie sie aufsuchen, um sie vor dem Chaos und den anderen Männern zu beschützen, die mit weit weniger vornehmen Motiven durch die Gassen schlichen. Aber es gab noch eine andere Möglichkeit, die sie nicht ganz aus ihren Gedanken verdrängen konnte. Vielleicht war ihr Geist stattdessen von der Erfahrung der Gewalt vergiftet worden. Sie fürchtete das Auftauchen eines wild gewordenen Fremden, der durch ihre verriegelte Tür brach, weit weniger als die Möglichkeit, dass es einer ihrer Freunde sein könnte. Oder vielmehr eine bloße Hülle, die einem Freund ähnelte, sich aber weit zielstrebiger, raubtierähnlich bewegte. Sie hatte selbst erlebt, dass Männer nach gewaltigen Schlachten durch das Entsetzen, das sie durchgemacht hatten, manchmal nicht wiederzuerkennen waren. Sie hatten sich in Kreaturen ohne jedes Gefühl und ohne jede Vernunft verwandelt. Ihr Bewusstsein war zutiefst verstümmelt, und sie hatten sie mit weit aufgerissenen Augen angestarrt. Sie hatte sie bemitleidet, aber sie fürchtete auch, was es in ihr auslösen würde, wenn sie mit ansehen musste, wie diese Gestalten durch die dunklen Straßen vor ihrer Tür schlichen – oder schlimmer noch, versuchten, die Tür aufzubrechen. Ob ihre Freunde sich wirklich so verhalten würden, wenn sie von den harschen Gesetzen ihres Landes über ihre Grenzen hinaus getrieben wurden, wollte sie lieber nicht wissen.

»Hört Ihr das?«, fragte Glamir plötzlich.

Keturah lauschte. Sie konnte nichts Auffälliges wahrnehmen, nur das Trappeln von Ledersohlen auf Pflastersteinen. Zwei Ringeltauben, die über ihnen im Baum leise gurrten. Die letzten Blätter des Baumes, die im Wind raschelten. Das sanfte Plätschern des Bachs, der die Straße überquerte.

Aber dann spürte sie etwas. Ein schwaches rhythmisches Zittern in ihren Eingeweiden. Es lief durch ihren Körper, durch die Lunge und in den Hals hinauf. Sie sah ihre Gefährtin an. »Ich fühle es.«

Die Gestalten auf der Straße vor den beiden Frauen verlangsamten ihre Schritte und blieben schließlich stehen, als auch sie es wahrnahmen. Sie hoben die Köpfe und sahen zu den Mauern hinauf, in den lavendelfarbenen Himmel. Alles wurde still. Die Blätter zitterten, und die Steine erbebten unter den Schritten einer entfernten Armee, die im Gleichschritt marschierte. Die Leute auf den Straßen sahen sich an. Einige von ihnen schienen

Keturahs Blick jetzt erst zu bemerken und sahen zu der Stelle, wo sie im Schatten saß. Das Wasser des kleinen Rinnsals kräuselte sich in gleichmäßigen Wellen, ausgelöst durch das rhythmische Stampfen von Stiefeln. Dann war der Bann gebrochen, und auf der Straße brach plötzlich hektische Betriebsamkeit aus. Türen wurden links und rechts von Keturah zugeschlagen, und nach wenigen Augenblicken war niemand mehr zu sehen.

Keturah schenkte ihrer Gefährtin ein spöttisches Lächeln, das diese mitfühlend erwiderte. »Ich hoffe, dass Euer Vater den Sieg davonträgt, 'Turah!«

Keturah wandte den Blick ab. »Ich auch«, erwiderte sie. »Aber das erscheint mir sehr unwahrscheinlich. Auch wenn man noch so kampflustig ist, kann man nicht alles erreichen.«

»Euer Vater ist ein Überlebenskünstler. Er wird durchkommen.«

»Möglich«, antwortete Keturah. »Die einzige Person, die mit Sicherheit nicht überlebt, ist Roper. Das war es dann wohl mit meiner Ehe.«

»Ihr seid besser dran ohne ihn«, erwiderte Glamir. »Immerhin hat er sich auf eine Abmachung mit den Südlingen eingelassen!«

Keturah schnalzte missbilligend mit der Zunge und beendete das Thema damit. »Selbstverständlich hat er das nicht getan.« Sie saß unnatürlich ruhig da, den Kopf an die Mauer gelehnt, und wirkte fast gelangweilt. Glamir neben ihr war eindeutig aufgeregt. Sie blickte auf die Straße und dann zum Himmel hoch.

»Was glaubt Ihr, wie viel von dieser Festung wird morgen noch stehen?«, erkundigte sich Glamir.

»Schwerter schneiden keinen Stein!«, erwiderte Keturah scharf. Das folgende Schweigen wurde von dem Stampfen marschierender Stiefel gestört. Keturah spürte, dass Glamir etwas sagen wollte, und sie wusste auch, was es war.

»Ich habe Angst«, sagte die Küchenmagd dann leise.

»Dir wird nichts passieren, Liebes.« Keturah ergriff Glamirs Hand, um ihren gleichgültigen Ton zu lindern.

»Nicht nur wegen des Angriffs«, sagte Glamir. »Ich habe Angst um Euch. Ihr seid nur eine Figur in diesem Spiel.«

In der folgenden Stille erzitterte der Boden. Keturah rührte sich nicht. Dann zuckte sie mit den Schultern. »Ich und alle anderen auch.«

* * *

Die Nacht sank herab, und es fühlte sich an, als hätte der Winter endlich seinen Umhang über die Festung geworfen. Die Luft war trocken und kalt. Wie Nebel hing der Atem der Legionäre auf den Mauern über den Zinnen. Die Männer versammelten sich, begrüßten sich kurz und warteten dann schweigend. Niemand sagte etwas. Die Erschütterungen der marschierenden Füße waren mittlerweile auch mit den Ohren wahrnehmbar geworden. Es klang wie ein ferner Applaus, ein Publikum von Zehntausenden, die gleichzeitig klatschten.

Dumpf und regelmäßig.

Es war eine mondlose Nacht. Die Schwarzfelsen und die Grauen konnten von ihren hohen Bastionen aus nichts erkennen. Also wurden die Gaslaternen entzündet. Die vier gewaltigen Lampen auf dem Großen Torhaus verbrannten eine Mischung aus Kalk und komprimiertem Gas, um strahlend weiße Flammen zu erzeugen. Ein Hohlspiegel hinter der Flamme wurde genutzt, um das intensive Licht auf das Gelände vor den Mauern des Hindrunn zu richten und damit jede sich nähernde Armee zu beleuchten, egal wie riesig sie sein mochte. Diese Laternen waren bereits Waffen an sich. Der Feind, der in dieses helle Licht trat, wurde vollkommen geblendet. Zudem wurden in Öl getränkte Strohbündel von den Mauern herabgeworfen, um sie dann mit Brandpfeilen zu entzünden. Die Dunkelheit sollte Ropers Männern keinen Schutz bieten.

Uvoren lehnte sich auf dem Großen Torhaus an eine der Zinnen und wartete darauf, dass der Feind in Sicht kam. Er kannte das Geräusch einer marschierenden Armee, und diese Armee klang lauter, als er erwartet hatte. Und tiefer. Vielleicht hatte es etwas mit der kalten Luft zu tun, oder es lag an dem Kontrast zu der angespannten Stille, die sich über die Befestigungen gesenkt hatte. Er versuchte seine Männer zu beruhigen, aber seine Stimme wirkte wie eine Kerze, die in einem Abgrund entzündet wurde und nur das wahre Ausmaß der Finsternis betonte. Also verstummte er.

Es war kein Wunder, dass seine Männer schwiegen. Sie hatten noch nie zuvor gegen andere Anakim gekämpft, geschweige denn gegen ihre eigenen Kameraden. Wenn es zu einem Kampf Mann gegen Mann kommen sollte, würden sie mit gekreuzten Klingen einem Freund gegenüberstehen. Es war leicht, tapfer in einen Kampf gegen die Südlinge zu ziehen. Aber gegen die eigenen Gefährten zu kämpfen war eine ganz andere Sache. Und es waren nicht einfach nur Anakim. Es waren Ramneas Hunde. Die Heiligen Wächter. Kein Mann wollte gegen solche Krieger kämpfen.

Erst als der Lärm der Marschierenden den Sand aus den Fugen der Quader auf den Befestigungen rieseln ließ, glaubte Uvoren, Ropers Armee in der Dunkelheit jenseits der Mauern zu erkennen. Sie waren kaum sichtbar, wirkten wie ein schimmernder Fluss aus reflektiertem Sternenlicht, der direkt auf das Große Tor zuströmte. Anscheinend hatten sie keine Fackeln entzündet, sondern ließen sich von dem rötlichen Schimmer der Holzkohlenfeuer über dem Hindrunn nach Hause leiten.

»Jetzt dauert es nicht mehr lange, Männer«, erklärte Uvoren. Doch seine Worte schienen nicht einmal den Mann neben ihm zu erreichen. Selbst Tore, der links neben Uvoren stand, blieb stumm und aufmerksam, als die Spitze der Kolonne aus der Dunkelheit auftauchte und den Lichtkegel der Gaslaternen erreichte. Es war zwar schwer, etwas zu erkennen, aber von den Verfolgern der Armee der Südlande war nichts zu sehen. Die Legionen mussten sie unterwegs abgehängt haben.

Für eine geschlagene Streitmacht hielten sie bemerkenswert

gut Formation. Sie wirkten fast geisterhaft. Ihre Rüstungen und Waffen spiegelten das Licht, während ihre Körper im Dunkeln blieben. Als wäre nur eine Kolonne aus Rüstungen gekommen, um ihr Heim zu belagern, und hätte die Körper der Krieger zurückgelassen. Aber leere Rüstungen ließen den Boden nicht unter gleichmäßigen Schritten erzittern. Dieses Beben schien die ganze Festung zu bedrohen. Die Untertanen, die sich in ihre Häuser zurückgezogen hatten, hörten die Schindeln auf ihren Dächern klappern, und sie erwarteten jeden Moment das Dröhnen einer Drachenkanone, das ihnen sagte, dass ihr Heim angegriffen wurde. An der Spitze der Kolonne marschierte die Heilige Wache. Als sie in den Schein der Gaslaternen kamen, sahen sie wahrhaft prachtvoll aus. Das strahlend weiße Licht wurde von ihren Rüstungen reflektiert. Sie gingen hoch aufgerichtet und stolz, wirkten beinahe engelhaft in ihren hellen Gewändern und waren alles andere als die geprügelten Hunde, die Uvoren erwartet hatte.

Zwischen ihnen ritt Roper. Auf seinem gewaltigen Schlachtross sah er ebenso majestätisch aus wie bei seinem Aufbruch. Er bot einen beeindruckenden Anblick, in seinen Umhang gehüllt, der sämtliches Licht zu schlucken schien, das auf ihn fiel. Er und seine Männer marschierten voller Stolz, ohne das geringste Anzeichen von Verzagtheit, obwohl sie doch wissen mussten, dass Uvoren ihnen die Tore nicht öffnen würde.

Roper und die Wache kamen immer näher, doch noch immer geschah nichts. Uvoren befahl den Kanonieren nicht, das Feuer zu eröffnen, und Roper machte auch nicht den Eindruck, als hätte er vor anzugreifen. Er hielt einfach nur geradewegs auf das Tor zu, so als würde es sich so selbstverständlich für ihn öffnen, wie es das immer schon getan hatte. Vielleicht hatte Roper auch einfach nur die Abmachung nicht verstanden, die er mit Uvoren getroffen hatte. Warum auch immer, jedenfalls marschierten die Heilige Wache und er direkt zum Tor. Mittlerweile waren sie innerhalb der Reichweite der Feuerwerfer.

»Was denkt er sich?«, murmelte Uvoren. Hinter der Heiligen Wache kam die erste Reihe von Ramneas Hunden in Sicht. Ihre Rüstungen sahen ebenso blank aus wie die der Männer, mit denen Roper marschierte. Uvoren beugte sich zu Tore. »Glaubst du, dass Jung-Roper unterwegs angehalten hat, um seine Soldaten aufzupolieren?«

»Genauso sieht es aus«, antwortete Tore. Uvoren wirkte entspannt, aber Tore und die Männer auf der Mauer waren es nicht.

Ein Trompetensignal erklang aus der Kolonne vor den Mauern. Die marschierenden Legionäre blieben in perfekter Formation stehen. »Ganz ruhig, Männer«, sagte Uvoren beiläufig. Etliche seiner Soldaten waren bei dem Trompetensignal zusammengezuckt.

Eine Stimme wie die von Roper, aber etwas tiefer und harscher, ertönte in der Nacht. »Öffnet die Tore! Die Schwarzen Legionen sind zum Hindrunn zurückgekehrt!«

Uvoren grinste im Schutz der Dunkelheit. Auf den Straßen hinter ihm ertönten die Schritte von marschierenden Soldaten. Das musste die Verstärkung für die Männer auf den Mauern sein, da jetzt klar war, dass sich Ropers gesamter Heereszug auf diesen Punkt des Großen Tors konzentriert hatte. »Der Narr will wohl sterben! Er glaubt, dass es ihn retten könnte, wenn er sich unter die Heilige Wache mischt. Wie rührend!«

»Du willst mit einer Kanone in die Heilige Wache feuern?«, murmelte Tore.

»Dann eben mit Speerschleudern!«, lenkte Uvoren ein. Er nickte den beiden Mannschaften an den Schleudern zu, die rechts und links neben dem Torhaus standen. Auf sein Zeichen machten sie ihre Waffen bereit, die aussahen wie gewaltige Armbrüste. Die Artilleristen spannten mit ihren Winden die Bögen und legten die Bolzen ein. Der Schwarze Lord wartete immer noch und blickte unter seinem Helm zu der Stelle hinauf, wo Uvoren stand. Hinter der Mauer marschierten immer noch Männer auf. Dann ertönte ein befriedigendes Schnappen, als die Männer an den Speerschleudern die Waffen gespannt hatten und die Sehnen auf den Auslösehaken lagen.

»Halt!«, brüllte jemand hinter Uvoren. Verärgert fuhr der Hauptmann herum und holte Luft, um die Person scharf zurechtzuweisen. Doch das einzige Geräusch, das aus seinem Mund kam, war ein leichtes Zischen, als sein Atem aus der Lunge wich. Dann klappte sein Mund auf.

Hinter dem Großen Tor standen fünfhundert Krieger in Rüstung. Sie hatten ihre Schwerter gezückt und trugen Schilde. Über ihren Köpfen schwangen drei Banner, deren Wappen cremefarben auf schwarzem Tuch schimmerten. Links verschlang eine Schlange die Wurzeln eines Baumes. Rechts bäumte sich ein Einhorn auf. Und in der Mitte knurrte ein Wolf. Das Haus Vidarr, das Haus Alba, das Haus Jormunrekur. Die Truppe wurde von einem einzelnen Krieger angeführt, der groß und breitschultrig allein vor der Formation stand.

Gray.

Das Schwert in der Hand, stand er mit gespreizten Beinen da und starrte mit entschlossener Miene zu Uvoren hoch.

»Was in Gottes Namen …?« Die Krieger auf den Befestigungen hatten sich ausnahmslos ebenfalls herumgedreht und starrten benommen auf die kampfbereiten Krieger, die sich hinter ihnen aufgebaut hatten.

»Wer sind diese Männer?«, zischte Tore und beantwortete die Frage sofort selbst. »Sie sind bereits in der Festung!«

Uvorens Gedanken überschlugen sich. »Die verfluchten Verwundeten! Dieser hinterhältige, heimtückische Dreckskerl!« Sein Gesicht ähnelte dem Wolf auf dem Banner der Jormunrekur. Mit einem Schlag begriff er die Zusammenhänge, und diese Erkenntnis traf ihn hart. Sein Gesicht verzerrte sich vor Wut.

Ropers Legionen hatten keine Niederlage erlitten. Es war nur ein Märchen gewesen, das ihn dazu verleitet hatte, einem Haufen von Ropers loyalsten Soldaten, getarnt als Schwerverletzte, die Tore zu öffnen. Und jetzt standen sie gepanzert, bewaffnet und kampfbereit vor ihm. Die Absicht dieser Krieger war unmissverständlich. Öffne die Tore, oder wir töten dich und öffnen sie anschließend selbst. Uvorens beste Krieger saßen auf den Mauern des Hindrunn fest, während Ropers Armee durch das Große Tor strömen würde. Ein Massaker wäre die Folge, und zwar eines, das Uvoren, der sich in unmittelbarer Reichweite dieser fünfhundert Krieger des Schwarzen Lords befand, wohl nicht einmal erleben würde.

Uvoren blieb einen Moment wie erstarrt stehen und blickte auf Gray hinunter. Das Schweigen wurde nur von dem Klappern der Bolzen unterbrochen, die auf die Speerschleudern rechts und links neben ihm geladen wurden. Tore blickte rasch von Uvoren zu Gray und wieder zurück. Gray stand still wie eine Statue. Und Uvoren atmete nicht einmal.

»Öffnet die Tore!«, schrie Uvoren schließlich. Dann zwang er sich zu einem Grinsen. »Öffnet die Tore! Heißt den Schwarzen Lord zu Hause willkommen!« Er kehrte Grays Streitkräften unter ihm den Rücken zu und trat an den Rand des Torhauses. Dann gab er den Mannschaften an den Speerschleudern ruhig ein Handzeichen. *Entladen, sofort!* Danach ging er die Treppe hinab. Das Fallgitter quietschte, als es hochgezogen wurde, und die Bolzen des Tores fuhren mit einem Knall zurück. Uvoren zuckte bei dem Geräusch ein wenig zusammen.

Gray und seine fünfhundert Krieger standen immer noch hinter dem Tor, und Gray starrte Uvoren in die Augen, als er vortrat.

»Gray Konrathson«, sagte Uvoren leise und blieb unmittelbar vor dem Wächter stehen, während ihm das Geräusch der Zahnräder signalisierte, dass die Tore hinter ihm sich zu öffnen begannen. »Wie es scheint, dienst du einem neuen Herrn.«

»Mein Herr war immer der Schwarze Lord.«

»Aber du bist ein Heiliger Wächter.« Uvoren tippte mit seinem Finger hart gegen Grays gepanzerte Brust und lächelte leicht. »Und ich bin Hauptmann der Heiligen Wache.«

»Und das ist alles, was du bist, Hauptmann«, erwiderte Gray. Uvoren stand sehr dicht vor ihm und starrte Gray in die Augen. Der Hauptmann war etwas größer als der Wächter und sah kalt auf Gray herab, als er noch näher rückte. Gray hielt sein Schwert immer noch in der rechten Hand und schob es langsam zwischen sich und Uvoren, bis die Spitze unmittelbar unter dem Kinn des Hauptmanns schwebte. »Das ist alles«, wiederholte er leise.

»Uvoren!«, rief jemand hinter ihm. »Und ich dachte schon, du wolltest uns angreifen!«

Uvoren wirbelte herum und schaffte es, in dieser kurzen Zeitspanne ein Lächeln auf sein Gesicht zu zwingen. »Mylord!« Roper und er gingen aufeinander zu und umarmten sich wie Brüder. Uvoren trat als Erster zurück und packte Ropers Schultern. Dann schenkte er ihm ein strahlendes Lächeln. »Wir wollten Euch nur angemessen begrüßen!«

Roper lachte, aufrichtig amüsiert, und sah Uvoren direkt in die Augen. »Githru war ein Triumph, Uvoren! Der Feldzug ist beendet, und die Südlinge sind über den Abus nach Süden zurückgetrieben worden.«

»Oh.« Uvorens Lächeln gefror. »Ich frage mich wirklich, woher dann diese Gerüchte kamen.« Er starrte Roper kurz an. Der Junge kam ihm größer vor als zuvor. Breitschultriger, größer und ganz gewiss kühner. Roper zuckte mit den Schultern. Uvorens Männer auf den Bastionen sahen verblüfft zu, wie die Legionen in die Festung zu marschieren begannen. »Und ich dachte, diese Männer wären eure Verwundeten.« Uvoren deutete hinter sich, wo Gray und seine fünfhundert Krieger standen.

»Sicher bist du außer dir vor Freude, dass du dich geirrt hast«, sagte Roper.

Uvoren zwang sich erneut zu einem Lächeln. »Selbstverständlich, Lord. Kommt!« Er wandte sich vom Tor ab und legte Roper die Hand auf den Rücken, um ihn zum Fried zu geleiten. »Wir müssen eine Siegesfeier vorbereiten.«

»Gray.« Zu Uvorens Ärger entzog sich Roper seinem Griff

und ging stattdessen zu dem Wächter hinüber. Er blieb unmittelbar vor Gray stehen, der ihn anlächelte und sich dann tief verneigte. Roper zog Gray wieder hoch, und die beiden umarmten sich. »Danke«, sagte Roper, als sie sich trennten. »Ich danke dir für alles.«

»›Denkt nicht an das Hindrunn.‹ Das war, glaube ich, mein Rat an Euch«, erwiderte Gray. »Wo wären wir jetzt, wenn Ihr ihn befolgt hättet?«

»Du hast mir noch einen anderen Ratschlag gegeben. ›Die größten Krieger können in jeder Arena kämpfen, aber ein wahrhaft großer Anführer braucht gar nicht zu kämpfen.‹ Und siehe, hier stehen wir. Wir sind wieder zu Hause, Bruder.«

TEIL II

WINTER

13. KAPITEL

DIE EHRENHALLE

Sieg.

Dieses Wort war wie Nektar für Roper. Er und Gray schlenderten durch die Gassen, als wären sie betrunken. Die gepflasterten Straßen waren menschenleer: Noch wagten die Bewohner nicht, ihre Häuser zu verlassen.

»Sieg!«, zischte Gray, sehr zu Ropers Freude.

»Noch einmal!«, verlangte der Schwarze Lord.

»Sieg!«

Es spielte keine Rolle, wie spät es war. Sie würden eine Siegesfeier abhalten. Ein erfolgreicher Feldzug schloss immer mit einem Fest, und es würde Stunden dauern, diese Feier vorzubereiten. Alle Krieger würden daran teilnehmen, und zwar in den Kasernen, die im ganzen Hindrunn verteilt waren. Unter den Kesseln mit Birkenwein, Met, Bier, Apfelwein und Bräu würden sich die Tische bereits biegen, bevor die Speisen überhaupt aufgetragen wurden. Und was für Speisen! Nichts Gepökeltes, Geräuchertes oder Getrocknetes! Frisches Fleisch von Schweinen, Rindern und Geflügel, über Holzkohle geröstet und gefüllt mit wildem Knoblauch. Dazu in Lehmöfen gebackene Klettenwurzeln und Flaschen mit Buttermilch.

Ropers Fest sollte die prachtvollste Feier überhaupt werden. Zweihundert der vornehmsten Persönlichkeiten des Landes, unter ihnen Kommandanten, Ratsherren, Historiker und Krieger, würden die Treppen zum Hohen Fried hinaufschreiten und sich in der Ehrenhalle drängen. Diejenigen, die bei diesem Feldzug am tapfersten gekämpft hatten, erhielten ebenfalls eine Einladung, vielleicht sogar einen Platz an der Hohen Tafel bei Roper und seinen wichtigsten Ehrengästen.

Niemand hatte gewusst, dass es ein Fest geben würde, also war nichts vorbereitet, und man musste ganz von vorn anfangen. Die Lehmöfen wurden mit Holz bestückt und auf Temperatur gebracht. Zwischen einer kleinen Armee von Schweinen und ihren betrunkenen Hirten entbrannte eine wilde Schlacht. Nach nur einer halben Stunde erklärten sich die Schweinehirten triumphierend zu Siegern, und ihre bezwungenen Feinde wurden auf Karren geladen und in die Küche verfrachtet. Man holte die Getränke in Fässern und Krügen aus den kühlen Kellern. Pendelnd schwangen sie unter Flaschenzügen und wurden auf Karren geladen, die sie in der ganzen Zitadelle verteilten. Es war schon beinahe alles für das große Festmahl vorbereitet, ehe jemandem auffiel, dass die Köche nirgendwo zu sehen waren. Sie versteckten sich immer noch in ihren verbarrikadierten Häusern, weil sie die Geräusche der Feierlichkeitsvorbereitungen irrtümlicherweise für die einer marodierenden Armee hielten, die die Festung plünderte.

Sie wurden aus ihren Heimen geholt und machten sich mit Feuereifer an die Arbeit, als sie begriffen, dass der Lärm nicht von einer Plünderung herrührte, sondern eine Siegesfeier ankündigte. Roper gab die Einladungen für jene aus, die an seinem Fest teilnehmen sollten. Es waren insgesamt dreiundfünfzig Heilige Wächter, zweiunddreißig Legionäre von Ramneas Hunden, einundzwanzig Skiritai, elf Krieger der Pendeen, dreiundvierzig der Hilfslegion und zwei Dutzend Berserker, die den Edlen des Landes in der Ehrenhalle Gesellschaft leisten würden. Roper war nicht überzeugt gewesen, dass alle Berserker wirklich eine Einladung verdient hatten, aber Gray hatte ihn eines Besseren belehrt. »Es lohnt sich nicht, an einem Fest teilzunehmen, zu dem weniger als ein Dutzend Berserker eingeladen sind, Lord.«

Es war bereits etliche Stunden nach Mitternacht, als die Küche schließlich erklärte, dass alles bereit wäre. Die hohen Torflügel der Ehrenhalle, die ebenfalls aus Mooreiche bestanden, wurden geöffnet. Roper saß in der Mitte der Hohen Tafel, die auf einem Podest stand und von der aus man auf die anderen langen Tische blicken konnte, an denen seine Untertanen Platz nahmen. Die Ehrenhalle selbst war aus Granit erbaut, darüber spannte sich eine hohe Gewölbedecke aus Stein. Durch die kleinen Fenster unmittelbar unterhalb der Decke drang in dieser mondlosen Nacht kein Lichtstrahl herein. Stattdessen beleuchteten drei Dutzend lodernde Feuerkörbe entlang der Wände das Innere der Halle. Das flackernde Licht fiel auf Tausende von in den Stein gemeißelten Reliefs. Sie zeigten die Umrisse von endlosen Schlachtenszenen, von Siegen, Verhandlungen, Thronbesteigungen und Jagden.

An diesem Abend saß zu Ropers Rechten Gray und zu seiner Linken eine Fremde: seine Frau. Daneben hatte Uvoren Platz genommen und neben diesem Pryce. Auf Grays anderer Seite saß Tekoa.

Zuerst wurden die Getränke ausgeschenkt. Roper fiel auf, dass Gray, Pryce, Tekoa und Uvoren zunächst ein Horn Buttermilch tranken, bevor sie sich den kräftigeren Getränken aus den Kesseln zuwandten. Pryce bevorzugte Met und reichte sein Horn am Tisch weiter, sodass ein anderer Gast es mit der funkelnden honigfarbenen Flüssigkeit füllen konnte. Als er es zurückbekam, stand er auf und hob das Horn hoch in die Luft. Er wartete nicht, bis in der riesigen Halle Stille eingekehrt war, sondern brüllte einfach drauflos. »Das gute Zeug zuerst!« Jubel brandete ihm entgegen, und einige andere Gäste hoben ebenfalls ihre Hörner. »Mylord Roper!«, rief er zum Toast und leerte das Horn. Die anderen folgten seinem Beispiel, und Ropers

Blick glitt zu Uvoren. Er hatte sein eigenes Horn mit einem einigermaßen passablen und respektvollen Murmeln geleert.

»Warum trinken sie vorher Buttermilch?«, fragte Roper und beugte sich zu Keturah.

Sie drehte den Kopf zu ihm herum. Ihre hellgrüne Iris bildete einen Strahlenkranz um ihre großen dunklen Pupillen. »Um den Magen zu polstern, natürlich«, sagte sie. »Das Fest wird Stunden dauern, und ich schlage vor, du folgst ihrem Beispiel – falls du noch miterleben willst, wie das Essen serviert wird. Mein Gemahl«, setzte sie grinsend hinzu.

Roper trank gehorsam Buttermilch und beschloss dann, das Bräu zu probieren, weil der Kessel ihm am nächsten stand. Es schmeckte schrecklich. Verstohlen reichte er es an Keturah weiter, die, um ihn zu necken, so tat, als fände sie es köstlich. Dann hielt er sich lieber an den ihm vertrauten Birkenwein.

Gray war aufgestanden und hob sein Horn mit Bier. »Es gab viele Helden in Githru!«, rief er. Roper bemerkte, dass an der Tafel bemerkenswert schnell Ruhe einkehrte, als Gray sprach. »Und keiner war heldenhafter als Leon Kaldison, der Lord Northwic beinah in zwei Stücke gehauen hat!«

Lauter Jubel brandete in der Halle auf, und die Gäste hoben ihre Hörner zum Toast auf Leon Kaldison. Der stattliche Wächter saß links neben Pryce und akzeptierte den Toast mit einem Nicken. Er hatte einen großen Namen als einer der besten Kämpfer der Heiligen Wache, das wusste Roper. Selbst Uvoren scherzte gern, dass Leon ihm Angst machte.

Sie tranken noch auf weitere fünfzig Krieger, und während dieser Toasts entspann sich die Geschichte der Schlacht. Den Ausschlag hatte, wie so oft bei Schlachten, die Heilige Wache gegeben. Der Wind peitschte über Githru, als die Schlachtreihen aufeinanderzustürmten, und trieb salzige Gischt über den östlichen Teil des Schlachtfeldes. Der Knall, mit dem die beiden Heere aufeinanderprallten, wirkte wie ein Schlag in den Magen. Es dröhnte wie eine gewaltige Salve Kanonenfeuer oder mächtiges Donnergrollen. Das Geräusch wurde von Schilden erzeugt, die gegen Stahl prallten, von Männern, die zu Boden geschlagen wurden, von Äxten, die Holz zersplitterten. Und darunter war noch ein tieferes, subtileres Geräusch zu vernehmen. Das Stöhnen von über fünftausend Männern, denen die Luft aus den Lungen gepresst wurde.

Die Schlacht, die diesem ersten Aufeinandertreffen folgte, war genauso intensiv wie erwartet. Roper hatte mit einem Wettstreit der Fertigkeiten gerechnet, mit heldenhaften Schwertkämpfen und Kämpfen von Mann gegen Mann. Aber in der Schlacht von Githru ging es um Muskelkraft. Die Schlachtreihe der Anakim presste sich mit Wucht gegen die ihrer südlichen Feinde. Die Schlachtreihe Süddals wankte und brach unter diesem Ansturm zusammen. Leichen sanken auf beinahe groteske Weise zurück. Es erweckte den Eindruck, als würde die Zeit langsamer ablaufen. Sie wurden von den Leibern in ihrem Rücken und dem mächtigeren, unaufhaltsamen Drängen von vorn gehalten. Schließlich wurde die Phalanx der Südlinge unter ohrenbetäubendem Knirschen aufgeworfen wie aufgepflügte Erde. Schwerter kamen fast gar nicht zum Einsatz. Lautes Stöhnen entrang sich diesem dynamischen Bogen an der Linie, wo die beiden Streitkräfte aufeinandertrafen und Südlinge zu Boden getrampelt wurden, liegen blieben und verzweifelt nach Luft rangen.

Der Geruch von Metall war überwältigend. Der aufgewühlte Schlamm stank danach, ebenso wie das Blut und die sich aneinanderreibenden Rüstungen.

Dreimal prallten sie gegeneinander, und dreimal kamen die Schlachtreihen zu einem erschöpften Stillstand. Die Kämpfer aus dem Süden zogen sich zurück, dann tauschten sie ihre erste Schlachtreihe aus und griffen die Legionen, die immer noch nach Atem rangen, von Neuem an. Die schwer gepanzerten Ritter mischten sich bei der dritten und vierten Welle zu Fuß zwischen die Kämpfer, und zwar in der Mitte, wo sie unmittelbar der Heiligen Wache gegenüberstanden. Dort erreichte das Ringen eine ganz neue Dimension. Einunddreißig Wächter fielen und etwa fünfzig wurden verletzt. Die Ritter waren deutlich in der Überzahl, die Legionen ermüdeten und wurden Schritt um Schritt zurückgedrängt. Letztendlich führten Gray, Pryce und Leon die Entscheidung herbei.

Den Anfang machte Pryce, der offenbar den Verstand verloren hatte. Denn er stürzte sich brüllend auf eine Gruppe von Rittern und schlug sie einfach zu Boden, ohne auch nur zu versuchen, sie zu töten. Sein wilder Vorstoß schlug eine Bresche in die feindliche Formation, und Gray reagierte als Erster. Er folgte seinem Protegé und bildete mit dem Rest der Heiligen Wache im Schlepptau einen Keil. Sie spalteten die Formation der Ritter und rissen sie auseinander. Lord Northwic hatte dahinter gestanden und seine Ritter angespornt. Nachdem die Wache die Formation durchstoßen hatte, stürzten sich Pryce, Gray und Leon auf seine Leibwächter. Protegé und Mentor hielten Leon den Rücken frei, als er sich durch die Schildmänner schlug und der feindlichen Armee den Kopf abtrennte.

Das hatte genügt.

Aber es gab noch eine Geschichte, die Roper unbedingt hören wollte. Er wandte sich an Gray. »Also hat der Plan reibungslos funktioniert?«

»Genau so, wie wir es besprochen hatten, Lord«, antwortete Gray. Er versuchte nicht einmal, seine Stimme zu senken, obwohl Roper bemerkte, wie Uvoren, der nur zwei Plätze weiter saß, erstarrte. »Wir hatten genug Leichen auf die Karren gehäuft, sodass sie sich nicht die Mühe machten, diejenigen genauer zu untersuchen, die sich noch rührten. Sie schickten uns direkt weiter zum Lazarett. Es wurde ein bisschen schwierig, als die Wundärzte kamen und uns untersuchten, aber es ist uns gelungen, sie alle gefangen zu nehmen und im Lazarett festzusetzen, bis wir hörten, dass Ihr näher kamt. Um zum Großen Tor durchzukommen, mussten wir nur so tun, als gehörten wir dorthin. Das war einfach. Wir haben das Hindrunn erobert, ohne auch nur ein einziges Leben zu opfern.« Gray strahlte Roper an. Der hatte das Gefühl, dass er nie wieder einen solchen Sieg erringen würde, selbst wenn er noch ein Jahrhundert lang Schwarzer Lord wäre.

Dann wurde das Essen aufgetragen. In der Mitte thronte ein prachtvolles Wildschwein, das mit Honig gebraten und dessen Kruste mit Salz eingerieben worden war. Es wurde von sechs Küchenmädchen getragen, die den lautesten Jubel in dieser Nacht einheimsten. Begleitet wurde die Wildsau von einer wahren Legion aus Gänsen, Enten und Hähnchen. Dazu gab es pro Tisch ein Schwein, aus dem das Fett tropfte und das das berauschende Aroma von wildem Knoblauch verströmte, und zweihundert Laibe knusprig gebackenen Brotes.

Roper stand auf, bereits etwas schwankend, und hob sein Horn. Schweigen breitete sich in der gewaltigen Gewölbehalle aus, während die Krieger nach dem Fleisch griffen und dabei zerstreut zu Roper blickten. Er ließ sich Zeit und musterte sie alle ernst. »Zuerst: auf unsere gefallenen Kameraden!«

»Auf die gefallenen Kameraden!«, dröhnte es in der Halle. Die Männer erhoben sich, und es rumpelte und krachte, als mindestens drei Bänke umkippten. Sie tranken lange, und ein leichtes Frösteln schien durch die Halle zu laufen. Dann hörte man ein Zischen, als die Krieger leise die Namen ihrer kürzlich gefallenen Freunde flüsterten.

Roper senkte den Kopf, das Horn vor sich haltend, und sprach selbst ebenfalls einen Namen. »Kynortas.«

Dann blickte er wieder auf. »Wir werden sie wiedersehen. Und jetzt: die Tapferkeitsauszeichnungen!«

Die Ankündigung löste eher interessiertes Gemurmel aus als den rauen Jubel, der in dieser Nacht fast alles andere begrüßte. Dann kehrte tiefe Stille ein. »Dieser Feldzug bestand nicht aus zwei Schlachten, sondern aus drei. Bei der ersten haben wir das Schlachtfeld vor den Südlingen verlassen.« Roper schwieg einen Augenblick und hob die Hände, als wollte er den wohlwollenden Spott, mit dem seine Worte aufgenommen wurden, abwehren. Doch jetzt lachten seine Krieger über das, was so lange seine tiefste Schande gewesen war. Erleichtert stieß er die Luft aus. Er hatte das Gefühl, sie seit diesem nun so fernen, regennassen Tag angehalten zu haben. »Es ist nicht so ruhmreich, aber Tapferkeit zu zeigen, wenn eine Sache verloren scheint, ist ganz gewiss das Heldenhafteste von allem, und ohne das Handeln eines Mannes würden zweifellos erheblich weniger Männer heute Nacht feiern. Vielleicht würden wir sogar überhaupt nicht feiern. Denn dafür, dass er Earl William tötete, als andere Männer nur versteinert zum Hügelkamm hinaufblickten, verleihe ich Pryce Rubenson die Tapferkeitsauszeichnung!«

Lautes Freudengebrüll brandete auf.

Roper drehte sich zu Pryce herum und winkte ihn zu sich. Pryce stand unter erneutem Freudengeschrei auf und näherte sich Roper. Ihm schien die Verehrung der anderen Krieger nicht sonderlich nahezugehen, denn seine Miene wirkte unbewegt. Dann sank er vor dem Schwarzen Lord auf ein Knie und beugte den Kopf vor, während er beide Hände hob. Roper legte seine linke Hand auf Pryce' Kopf und zog mit seiner rechten einen silbernen Armreif hervor. Pryce trug bereits jeweils einen an seinen Handgelenken, und Roper schob den dritten um sein rechtes Handgelenk und bog ihn zusammen. »Eine besondere Auszeichnung, für seltenen Mut.« Er betrachtete Pryce, der seinen Blick erwiderte. »Ich würde dir zwei geben, wenn ich könnte.«

»Ich bin mit diesem einen mehr als geehrt, Mylord.«

Es war Pryce' dritte Tapferkeitsauszeichnung.

Der Rekord, den Reynar der Große hielt, lag bei vier. Gray hatte ihnen die Geschichte erzählt, wie Reynar vor achtzig Jahren gestorben war und damit seinen letzten Preis gewann. Er hatte hundertzwanzig Jahre alt werden müssen, um seine vier Preise zu gewinnen. Pryce dagegen war gerade erst vierzig.

Und Gray besaß mit seinen einhundertvierzig Jahren zwei Auszeichnungen.

Uvoren, der auch fast einhundert Jahre alt war, hatte ebenfalls zwei.

Roper zog Pryce hoch, und sie umarmten sich. Unter donnerndem Applaus ging Pryce zu seinem Platz zurück.

»Ich habe noch eine Auszeichnung zu verleihen!«, erklärte Roper, als wieder Ruhe einkehrte. »Der Empfänger wird niemanden von denen überraschen, die in Githru dabei waren. Und ich muss dabei auch erneut Pryce sowie Gray Konrathson mit einer Erwähnung ehren.« Als Grays Name fiel, schlugen die Männer mit der flachen Hand auf die Tische. Roper hob die Hand, und nach einer Weile wurde es still. »Beide zeigten heldenhaftes Verhalten, und wenn es weniger Helden gäbe, würden sie beide dafür auch einen Preis bekommen.« Er wartete, bis sich der Tumult legte. »Doch diese letzte Auszeichnung steht Leon Kaldison zu, der die Schlacht am Meer für uns entschied, als er einen wahren Anführer tötete: Cedric von Northwic.« In dem folgenden Tumult drehte sich Roper zu Leon herum und winkte ihn zu sich. Er befestigte den Armreif an seinem Handgelenk, wie er es auch schon bei Pryce getan hatte, und umarmte ihn. Leon stand demütig vor Roper und bat ihn, ein paar Worte sagen zu dürfen.

»Selbstverständlich.« Roper trat zur Seite und deutete auf den Heiligen Wächter. Der Jubel verstummte.

»Das hier ist meine größte Ehre: meine erste Tapferkeitsauszeichnung.« Leons Stimme war tief, und er redete bedächtig, als er die Männer an den Tischen unter sich ansprach. »Aber ich habe einfach nur Lord Northwic getötet. Wie Mylord Roper bereits sagte, die eigentliche Arbeit haben Gray Konrathson und Pryce Rubenson getan. Dieser Armreif«, er deutete auf den Schmuck an seinem Handgelenk, »ist ebenso der ihre wie der meine.« Die Männer applaudierten anerkennend. Leon verbeugte sich vor Roper, bevor er zu seinem Platz zurückkehrte.

Ohne darauf zu warten, dass es wieder still wurde, brüllte Roper in die Halle: »Kameraden, lasst euch das Fleisch schmecken!« Dann setzte er sich wieder und nahm sich ein Stück von dem saftigen Wildschwein.

»Gut gesprochen, mein Gemahl.« Keturah beugte sich dicht zu ihm. »Jedenfalls für dein erstes Mal. Es ist sehr schade, dass du selbst die Tapferkeitsauszeichnung nicht gewinnen kannst. Man hat mir gesagt, dass du ganz allein in das Lager der Südlinge gestürmt wärest.«

»Verehrte Keturah«, antwortete Roper, »die Leute übertreiben. In Wahrheit habe ich einfach nur die Kontrolle über das Pferd verloren, das dein Vater mir geschenkt hat.«

»Offenbar hat es ziemlich lange gedauert, bis du es wieder in den Griff bekommen hast.« Sie ließ sich nichts anmerken, als sie auf sein Spiel einging.

»Ich bin ein schlechter Reiter«, gestand Roper ihr. »Aber ich war nicht allein. Gray war bei mir.«

Keturah blickte an Roper vorbei auf den Heiligen Wächter zu seiner Rechten. Der lachte gerade Tränen. Tekoa sah ihn amüsiert an, und jedes Mal, wenn Gray sich gerade beruhigen wollte, murmelte der Patriarch der Vidarr ihm etwas zu, sodass Gray erneut in Gelächter ausbrach. Fast kippte er mit dem Gesicht auf die Platte mit Wildschwein vor ihm. »Ich glaube, das wird er auch sein, solange du ihn brauchst.«

»Er ist der beste Mann, den ich kenne«, antwortete Roper ernst.

»Hast du seine Frau schon kennengelernt?«

»Nein.«

»Sigrid Jureksdottir. Du solltest sie eigentlich kennen, sie ist eine geborene Jormunrekur.«

»Tatsächlich?«

»Und vielleicht die schönste Frau im ganzen Schwarzen Königreich.«

»Wie kommt es dann, dass ich noch nie von ihr gehört habe?«

»Sie gehört nicht mehr zu deiner Generation«, erwiderte Keturah spöttisch. »Aber man hat mir erzählt, dass die Vermählung der beiden damals ein echter Skandal gewesen ist. Die wunderschöne Tochter des Hauses Jormunrekur ehelicht einen einfachen Legionär der Pendeen aus dem Hause Alba. Sein Ansehen ist seit dieser Zeit beträchtlich gestiegen.«

»Dieser Teufel.« Roper grinste. »Gut für Gray. Und gut für Sigrid, dass ihre Saat aufgeblüht ist.«

»So wie meine«, sagte Keturah. »Ich habe einen Jungen geheiratet, der in den Krieg gezogen ist und von dem ich glaubte, ihn nie wiederzusehen. Und jetzt sitze ich hier auf einem Siegesfest neben dem Schwarzen Lord.«

»Du hast mir nicht vertraut?«

»Ich habe dich nicht gekannt. Aber ich habe es nicht geglaubt, als man mir sagte, dass du besiegt worden wärest.«

»Du wusstest, dass ich siegen würde?«, fragte Roper hoffnungsvoll.

Darüber lachte sie schallend und legte eine Hand auf seinen Arm. »Ich wusste, dass mein Vater niemals zulassen würde, dass du verlierst.«

Roper runzelte die Stirn. »Beim nächsten Feldzug lasse ich deinen Vater zu Hause, dann wirst du schon sehen, dass ich ihn nicht brauche.«

Sie verdrehte die Augen. »Bitte nicht. Er wäre unausstehlich.«

»Mylord!«, brüllte Uvoren über Keturahs Schulter. *Da war es wieder – Lord.* »Ihr habt doch wohl nicht vor, die ganze Nacht mit einer Frau zu reden?«

Roper warf Uvoren einen frostigen Blick zu, aber Keturah ergriff rasch das Wort und kam ihm zuvor. »Keine Sorge.« Sie ließ ihre Hand auf Ropers Arm entlanggleiten, sodass sie sich auf die andere Seite drehen und Uvoren ansehen konnte. »Dieses Verhalten des Hauptmanns kommt jetzt doch überraschend. Denn er selbst war sehr erpicht darauf, mir Gesellschaft zu leisten, während du im Feld warst.«

»Tatsächlich?« Roper beugte sich vor und sah Uvoren an, der Keturah mit diesem vertrauten spöttischen Grinsen betrachtete.

»Er wollte nur dafür sorgen, dass ich nicht zu sehr unter deiner Abwesenheit leide, davon bin ich fest überzeugt«, fuhr Keturah honigsüß fort.

Soweit Roper wusste, war es das erste Mal, dass Uvoren keine Erwiderung einfiel. Er schnaubte verächtlich, wandte sich ab und füllte sein Horn mit Bier. Dann wechselte er das Thema.

»Mir ist aufgefallen, dass der Leutnant der Heiligen Wache nicht unter uns ist. Das ist ein sehr deutlicher Bruch mit der Tradition.«

»Er ist sehr wohl da.« Roper deutete auf Gray rechts neben ihm. »Ach was? Du hast es noch nicht gehört? Asger ist in Githru gefallen. Ebenso wie Gosta.«

Uvoren erstarrte, während er über Ropers Worte nachdachte. Bevor er antworten konnte, ergriff Pryce das Wort.

»Ebenso wie die Wächter Hilmar und Skapti. Ich glaube mich zu erinnern, dass sie alle Freunde von dir waren.«

»Was für eine Schande, dass eine Schlacht so viele gute Männer das Leben gekostet hat«, antwortete Uvoren bedächtig.

Pryce zuckte gleichgültig mit den Schultern. »Genau genommen ist es schon vor Githru geschehen, Uvoren. Denn die vier waren schon tot, bevor die Schlacht überhaupt begonnen hat.«

»Pryce«, warnte ihn Roper. Er hatte vorgehabt, Frieden mit Uvoren zu schließen. Zwar hatte er begriffen, dass er dem Mann sein Gerede nicht einfach durchgehen lassen konnte, aber es hatte auch wenig Zweck, ihn unnötig gegen sich aufzubringen.

Pryce jedoch schien taub für Ropers Warnung zu sein. »Oh ja, das stimmt«, fuhr er fort, als Uvoren ihn mit weit aufgerissenen Augen anstarrte. Er beugte sich etwas näher zu dem Hauptmann der Heiligen Wache und erwiderte dessen Blick, ohne zu blinzeln. »Sie haben versucht, meinen Lord Roper anzugreifen, deshalb habe ich sie alle getötet. Zuerst habe ich Asger die Gurgel durchgeschnitten. Er war kein richtiger Wächter, deshalb war es ein Leichtes. Nachdem ich Gosta zu Boden geschleudert hatte, habe ich mein Schwert in Skaptis Achselhöhle gerammt. Es muss ziemlich schmerzhaft gewesen sein, denn sein Gekreische war wirklich außerordentlich. Allerdings hat er mich auch erwischt.« Pryce deutete auf eine tiefe, genähte Schnittwunde auf seinem Unterarm unterhalb seines frisch gehämmerten Armreifs.

Sämtliche Fasern in Uvorens Körper schienen angespannt zu sein. Es sah aus, als wäre er auf seiner Bank ein klein wenig zusammengesunken, während jeder Muskel in seinem Körper aktiviert war. Eine pulsierende Aura von Wut ging von ihm aus.

»Bedauerlicherweise konnte ich Gosta nicht sofort erledigen. Er war zäh, und Mylord Roper brauchte meine Hilfe gegen Hilmar. Also habe ich ihm ein paar Sehnen durchtrennt, um ihn zu lähmen, bevor ich seine Halsschlagader aufgeschlitzt habe, um ihn ausbluten zu lassen. Offenbar habe ich mich dabei nicht allzu geschickt angestellt. Er atmete immer noch, als sie die Leichen eine halbe Stunde später wegtrugen. Immerhin hat er mich auch erwischt.« Pryce schob sein schwarzes Haar zurück und deutete auf sein fehlendes Ohr und einige Schnittwunden auf den Armen.

Roper beobachtete ihn entsetzt und gleichzeitig fasziniert. Es war gut, dass in der Ehrenhalle keine Waffen erlaubt waren. Sonst, dessen war er sich sicher, hätten sich Uvoren und Pryce gegenseitig in Stücke gehackt.

»Hilmar habe ich als Letzten erledigt«, fuhr Pryce fort. »Ich gebe zu, dass er mir den Rücken zugekehrt hatte. Der Schwarze Lord wehrte ihn verbissen ab, also habe ich mich dazu entschlossen, es noch einmal mit der Achselhöhle zu versuchen, um herauszufinden, ob es genauso schmerzhaft wäre wie bei Skapti. Aber er hat gar keinen Laut von sich gegeben, sondern ist einfach nur zusammengebrochen. Offenbar habe ich ihn direkt ins Herz getroffen.«

Uvoren atmete schwer und starrte Pryce in die Augen. Keiner der beiden rührte sich auch nur einen Fingerbreit. Uvorens rechte Hand zuckte schwach.

»Cousin, ich bin sicher, du übertreibst«, warf Keturah bissig ein. »Und dein Ohr ist wirklich hässlich. Was werden die Frauen des Hindrunn sagen, wenn sie das sehen? Möglicherweise musst du dir jetzt tatsächlich eine Ehefrau suchen.«

Pryce blinzelte und richtete seinen Blick auf Keturah. »Was?« Er berührte die Stelle, wo das Ohr fehlte. Die Anspannung legte sich etwas, als Uvoren und er den Blickkontakt unterbrachen. »Es sind Spuren von Kämpfen. Das kümmert keine Frau.«

»Und ob sie das kümmert. Jedenfalls, wenn du an einer menschlichen Frau interessiert bist.«

Roper fand, dass Keturah sich meisterhaft verhalten hatte. Ihr Schlag gegen Pryce' Stolz hatte ihn abgelenkt und verhindert, dass es zu einem Kampf zwischen den beiden berühmtesten Kriegern des Königreiches kam, was sonst gewiss geschehen wäre. Jedenfalls schien Pryce nicht mehr daran interessiert zu sein, Uvoren noch länger anzustarren. Stattdessen betastete er sein verletztes Ohr, und seine Miene verfinsterte sich.

Nachdem sie sich einen Monat lang von Feldrationen hatten ernähren müssen, schmeckte das Wildschwein hervorragend. Während der endlosen Morgen mit gekochtem Haferbrei und den Abenden mit aufgekochtem, gepökeltem Lamm hatten die Legionäre von diesem Fest geträumt. Und jetzt stürzten sie sich mit wilder Begeisterung auf die Speisen. Die Stimmung war ausgelassen, weil sich auch die enorme Anspannung, die sich auf ihrem kühnen Marsch zum Großen Tor aufgebaut hatte, verflüchtigt hatte, ohne dass sie hätten Blut vergießen müssen.

Als sie sich dem Tor genähert hatten, hatte Roper nicht gewusst, ob seine List funktioniert hatte. Er vertraute einfach darauf, dass seine getarnten Soldaten es unerkannt in die Festung geschafft hatten und ihm gegenüber loyal blieben. Trotzdem hatte er auf das laute Klacken gewartet, das die Aktivierung der Feuerwerfer verkündete. Und auf den Strahl aus Pechfeuer, der die gesamte Heilige Wache verzehrt hätte.

Es waren jedoch die Berserker, die das meiste Kapital aus dem

Fest schlugen. Normalerweise lebten sie vollkommen isoliert vom Rest der Gesellschaft. Niemand außer ihnen wusste genau, worin ihre Ausbildung überhaupt bestand. Jedenfalls verwandelte sie sie von ganz normalen Männern in Individuen, die zu unverhältnismäßig brutaler und Furcht einflößender Gewalt fähig waren. Einige fielen durch die Ausbildung, da sie ungeeignet waren, als Berserker zu dienen. Andere kostete sie das Leben. Diejenigen jedoch, die diese Prüfung überlebten, erhielten eine Tätowierung: den Engel des Wahnsinns. Sie trugen stets Phiolen mit Essig bei sich, in die sie eine Essenz des Fliegenpilzes gegeben hatten. Wenn sie diesen Trank zu sich nahmen, für gewöhnlich unmittelbar vor einer Schlacht, versetzten sie sich damit in einen Zustand der Übererregung, in dem sie nicht mehr zwischen Freund und Feind unterschieden und beinahe auf jeden Reiz mit einem Angriff reagierten. Der Einsatz dieses Tranks unterlag strengsten Regeln, und sie durften die Essenz nicht zu sich nehmen, wenn sie in der Nähe ihrer Kameraden kämpften. Obwohl sie an diesem Abend keine Phiolen bei sich trugen, gab es bereits bei den kleinsten Provokationen heftigste Prügeleien unter ihnen. Roper sah, wie zwei von ihnen unaufhörlich die Schädel gegeneinanderschlugen, bis einer von ihnen zu Boden ging. Er versuchte auf Händen und Knien weiterzukämpfen, fiel aber schließlich aufs Gesicht. Ein anderer stand auf und rammte dem Sieger die Faust in den Magen. Er wurde mit einem spektakulären Schwall von Erbrochenem belohnt, der eine Kerze auslöschte und selbst die Berserker zurückzucken ließ.

»Sie scheinen nicht gerade wegen ihrer Intelligenz ausgewählt zu werden«, bemerkte Roper zu Gray.

»Ganz gewiss nicht, Lord«, stimmte Gray zu.

Keturah schien mittlerweile zu bedauern, dass sie die Spannung zwischen Uvoren und ihrem Cousin aufgelöst hatte. Denn sie fing an, den Hauptmann mit Sticheleien zu reizen. Sie machte sich wegen seines Alters über ihn lustig, wegen Pryce' dritter

Tapferkeitsauszeichnung, darüber, dass er so tatenlos in der Festung herumgesessen hatte, während andere Männer kämpften, und wegen seiner Waffe, des Streithammers, die sie als »unhandlich« bezeichnete.

»Und was versteht eine Frau schon davon?«, knurrte Uvoren.

»Oh, es tut mir leid, Hauptmann. Habe ich Euch beleidigt? Ich entschuldige mich, aber Ihr müsst das wirklich nicht zu ernst nehmen. Wie Ihr schon sagtet: Ich bin ja nur eine Frau und weiß nur das, was andere Krieger mir erzählt haben. Zugegeben, es herrscht allgemeine Einigkeit, dass Eure Entscheidung, den Seelenjäger als Waffe zu benutzen, keine sonderlich praktische Wahl war und nur Euer eigenes Prestige steigern sollte. Aber ich bin sicher, dass Ihr dafür gute Gründe hattet.«

Uvoren wirkte zunehmend verärgert, aber selbst er konnte sich nicht mit körperlicher Gewalt an ihr rächen. Also versuchte er, es ihr mit bissigen Bemerkungen heimzuzahlen, aber sie schossen weit am Ziel vorbei und lösten nur Anfälle ehrlicher Erheiterung bei Keturah aus.

Schließlich stand Uvoren unvermittelt auf und hob sein Horn. »Krieger!«, rief er. »Krieger!« Die Männer waren zu betrunken, als dass schnell Ruhe eingekehrt wäre, und selbst als sich der größte Lärm gelegt hatte, hörte man immer noch lautes Geschrei aus der Ecke der Berserker. Sie wurden von den Männern um sie herum zur Ruhe aufgefordert. Aber das kümmerte sie nicht, bis Roper mit der Faust auf die Hohe Tafel schlug, woraufhin sie endlich verstummten.

Uvoren dankte Roper mit einem leichten Nicken. »Ich danke meinem Lord Roper für dieses großartige Fest!« Lautes Gebrüll, auf den Schwarzen Lord gemünzt, ertönte, das dieser mit einem freundlichen Nicken akzeptierte, bevor er seine Aufmerksamkeit wieder auf Uvoren richtete. Er wollte hören, was der Hauptmann zu sagen hatte. »Wirklich, es ist die würdige Feier eines Feldzugs, den wir ohne Bedenken in die Reihe der Erzählungen über die stolze Geschichte unseres Landes aufnehmen können.

Sich ein so großes Loch gegraben zu haben«, wohlwollendes Gelächter brandete auf, »und sich selbst so meisterhaft daraus herausgezogen zu haben, legt beredtes Zeugnis für diesen jungen Lord ab. Er hat Mut.« Uvoren hob sein Horn in Ropers Richtung und trank einen Schluck. Der letzte Satz hatte tatsächlich so geklungen, als wären dies die ersten Worte, die Uvoren ehrlich gemeint hatte. Es war ein Gruß an einen würdigen Widersacher. »Aber wie er selbst bereits sagte, bestand dieser Feldzug aus drei Schlachten und nicht aus zweien. Bei unserer ersten Schlacht haben wir uns zum ersten Mal seit Jahrhunderten von einem Schlachtfeld zurückgezogen. Die Mobilisierung aller Legionen genügte nicht, um die Männer aus Süddal zu bezwingen, und wir haben viele, sehr viele tapfere Legionäre auf dem überfluteten Feld zurückgelassen. Zum ersten Mal haben die Südlinge unser Blut geleckt. Sie spürten unsere Schwäche, was sie kühner werden ließ.« Er machte eine kleine Pause.

»Meine Krieger, ich weiß nicht, wie es euch geht, aber mich erfüllt das mit Wut. Wie können diese primitiven Kreaturen annehmen, dass sie die Schwarzen Legionen besiegen könnten! Wissen sie nicht, mit wem sie es zu tun haben?« Jubel brandete auf, durchsetzt von dem Wutgeschrei jener Krieger, die bei der Schlacht Freunde verloren hatten. Ropers Miene verfinsterte sich. »Krieger, wir müssen Rache nehmen! Wir müssen ein für alle Mal und allen klarmachen, wer die vorherrschende Macht in Albion ist. Seit den Tagen von Rokkvi haben wir keine Überfälle mehr jenseits unserer Grenzen unternommen! Die Südlinge sind frech geworden, und wir kauern untätig im Norden!«

Uvoren musste warten, bis der tosende Lärm abebbte.

»Ihr alle kennt mich. Ihr wisst, was ich und mein Streithammer bewerkstelligt haben. Eigenhändig habe ich König Offa in sein Hügelgrab geschmettert!« Er hob seinen linken Arm und deutete auf den silbernen Armreif, der dort schimmerte. Seine Tapferkeitsauszeichnung. Dann deutete er auf seinen rechten Arm. »Ich habe Lundenceaster eingenommen!«

Mittlerweile brüllten sich die Männer heiser. Roper warf einen Blick auf Gray und sah zum ersten Mal unverhüllte Verachtung in der Miene des Wächters, als er Uvoren sprechen hörte. »Und du hasst ihn doch«, erklärte Roper mit einem vorwurfsvollen Lächeln. Gray warf ihm einen kurzen Blick zu und riss sich dann zusammen.

Uvoren sprach immer noch. »Ich würde alles für dieses Land tun. Und wenn es das von mir verlangte, würde ich auch im Hindrunn bleiben und die Festung bewachen, selbst wenn Desaster käme. Während Helden wie Pryce und Leon ihre Auszeichnungen in ruhmreichen Kämpfen gewonnen haben, gebe ich mich auch damit zufrieden, solange ich meinem Land dienen kann. Aber mich dürstet immer noch nach dem Blut der Südlinge. Der Seelenjäger ist rastlos, und ich würde alles tun, um eine Chance zu bekommen, gegen unseren Feind zu ziehen. Ihr kennt mich, ich bin noch nicht am Ende. Ich frage euch, lasst ihr mir die Ehre zuteilwerden, euch gegen die Horde aus Süddal zu führen?«

»Ja!«, brüllte die Halle.

»Werdet ihr mit mir nach Süden ziehen und das tun, was die Ehre von uns verlangt?«

»Ja!«

»Erinnert euch an diesen Moment! Wenn ihr jemals einen Krieger braucht, der euch nach Süden führt und in den Krieg, dann vergesst nicht, dass Uvoren Ymerson noch lebt. Denkt daran, dass der Seelenjäger immer nach dem Blut der Südlinge dürstet! Und sollte mein Lord Roper das vergessen, erinnert ihn daran!« Er grinste und winkte in die Menge, die laut applaudierte.

Jemand fing an, auf einen Tisch zu schlagen, was der Rest der Halle aufnahm. »U-vo-ren! U-vor-ren!«

Jetzt stand Roper ebenfalls auf, während Gray, Pryce und Tekoa Ruhe geboten. Nach einer Weile wurde es still. »Was für ein Glück, in einem Zeitalter mit solchen Kriegern leben zu dürfen«, sagte Roper erheblich ruhiger als Uvoren. Er nickte dem Hauptmann zu. »Kameraden, seid versichert, dass eure Schwerter nicht in ihren Scheiden rosten werden. Der Winter steht uns bevor, und die Zeit für Feldzüge ist beendet. Ruht euch aus, esst gut, verbringt Zeit mit euren Familien, und im Frühling werden wir bereit sein, erneut zu marschieren.« Er hob sein Horn und erntete höflichen Applaus.

Uvoren ließ sich einen kleinen Moment später als Roper auf seine Bank fallen und strahlte, als fiele es ihm schwer, der Aufmerksamkeit der Menge zu entsagen.

Stimmengemurmel brandete durch die Halle. Gray beugte sich dicht zu Roper. »Gut gemacht, Mylord. Es war wichtig, dass Ihr gesprochen habt. Aber das ist das Problem mit Uvoren. Wie er schon sagte, er ist noch nicht am Ende.«

»Was sollen wir sonst tun? Wie es scheint, konnten wir den Bürgerkrieg bis jetzt vermeiden, aber Uvoren ist zu mächtig, als dass wir ihn tatsächlich entehren oder ihn gar ermorden könnten. Das würde das Land entzweien. Wir müssen warten, bis die Bedrohung, die er darstellt, vergeht.«

»Ich bin nicht sicher, ob er Euch diese Möglichkeit geben wird.« Gray beobachtete Uvoren, der sich wieder strahlend Keturah zugewandt hatte und anfing, mit ihr zu reden. Sie betrachtete ihn kalt.

Roper war jedoch zu benommen und zu glücklich, als dass Uvorens Worte ihn über Gebühr beunruhigt hätten. Es gab keine weiteren Reden mehr, und die Krieger feierten, bis das Sonnenlicht durch die kleinen Fenster der Ehrenhalle strömte und sie nach Hause stolperten. Roper und Keturah verließen die Halle als Letzte. Sie führte ihn an der Hand aus der Halle und bahnte ihnen vorsichtig einen Weg durch das Trümmerfeld zum Hohen Fried.

14. KAPITEL

DIE SCHEUNE

Holzhäuser«, sagte der Hüne. »Verflucht, sind die hübsch.« Die Häuser hatten nicht sonderlich viel Hübsches an sich. Es war eine gedrungene Ansammlung von notdürftig mit Ried gedeckten Hütten aus Holz und Lehm, die in dem dichten Schneetreiben kaum zu erkennen waren. Solche armseligen Dörfer durchzogen die gesamte Landschaft von Süddal, nördlich des Abus jedoch waren sie nicht zu finden. Aus diesem Grund kamen sie Bellamus' Männern wohl auch so hübsch vor.

Der Emporkömmling hörte den Jubel und die erleichterten Rufe der kleinen Kolonne hinter sich, als die Männer die Ansiedlung ebenfalls erblickten. Er drehte sich um. Einige von ihnen waren bei dem Anblick sogar auf die Knie gesunken und streckten die Arme zum Dank gen Himmel. Viele andere umarmten sich mit Tränen in den Augen oder reckten triumphierend die Fäuste empor. Er drehte sich um, ohne auf den Kommentar von Stepan oder auf die Reaktion der Männer hinter sich zu reagieren.

Für ihn verkörperte das Dorf sein Scheitern.

Er war unter einem flatternden Meer von Bannern nach Norden gezogen, hatte einen Heereszug angeführt, dessen Kriegsgerät und Ausrüstung in allen Tonlagen klirrten und klimperten, und er hatte wirklich und wahrhaftig geglaubt, dass diese Invasion ihren uralten Feind endgültig unterwerfen würde. Und wenn er sich nicht täuschte, so war diese schmutzige, verstümmelte Schar von Kriegern nun der letzte Rest dieser stolzen Streitmacht, der über den Abus zurückstolperte. Es waren kaum noch vierhundert Männer übrig, und sie alle stanken, waren unrasiert und in Lumpen gekleidet. Der Rest lag regungslos am Meeresstrand.

»Gott gebe, dass dieser Misthaufen von Siedlung eine Herberge hat«, sagte Stepan. Der hünenhafte rotbärtige Ritter war Bellamus' zuverlässigster Begleiter auf seinem Rückzug von Githru gewesen, obwohl die beiden vor dieser verheerenden Schlacht kein einziges Wort gewechselt hatten. In ihm vereinigte sich unbeschwerte Kameradschaft mit der stoischen Ausdauer, die Bellamus bei seinen Soldaten so schätzte. Und – höchst ungewöhnlich für einen Edelmann – er schien sehr bereitwillig Befehle von Bellamus entgegenzunehmen. Mittlerweile verließ sich Bellamus sehr auf den Humor und die Zuverlässigkeit dieses Ritters.

»Es gibt dort ganz sicher einen Gasthof«, antwortete Bellamus. »Was die Selbstbeherrschung einiger unserer Männer zweifellos auf eine harte Probe stellen wird.«

»Ich halte sie schon in Schach, Hauptmann«, antwortete Stepan. Er musterte Bellamus mit einem nachdenklichen Seitenblick. »Ihr seid nicht gescheitert, das ist Euch doch klar?«, sagte er. »Wenn man dort drüben gewesen ist«, er deutete mit seinem behandschuhten Finger in das Schneegestöber zu ihrer Linken, in dem irgendwo weit hinter ihnen das Ufer des Abus lag, »ist es bereits eine Leistung, überhaupt zurückzukehren.«

»In der Tat, ich bin nicht gescheitert«, stimmte Bellamus zu. »Und zwar, solange ich nicht aufgegeben habe.«

»Heiliger Himmel, Hauptmann!« Stepan brach in Gelächter aus. »Ihr habt tatsächlich vor, dorthin zurückzukehren?«

Bellamus lächelte. »Mit Euch zusammen, Stepan. Warum sind wir unterwegs nach Süden, was glaubt Ihr?«

»Wegen unserer fürchterlichen Niederlage im Norden?«

»Um den König zu bitten, uns mehr Männer zu geben«, verbesserte Bellamus ihn geduldig.

Stepan lachte erneut. »Lasst uns erst eine Herberge suchen, und versucht dann noch einmal, mir das zu erklären.«

In der Siedlung befand sich tatsächlich ein Gasthof. Er war allerdings kaum größer als die Hütten ringsum, und das Dach war so tief mit Ried gedeckt, dass es sich fast bis zu Bellamus' Schultern heruntersenkte. In einem kleinen Gehege pickte etwa ein Dutzend Hühner im Schnee, beobachtet von drei riesigen kahlköpfigen Männern. Letztere saßen mit dem Rücken gegen die Herberge gelehnt, einen Lehmkrug zwischen sich, aus dem ein kräftiger Dampf aufstieg, den Bellamus aus zehn Metern Entfernung riechen konnte.

»Guten Tag, Freunde!«, begrüßte Stepan sie laut und trat vor. Er streckte dem ersten von ihnen seine riesige Hand entgegen. Der Sitzende machte keine Anstalten, sie zu ergreifen, sondern sah nur zu dem Ritter hoch. Der riss seine Hand unvermittelt zurück. Denn die Augen des Mannes leuchteten gelb. Es war ein entsetzliches, fiebriges Schwefelgelb, das den Ritter einen Schritt zurückweichen ließ. Noch bevor er etwas sagen konnte, legte Bellamus ihm eine Hand auf den Arm. Dann deutete er auf die Knöchel der Männer, die mit Schellen aus dunklem Eisen gefesselt waren. Alle drei blickten jetzt hoch, und drei gelbe Augenpaare musterten Bellamus. Die Männer waren außerordentlich muskulös. Knotige, verkrümmte Hände lugten unter räudigen Pelzen hervor.

Bellamus nickte den Männern zu und hielt die Tür des Gasthofs auf. Er winkte Stepan hinein und duckte sich unter das Ried, um ihm in die stinkende Dämmerung zu folgen. Dabei musste er sich tief bücken, damit die riesige Kriegsklinge, die er auf dem Rücken trug, unter dem niedrigen Türsturz hindurchpasste. Sie zählte zu seinen wenigen Besitztümern, die den Rückzug überstanden hatten.

»Was war das denn?«, fragte Stepan, kaum dass sie die Gaststube betreten hatten. Der Rest ihrer Männer drängte sich hinter ihnen in der Tür.

»Das waren Mischlinge von Anakim und Südlingen«, erwiderte Bellamus. Stepan verstummte, und Bellamus winkte ihn weiter. »Sie sind hier als Sklaven sehr verbreitet, aber sie sind gefährlich. Behandelt sie mit Vorsicht.«

»Gefährlich?«, fragte Stepan, während er sich in der Herberge umsah. »Hier stinkt es nach Rüben.«

Ein Dutzend Dorfbewohner saß bereits im Gastraum und trank. Die Geselligkeit fand jedoch ein jähes Ende, als sie sich umdrehten und die Neuankömmlinge erblickten. Obwohl ihre Statur und auch ihre Gesichter den Kriegern verrieten, dass sie Menschen aus Süddal waren, wirkten sie fast genauso fremdartig wie die Mischlinge draußen. Sie alle, Männer und Frauen gleichermaßen, trugen das Haar an den Seiten und am Hinterkopf geschoren. Das Deckhaar hatten sie zu langen, bunt gefärbten Zöpfen geflochten. In die Zöpfe hatten sie Schmuck aus Messing, Kupfer, Eisen und Stein eingearbeitet, der leise klapperte und klirrte, als sie die Köpfe drehten, um Bellamus und Stepan zu betrachten. Außerdem trugen die Dorfbewohner bunte Halsketten und Armreifen, die dem Schmuck in ihren Zöpfen glichen. Sie bildeten einen starken Kontrast zu ihrer dunklen, verschlissenen Kleidung.

Einer der Zopfträger stand bei ihrem Anblick auf. Er hielt einen Trinkschlauch in der Hand und trat zu Bellamus. »Willkommen, Fremde«, sagte er. »Ihr seht aus, als wärt ihr 'n Weilchen gereist. Führt euch das Bier hierher, oder wollt ihr etwas essen?«

Es entstand eine kurze Pause, in der Bellamus versuchte, den starken Akzent zu entschlüsseln. Die Worte, die der Wirt für »reisen« und »Weilchen« benutzt hatte, klangen in Bellamus' Ohren wie Anakim. »Beides«, erwiderte er schließlich. »Aber zuerst etwas zu essen.« Er zog ein goldenes Armband aus seiner

Tasche und ließ es vor dem Herbergswirt baumeln. »Gibt es genug Nahrung in diesem Dorf, um vierhundert Männer zu speisen? Dazu brauchen wir fünf Fässer Bier.«

Blinzelnd betrachtete der Herbergswirt das Gold vor seiner Nase. »Ich muss vielleicht ein bisschen Nachschub aus einem Nachbardorf holen. Nur eine Stunde entfernt.«

»Wir haben lange gewartet.« Bellamus lächelte gepresst. »Da können wir wohl auch noch etwas länger warten.«

Der Wirt rieb sich die Hände und warf einen Blick auf die abgerissenen Soldaten, die sich hinter Bellamus in der Tür drängten. »Das Bier hätte ich sofort, wenn ihr wollt.«

Bellamus zögerte einen Moment und warf einen Blick auf die Soldaten hinter sich. Sie strahlten. »Das wäre sehr willkommen«, lenkte er dann schließlich ein.

Der Herbergswirt winkte ein paar Gästen von den Tischen, ihm zu helfen, und sie holten zusammen die Fässer.

Bellamus ging nach draußen und wandte sich an seine Soldaten. Er teilte ihnen mit, dass sich die ersten dreißig etwa eine Stunde in der Herberge aufwärmen könnten und die anderen warten mussten, bis sie dran waren. »Macht keinen Ärger, Männer«, warnte er sie und deutete dann auf die angeketteten Mischlinge im Schnee. »Und rührt weder die Sklaven noch die Hühner an.« Er ging wieder hinein. Stepan hatte ihm einen Platz an einem der langen Tische freigehalten.

»Warum kleiden sie sich auf diese Art und Weise?«, wollte der Ritter wissen, als sich Bellamus neben ihn setzte. Stepan beäugte argwöhnisch die geschmückten Dorfbewohner, die ihn ihrerseits neugierig musterten.

»Diese Leute benutzen Wörter der Anakim in ihrer Alltagssprache«, antwortete Bellamus. »Sie unterhalten sich gegenseitig mit übersetzten Sagen der Anakim und sind nur durch einen schmalen Fluss von ihrem Feind getrennt. Sie sind ihnen weit ähnlicher, als sie zugeben würden, also wollen sie sich von ihnen durch ihr Äußeres unterscheiden. Die Anakim tragen weder

Schmuck, noch schätzen sie Farben. Die Menschen hier im nördlichen Süddal kleiden sich deshalb so, um eine deutlich sichtbare Barriere zu schaffen, die augenfälliger ist als selbst der Grenzfluss Abus. Und hört auf, sie anzustarren, mein Freund«, setzte er hinzu.

Stepan sah wieder Bellamus an. »Ihr habt gesagt, diese Sklaven da draußen wären ›Mischlinge‹. Was meint Ihr damit?«

»Es sind Bastarde von Anakim und Menschen aus dem Süden«, antwortete Bellamus. »Alle diese Mischlinge haben gelbe Augen. Sie werden hier wie Vieh gehalten und sind so verbreitet wie Ochsen. Die Dorfbewohner züchten sie selbst und versklaven sie dann mit Ketten und Trunk.«

Stepan hob eine Braue. »Gefährlich also? Ich wäre auch gefährlich, wenn man mich ständig in Trunkenheit versetzen und in Ketten legen würde.«

Bellamus lächelte kurz. »Nicht so gefährlich wie sie, glaube ich. Sie sind deshalb so gefährlich, weil sie vollkommen unberechenbar sind. Mischlinge sind äußerst labil.«

Eine Frau mit bunten Zöpfen tauchte vor ihnen auf und stellte Lederbecher mit Bier vor Bellamus und Stepan. »Was?« Stepan griff nach einem Becher. »Ah!«, sagte er, nachdem er einen Schluck getrunken hatte. »Das ist nicht schlecht.«

Bellamus rührte seinen Becher nicht an. »Mit den Anakim kann man reden«, sagte er. »Mit unserem Volk kann man ebenfalls vernünftig reden. Aber aus irgendeinem Grund funktioniert das mit den Mischlingen nicht. Ich habe bisher noch niemanden getroffen, der mir hätte erklären können, auf welche Art und Weise sie Entscheidungen treffen. Jeder Reiz kann eine unkontrollierte Wut in ihnen auslösen.«

»Es ist wirklich seltsam, sich ein Nutztier halten zu wollen, das in der Lage ist, sich gegen einen zu wenden«, bemerkte Stepan.

»Sie richtig zu nutzen ist tatsächlich eine Kunst«, räumte Bellamus ein. »Für die Leute hier zahlt sich diese Kunst häufiger aus, als dass sie sich gegen sie wendet. Wenn man nicht sicher sagen kann, wie sie reagieren, gib ihnen erst gar keinen Anlass zu reagieren. Wenn man sie immer unter den gleichen Bedingungen hält, kann man durch Versuche herausfinden, wie man sie ruhigstellen kann.«

Stepan blickte eine Weile in seinen Becher. »Und sie züchten sie?«

»Gefangene Anakim-Frauen werden für die Zucht benutzt«, erklärte Bellamus. »Die Mischlinge selbst sind unfruchtbar, und die meisten überleben ihre Kindheit nicht.« Bellamus hatte eigentlich vorgehabt, es dabei zu belassen, aber Stepan hatte die Stirn gerunzelt. Also fuhr er in seiner Erklärung fort. »Die männlichen Mischlinge haben Schwierigkeiten zu atmen, und sehr viele Mischlinge beiderlei Geschlechts leiden unter unerträglichen Kopfschmerzen.« Er zuckte mit den Schultern, als er Stepans Miene sah. »Das ist hier oben Tradition. Sie fristen ein hartes Dasein, und der Hass auf die Anakim sitzt tiefer, als wir uns auch nur im Traum vorstellen können.«

»Das klingt aber sehr finster«, erklärte Stepan. »Ich würde kein Pferd züchten, das nur eine fünfzigprozentige Chance hätte, es über einen Jährling hinaus zu schaffen.«

»Ich auch nicht«, gab Bellamus zu, »aber die Anakim sind nicht einfach nur Tiere, denen sie unbefangen gegenüberstehen.« Er deutete zu dem Tisch mit den Dorfbewohnern hinüber, die stumm dasaßen und die Neuankömmlinge immer noch beobachteten. »All diese Menschen haben Familienmitglieder an die Anakim verloren. Ihre Ländereien werden jedes Jahr überfallen und ihre Lebensgrundlagen zerstört.« Bellamus machte eine kleine Pause. »Auch wenn ich es nicht gern zugebe, kann ich nicht behaupten, dass ich anders handeln würde, wenn ich in ihrer Lage wäre. Es muss auch viele gute Menschen unter ihnen geben, und doch habe ich noch keinen öffentlichen Widerspruch gegen die Nutzung von Mischlingssklaven gehört. Wenn ich in diesem Dorf geboren worden wäre, wie hoch wäre da wohl die Wahrscheinlichkeit, dass ich als Einziger diese Gepflogenheiten infrage stellen wollte?«

»Dasselbe könnte man als Ausflucht für jedes Verhalten verwenden«, wandte Stepan kritisch ein.

»Da habt Ihr Recht«, gab Bellamus zu. »Wäre ich mit einem anderen Auftrag hier, würde ich sie dafür vielleicht auch verurteilen. Aber meine Rolle in diesem Land ist die eines Studierenden, und dafür gilt das Gleiche wie bei meinem Aufenthalt nördlich des Abus. Würde ich sie verurteilen, könnte ich etwas Wichtiges übersehen.« Bellamus griff nach seinem Becher und prostete Stepan zu. »Doch lasst uns nicht länger darüber reden, mein Freund. Auf das Überleben.«

»Auf das Bier«, antwortete Stepan und stieß mit Bellamus an.

Sie tranken, und kurz darauf hatten auch die ersten seiner Soldaten, die das Glück hatten, sich hier aufwärmen zu können, Getränke vor sich stehen. Dann füllte man alle verfügbaren Behälter mit Bier, angefangen von Schlüsseln für das Vieh bis hin zu Stiefeln, und brachte es den Männern, die draußen warteten. Die Getränke wurden mit Jubelrufen begrüßt, die gedämpft durch die Wände drangen. Sie entlockten Bellamus ein Lächeln. Die Wärme des primitiven Kamins am anderen Ende des Raums, in dem ein Feuer knisterte, drang langsam durch seine feuchte Kleidung. Allmählich hob sich auch Bellamus' Laune. Seine Abrechnung mit dem Schwarzen Königreich konnte warten. Einstweilen würde er sich mit seinem Überleben begnügen.

Stepan neben ihm wurde mittlerweile Opfer von gutmütigen Scherzen. Wie sich herausstellte, hatte er bei ihrem ersten siegreichen Gefecht auf der Flutebene sein Schwert so heftig gegen die Kavallerie des Schwarzen Königreiches geschwungen, dass sich die Klinge in den Hals seines eigenen Pferdes gebohrt und es getötet hatte. »Sehr köstlich, wirklich großartig«, brummte Stepan, als die Männer um ihn herum die Köpfe auf die Arme sinken ließen und ihnen Tränen über die Wangen liefen, so sehr lachten sie. »Ich versichere euch, es ist einfacher, als ihr glaubt«, erklärte er. »Und außerdem hat es mir das Leben gerettet! Ich habe mein Pferd getroffen, es ist gestürzt, und dadurch bin ich einer Klinge entkommen, die mir ansonsten den Kopf von den Schultern getrennt hätte.«

Der Herbergswirt kehrte zurück und umklammerte immer noch seinen Trinkschlauch. Er teilte ihnen mit, dass die Speisen aus einer größeren Ortschaft in der Nähe hierher unterwegs waren. Bellamus bedankte sich bei ihm, was der Mann als Einladung misszuverstehen schien, sich zu ihnen zu setzen. Er quetschte sich zwischen Stepan und den Mann neben dem Ritter. Seine Haare wichen allmählich aus der Stirn zurück, und seine Wangen wären längst über sein Kinn hinuntergesunken, wenn die Hautfalten dort nicht ebenfalls aufgequollen gewesen wären. »Es ist lange her, dass wir Besuch von Reisenden hatten«, sagte er. »Und in diesem Winter habe ich niemanden erwartet, und ganz bestimmt nicht vierhundert. Woher kommt Ihr, Lord?« Er mischte erneut etliche Begriffe der Anakim in seine Rede, und Bellamus sah, dass Stepan vor Konzentration das Gesicht verzog, als er zu verstehen versuchte, was der Herbergswirt sagte.

Bellamus lächelte sarkastisch. »Ich bin kein Lord, Freund. Wir sind von der anderen Seite des Abus gekommen.«

Der Wirt nickte, wenig überrascht. »Das habe ich mir schon gedacht.« Er beugte sich zu Bellamus. »Vor einiger Zeit ist eine Armee dort hinaufmarschiert, unter diesem Earl William. Ihr habt nicht zufällig gehört, was mit ihnen passiert ist?«

Stepan richtete sich auf, eindeutig entzückt, dass er diesen letzten Satz verstanden hatte. Er breitete seine Arme so weit aus, wie der voll besetzte Tisch es erlaubte. »Du siehst sie vor dir!«, stieß er dröhnend hervor.

Der Wirt nickte erneut, als hätte er auch das vermutet. »Ich bin nur überrascht, dass so viele von euch es bis hierher geschafft haben«, sagte er dann. »Es kehren nur wenige zurück, nachdem sie den Fluss überquert haben.«

»Sie werden auch nicht von unserem Hauptmann hier angeführt«, gab Stepan zurück und deutete auf Bellamus. Der Ritter schien sich an den Dialekt des Wirts gewöhnt zu haben.

»Ihr könnt sicher einige Geschichten von euren Erlebnissen auf der anderen Seite des Flusses erzählen.« Der Wirt warf Bellamus einen listigen Blick zu. »Wieso habt ausgerechnet Ihr von all den Tausenden überlebt, die ins Schwarze Königreich gezogen sind? Das Letzte, was ich gehört habe, war, dass uns der Sieg so gut wie sicher wäre. Earl William hatte diese Teufel angeblich in der Schlacht bezwungen und sie auf ihrer Flucht vor sich hergetrieben.«

»Das trifft auch fast zu.« Bellamus sah zu Stepan. »Es ist eine sehr schöne Geschichte, aber mein edler Freund hier ist ein weit besserer Geschichtenerzähler als ich.«

Stepan schien keine zweite Einladung zu brauchen. »Es ist eine gewaltige Geschichte, mein Freund.« Er schlang einen Arm um die Schultern des Wirts. »Wie du schon sagtest, es lief gar nicht so schlecht, bis zu dieser Schlacht am Meer. Dabei fanden wir heraus, dass die Anakim tatsächlich diese legendären Krieger waren, die man uns versprochen hatte.«

»Das hätte ich Euch auch vorher sagen können«, erwiderte der Wirt.

»Das bezweifle ich keineswegs.« Stepan zwinkerte Bellamus zu. »Es war ein erbitterter Kampf«, fuhr der Ritter fort und legte die Handflächen flach auf den Tisch. »Auf einem engen Gebirgspass neben dem tosenden Ozean. Die Krieger vernichteten sich gegenseitig, wie Wellen an den Felsen zerschellen. Unsere Seite kämpfte tapfer, und wir hielten sie in Schach. Ich möchte sogar behaupten, dass wir sie mit unserer zahlenmäßigen Überlegenheit hätten erschöpfen und am Ende zerbrechen können. Aber es gab keinen Platz für Manöver, und ihre Flanken wurden vom Meer auf der einen und den Bergen auf der anderen Seite geschützt. Unser Hauptmann hier«, Stepan deutete erneut auf Bellamus, »hatte einen Plan. Wir hatten zweihundert einfache Boote gebaut, um uns Proviant übers Meer zu beschaffen, und

Bellamus forderte uns auf hineinzusteigen. ›Wir rudern hinter ihre Linien‹, sagte er, ›und nehmen sie in die Zange.‹ Wir hatten gut tausend Männer in die Boote geschafft, die besten Krieger, die wir finden konnten. Bellamus ließ seine eigenen Männer einsteigen, eine Furcht einflößende Bande von Kriegern, von denen einige jetzt hiersitzen und mir zuhören.« Stepan hob die Hand und deutete auf die Soldaten an den Tischen um ihn herum. »Keine Edelleute, aber erfahrene Anakim-Schlächter aus ganz Erebos, die nur dem Hauptmann gegenüber loyal waren. Wir stellten ihnen so viele Ritter zur Seite, wie wir auftreiben konnten, und bemannten die Boote. Es war ein guter Plan. Wir stachen in See, in der Hoffnung, einen zweiten Sieg gegen unseren alten Feind zu erringen. Wir ruderten und hatten es schon fast hinter die Linien der Anakim geschafft, als wir in der Schlacht eine Veränderung wahrnahmen. Unsere Reihen brachen zusammen, und zwar in der Mitte. Später erfuhren wir, warum: Unser tapferer Anführer Lord Northwic war von irgendeinem Helden der Anakim niedergemetzelt worden.« Stepan machte eine Pause und hob seinen Becher. »Ich werde nicht einfach seinen Namen ohne den gebührenden Respekt nennen. Auf Lord Northwic. Möge Gott ihm gnädig sein!«

Seine Worte lösten allgemeines Gemurmel und einen Toast aus. Bellamus hielt seinen eigenen Becher einen Moment länger hoch als die anderen und senkte den Kopf, bevor er trank.

Dann fuhr Stepan fort. »Ohne Lord Northwic und unter dem Druck der Elitetruppen unseres Feindes verlor unser Zentrum den Mut. All das hörten wir natürlich erst später. Für uns in den Booten auf dem Meer waren die Geschehnisse an Land unerklärlich. Während wir zusahen, brach die gesamte Phalanx zusammen und wurde von den nachsetzenden Anakim vernichtet. Wir trieben hilflos auf den Wellen und sahen das Massaker mit an. Jeder, der sich umdrehte, um zu flüchten, wurde gnadenlos niedergemetzelt. Bellamus sagte, die Schlacht wäre verloren, und befahl uns, nach Süden zu rudern.« Er sah zu Bellamus.

»Wir selbst haben durch reines Glück überlebt. Die Anakim können nicht schwimmen und hatten auch keine Boote, also befanden wir uns in Sicherheit, solange wir auf dem Meer blieben.« Stepan schien etwas nüchterner zu werden. Das theatralische Funkeln in seinen Augen erlosch.

»Wir trieben nach Süden, und Bellamus befahl uns, unsere Rüstungen ins Meer zu werfen. ›Unsere Panzerung ist nicht mehr unsere wichtigste Waffe‹, erklärte er uns. ›Wenn ihr über Bord fallt, ersauft ihr. Behaltet nur eure Waffen.‹ Wir gehorchten und behielten nur ein paar Brustpanzer, um das Wasser aus unseren lecken Schiffen zu schöpfen.« Er schüttelte den Kopf.

»Wir wollten an Land gehen, denn am Horizont sammelten sich dunkle Wolken, und ein starker Wind wühlte das Meer auf. Aber eine Gruppe von Kundschaftern der Anakim verfolgte uns entlang der Küste. Wir mussten bis zum Einbruch der Nacht warten, doch an diesem Tag war uns das Schicksal nicht gewogen. Ein verfrühter Wintersturm holte uns ein. Blitze zuckten am Himmel, und die Wellen türmten sich hoch über uns auf. Sämtliche Boote kenterten, und wir mussten schwimmen. Es war zwar nicht weit, aber Hunderte von uns ertranken in dem aufgewühlten Wasser, weil sie das Ufer hinter den hohen Wellen nicht sehen konnten. Wir alle wären abgesoffen, hätten wir unsere Rüstungen nicht längst dem Meer übergeben. Schließlich krochen wir ans Ufer des Schwarzen Königreichs. Unser Hauptmann ließ uns zu Recht keinen Moment im Sand ruhen. Wir waren auf dem offenen Strand völlig ungeschützt, und Blitze leuchteten uns den Weg, als wir uns in den dunklen Wald zurückzogen, auch wenn keiner von uns es gern tat.«

Er sah den Wirt an. »Die Wälder dort sind Orte voll unnatürlicher Bosheit, mein Freund. Die Bäume ähneln gewaltigen Türmen. Dagegen sehen Süddals Bäume wie Sträucher aus. Durch ihr Laubdach fällt so gut wie kein Licht auf den Waldboden, der von albtraumhaften Kreaturen und Geistern heimgesucht wird. Das Heulen der Wölfe klang uns ständig in den Ohren. Aus

Zweigen geflochtene Augen und in die Rinde geschnitzte Hände verwandeln diese Bäume zu barbarischen Totempfählen heidnischer Anbetung. Süddal kommt mir jetzt wie ein angenehmer Traum vor, während dort drüben, jenseits des Flusses, die Wirklichkeit liegt.«

Bellamus hatte aufmerksam zugehört und lächelte bei diesen Worten. Er spürte ein leichtes Kribbeln in den Fingern und nahm seinen Becher, um den sehnsüchtigen Ausdruck auf seinem Gesicht zu verbergen, den er nicht unterdrücken konnte.

Stepan hatte es nicht bemerkt. »Wir haben uns im Schutz der Dunkelheit durchgeschlagen. Bellamus gelang es, uns mithilfe des Wachstums der Flechten und des Lichts der Sterne in Richtung Süden zu führen, wenn es denn in den mondlosen Nächten einmal das Blätterdach durchdrang. Im Wald haben wir noch Dutzende Krieger mehr verloren: Arme Seelen, die Bären und Wölfen zum Opfer fielen oder einfach im Sumpf auf Nimmerwiedersehen verschwanden. Ich bedaure jeden Mann, der allein durch diesen Wald wandern muss. Wir sind die wenigen, die das Glück hatten zu überleben. Nur weil wir darauf verzichteten, Lagerfeuer zu entzünden, und durch die Gunst des Schicksals wurden wir nicht vom Feind entdeckt. Wir schafften es zum Nordufer des Abus und warteten dort drei Tage lang auf eine mondlose Nacht. Wir bauten Flöße, um uns heimlich über dieses verfluchte Wasser wieder in den Süden zu stehlen. Das war erst letzte Nacht. Ich kann kaum glauben, dass wir jetzt hiersitzen, in einer gemütlichen Schenke mit einem guten Bier im Magen.« Stepan hob seinen Becher. »Noch ein Toast ist angebracht, denke ich. Auf unseren Hauptmann hier. Jeder Einzelne von uns verdankt ihm sein Leben.« Die Männer am Tisch prosteten Bellamus freudestrahlend zu, und er hob seinen Becher mit ihnen.

»Ich habe schon immer gesagt, dass sie nicht schwimmen können«, erklärte der Herbergswirt. »Dämonen können kein Wasser ertragen. Wir haben sehr viele der Bastarde an den Fluss verloren.«

»Das könnte auch daran liegen, dass ihre Beine aneinandergekettet waren«, murmelte Stepan in seinen Becher.

Der Herbergswirt schien es jedoch nicht gehört zu haben. Stattdessen sah Bellamus, wie sich sein Blick auf das unglaubliche Schwert richtete, das er sich auf den Rücken geschnallt hatte. Der Wirt wollte gerade etwas dazu sagen, als er von lautem Gebrüll von draußen unterbrochen wurde.

Bellamus sprang sofort auf und rannte zur Tür, dicht gefolgt von dem stolpernden Wirt und Stepan. Er stürmte in den eisigen Schnee hinaus. Einer seiner Männer, ein rothaariger Ritter, lag unmittelbar hinter der Tür auf dem Rücken. Einer der Mischlinge wurde gerade von drei anderen Soldaten von der Brust des Rothaarigen heruntergezogen und fluchte, dass ihm der Speichel aus dem Mund flog. Der Schnee um sie herum war mit Blut und hellen Federbüscheln übersät, die vom Wind sanft über die aufgewühlte Fläche getrieben wurden. Ein anderer Soldat mit eingefallenen Wangen stand daneben. In jeder Hand hielt er ein schlaffes Huhn.

Der Mischling fluchte immer noch und schaffte es, einen der Soldaten mit einem Schlag seiner flachen Hand zu Boden zu schicken. Dann wurde er auf den Rücken geworfen und festgehalten, gerade als der Wirt sich unter dem Ried hindurchduckte, einen schweren Prügel in der Hand.

»Eure Männer haben meine Hühner getötet!«, schrie er sofort und deutete anklagend auf den Mann mit den hohlen Wangen, der mit den Vögeln in der Hand dastand. Die Männer protestierten laut angesichts dieser Beschuldigung, und der Großteil der Rechtfertigungen war an Bellamus gerichtet.

Der hob die Hand, und die Soldaten verstummten sofort. Nur der Mischling kämpfte immer noch gegen die Männer, die ihn zu Boden drückten, bis der Wirt ihm den Prügel an den Kopf schlug. Das schien den Sklaven wenigstens zu betäuben, denn seine Bewegungen wurden fahrig und langsamer.

»Was ist passiert?« Bellamus warf einen Blick auf den rothaarigen Ritter, der von dem Mischling zu Boden geschleudert worden war und sich jetzt langsam wieder aufrappelte.

»Das Monster hat sich einfach auf mich gestürzt!«, erwiderte der Ritter. »Wir haben sie in Ruhe gelassen, wie Ihr befohlen habt, Hauptmann.«

»Er hat euch angegriffen, weil ihr meine Hühner umgebracht habt!«, beschuldigte ihn der Wirt.

Bellamus sah den Mann mit den beiden toten Vögeln in den Händen an. »Stimmt das?«

Der Soldat schwieg. Er blinzelte und legte dann die Hühner in den Schnee.

»Es tut mir leid, Hauptmann«, sagte der Ritter.

»Ihr hattet mit den Hühnern nichts zu schaffen!« Der Wirt schwang seinen Prügel und machte Anstalten, sich damit dem Rothaarigen zu nähern, aber Bellamus hob die Hand und hielt ihn auf.

»Du wirst an keinen meiner Männer Hand anlegen!«, erklärte er. »Sie alle stehen unter meinem Schutz.« Bevor der Wirt etwas erwidern konnte, fuhr Bellamus fort: »Aber ich dulde auch nicht, dass meine Männer stehlen.«

»Es tut mir leid, Hauptmann«, sagte der Soldat, der die Hühner gehalten hatte.

»Dafür ist es zu spät«, sagte Bellamus. »Nehmt sie in Gewahrsam.« Er deutete auf die zuschauenden Soldaten, und ein halbes Dutzend Männer trat vor. Sie packten die Diebe, die sich nicht wehrten. Bellamus bückte sich und zog die Schnürsenkel aus seinen abgeschabten Stiefeln. Dann warf er sie den Männern zu und befahl ihnen, den Gefangenen die Hände zu binden. Er drehte sich zu dem Wirt um. »Hinter der Herberge steht eine Scheune. Tragen ihre Balken zwei Seile?«

Die Soldaten wurden plötzlich unruhig. Aus den Augenwinkeln sah Bellamus, wie die Gefangenen heftig zusammenzuckten. Der Wirt zögerte. »Das tun sie«, erwiderte er schließlich gedehnt.

»Zur Scheune!« Bellamus winkte die Gefangenen weiter.

»Sir?«, rief einer von ihnen. Seine Stimme zitterte. Die Zuschauer murmelten, und Bellamus wiederholte seine Geste.

»Bewegung.«

Die erschütterten Gefangenen wurden von ihren Kameraden vorwärtsgeschoben. Die anderen folgten ihnen benommen.

Die Scheune hinter der Herberge war zwar niedrig, aber die Balken zwischen zwei Strebepfeilern konnten als Galgen dienen. Sie waren mehr als zwölf Fuß hoch. Schmutzige Seile hingen an der Innenseite der Tür. Bellamus nahm eines vom Nagel und schnitt es in der Mitte durch. Man hatte den Gefangenen mittlerweile die Hände auf den Rücken gebunden und sie in die Scheune gestoßen. Die Menge drängte sich in dem offenen Tor. Immer mehr Männer eilten hinzu, als sich herumsprach, was hier geschah. Stepan drängte sich durch die Zuschauer hindurch und stellte sich neben Bellamus.

Das Schweigen in der Scheune war fast greifbar, als der Emporkömmling das Ende jedes Seiles verknotete und es über einen der Holzbalken warf. Das freie Ende band er an eine niedrigere Strebe. Dann knüpfte Bellamus eigenhändig zwei Schlingen. Bei ihrem Anblick fingen die Gefangenen an zu tuscheln.

»Was denn?«

»Sir!«

»Das waren doch nur Hühner, Hauptmann. Wir können dafür zahlen!«

Bellamus achtete nicht darauf, sondern holte zwei Melkschemel und stellte je einen unter eine Schlinge. »Auf die Schemel!«, befahl er. Die widerstrebenden Gefangenen wurden nach vorne geschoben, und beide wanden sich krampfhaft, als man ihnen unsanft hinaufhalf. Bellamus ahnte, dass seine Männer nur deshalb so bereitwillig gehorchten, weil sie glaubten, dass er die angedrohte Bestrafung nicht wirklich durchführen würde.

Als der rothaarige Ritter die Schlinge um seinen Hals spürte, rannen ihm plötzlich Tränen in den Bart. »Es tut mir leid,

Hauptmann!«, stöhnte er. »Wir hatten Hunger.« Er wandte sich an den Herbergswirt. »Es tut mir leid!«, rief er dem Mann zu.

Der schien aus seiner Erstarrung zu erwachen und trat einen Schritt vor. »Ich nehme eine Entschädigung für die Hühner an«, sagte er, während Stepan neben Bellamus die zweite Schlinge um den Hals des Mannes mit den eingefallenen Wangen legte. »Es ist nicht nötig, die Soldaten zu hängen.«

»Du bekommst auch eine Entschädigung«, antwortete Bellamus. »Aber meine Männer haben nicht einfach nur etwas gestohlen. Sondern sie haben meine Befehle ignoriert.«

Jemand aus der Menge der Zuschauer widersprach. Einer der Gefangenen wäre ein Ritter, sagte er, und Bellamus hätte nicht die Befugnis, ihn einfach aufzuknüpfen. Bellamus fuhr unvermittelt zu den murrenden Soldaten herum. »Hört mir gut zu!«, brüllte er. »Kein Einziger von euch hätte es über den Abus zurückgeschafft, wenn ich nicht bei euch gewesen wäre. Oder wollt ihr das abstreiten?«

Schweigen.

»Ihr seid jetzt meine Männer, so lange, bis ich euch aus meinen Diensten entlasse. Wenn wir dieses Dorf hier bestehlen, wird uns die Kunde vorauseilen, dass sich eine Bande von marodierenden Gaunern nähert. Man wird uns jagen, bis auch die Letzten von uns, die es aus dem Schwarzen Königreich geschafft haben, erledigt sind. Ich erteile nicht leichtfertig Befehle. Und schon gar nicht ohne Grund. Diese Narren«, er deutete mit dem Finger nachdrücklich auf die beiden weinenden Männer, die zitternd mit den Seilen um den Hals auf ihren Schemeln standen und von ihren Kameraden festgehalten wurden, »haben meine Befehle nicht befolgt. Vertraut mir: Ich werde dafür sorgen, dass ihr genug zu essen bekommt auf unserem Weg zurück nach Lundenceaster und dass ihr euch unterwegs aufwärmen könnt. Aber wenn einer von euch etwas stiehlt, gibt es keine Gnade. Und auch keine Ausnahme.« Er drehte sich zu den Gefangenen um, die erneut begannen, ihn anzuflehen.

»Es war ein Fehler, Sir!«

»Bitte! Wir sind wie die anderen mit Euch marschiert. Wir haben für Euch gekämpft! Ich werde Euch dienen, Mylord!«

Bellamus zuckte mit den Schultern. »Ihr habt mir bewiesen, dass ihr euch der Disziplin nicht fügen könnt. Deshalb kann ich auch nicht darauf vertrauen, dass ihr im Norden kämpft. Also nützt ihr mir nichts.«

Damit trat er den ersten Schemel weg.

Der rothaarige Gefangene kippte weg, dann fing das Seil ihn auf. Er baumelte auf und ab und schwang dann zur Seite, als er heftig mit den Füßen um sich trat.

Bellamus trat vor den zweiten Schemel. Der Hohlwangige schrie und schüttelte den Kopf heftig hin und her. Seine Augen quollen vor Entsetzen hervor, sodass man das Weiße sah, als Bellamus den Schemel mit dem Fuß wegstieß. Auch er sackte herab.

Bellamus wandte sich zu den entsetzten Zuschauern um.

»Hinaus! Alle!« Er baute sich vor ihnen auf, maß sie mit kaltem Blick und pflanzte die Füße fest in den Boden. Es herrschte angespanntes Schweigen, das nur von dem Knarren der Seile an dem hölzernen Balken gestört wurde, als die beiden Männer hinter ihm heftig um sich traten. Nach einer langen Weile drehten sich einige Männer am Ende der Menge um. Andere folgten ihnen nach und nach, bis nur noch drei Männer übrig waren. Es waren enge Freunde der Gefangenen, die Bellamus herausfordernd anstarrten.

»Verschwinde, Bruder«, sagte Stepan und schob einen von ihnen zurück. Der Mann schien sich auf Stepan stürzen zu wollen, maß dann jedoch von Kopf bis Fuß dessen hünenhafte Gestalt und zog sich doch lieber zurück. Sein Blick wanderte zwischen dem Ritter und dem Emporkömmling hin und her. Der Wirt folgte ihnen schweigend, sodass Bellamus, Stepan und die Gehenkten allein zurückblieben.

»Es ist meine Schuld«, sagte Bellamus. »Ich wusste, dass wir mit dem Bier bis nach dem Essen hätten warten sollen.«

»Nein, die beiden trifft selbst die Schuld daran«, erwiderte Stepan schlicht. »Ich bezweifle ernsthaft, dass sich heute Abend noch jemand etwas zuschulden kommen lässt. Trotzdem«, er drehte sich zu den Gefangenen herum. »Ihr könntet die beiden jetzt herunterschneiden, dann würden sie wahrscheinlich wieder zu sich kommen.« Er warf einen Seitenblick auf Bellamus, der den Gehenkten immer noch den Rücken zukehrte. »Ich bin nicht sicher, ob den Männern gefällt, was hier passiert ist.«

»Meine eigenen Männer haben schon Schlimmeres gesehen. Sie hätten niemals einen meiner Befehle missachtet. Und die neuen müssen lernen.« Bellamus zog mit dem Fuß eine Furche in dem Stroh auf dem Boden. »Gewiss sind sie jetzt wütend, aber das vergeht mit der Zeit. Die Lektion jedoch werden sie nicht so schnell vergessen.« Er starrte mit finsterer Miene durch die offene Tür der Scheune hinaus. Hinter ihm schwangen die beiden Männer an ihren Seilen hin und her. Ihr Zucken hatte nachgelassen und war einem heftigen Zittern gewichen. »Was für eine verdammte Schande«, murmelte er. »Lasst uns so schnell wie möglich aufbrechen. Ich muss zum König.«

15. KAPITEL

DER RIESENELCH

Roper erwachte in dem schmalen Bett in seinem Quartier. Ihm war kalt. Die groben Wolldecken waren heruntergerutscht, und er zog sie wieder bis zu seinen Schultern hoch. Das entlockte Keturah neben ihm ein Stöhnen. Gereizt versuchte sie, etwas Decke für ihn freizugeben, und legte ihm dabei einen Arm über die Brust. Dann vergrub sie das Gesicht in dem Rosshaarkissen.

Mein Kopf!, dachte Roper, öffnete mühsam die Augen und verzog das Gesicht. Er konnte sich nicht daran erinnern, die Ehrenhalle verlassen zu haben, und er wusste auch nicht mehr viel von Uvorens Rede. Es hatte Ringkämpfe gegeben, so viel war ihm noch im Gedächtnis. Er glaubte, sich dunkel zu erinnern, dass Uvoren sie gewonnen hatte und Pryce verärgert gewesen war, weil er die zweite Runde verloren hatte.

Er richtete seinen Blick etwas zu schnell auf das Fenster über seinem Tisch, und der Raum begann sich zu drehen. Rasch schloss er die Augen. Als sich die Welt nach einer Weile wieder stabilisiert zu haben schien, öffnete er sie erneut. Auf den Fensterscheiben klebte Schnee, und draußen schneite es immer noch stark. Kein Wunder, dass ihm kalt war. *Ich muss mir ein größeres Bett besorgen*, dachte er zerstreut.

Es war zu kalt, um regungslos herumzuliegen. Also schälte er sich unter Keturahs Arm heraus und stand auf. Prompt überkam ihn eine neue Welle der Übelkeit. Mit langsamen Bewegungen zog er sich eine Baumwolltunika über und schnallte einen Gürtel um, bevor er einen schweren Mantel aus Wolfspelz aus einer eisenbeschlagenen Truhe nahm und ihn sich um die Schultern legte. Als er die Tür öffnete, stand ein junges Dienstmädchen davor. Er befahl ihr, Holz, Wasser und getrocknete Löwenzahnwurzeln zu holen. Kurz darauf brachte die junge Frau das Verlangte und bestand darauf, für ihn das Feuer im Kamin an der Rückseite des Raumes zu entzünden. Sie zog an einem kleinen Hebel, damit Luft durch das Gatter in den Kamin strömen konnte und die Flammen entfachte. Dann stellte sie einen rußigen Kupfertopf darauf, um das Wasser zu erhitzen, bevor sie sich mit einer Verbeugung entfernte. Roper wartete, bis das Wasser kochte, dann warf er die getrockneten, klein geschnittenen Wurzeln in die brodelnde Flüssigkeit, um sie aufzubrühen.

Während er wartete, blickte er aus dem Fenster. Er konnte nicht weit sehen, weil das Schneetreiben zu dicht war. Auf den Dächern um ihn herum lagen die eisigen Kristalle mindestens eine Handbreit hoch. Der Schnee füllte die bleiernen Regenrinnen, sammelte sich auf den Fensterbänken, glitt an den Scheiben herunter und überzog die Schieferdachziegel mit einer weichen Decke. Das Feuer loderte mittlerweile, und seine Wärme erfüllte allmählich den Raum, zusammen mit dem erdigen Geruch der kochenden Wurzeln.

Roper stand auf und goss etwas von der dampfenden Brühe in einen Birkenholzbecher, wobei er die Wurzeln mit einem Netz absiebte. Dann nippte er daran und setzte sich wieder an den Tisch, während er mit glasigen Augen aus dem Fenster blickte. »Oh ja, bitte«, murmelte Keturah in das Kissen. Roper erhob sich erneut und brachte ihr ebenfalls einen Becher. Sie setzte sich im Bett auf. Ihr schwarzes Haar hing ihr über die Schultern, als sie an dem Gebräu nippte und die Nase rümpfte. Roper starrte sie an, mit einem ebenso faszinierten wie stieren Blick.

»Wer hat gestern Abend den Ringkampf gewonnen?«, fragte er schließlich.

»Dieser Berserker, Tarben«, antwortete Keturah. »Er und Uvoren haben den letzten Kampf bestritten. Uvoren hätte ihn fast bezwungen, aber der Berserker war einfach zu stark.« Roper erinnerte sich schwach an einen Mann, der so riesig und behaart war, dass er in seiner Erinnerung die Gestalt eines Bären angenommen hatte. Keturah musterte sein Gesicht und lächelte ihn dann so entzückend an, dass er das Lächeln unwillkürlich erwiderte. »Also, was willst du seinetwegen unternehmen?« Sie meinte Uvoren.

»Ich weiß es nicht«, sagte Roper. »Ich kann ihn nicht töten. Noch nicht. Das würde das Land spalten, und seine Verbündeten würden mir den Krieg erklären. Zudem hat er kräftige Söhne, die in seine Fußstapfen treten könnten. Letzte Nacht wollte ich eigentlich Frieden mit ihm schließen, aber mir ist jetzt etwas klar geworden: Er war viel zu dicht davor, dieses Land zu regieren, um sich nun mit seiner alten Rolle zufriedenzugeben. Ich glaube, ich muss ihn erledigen, so oder so.«

»Ja, das wirst du müssen. Jedenfalls wird er keinen ruhigen Winter verleben wollen.«

»Er wird die Zeit damit verbringen, Ränke gegen mich zu schmieden«, stimmte Roper ihr zu.

Es war ein Feiertag. Auf ein solches Fest folgte immer ein Feiertag. Das bedeutete, sie konnten den Rest des Tages tun, was ihnen beliebte.

Keturah warf einen Blick aus dem Fenster. »Arme Teufel.« Sie trank einen weiteren Schluck von dem Gebräu.

»Wer?«

»Unser halbes Land«, gab sie zurück. »So viele unserer östlichen Untertanen haben ihr Heim und ihre Getreidespeicher bei der Invasion der Südlinge verloren. Das weißt du besser als ich, denn du hast es selbst gesehen. Und jetzt müssen sie sich einem trostlosen, harten Winter stellen.«

Roper schwieg einen Moment. »Du hast Recht«, sagte er dann. »Wer kein Heim oder Vorräte hat, kann den Winter unmöglich überleben. Wir können sie nicht einfach im Stich lassen.«

»Das können wir«, widersprach Keturah. »Dein Vater hätte es getan. Ebenso wie meiner, wenn er regieren würde. Der Schwarze Lord muss sich nicht mit solchen Angelegenheiten befassen. Er ist ein Kriegsherrscher.«

»Sie leiden nur deshalb, weil ich mich vom Schlachtfeld zurückgezogen habe. Wir sollten sie in der Festung aufnehmen.« Seit der Rückkehr von Ropers Armee sammelten sich erneut Flüchtlinge vor den Mauern des Hindrunn.

»Hältst du das für klug?«, gab Keturah zu bedenken. »Tausende von Flüchtlingen, die die Straßen verstopfen?«

Roper schwieg erneut. Keturahs Bemerkung über den Kriegsherrscher passte zu allem, was er über seine Rolle wusste. Aber man hatte ihn auch gelehrt, dass der Schwarze Lord der erste Diener des Königreiches war. Und wenn das Schwarze Königreich litt, sollte er doch ganz sicher dieses Leiden lindern.

In diesem Moment klopfte es an der Tür. »Herein!«, rief er.

Ein Legionär der Vidarr trat ein. Roper erkannte ihn. Es war derjenige, der Tekoa bei ihrem ersten Treffen aufgewartet hatte. Er hieß Harald. »Mylord? Tekoa geht mit ein paar Männern in den Trawden-Wäldern auf die Jagd und lässt Euch ausrichten, es wäre ihm eine große Ehre, wenn Ihr ihm Gesellschaft leisten würdet.«

»So hat er diese Einladung ganz sicher nicht formuliert.«

»Nein, Lord«, gab Harald mit einem verwirrten Lächeln zu. »Das hat er nicht.«

In den Trawden-Wäldern hatte man das köstliche Wildschwein von der letzten Nacht erlegt. Die Wälder gehörten den Vidarr und wurden von ihnen eifersüchtig bewacht. Zwischen den Bäumen gediehen Rotwild, Auerochsen und angeblich auch gigantische Elche, deren Geweihschaufeln auf jeder Seite Mannslänge hatten. Tekoa war ein begeisterter Jäger, und eine

Einladung zur Jagd in die Trawden-Wälder war eine lohnende Angelegenheit, selbst für den Schwarzen Lord.

Roper befeuchtete sich die Lippen mit der Zunge und sah Keturah ernst an.

»Geh nur«, sagte sie kurz angebunden.

»Kommst du mit?«

»Allmächtiger, nein!«

Schließlich war es ein Feiertag.

* * *

Für Roper sollte es ein Tag werden, an dem er kaum zum Luftholen kam. Natürlich hatte er schon zuvor gejagt. Im Berjasti wurden die jungen Schüler ermutigt, zu jagen und zu fischen, um ihre kargen Rationen aufzustocken. Aber sie taten es nur, um zu essen. Sie fingen Forellen aus den Bächen in der Nachbarschaft, indem sie mit den Fingern unter den Bauch der Fische griffen, die unter den überhängenden Böschungen Schutz suchten, sie packten und dann aufs Ufer warfen, wo sie herumzappelten. In ihren Fallen fingen sie Hasen und Raufußhühner, die sie freudestrahlend ausnahmen und sofort über dem Feuer rösteten. Und sie fertigten kleine Schlingen für Eichhörnchen an und warteten auf Dachse, die bei Einbruch der Dunkelheit aus ihrem Bau kamen. Dann nagelten sie die knurrenden Tiere mit dem Spieß an die Erde. Kleine Angelschnüre mit Haken aus Weißdorn oder Geweihsprossen wurden ausgelegt oder sogar mit der Hand ausgeworfen, um Krebse vom Flussbett zu locken. Roper hatte Fallen aufgestellt, in denen er Füchse gefangen hatte, die ziemlich zäh, trocken und nicht besonders angenehm schmeckten. Oder Igel, die fett und köstlich waren, und Marder, deren Fleisch ähnlich schmeckte wie das der Füchse, nur etwas süßlicher. Manchmal, wenn sie Zeit hatten, fanden sie sogar die Fährte von Rotwild und verfolgten die Tiere mit Pfeil und Bogen. Aber das kam selten vor, und der Erfolg stellte sich noch seltener ein.

Mit Tekoa zu jagen war etwas vollkommen anderes. Sie jagten einen gigantischen Elch. Der Kommandeur erklärte, dass nichts anderes infrage käme. »Die Elchbullen sind zu dieser Jahreszeit nicht besonders gut in Form. Sie stellen eine größere Herausforderung dar, wenn wir sie im Sommer jagen, aber sie haben trotzdem ihre Geweihe. Achtet auf die Geweihe, Lord.« Sie ritten auf zuverlässigen Warmblütern, und ihnen folgte ein Trio riesiger zotteliger Schweißhunde. Die Jagdgesellschaft bestand aus Tekoa und Roper, zwei Legionären aus dem Hause Vidarr sowie Harald als Hilfe und zwei anderen hohen Offizieren des Landes, deren Namen Roper nicht kannte. Sie hatten Lanzen dabei sowie Bögen und Köcher mit Pfeilen, die am Sattel ihrer Pferde befestigt waren.

Es schneite immer noch in weichen, dicken Flocken. Roper genoss es, im Wald zu sein. Die Trawden-Wälder bestanden aus Laubbäumen und Nadelgehölz, und die riesigen Skelette ungeheurer Birken und Eichen hoben sich dunkel gegen den Schnee ab. Sie hatten ihre Blätter schon lange verloren. Neben ihnen wuchsen Pinien, Fichten, Lärchen und Zedern. Ihre Nadeln glänzten dunkelgrün unter dem weißen Puderschnee. Drosseln kreischten auf den Zweigen, als sie darunter entlangritten. Sie galoppierten einen gewundenen Pfad entlang, und die Hufschläge ihrer Pferde wurden vom Schnee gedämpft. Auf Ropers Bitte hin hielten sie an, kaum dass sie den Wald betreten hatten, um zu lauschen. In der Ferne heulte ein Rudel Wölfe. Ihre Stimmen verwoben und überlagerten sich, als sie ihren Besitzanspruch auf diesen Teil der Wildnis anmeldeten. Roper musste an seine Zeit im Haskoli denken. An den Abenden hatten sie oft die Wölfe in den umliegenden Bergen heulen gehört. Als sie weiterritten, strahlte Roper bereits über das ganze Gesicht.

»Jetzt leise«, sagte Tekoa nach einer Weile. »Und seht dort hinten!« Roper folgte seinem Finger mit dem Blick und sah etwas Riesiges, Dunkles im Unterholz verschwinden. Er wartete, aber alles blieb ruhig. Das Tier war fort und ließ nur eine Erinnerung an seine Geschmeidigkeit und Kraft zurück. »Ein Bär«, erklärte Tekoa. Sie blieben noch eine Weile stumm, aber das Tier kam nicht zurück.

Normalerweise hätten sie einen Jäger mitgenommen, aber Tekoa bestand darauf, die Jagd selbst zu leiten. Also ritten sie weiter und kamen an Bäumen mit dem vertrauten eingeschnitzten Handabdruck der Anakim vorbei. Sie stammten von Menschen, die schon vor ihnen an diesem Ort gewesen und ihrer Liebe dazu Ausdruck verliehen hatten. Jeder dieser Abdrücke enthielt Erinnerungen, aber nur für die Menschen, die sie lesen konnten. Selbst unter dem Schnee roch der Wald feucht und berauschend. Roper fühlte, dass jeder Schritt, den sie machten, beobachtet wurde, und er sah, wie Tekoa, für den dieser Wald von Erinnerungen erfüllt sein musste, ab und zu zerstreut auf eine besondere Stelle blickte. Dann überflog ein Lächeln sein Gesicht. Kein Mensch aus den Südlanden würde verstehen, was diese Wildnis den Anakim bedeutete, ebenso wenig wie die Südlinge ihre Hingabe an dieses Land begreifen konnten, durch das sie sich gerade bewegten. Sie waren *maskunn*: im Freien.

Nach etwa einer Stunde erreichten sie eine große Lichtung mitten im Wald. »Jetzt gebt Acht. Der Elch kommt hierher, um die frischen Schösslinge und Büsche zu fressen, die hier gedeihen können, weil der Schatten der Bäume nicht auf sie fällt. Wenn wir einen sehen, treiben wir ihn zwischen die Bäume. Wir werden ihn an einer Stelle in die Falle locken, durch die sein Geweih nicht hindurchpasst. Dann kämpfen wir ihn nieder.«

Sie ritten behutsam den Rand der Lichtung ab. Eine Herde Auerochsen graste ruhig in der Mitte. Ihr Atem stand wie eine Nebelwolke über ihnen. Beim Anblick der Tiere jaulten die Hunde leise, aber Tekoa schnippte mit den Fingern, und sie verstummten augenblicklich. Der Kommandeur war nur auf den gigantischen Elch aus.

Sie folgten der Baumgrenze noch eine halbe Stunde und

blickten dabei in Richtung des Windes, der recht unstet wehte. Schließlich entdeckte Tekoa etwas vor ihnen. Er war mehr als hundertsechzig Jahre alt, aber seine Augen waren scharf. Er streckte eine Hand aus, woraufhin Roper und die Hunde sofort stehen blieben. »Dort«, flüsterte er. Vor ihnen hob sich im Schnee eine mächtige Silhouette ab. Roper sah etwas Cremefarbenes aufblitzen, als das gewaltige Tier den Kopf hob und ihn in ihre Richtung drehte. Sein riesiges Geweih schwang herum.

»Wir wurden entdeckt.« Tekoa grinste. Er pfiff, und die Hunde setzten sich sofort in Bewegung, liefen lautlos auf den Elch zu. »Hinterher!«

Die Jagd war eröffnet.

Der Elch war noch mehr als dreihundert Schritte von ihnen entfernt, drehte sich jetzt um und rannte davon. Er wurde immer schneller, bis er schließlich zu fliegen schien. Es war ein außerordentlich kraftvolles Tier, aber nicht so schnell wie die Hunde, die ihn verfolgten. Nach kurzer Zeit hatten sie das mächtige Tier eingeholt. Der Elch schwang den Kopf im Lauf nach rechts und links und versuchte, einen der Hunde mit den gewaltigen Geweihenden wegzustoßen. Die Hunde waren ihm jedoch gewachsen und brachten sich mit raschen Sprüngen in Sicherheit, aus der Reichweite des Geweihs, während sie den Elch gleichzeitig immer dichter zu den Bäumen trieben.

»Ich habe die besten Hunde im ganzen Land!«, rief Tekoa über die Schulter zurück. Roper war jedenfalls von ihnen beeindruckt.

Hunde und Elch verschwanden zwischen den Bäumen, die immer noch so viel Abstand zueinander hatten, dass das Geweih des gewaltigen Tieres durch die Lücken passte. Tekoa nahm die Verfolgung auf, dicht gefolgt vom Rest der Jagdgruppe. Sie hielten ihre Lanzen bereit.

Und plötzlich war es so weit.

Es krachte vernehmlich vor ihnen, und Roper sah, dass der Elch einen Spalt zwischen zwei Bäumen falsch eingeschätzt hatte. Er kam ruckartig zum Stehen, und sein Geweih zitterte.

Schnee rieselte von den bebenden Bäumen herab. Dann schüttelte der Elch den Kopf und schwang ihn herum. Er bewegte sich so schnell, dass einer der Hunde von dem Geweih in der Brust getroffen und zurückgeschleudert wurde. Jaulend krachte er gegen einen Baum und fiel auf den Boden, wo er benommen mit den Pfoten im Schnee scharrte. Tekoa brüllte vor Wut und trieb sein Pferd an. Die beiden anderen Hunde wichen vor dem herumschwingenden Geweih zurück, als der Elch versuchte auszubrechen. Er stürzte an Tekoas Pferd vorbei und griff mit gesenktem Kopf Roper an, der sich unmittelbar hinter dem Kommandeur befand. »Er gehört Euch, Roper!«

Roper sah aus den Augenwinkeln, wie ein mit einem Geweih gekrönter Schädel auf ihn zuraste, sah das Spiel der Muskeln in der Brust des angreifenden Tieres. Er stellte sich in seinen Steigbügeln auf, zielte und stieß zu.

Was dann geschah, hätte er hinterher nicht sagen können; es ging zu schnell. Eben noch stand er in den Steigbügeln und zielte mit der Lanze nach dem Blatt, der Stelle am Hals, in der das Blut pulsierte. Dann landete er krachend auf dem Boden, und sein Pferd fiel auf ihn. Es klingelte in seinen Ohren, sein Gesicht war halb im Schnee begraben, und Roper sah, wie die Hunde erneut an ihm vorbeirannten. Dann sah er die Hufe von Tekoas Pferd.

Benommen hob er den Kopf, presste seine Hände gegen das Pferd und versuchte, es von sich zu schieben. Es rührte sich nicht. Er betrachtete es genauer. »Mein Gott!« Das Pferd war tot. Der Elch hatte ihm offenbar mit einer seiner Geweihschaufeln das Genick gebrochen. Tekoa schrie irgendwo hinter ihm, die Hunde kläfften wie verrückt, und der Elch brüllte vor Wut. Schließlich gelang es Roper, sich unter dem Leichnam des Pferdes herauszuwinden. Er war ziemlich mitgenommen und brauchte einen Moment, um sich zu überzeugen, dass er tatsächlich unversehrt war.

Im selben Moment kam Tekoa zu ihm zurückgetrabt. »Alles

in Ordnung, Mylord?« Er strahlte. »Das war sehr tapfer von Euch.«

»Tatsächlich?«

»Sozusagen. Eigentlich wart Ihr sehr unklug, aber Ihr habt das Vieh erwischt.«

»Habe ich das?«

»Habt Ihr. Es ist erledigt, kommt und seht selbst.« Tekoa warf einen Blick auf Ropers totes Pferd. »Ah.«

Sie folgten dem Geräusch der freudig kläffenden Hunde fast bis zur Lichtung zurück; Roper zu Fuß und Tekoa zu Pferde. Dort, kurz vor dem Ende der Baumgrenze, war der Elch auf die Seite gefallen. Sein Kopf war extrem weit verdreht, sodass die riesigen Geweihschaufeln flach auf der Erde lagen. Der Rest der Jagdgruppe hatte sich aufgeregt diskutierend um das Tier versammelt. Als sie Roper sahen, lachten sie laut und jubelten ironisch. »Beeindruckende Leistung, Lord!«

»Ich wette, das war eine ziemliche Überraschung für euch.«

Der Elch war wirklich enorm. Er überragte an der Schulter gemessen selbst Roper, und sein Geweih hatte eine Spanne von mehr als vierzehn Fuß von einem Ende zum anderen. Die Hunde leckten gierig an der Blutpfütze, die sich unter seinem Hals bildete.

»Dort habt Ihr ihn getroffen«, sagte Tekoa und schwang sich aus dem Sattel. Er deutete auf die Stelle an seinem Halsansatz. »Nicht tief genug, aber Ihr habt ihn spürbar verlangsamt. Ich musste ihm das Herz von hinten durchbohren. Ein ziemlich schwieriges Manöver, nebenbei bemerkt«, sagte er bescheiden.

»Ein meisterhafter Stoß, Mylord.«

»Sei still, Harald.«

Dann überließen sie den Elch Harald und den anderen Legionären. Sie würden das tote Tier für den Transport vorbereiten und es dann mit den Pferden zu einem Fuhrwerk schleifen, das an der Straße zum Wald wartete. Dann konnten sie ihn zum Hindrunn zurückfahren.

Der Rest von ihnen ritt voraus. Roper borgte sich ein Pferd von einem Offizier, der bei einem Kameraden aufsaß. Der eine war der Ratsherr für den Handel, bei dem anderen handelte es sich um den Schatzmeister des Königreiches. Beide stammten aus dem Hause Vidarr und schienen alte Freunde von Tekoa zu sein. Sie waren beide im mittleren Alter. Erst nach hundert Jahren Dienst in einer Legion war es Untertanen des Schwarzen Königreiches erlaubt, sich für eine Position in der Verwaltung oder als Ratsherr zu bewerben. Dort mussten sie sich auf das von ihnen gewählte Sachgebiet spezialisieren, dann konnten sie den Schwarzen Lord beraten oder für die Durchsetzung seines Willens im Land sorgen. Diese Möglichkeit wurde jedoch nur sehr selten von regulären Legionären gewählt, weil diese lieber auf dem Schlachtfeld dienten. Aber es waren sehr erstrebenswerte Posten für Angehörige der Hilfslegionen.

Roper ließ sich auf dem Rückweg zurückfallen, um mit ihnen zu reden. Mittlerweile schneite es stärker, aber glücklicherweise hatte sich der Wind gelegt. Er zog seinen Wolfspelz enger um sich, während sie einer Reihe von Weiden folgten, die den Weg zurück zum Hindrunn markierten. Das Pflaster der Straße war längst unter der weißen Schneedecke verschwunden.

Roper war klar, dass diese Männer in der Lage wären, ihm zu sagen, was er für die Flüchtlinge aus dem Osten tun konnte. Aber als er das Thema zur Sprache brachte, schien es sie zu überraschen, dass er sich überhaupt damit beschäftigte.

»Unsere Untertanen aus dem Osten sind zäh, Mylord. Es ist nicht das erste Mal, dass ihre Häuser während einer Invasion der Südlinge in Brand gesteckt wurden.«

»Trotzdem, so umfassend war die Verwüstung noch nie«, entgegnete Roper.

»Umso weniger können wir es uns leisten, ihnen zu helfen«, sagte der Schatzmeister. »Euer Vater war ein starker Herrscher, Lord, aber starke Herrscher sind häufig für ihre eigene Nation ein ebenso großes Problem wie für andere.«

»Er war ein großer Herrscher«, stimmte der Ratsherr für den Handel zu. »Aber er ließ sich nicht beraten. Er hat zum Beispiel ein Handelsabkommen mit den Welfen abgelehnt, weil er sich von ihnen beleidigt fühlte, hat bereits bestehende Vereinbarungen mit den Yawl und den Svear aufgekündigt und sich geweigert, Abgesandte aus Iberia zu empfangen, solange sie Schiffe an die Südlinge liefern. Außerdem hat er die Raubzüge nach Süddal eingestellt, um die Menschen dort nicht noch mehr gegen sich aufzubringen, sodass auch diese Einnahmequelle versiegt ist.«

»Die Folge ist leider, dass unsere Schatztruhen beinahe leer sind. Nur dem rechtzeitigen Einschreiten der Vidarr haben wir es zu verdanken, dass wir Euren Feldzug beginnen konnten, ohne auf die Abmarschprämie für die Legionäre zu verzichten«, schloss der Schatzmeister.

Roper warf einen Blick zu Tekoa. Es war das erste Mal, dass er von einem finanziellen Eingreifen der Vidarr gehört hatte. Aber Tekoa machte sich gerade an seinen Handschuhen zu schaffen und schien sich nicht für das Gespräch zu interessieren.

»Also, was kostet es uns, das Leiden unserer Untertanen aus dem Osten zu lindern?«

Die beiden Beamten atmeten seufzend aus, und der korpulente Schatzmeister rutschte unbehaglich im Sattel hin und her.

»Wollt Ihr die genauen Zahlen, Mylord? Ihr habt sicherlich nicht vor, Euch mit diesen Einzelheiten zu belasten …«

»Listet es im Einzelnen auf!«, beharrte Roper.

»Also … da wäre zunächst die Abmarschprämie für die Legionen. Um der Krise im Osten spürbar Herr zu werden, Lord, bräuchten wir alle neun Hilfslegionen. Dazu Baumaterial. Es würde wochenlange Arbeiten erfordern, und folglich weitere Zahlungen an die Hilfskräfte, dann für das Holz, den Stein, die Weiden … Das Schilfrohr ist noch nicht erntereif, also brauchen wir Heide aus dem Norden, was ebenfalls mit Kosten verbunden ist. Dann natürlich das Getreide. Wir haben nicht annähernd genug Reserven, um unsere östlichen Untertanen zu versorgen. Im Gegenteil, wir erwarten eigentlich auch so bereits eine Verknappung für das Hindrunn. Also müssen wir Getreide vom Kontinent kaufen ...«

»Iberia wird vielleicht mit uns verhandeln, obwohl unsere Beziehungen zurzeit ein wenig frostig sind«, warf der Ratsherr für den Handel ein. »Norica und Rhinja kommen ebenfalls infrage, aber keines der Länder hat eine Küste, also wird es teuer, das Getreide über den Landweg hierherzutransportieren. Kurz gesagt, Lord, wir können uns nichts Kostspieliges leisten. Unser Land ist pleite. Wenn Ihr etwas für die östlichen Untertanen tun wollt, müsst Ihr auf die Mildtätigkeit der Einwohner hoffen. Und wenn Ihr mit Eurer Herrschaft irgendetwas Nachhaltiges bewirken wollt, brauchen wir eine zusätzliche Einkommensquelle.«

»Wie zum Beispiel eine Invasion in Süddal«, mutmaßte Roper.

Der Schatzmeister und der Ratsherr wechselten einen vielsagenden Blick. »Ganz genau, Mylord.«

»Aber dabei geht es nicht nur um die Finanzen.« Tekoa schien in Wahrheit die ganze Zeit über zugehört zu haben. »Es geht um Vergeltung, Lord Roper. Wie Ihr selbst in Eurer Rede bemerkt habt: Wir müssen die Südlinge lehren, uns wieder zu fürchten. Auf keinen Fall dürfen wir zulassen, dass sie ungestraft in unser Land einfallen und danach sicher wieder in ihre unversehrten Häuser zurückkehren. Es geht um Vergeltung.«

16. KAPITEL

EINER NACH DEM ANDEREN

Tekoa schickte den gewaltigen Schädel des Elchs, ausgekocht und bis auf den makellos weißen Knochen abgeschabt, zu Roper, zusammen mit dem beeindruckenden Geweih. Roper ließ ihn als Erinnerung an diesen Tag auf ein Buchenbrett montieren und ihn über dem Kamin in seinen Gemächern aufhängen. In den folgenden Nächten erwachte Keturah zweimal schreiend wegen des gigantischen mondbeschienenen Schädels, der jetzt gegenüber von ihrem Bett schwebte.

Roper hatte den Schädel seines Vaters während der Jagd mit in die Trawden-Wälder genommen. In einem ruhigen Moment war er ein wenig abseits geritten und hatte ihn zwischen den Wurzeln einer riesigen Eiche begraben. Die leeren Augenhöhlen hatte er sorgfältig nach Osten gerichtet, bevor er das Loch wieder zuschaufelte. Darüber hatte er einen groben Umriss seiner eigenen Hand in die Rinde geschnitten. Kynortas hätte das zweifellos gereicht, sagte er sich.

Der Schnee war jetzt ebenso gnadenlos wie der Regen, der ihm vorausgegangen war. Einige Untertanen, denen nicht so viel an Licht und guter Belüftung lag, versuchten, die Temperaturen in ihren Häusern dadurch zu erhöhen, dass sie durchscheinendes geöltes Papier auf Holzrahmen spannten, die sie in die Fensterrahmen einpassten. Die meisten jedoch zogen es vor, sich den Elementen auszusetzen. Ihre Häuser gaben ihnen das Gefühl einer selbst konstruierten Höhle. Der Boden rund um das Hindrunn wurde weich und weiß, die Zweige der Bäume bogen sich allmählich unter der frischen Last und brachen gelegentlich, und die Legionäre schwitzten bei dem Versuch, die Straßen freizuhalten. Dort fand man jetzt die meisten Flüchtlinge. Roper hatte beschlossen, die Tore zu öffnen und sie in die steinerne Umarmung des Hindrunn aufzunehmen. Schon nach wenigen Stunden waren die gepflasterten Straßen von Obdachlosen übersät, die hier dankbar vor den eisigen Winden Zuflucht suchten, die über die Ebene vor der Äußeren Mauer hinwegpfiffen. Aber ihr Leben war immer noch alles andere als behaglich. Die meisten suchten Schutz unter primitiven Zelten, die sie aus alten Umhängen errichtet hatten, und bettelten die Bewohner des Hindrunn um Nahrung an.

Roper dachte an die Worte des Schatzmeisters. Ihm fiel als einzige Lösung, um den Flüchtlingen weiterzuhelfen, tatsächlich nur ein, an die Großzügigkeit der Menschen zu appellieren. Deshalb hielt er eine Rede auf den Stufen des Hohen Frieds, in der er die Untertanen der Festung bat, die Flüchtlinge in ihren Häusern aufzunehmen. Sie reagierten wahrhaft großherzig. Nur drei Tage nach seinem Appell war Roper vom Hohen Fried zum Großen Tor geritten und hatte nicht ein einziges Behelfszelt mehr auf den Straßen gesehen. Die Obdachlosen waren in die festen steinernen Häuser der Zitadelle aufgenommen worden, beherbergt von einer großzügigen Bevölkerung.

Um ihre Schatztruhen zu füllen, hatte Roper den Ratsherrn für den Handel, Thorri, zu den Welfen geschickt, um eine neue Vereinbarung auszuhandeln. Er wurde erst in drei Wochen zurückerwartet, und in diesen drei Wochen war Uvoren Roper ein ständiger Dorn im Auge. Er versuchte, seinen Einfluss wieder zu vergrößern, und begann mit wiederholten wohltätigen Gesten an die Untertanen.

Als es angefangen hatte zu schneien, war der große Krieger

bejubelt worden, weil er mit seinem Pferd neben einer Mutter und ihrem frierenden Kind angehalten hatte. Er hatte die beiden hinter sich auf den Sattel gezogen und sie in die Ehrenhalle mitgenommen. Dort hatte er ihnen eine üppige Mahlzeit spendiert. Er nahm zwar niemanden in sein Heim auf, aber die Bevölkerung verehrte ihn trotzdem wegen des Roggenbrots, das seine Bediensteten jeden Abend frisch buken und an die Menschen auf der Straße verteilten. Uvoren spendierte den Bewohnern des Hindrunn sogar eine kleine Herde seiner Schweine, die er auf seinem nördlichen Besitz züchtete. Er ließ die Schweine vor dem Hohen Fried schlachten, wo Becher mit ihrem heißen Blut an all jene verteilt wurden, die gekommen waren, um zuzusehen. Legionäre der Lothbrok rösteten die Schweine den ganzen Tag unter freiem Himmel. Als die Nacht anbrach und es erneut schneite, hatte sich eine große Menschenmenge dort versammelt und wurde mit Brot und fetttriefendem Schweinefleisch versorgt.

Aber das war längst nicht alles, was Uvoren unternahm. Roper fragte sich allmählich, ob der Hauptmann ihn beschatten ließ. Zweimal hatte er mit Keturah in der Messe die Blicke von zwei Legionären aufgefangen, die er schon während des Tages regelmäßig gesehen hatte. Sie waren immer in seiner Nähe gewesen, schienen aber anderweitig beschäftigt zu sein. Jedenfalls hatten sie rasch zur Seite geblickt, wenn sie seine Aufmerksamkeit spürten, und Roper fragte sich, welche Absichten sie wohl hegten. Hielten sie Uvoren nur über seine Unternehmungen auf dem Laufenden? Oder warteten sie auf einen günstigen Moment, in dem er unbewacht war? Roper wusste nur, dass er einen sehr gefährlichen Feind hatte, und Keturah und er waren sich bereits einig, dass der Hauptmann bald vernichtet werden musste.

Roper und Keturah hatten begonnen, morgens zusammen durch die Straßen des Hindrunn zu gehen. Keturah hatte länger in der Zitadelle gelebt als Roper und war im Alter von sechzehn Jahren ins Haus ihres Vaters zurückgekehrt. Damals hatte sie ihre Zeit im Freyi beendet, der Akademie für Mädchen, ähnlich dem Haskoli. Sie schien jeden zu kennen, während Roper erst vor Kurzem von einer verlängerten Ausbildung bei der Pendeen-Legion zurückgekehrt war. Aus diesem Grund kannte er nur sehr wenige Leute. Er war der Meinung, es könnte ihm mehr Gefolgsleute einbringen, wenn er sich Keturahs bereits recht beeindruckender Verbindungen bediente, also schlenderten sie gemeinsam durch die Straßen. Wenn Keturah ihn nicht gerade irgendjemandem vorstellte, schilderte Roper ihr begeistert seine Ideen. Die Schärfe ihres Spotts war ein guter Maßstab, ob er diese Idee bei einer der nachmittäglichen Ratssitzungen vorstellen konnte. Lachte sie schallend über seinen Vorschlag, galt er als abgelehnt. Wenn sie aber nur ungeduldig mit der Zunge schnalzte, betrachtete Roper die Idee als recht gut.

»Sie folgen uns schon wieder«, sagte Roper eines Morgens. Keturah reagierte zunächst nicht, dann sah sie sich um und winkte den beiden Legionären, die sie verfolgten, gelassen zu. Sie bemühten sich sehr, so zu tun, als wären sie in ein Gespräch vertieft und als würden Ropers Angelegenheiten sie nicht interessieren. Aber sie hatten sie bereits zu oft in ihrer Nähe bemerkt, als dass ihr Verhalten hätte überzeugend wirken können. Roper fragte sich erneut, was sie wohl geplant hatten, aber es kümmerte ihn nicht mehr sonderlich. »Sie sind nicht gerade unauffällig, habe ich Recht?«

»Uvoren braucht bessere Spione«, sagte Keturah verächtlich. »Vielleicht sollten wir einfach den ganzen Tag im Kreis rund um die innere Mauer gehen und uns damit vergnügen herauszufinden, wann sie aufgeben.« Roper verkniff sich ein Lachen. Er hatte den Eindruck, dass es nicht sonderlich ratsam war, Keturah auch noch zu ermutigen. Sie jedoch lächelte und hakte sich bei ihm unter. »Du musst nicht lachen, mein Gemahl. Ich weiß auch so, dass du mich witzig findest.«

»Du bist tatsächlich ziemlich witzig«, räumte Roper ein. »Ich will nur nicht, dass du unter dem Gewicht deines eigenen Kopfes zusammenbrichst.«

Das war genau Keturahs Art von Humor, und sie lachte laut auf. Dadurch erschreckte sie zwei Frauen, die gerade Johannisäpfel in einem Garten in der Nähe pflückten. Keturah winkte ihnen entschuldigend zu.

»Vielleicht sollte ich einen Triumphmarsch durch die Straßen veranstalten?«, überlegte Roper laut. »Zur Feier unseres Sieges über die Krieger aus Süddal. Wir haben bei unserer Rückkehr darauf verzichtet, weil alle glaubten, dass wir die Festung erobern wollten.«

Keturah hatte sich mittlerweile wieder beruhigt. Jetzt sah sie ihn vollkommen verblüfft an. »Warum?« Sie runzelte die Stirn.

Roper machte sich nicht die Mühe, diese unausgegorene Idee weiterzuspinnen. Sie würde ihn wahrscheinlich einfach nur auslachen. Also wechselte er das Thema. »Riechst du das?« In der Luft lag ein bitteres Aroma.

Keturah schnüffelte. »Es ist der Geruch der Heimkehr.« Sie meinte den Duft von Kräutern, die unter den Stiefeln der Legionen zertreten wurden, wenn sie nach einem Feldzug ins Hindrunn zurückkehrten.

»Er ist schärfer«, widersprach Roper. Und er hatte etwas Bedrohliches an sich. Der Geruch wurde immer stärker, je weiter sie gingen, bis er sie schließlich fast zu überwältigen drohte. Nach einer Weile konnten sie die Quelle sogar sehen. Ein schwacher grauer Schleier, der über den Straßen hing. »Rauch«, stellte Roper fest. »Sie verbrennen Kräuter.« Die Straßen waren verlassen. Sämtliche glaslosen Fenster waren mit Fensterläden verrammelt, und alle Türen waren geschlossen, was höchst ungewöhnlich war.

»Sieh nur, dort.« Keturah zeigte auf eine der Türen. Unter dem Türsturz drehte sich etwas in der schwachen Brise. Es war ein Büschel Heu. Als Roper seinen Blick über die Straße schweifen ließ, kam sie ihm vor wie ein Galgenweg. Unter Dutzenden von Türstürzen hingen diese Büschel. Roper und Keturah verstummten und blickten auf die verlassene Straße.

»Ein Büschel Heu«, sagte Roper gedehnt. »Ist das nicht ein Zeichen für die Pest?«

»Es hat hier seit über fünfzig Jahren keinen ernsthaften Ausbruch der Seuche mehr gegeben«, erwiderte Keturah zweifelnd.

»Wir müssen hier weg.«

Sie wandten sich von der verlassenen Straße ab, in der der beißende Rauch der Kräuter in der Luft hing, um eine Ansteckung mit der Krankheit zu verhindern. Hastig eilten sie zum Fried zurück. Der direkte Weg war jedoch blockiert. Überall hingen diese Heubüschel, und der bittere Rauch waberte durch die Luft. Sie machten einen Bogen darum und folgten dem Geruch von frischer Luft und dem vertrauteren Aroma von Holzkohlenrauch. Von den beiden Legionären, die ihnen gefolgt waren, war nichts mehr zu sehen. Vielleicht hatten sie den Geruch schon früher erkannt.

»Warum ausgerechnet jetzt?«, fragte Roper, als sie wieder in der Sicherheit des Hohen Frieds waren. »Wenn uns die letzte Seuche vor fünfzig Jahren heimgesucht hat, warum ist sie dann ausgerechnet jetzt zurückgekehrt?«

Sie gingen die Treppe zu Ropers Quartier hinauf, wo Helmec wie gewöhnlich Wache vor der Tür hielt. Tekoa stand neben ihm. Als der Kommandeur Roper kommen hörte, drehte er sich zu ihm herum und sah ihn finster an.

»Ich glaube nicht, dass ich mich jemals zuvor auf die Seite eines derartigen Narren geschlagen habe.« Er deutete mit einer ungeduldigen Kopfbewegung auf Ropers Quartier, um anzudeuten, dass sie sich besser drinnen unterhielten.

Roper reagierte nicht sofort auf die Anschuldigung, sondern schloss stattdessen die Tür auf. »Geht es dir gut, Helmec?«

»Sehr gut, Lord.« Helmec zeigte sein schreckliches Grinsen.

Roper, Tekoa und Keturah traten in das Gemach, während Helmec draußen Wache hielt. Drinnen löste Tekoa seinen Umhang und warf ihn auf Ropers Bett. Dann ging er zum Kamin und öffnete das Luftventil, um die Holzkohle auf dem Gitter anzufachen.

»Fühlt Euch wie zu Hause«, sagte Roper.

Tekoa drehte sich zu ihm herum. »Ihr seid ein gottverdammter Narr! Ein geistloser Dummkopf, grün hinter den Ohren!«

»Warum?«

»Die Pest ist ausgebrochen!«

»Und das ist meine Schuld?«

»Selbstverständlich ist es Eure Schuld!«, explodierte Tekoa. »Glaubt Ihr denn tatsächlich, dass Ihr einfach Tausende von Menschen aufnehmen könnt, um sie auf den Straßen vegetieren zu lassen, ohne zusätzliche Latrinen zu bauen oder dafür zu sorgen, dass sie angemessen ernährt oder gewärmt werden? Glaubt Ihr, Ihr könnt diese Leute zu den anderen in ihre Häuser pferchen, ohne dass Krankheiten ausbrechen? Die Seuche ist kein Zufall. Ebenso wenig ist sie ein verdammender Fluch des Allmächtigen oder entspringt einer willkürlichen Laune des Schicksals. Wir hatten deshalb die letzten fünfzig Jahre keine Seuche mehr, weil kein verfluchter Tölpel wie Ihr auf dem Steinernen Thron saß. Das passiert Herrschern, die ein weiches Herz haben! Sie schlittern in die Katastrophe!«

Roper blinzelte. Diese Tirade überrumpelte ihn völlig, und er konnte sich auf die Schnelle keine Verteidigung für seine Handlungsweise zurechtlegen. »Euer Rat wäre lange vor dieser Situation willkommen gewesen, Tekoa«, sagte er schließlich.

»Das Ausmaß Eures Wahnsinns wurde mir gerade erst bewusst«, knurrte der Kommandeur. »Ihr müsst schnell handeln, sonst wird die Festung davon überwältigt werden. Wir können es uns nicht leisten, einen großen Teil unserer Bevölkerung an die Pest zu verlieren. Wir müssen eine Quarantäne verhängen, und zwar augenblicklich.«

»Was schlagt Ihr vor?« Roper setzte sich hin und starrte den Kommandeur an, der erregt im Raum auf und ab ging. Keturah blieb stumm und setzte sich auf das Bett neben den Mantel ihres Vaters.

»Die Legionäre müssen sämtliche Straßen absperren, in denen die Krankheit ausgebrochen ist. Niemand geht dort hinein oder kommt heraus.«

»Das wird den Leuten nicht gefallen«, wandte Roper ein.

Tekoa sah ihn ungläubig an, ging dann mit steifen Beinen zu dem Stuhl, auf dem Roper saß. Er beugte sich zu dem Jüngeren herunter.

»Habt Ihr mich noch nicht verstanden, Mylord Roper?« Seine Lippen bewegten sich kaum. »Wenn sich erst Haufen von eitrigen Leichen auf den Straßen auftürmen und Ihr wegen des Gestanks von brennendem Fleisch nicht mehr atmen könnt, ohne Euch zu übergeben, und ganze Viertel innerhalb weniger Tage entvölkert werden, dann werdet Ihr erleben, wie den Leuten das gefällt.«

Instinktiv hätte Roper sich Tekoas Rat allein schon wegen des Tonfalls, in dem er ihn vortrug, widersetzen wollen, denn er fühlte sich wieder wie ein Kind. Aber die Entscheidung war einfach zu offenkundig richtig, auch wenn sie ihm nicht behagte. Kaum eine Stunde später waren alle Legionäre aus ihren Kasernen marschiert und sperrten sämtliche Straßen ab, in denen ein Heubüschel in einer Tür hing. Die Soldaten errichteten Barrikaden aus Fässern, Karren und Tischen, die sie Tag und Nacht bewachten. Sie schickten alle Untertanen zurück. Diese reagierten zunächst wütend, zogen sich aber dann über kurz oder lang stumm in ihre Häuser zurück. Die Legionäre versorgten sie mit Nahrung, die sie über die Barrikaden an jene aushändigten, die dahinter gefangen waren. Sorgfältig achteten sie darauf, das Metall, das sie dafür bekamen, in Schüsseln mit Essig zu reinigen, um eine Ansteckung zu verhindern. Außerdem sammelten sie Säcke mit Holz, die sie von innen gegen die Barrikaden lehnten. Sie würden spätestens gebraucht werden, wenn es dunkel geworden war. Und überall durchdrang die Festung neben der

Kälte nun auch der bittere Rauch der Feuer, in denen die Kräuter verbrannt wurden.

Jeden Tag wuchs die Zahl der Toten schneller. Jeden Morgen wurden Leichen von ihren Familien auf die Straßen geworfen. Sie stapelten sich in der Mitte der Straße, und der Haufen wurde immer größer, bis die hereinbrechende Dunkelheit der Festung ein wenig Frieden brachte. Dann wurden die Holzbündel von den Barrikaden eingesammelt und über die Toten gelegt. Sie alle waren so aufgeschichtet, dass ihre Köpfe nach Osten zeigten. Die Leichen wurden nur von ihren Familien berührt und in den Straßen verbrannt, in denen sie gestorben waren. Die Scheiterhaufen qualmten und loderten glühend heiß, sodass am Morgen zumeist nur ein Haufen weißer Asche übrig blieb, der von verkohlten Resten von Gliedmaßen umgeben war. Diese wurden zusammengekehrt, um sie dann am folgenden Abend zu verbrennen.

Roper betrachtete die Feuer. Nach Einbruch der Dunkelheit stand er bei den Legionären und beobachtete von den Barrikaden aus, wie die Flammen ein Stück entfernt auf den Straßen aufflackerten. Er kämpfte gegen das Gefühl von Übelkeit an, weil er für all diese Toten verantwortlich war. Es machte ihn ganz schwach. Er war sich zwar nicht sicher, ob der Zusammenhang zwischen seinem Umgang mit den Flüchtlingen und der Seuche schon allgemein bekannt war. Aber ihm war klar, dass sein Feind schon dafür sorgen würde, dass es sich herumsprach.

Trotz der schnellen Umsetzung von Tekoas Vorschlägen hatte die Pest bereits weit um sich gegriffen. Sie war auf den verschneiten Straßen unter den Flüchtlingen ausgebrochen und hatte sich ausgebreitet, ehe klar geworden war, womit sie es zu tun hatten. Unter geschlossenen Türen hindurch, zwischen versiegelten Fensterläden. Durch die Luft oder über die Haut, durch das Wasser oder wodurch auch immer sie sich ausbreiten mochte, sie erstreckte sich jetzt über die ganze Festung. Es gab kaum etwas Schlimmeres, was Roper seinen Untertanen hätte antun können. Denn die Seuche war für gewöhnlich ein Problem der Südlinge. Sie betraf nur sehr selten die Anakim, die weit strengere Hygienestandards hatten.

Die Straßen waren schon bald verlassen bis auf die Legionäre, die die Barrikaden bewachten. Die Märkte waren verwaist. Der beißende Rauch durchdrang alles, und der ekelhaft orangefarbene Schein der Scheiterhaufen fiel des Nachts durch Ropers Fensterläden. Eines Morgens, nach einer totenstillen Nacht, wachte Roper auf und stellte fest, dass der Rauch von den Leichenverbrennungen wie ein Nebel über der Festung hing. So stark, dass nur noch von seinem hohen Turm aus die Hausdächer zu sehen waren.

Er ging durch die verlassenen Straßen und sorgte dafür, dass man ihn dabei sah, wie er bei den Legionären stand und ihre gefährliche Aufgabe mit ihnen teilte. Roper kam sich wie ein Narr vor und versuchte verzweifelt, das Vertrauen seiner Untertanen zurückzugewinnen. Er hatte gesehen, wie Earl William und Lord Northwic mit ihren ritterlichen Leibwächtern umgegangen waren. Und er hatte von seinem Vater Geschichten gehört, von Tekoa und von Gray, wie König Osbert auf seinem Thron im Süden seine Untertanen behandelte. Er betrachtete sie als seine Diener. Sie standen stets demütig vor ihm, verbeugten sich, schmeichelten ihm und hatten Angst vor seiner Rache. König Osbert regierte durch Furcht. Tekoa machte es ebenso. Die Leute wurden von der Angst vor seinem Missvergnügen angetrieben. Das war nicht die Art von Führung, wie Roper sie wollte. Für ihn teilte ein Anführer alle Gefahren, die er seinen Untertanen zumutete. Ein wahrer Anführer befehligte von der Front aus, nicht von hinten. Er ging mit gutem Beispiel voran und lud die anderen ein, es ihm gleichzutun. Der Charakter eines Anführers war die mächtigste Waffe in seinem Arsenal. Sie musste geschärft und gepflegt werden, um sich zu einer Persönlichkeit zu entwickeln, wie seine Anhänger sie brauchten. So sah Roper die Rolle des Schwarzen Lords. Und das war auch der Unterschied zwischen einem Schwarzen Lord und einem König.

Also verbrachte er seine Tage auf den verschneiten Barrikaden mit seinen Legionären und teilte ihre gefährliche Situation und ihr Unbehagen. Er zeigte ihnen, dass er keine Angst hatte. Keturah begleitete ihn, obwohl Tekoa heftige Einwände erhob. Und sie tat mehr als das: Da sie wegen der Quarantäne die abgeriegelten Gebiete nicht betreten durfte, ging sie auf Wunsch der Menschen, die dort eingesperrt waren, auf die Märkte und erstand für sie das, was sie besonders benötigten. Dabei begegnete sie Grays Frau Sigrid, die ebenfalls für die Untertanen unter Quarantäne auf dem Markt einkaufte. Auch sie setzte sich immer wieder auf eine Seite der Barrikade und erzählte denen auf der anderen Seite Geschichten.

Es war Ropers erste Begegnung mit Sigrid. Sie war tatsächlich so wunderschön, wie Keturah sie beschrieben hatte. Fast einschüchternd schön. Ihr Haar war silberblond, und sie hatte ein vornehmes Gesicht und so hellgraue Augen, dass es Roper geradezu ungehörig fand hineinzusehen. Allerdings fehlte ihr Keturahs Sinn für Humor. Sie war zwar freundlich, aber unnachgiebig. »Da ist ja der Lord, der meinen Ehemann gezwungen hat, auf einem Karren mit Leichen nach Hause zu reisen«, sagte sie, als Roper sie zum ersten Mal traf. Sie spielte auf die List an, die ihm den Zugang ins Hindrunn ermöglicht hatte.

»Das bin ich, Mylady«, bestätigte Roper, nahm ihre Hand und wusste nicht genau, ob sie scherzte oder nicht.

Sie betrachtete ihn einen Moment. »Gut, ich verzeihe Euch wegen Eures Mutes, Euch jetzt auf den Straßen zu zeigen, Mylord.« Ihr Blick blieb ernst, bis sie Keturah begrüßte. Die beiden umarmten sich wie alte Freundinnen. »Schön, dich wiederzusehen, Liebes. Wie geht es dir?«

»Prächtig, ich blühe und gedeihe«, übertrieb Keturah mutwillig, was Sigrid ein Lachen entlockte.

Danach hatte Keturah begonnen, Sigrids Vorbild zu folgen, und sich neben sie vor die Barrikaden gesetzt. Jetzt wechselten die beiden Frauen sich dabei ab, den Menschen dahinter

Geschichten zu erzählen. Keturah gab die Geschichten zum Besten, die aus dem Hindrunn kamen und die ihre Mutter sie gelehrt hatte, als sie noch jünger gewesen war. Viele handelten von ritterlichen Taten legendärer Krieger. Ein paar erzählten über das Volk der Zwerge, die nach Einbruch der Dunkelheit auftauchten, um neugeborene Kinder aus ihren Krippen zu entführen, und schilderten dann die Abenteuer, die folgten, während man versuchte, die Kinder wieder zurückzuholen. Und sie erzählte Geschichten über sprechendes Vieh, das von seinen Besitzern misshandelt wurde, woraufhin es die Geheimnisse der Festung preisgab.

Sigrid war ein Kind des Ostens, wie die Flüchtlinge. Die Geschichten, die sie als Kind gehört hatte, handelten von gewaltigen Stürmen, nach denen nichts mehr so war wie zuvor. Von sonderbaren Vorkommnissen des Nachts, wenn man die Herden bewachte, oder von geheimnisvollen Gegenständen, die in den Eisenminen entdeckt wurden.

Obwohl die Untertanen, die sich auf der anderen Seite der Barrikaden versammelten und ihnen zuhörten, ihre Münder und Nasen mit Tüchern bedeckten, schlug Ropers Herz vor Angst schneller bei ihrem Anblick. Es kam ihm so vor, als ob die beiden Frauen eine Ansteckung förmlich herausforderten. Aber er wusste, wie Keturah reagieren würde, wenn er ihr vorschlug, dass sie sich in Acht nehmen sollte.

Roper ließ Keturah bei Sigrid und ging weiter. Für ihn war es am sinnvollsten, sich an so vielen Stellen wie möglich blicken zu lassen. Keturahs Gegenwart dagegen war am wertvollsten bei einzelnen Gemeinschaften.

»Allmählich gehen mir die Geschichten aus«, sagte Keturah eines Abends zu Sigrid. Die Dämmerung war bereits aufgezogen, und die Sonne versteckte sich hinter den Mauern des Hindrunn. Aber ein orangefarbenes Glühen erleuchtete die schneebedeckten Dächer um sie herum. Die beiden Frauen gingen zu einer neuen Barrikade, die sie zwei Tage zuvor aufgesucht hatten, um den Mut der Leute zu stärken, die dort gefangen waren. Der Schnee knirschte unter ihren Füßen, und es fiel Keturah schwer zu gehen, weil sie sich so müde fühlte.

»Du solltest nach Hause gehen und dich ausruhen«, sagte Sigrid. »Die Seuche ist morgen auch noch da.«

»Ich kann mich später ausruhen. Ich muss mir erst eine neue Geschichte ausdenken.«

»Du siehst müde aus.« Sigrid musterte sie prüfend. »Diese Menschen werden mit oder ohne unsere Hilfe sterben. Wir hinterlassen durch unser Tun nur ein Beispiel für die, die überleben.«

»Aber du bleibst«, stellte Keturah fest.

Sigrid schenkte ihr ihr einzigartiges Lächeln. Dabei zuckten ihre Mundwinkel, und ihre Augen verengten sich ein wenig. »Ich bin älter als du. Ich habe meine Kinder bereits geboren, ich habe meinen Dienst geleistet, und ich habe genug Glück für etliche Leben erlebt. Dir steht das alles noch bevor.«

Keturah hob ihre Brauen bei diesen Worten. »Du bist wahrlich eines Heiligen Wächters würdig.«

Sigrid lächelte. »Wer will schon ein Heiliger Wächter sein? Ich finde ein derartiges Leben eher höchst undankbar. Aller Ruhm der Welt kann den vollkommenen Mangel an Freiheit nicht ausgleichen.«

»Aber es gewährt einem Anerkennung.« Keturah sehnte sich heimlich nach dem außerordentlichen Ansehen, das diese dreihundert Männer genossen.

»Das stimmt«, bestätigte Sigrid nachdenklich. »Aber was für ein Mensch verbringt sein Leben mit der Suche nach Anerkennung? Ich würde denken, ein sehr unzufriedener.«

Keturah runzelte die Stirn. »Warum tut Gray es dann?«

»Aus demselben Grund, aus dem wir dies hier tun«, erwiderte Sigrid. »Um zu dienen.«

Sie bogen nach links ab und erreichten die Straße, zu der sie gewollt hatten. Aber sie war verlassen. Vier frierende Legionäre hielten Wache an der Barrikade, und hinter ihnen war niemand in Sicht.

»Diese Leichen lagen dort schon, als wir das letzte Mal hier waren«, sagte Sigrid.

Keturah sah hin. Etwas weiter entfernt auf der Straße lagen sechs Leichen mit dem Gesicht nach Osten gerichtet. Sie ruhten auf einem Aschehaufen, der anzeigte, dass bereits etliche Feuer dort ausgebrannt waren. Sie hatten einen Krater in den Schnee geschmolzen. Keturah drehte sich zu den Legionären am Ende der Barrikade um. »Hat es viele Tote in dieser Straße gegeben?«

»Sehr viele«, bestätigte der Legionär. »Hier sind Dutzende gestorben.«

»Wann hast du zuletzt eine lebendige Seele innerhalb dieser Barrikade gesehen?«

»Vor zwei Tagen. Ein Mann hat die letzte Leiche herausgebracht und ist dann wieder ins Haus gegangen.«

Eine lange Pause trat ein. Sigrid blickte auf die Straße. »Dann sind sie alle tot«, sagte sie. »Es ist niemand mehr da, der diese Leichen verbrennen könnte.«

»Eine ganze Gemeinschaft ausgelöscht«, sagte Keturah. Sie blickte auf die leere Straße, den Mund leicht geöffnet. Die Gebäude waren von einer feinen Ascheschicht überzogen, die der Wind an den Stein geweht hatte. Ein paar hölzerne Fensterläden waren halb geöffnet, wie die Augen der Toten. Es war nichts mehr da, was diese Häuser hätte beleben können.

Sigrid sah Keturah ruhig an. »Wir können hier nichts mehr ausrichten. Komm, Liebes.« Sie streckte die Hand aus, und die junge Frau ergriff sie. »Es gibt überall in dieser Festung noch Menschen, die unserer Hilfe bedürfen.«

Auf der anderen Seite der Festung ging auch Roper durch die Straßen. Wie immer wurde er von Helmec begleitet. Jetzt warf er einen Blick auf seinen Gefährten, der von der Verheerung um sie herum nicht sonderlich beeindruckt zu sein schien und immer noch zügig ausschritt. »Was machst du hier, Helmec? Geh heim, ich bin nicht in Gefahr. Uvorens beste Hoffnung besteht im Moment darin, dass die Seuche mich zu Fall bringt. Ich will nicht riskieren, dich auch an die Krankheit zu verlieren. Also geh nach Hause.«

»Ich gehe nirgendwohin, Lord.«

»Das ist ein Befehl, Helmec. Du kannst wegtreten.«

»Solche Befehle von Euch interessieren mich nicht, Mylord«, gab Helmec liebenswürdig zurück.

Roper schnalzte missbilligend mit der Zunge. »Ich habe keine Ahnung, wie ein derartig verrückter Legionär wie du es geschafft hat, so lange zu überleben.«

»Das ist mir auch ein Rätsel, Lord.«

Roper war von Helmecs Loyalität gerührt, aber er wollte nicht die Verantwortung für noch eine Seele auf sein Gewissen laden. Schon gar nicht eine, die ihm so nahestand. Seine Großzügigkeit hatte nur dazu geführt, dass er fürchterliche Schuldgefühle entwickelte. Er hatte einen schrecklichen Fehler begangen, und doch erfuhr er eine so tiefe Hingabe von denen, die ihm nahestanden.

Der Leichenrauch hing wie ein bleierner Umhang auf seinen Schultern und machte ihn krank bis ins Mark. Er hatte noch nie ernsthaft darüber nachgedacht, warum er eigentlich regieren wollte. Blickte er zurück, dann vermutete er, dass es daran lag, dass er sein ganzes Leben darauf vorbereitet worden war und dass die Alternative der Tod war. Uvoren hatte versucht, ihm das wegzunehmen, und so hatte sich Roper ganz natürlich gewehrt. Weiter hatte er nicht gedacht. Aber jetzt, als er in der Nacht hinter einer Barrikade stand und zusah, wie zerbrechliche, zitternde Gestalten etwas weiter entfernt auf der Straße die aufgehäuften Leichen ihrer Familien und Freunde anzündeten, oder als er die blassen Gesichter seiner Soldaten sah, die gezwungen waren, ihre Freunde und Bekannten zu bewachen, stumm, wenig ruhmreich und sogar drohend, war er nicht sicher, ob er diese Aufgabe wirklich gewollt hatte. Allerdings gab er das niemandem gegenüber zu. Weder Keturah noch Gray gegenüber, und ganz gewiss nicht vor Tekoa. Es gab nur einen Weg, wie er dies durchstehen konnte: vorwärts. Wenn er jetzt öffentlich eingestand, er wäre nicht gänzlich überzeugt, der richtige Mann für diese Aufgabe zu sein, würden ihm gewiss sehr viele Menschen zustimmen.

Vielleicht waren sie ja ohnehin schon dieser Meinung. Als er an diesem Abend in sein Quartier zurückgekehrt war, hatte ihn Keturah ungewöhnlich stumm und gereizt empfangen, so wie schon am Tag zuvor. War sie entsetzt über das, was sie gesehen hatte, und über den Mann, den sie geheiratet hatte? Dieser Gedanke war besser als die Alternative: dass die Seuche vielleicht über die Luft ihre Lunge infiltriert hatte.

Niemand jedoch verstand es so geschickt, Roper seine Entscheidung bedauern zu lassen, wie Uvoren. Er forderte ihn auf jeder Ratssitzung heraus. »Ihr habt versucht, den vertriebenen östlichen Untertanen Gerechtigkeit widerfahren zu lassen. Aber wie gerecht ist es, dass sie nun von der Pest vernichtet werden? Und wo bleibt die Gerechtigkeit für all jene, die bereits in der Festung gelebt haben, die vom Krieg verschont wurden und dafür nun zusehen müssen, wie ihre Familien auf eine Art und Weise sterben, die noch unwürdiger und entsetzlicher ist als alles, was ein Schlachtfeld uns zumutet? Ihr seid ein Mann der großen Gesten, Roper, aber diese Entscheidung habt Ihr nicht durchdacht, habe ich Recht?«

Nein, war die ehrliche Antwort. Roper war einen Moment sprachlos. Dann erhob er sich und entgegnete wütend, dass sie alles taten, was in ihrer Macht stand, und so schnell wie möglich gehandelt hatten. Er kam nicht umhin festzustellen, dass selbst seine Verbündeten bei seinen Ausflüchten den Kopf schüttelten. Und dann standen unweigerlich Uvorens treueste Anhänger auf, einer nach dem anderen, um ihre Reden wider Roper zu halten. Sie betonten die Katastrophe so nachdrücklich, wie sie nur konnten.

Zuerst meldete sich der düstere, grüblerische Baldwin Duffgurson zu Wort, der Legionstribun. »Lasst uns einen Blick auf die bisherigen Errungenschaften während der Herrschaft dieses Jungen werfen. Er hat den ersten Rückzug eines kompletten Aufmarschs aller Legionen vom Schlachtfeld verantwortet.« Die Ratsherren brummten zustimmend. »Und jetzt, nur Monate später, keimt die erste ernsthafte Seuche seit fünfzig Jahren in der Festung auf, und zwar als direkte Folge seiner Handlungen. Die Straßen sind mit Leichen gepflastert! Unsere Leute dürfen sich nicht frei im Hindrunn bewegen, weil die Soldaten sie zwingen, in ihren Häusern zu bleiben und zu verrecken! Ist das die Art von Führung, die das Schwarze Königreich verdient?« Er setzte sich unter tosendem Beifall. Die Vidarr und Jormunrekur waren entweder derselben Meinung oder dieses Kampfes müde, jedenfalls blieben sie ruhig. Die Lothbrok dagegen dominierten die Sitzung.

Als Nächstes ergriff Vinjar das Wort, der korpulente, sarkastische Ratsherr für Landwirtschaft. »Sagt es mir! Einer von euch möge mir bitte sagen, woher die Nahrung für das Hindrunn kommen soll! Wir leben nicht nur in unaussprechlich elenden Verhältnissen, die Festung ist außerdem überbevölkert, und da jetzt auch noch unsere östlichen Untertanen auf Lord Ropers großzügige Einladung hin hier untergebracht wurden, sind die Vorräte aus dem Osten aufgebraucht. In einer Zeit, in der unsere Bevölkerung den höchsten Stand erreicht hat und viele dringend Nahrung brauchen, haben wir weniger Nahrungsmittel denn je. Ihr müsst uns allen erzählen, Lord Roper, was Euch da durch den Kopf gegangen ist!« Diese Rede schien besonders effektvoll zu sein und wurde mit lautem Jubel aufgenommen.

Roper wollte aufstehen und etwas erwidern, wurde aber von den Lothbrok übertönt. Sie bestanden darauf, dass stattdessen Randolph angehört werden sollte, der Legat der Schwarzfelsen. Dieser hatte sich ebenfalls erhoben. Randolph war einer der überheblichen Raufbolde, die unter Uvoren so viel Erfolg hatten. Ein gut aussehender Krieger, der in dem Ruf stand, zum Leichtsinn zu neigen. Er grinste, als Roper auf Druck der Ratsherren gezwungen war, ihm den Vortritt zu lassen. »Es wird immer schwieriger, Lord Roper, zu erkennen, wo Eure wahren Talente eigentlich liegen.« Die Lothbrok johlten höhnisch. »Aber da Ihr schon einmal hier seid, könntet Ihr vielleicht zu den Gerüchten Stellung nehmen, dass Ihr den Rückzug der Krieger aus Süddal nur bewerkstelligen konntet, indem Ihr ihnen einen großen Teil des Ostens versprochen habt. Und das ist wohl auch der eigentliche Grund, warum Ihr verhindert, dass unsere östlichen Untertanen in ihre Heime zurückkehren. Habt Ihr das Land bereits abgeschrieben, damit die Südlinge es kultivieren können?«

Die Ratsherren äußerten zischend und buhend ihr Missfallen, und selbst Uvoren lachte über diese Anschuldigung, während er Randolph über den Tisch hinweg zuzwinkerte. Der Kommandeur grinste. Er fuhr mit noch absurderen Schilderungen von Ropers Taten fort und erntete einen Lacher nach dem anderen. Unter anderem betitelte er ihn als »fröhlichen Diener des Unheils« und als »Hohepriester des Untergangs«. Am Ende hatten fast alle am Tisch Lachtränen in den Augen. Selbst Roper hatte sich bei einigen Bemerkungen das Lachen verkneifen müssen.

Dann standen weitere Anhänger von Uvoren auf und demütigten Roper noch mehr. Dem fiel allerdings auf, dass die beiden Söhne des Hauptmanns, Unndor und Urthr, nicht darunter waren. Sie saßen stattdessen mit finsterer Miene am Tisch, aber keiner von beiden stand auf, um zu sprechen. Auch das Anliegen der Lothbrok unterstützten sie nicht. Hatte Uvorens überstürzte Wahl ihrer Bräute ihm seine Söhne entfremdet? Es war allgemein bekannt, dass keiner der beiden mit der Wahl zufrieden war, vor allem, da die Häuser, mit denen sie jetzt verbunden waren, das Haus Nadoddur und Oris, nahezu gänzlich unbedeutend waren.

Als die Anwesenden erneut höhnisch über Roper lachten, beugte sich Gray über den Tisch. »Wir müssen ihn bald brechen, Lord«, murmelte er. Die beiden dachten an einen höchst beunruhigenden Moment auf ihrem Weg zum Rat an diesem Tag. Uvoren hatte sich zu ihnen gesellt. Der Anblick des Schwarzen Lords hatte nur starre Blicke und ablehnendes Schweigen hervorgerufen. Dann hatte die Menschenmenge Uvoren gesehen, der sofort großen Jubel unter den Leuten ausgelöst hatte. Der Hauptmann hatte die Jubelrufe ernst entgegengenommen und seine behandschuhte Faust als Antwort in die Luft gereckt, als er vorbeigeritten war. Der Ruhm von Ropers siegreichem Feldzug war rasch verblasst, und auch wenn die Bewohner des Hindrunn ihre Cousins aus dem Osten nicht erneut auf die Straße gesetzt hatten, war Roper wieder ausgesprochen unbeliebt. Er war noch nicht lange Lord, sodass die Leute sich offenbar immer nur jeweils an seine letzten Taten erinnerten und darauf ihre Meinung über ihn gründeten.

»Wie?«, erkundigte sich Roper jetzt und sah, wie Uvoren schallend über einen anderen Hieb gegen seine Führung lachte. *Und ich dachte, ich hätte dich erledigt.* Aber Uvoren besaß die mitreißende Kraft einer Meeresströmung.

Roper bemerkte, wie die Leitende Historikerin ihn von der anderen Seite des Tisches aus warnend ansah. *Die größten Krieger können in jeder Arena kämpfen.*

»Unterwerft ihn«, sagte Gray. »Ihr müsst ihm immer einen Schritt voraus sein. Sorgt dafür, dass er keine weitere Gelegenheit bekommt, seinen Ruf zu festigen. Er hat sich bereits nur durch kleine Gesten in der Festung genug Bewunderung verschafft. Versagt ihm die Gelegenheit, weiteren Ruhm zu sammeln. Schickt ihn mit einem unwichtigen Auftrag weg, um ihn zu beschäftigen, während Ihr selbst einen Raubzug nach Süden unternehmt. Und nehmt ihm seine Verbündeten, einen nach dem anderen, bis er niemanden mehr an seiner Seite hat. Und dann, wenn er schwach genug ist, zwingt ihn, sich selbst zu entehren.«

Einen nach dem anderen.

Plötzlich schien sich der Ratssaal vor Roper zu verändern. Er saß nicht länger auf dem Steinernen Thron. Alles um ihn herum war dunkler, weniger lebhaft, aber dadurch irgendwie auch deutlicher. Er schien das alles jetzt von einem der dunklen Stühle rund um den Tisch zu beobachten. Die anderen Anwesenden hatten sich ebenfalls verändert.

Rechts von ihm saß Pryce, aber nicht so, wie Roper ihn kannte. Die Person war eine kältere, Furcht einflößendere Version des Mannes.

Pryce gegenüber war der Heilige Wächter Hartvig Uxison. Er saß neben Baldwin, dem Legionstribun. Daneben Unndor und Urthr Uvorenson. Sie saßen ihrem Vater gegenüber. Dann waren da noch Vinjar, der Ratsherr für Landwirtschaft, der Legat Randolph und der Legat Tore. Und zwei düstere Schatten saßen ebenfalls am Tisch: Gosta und Asger. Aber sie spielten keine Rolle mehr.

Roper erinnerte sich an jeden einzelnen von ihnen. Sie alle hatten schon vor Monaten an diesem Tisch gesessen, nach der Schlacht, die seinen Vater das Leben gekostet hatte. Zwei von ihnen waren tot, und einer diente jetzt ihm. Und den Rest würde er sich auch noch holen.

Er beugte sich zu Gray, ohne Uvoren aus den Augen zu lassen. Der Hauptmann der Heiligen Wache betrachtete sie beide mit einem fast triumphierenden Ausdruck. »Wenn ich das richtig verstehe, kann Vigtyr der Schnelle Uvorens Verbündete für uns vernichten.«

Gray schien zu erstarren. »Wer hat Euch das erzählt?«

»Tekoa. Ihr kennt Vigtyr?«

»Ich kenne ihn«, bestätigte Gray. Vigtyr galt allgemein als der beste Schwertkämpfer im ganzen Land, aber man hatte ihn niemals zur Heiligen Wache befördert, weil er sein Temperament nicht im Zaum halten konnte. Stattdessen war er Zuchtmeister in der Legion von Ramneas Hunden. Er hatte einen finsteren

Ruf. Angeblich sammelte Vigtyr Gefallen, wie andere Männer Schafe züchteten. Dadurch gewann dieser glühend ehrgeizige Mann Einfluss und Kenntnis von sehr vielen Geheimnissen. Er war es gewesen, den Roper auf dem Feldzug gesehen hatte, wie er die Heiligen Wächter so aufmerksam bei ihrem Gebet beobachtete.

»Ich kann nicht Eure Entscheidungen treffen, Mylord. Aber eines kann ich Euch sagen: Ganz gleich, wie verzweifelt ich auch gewesen bin oder wie schrecklich Uvoren mir erscheint, ich würde mich trotzdem niemals an Vigtyr wenden. Habt Ihr mich verstanden? Einen Mann wie ihn zu benutzen könnte Euch mehr kosten, als Ihr Euch möglicherweise leisten könnt.«

»Ich glaube dir, aber wie sonst soll ich Uvorens Verbündete vernichten?«

»Wir warten, bis sie einen Fehler machen.«

Roper war sich nicht sicher, ob ihm noch so viel Zeit blieb. Gray schien seine Worte jedoch sehr ernst zu meinen, also strich er jeden Gedanken an Vigtyr einstweilen aus seinem Kopf. Er überstand den Sturm des Rates und stand am Ende auf, um den vorgebrachten Bedenken in etwas gemäßigterem Tonfall zu antworten. Aber er merkte, dass er die Ratsherrn nicht überzeugt hatte. Als er den Ratssaal verließ, hatte er das Gefühl, dass die Situation allmählich seiner Kontrolle entglitt. Er verabschiedete sich von Gray, verschwand über eine der dunklen Wendeltreppen, die den Hohen Fried umgaben, und stieg etliche Stockwerke zu seinem Quartier hinauf.

Roper hätte gern in einem anderen Gebäude gewohnt als ausgerechnet in dem, wo sich auch der Ratssaal befand. Es hätte ihm das Gefühl gegeben, dass er die Alltagsgeschäfte im Fried hinter sich lassen konnte und dass seine Zeit in seinen Gemächern nur ihm gehörte. Oder er hätte wenigstens für ein paar Augenblicke die kühle Luft auf seiner Haut fühlen können, statt ständig von der ruhigen, stickigen Atmosphäre in dem Gebäude umgeben zu sein. Vielleicht würde er Keturah fragen, ob sie

Lust hatte, mit ihm oben auf den Bastionen spazieren zu gehen, über dem Rauch. Falls es ihr gut ging.

Er fand sie in einem Stuhl am Kamin in ihrem Quartier. Irgendeine unfertige Webarbeit lag achtlos in ihrem Schoß, und sie hatte diesen vertrauten ungeduldigen Ausdruck im Gesicht. Der riesige Elchschädel blickte auf sie herab. Sie hob den Kopf, als Roper eintrat, und er erschrak, als er sah, wie müde sie wirkte. Ihr Gesicht war von Falten durchzogen, ihre Augen waren blutunterlaufen, und ihre Lippen hatten einen bläulichen Ton. Bei ihrem Anblick blieb er wie angewurzelt stehen. »Geht es dir gut, Keturah?«

»Selbstverständlich«, sagte sie. Sie bemühte sich ganz offensichtlich um einen unbekümmerten Tonfall. Roper wusste, dass sie ihm ihre Sorgen niemals mitteilen würde. »Wie ist es im Rat gelaufen?«

Roper zog einen Stuhl neben sie und setzte sich. »Schlecht. Uvoren hat sich in die Seuche verbissen wie ein Straßenköter. Er lässt einfach nicht locker.«

Sie musterte ihn prüfend. »Es ist aber nicht die ungerechtfertigste Kritik, die du jemals bekommen hast.«

»Sie ist jedenfalls gerechtfertigter als die Behauptung, ich hätte die Südlinge nur deshalb schlagen können, weil ich den halben Osten gegen ihren Rückzug eingetauscht habe.«

Keturah lachte. »Sagt man das immer noch? In dem Fall müssten sie sich fragen, warum sie dann andererseits annehmen, dass sich die Krieger aus Süddal hinter den Abus zurückgezogen haben.«

»Sie sagen, weil sie den Winter in einem feindlichen Land nicht überstehen können. Also wären sie erst einmal zurück nach Süden gezogen und hätten mein Wort, dass sie im Frühling zurückkehren dürften.« Eigentlich hatte er Keturah mit seinen Worten aufheitern wollen, aber sie hatte sich zum Feuer umgedreht und starrte mit leerem Blick in die Flammen. »Jedenfalls ist das Randolphs Theorie.«

»Ich mag Randolph.« Sie starrte immer noch ins Feuer.

»Ich auch. Es ist nur schade, dass er auf der falschen Seite steht.«

»Das ist es. Aber wenn du die anderen tötest, kannst du ihn vielleicht am Leben lassen, um deine Großherzigkeit unter Beweis zu stellen.«

»Vielleicht. Als Erstes möchte ich Baldwin töten. Dann Vinjar. Diesen aufgeblasenen Mistkerl.«

Keturah schüttelte sich unmerklich. »Baldwin saugt alle Energie aus einem Raum. Er ist so finster.«

Roper dachte einen Moment nach. »Was ist mit Unndor und Urthr? Sie wirken so enttäuscht von ihrem Vater. Genug, um sich uns vielleicht anzuschließen?«

Keturah versuchte zu lächeln, aber sie wirkte angespannt. »Das glaube ich nicht. Sie sind eine Familie. Vielleicht hassen sie ihren Vater, aber du kannst sicher sein, dass sie an seiner Seite stehen, wenn irgendjemand ihn bedroht.«

Sie schob sich eine widerspenstige Haarlocke hinter das Ohr. Es war eine sehr vertraute Geste, aber irgendetwas daran war merkwürdig. Roper brauchte einen Moment, bis er begriff, was es war.

»Keturah«, sagte er.

Sie sah ihn an. Er starrte auf ihre linke Hand. Als sie seinem Blick folgte, sah sie, dass die Haarlocke an ihren Fingern hängen geblieben war. Wie ein dickes dunkles Band lag sie auf ihrem Handrücken. Keturah hob die Hand vor die Augen und starrte ungläubig darauf. Dann ließ sie das Haar in ihren Schoß fallen und griff mit beiden Händen an ihren Kopf. Sie zog und hielt dichte Haarlocken zwischen den Fingern. Auf ihrem Kopf begannen sich kahle Flecken gelblicher Haut zu zeigen.

Keturah starrte verwirrt auf das Haar in ihren Händen und ließ es dann zu Boden fallen. Sie sah zu Roper hoch. Er hatte den Mund geöffnet, und sein Gesicht war kreidebleich.

»Was passiert mit mir?«

Ihre Stimme klang wie das Pfeifen eines Blasebalgs. Zum ersten Mal hörte Roper das ängstliche Zittern, das darin mitschwang.

Sie wechselten einen Blick, und Roper konnte nur den Kopf schütteln. Ihre Augen schimmerten plötzlich, während er sie betrachtete. Eine Träne trat über ihr Augenlid und rann über ihre Wange. Roper stand unvermittelt auf und ergriff ihre ausgestreckten Hände.

»Komm, Keturah. Leg dich hin. Ich hole den Arzt.«

Sie stand auf und ließ ihr Webzeug auf den Boden fallen. Dann führte Roper sie zum Bett. Er küsste ihre Wange, bevor er sich abwandte. Sie würde nicht wollen, dass er sie weinen sah.

17. KAPITEL

DER MOMENT DER RACHE

Der Arzt war derselbe Mann mit den drahtigen Haaren, der Kynortas' Schädel vom Fleisch befreit hatte. Er untersuchte Keturah, die auf dem Bett liegen geblieben war. Unterdessen ging Roper hinaus und wartete draußen, um seine Frau nicht in Verlegenheit zu bringen. Als der Arzt herauskam, stand Roper, der auf dem Boden mit dem Rücken an der Wand gesessen war, sofort auf. »Ist es die Pest?«

»Es ist nicht die Pest, Mylord«, sagte der Arzt. »Die nimmt einem nicht das Haar.«

»Was ist es dann?«

»Eure Gemahlin wurde vergiftet, Mylord.«

Roper blickte ihn einen Moment stumm an. »Vergiftet?«, vergewisserte er sich dann.

»Das glaube ich, ja. Sie sagt, dass sie sich seit zwei Tagen unwohl gefühlt hat. Also müssen wir sofort damit beginnen, sie zu entgiften, wenn wir auch nur hoffen wollen, dauerhafte Schäden zu vermeiden.«

»Macht das, so schnell Ihr könnt«, erwiderte Roper.

Der Arzt verbeugte sich und eilte davon, um seine Arzneien zu holen. Roper zögerte. Uvorens Männer, von denen er angenommen hatte, dass sie ihm folgten … Konnte es sein, dass sie es stattdessen auf Keturah abgesehen hatten? Er schob den Riegel an der Tür zu seinem Quartier zurück. Keturah lag auf dem Bett und sah ihn an. In ihren Augen schimmerten jetzt keine Tränen mehr. Stattdessen lächelte sie schwach.

»Ich fürchte, es könnte meine Schuld gewesen sein.«

Roper setzte sich neben sie auf das Bett. »Wie kommst du darauf?«

»Das ist Uvorens Werk. Er will mich auf diese langsame Weise töten, damit ich Zeit habe zu begreifen, dass ich sterbe.«

»Warum sollte er das tun?«

»Wegen eines Gesprächs, das wir geführt haben, während du auf dem Feldzug gewesen bist. Und dann habe ich ihn auch noch beim Festmahl verspottet, als du zurückgekommen bist, weil ich dachte, wir hätten gewonnen.« Sie verdrehte müde die Augen. »Das war dumm.«

»Nein«, widersprach Roper. »Ich werde nicht einfach hinnehmen, dass dieser Mann sich so etwas herausnimmt, auch wenn er sich für mächtig genug hält, um damit durchzukommen. Und du konntest unmöglich voraussehen, dass das passieren würde. Wir hatten keine Ahnung, dass er so hinterhältig sein könnte.«

Sie lächelte und schien amüsiert zu sein. Dann legte sie eine Hand auf sein Knie. »Und was war mit dem Versuch, dich durch einen Meuchelmörder töten zu lassen?«

»Selbst das ist etwas vollkommen anderes, als die Frau deines Feindes zu vergiften.«

»Was wirst du diesbezüglich unternehmen?« Keturah schien zu versuchen, dieser ganzen Sache etwas Amüsantes abzugewinnen.

»Zunächst einmal bemühen wir uns, dich wieder gesund zu machen«, gab Roper zurück. »Und dann werden wir angemessene Rache an Uvoren nehmen.«

»Gesund zu werden beinhaltet eine sehr gründliche innere Reinigung, stimmt's?«

»Das hat jedenfalls der Arzt gesagt.«

»Ich schlage vor, dass wir einfach nicht auf ihn hören.«

Roper lachte nicht. »Das ist kein Witz, Frau. Ich kann mir vorstellen, dass du dich später nicht gern an die nächsten Tage erinnern wirst, aber wenigstens gibt dir diese Reinigung überhaupt die Möglichkeit, dich daran erinnern zu können. Außerdem glaube ich nicht, dass Uvoren dich wirklich töten wollte.«

»Warum nicht?«

»Das verrate ich dir, wenn du wieder gesund bist.« Er nahm ihre Hand von seinem Knie und küsste sie. Ihm war nicht entgangen, dass das furchtsame Beben aus ihrer Stimme gewichen war.

Der Arzt trat wieder in das Gemach, eine Kiste mit Phiolen in den Armen. »Als Erstes nehmt Ihr einen Extrakt aus Fingerhut«, sagte er zu Keturah. »Daraufhin werdet Ihr Euch ein paar Stunden lang übergeben müssen. Dann folgt eine Lösung aus Sauerklee und so viel Wasser, wie Ihr trinken könnt.«

Roper stand auf. »Ich lasse deinen Vater benachrichtigen. Aber ich bin gleich wieder zurück, um bei dem Spektakel dabeizusein.« Er ging hinaus und befahl Helmec, Tekoa mitzuteilen, was mit Keturah geschehen war. Dann kehrte er zu ihr zurück, um ihr beizustehen.

Der Extrakt aus Fingerhut wirkte bereits wenige Augenblicke nach der Einnahme. Der Arzt hatte zwei Kübel für Keturah besorgt, in die sie sich übergeben konnte. Zuerst hielt Roper ihr noch das Haar zurück, während sie das Gift erbrach. Nach einer Weile wurde das jedoch überflüssig, denn Keturahs Haar fiel in großen Büscheln aus, während sie das Gift von sich gab. Er merkte, dass sie das ebenfalls bemerkte, aber sie tat, als achte sie nicht darauf. Roper sah den Arzt bestürzt an.

»Sie wird ihr Haar gänzlich verlieren, Lord«, sagte er leise. »Und vielleicht auch den äußeren Rand ihrer Augenbrauen.«

»Wird es nachwachsen?«

Der Arzt zuckte mit den Schultern. »Das kommt darauf an, wie viel von dem Gift sie ausführen kann. Davon hängt alles ab.

Sie hat bereits jegliches Gefühl in Händen und Füßen verloren.« Das war Roper neu, bis ihm einfiel, dass Keturahs Webarbeit in ihrem Schoß gelegen hatte, als er das Zimmer betreten hatte. Und auch, dass sie nicht bemerkt hatte, wie sie sich das Haar mit den Fingern herausgezogen hatte. »Es könnte ein dauerhafter Zustand sein. Die Wirkung des Giftes könnte sogar noch weiter fortschreiten. Ihre einzige Hoffnung besteht darin, das Gift auszuführen. Und danach können wir nur abwarten.«

Das Brechmittel, das Keturah eingenommen hatte, war so wirkungsvoll, dass sie nur auf den Knien hocken und in den kurzen Ruhepausen, die es ihr gewährte, zitternd Luft holen konnte. Als sie nur noch trocken würgte, gab der Arzt ihr Wasser, damit sie weiter erbrechen konnte. Keturah protestierte stöhnend, aber das war das letzte willentliche Geräusch, das sie hervorbrachte. Schon kurz darauf war sie kaum noch bei Bewusstsein und lag mit kalkweißem Gesicht auf den Wolldecken des Bettes. Sie hielt den Kopf zur Seite geneigt und übergab sich kläglich über den Bettrand.

Der Arzt verließ auf Ropers Ersuchen hin kurz darauf den Raum und ließ die Lösung mit Sauerklee zurück, damit Roper sie ihr einflößte, sobald das Erbrechen aufgehört hatte. Als Roper ihm dankte, bemerkte er das furchtsame Zittern in seiner eigenen Stimme. Dann waren Keturah und er allein. Roper überlegte, welche Worte sie wohl trösten mochten, und auch wenn er nicht genau wusste, ob sie ihn verstand, fing er an zu reden. Zuerst beschrieb er ihr die Beleidigungen, mit denen Randolph ihn überschüttet hatte. »Der ›fröhliche Diener des Unheils‹ zum Beispiel. Ich weiß nicht, ob er sie sich spontan ausgedacht oder mit Bedacht ausgewählt hat.« Dann schilderte er ihr, wie er an Uvoren Rache nehmen wollte. »Als Pryce mich in Harstathur verteidigt hat, hat er Asger angedroht, ihm seine *hervorstehenden Augen in seinen miesen Hinterkopf zu treiben*. Und genauso werde ich es mit Uvoren machen. Aber erst werden wir ihn isolieren. Wir werden seine Verbündeten und seine Familie vernichten, dann seinen Ruf, seine Vergangenheit, seine Zukunftsaussichten und seine Freunde. Bis nur noch er selbst übrig ist und er weiß, dass er allein sterben wird. Wenn er sich diesem Schicksal stellen muss, werden wir ja sehen, wie tapfer Uvoren der Mächtige tatsächlich ist.«

Als ihm keine Methoden mehr einfallen wollten, wie er Uvoren bestrafen konnte, kehrte er wieder in die Wirklichkeit zurück und erzählte Keturah von seinen Lieblingsorten in der Wildnis. »Es gab da eine Stelle, die ich in den Wäldern in der Nähe des Berjasti entdeckt habe. Dorthin bin ich immer gegangen, wenn ich Zeit hatte. Sie war bei einem Wasserfall, der etwa vierzig Fuß in die Tiefe stürzte. Ich habe mich auf einen Felsen gesetzt und die Füße über den Rand baumeln lassen, während ich dem Rauschen des Wasserfalls gelauscht habe. Es duftete nach Farnen und dem Kiefernharz der Bäume, und ich fühlte die Gischt auf der Haut. Manchmal wehte ein kalter Wind durch das Tal, der mir über die Haut strich. Und es war der einzige Ort, an dem ich jemals einen Luchs gesehen habe. Er bewegte sich wie ein Blitz auf der anderen Seite des Flusses, zwischen den Bäumen.«

Helmec kam nach einer Stunde zurück. Er blieb einen Moment in der Tür stehen und betrachtete Keturah. Diesmal war sein Gesicht ernst. »Ihr werdet bald wieder gesund sein, Lady Keturah«, sagte er dann. »Ihr seid in besten Händen.« Doch selbst wenn Keturah ihn gehört hatte, war sie wohl nicht in der Lage, darauf zu reagieren. Roper aber hob den Kopf und nickte dankbar.

»Wo ist Tekoa?«

»Er ist unterwegs, Lord.« Helmec verbeugte sich und lächelte tröstend, als er den Raum verließ. »Wie es scheint, Lord, benötigt Ihr hier keine Hilfe. Ruft mich, wenn Ihr mich dennoch braucht.«

Der Kommandeur traf kurz darauf ein. Roper hatte gerade

einen Kübel in den Abfluss geleert, als Tekoa die Tür aufriss. Helmec folgte ihm sichtlich aufgebracht auf dem Fuß. Der Kommandeur hatte ohnehin einen sehr zielstrebigen Schritt, jetzt jedoch marschierte er durch das Zimmer, als könnte ihn nicht einmal eine ganze Kompanie Berserker aufhalten. Er blieb vor seiner Tochter stehen, die auf dem Bett lag und flach atmete. Sie war erschreckend blass, und zunächst dachte Roper, sie wäre nicht bei Bewusstsein. Dann jedoch öffnete sie ein blutunterlaufenes Auge und richtete den Blick auf ihren Vater. Sie keuchte kurz auf, dann spuckte sie eine dunkle Flüssigkeit aus, wobei sie den Eimer verfehlte. Sie starrte Tekoa noch einen Moment an und bewegte dann ihren Kopf fast unmerklich zur Begrüßung. Dann schloss sie das Auge. Ihre Lippen schimmerten dunkelgrün und sie wand sich in Krämpfen. Ihr Haar war beinahe vollkommen ausgefallen. Ihre Kopfhaut war gerötet, und nur noch über ihrem Nacken waren einige dünne Strähnen zu sehen. Roper schoss der Gedanke durch den Kopf, wie gesund Keturah auf Tekoa gewirkt hätte, wenn er sie nur zwei Stunden früher gesehen hätte.

»Hallo, Tochter«, sagte Tekoa. Keturah antwortete nicht. »Ich bin froh, dass du so gut aussiehst.« Keturah stammelte etwas, und Roper glaubte, dass es ein Versuch war zu lachen. »Ich muss einen Moment mit deinem Ehemann sprechen.« Er bedeutete Roper, mit ihm hinauszutreten. Roper folgte ihm und schloss die Tür, sodass Keturah allein im Gemach zurückblieb. Dann drehte sich Tekoa zu ihm herum. Er hatte das Kinn vorgeschoben und die Augen zu schmalen Schlitzen zusammengezogen.

»Lord Roper Kynortasson.« Seine Stimme war sehr leise. »Der Mann, der das Land retten will, aber nicht einmal seine eigene Frau beschützen kann. Unsere Allianz ist beendet. Habt Ihr mich verstanden, Lord Roper? Beendet! Ich hole meine Tochter noch diese Nacht wieder unter mein eigenes Dach zurück und mit ihr das, was Ihr mir schuldet.«

Roper wich unwillkürlich vor Tekoas Wut zurück, doch dann legte er besänftigend eine Hand auf seine Schulter. Er spürte die Hitze, die der Kommandeur ausstrahlte. Tekoa schlug seine Hand weg und stieß ihn hart vor die Brust.

»Nehmt Eure Hand von mir!«

Roper taumelte zurück, reagierte aber nicht. Er war der größere der beiden Männer und nahm den Schlag einfach hin. Dann trat er vor und legte erneut seine Hand auf Tekoas Schulter. Diesmal ließ der Kommandeur ihn gewähren.

»Ihr könnt gern versuchen, Eure Schulden einzutreiben«, antwortete Roper. »Aber ich kann sie jetzt nicht zahlen. Und was Eure Tochter angeht: Ich denke, unsere Konfrontation ist genau das, was Uvoren im Sinn hatte, als er sie vergiftete. Wenn dieser Vorfall hier überhaupt irgendetwas zeigt, dann nur, dass Ihr Euch auf die richtige Seite gestellt habt.« Tekoa wirkte nicht besänftigt. »Wir werden Rache nehmen, und wir werden es gemeinsam tun. Ich werde ihn brechen, Tekoa. Ihn und alle anderen, die mit dem zu tun haben, was Eurer Tochter widerfahren ist.«

»Ja, das werdet Ihr, verflucht!«, stieß Tekoa hervor. »Jetzt ist der Moment für Vergeltung gekommen, Lord Roper. Jetzt, in diesem Moment. Uvoren muss begreifen, dass seine Taten Konsequenzen haben. Er vergiftet die Tochter der Vidarr, also wird das gesamte verfluchte Universum über ihm zusammenbrechen. Über ihm und all jenen, die auf seinen Befehl hin gehandelt haben.«

Roper zögerte, als ihm Grays Warnung einfiel. »Ich werde Vigtyr den Schnellen rufen«, sagte er dennoch.

Tekoa hob die Arme. »Es ist mir gleich, an wen Ihr Euch wendet. Tötet diesen Mistkerl und alle, die ihm folgen.«

»Das werden wir. Aber Uvoren wollte Eure Tochter nicht töten, Tekoa.« Der Kommandeur fletschte die Zähne, offenbar erzürnt darüber, dass sie überhaupt diskutierten, was Uvoren wollte. »Denn sie zu töten würde uns nur Sympathien einbringen. Nein, er will, dass Keturah schwach wirkt, sodass es aussieht, als wären alle meine Anhänger schwach. Er will unsere Allianz brechen und meine Ehe zerstören. Er zerstört mein Ansehen, damit sich jeder gründlich überlegt, ob es sich lohnt, mir zu folgen. Und um dieses niederträchtige Ziel zu erreichen, hat er Eure Tochter vergiftet. Durch unsere Allianz haben wir ihn in die Enge getrieben, und jetzt müssen wir ihn gemeinsam bezwingen.«

»Ich will bei meiner Tochter sein«, sagte Tekoa unvermittelt, und Roper trat zur Seite. Tekoa Urielson schien sich einen Moment zu wappnen, bevor er die Hand nach dem Türriegel ausstreckte.

* * *

Keturah erbrach sich die ganze Nacht. Roper und Tekoa wichen nicht von ihrer Seite und leerten abwechselnd die Kübel und flößten ihr Wasser ein, um sie zu kräftigen. Als der Morgen graute, hatte das Würgen aufgehört. Roper wusste nicht, ob es daran lag, dass der Eisenhutextrakt an Wirkung eingebüßt oder sie einfach nicht mehr die Kraft hatte, sich zu übergeben. Jedenfalls gaben sie ihr weiterhin Wasser und die Sauerkleelösung. Dieses harntreibende Mittel half, das Gift auszutreiben, das sie aufgenommen hatte. Sie war sehr schwach, und Roper fragte sich bange, ob vielleicht sogar die Behandlung sie töten konnte.

Ein paar Stunden nach Sonnenaufgang tauchte Harald, der Legionär, der so viel Zeit in Tekoas Diensten verbracht hatte, vor Ropers Tür auf. Er hatte einen Topf mit Honig dabei und blieb zögernd auf der Schwelle stehen. Tekoa drehte sich herum, um die Person anzubrüllen, die es wagte, sie zu stören. Aber als er Harald so bedrückt mit dem Honigtopf in der Hand dastehen sah, erstarrte er. Es war ein großer irdener Topf. Sein Gegenwert betrug für einen einfachen Legionär einen Wochenlohn. »Ein Geschenk für Miss Keturah«, sagte Harald. Er hätte den Topf fast auf Ropers Tisch fallen lassen, als er ihn ungeschickt absetzte. »Verzeiht, dass ich Euch gestört habe, Mylord.« Er wandte sich um, um den Raum eilig zu verlassen.

»Harald«, sagte Tekoa unvermittelt, als der Legionär ihm bereits den Rücken zukehrte. »Ich werde es ihr sagen, wenn sie aufwacht. Das ist sehr freundlich von dir. Außerordentlich freundlich.« Harald drehte auf dem Weg hinaus noch einmal den Kopf und lächelte, bevor er verlegen hinausschlurfte. »Ich will verdammt sein.« Tekoa sah Roper mit einem Anflug seines alten Humors an. »Der Mann hat tatsächlich ein Herz.«

Roper jedoch dachte an etwas ganz anderes. »Können wir sicher sein, dass der Honig nicht ebenfalls vergiftet wurde?«

»Das können wir.« Tekoa nickte bestätigend. »Er hat sie aufwachsen sehen. Wenn wir ihm nicht vertrauen können, dann können wir keinem trauen.«

Als Keturah aufwachte, verabreichten sie ihr neben dem Wasser und der Sauerkleelösung auch ein paar Löffel von dem Honig. Das süße Heilmittel schien sie etwas zu kräftigen, denn ihre wachen Momente hielten länger an, und sie wurde immer klarer. Am Abend kam Roper zu dem Schluss, dass sie vielleicht genug bei Kräften war, dass man sie in Tekoas Haus bringen konnte. Er musste sich um etliches kümmern, und kaum hatte Helmec sie über die Wendeltreppe hinabgetragen und auf eine Trage gelegt, ließ Roper Vigtyr den Schnellen zu sich kommen.

Roper wusste, dass Vigtyr groß war, aber ihm war nicht klar gewesen, wie beeindruckend die Gestalt sein würde, die kurz darauf in seinem Quartier auftauchte. Als Helmec ihn hereinführte, musste sich Vigtyr unter dem Türsturz hindurchducken. Dann richtete er sich gerade weit genug auf, um eine Verbeugung anzudeuten, als er Roper begrüßte.

»Liktor«, sagte Roper. »Möchtest du einen Schluck Birkenwein mit mir trinken?«

Es war Vigtyr eine Ehre.

Der Mann war wahrhaftig gigantisch, vielleicht der größte Mann, den Roper jemals gesehen hatte. Er war mindestens einen

Kopf größer als Roper und sogar größer als der Berserker Tarben, der den Ringkampf auf Ropers Siegesfeier gewonnen hatte. Allerdings war er auch etwas schlanker. Er hatte riesige Hände, und seine Finger waren so dick wie Babyarme. Seine Knöchel sahen aus wie Walnüsse, und seine Unterarme waren von Muskelsträngen überzogen. Roper beobachtete, wie sich Vigtyr bewegte, als er ihm einen gefüllten Kelch reichte. Er registrierte, wie gut ausbalanciert er war, dass er den Kelch mit der linken Hand nahm und wie er seinen Blick durch Roper hindurch auf die Wand hinter ihm richtete, statt ihn direkt anzusehen. Vigtyr hatte langes schwarzes Haar, seine hohen Stiefel waren aus dunkelbraunem Leder, und statt der üblichen Wolltunika trug er ein Wams aus Spaltleder, mit einer geschnitzten Elfenbeinbrosche über dem Herzen, die das Wappen des Hauses Baltasar zeigte. Er trug etliche Goldringe an den Fingern, und seine Gürtelschnalle bestand aus geschmiedetem Silber. Es war eine Zurschaustellung persönlichen Wohlstandes, die selbst Uvoren in Staunen versetzt hätte. Allerdings wirkte sie auf Roper auch verstörend, denn der Status der Anakim gründete sich auf Erinnerungen und Taten, nicht auf Schmuck.

Roper bot ihm einen Platz an, und Vigtyr setzte sich auf einen Eibenstuhl, der unter seinem Gewicht ächzte. Dann streckte er gelassen die Beine aus. Roper konzentrierte sich. Er vergaß Keturah, er vergaß die Seuche, die die Straßen heimsuchte. Er vergaß Uvoren, und er vergaß Tekoas Missfallen. Am schwersten fiel es ihm, Gray zu vergessen und seinen enttäuschten Blick, als er das Treffen mit Vigtyr vorgeschlagen hatte. Denn bei dieser Unterhaltung jetzt brauchte er einen klaren Kopf.

Pflichtbewusst begann er damit, Vigtyr zu schmeicheln. Er sah, dass der Blick von Vigtyrs grauen Augen an dem Elchschädel hängen blieb.

Die Geschichte dahinter war beeindruckend!

Jagte Vigtyr?

Hatte er bereits das Vergnügen gehabt, die Trawden-Wälder zu besuchen?

Nein? Wie schade!

Oh, er war aber in Pendle gewesen?

Allen Berichten zufolge war dieser Wald großartig.

Roper hoffte, dort selbst einmal hinzureisen, wenn der Winter vorbei war!

Man sagte, Vigtyr hätte es in Githru mit den Rittern Süddals zu tun bekommen? Leichter als erwartet, was?

Wo lagen seine Bauernhöfe?

Hatte er Jagdhunde?

Vigtyr war eine außerordentlich angenehme Gesellschaft. Er lachte an den richtigen Stellen, erzählte mit seiner tiefen Stimme unterhaltsame Geschichten, und Roper stellte zu seiner Überraschung fest, dass er sich für diesen Mann erwärmte, trotz seiner Großtuerei, die eher einem Südling angestanden hätte. Er genoss dieses Gespräch tatsächlich, und Roper fragte sich allmählich, ob die finsteren Gerüchte, die Vigtyr umgaben, nicht einfach nur genau das waren: Gerüchte. Sie hatten ihre Kelche neu gefüllt, bevor Roper das Thema auf Uvoren lenkte.

»Es ist eine große Überraschung für mich, Vigtyr, dass ein Krieger mit deinem Ruf noch nicht den Rang eines Heiligen Wächters bekleidet.« Zum ersten Mal schien Vigtyr nicht mehr durch Roper hindurchzublicken, sondern sah ihn direkt an, während er sich auf seinem Stuhl aufrichtete. »Wie du sicher weißt, gibt es zurzeit fünfunddreißig freie Posten in der Heiligen Wache. Wir haben eine ganze Reihe von Kriegern, die dafür infrage kommen, und natürlich bist du ebenfalls darunter. Aber noch nie wurde härter um diese Position gekämpft. Ich muss allerdings zugeben, dass ich Uvorens Verhalten, was die Wache angeht, durchaus schwierig finde.« Roper schüttelte leicht den Kopf. »Er scheint die Heilige Wache für seine eigene Einheit zu halten, verstehst du, und er versucht die anderen Wächter möglichst gegen jede Ernennung einzunehmen, mit der er nicht einverstanden ist. Es wird zunehmend schwierig, ihn zu überstimmen, und wie du weißt, gewinnt er immer mehr sehr einflussreiche Anhänger.«

»Ich bin nicht sicher, ob sie noch lange einflussreich bleiben, Mylord«, erwiderte Vigtyr, der genau wusste, worauf Roper hinauswollte.

»Wie interessant. Glaubst du das wirklich?« Roper lächelte.

»Ganz gewiss, Mylord. Ich bin gern gut informiert, und wie ich höre, haben die Ephoren ein starkes Interesse an vielen von Uvorens Freunden.« Die Ephoren waren die fünf Rechtsprecher im Schwarzen Königreich.

Roper schob ihm ein Blatt Pergament über den Tisch zu. Darauf hatte er Wappen skizziert. »Dann«, sagte er, »frage ich mich wirklich, ob sie zufällig wohl auch Interesse an einem dieser Standesgenossen von uns haben.«

Vigtyr nahm das Pergament zögernd und ließ seinen Blick darübergleiten. Dabei murmelte er die Namen der Familien, um deren Wappen es sich handelte, und runzelte die Stirn, während er in seiner Erinnerung kramte. »Ja«, sagte er schließlich. »Ja, ja, ja, ja.« Er rollte das Pergament sorgfältig zusammen, schob es in eine Lederbörse an seinem Gürtel und leerte den Kelch mit Birkenwein. Dann richtete sich der Blick seiner hellgrauen Augen auf Roper. »Man wird sich ihrer annehmen, Lord. Ist das alles?«

»Eins noch«, sagte Roper, plötzlich sehr ernst. »Meine Frau wurde vergiftet.«

»Es erschüttert mich, das zu hören, Lord.«

»Wenn du herausfinden kannst, wer dafür verantwortlich ist, werde ich dir besonders dankbar sein. Ich wüsste gern, wer den Befehl gegeben und wer ihn ausgeführt hat. Das ist alles, Vigtyr.« Roper stand auf und sah zu, wie Vigtyr sich erhob und zu seiner ganzen Größe aufrichtete. »Bitte lass mich wissen, wenn du Hilfe brauchst.«

»Sehr wohl, Mylord.« Er verbeugte sich, tiefer diesmal, und verließ den Raum.

Roper starrte ihm finster nach. Es war das erste Mal, dass er versucht hatte, sich in geschickten Andeutungen zu üben, derer sich Kynortas so oft bedient hatte. Und auch wenn er behutsam vorgegangen war, hatte er keine Ahnung, ob Vigtyr verstanden hatte, worum er gebeten worden war.

Doch wie sich zeigen sollte, hatte Vigtyr jedes einzelne Wort verstanden.

* * *

Bei einem Feldzug hielt der Schwarze Lord selbst Gericht. Nach dem strikten Gesetz der Anakim durfte eine Armee nur einen Anführer haben, und der musste seine Soldaten im Feld disziplinieren können. Zu Hause jedoch wurden Fälle von Ehrlosigkeit, Gerechtigkeit und Rache von den Ephoren geregelt. Es war die angesehenste nicht militärische Position, die das Schwarze Königreich bot, und sie beinhaltete ungeheure Macht. Um für eine Ernennung, die durch ein einstimmiges Urteil der amtierenden Ephoren zustande kam, auch nur infrage zu kommen, musste man mindestens ein Jahrhundert als Legionär gedient haben. Wurde man ernannt, war man der oberste Richter in allen Fragen der Disziplinlosigkeit und mit der Vollmacht ausgestattet, über jeden Untertan des Schwarzen Königreiches die Todesstrafe zu verhängen oder Verbannung und jede vorstellbare Art von Strafe auszusprechen. Selbst der Schwarze Lord stand nicht über den Ephoren. Sie waren vollkommen unabhängig.

Und als wollte das Schicksal selbst Rache nehmen, fielen Uvorens Söhne als Erste.

Nur drei Tage, nachdem Roper mit Vigtyr gesprochen hatte, tauchten in der Morgendämmerung sechs Legionäre der Pendeen vor Unndors Haus auf. Die Ephoren hatten sie bevollmächtigt, ihn zu verhaften.

»Wie lautet die Anklage?« Unndor war der jüngere der beiden Söhne Uvorens.

»Feigheit«, antwortete ein Hauptmann und machte aus seiner Verachtung kein Hehl. Unndor wurde in die Verliese unter den Hohen Fried geschleppt.

Urthr, der ältere Sohn, folgte am nächsten Tag. Diesmal ging es um Vergewaltigung.

Die beiden waren Legionäre von Ramneas Hunden, Männer, deren militärischer Ruf nur noch von dem der Heiligen Wächter übertroffen wurde, und Individuen, von denen man das höchste Maß an Disziplin und Ehre erwartete. Ihre Verhaftung war Gesprächsthema in der gesamten Festung, und eine Woche später wurde ihnen in einer fensterlosen Granitkammer unterhalb des Hohen Frieds der Prozess gemacht. Natürlich waren Zuschauer zugelassen, um sicherzustellen, dass der Prozess ordnungsgemäß verlief. Uvorens Anhänger drängten sich in dem Raum und protestierten wütend gegen jede Beschuldigung, die vorgetragen wurde. Die Ausführungen der Verteidiger von Unndor und Urthr wurden mit Jubel und Applaus begrüßt.

Doch sie verloren die Schlacht.

Der Vorsitzende Ephor trug einen gewaltigen Umhang aus Adlerfedern, die jedes Mal aufschimmerten, wenn er sich auf seinem Stuhl bewegte. Er ließ sich von dem Aufruhr im Saal nicht beeinflussen. Es gab Zeugen, die gegen die beiden Brüder aussagten. Drei zitternde Frauen versicherten mit Tränen in den Augen, aber standhaft, dass Urthr sich ihnen aufgedrängt hatte. »Lügen!«, schrie Urthr jedes Mal. »Wo habt ihr dieses Gesindel aufgetrieben? Jedes Wort ist eine Lüge!« Dennoch wurde er für schuldig befunden und in Ketten gelegt. Er sollte auf eines der Gefängnisschiffe im Nordmeer geschickt werden.

»Dort wirst du arbeiten«, verkündete der Ephor. Seine Stimme war dafür ausgebildet, die brüllenden Zuschauer zu übertönen. »Und zwar zwanzig Jahre für jede Frau, der du Unrecht angetan hast. Sobald du freikommst, wirst du von vorn beginnen, als Nemandi, und dir deinen Status als Untertan wieder verdienen.« Urthr war zu einem Nemandi degradiert worden.

Das bedeutete, er war kein vollwertiger Standesgenosse des Schwarzen Königreichs mehr, sondern musste sich den Status erst wieder erarbeiten. Entsetzt wandte sich Urthr an seinen Vater, aber Uvoren hatte sich abgewendet und verließ den Saal, als die Strafe verhängt wurde.

Unndor war der Nächste, der gestürzt wurde. Er wurde Opfer von einem Dutzend Berichten über seine Feigheit. Bei drei Gelegenheiten, sagten die Zeugen aus, war er aus der Phalanx zurückgewichen, obwohl er an der Reihe gewesen war, und hätte hinter den Leibern von ehrenvolleren Untertanen Schutz gesucht. Viermal hatte er angeblich feindliche Krieger angegriffen, die bereits von einem Legionär in einen Kampf verwickelt waren, und sie von hinten getötet. Ein Legionär bezeugte, dass er gesehen habe, wie Unndor sich im Herbst von jenem überfluteten Schlachtfeld entfernt hatte, bevor der Schwarze Lord den Rückzug befohlen hatte.

»Wie ausgesprochen passend, dass bis jetzt jeder Zeuge entweder dem Haus Vidarr oder dem Haus Jormunrekur angehört hat!«, schrie Uvoren außer sich.

»Allerdings«, sagte der Ephor schneidend. »Es ist wahrhaft überraschend, dass keiner aus dem Hause Lothbrok gegen diese Männer ausgesagt hat.«

Auf Feigheit in ihrer schlimmsten Form stand der Tod durch Pechfeuer. Allerdings war dies kein so großes Vergehen. Unndor hatte immerhin zweimal kurz davorgestanden, eine Tapferkeitsauszeichnung zu erhalten, und er hatte auch bereits einen gewissen Ruf als Kämpfer errungen. Trotzdem konnte man die Beweise nicht außer Acht lassen. Obwohl er den Gefängnisschiffen entging und sogar seinen Status als Untertan behielt, wurde er in eine Hilfslegion versetzt.

Roper war bei beiden Prozessen zugegen gewesen. Zuerst hatte Uvoren ihn ignoriert, aber nachdem Unndor als einfacher Legionär zu einer Hilfslegion strafversetzt worden war, hatte der Hauptmann quer durch die Kammer zu Roper geblickt und mit zitterndem Finger in seine Richtung gezeigt. Er hatte die Zähne zusammengebissen, und seine Nasenflügel bebten. In seinen Augen glühte blanker Hass. Roper hatte mit einem Nicken geantwortet und Uvorens Blick eine Weile erwidert, bevor er sich kalt abgewendet hatte.

Zwei sind vom Tisch. Bleiben noch sechs.

18. KAPITEL

DER MISCHLING

An einem ruhigen Morgen strömten Bellamus und seine zerlumpte Schar endlich durch das Haupttor nach Lundenceaster hinein. Je weiter sie nach Süden gekommen waren, desto schwächer schien der Einfluss der Anakim auf die Einheimischen zu sein. Hundert Meilen nach der Scheune, in der Bellamus zwei seiner eigenen Soldaten aufgeknüpft hatte, verschwanden die Zöpfe und bunten Armreifen der Einwohner. Viele Anakim-Wörter wurden zwar noch benutzt, aber das Land war nicht mehr so dünn besiedelt, und die Menschen waren weit weniger misstrauisch. Natürlich kannten sie auch hier die Anakim, aber seit über einem Jahrzehnt hatte niemand mehr einen zu Gesicht bekommen. Es gab keine Mischlingssklaven, und sie hatten keine Angst, den Namen dieses Volkes laut auszusprechen. Trotzdem hielten auch die Leute hier in ihrer Arbeit inne und verfolgten die geschlagene Streitmacht Süddals mit unbehaglichen Blicken. Dann drehten sie sich nach Norden um, als erwarteten sie zu sehen, wie rachsüchtige Anakim die Hügel verdunkelten.

Noch weiter im Süden waren die Anakim gar ins Reich des Übernatürlichen erhoben worden. Die Leute wussten um die gefallenen Engel, die den Norden bewohnten, aber ihnen war nicht klar, wie man sie von normalen Menschen unterscheiden konnte. Bellamus hörte, dass manchmal sogar Menschen beschuldigt wurden, Anakim zu sein. Man stellte sie vor Gericht, wo sie ihre Unschuld beweisen mussten. Es genügte bereits, größer als der Durchschnitt zu sein, um in Verdacht zu geraten. Genauso verdächtig war eine gute Ernte, wenn die der Nachbarn schlecht ausfiel, oder wenn man sich isolierte oder besonders helle Augen hatte oder etwa Zwillinge gebar.

Wenigstens waren sie jetzt endlich in Lundenceaster. In dieser Stadt lernten die Adligen die Sprache der Anakim zusammen mit dem Fränkischen, dem Samnischen, dem Iberischen und dem Friesischen, während sie heranwuchsen. Es war ein Vermächtnis aus der Zeit, als die Anakim über die Mauern geklettert und durch die Straßen gezogen waren. Für die Leute in der Stadt waren die Anakim fast ein mystisches Volk, und sie wurden mit Kreuzen, zeremoniellen Feuerkörben, in denen man Kräuter und Federn verbrannte, und, aufgrund eines königlichen Dekrets, auch von Symbolen in Schach gehalten, die man in der Nacht mit Kreide auf die Straße zeichnete.

Aber jetzt waren keine Symbole zu sehen, sondern nur Schnee. Wohin Bellamus auch blickte, ihm fielen immer noch die Schäden ins Auge, die in diesem turbulenten Jahr angerichtet worden waren. Ruinen von Häusern, deren Rieddächer vom Wind zerstört worden waren, schienen sich um jene wenigen zu drängen, die sich den Elementen widersetzt hatten. Er spürte an den vorsichtigen Bewegungen seines Pferdes, dass unter seinen Hufen keine schneebedeckten Pflastersteine lagen, sondern eine glatte Eisschicht. In einer Kirche in der Nähe läutete eine Glocke. Bei dem Geräusch lächelte Bellamus. Er hatte es zuletzt gehört, bevor er den Abus überquert hatte, und jetzt wurde ihm zum ersten Mal klar, dass die Anakim keine Glocken kannten. Wie hatte er das übersehen können?

Die Leute traten zur Seite, als sie die kleine Kolonne auf den Straßen sahen, und beobachteten vom Türrahmen oder von den Fenstern im Obergeschoss aus misstrauisch, wie sie vorüberzogen. Besonders Bellamus starrten sie argwöhnisch an, und ihre Blicke blieben an der gewaltigen Kriegsklinge hängen, die er auf den Rücken geschnallt trug.

Bellamus' Haus war eines jener soliden steinernen Gebäude, die von dem Reich übrig geblieben waren, das sich einst vor langer Zeit über diese Lande erstreckt hatte. Sein geziegeltes Dach hatte den Herbststürmen weit besser widerstanden als die riedgedeckten Häuser ringsum – obwohl etliche Dachziegel verrutscht waren und auf der linken Seite der Hauswand ein Loch klaffte, durch das ein Wildschwein hätte entkommen können. »Mein armes Haus«, bemerkte Bellamus.

Stepan neben ihm zügelte sein Pferd, um das Gebäude zu betrachten. »Das ist Euer Haus?«, erkundigte er sich. »Man hat mir immer erzählt, dass diese alten Häuser verflucht wären.«

»Meines Wissens sind sie das keineswegs.« Bellamus stieg ab, übergab einem Krieger, der ihnen folgte, die Zügel seines Pferdes und hob den Riegel von der Eingangstür. Dann öffnete er sie einen Spalt. »Hilda?«, rief er. Mit dem Fuß schob er den Schnee von der Schwelle und zog die Tür dann so weit auf, dass er sich hindurchzwängen konnte. »Hilda?«, wiederholte er.

Stepan folgte ihm ins Innere des Hauses. Der Raum war hell erleuchtet. Das Licht fiel durch eine große Öffnung in der Mitte des Daches, unter der sich ein Wasserbecken befand, das jetzt mit Schnee bedeckt und, wie Bellamus vermutete, gefroren war. Der Schnee verstärkte das Licht, das durch die Öffnung fiel und die Ecken und Winkel des Atriums erhellte.

Auf Bellamus' Rufen hin erschien schlurfend eine stämmige alte Frau. Zuerst tauchte ihr Kopf in einer Seitentür des Innenhofs auf. Ihr grobes Gesicht war von grauen Locken umrahmt, und sie blickte verdutzt drein. Dann ging sie weiter ins Atrium. Unter ihrem weiten braunen Kittel sah man schöne Lederschuhe. »Herr?«, fragte sie argwöhnisch. »Guter Gott, ist das Meister Bellamus?«

»Derselbe.« Bellamus umarmte die Frau, deren Gesicht plötzlich strahlte. Dann deutete er auf seinen Gefährten. »Das ist Stepan, mein ritterlicher Freund.« Die stämmige Frau knickste ungeschickt, und Stepan verbeugte sich. »Geht es dir gut, Hilda?«

»Wir haben Euch für tot gehalten!«, gab sie zurück. »Es kam die Nachricht, dass Eure Streitkräfte besiegt worden wären und es nur sehr wenige Überlebende gegeben hat!«

»Wie das Glück es wollte, war ich unter ihnen«, antwortete Bellamus. »Ich und vierhundert andere, die jetzt draußen warten. Sie brauchen etwas zu essen, Hilda. Ich nehme an, dass es ein wenig dauern wird, aber ich wäre dir sehr dankbar, wenn du dafür sorgen könntest.«

»Selbstverständlich, Herr.« Sie war leicht verwirrt. »Wir haben zwar nicht mehr allzu viele Vorräte, aber wir tun unser Bestes. Niemand hat Euch zurückerwartet. Der Koch kümmert sich gerade um sein eigenes Haus, und die Bediensteten sind weggelaufen. Ich bin allein hier. Es wird Zeit kosten.«

»Oh, Zeit haben wir«, mischte sich Stepan unbekümmert ein. Er deutete auf den Schnee und zwinkerte ihr zu.

»Die haben wir allerdings«, stimmte Bellamus ihm zu. »Hol den Koch, und falls du die Diener nicht mehr findest, stell neue ein. In dieser Stadt müssen Tausende Arbeit suchen. Tu es für mich, Hilda.«

»Ja, gewiss, Herr.« Hilda rang die Hände. »In Eurer Abwesenheit ist eine Botschaft von Seiner Majestät gekommen. Sie wurde von der königlichen Leibwache überbracht.« Bellamus forderte sie mit einem Lächeln auf weiterzureden. »Es war ein Ruf zu Hofe. Sie sagten, Ihr hättet einen Tag Zeit, Euch dort einzufinden. Falls Ihr überhaupt zurückkehren würdet. Ich habe versucht, ihnen klarzumachen, dass Ihr kommt, wann es Euch beliebt, aber sie haben ausgesprochen unhöflich reagiert.«

Bellamus lachte schallend und legte ihr freundlich die Hand auf die Schulter. »Das hast du gut gemacht, Hilda. Dann werde ich wohl gleich morgen früh dort hingehen. Seine Majestät wäre sicherlich nicht sonderlich erfreut, wenn ich allein von all den Streitkräften, die er nach Norden geschickt hatte, vor ihm auftauchte, im Aufzug eines Bettlers und nach Pferdestall stinkend.« Bellamus deutete auf seine Kleidung, die nass und schlammbespritzt war. Der Goldschmuck, den er um den Hals und an den Handgelenken getragen hatte, war verschwunden. Er hatte das Gold für Essen und Unterkunft für seine Männer auf der langen Rückreise ausgegeben. Sein Haar war offen und zerzaust, und seit einem Monat hatte er sich nicht mehr rasiert. Trotzdem strahlte er eine gewisse Würde aus. Auch wenn seine Kleidung zerfetzt war, sah man, dass sie einmal sehr kostbar gewesen war, und seine Haltung war auch nicht die eines Gemeinen. Er gehörte zu der Art von Männern, deren raues Äußeres sie nicht weniger respektabel machte. Im Gegenteil, es ließ ihn noch vornehmer erscheinen.

Hilda verschwand und begann, Speisen für die Soldaten vorzubereiten. Stepan richtete sich ein Lager auf dem Boden der Eingangshalle her, eingewickelt in einen muffigen Umhang, den er auf dem Marsch nach Süden erworben hatte. Bellamus bereitete inzwischen ein Bad vor. Zuerst machte er mit dem letzten Zunder, den er auf dem Marsch mit sich geführt hatte, Feuer. Er schlug Eisen und Stein auf ein Stück rußiges Tuch. Als es zu glimmen begann, legte er es auf ein Büschel Heu, das er in der Innentasche seiner Jacke verwahrt hatte, und blies vorsichtig darauf, bis eine kleine Flamme loderte. Er fütterte das Feuer mit Zweigen, bis es so stark brannte, dass er die abgelagerten Holzscheite aufschichten konnte, die er auf der Rückseite des Hauses gestapelt hatte. Dann ließ er das Feuer brennen und wischte den Schnee von der eisigen Oberfläche des Beckens im Atrium. Von der Straße hatte er einen losen Pflasterstein geholt und warf ihn in das Becken. Wie sich herausstellte, war das Eis nur zwei Fingerbreit dick, darunter befand sich Wasser. Der Schnee musste das Becken vor der schlimmsten Kälte geschützt haben. Er schlug ein Loch, das groß genug war, um einen Kessel in das eisige Wasser zu tauchen und ihn zu füllen. Diesen hängte er auf ein Dreibein über dem Feuer. Es würde eine Weile dauern, bis er genug Wasser erhitzt hatte, um das hölzerne Halbfass zu füllen, das er als Wanne benutzte. In der Zwischenzeit machte er sich auf die Suche nach seinem Rasiermesser. Es überraschte ihn nicht, dass es noch zusammen mit all seinen anderen Besitztümern im Obergeschoss lag. Hilda war in der Gemeinde gut bekannt und hatte zweifellos dafür gesorgt, dass das Haus unberührt blieb. Außerdem fürchteten sich die meisten Menschen, einen Fuß in die uralten Steinhäuser zu setzen.

Während er sich rasierte, betrachtete er sich in einem matten Messingspiegel und dachte nach.

Als Erstes musste er der Königin eine Nachricht übermitteln. König Osbert hatte wahrscheinlich vor Furcht einen Wutanfall bekommen, weil er so viele Soldaten nördlich des Abus verloren hatte. Bellamus zweifelte nicht daran, dass ohne Königin Aramillas Hilfe diese Rasur sehr gut seine letzte sein könnte.

Kontakt mit ihr aufzunehmen würde jedoch schwierig werden. Bei Hof taten sie so, als würden sie sich nicht wirklich kennen. Jede Botschaft, die er ihr schickte, musste Verdacht erregen, und zweifellos würde die Nachricht davon sofort ihrem eifersüchtigen Ehemann überbracht werden. Also musste er sich darauf verlassen, dass Aramilla Kontakt mit ihm aufnahm. Falls sie noch genug Zuneigung für ihn empfand, um dieses Spiel weiterzuspielen. In den vielen Jahren ihrer Bekanntschaft hatte sie ihn jedenfalls noch nie im Stich gelassen, und sie hatte zweifellos von seiner Ankunft in der Stadt gehört. Bellamus konnte schließlich nicht unbemerkt mit vierhundert Soldaten im Schlepptau in Lundenceaster einziehen.

Sie hatten sich kennengelernt, als die Königin auf einer Pilgerreise in Iberia unterwegs war. Bellamus hatte sich bereits einen Namen als Kenner der Anakim gemacht und war folgerichtig herbeigerufen worden, um dem königlichen Tross zu helfen, als dieser sich in der Nähe der unsicheren Grenze zu den

Anakim bewegte. Die Königin war zu Fuß unterwegs gewesen, wie auch alle ihre herausgeputzten Hofdamen. Diese schwitzten und wedelten sich mit ihren Fächern Luft zu, als sie hinter ihr hergingen.

Bellamus ignorierte die königlichen Leibwächter, die wild gestikulierten, als er sich näherte. Er ritt einfach an ihnen vorbei zur Königin, die in diesem Moment ein angeregtes Gespräch mit einer Zofe führte. Bei ihr angelangt, stieg er ab, verbeugte sich und erntete einen gleichgültigen Blick. »Ihr könnt hier ohne Gefahr weiterziehen, Majestät. In der Kolonie leben nur Nomaden, und unsere Kundschafter melden, dass sie zur Zeit etliche Tagesreisen entfernt sind.«

Aramilla kniff die Augen zusammen und betrachtete ihn von seinen staubigen Stiefeln bis zu seinem unrasierten Gesicht. »Ihr seid kein Iberer«, sagte sie, als hätte er versucht, sie zu täuschen. »Und Euer Angelsächsisch ist exzellent.« Sie winkte die Wachen zurück, die sich wütend auf Bellamus stürzen wollten, weil sie von ihm ignoriert worden waren.

»Meine Mutter war eine Angelsächsin, Majestät.« Er schob die Hände in die Taschen und lächelte sie unbekümmert an. »Ich bin zwar aus Safinim, aber in meiner Jugend wurde bei mir zu Hause Angelsächsisch gesprochen.«

Bellamus benahm sich so unbeeindruckt und gelassen in Gegenwart Ihrer erhabenen Majestät, dass die Königin einen Laut der Überraschung nicht unterdrücken konnte. Es war ein ungläubiges »Ah«, begleitet von einem erstaunten Blick. Dann wurden ihre Augen schmal, und sie lächelte. »Eure Mutter war eine Angelsächsin? Ist sie tot?«

»Leider weiß ich das nicht, Majestät«, erwiderte Bellamus. »Ich habe sie seit achtzehn Jahren nicht mehr gesehen.«

»Eine Familienfehde?«

»Ich hatte tatsächlich eine Fehde und bin weggegangen, um meine Familie zu schützen.«

Die Königin legte den Kopf ein wenig schräg und entblößte

damit ein Stück von ihrem Hals. Dann warf sie einen Blick auf ihre Zofe. »Ich will Sir …?«

»Bellamus.«

»Sir Bellamus ein wenig ausfragen.« Die Zofe machte einen Knicks und verschwand im Tross. Die Königin forderte Bellamus mit einer Handbewegung auf, sie zu begleiten. Gehorsam nahm er den Zügel seines Pferdes und führte es neben ihr über die Straße. »Was war das für eine Fehde?«

Er warf ihr einen Blick zu, um ihre Reaktion auf seine Worte abzuschätzen. »Ich wurde beschuldigt, einen weißen Hirsch in irgendeinem benachbarten Wald erlegt zu haben, der bedauerlicherweise einem Prinzen gehörte.«

Sie schnaubte verächtlich. »Und, habt Ihr es getan?«

»Ganz gewiss nicht«, antwortete Bellamus. »Ich habe zwar auf den Hirsch geschossen, ihn dann aber aus den Augen verloren.«

»Also war das nicht gerade eine ruhmvolle Angelegenheit.«

»Hirscheintopf ist immer eine ruhmvolle Angelegenheit«, widersprach Bellamus. Dann zuckte er mit den Schultern. »Aber ich bedaure es nicht. Hätte ich nicht versucht, diesen Hirsch zu erbeuten, würde ich jetzt nicht über diese sonnige Straße schlendern und mit einer Königin plaudern.«

Das Kompliment perlte glatt an der Königin ab. »Wie ich höre, hat Euch diese Straße dabei geholfen, mehr über die Anakim in Erfahrung zu bringen als alle anderen Männer in diesem Land.«

»Ich bin geschmeichelt, dass Ihr von meinem Ruf gehört habt.«

Sie blickte geradeaus und hatte die Stirn leicht gerunzelt. »Erst vor Kurzem.«

»Die Anakim faszinieren mich. Als naiver Flüchtling habe ich die Alpen überquert und dann eine Arbeit angenommen. Meine Aufgabe bestand darin, im Auftrag der Siedlungen in der Gegend die Anakim im Auge zu behalten. Mein erster Tag hat mich zwei Finger gekostet, aber ich bin trotzdem immer wieder hierher zurückgekehrt. Habt Ihr jemals einen von ihnen gesehen, Majestät?«

»Noch nie. Ich werde vor solchen Gefahren sehr gut geschützt.«

Bellamus sah sie mitleidig an. »Was ist das Leben schon ohne ein bisschen Gefahr?«

Sie warf ihm einen Blick aus den Augenwinkeln zu. »Ganz recht.«

»Ich besitze nur ein freies Schwert und ein freies Pferd. Aber ich versichere Euch, mein Leben ist niemals langweilig.«

Zum ersten Mal sah sie ihn direkt an, statt ihn nur aus den Augenwinkeln zu mustern. »Ich reite nicht.«

»Nun, unser Maßstab ist nicht sonderlich hoch«, gestand Bellamus.

Sie lachte. Es klang wie das Keckern einer Elster. »Vielleicht möchtet Ihr uns begleiten? Ich darf wohl mit Sicherheit behaupten, dass wir weiteren Schutzes bedürfen, und der Weg ist lang und langweilig … fast so wie mein Tross«, setzte sie etwas leiser hinzu.

Bellamus zuckte mit den Schultern. »Ich bin Euer Diener, Majestät.«

Der Weg war in der Tat sehr lang, und wenn sie Halt machten, um jeder Kirche, jedem Schrein oder jedem heiligen Relikt ihre Ehre zu erweisen, vergnügte sich die Königin damit, Bellamus auszufragen. Der stellte überrascht fest, dass ihm das gefiel. In den folgenden Wochen unterhielt er sie. Zuerst auf der Straße, und dann später nach Einbruch der Dunkelheit in dem festen Zelt, das immer für sie aufgestellt wurde. Wenn sie einander in den Armen lagen, waren sie beide weniger vorsichtig. »Ein Mann ohne einen vornehmen Namen braucht ein einträgliches Gewerbe. Und meines sind die Anakim«, sagte Bellamus.

»Es gibt keinen Ort, an dem dieses Gewerbe höher geschätzt

wird, als in Albion. Mein Ehemann fürchtet die Anakim mit jedem wachen Atemzug. Ein Mann wie du könnte in meinem Land hoch aufsteigen.« Als die Königin das sagte, wusste Bellamus, dass er zu viel von sich preisgegeben hatte. Zum ersten Mal zeichnete sich etwas anderes als entspannter Humor auf seinem Gesicht ab, und er merkte, dass ihr das aufgefallen war. Vielleicht hatte es ihr sogar gefallen. Denn als sie aufbrach, hinterließ Königin Aramilla einen Brief für ihn. Sie schlug ihm vor, dass er den Kanal überqueren und nach Albion kommen sollte, um dort sein Glück zu versuchen. Das war eine weit bessere Gelegenheit als jede, die Bellamus in Iberia finden würde, und so nutzte er seine Chance. Er reiste mit einer loyalen Truppe Bewaffneter nach Norden. Von jenem Tag an hatte ihm die unsichtbare Hand der Königin bei seinem Aufstieg geholfen.

* * *

Königin Aramilla hatte für gewöhnlich etliche Monate Zeit, um sich für ihn einzusetzen. In diesem Zeitraum konnte sie so achtsam vorgehen, dass ihre Begünstigung des Emporkömmlings nicht auffiel. Wenn sie sich jetzt jedoch für ihn einsetzen wollte, musste sie rasch handeln. Diesmal konnten sie sich das raffinierte Vorgehen, das die Königin normalerweise bevorzugte, nicht leisten.

Sie schickte ihm noch in der gleichen Nacht eine Nachricht, die von einer der wenigen Zofen überbracht wurde, die Bellamus kannte. Es war eine der jungen hübschen Frauen, die bei Hofe beinahe ständig an Aramillas Seite waren. Die Nachricht besagte, dass er die Königin in einer Halle hinter Ludgate Hill treffen sollte. Diese Halle gehörte, wie er wusste, Earl Seaton, Aramillas Vater. Bellamus blieb einen Moment regungslos stehen, als er die Nachricht hörte.

»Ist alles in Ordnung, Herr?«

»Selbstverständlich«, erwiderte er unbekümmert. »Danke.« Er strahlte die junge Frau an und verabschiedete sich von ihr.

Sein Lächeln erlosch jedoch, sobald sich die Tür hinter ihr schloss. Es war ein höchst ungewöhnlicher Ort für ein solch geheimes Treffen. Aber Bellamus hatte vor allem zwei Dinge in Bezug auf seine Gönnerin gelernt. Das erste war, ihr zu vertrauen. Und das zweite, sie niemals zu langweilen.

Hilda war schon bald mit dem Koch und zwei Bediensteten zurückgekehrt, die sich daranmachten, für Wärme im Haus zu sorgen. Sie entzündeten überall Feuer, holten Lebensmittel aus den Läden und begannen, eine Mahlzeit für die Soldaten zuzubereiten, die sich in die baufälligen Gebäude auf beiden Seiten der Straße verzogen hatten. Sie alle waren jetzt Bellamus' Männer, und sie alle hatten wertvolle Erfahrungen im Kampf gegen die Anakim gesammelt. Ein erfahrener Krieger war mindestens zwei oder gar drei frische Rekruten wert, und jeder der Männer hier würde mit ihm nach Norden zurückkehren, wenn die Zeit reif war. Bellamus ging kurz bei ihnen vorbei, als er in dieser Nacht zur Halle unterwegs war, und wechselte ein paar Worte mit ihnen, während sie die heißen Speisen aus seiner Küche empfingen. Sie waren gut gelaunt, denn eine warme Mahlzeit und eine ruhige Nacht in einem Haus, selbst wenn es eine Ruine war, stellte eine deutliche Wende zum Besseren in ihrem jüngsten Schicksal dar.

»Wohin geht Ihr, Hauptmann?«, fragte Stepan. Er erhob sich von einem Würfelspiel mit drei seiner Kameraden, offenbar in der Absicht, Bellamus zu begleiten.

»Ich treffe mich mit einem Freund«, erwiderte Bellamus. »Aber ich gehe allein, Stepan.«

Der Ritter zog die Brauen zusammen. »Es ist gefährlich auf den Straßen«, beharrte er.

»Es ist ein weiblicher Freund«, erklärte Bellamus. »Und sie ist nicht weit von hier entfernt.«

Stepans Zähne blitzten im Dunkeln auf, als er lächelte. »Mehr braucht Ihr nicht zu sagen«, erwiderte er und setzte sich wieder zu seinen Gefährten.

Bellamus ging allein zu der Halle. Die Straßen waren fast menschenleer. Er vermutete, dass selbst die härtesten Bewohner von Lundenceaster in einer solch kalten Nacht lieber um ein Feuer kauerten. Dann kam ihm der Gedanke, dass er und seine Truppe wahrscheinlich die rauesten Bewohner von Lundenceaster waren und dass sich die anderen womöglich vor ihnen verbargen.

Er fand die Halle und hämmerte mit der Faust gegen die zweiflüglige Tür. Als sie von zwei weiteren Kammerzofen geöffnet wurde, die er beide nicht kannte, vertiefte sich seine Unruhe. War denn gar nichts geheim an diesem Treffen?

Das Innere der Halle wurde von Kerzen hell erleuchtet, und in der Mitte loderten die Flammen in einer Feuerstelle. Es war so hell, dass Bellamus seine Augen einen Moment bedecken musste.

Die erste Gestalt, die er erkannte, war die Königin. Sie stand ganz in Schwarz gekleidet vor ihm. In den Saum ihres Ausschnittes waren Sterne gestickt, die wie eine Silberkette wirkten, und in ihrem schimmernden blonden Haar saß eine zierliche Krone. Neben ihr warteten zwei weitere Zofen. Obwohl er wusste, dass die Königin sein Anker in dem aufziehenden Sturm sein würde, fluchte er im Stillen bei ihrem Anblick.

Das alles war nur ein Spiel für sie. Es war schon immer ein Spiel gewesen. Er erkannte es daran, dass sie zu diesem höchst geheimen Treffen ihre Krone trug. Oder daran, dass sie allmählich ihre vertrautesten Zofen in das Geheimnis eingeweiht hatte. Sogar an der Art, wie sie lächelte, als er näher kam. Sie flirtete mit der Gefahr. Jeder neue Mitwisser ihres gemeinsamen Geheimnisses vergrößerte das Risiko, dass der König es herausfand. Sie begann sich zu langweilen, daher versuchte sie, das Risiko ein wenig zu erhöhen, weil ihr das Prickeln der Gefahr gefiel. Aber das hatte Bellamus gewusst. Und jetzt stand er vor ihr, noch abhängiger von ihr als je zuvor. Noch war sie ihm zugetan, aber er spürte die launische Natur ihrer Bewunderung.

Jeder Moment, in dem er sie nicht amüsierte, entfernte sie ein Stück weit von ihm.

Sie sehnte sich nach Aufregung und dem Unbekannten, und Bellamus war die Verkörperung davon. Er dagegen brauchte ihren Einfluss am Hofe. Nur war sein Bedürfnis größer. Der König betete Aramilla an, die neben all ihren anderen Eigenschaften auch einen äußerst scharfen Verstand besaß. Sie beherrschte König Osbert in einem erschreckenden Maß, und er fürchtete ihren Verlust fast so sehr, wie er die Anakim fürchtete. In dem Moment, in dem Bellamus sie nicht mehr erregen konnte, würde er abgelegt werden. Oder Schlimmeres. Vielleicht fand ein Flüstern den Weg in das Ohr des Königs. Anschuldigungen, dass Bellamus sie berührt oder sich ihr gegenüber unangemessen verhalten hätte, dann wären die Stunden des Emporkömmlings gezählt.

Für die Königin war es ein Spiel, nicht aber für Bellamus. Das hatte er jedoch von Anfang an gewusst, und Panik würde sie langweilen. Also musste er jetzt ruhig vorgehen.

Die Kammerzofen knicksten und verschwanden ohne ein Wort. Diskret zogen sie sich in einen Raum auf der Rückseite der Halle zurück. Bellamus ging zu ihr und blickte auf ihr Gesicht herab, als sie zu ihm aufsah. Er beherrschte sein Verlangen, sie zu fragen, ob man ihren Zofen trauen konnte.

»Ich war sicher, dass du tot wärest«, sagte sie leise.

Er küsste sie. »Ohne deine Hilfe wird mir morgen ohnehin der Kopf von den Schultern getrennt. Ist der König wütend?«

»Eigentlich ist er nicht wütend, sondern eher entsetzt. Er stöhnt und zittert und schüttelt sich bei dem Gedanken an das, was im Norden geschehen ist«, erwiderte sie gelangweilt. »Aber dazu kommen wir noch. Erzähl mir deine Geschichte.«

An der einen Seite der Halle stand ein Diwan, und Königin und Emporkömmling setzten sich nebeneinander darauf. Bellamus begann zu reden. Er erzählte ihr von seiner List, die ihnen den Sieg in der ersten Schlacht eingebracht und die Anakim vom Schlachtfeld getrieben hatte. Dann schilderte er ihr die undurchdringliche Wildnis, durch die sie marschiert waren, das Brandschatzen und Morden, mit dem sie versucht hatten, die Legionen aus dem Hindrunn zu locken. Er erzählte von den wilden Tieren, die das Leben so gefährlich und den Schlaf so unruhig gemacht hatten. Davon, wie sie von dem neuen Schwarzen Lord überlistet und ihrer Vorräte beraubt worden waren. Er beschrieb, wie die Armee allmählich auseinanderfiel und sie viele Männer an die Wildnis verloren, bevor sie sich endlich den Anakim auf einem schmalen Pass am Meer gestellt hatten. Jetzt ging er ins Detail, weil er wusste, wie aufregend sie die Geschichte über die Heilige Wache finden würde, die schließlich die Geduld mit dem Rest der Legionen verloren zu haben schien und die Streitmacht Süddals zerfetzt hatte, bevor sie am Ende Lord Northwic abschlachteten. »Sie werden nach Süden kommen, Aramilla«, beendete er seinen Bericht. »Das hat mir der Schwarze Lord selbst gesagt. Sie wollen diese Stadt als Vergeltung für unsere Invasion einnehmen.«

»Und was werden sie tun?« Ihre Pupillen waren geweitet. Er wusste, dass sie keine Angst hatte, sondern erregt war. Diese Frau hatte ihr ganzes Leben lang nur unterdrückende Sicherheit erlebt. Ihr lag nicht viel an den Menschen aus Süddal. Sie wollte einfach die Würfel rollen lassen, und wenn die Insel dadurch in Brand gesteckt wurde, war ihr das nur recht. Er musste sie schockieren.

»Das kann ich nicht genau sagen. Sie werden vielleicht alle abschlachten. Oder einfach nur den Adel töten und das Volk versklaven? Vielleicht machen sie auch die Stadt dem Erdboden gleich und salzen die Erde. Wir dürfen nicht zulassen, dass sie hierherkommen. Das würde Süddal nicht überleben. Wir müssen sie im Norden bekämpfen. Wenn wir den Krieg zu ihnen zurückbringen, sobald die Straßen im Frühling wieder passierbar sind, werden sie noch nicht darauf vorbereitet sein, und wir können sie unterwerfen. Dann kannst du nach Norden kommen und durch ihr erobertes Königreich reisen.« Er nahm ihre Hand und verschränkte seine Finger mit ihren. »Dieser Ort lässt mir keine Ruhe. Er verfolgt mich. Seit ich zurückgekommen bin, habe ich das Gefühl, ich lebe in einem Traum. Es ist fast so, als lebte ich hier in einem schwachen Abglanz von der Welt jenseits des Abus. Hier ist alles so weich, so leicht. So flach. Dort oben habe ich mich zum ersten Mal in meinem Leben wirklich wach gefühlt. Jeder Baum, jeder Hügel, jeder Fluss, jedes Wort und jeder Schritt scheint bedeutungsvoller zu sein. Ich muss in den Norden zurückkehren.« Bellamus sah unvermittelt auf und blickte auf Aramilla, während er sich sammelte. »Und du musst es ebenfalls sehen. Allein dieses Land ohne Widerstände erforschen zu können lohnt den Aufwand, die Anakim zu unterwerfen.«

»Du verlangst also nicht nur, dass du morgen deinen Kopf behältst, sondern du willst auch noch, dass er dir eine neue Armee gibt?« Sie sah ihn fragend an.

»Warum auch nicht? Du führst ihn an der Leine. Er muss glauben, dass ich der einzige Mann bin, der die Anakim aufhalten kann.«

»Und? Bist du das?«

Einen Herzschlag lang erlosch sein Lächeln, und der Emporkömmling blickte sie sehr ruhig an. »Sag du es mir.« Sie ließ ihren Blick noch einen Moment über sein Gesicht gleiten und sah dann auf seine Hand, spielte mit seinen Fingern.

»Ich werde mich sehr anstrengen müssen, um ihn zu überzeugen. Er vertraut dir nicht, weil du nicht von adliger Herkunft bist. Er ist der Meinung, dass du keine Armee aus adeligen Rittern kommandieren solltest.«

»Dann sieh, was passiert ist, als ich nur ein Berater gewesen bin.« Er lächelte sie an, und sie atmete mit einem schwachen Seufzer aus, lehnte sich gegen ihn.

»Du wirst Zugeständnisse machen müssen, mein Emporkömmling.«

»Wenn ich überlebe und eine Armee bekomme, ist das mehr als genug.«

»Vielleicht mehr, als ein Mann ohne Namen jemals zuvor gehabt hat«, sagte sie und küsste ihn auf die Wange. »Kennt dein Ehrgeiz denn gar keine Grenzen?«

Bellamus atmete langsam aus. »Ich strebe immer nach mehr.«

»Selbst wenn du die Anakim vernichtest? Wenn du Protektor des Nordens wirst?«

»Warum nur des Nordens?«, fragte Bellamus. »Du bist Königin, oder etwa nicht? Und du hast keine Kinder mit dem König. Wenn dein Ehemann stirbt, kannst du herrschen.« Sie bewegte sich nicht in seinen Armen. »Wir könnten ganz Albion für uns gewinnen.« Noch nie zuvor hatte er dieses gewaltige Ziel laut geäußert und fragte sich, ob er es bedauern würde.

Sie schwieg lange. »Eines Tages.« Ihr Tonfall ließ Bellamus vermuten, dass auch ihr dieser Gedanke nicht zum ersten Mal gekommen war. »Ich werde mein Bestes tun, um dir zu helfen. Aber ich weiß nicht, was er sagen wird, und wir dürfen seinen Argwohn nicht erregen. Du musst deine Rolle sehr gut spielen.«

»Ich vertraue dir.«

* * *

Am nächsten Morgen ritt Bellamus zum Hof König Osberts. Die Halle des Königs lag direkt am Fluss, der sich in einen riesigen weißen Weg verwandelt hatte und sich Hunderte von Meilen ins Inland erstreckte. Dunkle Gestalten spazierten auf dem gefrorenen Strom, und ein paar wenige Menschen angelten in Löchern, die sie ins Eis geschlagen hatten. Bellamus fragte sich, ob sie wohl Erfolg haben würden. Während eines so harten Winters gab es nur sehr wenige Nahrungsquellen.

War der Fluss eine gigantische Straße, konnte man König Osberts Halle als das Haus eines Giganten sehen. Der König hatte sie selbst entworfen, nachdem er die alte Halle seines Vaters nach seiner Thronbesteigung niedergebrannt hatte. Sie stand auf einem Fundament aus Stein, das sich hoch über dem Wasserspiegel befand, für den Fall, dass der Fluss über die Ufer treten sollte. Breite Steinstufen führten zur Eingangstür hinauf. Das Rieddach war ebenso zerzaust und löchrig wie alle Dächer in Lundenceaster, aber es hatte das Ausmaß einer ausgedehnten Weide. Gewaltige Holzpfeiler aus Hainbuche, so breit, dass drei Männer sich an den Händen fassen und sie nur mit Mühe umspannen konnten, stützten den Überhang des Dachs. Das von der Witterung silbrig gebleichte Holz war mit Schnitzereien versehen. Die Reliefs waren in Rot-, Blau- und Goldtönen ausgemalt, und über dem Doppelportal war eine große gelbe Sonne eingraviert.

Bellamus blieb kurz am Fuß der Treppe stehen, die zu dem Portal hinaufführte. Aber da er niemanden sah, der sein Pferd hätte nehmen können, und nur vier müde Bewaffnete oben an der Tür standen, schnalzte er mit der Zunge und trieb sein Pferd die Stufen zur Halle hinauf. Die Bediensteten waren mit Hellebarden bewaffnet, und ihre Gesichter waren in den visierlosen Helmen deutlich zu erkennen. Sie starrten Bellamus verblüfft an, der direkt bis zur Tür ritt, bevor er abstieg. »Würdet ihr euch bitte um mein Pferd kümmern?«, bat er einen von ihnen und hielt ihm die Zügel hin. Bellamus war rasiert und hatte sein langes Haar gestutzt. Er trug zwar kein Gold mehr, aber saubere, gut geschnittene Kleidung, und sein souveränes, zuversichtliches Verhalten kündete von einem Mann, der einen hohen Rang innehatte, nicht von einem Emporkömmling. Besonders bemerkenswert jedoch war das gewaltige Schwert, das er auf den Rücken geschnallt hatte. Der Griff der Klinge ragte weit über seine Schulter hinaus. Also nahm einer der Bewaffneten die Zügel seines Pferdes und verbeugte sich. »Mylord«, murmelte er.

»Was ist Euer Anliegen, Mylord?«, fragte ein anderer.

»Es ist nicht nötig, mich Lord zu nennen«, gab Bellamus zurück. »Ich bin hier, um mit dem König zu sprechen. Bitte sagt Seiner Majestät, dass Bellamus von Safinim eingetroffen ist.«

Der Wächter gehorchte, drehte sich zu der Tür hinter sich um, hob den Riegel hoch und verschwand im Inneren. Es dauerte nicht lange, bis er wieder zurückkam.

»Seine Majestät empfängt Euch sofort, Mylord.«

»Ihr seid sehr freundlich«, antwortete Bellamus. Man hielt ihm die Tür auf, und er trat in die Halle.

Das kavernenhafte Innere war dämmrig. Die lodernden Flammen einer riesigen Feuerstelle in der Mitte des Raumes ließen Schatten über die Wände tanzen. Der Rauch zog durch ein Loch in dem Dach darüber ab. Der Boden bestand aus einer Art Mörtel, in den zerstoßene Fliesen eingearbeitet waren, und ein Dutzend Bedienstete säumte die Wände. Sie betrachteten Bellamus kritisch, als er an ihnen vorüberging. Am anderen Ende der Halle befand sich eine Plattform, die von ein paar Adeligen und Bischöfen umringt war. Die Gesichter, die ihm entgegenblickten, wirkten verächtlich, und offenbar hatten sie sich seit einer ganzen Weile nicht mehr rasiert. Er wusste, warum sie sich alle hier versammelt hatten. Sie hatten von seiner Rückkehr erfahren und wollten miterleben, wie der König ihn bestrafte. Vermutlich hofften sie, an diesem Tag seinen Sturz zu erleben. Ein Fürst trat vor, als Bellamus näher kam. Sein Lächeln war unverkennbar heuchlerisch.

»Bellamus von Safinim.« Er schien sich die Worte förmlich auf der Zunge zergehen zu lassen. »Ich habe mir schon gedacht, dass Ihr überleben werdet. Das Universum ist wahrhaftig ein perverser Ort.« Der Mann war Earl Seaton, der Vater von Königin Aramilla und folglich einer der vornehmsten Höflinge in König Osberts Gefolge. Er war sehr groß und extrem schlank, hatte ein schmales Gesicht und eine leicht weibische Haltung, als bewegten sich seine Gelenke geschmeidiger als die der meisten anderen Männer. Er trug Schwarz, seine Augen waren schwarz, auch sein Haar war pechschwarz, und er war förmlich von Gold übersät.

Bellamus blieb vor dem Fürsten stehen. »Und das allein ist

schon eine bemerkenswerte Tat«, antwortete er. »Nicht viele kehren aus dem Schwarzen Königreich zurück.«

»Ein Reich, das nach wie vor existiert«, bemerkte Earl Seaton. »Obwohl ich sicher bin, dass Ihr Euer Bestes gegeben habt.«

Bellamus lachte. »Ich freue mich schon darauf, mit anzusehen, wie Ihr unseren nächsten Feldzug anführt, Mylord.«

»Ich leugne nicht, dass ich mich hier im Süden weit mehr zu Hause fühle, Bellamus. Aber was haben wir denn hier?« Der Earl griff mit seiner goldgeschmückten Hand über Bellamus' Schulter und tippte gegen den Griff der großen Kriegsklinge.

»Eine Trumpfkarte«, erwiderte Bellamus. »Seine Majestät ist dort hinten?« Bellamus deutete auf eine Tür auf der Rückseite der Halle, neben der zwei königliche Leibwächter standen.

»Das ist er allerdings«, erwiderte Earl Seaton. »Er ist im Moment jedoch ein wenig launisch, Bellamus. Passt auf Euren Kopf auf, wenn Ihr zu ihm geht.«

Bellamus ging an dem Fürsten vorbei und hielt den Blick starr auf die Tür gerichtet, um den Blickkontakt mit den anderen Höflingen zu meiden, die ihm stumm nachsahen. Hinter der Gruppe der Adeligen stand Königin Aramilla. Sie betrachtete ihn ausdruckslos, als er näher kam. Er fing ihren Blick auf und zwinkerte ihr zu. Die Höflinge hinter ihm konnten diese Geste nicht sehen. Sie reagierte nicht, aber als er an ihr vorbeiging, drehte sie sich leicht in seine Richtung.

»Ich habe getan, was ich konnte«, flüsterte sie.

Dann war er vorübergegangen, hob den Riegel der Tür an und trat in die Dunkelheit dahinter. Dieser Raum war erheblich kleiner. Der Boden war mit Fellen bedeckt, und in die linke Wandseite war ein Kamin eingelassen. Der Kamin und ein Fenster hoch oben in der anderen Wand des Raums spendeten das einzige Licht. Die Luft erzitterte unter dem leisen Spiel eines unsichtbaren Harfinisten. Direkt gegenüber von Bellamus befand sich eine weitere Plattform, neben der rechts und links ein Bewaffneter stand. Einer von ihnen war ungewöhnlich groß. So groß, dass Bellamus blinzelte und die dunkle Gestalt einen Moment betrachtete. Das konnte unmöglich ein Südling sein!

Auf der Plattform stand ein Eichenthron, reich verziert und von Flecken übersät, die wie getrocknetes Blut wirkten. Ein korpulenter, rotgesichtiger Bischof in einer purpurnen Robe stand gebückt neben dem Thron, auf dem König Osbert saß.

Der König war fett und bärtig, was den haarigen Zustand seiner Höflinge erklärte. Er hatte eine breite, flache Nase, so rosafarbene Wangen, dass sie fast wie die eines Cherubs aussahen, und er starrte Bellamus unter spektakulären Augenbrauen hervor an. Sie waren schwarz und endeten in einem gewaltigen, nach oben gezwirbelten Schnörkel. Tatsächlich verliehen sie ihm das Aussehen einer Eule, und Bellamus sagte sich oft, dass die Augenbrauen des Königs mehr halfen, dieses Königreich zu regieren, als der Rest seines Körpers. Auch wenn es etliche Jahrzehnte her war, seit König Osbert das letzte Mal vor Wut ein Schwert geschwungen hatte, spielte er nach wie vor mit den Insignien eines Kriegers. Bellamus hatte ihn noch nie ohne den goldverzierten Helm gesehen, den er auch jetzt trug, und an seinem Thron lehnte ein glänzendes blankes Schwert. Eine goldene Kette lag auf seinen Schultern, dazu trug er einen Umhang aus zotteligem Bärenfell, unter dem er in dem warmen Raum gewiss stark schwitzte.

Bellamus ignorierte die Bewaffneten neben dem Podest und kniete vor König Osbert. Der lehnte sich mit geschlossenen Augen auf dem Thron zurück. »Euer Majestät.«

»Spiel etwas anderes.« Die Stimme des Königs war so tief, dass sie sich schon fast grotesk anhörte. Das Harfenspiel verstummte kurz, dann begann ein neues Stück. »Das ist wunderschön«, sagte der König mit einem Seufzen. Er hatte die Augen noch immer geschlossen.

»Diese Musik, Euer Majestät?«, hakte der Bischof teilnahmsvoll nach.

»Selbstverständlich meine ich diese Musik!«, fuhr der König

ihn an. Bellamus grinste, das Gesicht nach wie vor zu Boden gerichtet. »Wirklich wundervoll«, wiederholte der König und summte eine Weile mit der Melodie der Harfe, während er unsichtbare Saiten mit Daumen und Zeigefinger zupfte. »Wir sollten Harfenspieler auf die Straßen schicken. Ich denke, sie würden die Stimmung in der Stadt ein wenig aufhellen. Meine geliebten Untertanen können die Überflutungen vergessen, die Stürme, und auch diese Bedrohung aus dem Norden, solange sie gute Musik hören. Ich habe schon immer an ihre heilende Macht geglaubt.« Bellamus fragte sich unwillkürlich, wie viele Häuser seiner Untertanen wohl von Harfenklängen wieder aufgebaut würden. Der König ignorierte ihn nach wie vor und redete weiter. Seine Stimme klang melodisch, als würde er eine Geschichte erzählen. »Ich hege den großen Ehrgeiz, eines Tages ein Königreich zu regieren, in dem es mehr Harfenspieler als Schwertkämpfer gibt.«

»Amen, Majestät«, sagte der Bischof.

»Wo die Harfenspieler zahlreicher sind als die Schwertkämpfer. Ein Geschenk des Himmels«, erklärte der König. Dann öffnete er die Augen und sah Bellamus an. »Bellamus von Safinim.« Er beugte sich vor und leckte sich die Lippen, als wäre der Emporkömmling eine besonders fette Maus, die er sich gleich einverleiben wollte. Er legte den Kopf zur Seite und lächelte ihn nachsichtig und wohlwollend an. »Hat Gott den Anakim die Gabe der Musik geschenkt?«

»In gewisser Weise, Majestät.« Bellamus hob den Kopf ein wenig. »Sie singen, rezitieren und schlagen die Trommel. Sie spielen auch mit dem Wind, benutzen Flöten und Trompeten, die aus Knochen hergestellt sind, aber sie kennen keine Harfen.«

»Keine Harfen? Ich staune immer wieder über ihre Primitivität.« Er musterte Bellamus noch eine Weile. »Und jetzt kniet Ihr hier vor mir«, sagte er leise. Seine Stimme klang wie ein schwaches Erdbeben. »Ich hatte Euch für tot gehalten.«

»Durch die Gnade Gottes habe ich überlebt, Euer Majestät«, erwiderte Bellamus.

»Während Earl William und Lord Northwic weniger Glück hatten«, stellte die tiefe, mächtige Stimme fest.

»Ja, Euer Majestät. Viele Männer sind gestorben, und andere haben überlebt. Durch großes Glück und eine gewisse Geschicklichkeit wurde ich verschont.«

»Das Glück war Euch schon immer hold, Bellamus.« König Osbert zuckte mit den pelzbedeckten Schultern. »Aber ich wünschte mir wirklich, es würde sich auch auf die Männer um Euch herum erstrecken. Manchmal habe ich den Eindruck, dass Ihr ihnen ihr Glück nehmt und es für Euch selbst verwendet.« Der König schüttelte den Kopf und schnalzte missbilligend mit der Zunge. »Aber so sollte es nicht sein, Bellamus. Es ist nicht natürlich, dass das Schicksal einen Gemeinen einem Mann von Adel vorzieht. Ich glaube, Ihr habt etwas von einem Hexer in Euch.« Er deutete mit seinem beringten Finger auf Bellamus. Seine Stimme war immer noch leise und ein wenig sehnsüchtig, aber es konnte kein Zweifel daran bestehen, dass der König im Begriff war, sich aufzuplustern. Er schien auf seinem Thron anzuschwellen, bis der ihn nicht mehr halten konnte. Dann stand er langsam auf, erfüllte plötzlich die gesamte Plattform und zwang den Bischof, sich vom Podest zurückzuziehen. Die Harfe verklang diskret. Der König betrachtete Bellamus immer noch mit freundlichem Interesse, aber jetzt schien sich auch Bedauern in seine Miene zu mischen. Er öffnete den Mund, um noch etwas zu sagen, aber Bellamus unterbrach ihn kühn von seiner knienden Position aus.

»Die einzige Hexerei, die mir zur Verfügung steht, Majestät, ist meine Geschicklichkeit im Umgang mit den Männern, die ich anführe. Ich habe vierhundert von ihnen über den Abus nach Hause gebracht, und Euer Königreich wird ihre Erfahrung in den Tagen, die vor uns liegen, mehr brauchen als jemals zuvor. Die Anakim haben uns Vergeltung angedroht.« Der König klappte seinen Mund unvermittelt zu. *Ich kenne diesen Ausdruck, Majestät,* dachte Bellamus. *Ich bin nicht irgendein Lakai, den du einfach herumschubsen kannst.* Das liebenswerte Verhalten des Königs, sein nachsichtiger Ton und sein weiches Äußeres verbargen in Wahrheit ein Ungeheuer. Ihm lag nur an sehr wenigen Menschen etwas, und ganz bestimmt hatte er kein Interesse an einem fremden Emporkömmling. Bellamus musste für ihn wertvoll werden, zumindest genug, damit sich der König wieder an die Worte erinnerte, die Aramilla, wie Bellamus hoffte, ihm ins Ohr geflüstert hatte. Osbert war immer noch wie erstarrt und hatte die Brauen gehoben. »Sie kommen nach Süden, Majestät.« Bellamus sprach leise. »Ich habe mit eigenen Ohren gehört, wie der König der Anakim es geschworen hat.«

Aus Osberts Gesicht wich sämtliche Farbe, jeglicher Ausdruck. Das war die wertvollste Information, die Aramilla Bellamus gegeben hatte. Mehr als alles andere auf der Welt fürchtete der König die Anakim. Er hatte mit angesehen, wie sein Vater von einem der Krieger in der Schlacht von Eoferwic getötet wurde, und litt seitdem unter Albträumen. Die Heiligen Wächter hatten die Leibwache seines Vaters überrumpelt und sie vernichtet, wie ein Feuer ein Rieddach. Ein gewaltiger, in Stahl gehüllter Krieger war vorgesprungen und hatte Süddals beste Ritter mit einem fürchterlichen Streithammer zu Boden geschlagen. Diese schreckliche Waffe hatte dann das Pferd des Königs getroffen und ihm das Rückgrat gebrochen. Mit einem schrillen Wiehern war das Tier zu Boden gestürzt. König Osberts Vater, König Offa, war dem Unhold vor die Füße gerollt. Er hatte versucht, sich trotz des schweren Gewichts seiner Rüstung zu erheben, aber der Streithammer war auf seinen Kopf heruntergesaust.

König Osbert hatte alles mit angesehen. Er war kaum älter gewesen als ein Knabe, als er zusehen musste, wie die edelsten Männer des Landes zerfetzt, wie ihre Streitkräfte überwältigt wurden. Dann wurde sein Vater vor seinen Augen getötet. Der verantwortliche Krieger, dieses Monster mit dem Streithammer, hatte mit seiner behandschuhten Faust auf den jungen Prinzen gezeigt, der hastig in Sicherheit gebracht wurde.

Ich komme und hole dich, hatte diese Geste bedeutet.

Der König fühlte immer noch den Schock dieses Moments. Und in seinem Gehirn war der Same auf fruchtbaren Boden getroffen. Etwas Kräftiges, Unnachgiebiges, dessen Wurzeln sich tief eingegraben hatten und allen Versuchen trotzten, es herauszuziehen. Für ihn waren die Anakim die Wurzel allen Übels. Auf der untersten Ebene seines Verstandes und im Hintergrund jeder Handlung, die er vollzog, stand dieses Bild, wie der Schädel seines Vaters in seinem eigenen Land zerschmettert wurde, wie dieser behandschuhte Finger auf ihn zeigte. Seine Furcht vor den Anakim war so groß, dass die anderen Höflinge es nicht einmal wagten, auch nur ihren Namen zu erwähnen. Einzig Bellamus sprach vor dem König ganz offen von ihnen, und das konnte er auch nur tun, weil er so viel über das Thema wusste. Nur er konnte den Balsam spenden, der den König beruhigte, wenn ihn die Angst zu überwältigen drohte. Und genau das tat er auch jetzt.

»Aber ich bringe nicht nur schlechte Nachrichten, Euer Majestät.« Bellamus machte sich an einem Gurt über seiner Brust zu schaffen und schnallte das gewaltige Schwert ab, das er auf dem Rücken trug. Er hielt es vor sich, rutschte ein bisschen näher auf den Knien zu dem Podest und legte es vor den König. »Ich bringe Euch das Schwert von Kynortas Rokkvison, dem Schwarzen Lord, der Euren Vater bei Eoferwic besiegte. Er ist jetzt tot.« Der König blickte auf die Waffe vor sich und ließ sich langsam wieder auf den Thron zurücksinken. »Das Schwert gehört Euch, Majestät. Es ist eine der berühmtesten Waffen ihres Volkes, und ich übergebe sie Euch als Tribut. Möget Ihr lange regieren.« Bellamus hatte nicht nur einen Tribut geleistet, sondern ein Ass aus dem Ärmel gezogen. Er wusste genau, was ein solches Schwert für den König bedeutete. Aus diesem Grund hatte er davon Abstand genommen, dem König Kynortas' Schädel mitsamt Helm zu übergeben. Denn dieses Schwert war genauso prachtvoll, aber weitaus beeindruckender.

»Ihr glaubt, der Schwarze Lord wird seine Drohung wahr machen?« König Osbert Stimme klang nun wieder etwas ruhiger.

»Zweifellos, Majestät. Falls Ihr es ihm erlaubt.« Bellamus blieb ruhig. »Aber wir haben auch die Möglichkeit, sie für alle Zeiten zu vernichten, wenn wir sofort die richtigen Maßnahmen ergreifen. Doch es muss jetzt geschehen, und wir brauchen Hilfe. Ich habe davor gewarnt, dass so etwas geschehen könnte, als ich das letzte Mal vor Euch stand, aber Earl William war sehr hartnäckig. Jetzt haben wir den Frieden gebrochen. Sie haben vor, Lundenceaster einzunehmen, um Vergeltung zu üben. Sie kommen, Majestät, und die einzige Möglichkeit, sie aufzuhalten, besteht darin, dass wir den Kampf nördlich des Abus fortführen, bevor er auf Euer Land übergreift. Wir müssen den Krieg dort halten, mit der Hilfe unserer Verbündeten vom Kontinent, bevor sie uns erreichen und bevor sie bereit sind, erneut gegen uns zu kämpfen.«

Der König schüttelte ruckartig den Kopf, und seine weit aufgerissenen Augen wurden von den dichten Brauen noch betont. »Wir sind für eine weitere Invasion nicht vorbereitet, mein teurer Bellamus. Dafür brauchen wir mindestens noch ein Jahr.«

»Je länger wir sie in Ruhe lassen, desto ernster wird die Bedrohung. Bitte, Majestät.« Bellamus rutschte noch näher, immer noch auf den Knien, die jetzt leicht zitterten. »Hört mich an. Die Anakim leben mehr als zwei Jahrhunderte, und ihre Anzahl wird lediglich durch den Krieg beschränkt. Wenn wir sie in Ruhe lassen, erlauben wir ihnen, sich ungehindert fortzupflanzen, und dann wird es nicht mehr lange dauern, bis sie genauso zahlreich sind wie wir. Da wir diesen Krieg begonnen haben, müssen wir ihn auch beenden. Jedes Jahr, das wir zögern, erschwert uns diese Aufgabe. Obwohl sie siegreich waren, wurden sie geschwächt. Gebt ihnen nicht die Gelegenheit, ihre Kräfte erneut zu sammeln und sie gegen uns zu richten. Sondern greift an, sobald die Straßen wieder frei sind. Lasst uns eine Armee aufstellen!«

»Ihr seid wahrhaftig ein Mann der Tat, Bellamus«, stellte der König fest. »Aber ein erneutes Scheitern wäre das Schlimmste, was uns passieren könnte.« Bellamus hätte bei diesen Worten fast die Augen verdreht. »Wir können sie nicht besiegen.«

»Das können wir, Majestät. Ich kann das.«

König Osbert blickte Bellamus mitleidig an und ergriff sein eigenes Schwert, das an seinem Thron lehnte. Er wuchtete sich hoch und wog die Waffe in der Hand. Dann ging er auf dem Podest hin und her und achtete dabei sorgfältig darauf, stets einen großen Schritt über *Blitzschock* hinwegzutreten, das immer noch dort lag, wo Bellamus es hingelegt hatte.

Der König hielt inne und warf einen Blick auf Bellamus, der unter ihm kniete. »Erhebt Euch«, befahl er. Bellamus stand langsam auf. Seine Knie knackten, als er sich aufrichtete. »Meine teure Königin«, fuhr der König fort, »erklärt mir, dass Ihr unsere beste Hoffnung im Kampf gegen die Anakim wäret. Sie ist eine wundervolle Frau. Gesegnet mit Tugend und Anmut. Ein Vorbild für uns alle.« Er nickte Bellamus demütig zu. »Aber ich kann keine Armee von Adligen unter den Befehl eines Gemeinen stellen. Ihr seid ein Strohfeuer, Bellamus. Ihr müsst keinen Namen schützen, also habe ich keine Gewähr für Euer Verhalten. Ich brauche Sicherheiten.«

»Ihr habt mein Wort, Majestät.«

»Euer Wort, Euer Wort ...« Der König wischte den Satz mit der Hand beiseite. »Ich brauche mehr als das, wie Ihr sehr wohl wisst. Ihr seid klüger, als Ihr Euch anmerken lasst, glaube ich, aber Ihr werdet Euch nicht aus dieser Sache herauswinden. Garrett?« Der riesige Schatten auf der linken Seite des Königs bewegte sich und trat auf die Plattform. Es war der riesenhafte

Bewaffnete, den Bellamus angestarrt hatte, als er sich dem Podest näherte. Der Hüne kniete sich vor den König. König Osbert bedeutete ihm rasch aufzustehen. »Erhebe dich, Garrett. Wirst du Bellamus für mich im Auge behalten, wenn er in den Norden zurückkehrt?«

Garrett stand auf, und Bellamus folgte ihm mit dem Blick, als er sich aufrichtete. Er überragte den Emporkömmling um etliches. Dieser Mann hätte sogar auf die meisten Anakim heruntergeblickt, dessen war Bellamus sich sicher. Sein Umfang und seine schiere Masse gaben seinem Körper den Anschein von kaltem Stein. Eine hellblonde Mähne umrahmte sein Gesicht, das einem Totenschädel glich. Ihm fehlte ein Teil der Nase, sodass zwei große Löcher mitten in seinem Gesicht klafften. Aber von seinem erschreckenden Äußeren waren es vor allem die Augen, die Bellamus am meisten beunruhigten.

Sie waren von einem fiebrigen, schwefelartigen Gelb.

Garrett nickte als Antwort auf die Worte des Königs, der sich wieder zu Bellamus umdrehte. »Also, Bellamus. Ihr werdet wieder nach Norden ziehen, diesmal mit Eoten-Draefend als meinem Repräsentanten. Er wird Euch im Auge behalten.« Osbert nickte Bellamus zufrieden zu. Damit war die Sache geregelt.

Bellamus war einen Moment wie vor den Kopf gestoßen, vollkommen entsetzt über den Vorschlag, einen Feldzug zu führen, während Garrett ihm dabei über die Schulter sah. Er konnte kaum glauben, dass jemand überhaupt zugelassen hatte, einen Mischling zu einem Krieger zu machen, ganz zu schweigen davon, dass er so nah an den König herankam. Aber das hier war nicht nur irgendein Krieger. Garrett Eoten-Draefend war in ganz Erebos berüchtigt, obwohl Bellamus immer angenommen hatte, er wäre ein Südling. Er hatte sich den Unhieru gestellt, diesem wilden und gigantischen Menschengeschlecht, das die Hügel im Westen von Albion bewohnte. Angeblich hatte er dort seine Nase eingebüßt, als er Fathochta tötete, einen Kriegerprinzen der Unhieru. In den Grenzlanden unterhalb des Abus hatte er Anakim gejagt und war als ein Krieger von unvergleichlicher Geschicklichkeit und ungezügelter Grausamkeit berüchtigt. »Majestät«, sagte Bellamus vorsichtig. »Vielleicht war ich unklug. Ich würde es verstehen, wenn …«

Der König unterbrach Bellamus mit einem amüsierten Lachen. Der Emporkömmling schnappte nach Luft und hätte fast einen Schritt zurück gemacht. »Nein, Bellamus, ich bin es gewesen, der unklug war, und Ihr hattet Recht. Ihr habt uns vor unserer letzten Invasion gewarnt. Ihr sagtet, dass Earl William nicht geeignet wäre für diese Aufgabe. Ich hätte auf Euch hören sollen.« Der König lächelte auf ihn herab. »Ihr wollt also nach Norden ziehen und diesen Krieg beenden? Einverstanden. Mein Königreich wird sämtliche Krieger zusammenziehen, die es noch hat, wir holen uns Hilfe vom Kontinent und werden ein weiteres *Heregeld* aufbringen. Ihr werdet die Armee im Norden sammeln und Euch bereitmachen, den Abus zu überqueren, wenn der Schnee geschmolzen ist. Aber sobald Ihr in das Schwarze Königreich einfallt, steht Ihr unter der Aufsicht von Eoten-Draefend. Solltet Ihr versagen, wird Euch Euer Glück zu guter Letzt doch noch im Stich lassen.«

Du meinst, du wirst ihm befehlen, mir den Kopf abzuschlagen. »Ich werde nicht versagen, Majestät«, beharrte Bellamus. »Es ist nicht nötig, mich zu überwachen. Ich kann die Anakim richtig einschätzen.«

Der König zuckte gelangweilt mit den Schultern. »Wenn Ihr nicht versagt, dann braucht Ihr Euch ja auch keine Sorgen zu machen. Und außerdem habt Ihr dann einen wertvollen Krieger mehr.«

Bellamus sah sich um, für einen Moment sprachlos. Aber dann beschloss er, lieber den Zorn des Königs zu riskieren, als einen Feldzug mit Garrett im Nacken durchzuführen. »Ich werde nicht mit ihm zurückkehren, Majestät.« Er deutete auf den Hünen.

Der König stand immer noch auf dem Podest über Bellamus und legte jetzt sanft die Spitze seines Schwertes auf den Scheitel des Emporkömmlings. »Geht zurück nach Norden, Bellamus. Mit Eoten-Draefend. Kehrt er nicht mit Euch zurück, sterbt Ihr. Und beendet diesen Krieg. Weigert Ihr Euch, werdet Ihr diese Halle nicht lebend verlassen. So lautet mein königlicher Befehl.«

19. KAPITEL

DER STUMPF

Roper und Helmec gingen zusammen zu Tekoas Haus. Als er die feindseligen Gesichter der Legionäre der Lothbrok sah, an denen sie vorbeikamen, war Roper froh über seinen kampferprobten Gefährten. Alle verstummten und starrten ihn an, ganz offensichtlich überzeugt davon, dass er hinter dem Sturz von Unndor und Urthr steckte. Roper ignorierte sie, aber ihn beschlich allmählich das Gefühl, dass dieser Krieg mit Uvoren immer offener ausgetragen wurde.

Er hämmerte gegen die Tür von Tekoas Haus, die schließlich von Harald geöffnet wurde. Dieser winkte sie rasch hinein. In dem Raum, in dem Roper und Keturah vor wenigen Monaten ihr Treuegelöbnis abgelegt hatten, fand Roper seine Frau in einem Stuhl vor dem Feuer sitzend. Sie hatte eine Decke übergelegt. Ihr Anblick machte ihm Mut. Unter der Obhut des Arztes hatte sich ihr Zustand stetig gebessert, und als sie jetzt zu ihm hochsah, erkannte er ein wenig von der alten Lebensfreude in ihrem Blick. Ihre Augen waren zwar immer noch blutunterlaufen, und ihr Gesicht war hager und die Haut trocken, aber allmählich kehrte die Farbe in ihre Lippen zurück. Roper glaubte sogar, einen leichten Flaum von neuem Haar auf ihrem Kopf zu erkennen. Sie sah ihn mit neckisch gehobener Braue an. »Mein Gemahl. Hallo, Helmec.«

»Guten Morgen, Miss Keturah.« Helmec verbeugte sich, bevor er sich mit Harald in einen angrenzenden Raum zurückzog.

Roper zog einen Stuhl neben Keturah und setzte sich. »Wie fühlst du dich?«

»Müde. Und meine Hände und Füße kann ich immer noch nicht spüren. Weben werde ich nicht mehr können, da hat mir Uvoren fast einen Gefallen getan.«

Roper lächelte. »Du siehst besser aus. Was sagt der Arzt?«

»Er sagt, dass das Gefühl möglicherweise nie wieder zurückkehrt. Aber er glaubt, dass mein Haar vielleicht nachwächst.«

»Jedenfalls sieht es so aus«, stimmte Roper zu und warf einen Blick auf ihre Kopfhaut. Sie sah ihn hoffnungsvoll an und legte ihre Hand auf den Kopf, aber da sie nicht fühlen konnte, schnalzte sie nur mit der Zunge und ließ die Hand frustriert wieder sinken.

Dann unterhielten sie sich. Roper erzählte ihr von Vigtyr und den Verfahren gegen Unndor und Urthr. Er beschrieb die wütende Reaktion der Legionäre der Lothbrok, denen sie auf dem Weg hierher begegnet waren, als sich die Haustür unvermittelt öffnete. Roper blinzelte, weil er mitten in seiner Geschichte unterbrochen wurde, und Keturah beugte sich in ihrem Stuhl vor und versuchte zu erkennen, wer da hereinkam. Es war außerordentlich unhöflich und grob, ein Haus zu betreten, ohne zuerst zu klopfen und darauf zu warten, dass man hereingebeten wurde.

Das Gesicht, das im Türspalt auftauchte, war Roper fremd. Es gehörte einer blassen Frau mit dunklen Haaren, die fein gearbeitete und gut sitzende Kleidung trug. Wahrscheinlich wäre sie wunderschön gewesen, hätte sie nicht so angespannt gewirkt. Sie blickte Keturah direkt an und lächelte gezwungen. »Darf ich hereinkommen?«

»Hafdis?« Keturah war eindeutig verblüfft. »Ja, gewiss, komm herein.«

Hafdis huschte hastig ins Innere des Hauses und schloss die Tür hinter sich, nachdem sie noch einen ängstlichen Blick auf die Straße geworfen hatte, bevor sie dann den Eichenriegel vorschob.

»Hafdis, die Gemahlin von Uvoren Ymerson?« Roper starrte sie an. »Was willst du hier?«

»Sei nicht so unhöflich, mein Gemahl«, wies Keturah ihn zurecht. »Komm und leiste uns Gesellschaft, Hafdis.«

Die Frau trat näher, und nachdem sich ihre Augen an das dämmrige Licht gewöhnt hatten, konnte sie Keturah richtig erkennen. Sie schlug die Hände vor den Mund und starrte Keturah einen Moment mit feuchten Augen an. Dann begann sie zu weinen, und ihr Gesicht rötete sich. Sie sank auf die Knie und rutschte nach vorn, umklammerte die Armlehne von Keturahs Sessel und holte immer wieder bebend Luft, während sie nach wie vor lautlos weinte. Sie senkte den Kopf und legte ihn auf ihren Handrücken, während sie immer noch den Stuhl umklammerte. Dabei zitterte sie vor Gram. Keturah warf Roper einen erstaunten und fast amüsierten Blick zu, bevor sie der anderen Frau den Kopf tätschelte. »Reiß dich zusammen, Hafdis«, sagte Keturah. »Ich habe mich trotz meines Zustandes eigentlich ziemlich gut gefühlt, bevor du aufgetaucht bist.«

Als Hafdis antwortete, klang ihre Stimme kläglich, und sie hielt den Kopf gesenkt. »Ich weiß, wer für deinen Zustand verantwortlich ist.«

Roper und Keturah sahen sich an.

»Wer?« Roper beugte sich vor.

Hafdis sah zu Keturah hoch. »Es war Baldwins Idee. Baldwin Duffgurson, der Legionstribun. Ich habe gehört, wie er es meinem Ehemann vorgeschlagen hat.«

»Wieso konntest du das hören?« Roper schien ihr nicht zu glauben.

»Er ist in unser Haus gekommen«, sagte Hafdis. »Uvoren hat mich weggeschickt, damit sie ungestört reden konnten. Aber ich bin vor der Zimmertür stehen geblieben und habe sie belauscht.«

Keturah verdrehte die Augen. Selbst Roper wusste, dass Hafdis in dem Ruf stand, ein schreckliches Klatschmaul zu sein. Doch bei dieser Gelegenheit schien sie mehr gehört zu haben, als ihr lieb war.

»Und Uvoren hat diesem Plan zugestimmt?«, hakte Keturah nach.

Hafdis nickte kläglich. »Aber es waren Baldwins Männer, die es durchgeführt haben. Baldwin hat ihnen das Gift gegeben. Es tut mir so leid, Keturah.« Wieder liefen ihr Tränen über die Wangen. »Es tut mir so schrecklich leid.«

»Was tut dir leid?«, fuhr Roper sie wütend an.

»Weil ich nicht zu dir gekommen bin, um dich zu warnen, und …«

Keturah bedeutete Hafdis mit einer Geste zu schweigen. »Es tut dir leid, es tut dir leid, ich weiß. Aber dafür ist es jetzt zu spät, Hafdis. Es ist passiert. Trockne deine Tränen und verlasse dieses Haus, bevor irgendjemand dich sieht. Uvoren darf nicht erfahren, dass du zu mir gekommen bist, verstehst du das?«

Hafdis nickte und legte sich die Hände an die Kehle. Keturah zog sie zu sich und küsste sie auf die Wange. »Und jetzt geh. Geh schon.« Hafdis warf Roper einen flüchtigen Blick zu, stand auf und verließ hastig das Zimmer. Die Tür schloss sich leise hinter ihr.

»Wir dürfen das nicht vor die Ephoren bringen«, sagte Keturah. »Uvoren würde sofort begreifen, dass sie uns geholfen hat, und dann würde ihr Wort gegen das beider Männer stehen.«

»Du glaubst ihr?« Roper starrte immer noch auf die Tür, durch die Hafdis verschwunden war. »Sie versucht wahrscheinlich einfach nur, ihren Gemahl zu retten.«

»Sie hasst ihren Ehemann.« Keturah blickte in die Flammen. »Ich glaube ihr.«

Roper sah sie einen Moment an und nickte dann. »Helmec!« Sein Schildmann trat sofort ein und hob fragend die Brauen. »Ich möchte, dass du Vigtyr dem Schnellen eine Nachricht überbringst. Sag ihm: Baldwin ist der Nächste.«

»Baldwin ist der Nächste«, wiederholte Helmec.

»Und richte ihm auch aus, er soll dafür sorgen, dass die Bestrafung diesmal dem Verbrechen angemessen ist.«

»Und er wird wissen, was all das bedeutet, Lord?«

»Das wird er.«

Helmec verbeugte sich und verschwand.

Tat und Konsequenz.

Nur zwei Tage später summte das Hindrunn förmlich vor Aufregung. Die Nachricht verbreitete sich wie ein Lauffeuer von Haus zu Haus und war Hauptgesprächsthema an den Tischen der Offiziersmesse. Der Erste Legionshauptmann Baldwin Duffgurson war wegen angeblicher Sabotage unter Hausarrest gestellt worden. Sowohl die Hufschmiede als auch die Pfeilmacher berichteten, dass er gezielt den Legionen des Schwarzen Lords lebenswichtigen Nachschub vorenthalten hatte, als sie zum Feldzug ausgerückt waren, um damit die Möglichkeiten seines Freundes Uvoren zu verbessern, das Hindrunn unter Kontrolle zu halten.

Schnell erwies sich, dass die Vorwürfe aus der Luft gegriffen waren. Baldwin wehrte sich nach Kräften und brachte genug Zeugen vor, die bestätigten, dass der Mangel an Hufeisen und Pfeilen nicht ihm angelastet werden konnte. Doch ein schärferer Blick auf die peinlichst genauen Abrechnungen, die er in Hülle und Fülle als Beweis vorlegte, sollte zeigen, dass sich die Zahlen nicht mit denen der Waffenschmiede des Hindrunn deckten. Offenbar hatte er jahrelang angeblich Mengen von Eisen und Stahl an die Schmieden geschickt, die aber niemals dort angekommen waren. Stattdessen hatte er reichlich für seinen eigenen Haushalt abgezweigt.

»Ich hatte diese Unterschlagung vermutet«, hatte Vigtyr eines späten Abends Roper gegenüber bekundet. »Aber das war ohne direkten Zugang zu seinen Unterlagen schwer zu beweisen. Also habe ich mir Männer gesucht, die ihn der Sabotage beschuldigten, damit wir an die Beweise kommen konnten, die wir brauchten. So wird er für das, was er Eurer Frau angetan hat, bezahlen.«

»Welche Strafe steht auf Unterschlagung?«, wollte Roper wissen.

»Das bestimmen die Ephoren, Lord. Aber es wird eine überaus harte Strafe sein.«

Dieser letzte Vorfall schockierte das Hindrunn weit mehr als das, was mit Uvorens Söhnen geschehen war. Baldwin war ebenso mächtig wie einflussreich, und er war schon lange Jahre Tribun der Legion. Der Skandal erschütterte das Schwarze Königreich bis ins Mark. Und es war das erste Mal, dass selbst Leute, die nicht mit Uvoren verbunden waren, die Vermutung äußerten, dass Roper seine Hände dabei im Spiel hatte. Die rasche Auflösung von Uvorens einflussreichem Kreis sah nun nicht mehr wie ein Zufall aus. Es musste eine mächtige Hand im Spiel sein, die den Sturz von Uvorens Verbündeten lenkte, und der Hauptmann der Heiligen Wache hatte keinen mächtigeren Feind als Roper.

Für Baldwin ging die Sache nicht gut aus. Er hatte jahrzehntelang das Schwarze Königreich der Ressourcen beraubt, die es dringend für seine Verteidigung brauchte. Zwei Tage nach seinem Prozess wurde er zu einem der »Honigtöpfe« geführt, die rund um den Hohen Fried lagen. Es handelte sich um von Mauern umschlossene Höfe mit wenig standhaften Türen. Sie waren absichtlich so entworfen worden, um die Aufmerksamkeit angreifender Armeen zu erregen und diese in die Höfe zu locken. Auf den Mauern waren Feuerwerfer montiert, und Baldwin wurde in der Mitte eines der Höfe angekettet.

Roper sah von einer der Mauern aus zu. Er trug seinen Wolfspelz. Der Ephor, der Baldwin verurteilt hatte, stand in der Nähe. Er trug den Umhang mit den mächtigen Adlerflügeln. Keturah hatte zum ersten Mal das Haus ihres Vaters verlassen, seit sie auf einer Liege dorthin gebracht worden war, und stand neben Roper. Sie trug einen langen Umhang mit einer Kapuze, die ihren kahlen Kopf verbarg. Legionäre bedienten die Pedale der Feuerwerfer, um die Tanks unter Druck zu setzen. Die Waffen bliesen Nebelwolken in die kalte Luft und verschleierten den Blick der aufmerksamen Zuschauer auf den Mauern. Als Baldwin das blubbernde Geräusch hörte, das durch die Pedale erzeugt wurde, fiel er auf die Knie in den Schnee, der den Boden des Hofs bedeckte, und streckte dem Ephoren die Hände entgegen.

»Lord, bitte …« Zuerst war seine Stimme nur ein leises Flüstern. Er betrachtete die stummen Zuschauer auf den Mauern und sah dann wieder zu dem Ephoren zurück. Dessen Augen funkelten wie zwei riesige weiße Juwelen. »Bitte, Lord. Bitte!« Plötzlich jammerte er. »Ich werde alles tun! Tut das nicht, Mylord! Meine Familie kann die Kosten, die der Festung entstanden sind, doppelt zurückzahlen! Wenn Ihr mich verschont, weihe ich mein Leben meiner Pflicht! Ich mache alles, Lord Ephor, alles!« Der Ephor hörte mit ausdrucksloser Miene zu.

Die Legionäre hörten auf, die Pedale zu bedienen.

»Bitte! Bitte! Ich flehe Euch an!« Die Tanks gurgelten und verstummten dann, und plötzlich herrschte eisige Ruhe auf den Bastionen. Selbst Baldwin schien zu schwer atmen zu müssen, als dass er noch weiter hätte flehen können. Er warf einen Blick auf Roper, und dann zuckte sein Blick nach links zu Keturah. Er schüttelte fast unmerklich den Kopf.

Einer der Legionäre bediente einen Hebel. Mit einem dumpfen metallischen Geräusch glitt er zurück, und fast gleichzeitig schoss loderndes Pechfeuer aus den Bronzemündungen der Feuerwerfer. Baldwin wurde vollkommen davon umhüllt. Roper konnte ihn in den geschmolzenen Wellen nicht einmal sehen, die über den Hof sprühten. Es kam ihm so vor, als würde selbst der Schnee brennen, während eine schwarze Rauchwolke in den Himmel stieg. Die Ventile arbeiteten knirschend und kreischend ein paar Herzschläge lang, dann verstummten sie tropfend. Baldwins Fleisch war fast vollkommen versengt. Aus dem lodernden Ozean im Hof ragte nur noch ein Stumpf empor, der kaum noch Ähnlichkeit mit einem Menschen hatte. Roper senkte den Blick, noch ehe die Reste aufgehört hatten, sich zu bewegen.

Drei Probleme sind vom Tisch. Fünf bleiben noch.

Keturah und er wandten sich von dem qualmenden Hof ab, und Roper war etwas überrascht, als der ältliche Ephor neben sie trat. »Kein guter Anblick, Lord Ephor«, sagte Roper. »Es wäre besser für ihn gewesen, nicht zu betteln.«

»Allerdings, Lord Roper«, sagte der Ephor, bevor er dann Ropers Arm mit seiner knochigen Kralle packte. »Die Schnelligkeit, mit der Uvorens vertrauteste Anhänger stürzen, mag Zufall sein, Lord Roper«, zischte er. »Ich weiß es nicht, und ich werde jeden einzelnen Fall für sich beurteilen. Sollte ich jedoch herausfinden, dass Eure Anhänger Beweise gegen diese Männer fälschen, werde ich Euch zur Rechenschaft ziehen.«

»Baldwins eigene Aufzeichnungen haben ihn verurteilt«, erwiderte Roper unbeeindruckt. »Ich glaube nicht, dass man mir dafür die Schuld geben kann.«

»Aber die Anschuldigungen der Sabotage waren vollkommen an den Haaren herbeigezogen. Sie sollten ihn nur zwingen, seine Abrechnungen als Beweis vorzulegen, die ihn dann praktischerweise eines weiteren Verbrechens überführten. Ich werde Euch sehr genau im Auge behalten.«

»So wie es auch die Kryptea tut. Wen, glaubt Ihr wohl, fürchte ich mehr?«

»Das kommt ganz darauf an, wie viel gesunden Menschenverstand Ihr habt!«, konterte der Ephor.

»Diese Männer waren schuldig, Mylord«, gab Roper eigensinnig zurück. »Ihr selbst habt es festgestellt.«

»Die Frage ist, Lord Roper«, die Stimme des Ephoren klang wie knirschendes Metall, »ob sie auch einer anderen Tat schuldig gewesen sind, als nur Euer Feind zu sein.«

Roper konnte dem Ephoren schwerlich erklären, dass der Mann, dessen irdische Reste gerade verbrannt worden waren, für die Vergiftung seiner Gemahlin verantwortlich war. Aber er fürchtete Uvorens Vergeltung und hielt von da an Keturah in seiner Nähe. Außerdem gab er sowohl ihr als auch Tekoa eine Leibgarde aus Heiligen Wächtern, denen er vertraute.

Aber allmählich fürchteten sich die Menschen davor, sich für Uvoren einzusetzen.

Der Nächste, der stürzte, war ein weiterer Heiliger Wächter, Hartvig Uxison. Er besaß zwei Tapferkeitsauszeichnungen und einen untadeligen Ruf. Doch drei Zeugen behaupteten, sie hätten gesehen, wie er eine Frau bei der Siegesfeier des Feldzugs geschlagen hätte. Er war beleidigt gewesen, weil er nicht in die Ehrenhalle eingeladen worden war, um mit dem Schwarzen Lord zu feiern.

Hartvig trug sein Schicksal ehrenvoller als die Männer vor ihm. Es war möglich, dass er so etwas getan hatte, erklärte er ruhig. Immerhin war er vollkommen betrunken gewesen. Aber er konnte sich nicht an den Vorfall erinnern und versicherte, dass er die Frau, die er angeblich geschlagen hatte, niemals zuvor gesehen hatte.

Der Urteilsspruch lautete schuldig.

Er verlor seine Position in der Heiligen Wache, blieb aber weiterhin ein vollwertiger Untertan. Die Grauen waren bereit, ihn als Legionär aufzunehmen. Der Ephor überließ es Roper, ob man ihm seine Tapferkeitsauszeichnung ebenfalls nehmen sollte. Denn es lag allein in der Macht des Schwarzen Lords, diese Auszeichnungen zu vergeben oder zu nehmen. Roper dachte über den Fall des Legionärs nach. »Hartvig hat sich diese Auszeichnungen verdient«, verkündete er schließlich. »Meiner Meinung nach kann eine einzelne Verfehlung, dazu noch im betrunkenen Zustand, das nicht aufheben. Behaltet Eure Preise, Hartvig. Und ich hoffe, dass Ihr Euch eines Tages wieder das Recht verdient, das Allmächtige Auge zu tragen.« Hartvig senkte in ehrlicher Dankbarkeit den Kopf. Er war zwar entehrt, aber noch war nicht alles verloren.

Roper hatte bei seinem Urteil auf Grays Rat gehört. Hartvig war im Rat erledigt, aber Roper könnte ihn in Zukunft wieder aufnehmen. Es war sinnlos, sich mehr Feinde zu machen als nötig. Vor allem, weil er möglicherweise in der Zeit nach Uvoren Männer wie Hartvig brauchte. Roper überlegte auch, dass Hartvig zwar damals bei der Armee war, aber nicht zu denen gehörte, die ihn auf dem Harstathur am Feuer angegriffen hatten, als Pryce ihm zu Hilfe gekommen war. Vielleicht war Uvoren nicht wirklich so eng mit Hartvig befreundet, dass er ihm zugetraut hätte, den Schwarzen Lord zu ermorden. Oder man hatte es ihm befohlen, aber er hatte sich geweigert.

Die Stühle an dem uralten Eichentisch im Ratssaal leerten sich allmählich, und Roper vergab sie an Männer, die ihm gegenüber loyal waren. Sturla Karson, Legionskommandeur von Ramneas Hunden, besetzte einen, Skallagrim einen anderen. Die Anhänger von Uvoren, die noch am Tisch verblieben waren, wurden ruhiger, sehr viel ruhiger. Uvoren sprach sich zwar wie immer gegen Roper aus, aber seinen Äußerungen folgte jetzt angespanntes Schweigen. Vinjar, der Ratsherr für Landwirtschaft, kam überhaupt nicht mehr zu den Ratssitzungen. Vielleicht hoffte er, Roper dadurch zu überzeugen, dass er seinen Pakt mit Uvoren widerrufen hätte. Der leere Stuhl wurde pflichtgemäß von einem Verbündeten Ropers besetzt, aber für den Schwarzen Lord war die Angelegenheit damit noch nicht erledigt.

Dann schlug Uvoren zurück, und zwar nach der Verurteilung Hartvigs. Helmec hatte sich wie üblich gemeldet, um mit der Heiligen Wache zu trainieren, während Gray sich mit Roper beriet. Uvoren nutzte die Abwesenheit des Leutnants der Wache und befahl Pryce, Helmec zu bestrafen.

»Warum?«, erkundigte sich Pryce kalt. »Er hat sich nicht verspätet.«

»Er war aufsässig, Liktor. Also tu, was ich dir sage. Das ist ein Befehl!« Uvoren sah Pryce scharf an und machte einen Schritt auf ihn zu.

»Wann war er aufsässig, Sir?« Pryce hatte keine andere Wahl. Er musste Uvoren Respekt erweisen, solange die restlichen Mitglieder der Wache anwesend waren, nicht zuletzt, weil viele von ihnen ihre Position dem Hauptmann verdankten.

»Gestern, Liktor. Also schlage ihn!«

Pryce schwieg einen Moment. »Nein, Sir«, sagte er dann.

Uvoren machte noch einen Schritt auf Pryce zu und packte dessen langen schwarzen Pferdeschwanz. Er zog Pryce' Kopf zurück und starrte dem Zuchtmeister ins Gesicht. »Verweigerst du mir den Gehorsam, Zuchtmeister? Schlage ihn, sonst werden die anderen dich schlagen!«

»Nein, Hauptmann!«, presste Pryce zwischen den Zähnen hervor, ohne den Blickkontakt zu unterbrechen.

Uvoren lachte schallend und ließ Pryce' Haar los. Beinahe freundschaftlich legte er seine Hände auf die Schultern des anderen Mannes und lachte dem wütenden Pryce ins Gesicht.

»Es war nur ein Scherz, Pryce, beruhige dich!« Er tätschelte Pryce die hagere Wange und warf dann einen Blick auf Helmec. »Aber im Ernst, Helmec, verschwinde hier, sonst lasse ich dich in Stücke reißen.« Helmec blieb einen Moment mit ausdruckslosem Gesicht stehen, dann drehte er sich um und ging durch die Trainingshalle zum Ausgang. »Und denk nicht einmal daran, wieder hier aufzutauchen! Du bist kein Heiliger Wächter!«, brüllte Uvoren ihm nach. Dann sah er Pryce an. »Und du bist kein Zuchtmeister. Zuchtmeister gehorchen den Befehlen ihrer Kommandeure.«

Pryce atmete schwer, antwortete aber nicht.

Roper war mit Gray zusammen, als Helmec auftauchte, um ihm die Nachricht zu überbringen, was mit ihm und Pryce passiert war. »Helmec? Was machst du hier?«

»Ich wurde gerade von der Heiligen Wache ausgeschlossen, Lord«, sagte Helmec. »Und Pryce ist kein Zuchtmeister mehr. Uvoren hat ihn in eine Lage gebracht, in der er einen Befehl verweigern musste, und ihn dann degradiert.«

Roper sah, wie Grays Gesicht vor Wut rot anlief, als er hörte, was seinem Protegé passiert war. Er schlug rasch vor, aufs Dach des Frieds zu gehen und frische Luft zu schnappen. »Kommt, ihr beiden. Wir waren viel zu lange hier drin.«

Er führte die beiden die breite steinerne Wendeltreppe vor seinen Gemächern hinauf. Nach etwa dreißig Stufen kamen sie an eine verschlossene Eichentür. Roper holte einen Schlüssel aus einer Lederbörse an seinem Gürtel und öffnete das Schloss. Hinter der Tür lag das Bleidach, das fast vollkommen von einer weißen Schneeschicht bedeckt war. Eine breite Stufe für Bogenschützen, die von Zinnen geschützt wurden, führte um das gesamte Dach herum. Sie verlief über den Rand des Hohen Frieds und die Türme, die sich daran anschlossen. Von oben sah es aus wie ein gigantisches Zahnrad mit runden Zähnen. Hinter der Stufe erhob sich das Schieferdach des Frieds wie ein Berg zu seiner Mitte.

Für den Bau des Hindrunn hatte man Schiefer, Blei und Granit verwendet. Alles war aus diesem harten Stein angefertigt, um zu verhindern, dass sich in den engen Mauern und Gassen der Festung ein Feuer ausbreiten konnte. Roper, Gray und Helmec hinterließen einen frischen Pfad im Schnee und gingen auf der Schützenstufe rund um das Dach herum. Helmec warf immer wieder Blicke zwischen den Zinnen hindurch auf die Festung, die sich unter ihnen ausbreitete.

»Es war klar, dass Uvoren nicht einfach stillschweigend abtreten würde«, sagte Roper und zog sich seinen Mantel fester um die Schultern.

»Aber er hat Euch gerade eine sehr deutliche Nachricht geschickt, Lord«, erwiderte Gray. »Die Heilige Wache ist die am meisten geschätzte Institution in diesem Land. Jeder ehrgeizige Mann träumt davon, das Allmächtige Auge auf seinem rechten Arm zu tragen. Wenn Uvoren sagt, dass Eure Freunde nicht in der Wache dienen können, ist das ein sehr zwingendes Argument, sich nicht auf Eure Seite zu schlagen.«

»Das ist es«, pflichtete Roper ihm bei.

»Es geht auch ein Gerücht um, Mylord«, warf Helmec ein und zögerte dann.

Roper sah ihn an. »Erzähl es mir.«

»Angeblich wart Ihr Keturah schon mehrfach untreu. Die Leute glauben, dass Ihr von ihrem Äußeren abgestoßen seid, sodass Ihr angefangen hättet, andere Frauen in Euer Bett einzuladen. Wenn ich diese Gerüchte gehört habe, Lord, dann haben auch alle anderen sie gehört. Denn die Leute wissen, dass ich Euer Schildmann bin. Ich dürfte einer der Letzten gewesen sein, dem das zu Ohren gekommen ist.«

Roper nickte. »Dieses Gerücht klingt sehr nach Uvoren. Glauben die Leute es?«

»Einige schon«, antwortete Helmec.

»Dann müssen wir ihn erledigen, bevor er uns zu viel Schaden zufügen kann«, erklärte Roper.

Ropers Gefährten schwiegen einen Moment. »Was habt Ihr Vigtyr für seine Dienste angeboten, Mylord?«, fragte Gray schließlich. »Er ist ein Mann, in dessen Schuld nicht einmal Ihr stehen möchtet. Ich weiß einfach nicht, was Ihr ihm hättet anbieten können, dass er so bereitwillig für Euch handelt.«

»Er glaubt, dass er ein Heiliger Wächter wird«, murmelte Helmec.

Gray versteifte sich. »Was glaubt er?«

»Ich habe es ihm nicht ausdrücklich versprochen«, sagte Roper gedehnt.

»Aber wenn Ihr ihn das habt glauben lassen, werdet Ihr es vielleicht bedauern, wenn Ihr ihn enttäuscht.«

»Warum kann er nicht in der Heiligen Wache dienen? Er ist der beste Schwertkämpfer des ganzen Landes.«

»Er ist kein Heiliger Wächter«, erwiderte Gray, ohne zu zögern. »Ja, in einem Kampf Mann gegen Mann würde Vigtyr vermutlich Uvoren, Leon und Pryce töten, wahrscheinlich einfach jeden, der sich ihm entgegenstellt. Er ist wirklich außergewöhnlich. Was die Heilige Wache angeht, ist Geschicklichkeit als Kämpfer zweifellos ein wichtiger Punkt, aber nur insofern, als es eben nicht möglich ist, besonders kühne Taten lebend zu überstehen, wenn man kein extrem kühner Kämpfer ist. Ich versichere Euch, für wie übel Ihr Uvoren auch halten mögt, Vigtyr ist noch schlimmer. Er macht mir Angst.«

»Und Uvoren nicht?«

»Uvoren nicht«, bestätigte Gray. »Er ist ein Mistkerl, aber er ist ein aufrichtiger Krieger-Mistkerl. Vigtyr ist etwas anderes.«

»Er ist mein Cousin, Lord«, warf Helmec ein. »Ich kenne ihn gut. Wir sind zusammen aufgewachsen und waren gemeinsam im Haskoli.«

»Und wie war er als Junge?«

»Verängstigt, Mylord«, gab Helmec zurück. »Sein Vater Forraeder ... Er war ein Monster.«

»Ein Monster inwiefern?«

Helmec zuckte mit den Schultern. »Gewalttätig. Und ein Trinker. Soweit ich weiß, war er ein guter Mann, aber auf dem Schlachtfeld wurde er gebrochen. Dann ist Vigtyrs Mutter bei seiner Geburt gestorben, und Forraeder hat ihm die Schuld dafür gegeben. Ich kann mich noch erinnern, wie er war, als er im Haskoli ankam.« Helmecs Stimme klang mitleidig. »Er war der ruhigste Junge dort. Ich glaube nicht einmal, dass er schüchtern war. Er hat nur nie die Chance bekommen, eine Persönlichkeit zu entwickeln, die über Furcht und Besessenheit hinausging. Er hatte nichts zu sagen. Ich glaube, deshalb hat er so verbissen mit dem Schwert trainiert. Es war für ihn eine Möglichkeit, die Kontrolle zu übernehmen und sich vor dem Schatten seines Vaters zu schützen.«

»Warum will er unbedingt in die Heilige Wache?«, fragte Roper.

Helmec zuckte mit den Schultern. »Das weiß ich nicht. Ich habe nur miterlebt, wie er aufwuchs und wie sein Bedürfnis nach Anerkennung immer größer und überwältigender wurde. Vielleicht füllt das ja eine Lücke in seinem Inneren, die ansonsten von Zuwendung gefüllt wird.«

»Und er hat keine Geschwister?«

»Keine, Lord«, erwiderte Helmec. »Aber er hatte sehr viele Frauen. Allerdings hielt keine seiner Ehen lange.« Als er Ropers fragenden Blick bemerkte, setzte er mit einem kleinen Lächeln hinzu: »Scheidungen. Sie sind nicht etwa verschwunden.«

»Das klingt so, als hätte er wirklich Schaden genommen in seiner Kindheit«, stellte Roper fest.

»Oh ja, Lord, das hat er, und zwar unwiderruflich«, bestätigte Helmec. »Aber ich möchte niemals sein Feind sein.«

Roper empfand so etwas wie ein schlechtes Gewissen, weil er vielleicht Vigtyrs Bedürfnis nach Anerkennung für seine eigenen politischen Zwecke missbrauchte. Aber diese wenigen Tropfen verschwanden in dem dunklen Becken von Gewissensbissen, die ihm die von ihm verschuldete Seuche verursachte. »Ich werde mich zu gegebener Zeit um ihn kümmern«, erwiderte Roper. »Auf jeden Fall werde ich ihn belohnen, aber wenn du sagst, dass er kein Heiliger Wächter ist, Gray, dann ist er kein Heiliger Wächter.«

Gray war nicht beruhigt. »Ihr könnt diesem Mann nichts geben, was dem Prestige eines Heiligen Wächters gleichkäme. Und wenn Ihr ihm das nicht gewährt, dann fürchte ich, dass Ihr Euch auf ewig einen teuflischen Feind macht.«

»Jedenfalls ist er einstweilen unser teuflischer Diener. Vinjar Kristvinson wird als Nächster stürzen.«

Gray war ganz offensichtlich nicht wohl bei dem Gedanken, und er schwieg noch eine Weile. »Haben sich diese Männer wirklich dessen schuldig gemacht, wessen sie angeklagt werden, Mylord?«

Roper teilte sein Unbehagen. Anfangs hatte er sich über die Geschwindigkeit gefreut, mit der Vigtyr diese mächtigen Männer gestürzt hatte. Er hatte laut über den bösartigen Spielzug gelacht, zuerst Uvorens Söhne zu Fall zu bringen, und sich über die Furcht gefreut, die das in seinem Feind ausgelöst hatte. Doch diese Freude hatte sich schon bald in ein sonderbares Entsetzen verwandelt. Überall stürzten Männer, und Roper hatte keine Ahnung, ob sie die Strafen verdient hatten, die sie trafen. Hartvig schien ein im Grunde guter Mann zu sein, und als er entehrt wurde und diese Tatsache so würdevoll hinnahm, hatte Roper bemerkt, dass ihm langsam unwohl wurde. Er erinnerte sich an die Furcht in Baldwins Blick, als er im Honigtopf gestanden hatte. Es war der Ausdruck eines Mannes, der wusste, dass die Dinge außer Kontrolle geraten waren. Im Rückblick erkannte Roper dies. »Ich weiß es nicht, Gray«, erwiderte er aufrichtig. »Baldwin war schuldig. Und er hat sich auch mehr zuschulden kommen lassen als nur das, wofür er mit dem Leben bezahlt hat. Und die anderen … Um das zu entscheiden, sind die Ephoren da, habe ich Recht?«

»Unser Strafsystem wurde nicht geschaffen, um sich mit Verschwörungen zu beschäftigen«, sagte Gray. »Die Ephoren können keine gerechten Urteile fällen, wenn es genug bezahlte Zeugen gibt. Wir müssen Uvoren besiegen, aber bedeutet das wirklich, dass wir jeden Preis dafür zahlen würden?«

»Wir sind bereits einen weiten Weg gegangen, Bruder«, erwiderte Roper. »Ich bin nicht sicher, ob wir noch umkehren können. So oder so braucht dieses Land einen eindeutigen Anführer. Und das kann nicht Uvoren sein.«

Sie gingen eine Weile schweigend über die Bastionen. Helmec war von dem Anblick des Hindrunn unter ihnen abgelenkt, und Roper öffnete seinen Umhang ein wenig, damit er die Kälte spüren konnte.

»Ihr beide solltet heute Abend zu uns kommen und mit uns essen«, sagte Gray schließlich. »Uvoren hält immer noch Hof in der Messe, und Sigrid würde euch beide gern sehen. Bringt ihr Keturah und Gullbra mit?« Letztere war Helmecs winzige Gemahlin. Roper und Helmec sagten erfreut zu.

An diesem Abend besuchten sie Gray. Es gab Gans mit Preiselbeeren, die Grays Gemahlin Sigrid selbst zubereitet hatte. Sie behandelte Roper herzlicher als beim letzten Mal, lächelte ihm auf ihre sonderbare Weise zu und küsste ihn sittsam auf die Wangen. »Willkommen, Lord, willkommen.« Sie führte Roper zu einem Stuhl, drückte ihm einen Kelch mit Met in die Hand und bombardierte ihn mit Fragen. »Die Pest scheint sich abzuschwächen, Lord. Oder hat es irgendwelche neuen Ausbrüche gegeben?«

»Wir mussten jetzt seit einigen Wochen keine weiteren Straßen absperren. Die Quarantäne scheint zu wirken.«

»Gut, dass Ihr so schnell gehandelt habt«, meinte Sigrid ruhig.

Roper verzog den Mund und überlegte, ob er sagen sollte, dass all das nicht nötig gewesen wäre, wenn er nicht am Anfang wie ein Narr gehandelt hätte. Aber der Moment verstrich, und er lächelte stattdessen. »Ich bin sehr dankbar dafür, wie diszipliniert alle in dieser Angelegenheit vorgegangen sind.« Ihre Miene zeigte ihm, dass sie seine Reaktion bemerkt und verstanden hatte, warum er das Gesicht verzog. »Und Ihr habt weit mehr als Eure Pflicht getan. Ich bin froh, dass Ihr nicht selbst daran erkrankt seid.«

Wieder reagierte Sigrid mit diesem halben Lächeln. »Etwas hat wohl auf mich aufgepasst. Und auch auf sie«, setzte sie hinzu und schlang einen Arm um Keturah. Diese hatte Gray begrüßt und trat gerade zu ihnen. »Dein Haar wächst sehr schnell nach.«

»Aber leider nicht schnell genug«, erwiderte Keturah missmutig. »Das ist keine Jahreszeit, um mit einem kahlen Kopf herumzulaufen.«

»Gibt es überhaupt einen richtigen Zeitpunkt für einen kahlen Kopf?«, erkundigte sich Roper. »Du siehst aus wie ein Erdwurm.«

Keturah lachte schnaubend.

Sigrid betrachtete die beiden ausdruckslos. »Ein leicht zufriedenzustellendes Publikum«, bemerkte sie. »Ihr habt die richtige Frau geheiratet, Lord.«

»Sigrid ist nur eifersüchtig, mein Gemahl«, konterte Keturah. »Bedauerlicherweise hat sie keinerlei Sinn für Humor.«

»Wie ich höre, hat Pryce seinen Sinn für Humor ebenfalls eingebüßt«, erwiderte Sigrid, als Gray sich zu ihnen gesellte.

»Er hat ausgesprochen schlechte Laune«, bestätigte Keturah. »Ich habe ihn gerade besucht.«

»Der arme Pryce«, sagte Sigrid. »Er war mit Leib und Seele Zuchtmeister.«

»Es überrascht mich, dass er Uvoren nicht den Kiefer gebrochen hat, weil der ihn degradiert hat«, erklärte Roper.

Gray lachte freudlos. »Er weiß, dass Uvoren nur nach einem Vorwand gesucht hat, um sich seiner ganz zu entledigen. Aber er wird es ihm nicht vergessen. Er wird seine Rache bekommen, so oder so.«

* * *

Aber zuerst bekam Roper seine Rache.

Am nächsten Morgen tauchten Legionäre vor dem Haus von Vinjar Kristvinson, dem Ratsherrn für Landwirtschaft, auf. Er hatte sich nicht mehr in der Öffentlichkeit sehen lassen, seit Baldwin von dem Pechfeuer verbrannt worden war. Als er den Legionären die Tür öffnete, war er bleich, hielt sich aber aufrecht und stolz.

»Ratsherr Vinjar Kristvinson?«

»Der bin ich.«

»Ihr steht unter Arrest wegen Ehebruchs. Begleitet uns zu den Verliesen unter dem Hohen Fried. Dort werdet Ihr auf Euren Prozess warten.«

Vinjar wandte sich hilflos zu seiner Frau um. Sigurasta stand hinter ihm, mit dem gleichen Gesichtsausdruck, und schlug die Hand vor den Mund, als ihrem Mann die Handgelenke mit Lederriemen gebunden wurden. Die Beweise waren zwingend, und das Verfahren, das drei Tage später stattfand, dauerte nicht lange. Uvoren hatte aufgehört, seine angeklagten Verbündeten zu verteidigen. Und Roper, dem noch die Worte des Ephoren in den Ohren klangen, wollte nicht, dass er oder einer seiner Männer mit diesem Verfahren in Verbindung gebracht wurden. Deshalb waren nur Vinjars Familie und die seiner Frau während des Prozesses anwesend.

Der Urteilsspruch lautete »schuldig«.

Damit saßen jetzt nur noch drei von Ropers Feinden am Tisch.

20. KAPITEL

DIE KRYPTEA KLOPFT NICHT AN

Was ist mit Vinjar passiert?«, fragte Keturah.

Sie saßen zusammen in Ropers Quartier und hatten die Tür mit eisernen Riegeln verschlossen. Als wollten sie das Gefühl von Unbehagen aussperren, das die ganze Festung durchdrang. Es war schon spät. Draußen schneite es, und die Holzkohle brannte weiß glühend in der Zugluft des Kamins.

»Nichts allzu Schwerwiegendes«, erwiderte Roper. »Er ist zwar den Gefängnisschiffen entkommen, aber er hat seinen Status als Untertan verloren. Er ist wieder ein Nemandi.«

»Ich kenne seine Frau«, sagte Keturah.

»Sigurasta?«

»Sie ist am Boden zerstört. Hat er es wirklich getan?«

»Keine Ahnung!«, fuhr Roper sie an. Offenbar funktionierten die Riegel doch nicht so gut.

»Wir sind noch nicht lange genug verheiratet, als dass du schon so gereizt reagieren könntest, mein Gemahl«, tadelte sie ihn.

»Ich will nicht darüber nachdenken. Die Ephoren haben Tore und Randolph heute ohne Anklageerhebung freigelassen.«

»Warum?«

»Sie haben einstimmig beschlossen, sämtliche Gerichtsverfahren auszusetzen. Scheinbar glauben sie, dass ich hinter dieser

Säuberung stecke, aber sie wissen nicht genau, wie viele der Beweise gefälscht sind. Zweifellos suchen sie nach etwas, das sie mir anhängen können. Und wenn sie etwas finden … Pechfeuer.« Er erinnerte sich an Baldwins Flehen im Honigtopf. Noch immer sah er die Augen des Mannes vor sich, die grotesk weit aufgerissen waren. Und er erinnerte sich daran, wie seine Hände gezittert hatten, als er sie flehentlich zu dem Ephoren emporhob.

Und dann dieser Stumpf.

Das war alles, was von ihm übrig geblieben war, nachdem die Feuerlanzen ihn verschlungen hatten. Der Stumpf hatte sich noch bewegt, aber er konnte nicht mehr lebendig gewesen sein. Wenn seine Zeit gekommen war, würde Roper vielleicht ebenfalls betteln.

Nur ein Mann wusste, ob diese Männer schuldig waren oder nicht: Vigtyr. Roper fürchtete sehr, dass er im Begriff war, ihn zu enttäuschen. Wenn er die anderen zur Strecke gebracht hatte, dann fiel es ihm gewiss auch nicht schwer, Roper zu Fall zu bringen. Nicht, wenn die Ephoren bereitwillig nach irgendeinem Vorwand suchten.

»Mach dir keine Sorgen.« Keturah klang überraschend zärtlich. Sie schlang ihm einen Arm um die Schultern und legte die andere Hand auf sein Knie. »Dieser Sturm wird vorüberziehen. Und ob die Gerichtsverfahren nun vorläufig ausgesetzt sind oder nicht … Die meisten von Uvorens Anhängern haben jetzt zu viel Angst, um ihre Gesichter in der Öffentlichkeit zu zeigen.«

»Ich wünschte mir, Vigtyr hätte sich zuerst um Tore und Randolph gekümmert«, sagte Roper. »Die Legionen stehen loyal zu ihren Kommandeuren, und solange Uvoren noch Legionäre hinter sich hat, besitzt er Macht.«

»Sein Einfluss ist nur noch ein Schatten dessen, was er einmal war.«

»Ich frage mich …« Roper hielt inne. Selbstzweifel ziemten sich nicht für einen Anakim.

»Du machst dir wegen etwas Sorgen?«

Er schüttelte den Kopf, und Keturah schnalzte missbilligend mit der Zunge.

»Du fragst dich, ob du vielleicht doch nicht der Mann bist, für den du dich gehalten hast.«

Er sah sie an. »Ja.« Selbst seine Stimme klang längst nicht mehr so zuversichtlich wie früher. »Ich bedaure das. Ich bedaure es wirklich sehr. Wenn es mir trotz all meiner Anstrengungen nicht gelingt, den Steinernen Thron zu verteidigen, dann wünschte ich mir zumindest, ich hätte den Kampf darum zu meinen eigenen Bedingungen ausgefochten. Hätte ich doch nie mit Vigtyr gesprochen. Wenn mein Körper vom Pechfeuer verzehrt wird, hätte ich diesen Krieg gegen Uvoren gern ehrenvoller ausgefochten, als er es getan hat. Ich möchte ohne Bedauern sterben.«

»Wir alle müssen für das Wohl unseres Landes Dinge tun, die wir lieber nicht täten.«

Roper war zu sehr mit seinen eigenen Gedanken beschäftigt, um diesem Satz die ihm gebührende Aufmerksamkeit zu schenken. Er überging ihn einfach. »Das habe ich mir selbst so oft eingeredet, dass ich es jetzt nicht mehr glauben kann. Ich kann nicht glauben, dass Uvoren ein so viel schlechterer Schwarzer Lord gewesen wäre als ich. Diese Festung ist wie die Unterwelt. Immer noch geht die Seuche in unseren Straßen um, und niemand sagt ehrlich, was er denkt, weil er fürchtet, dass am nächsten Tag die Legionäre an seine Tür hämmern. Die Leute haben Angst.«

»Roper der Rücksichtslose«, spottete Keturah. »Roper der Tyrann!«

»Ich bevorzuge Ersteres.«

Sie lachte.

In Ropers Kopf war die erfolgreiche Bekämpfung der Pest mittlerweile untrennbar mit seiner eigenen Rettung verbunden. Wenn er es schaffte, dass wieder ein Zustand der Normalität in der Festung einkehrte, so wäre das auch Balsam für sein Gewissen. Er machte sich Vorwürfe, weil er letztendlich die Seuche verursacht hatte. Und nun auch wegen der Art und Weise, wie er Uvorens Verbündete zu Fall brachte. Allerdings zeigte das vielleicht den Ephoren und der Kryptea, dass er fähig war zu herrschen.

»Jedenfalls hast du Uvoren Angst gemacht«, sagte Keturah nach einem kurzen Moment des Schweigens. Roper brummte nur skeptisch. »Das hast du«, wiederholte sie zuversichtlich. »Er schläft jetzt mit dem Seelenjäger neben seinem Bett und hat Albträume wegen der Ephoren.«

»Woher weißt du das?«

»Was glaubst du denn? Wir sind jetzt Verbündete und Partner, mein Gemahl. Sollte jemals der Moment kommen, in dem kein Krieger mehr hinter dir steht, wirst du immer noch mich dort sehen. Ein Beispiel ...« Sie zog die Beine unter ihren Körper und lehnte sich gegen ihn. »Ich habe Vigtyr die Informationen gegeben, die den Ratsherrn für Landwirtschaft zu Fall gebracht haben.« Roper starrte sie ungläubig an. »Er war schuldig. Und es ging schon jahrelang so.«

»Das hättest du mir vorher sagen sollen.«

»Ich wollte es eigentlich für mich behalten, aber ich bin dabei geschickt vorgegangen. Wirklich beeindruckend. Deshalb musste ich es einfach jemandem erzählen.«

Roper lachte unwillkürlich und legte einen Arm um sie. »Du bist eine bemerkenswerte Frau.«

»Und du bist kein schlechter Lord. Du kannst mir glauben, dass Uvoren erheblich schlimmer wäre. Hafdis wusste kein einziges gutes Wort über ihn zu sagen. Aber ich glaube, dass sie ihn trotz all des Hasses an der Oberfläche immer noch liebt.«

»Wirklich?«

Keturah nickte. »Oder zumindest liebt sie die Vorstellung, die sie von ihm hat. Sie wartet immer noch darauf, dass er sich ändert. Deshalb hat sie so lange gewartet, bis sie mir von dieser

Sache mit dem Gift erzählt hat. Sie hatte gehofft, dass Uvoren es nicht wirklich umsetzen würde. Aber er ist vollkommen in sich selbst verliebt. In seinem Innersten ist so wenig Menschliches geblieben, dass es mich fast verblüfft, warum er bei diesem Ringkampf nicht in zwei Teile zerbrochen ist.« Sie schwieg einen Moment. »Und mach dir keine Sorgen wegen des Pechfeuers. Wenn du zu weit gegangen bist, wird die Kryptea es dich spüren lassen, lange bevor die Ephoren dich vors Gericht zitieren.«

»Ich weiß nicht, wie weit man die Toleranz der Kryptea strapazieren kann«, sagte Roper. »Oder was sie für akzeptabel halten. Wie soll ich regieren, wenn nicht einmal klar ist, was ich überhaupt tun darf?«

»Ich könnte in die Akademie gehen«, schlug Keturah vor. »Und mehr über sie herausfinden. Dort wird man wissen, was die Kryptea früher veranlasst hat einzuschreiten.«

Jemand klopfte an die Tür, und Roper zuckte zusammen. Das Bild eines mattschwarzen Schwertes zuckte durch sein Gedächtnis. Als es verblasste, kam dahinter das vage Bild eines Kuckucks mit ausgebreiteten Flügeln zum Vorschein.

»Die Kryptea klopft nicht an«, sagte Keturah ungeduldig. Roper stand auf und entriegelte die Tür. Als er sie öffnete, sah er Helmec, der gelassen an der Wand lehnte. Neben ihm stand Thorri, der Ratsherr für Handel.

»Ihr habt eine Botschaft hinterlassen, dass ich mich bei Euch melden sollte, sobald ich zurückgekehrt wäre, Lord.« Thorri kam direkt vom Hafen. Er war mit dem Schiff gerade erst von den Welfen zurückgekehrt, wo er einen Besuch in seiner Funktion als Gesandter für den Handel absolviert hatte. »Ich hoffe, ich habe Euch nicht gestört?«

»Selbstverständlich nicht, Ratsherr. Danke, dass Ihr gekommen seid.« Roper trat einen Schritt zurück und ließ Thorri herein. Keturah saß immer noch auf dem Bett und schenkte Thorri ein kleines Lächeln.

»Guten Abend, Ratsherr. Wie geht es Euren Töchtern?«

Thorris Gemahlin hatte vor etwa vier Monaten Zwillinge geboren.

»Sie zahnen gerade, vielen Dank, Miss Keturah.« Thorri setzte sich auf den Eibenstuhl, zu dem Roper ihn geführt hatte. »Da war diese kurze Reise eine willkommene Ablenkung.« Thorri wandte sich an Roper. »Was ist passiert, Lord?«

»Was meint Ihr?« Roper reichte Thorri und Keturah einen Becher mit Birkenwein und schenkte sich dann ebenfalls ein.

»Danke. Die Atmosphäre in der Stadt … Es fühlt sich an, als hätte es eine Tragödie gegeben. Verzeiht, Euer Lordschaft, aber ich habe diese Festung noch nie so ruhig erlebt.«

»Wer weiß das schon?« Roper wusste es in Wirklichkeit natürlich sehr genau. »Wie war Eure Mission?«

»Erfolgreich, Lord«, erwiderte Thorri zurückhaltend. »Wir haben eine Vereinbarung getroffen, wenn auch eine recht dürftige. Sie ist zunächst auf Wolle und Kupfer im Austausch gegen Getreide und Eisen begrenzt, aber ich hoffe, dass sie sich als Einnahmequelle entpuppt. Und sollten sich die Beziehungen verbessern, könnte sich diese Vereinbarung auch ausweiten. Es war jedenfalls ein sehr kluger Schachzug, Lord, weil wir dadurch die Botschaft aussenden, dass das Schwarze Königreich wieder bereit ist, Geschäfte mit der Welt draußen zu tätigen.«

»Gut gemacht, Ratsherr. Das ist ein guter Anfang. Ich nehme an, dass die Vereinbarung erst nach dem Winter greift?«

»Allerdings, Lord. Das Meer ist zu unruhig, um jetzt Handelsschiffe zu schicken, aber im Frühling können wir beginnen.«

Der Ratsherr blieb noch eine Weile und erzählte ihnen von den Welfen. Er war einer der selten anzutreffenden Anakim, die tatsächlich ihr Land verlassen und in fremde Länder reisen wollten. Also waren seine Schilderungen der fremden Sitten und Landschaften besonders faszinierend, wenn auch gleichzeitig beunruhigend. Er berichtete ihnen von dem sonderbaren Dialekt der Welfen, der für Menschen, die die Sprache des Schwarzen Königreiches sprachen, kaum zu verstehen war. Und er erzählte, dass die Welfenprinzen die verwirrende Liebe der Menschen aus Süddal für Gold übernommen hatten. Allerdings wussten sie keine genaue Antwort auf die Frage, warum es eigentlich wertvoll sein sollte. Sie lebten in mächtigen Palästen, die über den Spitzdachhütten ihrer Untertanen aufragten. Auch hatten sie keine richtigen Legionen, sondern nur eine Kriegerhorde. Diese war an die Prinzen und eine Stadtmiliz gebunden, die ausgehoben wurde, wenn die Südlinge unruhig wurden. Und auch ihre Essgewohnheiten waren sonderbar. Sie kannten zwar Brot, aber es schmeckte grob, und durch die Mahlsteine, mit denen sie das Getreide zerkleinerten, blieben winzige Steinchen im Mehl zurück, sodass es fast sandig schmeckte. Auch ihre anderen Sitten waren sonderbar. Selbst das Land roch eigenartig. Die Luft war von Staub und Mörtel der immer größer werdenden Paläste durchsetzt, Abwässer strömten durch offene Gassen neben den Straßen, und da sich ihre Brauereien nicht auf einen Bezirk beschränkten, hing ein penetranter Gestank nach Gerste, Honig und Hefe überall in den Straßen. Auch der Rauch war irgendwie anders. Es war nicht das duftende angenehme Aroma glühender Holzkohle, das im Hindrunn vorherrschte, sondern ein strenger Rauch, der Spuren von Asche und verbranntem Eichenholz enthielt. Roper schüttelte sich, und Keturah verkündete, dass ihr gleich übel werden würde.

Für Anakim war ihr Zuhause etwas, das mit der Zeit wuchs. Sie gruben ihre Wurzeln langsam in die Erde, während sich Erinnerungen und Familie mit dem jeweiligen Ort verbanden. Nach und nach machten sie sich mit der Lage der umliegenden Hügel vertraut, der Berge, Wälder und Flüsse. Sie wussten so genau, wann in der Nacht die Sterne an welchem Punkt am Himmel standen, dass sie keine Zeitmesser brauchten. Sie wussten, über welchem Gipfel die Sonne zur Wintersonnenwende aufsteigen würde, sie wussten, wie die Erde roch, wenn der

Frühlingsregen einsetzte, und sie kannten die ältesten Bäume des Waldes. Die Welt um sie herum war von Geistern bewohnt, die von den starken Erinnerungen der sie umgebenden Landschaft erzeugt wurden und von den Menschen, die sich darin bewegten. Aus alldem herausgerissen zu werden war zutiefst bitter und erzeugte das Gefühl von *fraskala* – in einem Kokon zu stecken, weil man nicht mit dem Land verbunden war, das einen umgab.

Natürlich mussten auch die Anakim gelegentlich ins Ausland ziehen. Sie waren zum Beispiel im Laufe der Jahrhunderte regelmäßig in Süddal eingefallen, und als es nicht mehr besonders klug schien, dieses Land als Übungsgelände zu benutzen, hatten sie die Legionäre entsendet, um bei Konflikten in Übersee zu helfen. Hauptsächlich, um die so vergängliche Kunst des Krieges am Leben zu erhalten. Aber das alles erzeugte in den Männern viel Kummer, was man allgemein als Erklärung heranzog, warum die Armeen der Anakim zu Hause weit Furcht einflößender waren als im Ausland.

Als Thorri gegangen war, verriegelte Roper die Tür hinter ihm und schloss die Fensterläden. Die Wolken hatten sich verzogen, und der Mondschein ließ den Schnee aufleuchten. Bevor er einschlief, war sein letzter Gedanke, ob Keturah wohl wusste, dass *Kaltschneide* unter ihrem Bett lag. Vielleicht hielt ja auch Uvoren deshalb den Seelenjäger stets griffbereit. Denn jede Nacht klirrten die beiden berühmten Waffen in Ropers Träumen gegeneinander. Und auch jetzt erlaubte er es sich, in diesen dunklen Kampf zu versinken.

Am nächsten Morgen wurde er wieder zum Leben erweckt, und die schrecklichen Verletzungen, die der Seelenjäger ihm zugefügt hatte, waren verschwunden, seine Gliedmaßen gelöst. Roper zog sich an, um sich erneut auf den Straßen zu zeigen. Es waren immer noch die kältesten Tage des Winters, und er trug zwei wollene Tuniken übereinander. Eine fein gewebte direkt auf der Haut, die dickere und weitere darüber. Dann schnallte er einen Gürtel um. Handschuhe aus Ziegenleder, eine Hose aus Elchleder, Wollsocken und hohe Stiefel aus Ochsenleder sowie sein Mantel aus Wolfspelz vervollständigten seine Garderobe. Als er den Mantel anzog, stach ihn etwas in den Rücken. Roper griff zu der Stelle und entdeckte ein kleines Stück Baumwolle, das innen an den Pelz geheftet war. Er warf kurz einen Blick darauf und musterte es dann noch einmal eindringlicher.

»Was ist das?«, wollte Keturah wissen. Sie war bereits angekleidet und im Begriff zu gehen. Ihr kurzes Haar hatte sie unter einem Schal verborgen. Sie hatte immer noch kaum Gefühl in den Händen, deshalb konnte sie nicht weben. Stattdessen wollte sie zur Akademie gehen, um so viel wie möglich über die Kryptea herauszufinden.

»Nichts«, sagte Roper, knüllte den Baumwollfetzen zusammen und warf ihn ins Feuer. »Sei vorsichtig bei deinen Nachforschungen, ja?« Sie nickte. »Bis heute Abend.« Er küsste sie. Bevor sie verschwand, ließ sie für Roper einen kleinen Imbiss auf dem Tisch zurück: mit Lachs gefüllte Teigtaschen mit Preiselbeeren. Roper schob die Teigtaschen in einen Beutel an seinem Gürtel, an dem er auch *Kaltschneide* befestigt hatte.

Als er ging, warf er noch einmal einen Blick auf den Kamin, der sich unter dem großen Elchschädel an der Wand befand. Das Stück Baumwolle kräuselte sich langsam in der Hitze des Holzkohlefeuers. Dann fiel es gerade weit genug auseinander, dass Roper erneut einen Blick auf das Abbild darauf werfen konnte: einen Kuckuck mit ausgebreiteten Schwingen. Dann verschwand der Kuckuck, als die Baumwolle grau wurde und im nächsten Moment eine Flamme den Stoff verzehrte. Aber Roper wartete nicht darauf, bis es ganz verbrannt war. Er war bereits gegangen.

Helmec und er gingen gemeinsam durch die Straßen. Eigentlich hätte es ein erfreulicher Anblick sein müssen, denn ein halbes Dutzend Straßenzüge wurden an diesem Tag wieder freigegeben. Alle Spuren der Seuche waren verschwunden. Die

Bereiche, die immer noch unter Quarantäne standen, waren immer kleiner geworden, und Helmec erzählte gut gelaunt, dass auch die Absperrung dort bald zu Ende sein würde.

Aber Roper dachte nur an den Baumwollkuckuck in seinem Mantel. Er glaubte zu wissen, was das Zeichen bedeutete: *Pass auf!* Auf diese Weise wollte die Kryptea ihm zu verstehen geben, dass sie durchaus wusste, was er mit Uvorens Freunden gemacht hatte. Sie alle waren vollwertige Untertanen des Schwarzen Königreiches und wurden folglich auch von seinen uralten Sitten geschützt. Ein Herrscher musste herrschen, das wusste auch die Kryptea. Manchmal musste er Disziplinarmaßnahmen verhängen und Exempel statuieren, also würden sie ihm eine gewisse Freiheit zugestehen. Sollte er sie jedoch missbrauchen, würde er erneut Bekanntschaft mit der mattschwarzen Klinge machen, die diesmal jedoch von einem erfahrenen Meuchelmörder geführt werden würde. Er hoffte, dass Keturah nicht in Gefahr geriet, wenn sie Fragen über diese Organisation stellte.

Der baumwollene Kuckuck war die Vorstellung der Kryptea von einem Dialog. Wollte Roper den Winter überleben, musste er sich eine angemessene Antwort überlegen.

* * *

Die Akademie war schon immer Keturahs Lieblingsgebäude im Hindrunn gewesen. Ihre besondere Lage innerhalb der innersten Mauern der Festung, die sie nur mit dem Hohen Fried und dem Heiligen Tempel daneben teilte, kennzeichnete sie als eines der Bauwerke des Schwarzen Königreiches, die unschätzbar kostbar waren. Sie hatte die Form einer breiten Stufenpyramide. Die oberste Etage krönte ein Turm, der fast so hoch in den Himmel ragte wie der des Hohen Frieds. Die unteren Ebenen waren wie eine Bienenwabe angeordnet und bestanden mehr aus Fenstern als aus Mauern und mehr aus Raum als aus Stein. Sie waren wie ein schlanker Halbmond in die Insel eingelassen, auf der sie standen. Rundum wurde der Zugang durch einen tiefen See geschützt, der nur auf einer Brücke aus Steinquadern überquert werden konnte. Alles, die gesamte Anlage, war Keturahs Ansicht nach perfekt – der Efeu, der das Fundament fast zwanzig Fuß hoch überwucherte, ebenso wie die Ausrichtung auf den Stern Thuban oder das Wasser, das das Bauwerk umgab und das so klar war, dass man an manchen Abenden nicht hätte sagen können, wo die trockene Winterluft endete und der See begann. Es war die geglückteste Verschmelzung von Wildnis und Zuflucht, die sie in ihrem rauen Land je gesehen hatte. Die Grenzlinie, an der sich Form und Funktion vereinten. Und an der Spitze dieses Bauwerks befand sich eine große metallene Skulptur, die im hellen Sonnenlicht loderte und unter einem wolkenverhangenen Himmel zu erstarren schien: ein kaltes silbernes Auge.

Keturah ging über die Brücke, was allerdings zu dieser Jahreszeit kaum notwendig war, denn der See bestand auf beiden Seiten aus trübem Eis. Sie lächelte die Berserker, die das Portal bewachten, herablassend an. Es waren die Wächter der Akademie. Sie waren so ausgebildet, dass sie die Roben der Historikerinnen selbst dann erkannten, wenn sie vollkommen dem Wahnsinn verfallen waren. Trotzdem verachtete Keturah die Entscheidung der Akademie, ihre Sicherheit diesen labilen Kriegern anzuvertrauen.

Sie ging an ihnen vorbei und unter dem großen Steinbogen hindurch. Darauf ragte die Statue eines Engels mit breiten Schwingen und riesigen spinnenartigen Händen empor. Dann schritt sie in den gähnenden Schlund der Akademie. Die Halle hinter dem Portal war kühl und höhlenartig. Auch das Innere war mit Efeu überwuchert. Drei Gänge führten davon ab, und in der Mitte der Halle kniete eine Frau in der dicken cremefarbenen Robe einer Ministrantin neben einem kleinen Feuer, das in einer Mulde im Boden brannte. Der Rauch zog durch ein Loch im Dach ab, und auf dem Feuer stand ein rußgeschwärzter Kupfertopf, in dem Wasser brodelte.

Obwohl die Ministrantin eine Kapuze trug, kam ihre Haltung Keturah irgendwie bekannt vor. »Sigrid?«

Die Ministrantin hob den Kopf, und Keturah blickte in die hellgrauen Augen von Grays Gemahlin, die unter der Kapuze so hell leuchteten wie Tageslicht. »Keturah.« Sigrid stand auf und lächelte Keturah auf ihre merkwürdige Art und Weise an, indem sie die Augen zu Schlitzen verengte und die Mundwinkel hob. Die beiden Frauen umarmten sich über das Feuer hinweg. »Du bist hier, um die Leitende Historikerin zu sehen?«

»Das bin ich. Man hat ihr gesagt, dass ich komme. Weißt du, wo ich sie finden kann?«, fragte Keturah.

»Du musst hier auf sie warten, aber es wird ein bisschen dauern. Warte mit mir am Feuer.«

Sigrid deutete auf den blanken Steinboden, und die beiden knieten sich zusammen ans Feuer. Dabei kam Keturah den Flammen etwas zu nah, sodass ihre Knie unangenehm heiß wurden. Sie musste ein Stück zurückrücken. Sigrid lächelte wieder dieses Lächeln, das eigentlich kein Lächeln war, und nahm den Kupfertopf. Sie goss etwas von dem dampfenden Wasser über einen Pinienzweig, der in einer Holzschüssel lag. Dann bot sie Keturah die Schüssel an, die sie mit einem leichten Nicken dankend annahm. Sie stellte sie zur Seite, um zu warten, bis das Wasser etwas abgekühlt war. Die Akademie war berüchtigt dafür, dass es in ihrem Inneren kalt war, deshalb trugen Ministrantinnen und Historikerinnen dicke Roben. Und trotz des Feuers spürte Keturah, wie sie an diesem feuchten Tag rasch auskühlte.

»Ich habe gehört, dass du kommen wolltest.« Sigrid goss das heiße Wasser in eine zweite Schüssel mit Piniennadeln, die sie zur Seite stellte, wie Keturah es getan hatte. »Ich habe darum gebeten, heute als Torfrau zu dienen. Warum willst du die Leitende Historikerin sehen?«

»Ich möchte eine Rezitation hören. Und außerdem interessiere ich mich für die Roben der Ministrantinnen. Hast du Interesse an einer bestimmten Zelle?« Eine Zelle bestand aus drei

Historikerinnen und wurde von einer hohen Akademikerin geleitet. Sie spezialisierten sich darauf, sich vierhunderteinunddreißig Jahre Geschichte einzuprägen.

»Einstweilen bin ich als Ministrantin vollkommen zufrieden. Aber vielleicht wird mich eines Tages doch die Robe einer Tiefen Historikerin verlocken.« Sigrid machte eine kleine Pause. »Ich weiß nicht, ob ich jemals bereit wäre, meine Ehe zu widerrufen. Doch auch wenn dieses Motiv unwürdig sein mag, wird eine Zelle vielleicht doch eines Tages ein Zufluchtsort für mich werden.« Wurden einer Frau als vollwertiges Zellenmitglied die Geschichte und Identität des Schwarzen Königreichs anvertraut, so musste sie ihre Ehe widerrufen und innerhalb der Mauern der Akademie leben. Sie wurde zu einem Teil des Landes und damit zu kostbar, um irgendwelche Risiken einzugehen. Und auch zu wichtig, um durch eine Ehe und Verbindungen mit Menschen außerhalb der Akademie verdorben zu werden. Was Sigrid mit ihren Worten meinte, war, dass sie höchstwahrscheinlich nur dann diese harte und disziplinierte Form des Lebens akzeptieren würde, wenn Gray in einer Schlacht getötet wurde. Das war für einen Mann, der in der Heiligen Wache diente, ein nahezu unausweichliches Schicksal.

Keturah hatte immer geglaubt, dass sie den Charakter eines Menschen gut beurteilen konnte. Die Beweggründe und das Temperament anderer Menschen lagen zumeist offen vor ihr, wenn sie nur hinsah. Und sie konnte sich an keine Zeit erinnern, in der Sigrid jemals unglücklich gewirkt hätte. Die ältere Frau war zwar ernsthaft, strahlte aber trotzdem eine Gelassenheit aus, die sie zu einer angenehmen Gesellschaft machte, obwohl sie kaum redete. Ihr Schweigen schien ihren Worten nur mehr Gewicht zu verleihen, wenn sie denn etwas sagte. Wenn Keturah eine Person im Schwarzen Königreich verehrte, dann diese Frau. Sie war ruhig, wie auch sie selbst. Und allein durch die Gegenwart ihrer gelassenen Gefährtin, unter dem schützenden Stein dieses Vorraums und mit dem Anblick des gefrorenen

Sees vor ihnen spürte Keturah, wie sich Friede in ihr ausbreitete. Die Akademie bot Klarheit. Wenn sie hier saß, lag der Reiz, sich dieser Institution anzuschließen, auf der Hand.

Sie schwiegen eine Weile. Sigrid holte aus einem Beutel an ihrem Gürtel eine Handvoll Haselnüsse, die sie mit Keturah teilte. Die Haselnüsse waren etwas trocken, also rösteten die beiden Frauen sie neben dem Feuer. Keturah nippte an ihrem Piniennadeltee. Er schmeckte harzig, aromatisch und erfrischend.

»Und welche Rezitation möchtest du hören?«, erkundigte sich Sigrid.

Keturah zögerte nur kurz, Sigrid etwas mitzuteilen, das sie eigentlich für sich behalten sollte. »Eine, die die Einzelheiten über die Kryptea enthält. Weißt du, welche das ist?«

»Ich kenne sie«, antwortete Sigrid. »Aber ich kann mich nicht mehr daran erinnern, welche Zelle sie verinnerlicht hat. Es ist eine sehr berühmte Anrufung. Die Leitende Historikerin kann dir sicherlich helfen. Aber sei vorsichtig: Diese Männer haben viele Ohren, selbst hier in der Akademie, und wenn du etwas über ihre Grundlagen erfahren willst, wird ihnen das jemand melden.«

»Aber nicht du?«

»Was glaubst du wohl?« Sigrid blickte zur Brücke und legte Holz auf das Feuer. »Aber irgendjemand wird es tun.«

»Ich bezweifle, dass das eine Rolle spielt. Ich bin weder für sie noch für die Stabilität des Landes eine Bedrohung«, bemerkte Keturah.

»Es spielt sehr wohl eine Rolle«, widersprach Sigrid. »Die Kryptea ist eine Organisation mit beinahe unbeschränkter Macht und ebenso großer Eifersucht. Sie agiert vollkommen unabhängig vom Gesetz. Manchmal glaube ich, dass die Akademie sich zu zurückhaltend in diesem Punkt verhält. Niemand fragt nach der Kryptea, weil niemand weiß, wie man fragen soll. Wir geben keine Informationen heraus, es sei denn, die Leute suchen gezielt danach.«

»Die einzige Bedrohung, die sie darstellen, richtet sich gegen meinen Ehemann.«

»Und doch haben sie diese beiden Legionäre ermordet«, wandte Sigrid ein. Damit meinte sie die beiden Männer, die als Vergeltung für Uvorens vereitelten Mordversuch an Roper getötet worden waren. Sie trank einen Schluck Tee. »Jeder weiß, dass die Kryptea nicht hinter diesem Mordversuch gesteckt hat, deshalb ist ihr Name auch nicht beschmutzt worden. Aber sie haben trotzdem Vergeltung geübt. Es war eine heimtückische Handlung. Unterschätze die Kryptea nicht.«

Sie deutete auf die beiden Wächter am Tor. »Siehst du die Berserker? Tausende von ihnen leben hier, unterhalb der Pyramide. Wenn sie im Blutrausch wären, würden sie das Hindrunn jenseits dieses Sees in Stücke reißen. Sie könnten uns vor einer ganzen Legion schützen, aber nicht vor einem einzigen Mitglied der Kryptea. Wir wissen nicht, wer diese Leute sind, und wir wissen nicht, wie viele sie zählen. Wir wissen weder, wie sie rekrutiert, noch wie sie ausgebildet werden, oder ob sie Frauen in ihren Reihen haben.«

»Das müssen sie«, erwiderte Keturah. »Es wäre dumm, wenn sie keine hätten. Die Frauen in der Festung können sich weit freier bewegen als die Männer, und es ist viel unwahrscheinlicher, dass man sie des Mordes bezichtigt.«

»Noch nie hat jemand einen Agenten der Kryptea erwischt«, sagte Sigrid. »Also wissen wir es einfach nicht. Die Kryptea ist kein Schutz vor der Tyrannei, wie alle glauben. Die Ephoren schützen uns vor zu ehrgeizigen Schwarzen Lords. Doch die Kryptea hat jenseits des langen Schattens, den sie wirft, keinerlei Funktion. Sie ist ein giftiger Pilz, dessen Fäden zu tief reichen, als dass man ihn jemals ganz ausgraben könnte. Ich habe so viel über sie in Erfahrung gebracht, wie ich konnte, und nach allem, was man mir erzählt hat, wurde noch nie ein Meuchelmörder der Kryptea verhaftet. Wie will man sie aufhalten, wenn man nicht einmal weiß, wie sie agieren? Waren diese Männer, die im Zeichen des Kuckucks ermordet wurden, wirklich schuldig? Es nehmen einfach alle an, dass sie es waren.«

Keturah dachte darüber nach. »Ich glaube, ich selbst habe es auch nie infrage gestellt.«

Sigrid berührte kurz ihre Hand. »Pass einfach auf dich auf.«

»Das raten mir alle.«

»Und du solltest diesem Rat Beachtung schenken.« Sigrid warf einen vielsagenden Blick auf Keturahs nachwachsendes Haar.

»Ich glaube, du bist vielleicht die erste Person, deren Rat, vorsichtig zu sein, ich wirklich befolgen werde.«

Sigrid dachte einen Moment darüber nach. »Warum?«

»Normalerweise sagen mir das Leute, die zu viel Angst haben, um das, was ich mache, selbst zu tun. Also raten sie mir zur Vorsicht, weil sie sich im Grunde wünschen, sie hätten den Mut, es selbst zu versuchen – sie wollen sich nicht unzulänglich fühlen, nur weil jemand tatsächlich zu tun wagt, was sie selbst gern machen würden.«

Sigrid beobachtete Keturah ruhig. »Nun, das stimmt. Ich vertraue meinen eigenen Fähigkeiten längst nicht so sehr, wie du deinen vertraust«, sagte sie. »Und ich glaube, dass du Recht hast. Oft führt der Neid der Menschen zu sonderbarem Verhalten. Es bricht aus ihnen heraus, bevor sie selbst es bemerken. Natürlich ist es gut, tapfer zu leben, aber denk daran, dass du aufgrund deiner Unerfahrenheit womöglich auch naiv handeln könntest. Und was die Kryptea angeht: Bei ihnen bekommst du keine zweite Chance. Wenn du einen Fehler machst, wirst du sterben.«

Es dämmerte, und der Himmel färbte sich im Westen bereits rosa, als die Leitende Historikerin erschien. Aber Keturah war darauf vorbereitet gewesen, auf eine so wichtige Frau warten zu müssen, und außerdem leistete ihr Sigrid Gesellschaft. Es war Keturahs erste Begegnung mit der Leitenden Historikerin. Die Frau war fast so groß wie Keturah selbst, hatte stahlgraues Haar und hellblaue Augen, und tiefe Furchen zeichneten ihr erschreckend ausdrucksstarkes Gesicht.

»Keturah Tekoasdottir?« Sie starrte auf die immer noch kniende Keturah herab.

»Das bin ich, Mylady.« Keturah erhob sich und lächelte höflich.

»Gut. Mein Name ist Frathi Akisdottir.« Die Leitende Historikerin musterte Keturah scharf. »Was kann ich für Euch tun, Miss Keturah?«

»Ich interessiere mich für eine besondere Rezitation und hatte gehofft, dass Ihr mich ein wenig in der Akademie herumführen könntet«, antwortete Keturah. »Ich denke schon lange darüber nach, Ministrantin zu werden.«

»Ihr seid noch sehr jung, um schon besonders lange ein Interesse daran zu haben«, bemerkte die Leitende Historikerin. »Welche Rezitation wolltet Ihr denn hören?«

»Diejenige, die Einzelheiten über die Ermordung von Lelex schildert«, erwiderte Keturah.

Die Leitende Historikerin verharrte einen Moment lang in vollkommener Stille. »Die Gründung der Kryptea?«, fragte sie dann.

Keturah zuckte mit den Schultern. »Genau.«

»Dann solltet Ihr Euch beeilen«, erwiderte die Historikerin. »Die Zellen machen sich gerade fast alle bereit für den Abendlauf. Kommt mit.« Sie drehte sich auf dem Absatz um und betrat denselben Gang auf der rechten Seite, aus dem sie gekommen war. Keturah verabschiedete sich mit einem Winken von Sigrid, die ihr ihr halbes Lächeln zuwarf und ihr nachsah.

Der Korridor, in den Keturah nun trat, führte an der Außenseite der Akademie entlang. Es war ein offener Säulengang unmittelbar neben dem gefrorenen Wasser des Sees. Der Gang schlug einen weiten Bogen, und es dunkelte bereits, sodass man nur etwa fünfzig Schritt weit blicken konnte, aber wie es schien, waren sie vollkommen allein. Alle fünf Meter ging eine Tür aus grauweißem Holz zu ihrer Linken ab. Es konnte Weißbuche sein, dachte Keturah. Dieses Holz kannte keine Gnade mit den Zimmerleuten. Es widersetzte sich jeder Bearbeitung und neigte dazu, sich zu verziehen und Risse zu bilden. An der Wand rund um die Türen waren Reliefs eingearbeitet: Engel mit Tierköpfen; Feuer, die von Blitzen gespeist und in denen übernatürliche Waffen geschmiedet wurden; hochstilisierte menschliche Gestalten mit langen Stöcken, die offenbar kleineren Leuten unter ihnen Anweisungen gaben; verstörend schlanke Gestalten mit schmalen Köpfen, die sich auf dem Mauerwerk aneinanderreihten. Während Keturah weiterging, veränderten sich Inhalt und Botschaft der Reliefs. Ein Säugling wurde einer auf dem Boden liegenden Steinfigur weggenommen; Reihen von Soldaten; weitere Gestalten, die Flüsse in ihren Schößen zu spinnen schienen, die über die Mauern hinwegströmten. In vielen der dargestellten Szenen bemerkte Keturah eine Gestalt im Hintergrund, die riesige spinnenartige Hände hatte. Sie beobachtete, griff aber nicht ein.

»Die Akademie wurde so gebaut, um den Lauf der Zeit nachzuahmen«, erklärte die Leitende Historikerin, die immer noch etliche Schritte vor Keturah ging. »Die Zellen benutzen den Bau als Gedächtnisstütze. Jeder Raum wird für eine andere Rezitation benutzt. Wie auch der Zeit, kann man sich dem Raum nur aus einer Richtung nähern, sodass meine Historikerinnen einfach nur dadurch, dass sie hier leben, eine sehr intime Kenntnis von der Zeitperiode erhalten, für die sie verantwortlich sind. Das bedeutet auch, dass wir uns beeilen müssen, um die Zelle noch rechtzeitig anzutreffen, zu der Ihr wollt.«

»Und welche Zelle ist das?« Keturah war groß und kräftig, aber noch spürte sie die Nachwirkungen des Giftes in ihren Beinen, und der Abstand zu der älteren Frau vergrößerte sich. Das regelmäßige Laufen war wichtiger Bestandteil im Leben der Historikerinnen, da man annahm, dass der Lauf die Sinne klärte und das so ungeheuer wichtige Gedächtnis verbesserte. Deshalb waren sie die agilsten Frauen im Schwarzen Königreich.

»Siebenundvierzigtausendachthundert von der Tiefe«, erwiderte die Leitende Historikerin. »Das entspricht einer Zeit vor etwa dreitausend Jahren.«

Während sie weitergingen, verengte sich der Bogen des Gangs, und als der See rechts neben ihnen aus dem Blick verschwand und durch Steinwände ersetzt wurde, begriff Keturah, dass sie in einer Spirale in das Zentrum der Akademie gingen. Jetzt fanden sich Türen aus Weißbuche auf beiden Seiten, und ein Summen erfüllte die Luft. Es machte fast den Eindruck, als würden sie ins Herz eines Bienenstocks gehen. Doch es handelte sich nicht um einen Chor von Arbeiterinnen. Sie stellte fest, dass in der Mitte dieser Spirale eine Treppe war, die in den zweiten Stock führte. Dort befand sich das Zentrum einer weiteren steinernen Spirale. Ohne innezuhalten, führte die Leitende Historikerin sie weiter. Diesmal waren die Türen auf beiden Seiten des Gangs aus einem Holz gefertigt, in dem ein dunkler Streifen von Kernholz in der Mitte jedes Brettes verlief. Keturah wusste nicht, um welches Holz es sich handelte.

Sie fragte die Leitende Historikerin danach.

»Eberesche«, kam die Antwort von vorn.

Sie folgten der Spirale nach außen, und immer noch flogen Reliefs an Keturah vorbei. Zum Beispiel eine riesige Schlange in einem Kettenpanzer, die aus der Erde brach; gewaltige Schmetterlinge, die rennende Gestalten vom Boden rissen; Leute ohne Augen, die durch Tunnel krochen, an deren Ende sich gewaltige Schätze häuften; und immer dieser spinnenhändige Engel, der über allem wachte. Er war weniger tief in den Stein gemeißelt, sodass seine Präsenz etwas schwächer schien. Das Summen hielt an, und manchmal war es so kraftvoll, dass die Türen klapperten. Erheblich schneller als bei der ersten Spirale erreichten sie die Außenseite dieser Spirale. Auch hier fand sich ein Bogengang, von dem aus man auf den See blicken konnte. Aber er war höher gelegen. Keturah wurde klar, dass der gesamte Weg bis jetzt nur dazu gedient hatte, um in den ersten Stock des Gebäudes zu gelangen. Offensichtlich war das immer noch nicht das Ende, denn die Leitende Historikerin führte sie zu einer weiteren Treppe in einen anderen spiralförmigen Korridor, von dem Türen aus Buche abgingen.

Keturah begriff. Indem die Baumeister das Gangsystem der Akademie in einer vielschichtigen Spirale entworfen hatten, hatten sie einen einzigen ungeheuren Korridor gebaut, der etliche Meilen lang war. Und jedes Stockwerk wurde von einem anderen Holz gekennzeichnet, von neuen Reliefs und einer Zählweise, die es von den anderen unterschied. So hatten die Erbauer ein äußerst sparsames Modell für den Lauf der Zeit geschaffen, und da jede Historikerin genau wusste, für welche Periode sie verantwortlich war, konnte sie sich den Gang durch diese ungeheure Spirale vorstellen. Jede Tür bezeichnete eine andere Episode, und wenn sie hindurchtraten, konnten sie eine eindringliche Rezitation beginnen, die die Ereignisse dieser besonderen Periode betraf. Das war das Summen, das Keturah hörte: Die Anrufungen jeder Zelle, die eine der unzähligen historischen Episoden wiedergab, die sie abrufen konnten. Das gesamte Bauwerk war eine Gedächtnisstütze.

Im vierten Stock, in dem die Türen aus Walnuss bestanden, blieben sie vor einer Tür stehen, in deren Holz eine »III« geschnitzt war. Das Summen ließ das Holz vibrieren. Die Leitende Historikerin hob ihre knotige Faust und schlug gegen die Tür. Unvermittelt hörte das Summen auf, und es entstand eine kleine Pause, bevor die Tür von einer Ministrantin in einer cremefarbenen Robe geöffnet wurde. »Mylady.« Die Ministrantin war ein wenig überrascht. Sie trat zur Seite, und die Leitende Historikerin ging hinein. Keturah folgte ihr auf dem Fuß. Der Raum war kahl und bestand aus grauem Stein. In der Luft lag ein öliger Duft, den Keturah nicht ganz zuordnen konnte. Eine weitere Ministrantin saß in einer Ecke, und drei Historikerinnen knieten auf dicken Binsenmatten. Im Unterschied zu den Ministrantinnen waren ihre Roben schwarz. Und ein System aus cremefarbenen Bändern stellte die Zeitperiode dar, auf die sich jede Zelle spezialisiert hatte.

»Gefährtinnen, dies ist Keturah Tekoasdottir«, verkündete die Leitende Historikerin. »Vielleicht könnt ihr ihr helfen. Sie möchte die Rezitation hören, die die Gründung der Kryptea beschreibt.«

Die beiden Ministrantinnen sahen sich verblüfft an, und die beiden Historikerinnen am Rand warfen einen Blick auf ihre Gefährtin in der Mitte. Sie war älter als die anderen, vielleicht hundertachtzig Jahre alt. Ihr schwarzes Haar war von grauen Strähnen durchsetzt, und die feinen Falten in ihrem Gesicht verrieten, dass sie ein Leben unter freiem Himmel geführt hatte. »Gewiss können wir es singen, Miss Keturah. Setzt Euch.« Sie deutete auf den Steinboden vor sich.

Keturah kniete sich mit einer anmutigen Bewegung hin.

»Gut«, sagte die Leitende Historikerin. Ihr Blick ruhte noch kurz auf Keturah, dann verließ sie ohne ein weiteres Wort die Kammer. Zu Keturahs Überraschung standen die Ministrantinnen ebenfalls auf und folgten ihr hastig und ohne ein weiteres Wort. Dann war sie mit den drei knienden Historikerinnen allein.

Die beiden Frauen am Rand rutschten etwas zur Seite, sodass sie auf ihre ranghöhere Kollegin in der Mitte blicken konnten. Diese saß zwar Keturah gegenüber, starrte aber auf den Boden unmittelbar vor sich. Sie räusperte sich, setzte sich kerzengerade auf und sang dann einen leisen, weichen Ton. Dieser Laut löste ein leises Seufzen bei einer der anderen beiden Historikerinnen aus, das Keturah zunächst für ein überraschtes Keuchen hielt. Dann jedoch gab die dritte Historikerin dasselbe Geräusch von sich. Es klang wie ein unwillkürliches Ausatmen. Als würde man die Luft ausstoßen, weil einem jemand in den Rücken geschlagen hatte, während man redete. Die beiden Frauen gaben diesen Laut immer und immer wieder von sich, wie in einem schnellen Dialog, dann veränderte sich das Geräusch. Es wurde zu einem atemlosen Keuchen, das beinahe so klang, als würden sie schockiert nach Luft schnappen. Der Atem der beiden Frauen wurde schneller und schneller, und das Geräusch immer rhythmischer, bis es den ganzen Raum zu erfüllen schien. Keturah spürte, wie sich ihr eigener Atemrhythmus verkürzte und ihr Herzschlag sich beschleunigte. Sie wurde von dem Klang förmlich übermannt, war vollkommen davon umhüllt, und als er beinahe unerträglich wurde, veränderte er sich erneut, wurde lieblicher. Die beiden Frauen stießen Laute der Freude und Überraschung aus, als wären sie alte Freundinnen, die in einem immerwährenden, entzückten Wiedersehen gefangen waren.

Diese und andere Geräusche verwoben sich miteinander und bildeten eine pulsierende, unirdische Hintergrundmelodie für die Historikerin in der Mitte, die angefangen hatte zu rezitieren. Ihre Worte klangen ein dunkles Knurren, das hinten in ihrem Hals festzusitzen schien und fast zu ersticken drohte.

Nahezu achtundvierzigtausend Jahre nach der Tiefe saß Lelex,
der mächtige Schwarze Lord, auf dem Steinernen Thron.
Sein Haar war dunkel wie getrocknetes Blut, sein Urteil
gemessen; ausgewogen wurde es gefällt und war angenehm zu hören.
Eher würde Stahl mit einem Fingernagel geritzt, als dass
Furcht in seinen schnellen, regengrauen Augen leuchtete.
Die Verbündeten des Schwarzen Lords waren der Wolf,
der Wind, der mächtige Fluss und der stürmische Himmel.

Als der Mächtige Lelex den Thron bestieg, war seine
Aufgabe allen klar. Das Volk im Norden ward überdrüssig
der Knochen und des Stahls. Des Kriegers Sehnsucht,
Rüstung und Rossharnisch abzulegen, war groß, und
auch die Pfeilmacher träumten davon, erneut Pfeile
für die Jagd allein herzustellen. So hoffte das Volk,
der Mächtige Lelex würde einen Frieden zum Erblühen bringen,
der in einem Meer aus Blut und ewigem Krieg vertrocknet war.

Drei ganze Jahre lang, im Sommer, im Winter,
erfüllte der Mächtige Lelex die Wünsche des Volkes.
Im Schwarzen Königreich herrschte Ordnung,
selten und tröstlich wie ein stilles graues Meer.
Aber von feiner und zerbrechlicher Natur ist der Friede,
wie ein Neugeborenes, und ebenso gefährdet.
Zerschmettert wurde er von den Kriegern der Südlande,
die gen Norden zogen. Die Legionen marschierten,
ihre Schwerter noch scharf, zum Schlachtfeld bei Gusanarghe.

Schnell war der Kampf vorüber, und die Südlinge
schienen besiegt. Doch als sich die Schlacht dem Ende
schon neigte, fiel der Sohn des Mächtigen Lelex,
der tapfere Amundi, inmitten der Horde der Südlinge.
Der Mächtige Lelex sah ihn sterben. Regungslos, entsetzt
und erfüllt von Schuld sah er zu, wie sein Erstgeborener
in einem Meer von feindlichen Leibern ertrank.
Und das Herz des Mächtigen Lelex, des starken Lelex,
zerbrach wie ein Fels unter den glühenden Zähnen des Feuers.

Das zertrümmerte Selbst des einst Mächtigen Lelex
blieb auf dem Schlachtfeld bei seinem Sohn zurück.
Der aus der Schlacht zurückkehrte, barg keine Erinnerung
an den Mann, der er einst war. Die Augen erstarrt,
die Stimme gedämpft. Nur langsam drangen die Worte
des Rates an sein Ohr, und seine Gemahlin Cleocharia
erkannte ihn nicht mehr. Der Mächtige Lelex, der einst
so strahlende Lelex, begann, das Schwarze Land
in ein Land des Schreckens zu verwandeln.

Verängstigt und verwirrt opferte der Mächtige Lelex
kurz darauf bei der Jagd seinen teuren Freund Agnarr.
Seine Gefährten und auch er selbst wurden sehr still,
als er den Speer schleuderte und sein Kamerad tot
auf die Erde stürzte. Danach wurden zwei Ratsherren
als Schmuck neben dem Torhaus aufgehängt; eine Warnung

vor unklugen Bemerkungen. Die Menschen verstummten,
und keine Lieder wurden mehr gesungen vom Mächtigen Lelex,
der seines Verstandes und seines Sohns beraubt worden war.

Die Heilige Wache, einst so heilig, verwandelte sich
auf Befehl ihres Lords in einen giftigen Hauch.
Sie strichen durch die Straßen, und Männer wie Frauen
erschraken beim Klang ihrer Schritte. Ein Ephor jedoch
wagte es, sich zu widersetzen, und lud Lelex vor Gericht,
um sein Verbrechen mit angemessener Strafe zu vergelten.
Doch an seiner Statt kamen fünf Heilige Wächter.
Sie zertrümmerten die Tür und schleuderten den Ephor
von seinem eigenen Dach tief in den Tod.

Lord durch Geburt, Vater durch die Liebe, Held durch den
Krieg und jetzt Tyrann durch sein verdammtes Herz,
wurde der Mächtige Lelex durch den Krieg besiegt.
Durch die Droge, die ihn verzehrt und ihm ein Schicksal
aufgebürdet hatte, weit grausamer als Tod und
endlose Trauer. Der unerschütterliche Krieger von einst
war verschwunden, für immer, als er mit dem Messer
seine weinende und wehrlose Tochter niederstach.

So erlitt Cleocharia dasselbe Schicksal,
das dereinst den Verstand ihres Gemahls verwirrte.
Ohne Zuflucht zu finden vor den Schreien, sah sie
die eigene Tochter sterben. Und doch zerbrach sie nicht,
wie einst der Mächtige Lelex, an der Prüfung.
Sie sammelte sich, und klar sah sie ihre
Aufgabe vor Augen. Rache lautete die Parole.
Ihr Ehemann würde für seine Taten büßen.

Als die Dunkelheit die Sterne und den Mond verhüllte,
als das Feuer heruntergebrannt war und ein bitterkalter
Wind durch den Norden fegte, versammelte Cleocharia
im Geheimen eine Gruppe um sich. »So oder so,

unser Lord muss sterben«, sagte sie. »Doch obwohl er
nur mehr böse Taten vollbringt, hat der Allmächtige
entschieden, dass er noch unter uns weilt.
Und so muss der Allmächtige unseren Plan erst segnen,
bevor das Herz dieses hassenswerten Tyrannen verstummt.«

Bei diesen Worten hielt sie eine silberne Münze hoch,
dem Monde gleich, gepresst zu einem funkelnden Abbild.
»Südliches Silber verwirrte den Verstand des Lords,
und südliches Silber bestimmt nun erneut sein Schicksal.
Sobald unser Lord einen Unschuldigen tötet, tut der Fall
dieser Münze Gottes Willen kund. Liegt diese Seite oben,
so tritt er erneut gegen das Schicksal an.
Auf die andere Seite jedoch ist der Kuckuck geprägt,
und seht ihr ihn fliegen, so besteigt mein zweiter Sohn den Thron.«

Die helle Münze wurde in bronzene Adlerfedern gelegt,
sie sollten den Segen des Allmächtigen beschwören.
Die treuen Männer, die Cleocharia gerufen hatte,
zerstreuten sich und kehrten in ihre Häuser zurück.
Ihr Ziel war es nun, lautlos durch die Nacht zu streifen,
die kalte blaue Nacht. Ihr Handwerk war das heilige
Handwerk des Todes; ihr Werkzeug Messer, Gift und
Garotte, ohne die Ehre der direkten und offenen Tat.
Ihnen genügte ein ungeschützter Rücken, ein Hals,
in dem das Blut pulsiert.

Jedes Mal, wenn der Mächtige Lelex oder seine Heilige Wache
einen Unschuldigen grundlos töteten, warf Cleocharia
die Silberne Münze. Siebenmal flog sie, siebenmal fiel sie,
und siebenmal verkündete sie das Urteil des Schicksals.
Siebenmal erklärte sie, der Mächtige Lelex solle leben,
seine Seele solle nicht über die Winterstraße wandeln.
Schließlich tötete der Mächtige Lelex einen Ephor
mit eigenen Händen, nagelte seinen Körper an einen Baum.
Und der Allmächtige spürte das Brennen der Nägel im Holz.

Erneut warf Cleocharia die gesegnete Münze, und diesmal
lag die Seite der Vergeltung oben. »Endlich!«, sagte sie.
»Der Allmächtige hat Zeit verstreichen lassen, und nun
sind meine Soldaten ausgebildet und werden ihre Aufgabe
zu meistern wissen.« Kunde sandte sie aus an ihre Krieger:
Noch in der gleichen Nacht sollte der Mächtige Lelex sterben.
Drei von ihnen drangen in sein Haus,
ihr Weg unbemerkt, ihre Schritte ungehört.

Als der Morgen graute, erwachte der Mächtige Lelex nicht.
Man fand ihn, und alles Leben war aus ihm gewürgt.
Ein Kuckuck war in seine gerunzelte Stirn gebrannt.
»Meine Männer haben seinen Schlaf gestört«, erklärte Cleocharia,
»wie sie von jetzt an den Schlaf jedes Tyrannen stören,
bis zum Ende der Welt.« Dann bestieg sie den
Steinernen Thron und regierte umsichtig vier Jahre lang,
bis der Sohn des Mächtigen Lelex, der junge Rurik,
lernte, mit erfahrenem Auge und kundigem Ohr zu herrschen.

Die Ephoren erkannten die Weisheit von Cleocharias Taten
und auch, dass sie sich dem Willen des Allmächtigen gebeugt hatte.
Sie segneten all jene, die im Zeichen des Kuckucks arbeiteten.
Und sollte erneut ein Schwarzer Lord dem Sog der Tyrannei erliegen,
so würde die Vergeltung zwischen ihnen und dem
Allmächtigen ausgehandelt werden. So gründete sich
die Kryptea, mit dem Ziel, das Land zu schützen,
wenn die Ephoren es nicht mehr vermögen. Und zum
Kennzeichen ihrer düsteren Arbeit wurde der fliegende Kuckuck.

Bei den beiden letzten Zeilen waren die Historikerinnen am Rand verstummt. Nur das ranghöhere Zellenmitglied sang weiter. Die Frau beendete die Anrufung, und von den kalten Steinen wurde lediglich ein schwaches Echo zurückgeworfen. Keturah strahlte sie dankbar an.

»Das war wundervoll«, sagte sie.

»Es ist eine sehr traurige Rezitation.« Die alte Historikerin räusperte sich.

»Warum das?«

»Ich glaube, dass sie den größten Fehler beschreibt, den unser Land jemals gemacht hat. Eine Gruppe von Mördern ins Leben zu rufen, die unbeschränkte Macht besitzt, war eine unverhältnismäßige Reaktion auf die Herrschaft von Lelex. Und wer hat seither mehr Menschen getötet? Schwarze Lords, die ›die Verlockung der Tyrannei‹ spürten, oder die Kryptea? Ich sage Euch, es ist die Kryptea. Die Ephoren hatten Angst. Sie hatten das Gefühl, die Ehrfurcht vor ihrem Amt wäre verloren, als zwei von ihnen getötet wurden. Also handelten sie aus für Anakim untypischer Rachsucht, und seither hat niemand mehr ihre Macht infrage gestellt.«

»So habe ich das noch gar nicht betrachtet«, antwortete Keturah. »Und auch wenn ich erst seit ein paar Stunden in der Akademie bin, ist es nicht das erste Mal, dass ich davon habe sprechen hören.«

»Das liegt daran, dass wir die Menschen sind, die wissen«, sagte die alte Historikerin. »Geht zu Eurem Ehemann und erzählt ihm, was Ihr hier erfahren habt. Sagt ihm, dass die Kryptea immer und immer wieder unter Beweis gestellt hat, dass sie keinen Kodex besitzt. Es ist mehr als zweifelhaft, ob sie immer noch das silberne Unterpfand benutzen, um die Zustimmung des Allmächtigen für ihre Morde abzuwarten. Sagt dem Schwarzen Lord, er möge auf der Hut sein.«

* * *

Die Seuche war endlich bezwungen, und so konnte Roper die Kryptea beschwichtigen, selbst wenn es nur zeitweilig war. Aber er musste mehr tun. Um seine Macht zu stärken und zu verhindern, dass der Hauptmann Schwierigkeiten machte, schickte er Uvoren nach Norden, als »Inspiration für die jungen Männer des Haskoli und Berjasti«. Es war eine völlig überflüssige Aufgabe, und das wussten alle. Aber Uvoren hatte nicht mehr genug Unterstützung, um sich dem Befehl zu widersetzen.

Keturahs Kraft kehrte zurück, und ihr Haar wuchs zusehends. Sie verbrachte immer mehr Zeit in der Akademie und versuchte herauszufinden, ob es ein Muster gab, das verriet, nach welchen Kriterien die Kryptea in der Vergangenheit gehandelt hatte. Und das Roper möglicherweise helfen konnte, den Zorn der Meuchelmörder zu vermeiden. Außerdem war sie förmlich vernarrt in die uralte Schwesternschaft und verbrachte dort so viel Zeit, dass Roper zweimal auf die Suche nach ihr gehen musste. Beide Male wurde ihm gesagt, dass sie gerade einer Rezitation beiwohne und er warten müsse. Es gab keine weiteren unheimlichen Warnungen seitens der Kryptea, und Roper nahm an, Jokul war versöhnt, weil er die Seuche ausgemerzt hatte. Das und Uvorens schwindender Einfluss.

Aber um sich der Gunst seiner Untertanen wirklich sicher zu sein, musste Roper seine Beliebtheit vergrößern. Zu diesem Zweck machte er erneut Schulden bei Tekoa und kaufte damit Vieh. Zweimal im Monat veranstaltete er ein Festmahl auf den Straßen, so wie Uvoren es getan hatte. Er blieb immer lange genug, um sicherzustellen, dass er auch wirklich mit der Freude in Verbindung gebracht wurde, die diese Geste erzeugte. Als er im zeitigen Frühling von einer Übung der Skiritai, die er überwacht hatte, ins Hindrunn zurückkehrte, stellte er zufrieden fest, dass er genauso überschwänglich gegrüßt wurde wie Uvoren, wenn dieser über die Straße ging.

Obwohl es eine einsame Aufgabe war, gewöhnte sich Roper allmählich an die Verantwortung, die er für diese Menschen hatte, und er fühlte nach und nach eine tiefe Befriedigung über ihre wachsende Beziehung. Es gefiel ihm zu führen. Er hatte schon immer mit Menschen umgehen können, wusste, wie er sie lesen und sie ermutigen musste. Jetzt lernte er die Bedeutung von kleinen Gesten, und er lernte die Selbstaufopferung, die nötig war, um eine willfährige Bevölkerung zu gewinnen. Er übernahm einige von Uvorens wirkungsvollsten Vorgehensweisen und verstand allmählich, was Gray damit gemeint hatte, als er sagte, Hass würde seine Fähigkeit, gegen den Hauptmann zu kämpfen, beeinträchtigen.

Während eines dieser Festmale kam ein Kundschafter der Skiritai zu Roper. Er war gerade damit beschäftigt, Roggenbrot zu verteilen, und folgte dem Legionär daher nur zögernd. Aber der Kundschafter war sehr nachdrücklich, sodass es Roper ratsam schien, seinem Wunsch nachzukommen. Sie standen im Hof vor dem Hohen Fried. Roper folgte dem Mann die breite Steintreppe hinauf nach drinnen. Dann ging er zum Ratssaal. Dort warteten bereits Tekoa, Gray, etliche Offiziere der Skiritai und Sturla Karson, der Kommandeur von Ramneas Hunden. Auf dem uralten Eichentisch lagen zahllose Landkarten, und die Männer diskutierten hitzig. Tekoa hob den Kopf, als Roper den Raum betrat.

»Was haltet Ihr von einer weiteren Prüfung, Lord Roper?«, fragte er.

»Was ist passiert?«

»Bellamus ist passiert.«

Eine Gruppe von Legionären der Dunoon war in einen Hinterhalt geraten, als sie eine Frühjahrsübung in Ufernähe des Abus abgehalten hatten. »Es war Bellamus. Diesmal kommandierte er die gesamte Armee. Eine Gruppe von Rittern hat unsere Männer einfach niedergeritten und sie in Stücke gehauen. Sie waren weder bewaffnet noch gepanzert oder darauf vorbereitet. Es war ein Massaker.«

»Wie kann das sein?«, wollte Roper wissen. »Der Schnee ist kaum geschmolzen, und es ist noch nicht einmal richtig Frühling. Wie konnte er bereits losmarschiert sein?«

»Das interessiert mich nicht!«, schnarrte Tekoa. »Wir sollten dem einfach ein Ende machen.«

»Ruft die Legionen zusammen!«, befahl Roper. »Sofort.«

»Die Skiritai sind bereits unterwegs. Wir werden uns hier versammeln. Und ich werde auch Uvoren zurückrufen.«

Roper erstarrte.

Tekoa sah seinen Unwillen und machte eine ungeduldige Geste mit der Hand. »Wir werden ihn brauchen.«

TEIL III

FRÜHLING

21. KAPITEL

GARRETT EOTEN-DRAEFEND

Die Legionen strömten in das Hindrunn, als wäre die Festung der Abfluss von Albion. Zwei Wochen lang marschierten täglich Männer durch das Große Tor. Sie füllten die Kasernen und leerten die Getreidespeicher. Einige Legionen waren in guter Verfassung und hatten bislang keinen Zusammenstoß mit dieser neuen Landplage aus Süddal gehabt, die von Bellamus angeführt wurde. Andere Legionen trafen bereits kampfesmüde ein, verletzt, erschöpft und demoralisiert. Eine von ihnen, die Hetton-Legion, war vollkommen zerschlagen worden, weshalb die überlebenden Krieger im Laufe einer Woche in kleinen Grüppchen durch das Große Tor träufelten. Einzelne Hundertschaften, manchmal sogar noch weniger, zwei Dutzend oder sogar nur ein Dutzend, trafen in der Festung ein, ohne den Befehl erhalten zu haben, sich zurückzuziehen. Sie wussten, dass es nur einen sicheren Ort gab, an den sie sich flüchten konnten – das Hindrunn.

Roper und Tekoa hatten unter vier Augen lange über den Rückruf von Uvoren gestritten. Roper wollte ihn nicht in der Nähe des Hindrunn haben. Er hatte darauf beharrt, dass sie die Südlinge auch ohne seine Hilfe schlagen konnten. Wenn sie ihn jetzt zurückholten, gaben sie allen zu verstehen, dass sie ihn brauchten – was ein schrecklicher Fehler wäre. Tekoa fand diese

Haltung kindisch. Die Männer kämpften besser, wenn sie wussten, dass Uvoren bei ihnen war oder sie beobachtete. Roper musste das Wohlergehen des Landes über seine eigenen Führungsansprüche stellen. Bei diesem Argument endlich hatte Roper nachgegeben und mürrisch zugelassen, dass der Hauptmann der Heiligen Wache zurückgerufen wurde.

Nichtsdestotrotz leistete er sich einen vorwurfsvollen Blick in Richtung Tekoa, als sie sahen, wie Uvoren willkommen geheißen wurde, während er durch das Große Tor marschierte. Die Festung hatte schon tagelang über seine bevorstehende Ankunft geredet, und als er endlich auftauchte, wartete bereits eine große Menschenmenge auf der anderen Seite des Tores auf ihn. Er ritt in die Festung, begleitet von einem halben Dutzend ernst aussehender Krieger der Lothbrok und in voller Montur eines Meisters des Krieges. Die Menge jubelte ihm freudig zu. Die Menschen bedrängten ihn so sehr, dass Uvoren kaum weiterreiten konnte. Er streckte ihnen die Hände entgegen, versicherte ihnen, dass jetzt, wo er wieder da wäre, alles gut würde, und sagte ihnen, dass sie die Südlinge bereits häufig zurückgeschlagen hatten und es wieder tun würden.

»Das Schlimmste haben wir hinter uns«, sagte Tekoa, als er Ropers finstere Miene sah. »Wir brauchen ihn in der Schlacht, aber vielleicht habt Ihr ja Glück. Heilige Wächter sterben wie neugeborene Kinder.«

»Träumen kann man wenigstens davon«, erwiderte Roper und wandte sich angewidert von dem Anblick ab.

Was diese Invasion von allen vorangegangenen unterschied, war, dass Bellamus sie unvorbereitet überrascht hatte. Sie hatten keine Ahnung gehabt, dass die Südlinge, die vollkommen geschlagen zu sein schienen, für einen Marsch bereit sein würden, sobald die Straßen eisfrei waren. Die Legionen, auf die Bellamus traf, hatten nicht einmal ihre Schwerter und Rüstungen bei sich. Sie verteidigten sich mit Äxten, Jagdbögen und Messern, während sie sich vor den Kriegerhorden des Feindes zurückzogen.

Bellamus hatte eine Legion vollkommen vernichtet und etliche andere zerschlagen. Dabei hatte er Tausende getötet. Es waren bereits jetzt fast so viele Anakim gefallen, wie in allen Schlachten des vorherigen Feldzugs zusammen. Roper musste die Hetton-Legion auflösen. Es gab einfach nicht genug Männer, um ihre Ränge wieder aufzufüllen.

Furcht.

Sie durchtränkte die ganze Festung und war unendlich viel ansteckender als der schreckliche Pesthauch der Seuche. Die Furcht kroch zwischen Tür und Schwelle, durch offene Fenster und hing wie Nebel schwer in den gepflasterten Straßen. Man konnte sie sogar daran erkennen, wie die Legionäre in kleinen Gruppen durch die Straßen gingen und drängend und leise miteinander redeten, wenn sie zwischen den Kasernen und dem Fried hin- und hereilten. Oder daran, dass es im Metallbezirk jetzt die ganze Nacht hämmerte und zischte, als Waffen und Rüstungen hergestellt wurden. Oder an dem heftigen Feilschen auf den Märkten, wo die Untertanen so viele Vorräte kauften, wie sie sich mit ihren bescheidenen Mitteln leisten konnten, um sich auf eine bevorstehende Belagerung vorzubereiten. Oder an der gedämpften Stimmung in der Offiziersmesse, in der Grabesstille herrschte, wann immer Roper sich dort einfand, um zu essen.

Erneut tauchten Flüchtlinge vor dem Hindrunn auf. Roper ließ die ersten von ihnen sofort in die Festung. Doch als die Legionen alle wieder zurück waren, befahl er, die Tore zu verschließen. Das fand bei den Untertanen innerhalb der Festung schuldbewusste Zustimmung. Sie waren froh, dass Roper diese schwierige Entscheidung getroffen hatte. Tekoa war wie immer der bestinformierte Mann im Ratssaal, aufgrund der Augen der Skiritai, die zu Tausenden durch das Land streiften. Er erklärte, dass die Anzahl der Flüchtlinge nicht wegen eines Gemetzels relativ klein war, sondern weil die Südlinge dieses Land erst vor Kurzem überfallen hatten. Sie hatten etliche Flüchtlingslager angezündet, die Roper hatte errichten lassen, aber die meisten hatten sie auf ihrem Marsch nach Norden verschont. Die Krieger aus Süddal hielten es offenbar für überflüssig, sich die Mühe zu machen, die Zelte aus Leinwand und Weidenstöcken zu zerstören.

Es dauerte mehr als eine Woche, bis sich alle Krieger im Hindrunn versammelt hatten. Abgesehen von einer Legion, die einen Boten geschickt hatte, der berichtete, dass sie weiter im Norden festsaß. Damit verfügten sie über siebenundsechzigtausend Krieger, einschließlich der diesjährigen Lehrlinge aus den Reihen der Nemandi. Es waren deutlich weniger als die neunzigtausend, mit denen Kynortas erst im Jahr zuvor ausmarschiert war.

Die Schmieden hatten die ganze Nacht durchgearbeitet, hatten Schwerter aus Unthank-Silber, stählerne Pfeilspitzen, Hufeisen, Kettenpanzer, Beinschienen, gepanzerte Handschuhe und die Stahlplatten ausgespuckt, die man zu den Waffenschmieden schicken würde, damit sie daraus komplette Brustpanzer fertigten. Von den Großen Häusern wurde erwartet, dass sie ihre Legionäre selbst ausstatteten. Die kleineren Häuser, deren Mittel begrenzter waren, wie zum Beispiel das Haus Alba oder das Haus Nadoddur, würden nur ihre besten Krieger mit Waffen und Rüstungen versorgen, die ihr Wappen trugen. Diejenigen, die sie nicht bewaffnen konnten, borgten sich Rüstungen mit den Wappen der Jormunrekur, der Lothbrok oder der Vidarr. Je mehr Legionäre mit dem eigenen Wappen in die Schlacht zogen, desto größer war das Prestige des Hauses. Aber die Schatzkammer musste trotz dieser Regeln die Legionäre bezahlen und versorgen, und sie verschuldete sich durch die Notwendigkeit dieses neuen Feldzuges noch mehr bei den Vidarr.

Diesmal entbrannte keine Debatte, ob man in der Festung bleiben sollte. Uvoren hatte nicht mehr genug Einfluss, um Roper zu blockieren. Außerdem wusste er, dass er seinen angeschlagenen Ruf am besten auf dem Schlachtfeld wiederherstellen konnte. Die Legionen waren kurz davor, sich in Marsch zu setzen, als eine Botschaft eintraf.

Sie kam von Bellamus.

Eine Kanone feuerte auf der Äußeren Mauer. Der Knall hallte trostlos und einsam durch die Zitadelle und schreckte die Ratsherren auf, die sich im großen Saal versammelt hatten.

»Wurde der Feind gesichtet?«, erkundigte sich Gray.

»Eine andere Erklärung gibt es nicht.« Tekoa warf einen Blick auf das Fenster hinter dem Steinernen Thron. »Er kommt aus dem Süden. Das Große Tor.«

»Danke für eure Anwesenheit, Kameraden. Ich nehme an, dass die Kanone unsere Ratssitzung beendet hat«, sagte Roper. »Legaten, bitte sorgt dafür, dass eure Legionäre innerhalb von zwei Stunden marschbereit sind.« Roper wandte sich an Gray und Tekoa. »Wollen wir?«

Die beiden waren bereits aufgesprungen. Ein aufgeregtes Murmeln erfüllte den Raum, als die restlichen Ratsherren ihre Sachen zusammenpackten. Dass man den Feind gesichtet hatte, konnte nur bedeuten, dass sie belagert werden würden. Pryce war ebenfalls im Saal und bat Roper mit einem Blick um die Erlaubnis, mit zur Äußeren Mauer kommen zu dürfen. Roper erfüllte ihm die Bitte mit einem kurzen Nicken und lud auf die gleiche Weise Helmec ein, ihn zu begleiten.

Die fünf eilten die Treppe hinab, die den Ratssaal direkt mit den Stallungen des Hohen Frieds verband. Sie stiegen auf schnelle Pferde, mit denen normalerweise Boten zwischen der Äußeren Mauer und dem Hohen Fried hin- und herritten, und galoppierten die Rampe hinauf auf die überfüllten Straßen. Die Bauchriemen ihrer Sättel waren mit eisernen Rasseln versehen, die beim Reiten laut klirrten und die Untertanen aufforderten, Platz zu machen. Doch jeder hatte den Kanonenschuss gehört, und die Menschen bildeten eine Gasse, schon lange bevor Roper und seine Gefährten in Sichtweite kamen. Dann sahen sie der kleinen Gruppe, die zum Großen Tor ritt, ängstlich nach.

Dort sprang Roper aus dem Sattel, drückte die Zügel einem Legionär in die Hand, damit dieser sein Pferd anband, und bemerkte dann, dass das Große Tor bereits offen stand. Eine Gruppe von Reitern der Südlinge wartete unter dem Bogen des Torhauses. Einer von ihnen hatte einen riesigen Speer mit einem langen Blatt in der Hand, an dem ein weißes Tuch befestigt war, das schlaff herunterhing. Wenn die Tore geöffnet worden waren, bedeutete das, dass die Wachen über dem Torhaus außer diesen Soldaten keine weiteren Feinde auf der Ebene rund um das Hindrunn gesichtet hatten.

Roper sah aus den Augenwinkeln, dass seine Begleiter um ihn herum abstiegen, und winkte die Gruppe aus Süddal näher. Der Mann in der Mitte schien für einen Südling ungewöhnlich groß zu sein, aber erst als der Krieger sich aus dem Sattel geschwungen und seinen Helm abgenommen hatte, erkannte Roper, wie groß er wirklich war. Er blickte dem Schwarzen Lord in die Augen. Der Südling war gigantisch. Er war größer als Tekoa, Pryce und Helmec und mindestens so groß wie Roper und Gray. Er und der Rest seiner Gruppe trugen sonderbare Kleidung. Sie bestand aus übereinanderliegenden Platten aus irgendeinem groben Material, das wie Keramik aussah und zu einer flexiblen Rüstung verarbeitet war. Sie bedeckten ihre Schultern, ihren Oberkörper und ihre Schenkel und Schienen. Handschuhe und Helme aus Metall, Letztere mit einem Schmuck aus Pferdehaaren, vervollständigten ihre Rüstungen. Sie bewegten sich geschmeidig darin, was vermuten ließ, dass diese Platten, woraus auch immer sie bestanden, sehr leicht waren.

»Also?« Roper sprach Anakim, damit seine Kameraden das Gespräch verstanden. »Wer seid ihr?«

»Wir sind die Männer, die gekommen sind, um dir dein Land wegzunehmen«, antwortete der große Südling. Er sprach Anakim, wenn auch stockend und mit einem starken Akzent. Sein Gesicht war schrecklich vernarbt, und die vordere Hälfte seiner Nase fehlte. Seine Nasenlöcher wirkten wie die eines Totenschädels und dominierten sein Gesicht. Sein Haar war hellblond, und seine Augen leuchteten fiebrig und gelb wie bei einem Wolf.

»Hast du einen Namen?«, setzte Roper nach, wobei er die Provokation in gebrochenem Anakim ignorierte.

»Garrett Eoten-Draefend aus Eskanceaster.« Sein Gebaren ließ darauf schließen, dass Roper seiner Meinung nach von ihm gehört haben sollte, dem war jedoch nicht so. Aber Roper kannte das Wort »Draefend« aus der Sprache der Angelsachsen. Es bedeutete »Jäger«, das Wort »Eoten« konnte er jedoch nicht übersetzen. »Ich befehlige Bellamus' Schildmänner.«

»Und was sind das für Töpferwaren, die ihr als Rüstung tragt?« Roper schleuderte eine Beleidigung zurück.

Aus den Augenwinkeln bemerkte Roper, dass Gray ihn unvermittelt ansah, und Garrett lachte ziemlich unerwartet. Es war ein manisches, unbeherrschtes Lachen, bei dem sich Roper die Nackenhaare aufrichteten. »Gerade du solltest das wissen«, antwortete er in seinem stockenden Anakim. Roper betrachtete die sich überlappenden Platten, deren Farbe wie eine Mischung aus Creme und Rost wirkte. Sie kamen ihm leicht bekannt vor, doch bevor ihm einfiel, woher, sprach Garrett weiter. »Ich habe eine Botschaft von Bellamus.«

»Sprich weiter.«

»Er zieht nach Harstathur, eurem heiligen Kreuzweg im Gebirge. Er sagte, du sollst dich ihm dort stellen und mit ihm um das Schwarze Königreich kämpfen.«

»Harstathur?«, erkundigte sich Roper ungläubig. »Warum sollte er dort kämpfen wollen?«

»Er wird überall gegen dich kämpfen«, erwiderte Garrett. »Auch da, wo du glaubst, am stärksten zu sein.« Garrett lächelte, bevor er sich abwandte. Seine Gefährten und er stiegen wieder in ihre Sättel und ließen einen ratlosen Roper hinter sich zurück. Dann streckte Garrett die Hand aus, und einer seiner Gefährten reichte ihm einen Speer mit einer langen Klinge, den er für ihn gehalten hatte. »Ich glaube, du kennst diese Klinge.«

Garrett senkte den Speer vorsichtig vor Roper, um allen klarzumachen, dass er den Schwarzen Lord nicht bedrohen wollte.

Roper warf einen Blick darauf, und es durchzuckte ihn.

Es war *Blitzschock*.

Das Schwert seines Vaters. Roper erkannte es an den Umrissen und dem besonderen Glitzern der Klinge aus Unthank-Silber. Sie war jetzt in einen dicken Eschenschaft eingearbeitet und lag in einer Fassung aus Stahl und Lack. Man hatte dieses wundervolle Schwert zu einem riesigen Speer mit einer langen Klinge verfälscht, und jetzt wurde es von diesem gewaltigen Südling geschwungen. Roper sah wieder in Garretts Gesicht. Der Mann grinste ihn erneut an. Durch die gebleichten Zähne, die weit aufgerissenen fieberglühenden Augen und die verstümmelte Nase wirkte sein Lächeln wie das eines Totenschädels.

»Ihr habt es *Blitzschock* genannt«, sagte Garrett. »Jetzt heißt es Heofonfyr.«

Roper wechselte ins Angelsächsische. »Ist das deine Waffe?«

»Ja.«

»Ich hoffe, wir treffen uns in Harstathur«, sagte er.

Garrett lachte. »Ich auch.« Er rammte sich den Helm wieder auf den Kopf, verbeugte sich spöttisch mit einer ausholenden Handbewegung und wandte sich ab. Dann galoppierte er, gefolgt von seinen Begleitern, durch das Große Tor hinaus.

»Das war ein Köder, Mylord«, sagte Gray sofort. »Der Mann, seine Waffe und seine Rüstung. Sie alle haben nur einen Zweck: Euch nach Harstathur zu locken.«

»Warum sollten wir nicht dorthin gehen?«, fragte Roper zerstreut. Er dachte immer noch über diese Rüstung nach. Sie kam ihm so bekannt vor.

»Weil Bellamus uns genau dazu auffordert?« Gray hob eine Braue.

»Und wenn schon!«, mischte sich Tekoa ein. »Wenn er sich uns in Harstathur stellen will, dann soll er es tun, verflucht. Wir werden ihn und seine Einsiedlerkrebse in Stücke hacken!«

Ropers Blick fuhr zu Tekoa. »Diese Rüstung!«, platzte er heraus.

»Die Knochenplatten der Anakim«, bestätigte Gray mit grimmiger Miene. »Sie haben sie aus unseren Toten herausgeschnitten.«

Das schockierte Roper. Aber auf eine düstere Weise leuchtete es durchaus ein: Die Knochenplatten waren leichter und härter als Stahl und würden zudem einen gruseligen Eindruck auf die Legionäre der Anakim machen, die sich den Soldaten, die sie trugen, stellen mussten. Aber irgendwie überschritt das die Grenzen des Erlaubten. Die Knochen von toten ehrenvollen Legionären als Rüstung zu tragen! Das war bitter.

»Ich stimme Tekoa zu«, knurrte Roper. »Wir marschieren nach Harstathur!«

* * *

Die Legionen rückten am nächsten Tag ab. Sie hatten ein Ziel, sie hatten einen Feind. Bellamus schien an nichts anderem als an ihrer Vernichtung interessiert zu sein. Also gewährte Roper den Kriegern noch eine letzte Nacht, um sich vorzubereiten und sich von ihren Familien und Freunden zu verabschieden.

Am Tag vor einem Abmarsch herrschte Totenstille in der Festung. Jedem lastete das Wissen schwer auf der Seele, dass nicht alle wieder durch das Große Tor zurückkehren würden, ganz gleich, ob sie gewannen oder verloren. Einige Ehefrauen, die jetzt die Ausrüstung ihrer Ehemänner vorbereiteten, würden in den kommenden Wochen ein Klopfen an der Tür hören. Von einem Boten, der ihnen sagte, dass ihr Gemahl, der Vater ihrer Kinder, sein Leben im Dienste des Landes geopfert hatte. So wie man von den Männern erwartete, ihr Schicksal tapfer zu ertragen, so mussten auch die Ehefrauen die Neuigkeiten wie wahre Untertanen des Schwarzen Königreichs aufnehmen. »Haben wir gesiegt?«, galt als durchaus befriedigende Reaktion. Lautete die Antwort darauf »Ja«, was häufig vorkam, durfte die

Frau erwidern: »Dann bin ich froh«, oder vielleicht, falls ihre Selbstbeherrschung fast am Ende war: »Gut.«

Und dann würde die Tür zugeschlagen werden.

Keturah stellte Ropers Ausrüstung zusammen, so wie Tausende andere Ehefrauen die Waffen und Rüstungen ihrer Männer zurechtlegten. Sie drapierte sie auf einem Tierfell auf dem Boden. Zuerst *Kaltschneide*. Wie es aussah, hatte sie die ganze Zeit gewusst, wo das Schwert war. Daneben legte sie einen Langdolch, den Roper benutzen konnte, falls er sein Kriegsschwert verlor. Dann ein Arbeitsmesser, mit einer Schneide, um Nahrung, Tuch und Holz zu schneiden. Seine Axt. Ein Sägeblatt. Ein Schanzwerkzeug. Die Medizinrolle aus Ochsenleder. Zwei Wasserschläuche. Seinen stählernen Brustpanzer. Der Flicken von dem Schaden, den der Panzer in der Schlacht auf der Flutebene erlitten hatte, war noch als schwacher Umriss zu erkennen. Er schimmerte. Für gewöhnlich kümmerte Roper sich selbst um seine Ausrüstung, aber Keturah hatte ihn einfach weggeschoben und den Stahl eigenhändig mit feinem Sand poliert, bis er glänzte. Dann hatte sie das Metall mit Öl eingerieben. Neben den Brustpanzer legte sie ein gepolstertes Lederhemd mit einem eingearbeiteten Kettenhemd, das er unter dem Stahl tragen würde. Dann folgten die Lederhandschuhe und darüber die Eisenhandschuhe. Seine Stiefel aus Ochsenleder hatten über Schienbein und Wade Einlagen aus Stahl. Dann legte Keturah noch eine Fellmütze bei, die unter dem Helm getragen wurde und einen Schlitz auf der Rückseite hatte, damit sein hoher Pferdeschwanz hindurchgezogen werden konnte. Schließlich kam der Helm aus Unthank-Silber, der einst Kynortas gehört hatte. Die axtförmige Klinge an der Vorderseite war so scharf, dass selbst das Auge davor zurückschreckte.

Die meisten Frauen fügten noch persönliche kleine Gaben hinzu, die für den Marsch oder die Schlacht nicht unbedingt erforderlich waren. Und auch Keturah wollte nicht darauf verzichten. Sie hatte ein in ein Kampferblatt eingewickeltes Bündel mit dazugelegt. Darin befanden sich aufgefädelte Trockenfrüchte und auch gedörrte Pilze, die man in einen Eintopf geben konnte, um ihm mehr Geschmack zu verleihen. In einem anderen Paket waren getrocknete und gepresste Fleischstücke vom Elch und vom Wildschwein, die so gewürzt waren, dass einem bereits bei ihrem Duft das Wasser im Mund zusammenlief. Und auf diese Essenspakete hatte sie eine Kette mit einer kleinen silbernen gepanzerten Schlange gelegt. Sie symbolisierte Desaster: die Schlange, die dereinst die Welt vernichten würde.

Als Roper sein Quartier betrat und sah, wie sorgfältig und liebevoll seine Ausrüstung für ihn zurechtgelegt worden war, zusammen mit dem Glücksbringer und den Essenspaketen, blieb er unvermittelt stehen. Keturah saß auf dem Bett und versuchte, mit ihren gefühllosen Fingern zu weben. »Deine Ausrüstung ist bereit, mein Gemahl.« Sie blickte zu ihm hoch.

»Danke«, sagte Roper leise. Alles war so anders als beim letzten Mal, als er in den Krieg gezogen war. Andererseits war seine Situation damals auch so verzweifelt gewesen, dass sie ihm fast wie eine Flucht aus der Folterkammer des Hindrunn vorgekommen war. Es wäre nicht einmal ein schlechtes Ergebnis gewesen, wenn er bei dem Versuch gestorben wäre, den Rückzug ungeschehen zu machen, den er bei seinem ersten Kommando angeordnet hatte.

Aber nun war seine Situation eine andere. Jetzt hatte er etwas zu verlieren. Er gehorchte den Sitten und Gesetzen, nach denen die Krieger seines Landes seit Tausenden von Jahren lebten. Er war mit dieser Geschichte verbunden, durch sein uraltes Schwert, den Helm seines Vaters, die Ehre der Legionen unter seinem Kommando und durch dieses liebevolle Lebewohl seiner Gemahlin. Der Stolz drohte Roper zu überwältigen, Stolz darauf, dass er ein Teil der mächtigen Kriegertradition des Schwarzen Königreiches sein durfte. Dennoch empfand er verhaltene Furcht. Vielleicht kam er nie wieder hierher zurück, in diesen Raum und zu dieser Frau.

»Was hast du?«, erkundigte sich Keturah. Roper schüttelte den Kopf. Aber sie wusste genau, was ihm durch den Sinn ging. Sie verzog das Gesicht. »Ich habe gehört, dass Bellamus eine beeindruckende Nachricht geschickt hat.«

»Jedenfalls war es ein beeindruckender Bote.«

»Garrett Eoten-Draefend«, sagte sie. »Garrett der Gigantenjäger.«

Aber Roper interessierte der Name nicht. »Er hat *Blitzschock.*«

»Möge es ihm ebenso viel Unglück bringen wie deinem Vater.«

»Kynortas ist nicht durch ein ungünstiges Geschick gestorben. Männer sterben eben auf dem Schlachtfeld.« Roper zuckte mit den Schultern. »Und ich werde dafür sorgen, dass Garrett sich unter ihnen befindet.«

»Garrett hat viele Jahre mehr Erfahrung als du im Töten von feindlichen Kriegern«, sagte sie. »Er hat sich seinen Namen im Kampf gegen die Unhieru gemacht. Angeblich hat er Gogmagocs ältesten Sohn getötet, Fathochta. Dabei hat er seine Nase verloren. Garrett ist in ganz Erebos berühmt!«

Roper sah sie skeptisch an. »Woher willst du das wissen?«

»Dir steht eine großartige Quelle mit Informationen über Süddal zur Verfügung. Ich verstehe nur nicht, warum du sie nicht nutzt. Die Akademie«, setzte sie erklärend hinzu, als Roper sie verblüfft ansah. »Unser gesamtes Wissen findet sich dort.«

»Du hast Nachforschungen über Garrett angestellt?«

»Wir haben eine Partnerschaft. Ich übernehme das, was du nicht machst. Und die Zelle, die sich mit der jüngsten Geschichte befasst, hat sehr viele Informationen über Garrett.«

Roper setzte sich neben sie. »Aber das kann nicht sein. Wie kann ein Südling eine Kreatur wie Fathochta töten?« Keturah zuckte mit den Schultern, und er starrte eine Weile durch das Bleiglasfenster. »Wie dem auch sei, ich will *Blitzschock* zurückhaben«, sagte er schließlich.

»Vielleicht werden Pryce oder Leon oder einer der anderen

Helden Garrett töten. Du solltest bekannt machen, dass du seinen Speer haben willst.«

»Ja, möglicherweise.« Wieder schwiegen sie, und Roper blickte auf das niedrige Feuer im Kamin. »Wie war es, als ich beim letzten Mal weggegangen bin?«, fragte er dann.

»Widersprüchlich«, sagte sie. »Damals waren wir zwar schon verheiratet, aber ich kannte dich nicht. Wenn du nicht zurückgekommen wärest … Ich glaube, ich hätte mehr über den Verlust einer halben Armee getrauert. So viele tapfere Männer, die unter diesem unerfahrenen Lord hinausmarschiert waren, und das gegen eine derartige Übermacht. Ich glaube, der größte Teil der Frauen in der Festung hat sich für immer von deinen Legionären verabschiedet, als ihr ausgerückt seid. Und niemand hat erwartet, dass so viele von euch zurückkehren würden. Und selbst dann hat niemand erwartet, dass Uvoren euch durch die Tore lassen würde.«

»Aber du hast deinem Vater vertraut.«

»Ja. Ich habe ihm vertraut. Ich glaubte, dass er wüsste, wann er dich benutzen könnte und wann nicht. Aber er hat mir gesagt, dass er nie vorgehabt hatte, dich zu bevormunden, und dass du den gesamten Feldzug selbst befehligt hast.«

»Das habe ich auch. Was glauben die Menschen diesmal?«

»Diesmal erwarten sie erneut einen Sieg. Niemand glaubt wirklich, dass die komplette Armee besiegt werden könnte. Und diesmal sind alle Helden der einzelnen Legionen dabei. Leon ist nach seiner Tapferkeitsauszeichnung das Gesprächsthema in der Festung. Pryce natürlich auch, wie üblich. Sie lieben und vertrauen Gray. Und auch Uvoren: Die Leute sagen, sein Einfluss wäre eine zusätzliche Legion auf dem Schlachtfeld wert. Es gibt zwar etliche Fragen wegen Vigtyr, aber die Leute behaupten, sie wären froh, dass er auf unserer Seite ist. Und du: Die Menschen sagen, dieser neue Schwarze Lord wäre ein guter Anführer. Er hat Talent für das Geschäft des Krieges, er ist tapfer, und er inspiriert seine Männer.«

Roper brummte unverbindlich. Er hatte Schwierigkeiten mit dieser Einschätzung. Ein Teil von ihm glaubte einfach nicht, dass diese Siege wirklich verdient gewesen waren. Zwei siegreiche Schlachten zählten nicht gerade viel, und man konnte sie einfach seinem Glück zuschreiben. Und er hatte noch nie direkt gegen Bellamus gekämpft, der ein seltenes Talent als Feldherr zu haben schien und bereits die Bedingungen dieses Feldzugs diktierte. »Ein Scheitern ist so viel einfacher zu schultern, wenn die Leute nichts von dir erwarten.«

Keturah legte ihm die Hand auf den Arm, eine vertraute Berührung. »Diesmal darfst du nicht scheitern.«

Roper sah sie an. Ihm fiel auf, dass sie ihre andere Hand auf ihren Bauch gelegt hatte. »Ein Kind.« Er klang seltsam losgelöst, beinahe distanziert. Eigenartigerweise hätte er am liebsten gelacht, aber er nahm sich zusammen. Vermutlich sollte dies ein feierlicher Augenblick sein.

Sie nickte zurückhaltend. »Ja.« Ein Lächeln huschte über ihr Gesicht, und Roper begann doch noch zu lachen. »Du wirst ein vollwertiger Untertan!«

»Ein erhebender Gedanke«, erwiderte sie trocken. »Aber längst nicht so wunderbar wie die Vorstellung, endlich das Baby in den Armen zu halten, das ich im Bauch trage.«

»Ich würde es auch gerne in den Armen halten.«

»Dann komm zu mir zurück. Und wenn du Uvoren in Harstathur lassen kannst, umso besser. Geh los und töte die Feinde unseres Landes, mein Gemahl.«

Am nächsten Morgen marschierten sie los.

Die Menschen säumten dicht gedrängt die Straßen. Sie sahen ernst zu, wie die Legionen an ihnen vorbeizogen. Niemand warf Kräuter, und es ertönten auch keine Jubelrufe. Die würde man sich für eine erfolgreiche Rückkehr aufheben. Roper ritt an der Spitze der Kolonne auf Zephyr, Uvoren hinter ihm. Ihnen beiden folgte die Heilige Wache. Grays Haus lag auf der Strecke zum Großen Tor der Festung, und Roper sah Grays

Frau Sigrid, die sich aus einem der oberen Fenster lehnte. Selbst aus dieser Entfernung war sie wunderschön. Sie schenkte Roper ihr unverkennbares Lächeln, als wollte sie sagen, dass sie freundlich an ihn dachte. Dann richtete sich ihr Blick auf ihren Gemahl, der in den Reihen der Legionäre hinter Roper marschierte.

Die Blicke folgten Roper durch die gepflasterten Straßen. Ein paar Menschen aus der Menge riefen Ropers Namen, als er vorüberritt. Es war einfach eine Respektsbekundung. Sie ritten zum Großen Tor, wo Roper Hafdis erblickte, Uvorens Gemahlin. Pflichtbewusst wartete sie auf dem Torhaus. Es war eine Zurschaustellung, die seinen Ruf als Krieger untermauern sollte. Die Festung musste wissen, dass Uvoren und seine Gemahlin vereint blieben. Aber selbst von hier unten konnte Roper ihre Verachtung für ihren Ehemann erkennen. Sie hatte den höhnischen Ausdruck in ihrer Miene kaum unter Kontrolle, als Uvoren sich von der Kolonne löste, auf sie zuritt und ihr teilnahmslos zuwinkte. Keturah stand ebenfalls auf dem Torhaus. Ihr kurzes Haar war zu einem Pferdeschwanz zusammengebunden, der sie als kinderlose, verheiratete Frau kennzeichnete. Sie blickte lächelnd auf Roper herab, und er konnte der Versuchung nicht widerstehen, ihren Blick zu erwidern. Sogar von dort unten sah er ihre grünen Augen. Sie war größer als alle anderen Frauen um sie herum, größer selbst als die ernsten Legionäre, die das Tor bewachten. Keturah galt noch nicht einmal als eine vollwertige Untertanin, und doch sah sie aus wie eine Königin.

Roper hielt ihren Blick, bis er durch das Tor ritt und der Stein des Torhauses sie vor seinen Blicken verbarg. Dann sah er nach unten. Die Tore vor ihm waren weit geöffnet, und sein Blick glitt über die vielen Morgen Land südlich des Hindrunn, die sich dahinter erstreckten. Der Schnee war geschmolzen und hatte die breite Straße enthüllt, die sich durch das Gras schlängelte und sich dann in Richtung Osten und Westen aufzweigte. Es würde einfach werden, darauf zu marschieren. Sie würden die

Straße nach Osten nehmen, die durch das zerstörte östliche Land und in die Hügel führte. Dort, auf dem Altar von Albion, wartete die feindliche Kriegerhorde auf sie.

* * *

Roper war zu dem Schluss gekommen, dass eine hohe Wahrscheinlichkeit bestand, dass Bellamus sie in einen Hinterhalt locken wollte. Tekoa war der gleichen Ansicht. Natürlich war es uch möglich, dass Bellamus einfach nur an seine eigenen Fähigkeiten als General glaubte und tatsächlich sicher war, die Anakim überall schlagen zu können. Mit der Wahl des Schlachtfeldes wollte er vielleicht der Seele dieses Landes den größtmöglichen Schlag versetzen. Aber sein Trick mit den Krähenfüßen war ihnen noch lebhaft in Erinnerung, ebenso wie seine listige Flucht aus dem Schwarzen Königreich nach der Schlacht von Githru. Er schien ein sehr erfindungsreicher Anführer zu sein, und es war nur zu wahrscheinlich, dass die Schlacht nicht bei Harstathur, sondern auf dem Weg dorthin geschlagen werden würde. Aus diesem Grund waren die Skiritai in Alarmbereitschaft versetzt worden und kundschafteten das Land mehrere Meilen vor der Armee aus, bevor diese ihnen dorthin folgte. Es waren schnelle, erfahrene Kundschafter, aber trotzdem verlangsamte dieses Vorgehen den Marsch der Armee beträchtlich.

Anders als bei der letzten Invasion wussten sie zu diesem Zeitpunkt noch nichts über die Streitkräfte, mit denen sie es zu tun bekommen würden. Sie hatten keine genaueren Informationen darüber, wo sie waren, wie viele es waren und wie sie zusammengesetzt waren. Sie wussten nur, wer sie anführte und wo sie seinen Angaben zufolge sein würden.

Während sie über die Straße marschierten, zogen Wolken auf. Je näher sie Harstathur kamen, desto bedrückender wurde die Atmosphäre. Die Luftfeuchtigkeit nahm immer mehr zu, und die Wolken verdichteten sich zu einer undurchdringlichen

Decke. Es sah aus, als hätte dieser elende, harte Winter doch noch einen letzten Sturm in Reserve. Roper wusste nicht genau, ob sich das zu ihren Gunsten auswirken würde oder nicht.

Zwanzig Wegstunden vor Harstathur schafften sie es, sich mit ihrer letzten Hilfslegion zu treffen. Sie waren durch Flüsse getrennt gewesen, die durch das Schmelzwasser angeschwollen waren. Aber einigen Skiritai war es gelungen, den Fluss zu überqueren und Nachrichten zwischen den beiden Streitkräften zu übermitteln. Sie marschierten zu einer Furt an dem Fluss Ouse. Die Insel-Legion war unbewaffnet und hatte keine Rüstungen dabei. Aber darauf war Roper vorbereitet. Er hatte genug Waffen und Rüstungen mitführen lassen. Die Insulaner waren von Bellamus' Streitkräften erheblich dezimiert worden, sodass nur noch dreieinhalbtausend übrig waren. Aber trotzdem ließ ihre Zahl Ropers Streitkräfte auf mehr als siebzigtausend Soldaten anwachsen.

Jeden Tag marschierten sie näher an den Altar, und jeden Tag berichteten die Skiritai, dass keinerlei Spur von den Südlingen zu finden war. Sie kundschafteten jeden Hügel und jedes Tal in der Nähe der Straße aus und betrieben sogar Fernaufklärung, für den Fall, dass die Krieger aus Süddal vorhatten, sich ihnen aus größerer Entfernung in der Nacht zu nähern. Roper wollte bis zum siebten Tag nach ihrem Aufbruch aus dem Hindrunn nicht glauben, dass die Einladung nach Harstathur ernst gemeint war. Doch dann gelangten die Späher der Skiritai in die Nähe des Altars und kehrten mit der Nachricht zurück, dass dort tatsächlich die Streitkräfte der Südlande auf sie warteten.

In der letzten Nacht hielten sie nur zwei Wegstunden vor Harstathur an, bereits im Aufstieg auf das Plateau begriffen. Die Luft war drückender als je zuvor und schien um sie herum zu erzittern. »Die Wolken werden sich bald entladen«, sagte Gray mit einem Blick in den aschefarbenen Himmel. »Morgen wird ein Sturm losbrechen.«

»Zu der Zeit werden wir mitten im Getümmel auf Harstathur

sein«, sagte Roper. »Dann bekommen wir den Donner und die Blitze aus nächster Nähe mit.«

Tekoa näherte sich ihnen auf seiner grauen Stute. »Ich muss euch beiden etwas zeigen.«

»Wie weit entfernt?«

»Zweihundert Schritte in diese Richtung.« Tekoa deutete nach Norden.

»Dann lasse ich Zephyr hier«, erklärte Roper. Gray und er gingen hinter Tekoas Pferd her an den Rand des Wegs und in das kurze Gras daneben. Roper betrachtete das Gras, als sie weitergingen, und runzelte die Stirn, während Gray und Tekoa über den Marsch sprachen. Der eine bemerkte, dass er sich zum ersten Mal seit Jahren Blasen gelaufen hatte, und der andere sagte, dass Gray besser hätte reiten sollen, statt zu laufen.

»Hier«, sagte Tekoa einen Moment später. »Seht euch das an.« Er hatte sie auf ein Feld geführt, wo das Gras in regelmäßigen Abständen von nackter Erde unterbrochen waren. Es sah aus wie kleine Pfade, die die Schritte von Tausenden von Männern durch das Gras in den Schlamm getreten hatten. Auf den vom Regen aufgeweichten Wegen sah man Stiefelabdrücke, die offenbar von einer Infanterie hinterlassen worden waren. »Die Kundschafter haben diese Spuren überall im Land gefunden. Sie sind merkwürdig.«

»Sehr merkwürdig«, stimmte Roper zu. Er bückte sich, um den Pfad und das Gras daneben genauer zu untersuchen. Zwischen den Schlammpfaden gab es jeweils einen Streifen von etwa sechs Fuß Breite, in dem das Gras überlebt hatte. »Kavallerie«, sagte er leise.

»Das sind Stiefelabdrücke«, widersprach Tekoa, der sich nicht die Mühe gemacht hatte abzusteigen. »Keine Hufabdrücke.«

»Kavallerie«, wiederholte Roper. »Hier haben Pferde gegrast.«

»Wo ist der Dung?« Tekoa war ungehalten. »Und wo sind die Hufabdrücke?«

»Entfernt worden«, erklärte Roper. »Dieses Muster verrät, dass Bellamus verbergen will, über wie viel Kavallerie er verfügt. Die Pferde grasen entlang dieser Wege, damit sie nirgendwo sonst Hufabdrücke hinterlassen. Dann marschiert anschließend die Infanterie darüber, um die Spuren zu verdecken. Und sämtlicher Pferdedung wird aufgesammelt. Seht doch das Gras an. Die zerfetzten Spitzen sind noch nicht weiß, sie sind ganz frisch. Dieses Feld wurde von sehr vielen Pferden abgefressen, aber sie haben sich sehr viel Mühe gegeben, um das vor uns zu verbergen. Also hat er eine beträchtliche Kavallerie, will aber nicht, dass wir das wissen.«

Gray inspizierte das Gras. »Ihr habt Recht. Es wurde abgefressen.«

»Euer Verstand arbeitet sehr schnell, Lord Roper.« Tekoa klang trotzdem argwöhnisch.

»Nein«, sagte Roper. »Ich verstehe einfach nur meinen Feind. Erinnert ihr euch noch daran, wie wir unsere Toten nach dem Überfall auf ihre Vorräte mitgenommen haben? Wir haben ihn inspiriert, etwas Ähnliches zu versuchen. Bellamus hat genau verstanden, warum wir das getan haben. Ich habe auch so etwas erwartet. Er verfügt über viele Reiter und will nicht, dass wir es wissen. Das bedeutet, er hat Pläne mit ihnen.«

»Was für Pläne?«, fragte Gray nachdenklich.

»Auf Harstathur? Das ist schwer zu sagen. Ganz sicher kann er nicht vorhaben, uns in die Flanke zu fallen. Ein derartiger Umweg um das Plateau würde zwanzig Wegstunden dauern. Trotzdem, Tekoa, Eure Männer sollen heute Abend weit voraus kundschaften. Ich will morgen nicht in den Kampf ziehen und dann feststellen, dass plötzlich hinter uns eine Horde Kavallerie auftaucht.«

Tekoa ritt los und gab Befehle. Roper und Gray zogen weiter, um einen Platz zu suchen, wo sie ihr Lager aufschlagen konnten. Wie immer leistete Helmec ihnen Gesellschaft. Sie fanden ein Gebiet, das von einer Gruppe von Ramneas Hunden umgeben war. Roper entzündete das Feuer, und Helmec gab Zutaten in einen rußgeschwärzten kupfernen Kochtopf. Gray fertigte ein Dreibein aus frischem Holz an, das von einer Weidenrute zusammengehalten wurde, die auch als Aufhängung für den Topf diente. Helmec hängte den Topf mit dem letzten Trinkwasser daran, das sie eigens für diesen Zweck aufgehoben hatten. Dann fügte er Butter und zerkrümelten Zwieback hinzu. Roper spendierte die getrockneten Pilze, die Keturah ihm geschenkt hatte, und Gray ein Stück gepökeltes Lamm und ein paar Preiselbeeren. Sie warteten, bis der Eintopf kochte, und Roper konnte den Duft selbst aus einigen Schritten Entfernung riechen. Das Mahl war etwas besser als das Abendessen, das sie sich normalerweise zubereitet hätten. Und es schien am Vorabend einer Schlacht angemessen zu sein. Es war nicht sinnvoll, Essen aufzuheben, das man vielleicht nie zu sich nehmen konnte.

Sobald der Sonnenuntergang im Westen, der die Farbe von dunklem Bernstein hatte, verblasst war, würden sie aufbrechen und einen Gang um die Lagerfeuer machen. Wie Kynortas zu Roper nur sechs Monate zuvor gesagt hatte, hatten sie keinen Schlachtplan. Sie konnten die Legionäre einfach nur beruhigen und sie ermahnen, am nächsten Tag ihre Pflicht zu tun und so tapfer wie möglich zu kämpfen.

Wegen des riesigen Altars, der zwischen dem Land der Anakim und den Südlingen lag, konnte keine der beiden Streitkräfte viel über den Feind sagen, mit dem sie es zu tun bekommen würden. Wenn sie Kundschafter über den Harstathur hinweggeschickt hätten, würden sie zwar den vorderen Rand des feindlichen Lagers finden, aber weder die Zahl ihrer Gegner noch die Zusammenstellung der Armee erkennen können. Sie waren wie zwei Preiskämpfer, die sich zu einem Kampf auf Leben und Tod bereit erklärt hatten, ohne sich je zuvor gesehen zu haben.

»Also, was können wir den Männern erzählen, Gray?«, begann Roper, während er seinen Eintopf löffelte. »Gibt es deines Wissens nach irgendwelche vergleichbaren Schlachten, bei denen die beiden Armeen so wenig voneinander wussten?«

Gray dachte darüber nach. »Ich nehme an, dass unsere Situation hier uns mehr zu einer Invasionsarmee macht als zu einer Verteidigungsstreitmacht«, sagte er. »Als Verteidiger ist es nicht schwer, Informationen über deine Feinde zu sammeln. Du kennst das Land, die Einheimischen sind auf deiner Seite, und es gibt viele Möglichkeiten, deinen Feind auszukundschaften, bevor du gegen ihn kämpfen musst. Es ist viel einfacher, ein Verteidiger zu sein als ein Angreifer, und deshalb glaube ich, dass Bellamus einen Fehler gemacht hat, als er seine Streitkräfte herführte. Erinnert unsere Krieger daran, dass sie auf unserem eigenen Grund und Boden kämpfen. Erinnert sie daran, dass wir dieses Land im Laufe der Jahrtausende immer und immer wieder verteidigt haben. Und dass wir gerade auf diesem Schlachtfeld eine der schlimmsten Bedrohungen des Südens zurückgeschmettert haben, denen wir uns je gegenübersahen. Die Legionäre sollen sich darauf besinnen, dass sie mit diesem Land verbunden sind. Sorgt dafür, dass die Südlinge für jeden Fuß, den sie vorrücken, mit mehr Blut bezahlen, als sie sich leisten können.« Er überlegte kurz, bevor er weitersprach.

»Wenn wir morgen gegen das Unbekannte kämpfen, dann können wir es uns nicht erlauben, lange nachzudenken. Wenn wir uns nicht rühren und zulassen, dass die Streitkräfte Süddals den Angriff eröffnen, werden wir vielleicht schnell feststellen, dass wir keine Chance mehr haben, um uns davon zu erholen.«

»Falls wir morgen verlieren ...« Roper verstummte und schüttelte den Kopf. »Das ist der schwächste Zusammenschluss aller Legionen, an den ich mich erinnern kann.«

»Vielleicht, was die Anzahl der Krieger angeht«, erwiderte Gray. »Soweit ich mich erinnern kann, ist es das erste Mal, dass das Schwarze Königreich weniger als achtzigtausend Legionäre zur Verfügung hat. Aber unsere Männer sind kampferprobter als je zuvor. Wir haben nicht nur wahre Helden in dieser Armee, sondern die meisten Legionäre haben mehr Schlachten geschlagen als ein Südling in seinem ganzen Leben. Wir sind vielleicht nur siebzigtausend, aber diese Krieger sind die härtesten, stursten siebzigtausend, die jemals durch das Schwarze Königreich marschiert sind. Sie sind die Nachkommen der größten Helden unseres Volkes. Nehmt nur unseren Freund hier.« Gray deutete auf Helmec, der gerade seinen Knochenlöffel sorgfältig ableckte. »Wie viele Schlachten hast du geschlagen, Helmec?«

»Das weiß ich nicht«, sagte Helmec, und ein Lächeln verunstaltete sein entstelltes Gesicht noch mehr. »Viele.«

»Zu viele, um sie zählen zu können?«

»Ja.«

»Und wie oft hast du verloren?«

Helmec dachte nach. »Wir haben ein paar kleinere Scharmützel verloren. Und wir haben an diesem Tag auf der überfluteten Ebene verloren.« Er warf einen entschuldigenden Blick auf Roper. »Das ist alles, woran ich mich erinnern kann. Es hat allerdings auch Siege gegeben, die sich wie Verluste anfühlten, weil so viele gestorben sind. Lundenceaster war einer davon.«

»Ja, das war es allerdings«, bestätigte Gray. »Lundenceaster war zehnmal schlimmer als die Niederlage auf der Flutebene.«

»In Lundenceaster habe ich mich von meinem Gesicht verabschiedet«, erklärte Helmec. »Aber das ist wahrscheinlich auch besser so. Ich sah noch nie besonders gut aus, und jetzt kann Gullbra sich wenigstens einbilden, dass ich es einmal tat.« Bei der Erwähnung seiner winzigen Frau grinste Helmec erneut. »Und es ist auch besser, dass es mir passiert ist, als jemandem wie Pryce. Er hat sich schon ziemlich aufgeregt, nur weil er sein Ohr verloren hat.«

»Jedenfalls steht es dir«, log Roper und stellte anschließend die Frage, die ihm schon lange auf der Zunge lag. »Wie ist es passiert?«

»Ein Morgenstern«, erwiderte Helmec. »Er hat mich von oben nach unten erwischt«, er legte die Hand auf die rechte Seite seines Gesichts, »als ich eine Leiter erklommen habe. Die

Infektion hätte mich fast umgebracht, und deshalb ist die Wunde auch nie richtig verheilt.«

Roper und Gray hatten ihre Schälchen mit Eintopf abgestellt. »Du bist wirklich ein Mann, der bemerkenswert wenig Selbstmitleid zeigt«, sagte Gray und sah Helmec über das Feuer hinweg bewundernd an.

Helmec errötete. »Von dir ist das ein großes Lob.« Er blickte wieder in seinen Eintopf.

Über ihnen hatte sich in den gewaltigen Wolkengebirgen am Himmel ein Spalt geöffnet. Dahinter zeigten sich die Sterne. Roper konnte wie beim letzten Mal, als er auf dem Harstathur gewesen war, die Winterstraße sehen: dieses Band aus Sternen, das den Weg kennzeichnete, den sie alle eines Tages in die Unterwelt nehmen würden. Es war ein Ort voller kalter Wunder, erleuchtet nur vom Mondlicht und umgeben von endlosen Wäldern aus gigantischen Eiskristallen. Auf vielen der Pfade staute sich harter, gefrorener Nebel. Wölfe mit einem Fell aus Eis beobachteten, wie man vorankam, und dienten den Tapferen und gut Vorbereiteten als Anführer, für den Rest allerdings erwiesen sie sich als tückisch. Einige Seelen wanderten für immer über die Winterstraße und fanden nie den Eingang zur Unterwelt. Auf ihrem endlosen, eisigen Weg wurden sie die ganze Zeit über von den einzigen sterblichen Tieren beobachtet, die in dieses Reich reisen konnten: den Raubvögeln. Sie saßen auf den Eiskristallen und blickten auf die Seelen, die unter ihnen entlangtrieben. Das war die große Prüfung. Alle Taten, die man im Leben vollbrachte, waren nicht mehr als eine Übung für diesen langen Übergang.

Roper wandte den Blick vom Himmel und sah, dass Helmec und Gray aufgehört hatten zu essen und ebenfalls hinaufstarrten, bis die Wolken sich bewegten und die Sterne wieder verbargen.

»Ich hoffe, Ihr seid zuversichtlich, was den morgigen Tag angeht, Lord.« Helmec blickte immer noch zum Himmel hoch.

»Zuversichtlich?«

»Im Glauben an Euch selbst, Lord. Ihr seid nicht zufällig so weit gekommen. Vertraut auf Euch selbst.«

»Danke, Helmec«, sagte Roper leise.

Während sie redeten, fiel Ropers Blick auf Uvoren, der von einem Lagerfeuer zum nächsten ging und seinen Kameraden auf die Schulter schlug oder ihnen über die Köpfe strich. Er verzog verächtlich das Gesicht, wenn er über die Südlinge sprach, und Roper bemerkte, wie er die Männer an den Feuern mit Mut und Tatendrang erfüllte. Sein Kielwasser vertrieb die nachdenkliche Stille ein wenig, wo immer er vorbeiging. Zur großen Überraschung des Schwarzen Lords näherte er sich dann dem Feuer, an dem Helmec, Gray und Roper selbst saßen. Er blieb am Rand des Lichtscheins stehen, wo sich der Feuerschein und die Dunkelheit vermischten, und starrte einen Moment mit leerem Blick in die Flammen.

»Hauptmann«, sagte Roper leise.

»Mylord«, antwortete er. *Lord.*

»Bist du bereit für morgen, Hauptmann?«, wollte Gray wissen. »Wir werden den Seelenjäger in seiner besten Verfassung brauchen.«

»Das wird er sein, Leutnant«, erwiderte Uvoren ernst. Gray und er waren sehr förmlich im Umgang miteinander, seit Letzterer Uvorens Jugendfreund Asger als stellvertretenden Kommandanten der Heiligen Wache abgelöst hatte. Helmec ignorierte er vollkommen. »Und du? Wirst du bereit sein?«

»Das werde ich, Hauptmann.«

Uvoren betrachtete Gray. »Ich weiß, dass du dich gern auf den Tod vorbereitest. Aber möglicherweise wirst du morgen für noch mehr bereit sein müssen. Morgen darfst du nicht sterben, bevor deine Klinge stumpf und schwer von getrocknetem Blut ist. Hast du mich verstanden, Leutnant? Erst wenn du vollkommen am Ende bist, bekommst du meine Erlaubnis zu fallen.«

Bei diesen Worten lächelte Gray ins Feuer. »Danke, Hauptmann. Aber meine Gemahlin hat mir noch nicht erlaubt zu sterben. Und so lange werde ich mein Bestes tun, um zu überleben.«

»Und was ist mit meiner Erlaubnis?«, fragte Roper. »Die hast du auch nicht.«

Gray neigte seinen Kopf in Ropers Richtung, sagte aber nichts.

Dann entstand ein Moment des Schweigens, in dem Uvoren den Schwarzen Lord betrachtete. Wie üblich hatte er den Mund leicht verzogen. »Wisst Ihr, was der Unterschied zwischen Euch und mir ist, Lord Roper? Der Unterschied ist, dass ich nicht dumm genug gewesen bin, Vigtyr von der Leine zu lassen. Was auch immer Ihr diesem Mann geben werdet, Ihr werdet ihn niemals zufriedenstellen. Früher oder später wird er Euer Untergang sein.«

»Dich und mich unterscheidet noch viel mehr, Hauptmann«, sagte Roper. »Geh weiter. Andere Lagerfeuer brauchen deine Gesellschaft dringender als dieses hier.«

Uvoren verbeugte sich betont und wandte sich ab. Roper und Helmec sahen ihm nach. Gray jedoch achtete nicht darauf, sondern starrte einfach nur in die Flammen.

»Als ich jung war«, sagte Gray kurz darauf, »habe ich immer über den Tod nachgedacht.« Er grübelte. »Ich war sogar davon besessen. Während meine Standesgenossen ihre Kampftechniken verbesserten oder auf die Jagd gingen, war ich mit der Erkenntnis beschäftigt, dass all dies irgendwann unausweichlich enden würde. Aber wie? Tut es weh? Was passiert hinterher? Ist es besser als das Leben oder schlechter? Wie werde ich mich fühlen, wenn ich dem Tod ins Auge blicke?« Er rührte sich nicht, während er sprach. Helmec und Roper hörten ihm aufmerksam zu. »Es ist das letzte Unbekannte. Doch es gibt nur eines, was ich am Tod wirklich fürchte: wie ich darauf reagieren werde. Ich habe von dem Moment meines Todes geträumt, und in meinen Träumen, vor dem letzten Schlag, war ich immer ein

Feigling. Ich flehte meinen Feind um Gnade an. Oder lief weg wie ein Tier.« Er hob die Hände.

»Dabei war ich kein schlechter Schwertkämpfer. Ich verstand sogar die Taktikstunden sehr gut, aber als ich zu einem vollwertigen Legionär ernannt wurde, war ich trotzdem der Meinung, dass es ein Fehler war. Ich hatte Angst vor dem Moment, in dem ich begreife, dass ich sterben muss. Mein Verhalten würde mich sicher entehren. Meine Kameraden sahen so gelassen und so unbeschwert aus, und ich wusste, dass ich ein Feigling war ... Das änderte sich in meiner ersten Schlacht. Mein bester Freund aus dem Haskoli, ein Jüngling meines Alters, wurde von einem Speer in die Brust getroffen und fiel neben mir. Ihr wisst, wie sich das anfühlt, Mylord. Ihr habt zugesehen, wie Euer Vater von einem Pfeil getötet wurde, und musstet hinter ihm herreiten, in die gewaltige Menge des Feindes. Vermutlich habt Ihr damals genau das empfunden, was ich fühlte, als mein Freund Kolbeinn neben mir starb. Ich erinnere mich nur an meine Wut ... Blanke Wut. Noch nie in meinem Leben bin ich so davon überwältigt worden. Sie hat vollkommen Besitz von mir ergriffen. Ich habe dem Mörder, einem Südling, den Kopf von den Schultern geschlagen und meinen sterbenden Freund zurück durch das Getümmel geschleppt.« Gray verstummte kurz.

Roper wusste, dass er keine Ermutigung brauchte, und wartete geduldig, bis Gray die Geschichte weitererzählte. Helmec hatte seinen Eintopf verzehrt und stellte das Schälchen zur Seite. Er hörte zu, während er in die Flammen blickte.

»Er wusste, dass er sterben musste«, nahm Gray dann den Faden wieder auf. »Ich habe ihm auch nichts anderes weisgemacht. Schaumiges Blut trat aus der Wunde und sickerte aus seinem Mund. Wir konnten nichts mehr für ihn tun. Also kniete ich mich neben ihn, sagte ihm, dass ich da war und dass er ehrenvoll starb.« Gray verzog das Gesicht. »Und mein Freund Kolbeinn ... Er war ganz ruhig, obwohl er wusste, dass er starb. Es machte ihm nichts aus. Er sah mich einfach nur an und lächelte. Er sagte, dass er es jetzt wüsste. Wenn der Tod kam, konnte man ihn ertragen. Es fühlt sich leicht an, sagte er.«

Gray atmete tief ein und hielt den Atem an, während er immer noch ins Feuer starrte. Aber er richtete sich jetzt etwas auf. »Diese Erinnerung ist mehr als einhundert Jahre lang mein Trost gewesen und hat mir Kraft gegeben. Kolbeinn war ein Held, also hatte er vielleicht doch Angst und hat mir einfach nur erzählt, was ich unbedingt hören musste. In diesem Fall ermutigt mich sein Beispiel. Oder aber, und das glaube ich eigentlich, er hat die Wahrheit gesagt. Und es gibt nichts zu fürchten am Tod, denn wenn es so weit ist und man keine Wahl hat, dann kann man ihn akzeptieren.«

Er sah Roper an und lächelte. »Das glaube ich. Erinnert ihr beiden euch an meinen Traum? Meine Suche? Reynar der Große lehrte mich, dass man imstande ist, dem Tod bereitwillig entgegenzutreten, wenn man sich selbst nicht so wichtig nimmt. Und Kolbeinn hat mich gelehrt, dass man die Qual ertragen kann. In meinen letzten Momenten möchte ich gerne Reynars Bereitschaft und Kolbeinns Akzeptanz zeigen. Wenn ich das schaffe, dann werde ich glauben, dass ich mein Leben erfolgreich gemeistert habe. Und jetzt kommt, Mylord«, sagte er plötzlich. »Wir müssen Uvorens Beispiel folgen.«

Roper und er verschwanden wie der graue Rauch ihres Feuers in die Dunkelheit, glitten durch die Reihen der Soldaten und beruhigten die Legionäre. Mit den Kriegern zu sprechen fiel Roper immer leichter, da die Männer ihn immer besser kennenlernten. Diejenigen, die den letzten Feldzug mitgemacht hatten, verstummten jetzt, wenn er an ihrem Feuer auftauchte, und hofften, dass er zu ihnen kam und ein paar Worte mit ihnen wechselte. Und selbst jene, die neu unter seinem Befehl standen, waren begierig darauf zu hören, was er zu sagen hatte. Sie hatten schon viel über diesen Schwarzen Lord gehört.

Roper kam zu einem Feuer der Schwarzfelsen. »Darf ich mich zu euch setzen?«

»Selbstverständlich, Lord.«

Roper streifte sich seinen Rucksack von den Schultern und setzte sich darauf. »Morgen wird ein besonderer Tag«, sagte er in das erwartungsvolle Schweigen. »Dieser Sturm«, er deutete auf die dichte Wolkendecke über sich, die die erstickende Wärme am Boden hielt, »wird irgendwann während unseres Kampfes losbrechen. Es wird ein wahrer Wolkenbruch und ein herrlicher Kampf dort oben auf dem Altar werden. Es ist ein schmales Schlachtfeld. Unsere Armeen werden immer wieder zusammenprallen, und wir werden unsere Gegner jedes Mal zurückdrängen, bis sie endgültig davonkriechen und um Gnade betteln. Wir werden ihnen im Sand dieser Arena Fußspitze an Fußspitze gegenüberstehen und erschütternde Schläge austeilen. Am Ende werden wir bluten, aber aufrecht dastehen, während die Südlinge gebrochen im Staub liegen. Sie werden feststellen, dass die Schwarzfelsen eine schwer zu ertragende Gesellschaft sind.« Die Männer rund um das Feuer lachten hämisch.

»Jedermann hier hat auf der Flutebene diesen Hagel aus Pfeilen über sich ergehen lassen. Viele von euch humpeln immer noch, weil die Krähenfüße eure Füße durchbohrt haben. Ihr musstet zusehen, wie diese heimtückischen Bastarde eure Brüder getötet haben, ohne sich auf das Wagnis einzulassen, Mann gegen Mann gegen euch zu kämpfen.« Roper lächelte grimmig. »Die Südlinge werden euch morgen von eurer besten Seite kennenlernen. Und wenn sie es schließlich wagen, in die Reichweite eurer Schwerter zu treten, dann werden sie auch wissen, wie sich euer Bestes anfühlt.«

Die Männer murmelten zustimmend. »Wie sieht der Schlachtplan aus, Mylord?«, fragte ein Krieger auf der anderen Seite des Feuers.

»Was brauche ich einen Schlachtplan? Ich habe euch. Es sind nicht mehr so viele Schwarzfelsen wie vorher, aber für diesen Kampf wird es reichen.«

Roper konnte nicht lange bleiben. Je mehr Lagerfeuer er aufsuchte, desto besser. Er schilderte ihren letzten Kampf, beschrieb ihnen Leon Kaldisons Mut, als er Lord Northwic tötete, und wie diese Tat durch einen vollkommen verrückten Pryce überhaupt erst ermöglicht wurde, dessen Auftreten ihm damals den Beinamen Pryce der Wilde eingetragen hatte. Dann verabschiedete sich Roper von ihnen und wollte ihnen schon den Rücken kehren, als er sich noch einmal zu dem Kreis umdrehte.

»Es gibt einen Südling, dessen Tod ich mir morgen sehr wünsche. Sein Name ist Garrett Eoten-Draefend. Garrett der Gigantenjäger. Er ist ein Hüne, mit einer blonden Haarmähne und einer verstümmelten Nase. Wer ihn tötet und mir seinen Speer bringt, dem ist meine höchste Dankbarkeit gewiss.«

»Ihr bekommt den Speer, wenn er mir vor das Schwert läuft, Lord«, versprach einer.

»Daran zweifle ich nicht«, sagte Roper, bevor er in der Dunkelheit verschwand.

Einige Veteranen an anderen Feuern stellten Roper jedoch misstrauisch auf die Probe. Für sie war er nur ein oberflächlicher Jüngling, immer noch grün hinter den Ohren und mit wenig Erfahrung, was Schlachten betraf. Roper störte das nicht: Seine Legionäre waren tapfer, und sein Ziel war es unter anderem, ihnen klarzumachen, dass sie gut geführt wurden.

»Habt Ihr Angst, Mylord?«, fragte ein vernarbter Legionär der Grauen.

»Selbstverständlich habe ich Angst. Möglicherweise sterbe ich morgen.« Roper zuckte mit den Schultern. »Das ist ein Furcht einflößender Gedanke. Aber irgendwann muss es schließlich passieren. Und wenn ich für meine Familie sterbe und für meine Kameraden in der Schlachtreihe, dann ist es der beste Tod, den ich mir wünschen kann. Der Gedanke daran ängstigt mich nicht annähernd so sehr wie die Vorstellung, dass meine Nerven mich im Stich lassen könnten, oder wie eine Niederlage durch die hinterhältigen Taktiken dieser Südlinge. Also ja, ich habe Angst. Ich habe Angst, dass ich meine Pflicht nicht erfülle.

Andererseits glaube ich nicht, dass das ein Problem werden wird. Wir wissen nicht viel über das, womit wir es zu tun bekommen, aber wir wissen, dass Bellamus' Schildmänner dort sein werden. Wisst ihr, was sie getan haben? Sie haben die Knochenplatten unserer toten Kameraden aus ihren Leichen geschnitten und tragen sie als Rüstung.«

Das schockierte Murmeln, das diese Mitteilung auslöste, befriedigte Roper.

»Ich habe Angst. Aber ich hege keinerlei Zweifel daran, dass meine Pflicht mit meinem größten Vergnügen zusammenfällt, wenn mir einer dieser Einsiedlerkrebse vor das Schwert kommt.« Roper stand auf und musste seine Überraschung verbergen, als die Legionäre der Grauen sich ebenfalls erhoben.

»Morgen früh bei Tagesanbruch marschieren wir, Männer. Wir sehen uns auf dem Altar.«

22. KAPITEL

DER BLITZSCHLAG

Der Morgen graute als kaum merklicher Lichtschein über Harstathur. Roper hätte nicht einmal sagen können, wo genau Osten lag, so dicht war die Wolkenschicht über ihnen. Sie schien das düstere Schlagen der Trommeln zu verstärken, als die Legionen auf dem Plateau Stellung bezogen. Trompetensignale dirigierten die Legionäre, sodass sie die gesamte Breite des schmalen Schlachtfelds abdeckten. Ihnen gegenüber in etwa anderthalb Meilen Entfernung versammelte sich die Armee der Südlinge. Roper konnte ihre Zahl auf dem Schlachtfeld nicht schätzen, aber er sah ihre Pikeniere: Es mussten Tausende mit Spießen Bewaffnete sein.

Er ritt auf Zephyr. Wäre er zu Fuß gegangen, hätte er seinen Männern ein Beispiel gegeben. Ein Schlachtross zu benutzen war andererseits praktischer. Vor allem jedoch verlieh ihm dieses monströse Schlachtross auf dem Schlachtfeld Präsenz. Bevor Roper aufgestiegen war, hatte man Zephyr gerüstet: mit einem Panzer aus dicken Platten und Ketten, der das Tier von den Ohren bis zu den Kniegelenken bedeckte. Der eiserne Kopfpanzer verlieh dem Pferd ein gespenstisches Aussehen, weil unter der stählernen Haut so gut wie nichts von seinem Körper sichtbar war. Ein anderes Pferd hätte der schwere Panzer verlangsamt, Zephyr dagegen spürte das Gewicht kaum.

Kein anderer General hätte seinen Hengst so für den Nahkampf vorbereitet, aber Ropers Männer hatten sich mittlerweile an ihn gewöhnt. Der Schwarze Lord war weit klüger, als sein Alter vermuten ließ, und besaß eine unerwartete Führungsgabe. Er hatte einen Elitelegionär im Nahkampf getötet, als der Mann versucht hatte, ihn hinterrücks zu ermorden. Mit eisernen Nerven war er allein in ein von Nebel verhangenes feindliches Lager geritten und hatte dort marodiert. Und er hatte die Streitkräfte Süddals in der Schlacht auf dem Pass am Meer vernichtet. Er war ihr Anführer, Roper Kynortasson.

Und hinter ihm folgte eine Legion von Helden. Pryce der Wilde. Hartvig Uxison. Gray Konrathson. Uvoren der Mächtige. Leon Kaldison. Vigtyr der Schnelle. Es waren Legionäre, die in jedem anderen Zeitalter durch ihre Geschicklichkeit im Umgang mit den Waffen und durch ihren Mut einzigartig gewesen wären. Und, wie Gray gesagt hatte, folgte Roper die härteste und starrsinnigste Armee, über die das Schwarze Königreich jemals verfügt hatte. Die meisten Krieger waren Veteranen mit Dutzenden von Schlachten auf dem Buckel. Sie waren die Auserwählten, die ihre Brüder aufgrund ihrer Fähigkeiten, ihres Spürsinns oder durch blankes Glück überlebt hatten. Ein Geflecht aus Pflichtbewusstsein und Erziehung sorgte dafür, dass die Neuen in den Schlachtreihen Loyalität von Geburt an verinnerlichten.

Die Trommler hämmerten unablässig auf ihre Tierhäute, als sie auf dem Altar Aufstellung nahmen. Sie schienen die Wolken über ihnen zu einer Antwort zu verleiten, denn der erste Donner grollte bereits über dem Schlachtfeld. Roper ritt in der Mitte der Schlachtreihe unter dem flatternden Banner eines Wolfs. Die in ihren Umhängen aus Adlerfedern einschüchternd wirkenden Legaten versammelten sich hinter ihm auf ihren Pferden, zusammen mit Uvoren, Gray und etlichen Adjutanten. Helmec war zwar aus der Heiligen Wache ausgestoßen worden und diente folglich in keiner kämpfenden Legion, blieb aber an Ropers Seite. Der Schwarze Lord betrachtete mit scharfem

Blick die Streitmacht Süddals und argwöhnte, dass seine Augen längst nicht so gut waren wie die einiger anderer um ihn herum.

»Sieht so aus, als wären es fast ausschließlich Pikeniere«, sagte er. »Mit einer Gruppe von Rittern zu Fuß, in der Mitte.«

»Leichte Infanterie an der Front und dahinter Langbogenschützen«, bemerkte Tekoa.

»Deshalb wollte Bellamus uns hier bekämpfen«, sagte Gray. »Wir müssen diese Pikeniere direkt angreifen. Unmöglich, sie zu umgehen.« Gray schwieg kurz. »Also, was hat er mit der Kavallerie gemacht?« Es klang fast so, als spräche er mit sich selbst.

Roper schüttelte den Kopf und winkte einen Adjutanten heran. »Alle verfügbaren Pfeile sollen vom Nachschubtross hierhergebracht werden, und zwar so schnell ihr könnt. Und sorgt dafür, dass alle Legionen gleich viele Pfeile bekommen.« Der Adjutant rannte davon. »Wir werden uns so lange wie möglich zurückhalten«, befahl Roper den versammelten Kommandeuren. »Deckt sie mit einem Pfeilhagel ein, um die Pikeniere auszudünnen. Wir sollten sie nicht direkt angreifen, bevor wir ihre Zahl nicht verringert haben.«

Etwas prallte mit einem leisen Klirren von Ropers Rüstung ab, und er sah an sich herab. Ein Hagelkorn von der Größe einer Erbse lag in dem Spalt zwischen seiner Armschiene und seinem Ellbogen.

»Wir werden schon bald nichts mehr sehen können, Lord«, warnte ihn Tekoa.

Roper nickte. »Kameraden, wenn ihr den Trompeter nicht hören könnt, dann befehlt ihr frei über eure Legion, bis ihr etwas von mir hört. Haltet die Reihe. Auf diesem Schlachtfeld wird sehr viel davon abhängen, dass wir eine starke Formation aufrechterhalten. Skallagrim? Deine Männer bleiben in Reserve, bis sie gebraucht werden.«

»Ja, Lord.« Skallagrim klang ein wenig verärgert darüber, dass er nicht sofort in die Schlacht ziehen durfte.

»Tekoa? Die Skiritai sollen den Südlingen so viel Ärger an der

Front machen, wie Ihr es für angebracht haltet. Sorgt dafür, dass ihre leichte Reiterei uns nicht belästigt, stachelt ihre Spießkämpfer an, und dann zieht euch zwischen Ramneas Hunden und der Hilfslegion der Salzmäntel zurück, bevor die Schlachtreihen aufeinanderprallen.«

»Das mache ich, Mylord«, versprach Tekoa.

»Ich bleibe in der Mitte, zusammen mit der Wache und Ramneas Hunden. Nach den Pfeilsalven werden wir die Ritter angreifen, und wir brauchen dann Eure Unterstützung an den Flanken.« Es prasselte, als Hagelkörner von Ropers Helm abprallten. »Kameraden, zu euren Legionen. Geht mit Gott!«

»Gott sei mit dir, Mylord Roper!«, dröhnte Tekoa. Er wendete sein Pferd und grüßte die anderen Legaten mit geballter Faust. Sie schrien einen heiseren Gruß und ritten dann zu ihren jeweiligen Legionen. Die Trompeten schmetterten. Angefertigt aus menschlichen Oberschenkelknochen, sollten sie ihre Widersacher aus dem Süden abschrecken. Das Signal übertönte das Trommeln, und im nächsten Moment erhellte ein weißer Blitz das Schlachtfeld. Einen Herzschlag später folgte ihm ein heftiger Donnerschlag, den Roper als Veränderung des Luftdrucks körperlich spürte. Der Hagelschauer wurde stärker, und ein grauer Nebel verbarg die Streitkräfte Süddals.

»Es ist fast so, als würden wir im Himmel kämpfen«, murmelte Roper. Während er sprach, schlug ein Blitz im Boden zwischen den beiden Armeen ein. »Uvoren.« Er sah den Hauptmann der Wache scharf an. Dieser stand in seiner Nähe, weil die Heilige Wache in der Mitte der Schlachtreihe hinter Roper Aufstellung genommen hatte. »Ich freue mich schon sehr darauf, den Seelenjäger in Aktion zu sehen.«

Uvoren ritt dicht zu Roper und streckte die Hand aus. Roper war etwas überrascht, packte sie aber im Kriegergruß.

»Heute, Lord Roper«, stieß Uvoren hervor, »werdet Ihr erleben, wie sehr es mich geschmerzt hat, im Hindrunn zu bleiben. Diese Ritter gehören mir.«

»Legen wir los!«, sagte Gray.

Roper deutete hinter sich auf den Trompeter, der drei lange Töne blies. *Vorrücken!*

Die Trommelsignale veränderten sich und vereinigten sich zu einem einzigen Schlag, der durch die gesamte Schlachtreihe zu hören war. Die Legionäre, die normalerweise so stumm und nüchtern schienen, brüllten, als sie vorrückten. Gleichzeitig verringerte sich die Sicht drastisch, als sich der eisige Hagelschauer verstärkte. Sie konnten jetzt kaum zwanzig Schritt weit sehen. Roper war froh, dass er seine Rüstung trug. Der Schauer wirkte wie ein körperliches Gewicht, das sich auf seinen Kopf und seine Schultern legte. Nur mühsam hielt er Zephyr unter Kontrolle, weil das Schlachtross schnaubte und widerwillig bockte. Er winkte einen der Adjutanten zu sich. »Reite zu Tekoa!«, überschrie er das Dröhnen des Hagels und ein weiteres Donnern. »Und sag ihm, dass die Skiritai mir melden sollen, wie weit der Feind von uns entfernt ist.«

Der Adjutant nickte und galoppierte davon. Er orientierte sich an der Schlachtreihe, um durch den Hagelschauer zu manövrieren.

»Ist das wirklich Eure Vorstellung vom Himmel, Lord?«, rief Gray ihm durch die tosenden Elemente zu.

Roper lachte. »Auch wenn das seltsam erscheinen mag, aber ja!«, erwiderte er, ebenfalls schreiend. Roper war der Meinung, der Himmel sollte in Bewegung und Furcht einflößend sein. Seine Vorstellung, in Gottes Nähe zu sein, bestand nicht aus dem Gefühl von Frieden, sondern von Furcht. Die Blitze zuckten durch die Wolken, und der Donner rollte in gewaltigen Wellen über sie hinweg. Es blitzte so oft, dass es aussah, als wären sie die Säulen, die das Firmament stützten. Die Legionen schienen jedes Mal, wenn das weiße Licht über ihnen aufflammte, zu erstarren und gingen dann ruckartig weiter, wenn es erlosch.

Sie setzten den Vormarsch fort, und kurz darauf kam ein Adjutant zu Roper. Allerdings war es ein anderer als der, den er ausgeschickt hatte. »Lord! Legat Tekoa sagt, dass Euer Abschnitt der Schlachtreihe noch etwa fünfhundert Schritte von den Rittern in der Mitte der Südlinge entfernt ist. Sie rücken ebenfalls vor.«

»Wann hat er dir das gesagt?«

»Vor drei Minuten, Lord?«, schätzte der Legionär. »Die Skiritai haben die leichte Reiterei der Südlinge erledigt oder zurückgetrieben und ziehen sich jetzt zurück.«

»Gib das Zeichen zum Anhalten!«, brüllte Roper dem Trompeter zu. Der stieß erneut drei Töne aus. Roper wusste nicht, wie weit sie durch den Hagel trugen, aber die Trommeln um ihn herum veränderten ihren Schlag, als die Schlachtreihe zum Stehen kam. Ein schwaches, fast klagendes Trompetensignal erklang rechts und links von ihm und wiederholte seine Befehle entlang der gesamten Schlachtreihe. »Bögen!« Die Trompete schmetterte ein kurzes stakkatoartiges Signal. Vor Roper nahmen Ramneas Hunde ihre gewaltigen Eibenbögen vom Rücken. Die Trommeln sollten Befehle wie diesen nicht wiederholen, und Roper hörte keine anderen Trompeten den Befehl schmettern. Aber er vertraute auf die Kommandeure: Sie kannten den Plan, selbst wenn sie den Befehl nicht gehört hatten.

Ohne ein Wort zu sagen, galoppierte Uvoren in den Hagel und in Richtung der Heiligen Wache. Gray warf einen Blick zu Roper. »Ich gehe mit ihm, Lord.«

»Mach das, Leutnant.« Gray verschwand und ließ Roper mit Helmec, Sturla und einer Gruppe von Adjutanten zurück. Er spielte kurz mit dem Gedanken, den Befehl zu geben, einfach in den Hagel zu schießen, aber ihm war klar, dass bei diesem Hagelschauer die Pfeile schon sehr schnell ihre Durchschlagskraft verlieren würden. »Wir warten, bis sie in Sichtweite sind!«, befahl er Sturla. Der Kommandeur von Ramneas Hunden war ein ungewöhnlich gelassener Mann und erwiderte nichts. Zudem war er barhäuptig, sodass die Hagelkörner sich in seinem Haar sammelten. Es musste wehtun, aber seine Miene war ausdruckslos.

»Ihr da!« Roper deutete auf sechs Adjutanten. »Drei von euch gehen nach links, drei nach rechts. Ich will wissen, was am anderen Ende der Schlachtreihe passiert. Feuern wir bereits auf die Pikeniere? Können wir sie überhaupt schon sehen? Haben einige der Legionen Kontakt mit dem Feind? Bringt mir diese Informationen, so schnell ihr könnt.« Sie verschwanden. Roper schickte zwei weitere Legionäre nach vorn, die vor den ersten Reihen von Ramneas Hunden warten sollten. Sie hatten den Befehl, ihn zu informieren, sobald sie den Feind sehen konnten. Er musste nicht lange warten. Kaum eine Minute später kam einer von ihnen im Galopp zurück.

»Bewaffnete, Mylord! Sie rücken sehr schnell vor!«

»Pfeilsalve!«, brüllte Roper. Denn auch er konnte jetzt die undeutlichen Umrisse im Hagel wahrnehmen. Die Trompete blies erneut ein Stakkato-Signal, und die Legionäre legten ihre Pfeile auf die Bögen. In einer gewaltigen synchronen Bewegung feuerte der gesamte Block von Männern seine Pfeile auf die Ritter, die jetzt deutlich sichtbar waren. Sie griffen durch den Hagel an. Die Pfeile hatten keine erkennbare Wirkung auf sie, und sie kamen rasch näher.

»Weg mit den Bögen! Angriff! Angriff!« Auf die erneuten Hornsignale hin warfen Ramneas Hunde ihre Bögen weg und zogen ihre Schwerter. Das Hornsignal wurde wiederholt. Die Legionäre strömten nach vorn.

Gepanzerte. Sie waren die einzigen Soldaten der Südlinge, die den Legionären gewachsen waren. Sie wurden von Kopf bis Fuß von einer Rüstung geschützt und stammten aus den wohlhabendsten Familien der Südlande. Zwar lebten sie nicht ebenso hart oder diszipliniert wie die Anakim, aber auch sie waren für den Krieg ausgebildet worden und wahrhaftig erfahrene Kämpfer. Sie kämpften mit den Waffen, die sie sich selbst ausgesucht hatten, mit dem Morgenstern, dem Streithammer, der Hellebarde oder dem großen Zweihandschwert. Die Anakim waren in ihrer leichteren Rüstung beweglicher, aber dank ihrer Knochenplatten genauso gut geschützt. Und eine Klinge aus Unthank-Silber konnte zwar die Stahlrüstungen durchbohren, die die Ritter trugen, aber man musste sehr genau zielen und viel Kraft aufwenden, damit das gelang.

Die Elite Süddals und die Legionäre des Schwarzen Königreichs waren gleich stark, und sie stürmten jetzt auf Harstathur durch den trommelnden Hagel und die Lichtblitze aufeinander zu. Die beiden Schlachtreihen prallten klirrend aufeinander. Schon kurz nach dem Aufprall drängte die überlegene Kraft der Anakim die südlichen Ritter zurück.

Roper hörte ein zweites metallenes Krachen und wusste, dass rechts neben ihm die Heilige Wache auf den Feind getroffen war. »Treib sie zurück, Legat!«, rief er Sturla zu, wendete Zephyr und ritt in die Richtung, wo die Wache kämpfte.

Während er dorthin galoppierte, tauchte ein Adjutant neben ihm auf. »Ich bin bis zu den Grauen geritten, Mylord!«, schrie der Mann über den Schlachtenlärm hinweg. »Sie haben die Pikeniere mit einem Pfeilhagel eingedeckt, müssen aber bald Mann gegen Mann kämpfen.«

»Danke, Reifnir.«

Die Heilige Wache war nicht weit entfernt, und als Roper sie erreichte, stellte er fest, dass sie bereits einen kleinen Keil in die Menge der Ritter geschlagen hatte. Sie gab in der Mitte nach, um den Druck zu lindern, den die Wache auf sie ausübte. Roper sah Uvoren, der abgestiegen war und jetzt in der ersten Schlachtreihe kämpfte. Er duellierte sich mit einem Ritter, der ein blutiges Langschwert schwang. Eine Weile kämpften sie, bis Uvoren schließlich den Seelenjäger mit der rechten Hand packte, einen Schlag gegen seinen Hals abwehrte und nach dem Schwertarm seines Widersachers griff. Er hielt ihn fest, während er seinen Streithammer auf den Schädel des Mannes niederschnellen ließ. Der Helm zerbrach, und der Mann stürzte wie ein Stein zu Boden.

Neben Uvoren war Gray. Er verteidigte sich gegen einen Ritter mit einer Hellebarde, der immer wieder mit der Waffe nach seiner Brust zielte. Ein Stoß hätte sein Ziel fast erreicht, aber Gray wich in letzter Sekunde aus. Die Spitze der Hellebarde erwischte die Schulterplatte seiner Rüstung und presste sie ruckartig nach hinten. Gray rutschte im Schlamm aus. Doch er reagierte schnell, indem er sich weiter drehte, dabei die Hellebarde aus seinem Schulterpanzer löste und Ramnea, sein Schwert, mit beiden Händen auf den Ellbogen des Mannes schlug, der seinen Arm nach dem Stoß immer noch ausgestreckt hatte. In der Armbeuge war kein Eisen, und das Schwert durchtrennte den Unterarm sauber am Gelenk. Die Hellebarde fiel zu Boden. Mit schmerzverzerrtem Gesicht wich der Ritter vor Gray zurück, ging in die Knie und hob den unversehrten linken Arm flehentlich hoch. Gray stieß den Mann mit der Hand zur Seite und griff den nächsten an.

Roper wollte Pryce kämpfen sehen, aber er konnte ihn nirgendwo entdecken. Sein Blick streifte Leon, der gerade versuchte, sein Schwert aus dem Helm eines Ritters zu ziehen, während er sich gleichzeitig unter dem Schlag eines Streithammers wegduckte. Doch dann verlor er ihn aus den Augen. Die gesamte Schlachtreihe kämpfte wie von Sinnen. Der Hagelschauer schien die Krieger noch aggressiver zu machen als zuvor. Funken stoben, wenn sich die Waffen kreuzten, und manchmal flogen auch Metallsplitter durch die Luft. Alles auf dem Altar versank im Grau. Der Schlachtenlärm schmerzte in Ropers Ohren. Er sah, wie ein Wächter die Abwehr eines Ritters durchbrach und sein Schwert durch den Brustpanzer in den Leib des Mannes rammte. Die Klinge blieb stecken, und der Ritter, durchbohrt von dem Schwert des Wächters, hob seine eigene Waffe und schlug damit nach dem Kopf seines Feindes. Der Wächter wurde zu Boden geschleudert. Sein Helm war aufgeplatzt wie eine Eierschale, Blut drang aus dem Spalt. Der Ritter sank in die Knie, und sein behelmter Kopf neigte sich zu dem Schwert in seinem Bauch. Ein anderer Wächter enthauptete ihn, stieß mit seinen Knien den Leichnam zur Seite und trat vor, um den nächsten Ritter anzugreifen.

Das Kampfgetümmel war für Roper fast unerträglich anzusehen. Der Lärm schien ihn beinahe zu überwältigen. Selbst sein Blick zuckte vor dem Gemetzel zurück. Der Boden verwandelte sich zu Schlamm, und etliche Krieger hatten sich bereits bis zur Erschöpfung verausgabt. Sie schwangen ihre Waffen nicht mehr, sondern schienen miteinander zu ringen, als versuchten sie den anderen durch den Schlamm zurückzuschieben. Roper sah einen Wächter, der sich ohne Schwert auf einen ebenfalls erschöpften Südling stürzte. Er hatte die Hand seines Feindes gepackt, sodass der Ritter seinen Morgenstern nicht gegen ihn schwingen konnte, und riss ihm mit der anderen Hand den Helm vom Kopf. Dann beugte er sich vor. Roper begriff erst nach einem Moment, dass der Wächter seine Zähne in den ungeschützten Hals des Ritters gegraben hatte. Dieser schlug schwach um sich, wurde aber zu Boden gedrückt und stand nicht mehr auf.

Durch den Hagelschauer bemerkte Roper eine Veränderung in der Masse der Ritter. Einige wichen zurück, und eine frische Einheit schien sich den Weg zur Front zu bahnen. Als sie näher kam, erkannte Roper eine einzelne Gestalt, die alle anderen um sich herum überragte: Garrett. Er hielt Heofonfyr in den Händen, seinen zusammengestückelten Speer, und führte Bellamus' Schildmänner in den Nahkampf gegen die Heilige Wache.

Roper löste den Verschluss von seinem Umhang, sprang aus Zephyrs Sattel und griff an, ohne einen Blick zurückzuwerfen. Rücksichtslos drängte er sich durch die erschöpften und blutenden Wächter, die bereits ihre Zeit in der vordersten Reihe abgeleistet hatten und jetzt zurückwichen, um sich zu erholen. Sie starrten ihn an, als er an ihnen vorbeimarschierte, sahen seine zusammengebissenen Zähne und *Kaltschneide* an seiner Seite, als er sich den Weg zur Front bahnte. Er musste über Leichen gehen, trat über elf Ritter, deren einst strahlende Rüstungen mit

Blut und Schlamm verschmiert waren, und über zwei gefallene Heilige Wächter hinweg. Roper sah sie nicht an. Und er hörte auch nicht, wie die Wächter hinter ihm seinen Namen anstimmten, in einem Singsang, der langsam vom Rest der Wache aufgenommen wurde, bis sie alle wie aus einer Kehle brüllten: »Roper! Ro-per!« Er bemerkte nicht einmal, dass Helmec hinter ihm sich ebenfalls einen Weg durch die Wächter bahnte, als er verzweifelt versuchte, bei seinem Lord zu bleiben. Er erreichte die Front im selben Moment wie die ersten Schildmänner von Bellamus. Sie trugen ihre gestohlenen Knochenrüstungen und waren alle mit Speeren bewaffnet, die sie mit zwei Händen hielten.

Um gut zu kämpfen, musst du als Erstes alles vergessen.

Nur ein einziger Fehler, eine einzige Konzentrationsschwäche, und man endet als kalter Leichnam oder verblutet im Dreck. Jemand könnte einem die Luftröhre durchtrennen, und keuchend und zischend strömt das Leben aus dir heraus. Dein Bauch könnte aufgeschlitzt werden, sodass deine Eingeweide hervorquellen. Man kann Gliedmaßen verlieren, ein Auge, die Hand. Das schwache Fleisch könnte von scharfem Stahl aufgeschlitzt werden. All das sind fürchterliche, tödliche Wunden, aber was kommt danach? Schmerz, der einen vollkommen übermannt. Tod. Man weiß, dass man die Nerven behalten und alldem mit Ehre und Mut entgegentreten muss. Und doch stellt sich jeder Soldat unwillkürlich die Frage, ob diese letzte schreckliche Prüfung vielleicht diejenige ist, die er nicht besteht. Vielleicht wird er, wie er es bei einigen seiner Kameraden gesehen hat, ungehemmt weinen und nach seiner Mutter rufen, oder auch einfach nur trauern, weil der Tag so schnell so dunkel wird. Die Maske fällt ab, und alle erkennen, dass du im Herzen, im tiefsten Inneren längst nicht so selbstsicher bist, wie du immer wirktest. Sondern dass du die ganze Zeit über Angst hattest und niemals wirklich der Mann gewesen bist, der du unbedingt sein wolltest.

All das musst du vergessen. Niemand kann einen Mann im

Nahkampf besiegen, wenn das Entsetzen seine Gliedmaßen schwächt und ihn verlangsamt. Du musst vergessen, was du zu verlieren hast. Deine Frau, deine Kinder, deine Mutter, den Vater, die Kameraden. Du musst vergessen, wie das Sonnenlicht durch das Laubdach fällt und dein Gesicht wärmt, oder wie du nach einem harten Tag mit einem Teller heißen Essens neben dem Kamin sitzt. Oder die warme Umarmung deiner Geliebten in der Dunkelheit. All die Geräusche um dich herum rücken in weite Ferne: der Schmerz, die erstickten Schreie, das Klirren, das Husten. Ignoriere die metallischen Gerüche, die dir in der Nase brennen. Vergiss die heftigen Bewegungen links und rechts neben dir, das kalte graue Blitzen, die Miene des Kriegers vor dir, das einengende Metall, das deinen Körper umhüllt, den Schmerz in deinen tauben und von Blasen übersäten Händen. Du musst deinen Verstand vor allen Gedanken und Emotionen verschließen und die Tür öffnen, die stets versperrt ist, außer du befindest dich im Kampf. Im Bruchteil eines Augenblicks musst du in der Lage sein, ungeheure Brutalität zu beschwören. In dem heiligen Kampf auf dem Schlachtfeld musst du der Wut jedes Mannes, der dir gegenübertritt, gewachsen sein. Mehr als das. Dein Schwert muss schneller schwingen und härter zuschlagen, deine Bewegungen müssen sicherer sein als die des Helden, gegen den du kämpfst. Du hast keine Zeit, über Angriff oder Verteidigung nachzudenken. Dein Handeln erfolgt aus einem Reflex heraus, mit äußerster Überzeugung. Der Kampf wird mithilfe deines Instinkts ausgetragen. Du musst ein Selbst entwickeln, das all diese Dinge kennt, alle lauten Gedanken ausschließt und nur in diesem einen Moment lebt, ohne eine Verzögerung zwischen Reiz und Reaktion.

Doch zunächst das Wichtigste: Du musst dich selbst vergessen.

Ropers erster Stoß trieb *Kaltschneide* in den Mund eines Mannes und tötete ihn augenblicklich. Dadurch verlor der Schlag, den er Roper versetzen wollte, alle Kraft. Er fiel zu Boden, und Roper zog das Schwert aus seinem Kopf. Der nächste Speerkämpfer verlagerte sein Gewicht vom rechten auf den linken Fuß, um Roper zu verwirren, und stieß dabei nach seinem Bauch. Blitzschnell drehte Roper sich zur Seite und schlug gegen die Taille des Mannes. Aber die Klinge prallte von den Knochenplatten ab. Er duckte sich unter dem Speer hindurch, der über seinen Kopf hinwegzischte, und stieß erneut zu. Wieder wurde *Kaltschneide* von den Knochenplatten aufgehalten. Aber die Wucht des Schlags ließ seinen Widersacher zurückstolpern, er rutschte im Schlamm aus und fiel auf ein Knie. Doch er reagierte schnell und schmetterte seinen Speer gegen Ropers Helm. Benommen taumelte Roper, indessen sprang der Mann wieder auf. Er stieß mit dem Speer nach ihm, während er Ropers überstürzte Parade umging. Der Speer traf Roper in die Brust. Aber sein Brustpanzer hielt ihn auf, bevor die Speerspitze das Eisen durchbohren konnte. Erneut stach der Mann zu, und Roper versuchte auszuweichen. Aber der Speer verhakte sich in dem Kettenhemd über seinen Schenkeln. Das Blatt drang etwa zwei Zentimeter tief in sein Bein. Roper packte das Handgelenk des Speerkämpfers und zog ihn dicht zu sich, während er ihm die Spitze von *Kaltschneide* an die Kehle setzte. Der Mann versuchte verzweifelt zurückzuweichen, aber er war nicht so stark wie Roper, und sein Speer war zu lang, als dass er ihn aus nächster Nähe hätte einsetzen können, da Roper und er Brust an Brust standen. *Kaltschneide* durchdrang die Kehle des Mannes, sodass das Blut seines Feindes Roper in den Mund und auf den Hals spritzte. Dann sank der Speerkämpfer zu Boden.

Erst zwei Feinde tot, und Roper rang bereits heftig nach Luft. Es hagelte so stark, dass er kaum atmen konnte. In dem Moment griff ein weiterer Speerkämpfer ihn an, während er über die Leichen seiner beiden Kameraden sprang. Roper parierte und konterte, doch sein Schlag wurde abgewehrt. Sie prallten dreimal zusammen. Jeder von ihnen wehrte die tödlichen Schläge des anderen ab, bis Roper plötzlich im Schlamm ausrutschte und auf die Knie fiel. Er holte tief Luft, aber es war nicht genug. Seine

Gliedmaßen fühlten sich vor Erschöpfung bleiern an. Wieder stach der Speer nach ihm, und er schlug ihn zur Seite. Er versuchte, den Schaft zu packen, aber er wurde zu rasch zurückgezogen. Dann stieß der Mann erneut nach ihm. Diesmal traf ihn der Speer in der Schulter und rammte ihn rücklings in den Schlamm. Der Hagel prasselte in sein Gesicht, als er in den grauen Himmel blickte. Roper spürte keinen Schmerz, sondern nur die Wirkung des Aufpralls der Waffe, als sie ihn zurückgeschleudert hatte. Mit der linken Hand packte er unwillkürlich den Schaft des Speers an seiner Schulter. Der Speermann versuchte, die Waffe herauszuziehen, aber Roper hielt sie in seinem eigenen Fleisch fest. Schließlich zog ihn der Gegner am Speer hängend wieder auf die Füße. Er taumelte nach vorn, und der Feind versuchte, zurückzuweichen und von Roper wegzukommen, aber er ließ dabei den Speer nicht los. Roper schlug mit der Klinge seines Schwertes am Schaft des Speers entlang. Der Mann musste entweder die Waffe loslassen, oder er würde seine Finger verlieren. Also ließ er den Speer los, Roper zog ihn unter Schmerzen aus der Schulter und warf ihn zur Seite. Im nächsten Moment stürzte sich der Krieger mit einem Langmesser in der Hand auf ihn. Roper durchtrennte ihm mit einem Rückhandschlag die Kehle.

Dann hörte er um sich herum unverständlichen Lärm und spürte, wie sich der Druck der Männer, denen sie gegenüberstanden, verminderte. Die Krieger aus Süddal wichen zurück, und die erschöpften Wächter ließen sie in dieser sonderbaren, beidseitig stillschweigend vereinbarten Kampfpause gehen. »Garrett!«, brüllte Roper und sah sich suchend nach dem riesigen Südling um. Aber er konnte ihn nirgendwo sehen. Dann packten ihn Hände und zerrten ihn rückwärts vom Kampfgeschehen. Er drehte sich wütend um und sah Pryce in die Augen, der ihn unerbittlich musterte. Er ignorierte Ropers Proteste vollkommen und zog ihn einfach immer weiter zurück. Roper wehrte sich gegen Pryce' Griff und versuchte, in das Niemandsland zwischen den Streitkräften vorzudringen, um Garrett zum Kampf zu fordern. Aber seine Lider wurden schwer, seine Lunge brannte, und Pryce' Griff war zu fest.

»Lass ihn los!«, sagte eine andere Stimme hinter Roper. Als er sich umdrehte, stellte er fest, dass Uvoren den Befehl gegeben hatte. Der Hauptmann sah ihn bösartig an, was Roper sofort ernüchterte. Er wehrte sich nicht länger gegen Pryce und kehrte den Südlingen den Rücken zu. Dann marschierte er durch die Reihen der Heiligen Wächter zurück. Gray folgte ihm.

»Was zum Teufel macht Ihr da?«, zischte er ihn an, wobei Blut aus seiner aufgeplatzten Lippe auf Ropers Ohr spritzte. »Kämpft, wenn Ihr unbedingt müsst, aber beim Allmächtigen, zieht Euch zurück, wenn wir das tun! Nichts würde Uvoren lieber sehen, als wenn Garrett Euch dort vor den Augen der Legionen in Stücke haut!«

Roper fuhr Gray böse an, ihn gefälligst in Ruhe zu lassen, und ging zu Zephyr zurück. Einer seiner Adjutanten hatte das Pferd für ihn festgehalten. Nachdem er aufgestiegen war, sah Roper, dass sich die beiden Schlachtreihen voneinander lösten. Rechts und links von der Heiligen Wache trennten sich die Krieger allmählich voneinander, nachdem sie einen letzten Angriff geführt hatten und sich dann in ausgedehnten und unregelmäßigen Reihen zurückzogen.

»Meldung!«, verlangte Roper. Er war noch etwas benommen von dem Speerhieb gegen seinen Helm. Die Wunden an Schenkel und Schulter schmerzten, aber keine von ihnen schien sonderlich ernst zu sein.

»Die Schlachtreihen weichen zurück«, erklärte ein Adjutant. »Wir haben schwere Verluste gegen die Pikeniere erlitten, aber sie ziehen sich ebenfalls zurück.« Eine Flutlinie aus Leichen wurde sichtbar, als die Legionen und die Südlinge zurückwichen. Alle waren inzwischen sichtlich erschöpft und rangen nach Luft.

»Tekoa!«, schrie Roper. »Bringt mir Tekoa!« Aber er war bereits in der Nähe und stand nach wenigen Herzschlägen neben

Roper. »Die Skiritai sollen angreifen, Tekoa! Wir dürfen ihnen keine Atempause gönnen.«

»Ganz genau, Mylord!« Tekoa schien nur herbeigeeilt zu sein, um sich die Erlaubnis für genau dieses Manöver zu holen. In Windeseile rit er davon, und Roper hörte das schrille Hornsignal, das der leichten Reiterei der Skiritai den entsprechenden Befehl gab. Die galoppierten im nächsten Moment zwischen den Reihen nach vorn. Sie würden den Südlingen mit ihren Pfeilen zusetzen und versuchen, sie aus der Formation herauszulocken, wo man sie einzeln abschlachten konnte.

Mittlerweile war Roper wieder an der Front und ritt an der ersten Schlachtreihe der Legionen vorbei, sein blutiges Schwert hoch in die Luft gereckt. »Aufs Neue!«, brüllte er, als er an den Männern vorbeigaloppierte. »Aufs Neue! Noch mal! Mäht sie nieder! Mäht sie nieder! Mäht sie nieder!« Lautes Brüllen brandete auf und begleitete Roper an der Schlachtreihe entlang, als die erschöpften Legionäre sich wieder aufrafften. Die Skiritai strömten hinter ihm her, und ein lauter Donner rollte über die Legionen hinweg. Der Hagelschauer hatte ein wenig nachgelassen, sodass man auch weiter als hundert Schritte sehen konnte.

Roper wendete Zephyr und ritt hinter den Legionen zurück in die Mitte der Schlachtreihe. Die Legionäre tranken hastig Wasser, verbanden notdürftig ihre Wunden und wuschen und trockneten ihre Hände, damit ihnen die Waffen in dem Tumult nicht aus den Händen glitten. Essen konnte niemand etwas, selbst das Trinken war schwierig. Die Kampfpause würde höchstens noch ein paar Minuten dauern, dann würden die beiden Armeen wieder aufeinanderprallen.

Roper schickte erneut Adjutanten zu den Kommandeuren, weil er wissen wollte, wie die Kämpfe gelaufen waren. Und er gab ihnen den Befehl mit, in jedem Fall die Schlachtreihe zu halten. Er vernahm, dass der Hagelschauer zu stark gewesen war, um mehr als ein paar Pfeilsalven abzufeuern, bevor die Pikeniere sie erreicht hatten. Und dass die Legionen sich einen

Weg durch ein ganzes Dickicht aus Spießen hatten schlagen müssen, bevor sie ihren Feind auch nur mit ihren Waffen treffen konnten. Es hatte tatsächlich hohe Verluste gegeben. Und außerdem schien es, dass er selbst nur ein paar Schritte von der Stelle entfernt gekämpft hatte, wo Garrett die Klinge von *Blitzschock* geschwungen hatte. Der Vorkämpfer der Südlinge hatte zwei Heilige Wächter getötet.

Ein weiterer Reiter von Tekoa traf ein. Er informierte Roper, dass die Südlinge erneut vorrückten und die Skiritai sich zurückzogen. »Legat Tekoa sagt, dass die Ernte gut gewesen ist«, schloss der Adjutant.

Die Legionen bereiteten sich erneut vor und versuchten, ihre Bögen von der Stelle zu holen, wo sie sie hatten fallen lassen, damit sie ein paar Salven in die Horde Süddals feuern konnten, bevor sie aufeinanderprallten. Roper hörte Hornsignale entlang der Schlachtreihe, als die Legionen wieder vorrückten. Er erreichte Ramneas Hunde in der Mitte genau in dem Moment, als sie sich auf die Ritter stürzten. Diesmal marschierten Bellamus' Schildmänner, die »Einsiedlerkrebse«, wie sie mittlerweile genannt wurden, in ordentlichen Reihen gegen die Heilige Wache. Offenbar versuchte Bellamus, die Wirkung der Heiligen Wache abzuschwächen, indem er seine besten Kämpfer gegen sie ins Feld führte.

Tekoa ritt neben Roper, und sie sahen zu, wie die beiden Streitmächte erneut aufeinanderprallten, während der Hagel erbarmungslos auf ihre Rüstungen herabprasselte. Ein Blitz pulverisierte den Boden gefährlich nah an der Stelle, wo die Schlachtreihen aufeinandertrafen. Und inmitten des wogenden Entsetzens aus gepanzerten Leibern überragte eine einzelne Gestalt die erste Reihe von Ramneas Hunden.

Vigtyr der Schnelle.

Roper ritt ein Stück weiter nach vorn, weil er diesen so gefürchteten Krieger im Kampf beobachten wollte. Ein Ritter mit einem Helmschopf griff ihn an. Offensichtlich wurde er von

Vigtyrs ungeheurer Größe und dem Ruhm angezogen, den er erringen konnte, falls er ihn tötete. Er stieß mit seiner Hellebarde nach Vigtyrs Brust, die Zähne zusammengebissen und die Finger um den Schaft geklammert. Vigtyr machte einen kleinen Schritt zur Seite und hämmerte sein Schwert auf die ungeschützten Handgelenke des Ritters. Der sprang zurück, und ein Sprühnebel aus Blut vermischte sich mit dem Hagel. Der Schnitt war tief, und das Blut tropfte aus den Handgelenken des Mannes. Die Verletzung schien ihn zu schwächen, denn der nächste Stoß war nur ein sanfter Schubser, im Vergleich zu der Wucht seines vorherigen Angriffs. Aber Vigtyr ließ den Stoß nahezu ins Ziel kommen und wehrte ihn erst im letzten Moment ab. Dasselbe passierte noch einmal, und dann noch einmal. Vigtyr gab sich damit zufrieden, dass das Blut des Ritters auf den Altar von Harstathur tropfte und er langsamer und schwächer wurde. Schließlich wurde der Ritter immer ungeschickter und stolperte bei seinem nächsten Angriff. Vigtyr hob sein Schwert und trennte dem Mann unmittelbar über dem Brustpanzer die Kehle durch. Der Ritter stürzte zu Boden, nur noch Requisite auf dieser blutigen Bühne. Vigtyr dachte gar nicht daran, in die Lücke zu treten, die der Mann durch seinen Tod freigegeben hatte, sondern senkte seine Klinge und lud den nächsten Krieger mit einem Winken ein, sein Glück zu versuchen.

Roper sah zur Heiligen Wache zurück, wo er eine andere hoch aufragende Gestalt im dichtesten Getümmel erblickte. Das auffällig hellblonde Haar klebte an seinem Schädel. Es war Garrett, der in dem Moment, als Roper zusah, einen Wächter mit Heofonfyr niederstreckte. Er durchtrennte ihm die Kniekehlen, sodass der Mann zu Boden sank. Dann tötete er ihn mit einem Stoß in den Hals. Hellrotes Blut spritzte in einer Fontäne heraus.

»Ich kämpfe dort!«, erklärte Roper und trieb Zephyr an. Das Pferd schnaubte und schlug mit dem Kopf, rührte sich aber nicht. Dann erst wurde Roper klar, dass Tekoa den Zügel festhielt.

»Lasst das Pferd hier«, sagte Tekoa. »Die Speerkämpfer werden es im Handumdrehen zu Boden werfen, trotz seiner Panzerung, und dann werdet Ihr sterben. Ihr müsst zu Fuß kämpfen.«

Roper nickte. »Ihr habt das Kommando.« Er stieg erneut ab und drängte sich durch die Wache. Helmec folgte ihm treu auf dem Fuße. Er konnte sehen, wie Garrett barhäuptig an der Front wütete, und zwängte sich zwischen den Kriegern zu dem gigantischen Südling durch. Dabei behielt er Heofonfyrs lange Klinge gierig im Blick. Viele Wächter versuchten, ihn daran zu hindern weiterzugehen, aber Roper schnarrte ihnen wütend einen Befehl zu, sodass sie ihn durchließen. Schließlich gelang es ihm, bis zur zweiten Schlachtreihe vorzudringen. Wenn er sich jetzt noch weiter vorgedrängt hätte, wäre das für die Wächter in der vordersten Kampfreihe gefährlich gewesen. Denn er hätte sie vielleicht zu sehr abgelenkt. Der Mann vor ihm kämpfte gerade mit Garrett und stellte seinen Heldenmut unter Beweis. Garrett schnarrte und sprang hin und her, griff immer und immer wieder an, während der namenlose Wächter all seine Schläge parierte und seinerseits wütend angriff. Funken stoben durch die Luft, als die beiden Waffen aus Unthank-Silber aufeinanderprallten, und zweimal schaffte der Wächter es, Garretts Verteidigung zu durchdringen. Doch sein Schwert wurde immer wieder von den Knochenplatten aufgehalten. Roper wollte gerade selbst einschreiten, riss dann aber entsetzt den Mund auf, als Garrett vor seinen Augen einen ungeheuer wuchtigen Stoß ausführte, der dem Wächter in den Bauch drang. Der Südling durchbohrte mit dem Speer Stahl und Knochenplatten, riss seinen Widersacher von den Beinen und schleuderte ihn vor Ropers Füßen in den Schlamm.

Garrett zog Heofonfyr aus der Leiche und trat zurück. Seine wolfsähnlichen Augen ruhten nun auf Roper, der, wie er wusste, als Nächster in der Reihe stand. Dann grinste er, als er seinen Widersacher erkannte, und hob den mächtigen Speer. Er trat zurück, um Roper Raum zum Angreifen zu geben. Roper hob

Kaltschneide und öffnete den Mund, um etwas zu sagen, aber im selben Moment schob sich eine andere Gestalt vor ihn. Es war ein Wächter mit einem außerordentlich langen Pferdeschwanz, der ganz offensichtlich wild entschlossen war, gegen Garrett zu kämpfen.

Pryce der Wilde.

»Nein!«, schrie Roper. »Eoten-Draefend gehört mir!«

Pryce drehte sich nicht einmal zu Roper herum, um seine Bemerkung zu kommentieren. Stattdessen griff er Garrett so schnell an, dass er ihm fast das Auge ausgeschlagen hätte. Es wäre ihm gelungen, hätte Garrett den Schlag nicht ebenso schnell abgelenkt. Deshalb traf Pryce nur die Seite seines Gesichts und durchtrennte ihm das Ohr. Die Wucht seines Schlages war so gewaltig, dass der Wächter vorwärts durch den Schlamm rutschte, und er musste Heofonfyr zweimal parieren, bevor sich die beiden Krieger trennten. Eine angespannte Pause entstand. Allein dieser erste Angriff hatte genügt, Garrett zur Vorsicht zu mahnen. Nun maßen sich die beiden Krieger quer durch den Raum, der sich um sie bildete, als die beiden Armeen diesen Meisterkämpfern Platz für ihren Zweikampf machten.

»Wie ist dein Name?«, rief Garrett in stark akzentuiertem Anakim. »Ich will wissen, wen ich gleich töten werde.«

»Mein Name? Ich bin Pryce Rubenson und habe Earl William den Kopf abgeschlagen. Ich habe mehr Tapferkeitsauszeichnungen erhalten als jeder andere noch lebende Krieger. Man sagt, ich sei der schnellste Krieger im Norden. Und auch am Tod von Lord Northwic war ich mit beteiligt. Wenn ich mit dir fertig bin, werde ich auch deinen Herrn töten.«

Garrett nickte langsam. »Niedliche Auszeichnungen«, sagte er. »Ich bin Eoten-Draefend von Eskanceaster. Ich habe gegen die Unhieru gekämpft und Gogmagocs ältesten Sohn Fathochta im Zweikampf getötet. Außerdem habe ich einen deiner gefiederten Legaten getötet und ein halbes Dutzend Heilige Wächter dazu. Und heute Nacht werde ich mich rühmen können,

Earl Williams Mörder zur Strecke gebracht zu haben.« Mit diesen Worten griff Garrett an. Heofonfyr schoss vor. Die Klinge schimmerte silbrig weiß im Hagel und zielte auf Pryce' Brust. Sie traf jedoch nur leere Luft: Der Wächter war nicht mehr dort. Er war bereits zur Seite gesprungen, als hätte er schon lange vorher gewusst, wo der Speer in diesem Moment sein würde, und unter seinem Rückhandschlag musste Garrett sich wegducken. Pryce stieß sich mit dem Fußballen ab und schlug sein Schwert von rechts nach links. Garrett musste die Schläge parieren, sodass weiße Funken stoben. Pryce kämpfte Furcht einflößend schnell, und als Garrett selbst angriff, schienen seine Schläge von einem undurchdringlichen Schild aus blitzender Legierung abzuprallen. Pryce griff erneut an. Garrett wich vor dieser schlangenartigen Geschwindigkeit zurück. Er schwang Heofonfyr zur Abwehr quer vor seinem Körper. Aber Pryce hatte den Hieb nur angetäuscht. Garrett konnte das Schwert mit dem Speer nicht abwehren. Es prallte gegen seine Brust und schleuderte den riesigen Südling zurück. Zwar hatten seine Knochenplatten den mächtigen Hieb abgehalten, aber er hätte fast seinen Stand im Schlamm verloren und ruderte mit dem Arm, um die Balance zu halten. Pryce nutzte die Gelegenheit sofort und schlug nach seinem Schenkel. Im selben Moment zischte Heofonfyr in einem Bogen herab und traf seine Wange. Pryce taumelte zurück und blieb einen Moment stehen, während er mit der Hand seine Wange berührte und dann das frische Blut darauf betrachtete. Garrett hatte den Ausrutscher nur vorgetäuscht, um Pryce zu einem unkontrollierten Angriff zu verleiten. Es war der Südling, der das erste Blut vergossen hatte.

Um sie herum tobte die Schlacht weiter, und weit weniger berühmte Helden kämpften und starben, aber Roper war vollkommen gebannt von dem Kampf vor ihm.

Heofonfyr stieß erneut vor und zielte auf Pryce' ungepanzertes Knie. Der Heilige Wächter wich nicht aus, sondern hob nur ein Bein, und der Speer zischte vorbei, ohne Schaden anzurichten. Garrett riss den Speer zur Seite, in der Hoffnung, Pryce' anderes Bein unter ihm wegzuschlagen, während sein ganzes Gewicht darauf ruhte, aber irgendwie gelang es dem ehemaligen Zuchtmeister, sich über den Speer hinwegzukatapultieren. Dann schlug er sein Schwert auf Garrett herab. Der duckte sich weg, und Pryce und der Südling tauschten fünf, sechs, sieben schnelle Schläge. Sie erzeugten einen Vorhang aus weißen Funken, und ihre Klingen bewegten sich dabei so schnell, dass Roper noch nicht einmal mehr imstande war, den Unterschied zwischen Angriff und Verteidigung zu erkennen. Späne aus Unthank-Silber flogen von Pryce' Waffe, wenn sie mit Heofonfyrs mit Diamantenstaub gehärteter Schneide kollidierte. Die beiden Krieger schienen im Schlamm mehr miteinander zu tanzen, als zu kämpfen. Ihre Bewegungen sahen so gekonnt aus, als hätten sie sie vorher einstudiert. Schließlich zog sich Garrett zurück. Denn Pryce war einfach zu schnell, und Garrett musste Abstand zu ihm gewinnen, damit er mehr Zeit hatte, um zu reagieren. Aber Pryce setzte nach und schlug dann in einem gewaltigen Bogen nach Garretts Hals. Dieser Schlag war leicht abzublocken, aber extrem hart geführt, offenbar um Garrett einzuschüchtern. Der Südling antwortete mit aller Kraft, die er besaß, und als sich die beiden Klingen trafen, knackte es dumpf. Pryce wich zurück, die Hälfte seiner Schwertklinge fiel neben Garrett zu Boden. Heofonfyr war einfach zu stark und hatte Pryce' Schwert zerbrochen. Mit der rechten Hand umklammerte der Wächter nur noch eine Scherbe, die kaum sechzig Zentimeter lang war und eine gezackte Spitze hatte.

Dennoch zögerte Pryce kaum. Er griff erneut an, täuschte und hämmerte sein zerbrochenes Schwert gegen Garretts Brust. Es war ein harter Stoß, aber er wurde wie zuvor von den Knochenplatten aufgehalten. Die Scherbe, mit der Pryce kämpfte, war nicht scharf genug, um Garretts Knochenrüstung zu durchdringen.

Die Schlacht um sie herum veränderte sich. Die verfeindeten Reihen trennten sich erneut, und auch die Krieger rund um Pryce und Garrett lösten sich voneinander. Der hünenhafte Südling keuchte angestrengt und warf verstohlene Blicke nach rechts und links, als sich immer mehr Kameraden zurückzogen. Schließlich waren Pryce und er die beiden einzigen Krieger, die noch im Niemandsland zwischen den beiden Armeen kämpften. Zwei Einsiedlerkrebse tauchten rechts und links von Garrett auf, bedrohten Pryce mit ihren Speeren und zwangen ihn zurückzuweichen. »Nein!«, schrie Garrett und hämmerte einem von ihnen den Schaft von Heofonfyr auf den Schädel. Aber zwei weitere zogen ihn zurück, und dann drängten sich noch mehr heran, um Pryce zu zwingen, sich zurückzuziehen.

»Das lässt du wirklich zu?«, schrie Pryce, während er einen der beiden Speerkämpfer mit seinem zerbrochenen Schwert beinahe verächtlich niederstreckte. »Garrett Eoten-Draefend ist ein Feigling!«

Aber Garrett wurde gegen seinen Willen zurückgezerrt. Er hob Heofonfyr zu einem letzten Gruß. »Ich finde dich!«, schrie er in seiner Sprache.

Pryce wandte sich angewidert ab. Obwohl nur fünf Meter von ihm entfernt Speerkämpfer lauerten, kehrte er ihnen verächtlich den Rücken zu und stolzierte zu der Heiligen Wache zurück. Roper hatte auf ihn gewartet, und Pryce' Blick fiel auf ihn. »Kämpft nicht gegen den Eoten-Draefend«, sagte er mit einer Spur von Zurückhaltung in der Stimme. »Er hätte Euch getötet. Kommt, Lord!«

Roper war eigentlich wütend auf Pryce, weil er ihn daran gehindert hatte, mit Garrett zu kämpfen. Aber die ungewöhnliche Geduld des Heiligen Wächters ließ seine Wut augenblicklich verrauchen. Dann liefen die beiden zu der Stelle zurück, wohin sich die Heilige Wache zurückgezogen hatte.

Augenblicklich strömten die Skiritai vor, was den zurückweichenden Kriegern Süddals ein hörbares Stöhnen entlockte. Die

Legionäre waren vollkommen erschöpft. Die meisten ließen sich einfach nur in den Schlamm fallen, wie betäubt von dem kalten Hagel und dem brutalen Kampf. Die Hagelkörner schmolzen, und das Schmelzwasser lief über blutbedeckte Unterarme und hinterließ ein sauberes Netz aus Wasseradern auf der schmutzigen Haut. Die Männer säuberten sich benommen die Hände, packten die Wasserschläuche, die man ihnen aus den hinteren Reihen reichte, und tranken gierig. Das Wasser schmeckte zwar gut, aber selbst das Schlucken schien zu anstrengend. Einige der jüngeren Nemandi, Jungen von siebzehn oder achtzehn Jahren, von denen man noch nicht erwartete, in der Schlachtreihe zu stehen, eilten mit ihren Medizinrollen durch die Reihen und versorgten die schlimmsten Wunden. Die Hauptmänner, Liktoren und andere niedere Offiziere setzten sich nicht hin, sondern schritten durch die Reihen ihrer Männer und verkündeten, dass sie den Feind das nächste Mal in die Flucht schlagen würden. Sie müssten an ihre Brüder neben ihnen denken, und wenn sie nicht mit all ihrer zur Verfügung stehenden Kraft kämpften, würden ihre Kameraden den Preis dafür zahlen müssen.

Kein Krieger der Heiligen Wache hatte sich hingesetzt. Sie waren durchtrainierter als alle anderen Soldaten und hatten nur widerwillig ihre Wunden behandelt und ihren Durst gestillt, als wären das notwendige Übel und der einzige Sinn ihres Lebens der nächste Kampf. Uvoren hatte etliche Wächter in einem Kreis um sich versammelt und hielt eine glühende Rede. Einige Wortfetzen drangen an Ropers Ohren. »Leon, du kämpfst wie ein Held aus alten Zeiten. Bleib an der Front, solange du kannst. Kein Mann, ganz gleich wie ausgeruht er sein mag, kann dich ersetzen, wenn du zurückfällst. Leikr, wir brauchen deine Stärke. Du musst für zwei Männer kämpfen. Salbjorn, heute hast du eine besondere Aura um dich. Benutze sie, um diese Mistkerle einzuschüchtern, dann werden wir sie zerschmettern, hier und jetzt.« Gray ermutigte an einer anderen Stelle eine weitere

Gruppe von Kriegern. Pryce, der immer noch außer sich war, weil er die Chance verpasst hatte, Garrett zu töten, schritt vor dem Rest der Wache auf und ab. Er war jetzt kein Zuchtmeister mehr. Dieser Posten wurde von einem Freund Uvorens ausgefüllt. Aber dieser Freund stand jetzt stumm daneben, als Pryce die Wächter anschrie, während ihm das Blut aus dem Schnitt am Unterkiefer tropfte.

»Ihre Lungen brennen, ihre Gliedmaßen zittern, und ihre Finger sind so schwach, dass sie ihre Waffen nicht mehr halten können. Sie sind am Ende! Sie leben ein verweichlichtes, träges Leben in ihrem kastrierten Land. Diese Bastarde sind erneut in unser Königreich eingefallen, und jetzt schmücken sie sich sogar mit den Knochen unserer Brüder! Tötet sie nicht einfach nur – sie sollen Schmerzen leiden, bevor sie sterben! Ich will, dass jeder Südling einen Moment reinster Verzweiflung durchlebt, bevor er unter eurem Schwert fällt. Tötet sie! Ihr seid eine unermüdliche Faust! Ihr seid ein pochendes Herz! Ihr seid der Blitz! Ihr seid ebenso erbarmungslos wie dieser verfluchte Hagel, ihr seid meine Heiligen Wächter!«

Als Roper zu Zephyr zurückkehrte, fand er dort Tekoa, der immer noch auf seinem Pferd neben dem Schlachtross wartete. »Die Skiritai werden von den anderen Offizieren befehligt. Sie sind dafür ausgebildet«, antwortete er auf Ropers fragenden Blick hin. Der Schwarze Lord zog sich in den Sattel, vollkommen erschöpft von dem unablässigen Hagel und so durchgefroren, dass seine Finger langsam geworden waren. Die Blitze, die in der letzten halben Stunde nachgelassen hatten, zuckten jetzt wieder häufiger vom Himmel.

»Bellamus hat seine Karten gut ausgespielt.« Ropers Stimme klang belegt. Seine Lippen waren taub vor Kälte. »Pikeniere an den Rändern und Ritter in der Mitte bedeuten, dass er uns auf der ganzen Schlachtreihe an Stärke gleichkommt. Deshalb wollte er hier kämpfen, damit seine Spießträger sichere Flanken haben.«

»Es ist eine verdammt harte Nuss, die wir da zu knacken haben«, bestätigte Tekoa. »Wir verlieren sehr viele Männer, und ich habe nicht den Eindruck, dass ihre Schlachtreihe bald einbricht.«

»Die Ritter sind ihre Schwachstelle«, antwortete Roper. »Wir können disziplinierte Pikeniere nicht zerbrechen, aber wenn wir die Ritter in der Mitte überwältigen, ist die Schlacht zu Ende.«

»Indem wir die Heiligen Wächter als Speerspitze einsetzen, einen Keil bilden und durch ihre Reihe hindurchstoßen?«, schlug Tekoa vor.

»Sie können mit ihren Einsiedlerkrebsen der Wache Paroli bieten, denn die sind verdammt gut. Aber ich bin sicher, dass sie Kavallerie haben, Tekoa. Bellamus hält sie für einen Gegenschlag zurück, falls wir durchbrechen. Aus diesem Grund müssen wir einfach unsere Schlachtreihe halten.«

Tekoa hob die Brauen und schien etwas sagen zu wollen, als eines der Hörner der Skiritai durch den Dunst hallte. »Das ist das Signal für unseren Rückzug«, sagte er. »Runde drei hat begonnen.«

Roper holte tief Luft. Das Leben der Männer rund um ihn herum lastete schwer auf seinen Schultern, und er wusste nicht, was er tun sollte. Bellamus hatte seine Soldaten klug aufgestellt, sodass ihre Kampfkraft nun der der Anakim gleichkam. Außerdem hatte er noch ein Ass im Ärmel: seine Kavallerie, die er irgendwann einsetzen würde. Die Sicht war so schlecht, dass Roper nicht herausfinden konnte, wo sie stationiert waren. Vielleicht würde er es erst erkennen, wenn es zu spät war.

Die Ritter kamen jetzt schnell durch den Dunst auf sie zu. Uvoren, Pryce und Gray marschierten vor der Heiligen Wache her. Sie ignorierten die Nähe des Feindes und gestikulierten wild mit den Armen, um ihre Krieger zu Schlachtrufen anzufeuern, die in donnernden Wellen über das Feld hallten. Südlinge und Legionen waren vollkommen schlammverschmiert. Als die Ritter auf sie zurannten, erwachten die Legionäre zum Leben, richteten sich auf und griffen nach ihren Schwertern. Niemand machte sich die Mühe, seinen Bogen zu benutzen. Sie hatten sogar kaum Zeit, eine geordnete Linie zu bilden, als auch schon der Befehl zum Angriff durch die Reihen lief. Erneut begegneten sich die Schlachtreihen, nicht aggressiv, sondern wie betäubt und unausweichlich. Sie stießen zusammen, prallten voneinander ab und begannen dann ihre erschöpfende Arbeit. Die Einsiedlerkrebse standen erneut gegen die Heilige Wache. Zumindest hatte der Hagel mittlerweile so weit nachgelassen, dass Roper entlang der Schlachtreihe die Pikeniere sehen konnte, die gegen die Grauen kämpften. Die zwanzig Fuß langen Piken aus Eschenholz bildeten ein undurchdringliches Dickicht, wenn man sich ihnen von vorn näherte. Nur durch einen Flankenangriff war die Formation höchst verwundbar. Doch auf diesem Schlachtfeld waren alle Seiten geschützt, und das würde auch so bleiben, bis sie die Schlachtreihe Süddals endlich sprengen konnten.

Vielleicht aber auch nicht. Roper kniff die Augen zusammen, als er zu der Stelle blickte, wo die Einsiedlerkrebse und die mit Spießen Bewaffneten aneinandergrenzten. Bildete sich dort etwa ein Spalt? Er war etwa zwanzig Schritte breit und vergrößerte sich, als der natürliche Rhythmus des Stoßes eines rechtshändigen Pikeniers die Formation langsam nach links schwenken ließ. Vielleicht waren die Verluste der Südlinge, die ihre Schlachtreihe verkürzt hatten, für diesen Spalt verantwortlich. *Oder aber dieser Spalt,* dachte Roper, *ist eine List von Bellamus, was wahrscheinlicher ist. Vielleicht wartet die Kavallerie dahinter, um jede Einheit zu vernichten, die sich in diese Bresche wagt.*

»Habt Ihr die Lücke gesehen?«, wollte Tekoa wissen.

»Das ist ein Köder! Wir halten unsere Stellung!«, erwiderte Roper.

Tekoa warf ihm einen kurzen Blick zu. »Ihr fürchtet die Kavallerie?«

»Genau die fürchte ich!«

»Eure Instinkte sind gut«, räumte Tekoa zögernd ein.

Uvoren rannte auf sie zu. Er hielt den Seelenjäger an seiner Seite und deutete wütend auf den sich bildenden Spalt, der jetzt etwa vierzig Schritte breit war. »Schickt die Reserven dorthin!«, verlangte er. »Befehlt Skallagrim hierherzukommen, und sagt ihm, dass wir dort durch ihre Schlachtreihe brechen können!«

»Das ist ein Köder!«, schrie Roper. »Ich bin sicher, dass dahinter die Kavallerie wartet.«

»Und wenn schon! Sie sind meilenweit entfernt! Sie wenden sich nach links, das ist typisch für eine Schlachtreihe aus Pikenieren!«

»Ich kenne Bellamus. Ich verstehe diesen Mann, und ich täusche mich nicht. Kehr wieder auf deinen Posten zurück, Hauptmann.«

Uvoren stieß einen wilden Schrei aus. Sein Gesicht lief rot an, und er zitterte, als er Roper seine blanke Wut ins Gesicht schleuderte. Dann drehte er sich um und rannte stattdessen zum Rand der Grauen Legion.

»Er versucht, Tore dazu zu bringen, mit seinen Soldaten vorzurücken«, sagte Tekoa. »Und Tore tut, was Uvoren ihm sagt.«

»Haltet ihn auf!«, befahl Roper. Tekoa galoppierte hinter dem Hauptmann her. Roper wandte sich an einen Adjutanten. »Benachrichtige Skallagrim, dass er seine Männer sofort hierherbringen soll! Wir werden sie brauchen.« Der Adjutant galoppierte davon, und Roper drehte sich um. Uvoren hatte Tore erreicht. Die beiden redeten aufgeregt miteinander, und Uvoren deutete auf die Bresche.

Während Roper zusah, galoppierte Tekoa zu den beiden. Er schrie, deutete auf Uvoren und dann auf die Heilige Wache. Er sollte dorthin zurückkehren. Uvoren brüllte ihm etwas Unverständliches zu, packte dann plötzlich Tekoas Bein und riss ihn aus dem Sattel. Tekoa landete krachend im Schlamm. Roper stieß einen Fluch aus. Er spornte Zephyr an, als sich Tekoa wieder aufrichtete. Sein Schwert blitzte in seiner Hand. Roper fluchte erneut, als Tekoa das Schwert hob und auf Uvoren einschlug. Er war ein außerordentlich guter Kommandeur und ein hervorragender Soldat, aber als Krieger kämpfte Tekoa Urielson nicht in derselben Liga wie Uvoren. Mit Leichtigkeit wehrte der Hauptmann der Heiligen Wache Tekoas Klinge ab und hämmerte ihm seinen gepanzerten Handschuh ins Gesicht. Tekoa war davon so betäubt, dass ihm der Hauptmann das Schwert aus der Hand reißen und es wegschleudern konnte. Wieder schlug Uvoren zu, und Tekoa landete auf dem Boden. Tore wendete sein Pferd und gab dem Trompeter ein Zeichen, der daraufhin zum Angriff blies.

Die Grauen rückten vor. Ein großer Abschnitt ihrer Schlachtreihe, derjenige gegenüber der Bresche in der südlichen Armee, hatte keinen direkten Gegner und setzte sich in Bewegung. Sie hatten offensichtlich vor, durch die Lücke zu brechen und sich dann auf die Spießträger zu stürzen, die auf der Rückseite und an ihrer Flanke ungeschützt waren. Roper wusste, dass genau dort, an diesem Ort und in diesem Moment, die Schlacht und möglicherweise das Schicksal des Schwarzen Königreichs entschieden wurde. Uvoren beging einen Fehler. Roper war sich absolut sicher, dass die Reiterei unmittelbar außer Sicht wartete. Irgendwo dort versteckten sich Bellamus' aufmerksame Späher und warteten nur darauf, dass sie diesen Köder schluckten. Jede Abteilung Krieger, die durch die Bresche in der Schlachtreihe der Südlinge stürmte, würde vernichtet werden, und sobald die Schlachtreihe der Anakim gebrochen war, wäre die rachsüchtige Kavallerie der Südlinge in der Lage, hinter die Legionen zu galoppieren und sie aufzurollen. So würde die Schlacht laufen. Genau so. Und Zehntausende von Legionaren würden unter seinem Kommando sterben.

Es war zu spät, den Angriff der Grauen aufzuhalten. Trotzdem galoppierte Roper auf Uvoren zu. Helmec war wie immer an seiner Seite. Er zügelte sein Pferd neben dem Hauptmann der Wache, der zusah, wie die Legionäre der Grauen in die Bresche strömten. Er blickte hoch, als Roper sich ihm näherte.

»Fahr zur Hölle, du kleines Stück Scheiße!«, riet er ihm. »Ich will verdammt sein, wenn ich zulasse, dass du uns um den Sieg in dieser Schlacht bringst!«

»Wenn es nicht bereits zu spät wäre, um deine verhängnisvolle Entscheidung rückgängig zu machen, würde ich dich auf der Stelle töten«, schleuderte Roper ihm entgegen.

»Ha!« Uvoren drehte sich zu Roper herum und schwang den Seelenjäger in seinen Fäusten. Er trat einen Schritt auf den Schwarzen Lord zu, hielt jedoch inne, als Helmec aus dem Sattel sprang und sein Schwert aus der Scheide zog.

»Keinen Schritt näher zu meinem Lord!«, warnte Helmec ihn. Uvoren betrachtete ihn kurz, wurde jedoch von einem Trompetensignal abgelenkt, das hinter Roper ertönte. Roper drehte sich im Sattel herum und sah, dass sich Skallagrims Legion durch den Hagel näherte. Hinter Roper waren mittlerweile die Legionäre der Grauen durch die Lücke gebrochen und standen jetzt hinter der Schlachtreihe der Südlinge. Viele von ihnen griffen die Flanke der Pikeniere an, die ihre unhandlichen Waffen nicht einfach herumschwingen konnten. Sie mussten sie fallen lassen und zückten stattdessen ihre Kurzschwerter. Die Legionäre schlugen sie in Scharen nieder und vergrößerten die Bresche immer mehr, sodass immer mehr Graue durch die Lücke strömten und jetzt auch anfingen, die Flanke der Einsiedlerkrebse anzugreifen.

Skallagrim ritt hinter Roper heran. »Ihr habt uns gerufen, Mylord?«, fragte er hastig.

»Warte hier einen Moment, Legat«, antwortete Roper. »Wir brauchen eure Soldaten schon sehr bald. Bereitet euch darauf vor, den Platz der Grauen einzunehmen.« Skallagrim warf einen schiefen Blick auf Roper, der soeben begonnen hatte, seine Entscheidung selbst zu hinterfragen. Vielleicht irrte er sich doch. War es tatsächlich ein echter Fehler der Südlinge, und es gab gar keine Kavallerie?

Die Grauen leisteten ganze Arbeit. Sie vertrauten ihrem Kommandeur vollkommen und hatten die Gelegenheit, die diese Bresche bot, beim Schopf ergriffen. Die Legion hackte sich durch die Flanke der Spießkämpfer, als wären sie Getreide. Uvoren trieb sie brüllend an. Tatsächlich sah es so aus, als würden sie hier die Schlachtreihe der Südlinge durchbrechen. Selbst die Einsiedlerkrebse mussten sich umdrehen, als sie sich der Wildheit der Legionen von zwei Seiten erwehren mussten. Roper stellte sich in die Steigbügel und beobachtete besorgt das Getümmel. Er war sich so sicher gewesen, dass die Kavallerie kommen würde.

In diesem Moment ertönte ein schwaches, nicht enden wollendes Donnern. Roper lauschte angestrengt und blickte in den Dunst, während das Donnern immer lauter wurde und näher zu kommen schien. Uvoren machte ein paar Schritte auf die Grauen zu, zögerte dann jedoch. Er hörte es ebenfalls. Von seinem erhöhten Beobachtungspunkt auf Zephyrs Rücken aus sah Roper Gestalten durch den Hagelschleier.

Kavallerie.

Das Donnern wurde von Zehntausenden von Hufen verursacht. Eine riesige Horde von Panzerreitern auf gepanzerten Schlachtrössern kam in Sicht. Fast alle waren mit Schilden und Lanzen bewaffnet, vorbereitet auf einen Sturmangriff, der alles vor ihnen hinwegfegen würde. Im Hagelschleier und mit den langen Schürzen ihrer Pferde wirkten die Ritter geisterhaft und beeindruckend. Die Grauen kämpften nicht in Formation, sondern ungeordnet, und die meisten von ihnen standen nicht einmal in Richtung des Feindes, der mit jedem Herzschlag deutlicher sichtbar wurde. Sie würden vernichtet werden, und dann? Dann würden die Ritter durch den Spalt und hinter die Legionen galoppieren und sie ungehindert niedermetzeln können.

»Die Grauen sollen eine Schlachtreihe bilden!«, schrie Roper verzweifelt und warf einen Blick auf seinen Trompeter. Der gab pflichtbewusst das Signal für »Reihen schließen«. Aber es war zu spät. Die Grauen wirkten wegen dieses Befehls eher verwirrt. Die meisten von ihnen hatten die Kavallerie noch nicht einmal bemerkt, als die sich auf sie stürzte. Aber diejenigen, die sie sahen, wichen zurück, als ihnen klar wurde, dass ihr Verderben auf sie zudonnerte.

Nur eine Gestalt stemmte sich den zurückweichenden Legionären entgegen, drängte sich bis zur ersten Reihe vor und trat vor seine Kameraden. Es war Gray.

Roper hatte keine Ahnung, was er dort tat. Vielleicht hatte die Wende in der Schlacht ihn aus den Reihen der Heiligen Wache ausgespuckt. Oder er hatte sich weiter hinten ausgeruht und gesehen, wo die Grauen kämpften. Vielleicht hatte er auch erkannt, dass dort die Schlacht gewonnen oder verloren werden würde und dass er aus diesem Grund genau dort gebraucht wurde. Was auch immer der Grund sein mochte, der Heilige Wächter stand jetzt allein vor seinen Kameraden, während der Hagel auf ihn einprasselte. Er hatte das Schwert gehoben und erwartete die heranstürmenden Ritter. Roper hörte, wie er die anderen Legionäre zu sich rief. »Zu mir, meine Freunde! Zu mir, oder ich sterbe hier allein! Helft ihr mir? Sterbt ihr mit mir?«

Die Legionäre reagierten sofort. Ein halbes Dutzend Graue sprang zu Gray, wie Eisenspäne, die von einem magnetischen Stein angezogen werden. Unter den ersten befand sich Hartvig, der degradierte ehemalige Heilige Wächter, einer der Männer aus Uvorens Kriegsrat. Er tauchte sofort neben Gray auf, und etliche andere schlossen sich den berühmten Kriegern an. Und dann, als besäße die sich zurückziehende Schlachtreihe die Oberflächenspannung einer Wasserpfütze, sog dieses halbe Dutzend Kämpfer zwei Dutzend weitere auf. Wie bei einer Kettenreaktion wurden immer mehr Krieger zu der regungslosen Gestalt von Gray gezogen und verbanden sich mit ihm. Schwerter wurden erhoben, und plötzlich ging ein Ruck durch die Schlachtreihe, als sie von weiteren Kriegern verstärkt wurde. Die kleine Schildburg wirkte wie ein Blutklumpen, der sich gegen den Blutstrom in einer Ader bildet. Etwas streifte Ropers Schenkel. Er sah Helmec, der an ihm vorbeirannte, offenbar in der Hoffnung, zu Gray zu gelangen, der immer noch brüllte. Er übertönte mit seiner Stimme selbst den Schlachtenlärm um ihn herum. »Ja, meine Freunde, kommt! Lasst uns diese Schlacht gemeinsam beenden! Wir dienen! Wir dienen!« Seine Schreie elektrisierten die Menge um sich, die immer größer wurde und sich fester zusammenschloss. Die Männer stimmten in seine Rufe ein.

»Dienen! Dienen! Dienen! Dienen!« Es war völliger Wahnsinn. Ein ungeordneter Haufen Fußsoldaten gegen einen Sturmangriff schwer gepanzerter Kavallerie. Es konnte nur einen Sieger geben. Doch die Legionäre strahlten eine fast schon hündische Beharrlichkeit aus. Unerschütterliche Einigkeit und Hingabe für eine Sache waren ihnen von früher Jugend an eingedrillt worden, sodass sie jetzt bereit waren, dafür ihr Leben zu opfern. Sie waren nicht an Niederlagen gewöhnt und duldeten keinen Rückzug. Weil sie Gray bedingungslos vertrauten. Weil ihr Wille zu widerstehen jegliche Vernunft überstieg. Deshalb.

»Dienen! Dienen! Dienen! Dienen!«

Die Ritter brüllten ebenfalls, als sie diese hastig zusammengestellte Schlachtreihe angriffen. Sie witterten einen leichten Sieg. Erst waren sie noch vierzig, dann dreißig, schließlich zwanzig Schritte entfernt. Roper sah, wie Helmec das Ende der Schlachtreihe erreichte, sich hineinstürzte und zur ersten Reihe vordrängte. Die Ritter senkten ihre Lanzen und griffen an.

Als würde ein Tor von einem Rammbock zersplittert, wurden die beiden ersten Reihen der Legionäre zurückgeschleudert und vom Schwung der Kavallerie von den Beinen gerissen. Gray verschwand unter einem Haufen stürzender Leiber, während die Ritter weiterdonnerten und die Grauen auseinandersprengten. Dann bäumte sich die Schlachtreihe der Ritter auf, wie eine Welle, die an den Strand rollt, als ihre Pferde die Barrikade aus Körpern vor ihnen erklimmen mussten. Und die Legionäre drängten immer weiter vor, obwohl sie in Scharen stürzten, nur um den Schwung des Angriffs zu brechen. Roper sah, wie Helmec zu Boden ging, von einem herumwirbelnden Pferd umgeworfen. Aber er sprang sofort wieder auf und drängte weiter vor, während er sich nach Gray umsah. Allein die Masse von Körpern, die zu Boden ging, war entsetzlich. Krieger um Krieger verschwand in einem Haufen seiner Kameraden.

Doch die Ritter wurden langsamer. Sie mussten weiterreiten, sonst würden sie aus dem Sattel gerissen und zerhackt. Aber diese unordentliche Legion widerstand ihrem Angriff wider jede Erwartung. Sie waren zäh wie Schlamm, klammerten sich an die Pferde, an die Stiefel der Ritter. Einige der Südlinge stürzten, und als der Schwung ihres Angriffs allmählich nachließ, wendeten sie und ritten den gleichen Weg zurück, den sie gekommen waren. Am Boden ließen sie eine Unmenge sich windender Leiber und Toter zurück. Immer noch folgten ihnen Legionäre, angestachelt von diesem unbeugsamen Willen, sich zu widersetzen, aber die Schlachtreihe war jetzt dünner. Viele waren gefallen, von der Kavallerie Süddals getötet oder verletzt worden. Und diese Toten behinderten ihre Kameraden, die bei der Verfolgung der Ritter stolperten und taumelten.

Es war ein schreckliches Bild von Selbstaufopferung: Das beeindruckendste Beispiel dafür, was es bedeutete, ein Krieger zu sein, das Roper jemals gesehen hatte. Fast ohne Hoffnung, ohne Befehle oder auch nur Erwartung hatte die Legion der Grauen widerstanden und es irgendwie geschafft, einen Angriff gepanzerter Reiter zurückzuschlagen. Aber sie kamen keinen Herzschlag zu Atem. Die Ritter formierten sich hinter der Schlachtreihe und bereiteten einen neuen Angriff vor. Gray lag irgendwo am Boden. Er hatte in der vollkommen überwältigten ersten Reihe gekämpft und war jetzt nicht mehr zu sehen. Helmec war wieder verschwunden. Die Grauen waren überall zerstreut, stolperten herum, und die Ritter setzten zu einem zweiten, vernichtenden Angriff an. Eine Trompete der Südlinge ertönte und spornte die Reiterei an, die Grauen zu erledigen.

»Skallagrim, Angriff!«, schrie Roper. »Wir müssen sie abwehren!«

Skallagrim gab seinen Legionären das Zeichen zum Angriff, aber es war schon zu spät. Sie waren zu weit weg, die benommenen Grauen würden schlicht ausgelöscht werden. Die Trompete der Südlinge schmetterte erneut, und einige der mit Spießen bewaffneten Soldaten jubelten, als sie den Sieg für ihre Seite witterten. Die Ritter donnerten vorwärts, fünfzig Schritte entfernt, vierzig, dann nur noch dreißig.

Der Himmel zerriss.

Der Knall war so laut, dass Roper ihn gar nicht direkt hörte, sondern nur anhand des schmerzhaften Klingelns in seinen Ohren danach spürte. Ein Blitz, so hell wie zehn Millionen Sterne, flammte vor seinen Augen auf. Es schien, als wäre ein Riss entstanden im Gewebe der Welt, und ein Blitz aus reiner Energie fuhr heraus. Roper konnte nichts sehen außer diesem gleißenden Licht von unvorstellbarer Kraft. Die vom Hagel verschleierte Welt dahinter wirkte dumpf und verwässert. Ein unangenehmes Kribbeln lief über Ropers Oberkörper bis in seine Finger, als würden Abertausende von Saiten durch seinen Körper laufen und gleichzeitig angeschlagen.

Roper konnte nicht denken. Er konnte zwar sehen, aber was er sah, verstand er nicht. Etwas regte sich in seinem leeren Hirn. *Aber die Kavallerie,* sagte sein Verstand. *Die Kavallerie, die Grauen: Was passiert da?* Er suchte nach den Rittern, die sich auf die Legionäre gestürzt hatten, aber die Formation schien sich aufgelöst zu haben. Roper brauchte etliche Herzschläge, die sich wie eine Ewigkeit anfühlten, um zu begreifen, was da passiert war.

Ein Blitzschlag.

Schon seit Stunden waren Blitze über dem Schlachtfeld aufgeflammt, doch erst jetzt hatte einer eingeschlagen. Und er hatte mitten ins Herz des Kavallerieangriffs der Südlinge getroffen. Ein paar Dutzend Pferde und Reiter waren von dem Einschlagpunkt weggeschleudert worden und lagen jetzt qualmend und schwach zitternd auf dem Boden. Die Pferde, die noch auf den Beinen waren, waren in alle Richtungen durchgegangen, auf der Flucht vor dem Blitzeinschlag. Einige Ritter taumelten wie trunken von dem Schauplatz davon, als ihr Angriff so plötzlich zum Erliegen gekommen war. Etwa vierzig Ritter, die vor dem Einschlagsort des Blitzes gewesen waren, schienen nicht bemerkt zu haben, was mit ihren Kameraden passiert war, und hatten die Grauen angegriffen. Aber sie waren hoffnungslos in der Unterzahl. Hinter ihnen war der Angriff zum Erliegen gekommen. Stille schien sich über das ganze Schlachtfeld gelegt zu haben. Der größte Teil der Infanterie ringsum hatte einfach innegehalten und sah ehrfürchtig zu.

Es blieb nur eines zu tun.

Roper galoppierte nach vorn und schob den Helm zurück, sodass sein Gesicht deutlich zu erkennen war. »Was, Männer?« Er schrie, so laut er konnte. »Worauf wartet ihr? Wollt ihr noch mehr Beweise dafür, dass Gott auf unserer Seite ist? Angriff! Angriff!«

Erneut schmetterte die Trompete, und mit lautem Brüllen stürmten Skallagrims Männer vor. Sie rannten zu der Bresche, durch die die restlichen Grauen bereits strömten, stürzten sich auf die orientierungslosen Ritter Süddals und schlachteten sie ab. Sie rissen sie aus ihren Sätteln, zerschnitten ihre Zügel und töteten ihre Pferde. Roper wusste, dass nun der Moment gekommen war, alles auf eine Karte zu setzen. Er trieb Zephyr in das Gedränge der Legionäre, die die Bresche in der Schlachtreihe der Südlinge verbreiterten. »Gray!«, rief er. »Helmec! Wo seid ihr?« Wenn sie noch auf dem Boden lagen, würden sie jetzt zweifellos von diesem Schwarm von Legionären zertrampelt werden, der die Ritter angriff. »Gray! Helmec!« Roper fluchte unablässig vor sich hin. Dann rief er ein letztes Mal: So schwer es ihm fiel, er konnte sich nicht auf Kosten so vieler anderer nur um zwei seiner Soldaten kümmern. Er spornte Zephyr an und brüllte wie ein Wahnsinniger, sodass die Legionäre ihm Platz machten. Zephyr brauchte nur wenige Augenblicke, um sich durch das Gedränge zu schieben und auf die freie Fläche zu galoppieren, wo die benommenen Ritter herumirrten.

Bellamus hatte tatsächlich die Bresche in der Schlachtreihe Süddals erzeugt, um die Anakim hereinzulocken, damit sie dort von seiner schweren Kavallerie weggefegt werden konnten. Doch sein Trumpf war vernichtet worden, zuerst von der unerwarteten Entschlossenheit der Legionäre und dann durch diesen ungeheuren Blitzschlag. Er hatte nur zwei Dutzend von den Tausenden von Rittern getötet, die sich auf die Grauen stürzten, aber sämtliche Pferde waren vollkommen verängstigt und die Ritter von ihrem außergewöhnlichen Pech schockiert. An jedem anderen Tag, auf jedem anderen Schlachtfeld hätte Roper dieses Vorkommnis reinem Glück zugeschrieben. Aber auf dem Altar von Albion konnte es sich nur um göttliche Einmischung handeln.

Der Schwarze Lord war der einzige Reiter der Anakim hinter der Schlachtreihe Süddals, und er stürzte sich geradewegs auf die regungslosen Ritter. Viele von ihnen wichen zurück und flüchteten, als sie von den ausschwärmenden Legionären der Grauen angegriffen wurden. Roper erblickte einen, der ihn noch nicht bemerkt hatte. Er stand mit seinem Pferd quer zu ihm. Roper gab seinem Pferd die Sporen und richtete den Kopf des mächtigen Tieres geradeaus, zwang Zephyr, das Pferd des Ritters zu überrennen. Mit unbändiger Wucht prallte der massige Körper seines Schlachtrosses auf den Feind, und der Ritter wurde mitsamt seinem Pferd zu Boden geschleudert. Zephyr taumelte zwar etwas, trat dann aber einfach über den Ritter und sein Pferd hinweg. Roper sah sich nach seinem nächsten Opfer um. Ein weiterer Ritter stürzte sich auf ihn. Er hielt die Lanze so, dass er Ropers Herz durchbohren konnte. Ihn zu töten war nicht weiter schwierig. Roper schlug die Lanze zur Seite, und als er an der tödlichen Spitze vorbei war, konnte der Ritter nichts mehr tun. Roper durchtrennte ihm mit *Kaltschneide* die

Kehle zwischen Brustpanzer und Helm. Der Ritter stürzte rücklings von seinem Pferd und verschwand im Gewühl.

Fast alle Krieger Süddals, die sich vor Roper befanden, schienen zu flüchten. Er wendete Zephyr und betrachtete die Rückseite der feindlichen Schlachtreihe. Immer mehr Pikeniere hatten ihre Waffen fallen lassen, da sie von der Seite und von hinten angegriffen wurden, und flohen, solange sie noch dazu in der Lage waren. Während Roper zusah, wurde aus dem spärlichen Rinnsal von Flüchtenden allmählich eine Flut. Die Einsiedlerkrebse hielten zwar ihre Formation, aber sie wichen unter dem wachsenden Druck der Legionäre zurück, als diese sie mit frischer Wut angriffen. Wie ein zusammenbrechender Damm löste sich ein großer Block der Pikeniere plötzlich auf und wurde von einer Welle aus Stahl gejagt.

Immer mehr Hornsignale ertönten. *Verfolgt den Feind.* Jemand schien in Ropers Abwesenheit den Befehl übernommen zu haben, und unter dem erfahrenen Kommando wurde die Schlachtreihe Süddals zerfetzt. Jene Südlinge, die ihre flüchtenden Kameraden sahen und die Legionäre, die sie jagten, wussten, dass das Spiel vorüber war, und begannen den Rückzug. Es hagelte immer noch, und die Sicht war schlecht, was bedeutete, dass die Schlachtreihe Süddals langsamer zusammenbrach, als es vielleicht sonst der Fall gewesen wäre. Aber ganz allmählich wich die Schlachtreihe von der Lücke, die Bellamus selbst geschaffen hatte, nach hinten weg. Die Südlinge ließen ihre Piken fallen und rissen sich Rüstungen und Kettenhemden vom Leib, als sie über Harstathur flohen, in dem Versuch, ihren schrecklichen Feinden schneller zu entkommen.

Den Giganten.

Ungeheuer, Dämonen und Zerstörer. Gott konnte einfach nicht auf der Seite solch unheiliger Kreaturen sein. Ohne Zweifel hatten sie irgendeine böse Magie gewirkt, um diesen Sieg zu erringen. Die Untertanen des Schwarzen Königreichs waren so brutal und kompromisslos, wie man es sie immer gelehrt hatte.

Sie wichen nicht zurück, sie gaben nicht auf. Auf diesem von Blitzen heimgesuchten Schlachtfeld hatten sie irgendwie den Sieg errungen.

Und an der Spitze dieser Giganten galoppierte der monströse Schwarze Lord auf seinem gepanzerten Schlachtross.

23. KAPITEL

UVOREN DER MÄCHTIGE

Helmec. Gray.

Nachdem die Schlacht gewonnen war, waren die Südlinge geflüchtet. Einige in disziplinierter Ordnung, die meisten jedoch in Panik und ohne ihre Waffen, und so wurden sie von den Schwarzen Legionen niedergemetzelt. Roper war indessen zum Schauplatz des Kavallerieangriffs zurückgekehrt, um dort nach seinen beiden Freunden zu suchen. Auf dem Rückweg stieß er auf Pryce, der den Rest der Heiligen Wache weit hinter sich gelassen hatte.

»Hilf mir!«, bat Roper. »Gray ist gefallen!«

Pryce stolperte ungeschickt über die Toten zu Roper. Dann suchten die beiden das Schlachtfeld ab. Trotz der Anstrengungen des Tages hatte Pryce offenbar noch Kraft und riss die Leichen zur Seite, um an die Darunterliegenden zu gelangen. Zusammen mit Roper fanden sie die Stelle, an der ihrer Meinung nach die Ritter zuerst auf die Grauen getroffen waren, und suchten dort zwischen den Leichen.

Tote Gesichter starrten zu ihnen hoch. Einigen waren die Helme halb vom Kopf gerissen worden. Andere hatten so viele Wunden, dass es kaum zu glauben war, dass sie sich überhaupt so lange auf den Beinen gehalten hatten. Wieder andere dagegen wiesen keinerlei sichtbare Verletzungen auf. Und etliche lebten noch. Sie hatten die Augen geschlossen, ihre gepanzerten Brustkörbe hoben und senkten sich mühsam. Roper ging an allen vorbei. Er sah sich so hastig um, dass er nicht sicher war, ob sein Blick lange genug auf dem Gesicht eines seiner Freunde verharrte, um ihn zu erkennen. Teilweise wohl auch, weil er sie nicht erkennen wollte. Wie konnten die beiden dieses schreckliche Gedränge überlebt haben? Pryce wühlte zwischen den Leichen herum wie ein Hund, der ein angeschossenes Wild verfolgt. Er machte keinen Unterschied zwischen Toten und Verletzten, sondern drehte sie alle grob um. Irgendwie fiel es Roper am schwersten, die Hände zu betrachten. Sie umklammerten ihre Waffen oder waren offen und leer. Erstarrt, während sie nach etwas griffen. Sie verrieten ihre Absicht weit beredter als die schlaffen Gesichter.

Roper hatte das Gefühl, dass er sich gleich übergeben musste. Vielleicht linderte das ja seinen Ekel, sodass er schneller suchen konnte. Er hob einen Moment den Kopf, keuchte und fuhr mit seinem schmutzigen Finger in sein Visier, um die Tränen wegzuwischen, die sich dort zu sammeln begannen.

Hinter ihm rührte sich jemand. Einer der Körper bewegte sich. Er befreite sich von einer Leiche, die auf ihm lag, und erhob sich taumelnd. Dann stolperte er und brach über einem toten Pferd zusammen. Roper machte einen zögernden Schritt vor und kniff die Augen angestrengt zusammen. Der Körper war gebeugt, keuchte und lehnte an dem Kadaver des Pferdes. Roper sprang plötzlich vor, weil ihm die Bewegungen des Mannes irgendwie vertraut vorkamen. »Gray?«

Der Mann drehte den Kopf zu Roper und rutschte dann kraftlos an dem Pferd herab. Er blieb auf dem Boden liegen. Roper rannte auf ihn zu, wurde jedoch von einem dunklen Schatten überholt, als Pryce sich an ihm vorbeidrängte. Roper erreichte den Mann unmittelbar nach Pryce, und die beiden knieten sich neben Gray. Roper setzte seinen eigenen Helm ab. Gray hatte seinen bei dem Angriff verloren, und seine Augen waren fast ganz zugeschwollen. Eine gewaltige Beule verunstaltete seine Stirn. Ansonsten konnte Roper kein Anzeichen für eine Verletzung feststellen. Pryce legte Gray eine Hand auf die Brust und ignorierte dessen Versuche, sich aufzurichten. Er drückte ihn wieder gegen das Pferd. »Bleib liegen, Gray. Ich bin bei dir.«

»Pryce?« Grays Stimme klang undeutlich.

»Ja«, sagte er. Gray hob ruckartig die Hand und umklammerte Pryce' Handgelenk, tastete nach seiner Hand. Pryce packte sie mit beiden Händen. »Ich bin hier, ganz ruhig.«

»Roper«, flüsterte Gray.

»Er ist auch hier«, antwortete Pryce.

Roper streckte vorsichtig die Hand aus und legte sie auf Grays Schulter. Dann drückte er sie ein bisschen.

Gray gab es auf, die Augen offen zu halten, und lehnte den Kopf gegen das Pferd. »Haben wir … Haben wir gesiegt?«

Roper hockte sich hin. Sein Blick glitt über die Szenerie hinter Gray, vorbei an dem toten Pferd, auf dem er lag, über das Meer aus Leichen. Ab und zu bewegte sich jemand, aber nur schwach, bevor es alsbald endete. »Ja«, antwortete er leise. »Wir haben gesiegt.«

Gray atmete kaum hörbar aus. Offensichtlich hatte er keine Kraft mehr zu sprechen.

»Kümmerst du dich um ihn, Pryce?«, fragte Roper. »Ich muss Helmec suchen.«

»Ich bin bei ihm«, sagte Pryce.

Roper stand auf und kehrte Gray den Rücken zu, um weiter nach seinem Freund zu suchen. »Helmec!«, rief er. Vielleicht war auch er bei Bewusstsein. *Er war weiter hinten als Gray,* dachte Roper, während er sich von dem Leutnant der Heiligen Wache und seinem neben ihm knienden Protegé entfernte. Aber am Ende fand er Helmec nicht sehr weit von ihm entfernt. Er lag verdreht unter zwei toten Legionären. Sein Hals war unnatürlich abgewinkelt.

Er war tot.

Roper schlug mit einem lauten Dröhnen mit der Faust gegen seinen Helm. Er starrte einen Moment auf den Leichnam des Wächters. Dann sank er auf die Knie. »Oh, mein Freund!« Helmecs Starre wirkte weder entspannt noch friedlich. Im Gegenteil, sie war beunruhigend. Seine Rüstung schützte jetzt ein kaltes Relikt. Sämtlicher Ausdruck war aus seinem Gesicht gewichen, jedes Erkennen aus seinen Augen. Die einst vertraute Gestalt wirkte verzerrt, fremdartig, wie ein Klumpen. Was auch immer es war, das seine Glieder belebt und aus seinem Gesicht geblickt hatte, war verschwunden, gestorben, hatte sich einfach aufgelöst.

Roper legte ihm eine Hand auf die Brust. Er starrte einen Moment auf das Gesicht und spürte, wie sein Mund sich verzerrte, ohne dass er etwas dagegen tun konnte. Sein Blick verschwamm, er schluchzte auf, und seine Schultern zuckten krampfhaft. Dann gab er dem Drang nach. Tränen liefen ihm über die Wangen, er senkte den Kopf und bedeckte das Gesicht mit den Händen. Seine Schultern bebten, als er einen Moment lautlos weinte. Das einzige Geräusch, das er ausstieß, war ein tiefes Keuchen, als er Luft holte. Er sprach in seine hohlen Hände, den Mund so verzerrt, dass er kaum verständliche Worte ausstoßen konnte. »Mein Lieber, ruhe sanft … Es ist vorbei.« Erneut holte er mühsam Luft. »Mein Freund, leb wohl.«

* * *

Es dauerte lange, bis Roper aufhörte zu weinen. Er weinte nicht nur um Helmec. Auch um Kynortas. Um die Krieger, die seinen Befehlen gehorcht hatten und jetzt stumm um ihn herumlagen. Um sein Land, das überlebt hatte. Aus Erleichterung, weil endlich die schwere, anhaltende Bürde der Verantwortung von seinen Schultern genommen worden war. Er weinte, weil er zum ersten Mal seit einem Jahr wieder so etwas wie Sicherheit empfand. Er weinte um seine beiden Brüder, deren Sicherheit er so lange ignoriert hatte, weil er sich nur um seine Angelegenheiten gekümmert hatte. Um all das weinte er.

Seine Tränen waren getrocknet, als Pryce schließlich zu ihm trat. Roper saß ruhig neben Helmec und hielt die Hand des Wächters. Pryce blieb einen Moment neben ihnen stehen und betrachtete sie stumm. Roper spürte kein Verlangen, ihn anzusehen, aber Pryce hielt ihm die Hand hin. Schließlich ließ Roper Helmec los und packte sie. Pryce zog ihn auf die Füße, und die beiden umarmten sich über Helmecs Leichnam hinweg. Roper fürchtete fast, dass er erneut in Tränen ausbrechen würde, beherrschte sich jedoch und löste sich von Pryce. »Wird Gray es schaffen?«

»Das sollte er«, antwortete Pryce. »Er spricht bereits wieder deutlicher.«

Roper starrte Pryce einen Moment an. Sein Mund verzog sich leicht. Dann legte er dem ehemaligen Zuchtmeister die Hand auf die Schulter. »Du weißt, warum er tot ist? Wer hat die Grauen in diese Falle geschickt?«

»Uvoren der Mächtige«, antwortete Pryce.

Roper schüttelte den Kopf, aber es war keine Verneinung. »Hol ihn mir, Pryce!«, bat er. Er deutete auf das Banner der Jormunrekur in der Ferne, das den knurrenden Wolf zeigte. »Ich bin dort. Bring mir diese Schlange. Und befiehl ihm, ohne Helm zu kommen, ohne Rüstung und ohne seinen Streithammer. Diesmal wird er für seine Handlungen zur Rechenschaft gezogen werden.«

»Es wird mir ein Vergnügen sein, Lord«, erwiderte Pryce nachdrücklich.

Roper nickte und wandte sich ab. Er führte Zephyr zu der Stelle, wo Gray immer noch an dem toten Pferd lehnte, und half dem Wächter in den Sattel des Streitrosses. Roper setzte sich dahinter, damit er ihn festhalten konnte, als er zu seinem Banner zurückritt. Er wusste, dass sich dort die Kommandeure allmählich sammelten.

Pryce sah den beiden nach und wandte sich dann in Richtung des Banners mit dem Allmächtigen Auge um, das an einer Stange hochgehalten wurde. Er wusste, dass er dort Uvoren finden würde. Nachdem er nur ein paar Minuten gegangen war, fand er ein Pferd mit einer Satteldecke Süddals, das an Grasbüscheln zwischen einigen Leichen zupfte. Es zuckte mit den Ohren, als er sich näherte. Er packte die Zügel und stieg auf, wendete das Pferd in Richtung der Stelle, wo sich die Heilige Wache versammelt hatte, etwa eine halbe Wegstunde entfernt auf dem Plateau.

Die Wache hatte schon vor dem Beginn der Schlacht nur zwei Drittel ihrer gewöhnlichen Stärke besessen und weitere fünfzig Krieger bei ihrem Kampf mit den Einsiedlerkrebsen verloren. Als Pryce dort ankam, musste er feststellen, dass die berühmteste Kampfeinheit in der bekannten Welt aus nur noch knapp zweihundert Männern bestand. Obwohl sie mitgenommen und blutig waren, standen sie immer noch in Formation da. Vor ihnen hatte sich Uvoren der Mächtige aufgebaut. Er starrte ausdruckslos auf die Südlinge, die sich zurückzogen. Pryce glaubte zu hören, wie der Hauptmann etwas sagte wie »Er gibt ihnen Zeit, sich zurückzuziehen«, aber als er sein Pferd vor ihm zügelte, verstummte Uvoren.

Pryce warf ihm einen hochmütigen Blick zu. »Hauptmann Uvoren. Der Schwarze Lord befiehlt dir, dich für deinen Ungehorsam auf dem Schlachtfeld heute zu verantworten. Du kommst mit mir, ohne Helm, Rüstung oder Waffen, und trittst ihm gegenüber, um deine Bestrafung zu empfangen.«

Uvoren warf einen Blick auf die Heilige Wache, dann wieder auf Pryce und lachte schallend. Er wog den Seelenjäger in den Händen und lachte selbst weiter, als er den unbeugsamen Ausdruck auf Pryce' Gesicht sah. »Ich nehme keine Befehle von degradierten Zuchtmeistern an, deren Loyalität von einem Mann zum anderen flattert wie ein Sperling«, sagte er. »Und die sich überall niederlässt, nur nicht bei seinem Hauptmann. Wenn der Schwarze Lord mit mir reden will, soll er hierherkommen. Er wird mich hier finden, bei meiner Wache.«

Pryce verdrehte die Augen und stieß einen müden Fluch aus. Dann stieg er ab und ging einen Schritt auf Uvoren zu. Er ignorierte den Streithammer, den der Mann hob. »Ich bin müde, Hauptmann«, sagte er leise und fast ohne die Lippen zu bewegen. »Ein Freund von mir ist heute wegen deiner Dummheit gestorben. Ich fordere dich also ein letztes Mal auf. Stell dich dem Schwarzen Lord, und unterwirf dich seinem Urteil. Oder meinem.« Damit zog er sein zerbrochenes Schwert und hielt es zu Boden gerichtet vor sich.

Uvoren lachte einfach nur. »Du willst dich mit mir duellieren?« Er warf einen kurzen Blick auf Pryce' gebrochenes Schwert. »Damit? Soll das ein Scherz sein?«

Pryce blieb stumm und bewegte sich nicht. Wie eine Schlange ihren Kopf ruhig hält, während sie ihre Muskeln anspannt. Er starrte Uvoren einfach nur an, der aufgehört hatte zu lächeln. Dann griff er den Hauptmann mit erstaunlicher Geschwindigkeit an. Die zerbrochene Klinge fuhr in Richtung von Uvorens Gesicht. Er wollte ihn nicht töten, sondern beabsichtigte, ihn zu verletzen und zu verstümmeln.

Aber der Hauptmann hatte den Angriff erwartet und schlug mit dem Streithammer zu. Dabei machte er einen Schritt nach vorn und rammte Pryce mit dem Körper. Der taumelte, sein Schlag wurde abgewehrt, und die Klinge wurde ihm durch die Wucht von Uvorens Parade aus der Hand geschlagen. Er versuchte rückwärtszutänzeln, aber Uvoren war ihm auf den Fuß getreten und hielt ihn fest. Pryce stürzte zu Boden. Er ächzte, als sein Knöchel durch den Druck von Uvorens Fuß unnatürlich verdreht wurde. Hilflos lag er am Boden, während Uvoren mit dem Streithammer ausholte. Pryce warf sich zur Seite, riss seinen Fuß unter Uvorens Stiefel heraus und rollte sich weg. Der Streithammer grub sich mit einem lauten Klatschen in die Erde neben seinem Kopf.

Pryce kroch rasch weg und richtete sich taumelnd auf, während sein verletzter Knöchel unter ihm fast nachgab. Dann humpelte er von Uvoren weg, unbewaffnet und verletzt. Uvoren lächelte erneut. »Ich habe zwar nicht viel erwartet, Pryce, aber doch ein bisschen mehr als das. Du kannst nicht gegen mich kämpfen.« Pryce humpelte heftig, während er am Boden nach einer weiteren Waffe suchte, aber er fand keine. Uvoren stand mit erhobenem Streithammer zwischen ihm und seinem zerbrochenen Schwert.

Dann stürzte sich der Hauptmann auf Pryce und hielt inne, unmittelbar bevor er nach dem Wächter schlug. Der versuchte sich zurückzuziehen, als Uvoren mit dem Seelenjäger ausholte. Pryce duckte sich, und der Streithammer zischte über seinen Kopf hinweg. Aber Uvoren schwang ihn weiter und verlagerte das Gewicht des Seelenjägers so, dass der stählerne Griff Pryce am Kinn traf. Der taumelte benommen zurück, aber seine Beine arbeiteten auch ohne seinen Befehl. Mit seltsam hüpfenden Sprüngen schaffte er es, sich aus Uvorens Reichweite zu bringen. Erneut glitt sein Blick über den Boden, auf der Suche nach einer Waffe.

Eine Stimme ertönte hinter ihm. »Pryce!« Er drehte sich um und sah, wie Leon, der Heilige Wächter, der Lord Northwic in der Schlacht am Meer getötet hatte, sein Schwert zog. Er warf es Pryce vor die Füße, und der nahm es hastig vom Boden hoch, ohne Uvoren aus den Augen zu lassen. Der Hauptmann riss verblüfft die Augen auf, als er sah, wie Leon seinen Gegner unterstützte, aber er erholte sich rasch und schnaubte verächtlich.

»Dann komm schon, Pryce!«, brüllte er. »Komm und stell dich mir!« Mit diesen Worten griff Uvoren an. Pryce hatte Mühe, sich mit seinem verletzten Fuß zu bewegen, und schlug ungeschickt nach Uvoren, während er zurückwich. Der blockte den Schlag ab und konterte mit einem diagonalen Hieb, dem Pryce nur entging, indem er sich drehte. Dadurch verlor er das Gleichgewicht. Uvoren, der dieses Problem nicht hatte, spiegelte Pryce' Drehung weit kontrollierter, hob ein Bein und trat Pryce mit voller Wucht gegen die Brust. Der kleinere Mann wurde nach hinten geschleudert und verlor beinahe erneut das Schwert. Doch er packte den Griff fester und war wieder auf den Beinen, bevor Uvoren Zeit hatte, näher an ihn heranzukommen. Drohend hob er die Klinge.

Dann spürte Pryce etwas unter seinem Fuß. Er blickte hinab und sah, dass er während ihres letzten Zusammentreffens an die Stelle gekommen war, wo er sein altes Schwert verloren hatte. Er fühlte die zerbrochene Klinge unter seinem Stiefel. Pryce bückte sich hastig, riss sie mit der linken Hand hoch und stand, als er sich wieder aufrichtete, Uvoren mit zwei Klingen gegenüber.

Uvoren hielt Abstand und starrte bösartig auf Pryce' verletzten Knöchel. Sie wussten beide, dass der ehemalige Zuchtmeister diese Schwäche unmöglich ausgleichen konnte. Eine Waffe vom Gewicht des Seelenjägers konnte nicht mit einem Schwert abgewehrt werden. Wurde der Streithammer mit voller Kraft geschwungen, war die Wucht einfach zu groß. Man musste dem Schlag ausweichen. Und diese Aufgabe war mit nur einem gesunden Fuß unglaublich schwierig. Aber Pryce wirkte nicht besorgt. Er wirkte wütend. Einer von Uvorens Schlägen hatte die Wunden wieder aufgerissen, die Garrett ihm am Kiefer zugefügt hatte. Das Blut strömte heraus, und Pryce sprühte jedes Mal, wenn er ausatmete, einen roten Nebel aus. »Mit einem oder mit zwei Füßen«, knurrte er Uvoren an. »Mit einem halben Schwert oder einem ganzen, ich werde dich in Stücke hauen, Hauptmann.«

Dann griff er an. Er humpelte mit seinem versehrten Knöchel nach vorn, leicht verdreht, während er sich Uvoren näherte. Aber er hielt Kurs. Uvoren setzte seine größere Beweglichkeit ein, täuschte einen Schritt an, bevor er den Hammer erneut diagonal schwang, um Pryce zu zerschmettern. Der war zu schwach und bewegte sich außerdem zu schnell, als dass er noch die Richtung hätte ändern können. Stattdessen knickte Pryce in der Hüfte ein, um den Aufprall des Seelenjägers zu minimieren. Also streifte der Kopf des Streithammers nur seine Schulter, statt ihn voll zu erwischen. Es knackte, und Pryce' rechte Schulter bog sich sichtbar unter dem Hieb. Leons Schwert fiel ihm aus der Hand und landete im Schlamm.

Aber Pryce war nicht stehen geblieben, sondern bewegte sich immer noch. Er schlug das abgebrochene Schwert in seiner linken Hand auf die Innenseite von Uvorens Handgelenk und zog die Schneide mit einer sägenden Bewegung über die Haut. Pryce schrie vor Wut, Uvoren dagegen brüllte vor Schmerz, als ihm der Seelenjäger aus den kraftlosen Fingern fiel, während Pryce herumwirbelte. Sein rechter Arm baumelte nutzlos an seinem Körper. Uvoren bückte sich und wollte mit der Linken nach dem Seelenjäger greifen. Pryce' zerbrochenes Schwert schien aus dem Nichts zu kommen. Es durchbohrte seine Hand und grub sich tief in den Boden. Uvoren krümmte sich keuchend zusammen, das Gesicht vor Schmerz verzerrt. Er holte mehrmals tief Luft, Speichel flog aus seinem Mund. Dann blickte er auf seine nutzlose rechte Hand, die zurückgebogen war, die Finger ausgestreckt und gefühllos. Und seine Linke wurde von Pryce' abgebrochenem Schwert durchbohrt, das ihn an den Boden nagelte.

Pryce wandte sich von dem angeschlagenen Hauptmann ab und keuchte. Seine rechte Schulter war ausgekugelt. Mit der anderen Hand packte er sein Handgelenk und schob es nach oben. Er zitterte, dann renkte sich die Schulter mit einem hörbaren Knacken wieder ein.

»Helft mir!«, keuchte Uvoren. Er blickte panisch zu den Heiligen Wächtern. »Tötet ihn! Tötet ihn!« Keiner der Männer bewegte sich. Die Wächter beobachteten ausdruckslos das Schauspiel vor ihren Augen. Nur Leon nickte bedächtig angesichts dessen, was er sah. Keiner setzte sich für Uvoren ein, als Pryce sich wieder zu dem Hauptmann der Wache umdrehte. Er hatte die rechte Hand schützend gegen seine Brust gelegt. Dann hob er Leons Schwert mit der linken Hand vom Boden auf und baute sich vor Uvoren auf. Der Hauptmann kniete am Boden, unfähig, sich zu erheben. Pryce trat dicht an Uvoren heran, so dicht, dass Uvoren gezwungen war, den Kopf zu verdrehen, um in Pryce' Gesicht zu blicken.

»Du Mistkerl«, sagte Pryce. »Du bist eine Schlange, eine wahre Schlange!« Blut tropfte von seinem Kinn und fiel auf Uvorens Wange.

Der warf einen Blick auf Pryce' rechte Schulter, die zwar jetzt wieder eingerenkt war, aber immer noch deutlich nach unten hing. »Du bist ein Wahnsinniger!«, stieß er leise hervor. Dann senkte er den Kopf. »Mach es kurz.«

Pryce lächelte. »Oh nein. Sieh mich an, Uvoren. Sieh zu mir hoch.« Pryce schob Leons Schwert unter das Kinn des Hauptmanns und bog damit gewaltsam dessen Kopf nach oben. »Mein Gesicht ist das Letzte, was du jemals sehen wirst.«

Uvoren starrte ihn einen Moment an. Dann kniff er fest die Augen zusammen.

* * *

Viele Ritter überlebten den Blitzschlag und auch das Gemetzel auf Harstathur, das darauf folgte. Aber dieser plötzliche Umschlag in der Schlacht war so drastisch und deutlich, dass den meisten Rückzug als die beste Möglichkeit erschienen war. Sie sammelten sich um Bellamus und Garrett, der ein Pferd auf dem Plateau gefunden hatte. Allerdings widersprachen sich die Berichte in dem Punkt, ob das Pferd bereits reiterlos gewesen war oder ob Garrett einfach einen Ritter Süddals aus dem Sattel gezerrt hatte, um sich des Pferdes zu bemächtigen. Mit Garrett an der Seite bewies Bellamus anschließend außerordentlich viel Mut, als er sich mit einer weißen Fahne Ropers Banner näherte, um über das Leben seiner geschlagenen Armee zu verhandeln.

Roper empfing ihn hoch zu Ross, neben sich Gray und Tekoa und dahinter eine Gruppe von Kommandeuren und Adjutanten. Gray hockte zusammengesunken in seinem Sattel, kaum in der

Lage, den Kopf hochzuhalten. Tekoa hatte einen Verband um den Kopf, weil seine Braue von Uvorens Faustschlag aufgeplatzt war. »Nicht gerade ein üblicher Moment für Friedensverhandlungen, Bellamus«, bemerkte Roper, als die beiden Reitergruppen sich trafen. Er warf einen Blick auf Garrett, der neben seinem Heerführer ritt und vollkommen blutüberströmt war. Noch immer hielt er Heofonfyr in der Faust. Bellamus wirkte ruhig und breitete in einer Geste des Bedauerns die Hände aus.

»Der Sieg gehört Euch, Mylord Roper«, erklärte er. »Ich muss Euch Beifall zollen. Es war eine beeindruckende Schlacht.« Er schwieg kurz und lächelte bedauernd. »Am Ende glaubte ich schon, Euch bezwungen zu haben.«

»Aber der Allmächtige hat eingegriffen.«

Bellamus sah Roper prüfend an. »Es war wohl eher Zufall. Wir hätten dieses Spiel tausendmal spielen können. Und nur einmal hätte dieser Blitzschlag meine Ritter zerstreut. Genauso gut hätte er die Heilige Wache treffen können.«

»Das hat er nicht«, sagte Roper.

»Das hat er nicht.« Die Worte waren dieselben, aber die beiden Heerführer meinten etwas vollkommen Unterschiedliches. »Manchmal passiert so etwas, wenn man seine Männer in Stahl hüllt und sie mit Lanzen in ein Gewitter schickt. Ich denke, wir sind jetzt quitt, weil wir beide jeweils unter besonderen Umständen besiegt wurden. Ich freue mich auf unsere nächste Begegnung.«

Roper lächelte dünn. »Ich glaube, wir beide genießen unsere Begegnungen. Allerdings bezweifle ich, dass Ihr Euch so sehr freut, dass Ihr eigens hierhergekommen seid, nur um mir das zu sagen.«

»Ich bin gekommen, um Euch um Gnade für meine Soldaten zu bitten. Es ist nicht nötig, Eure tapfere Armee zu Schlächtern in einem Viehhof zu degradieren. Wenn Ihr den Rest meiner Armee nach Hause marschieren lasst, schicke ich Euch zwei Tonnen Eisen aus dem Süden.«

Roper hob die Brauen. »Wie ich feststelle, habt Ihr gelernt, mit Eisen zu handeln statt mit Gold.«

»Ich spreche Eure Sprache«, erwiderte Bellamus lächelnd.

»Eisen wäre uns tatsächlich willkommen, aber ich will außerdem *Blitzschock* zurückhaben.« Roper warf einen vielsagenden Blick auf die Klinge, die Garrett hochhielt wie ein Banner.

Bellamus seufzte. »Über Heofonfyr kann ich nicht bestimmen. Der König selbst hat Garrett das Schwert verliehen. Ich kann ihm diese Waffe, die wahrscheinlich die beste in ganz Albion ist, nicht wegnehmen.«

»Es stand dem König nicht zu, sie überhaupt weiterzugeben«, erwiderte Roper barsch. Er sah, wie Garrett die Stirn runzelte, während er sich bemühte, dem schnellen Dialog in einer ihm fremden Sprache zu folgen.

»Oh doch, das Recht hatte er«, widersprach Bellamus. »Nach Euren eigenen Gesetzen gehört das, was in der Schlacht erbeutet wird, dem Sieger. Euer Vater wurde von meinen Soldaten getötet, und seine Armee hat sich vom Schlachtfeld entfernt. Sein Schwert gehörte mir. Ich konnte damit tun und lassen, was ich wollte. Also habe ich es dem König übergeben, und er hat es Garrett geschenkt. Das Angebot bleibt bei zwei Tonnen Eisen für das Leben meiner Männer.«

»Wir könnten Euch alle töten, und ich könnte mir dann *Blitzschock* einfach nehmen«, erwiderte Roper achselzuckend.

»Aber das werdet Ihr nicht tun. Wie Ihr selbst gesagt habt, ›nicht unter einer Parlamentärsfahne‹.«

Roper starrte Bellamus lange an, der den Blick ungerührt erwiderte. Garrett lockerte unablässig seine Schultern, bis er schließlich innehielt. Ein Einsiedlerkrebs mit einem roten Bart neben Bellamus griff langsam zu seinem Schwert.

»Nein«, sagte Roper schließlich. »Aber Ihr könnt Euch nicht für immer hinter einer Parlamentärsfahne verstecken. Vielleicht könnt Ihr entkommen, wenn Ihr hier wegreitet. Ihr und Eure Einsiedlerkrebse solltet Eure schnellsten Pferde nehmen und nach Süden reiten, so rasch, wie die Straßen es Euch erlauben. Vielleicht schafft ihr es über den Abus und kämpft ein andermal weiter. Aber kein anderer Südling wird dem Schwarzen Königreich entkommen. Darauf gebe ich Euch mein Wort.«

Bellamus ließ seinen Blick über die Legionen hinter Roper gleiten, die sich aufgestellt und zur Verfolgung bereitgemacht hatten. Er atmete langsam aus. »Das bedaure ich zutiefst«, sagte er und sah Roper in die Augen. »Und ganz gewiss werde ich es nicht vergessen.«

»Nach der Verheerung meines Landes, und …« Roper machte eine kleine Pause, in der Helmecs Name in der Luft zu schweben schien. »Nach all dem ist das wohl das Geringste, was Ihr als Antwort auf Eure Taten erwarten könnt«, beendete er kalt den Satz. Auch wenn das Bellamus nicht beeindruckte. »Ganz Albion soll wissen, was mit Armeen passiert, die den Abus überqueren: Sie kehren nicht zurück.« Bellamus nickte grimmig, und Roper warf einen Blick auf Garrett. »Eines Tages werde ich meine Klinge wiederbekommen«, wandte er sich an den gigantischen Mischling. »Ich hoffe, du reitest geschwind, Eoten-Draefend. Denn Pryce Rubenson ist sehr schnell, und er will deinen Kopf.«

»Für Pryce haben wir etwas anderes im Sinn«, mischte sich Bellamus ein. »Wir haben Earl William nicht vergessen.«

»Ihr solltet jetzt nach Süden reiten, Bellamus. Ich gewähre Euch eine Anakim-Stunde, bevor wir uns an die Verfolgung machen. Danach töten wir jeden Südling, dessen wir habhaft werden.«

»Dann muss ich wohl fliegen«, bemerkte Bellamus. »Wir sehen uns wieder, Lord Roper.«

»Bis dahin.«

Nachdem Bellamus und Garrett verschwunden waren, ergriff Tekoa das Wort. »Ihr hättet mit dem Eisen Eure Schulden bei uns begleichen können, Lord Roper.«

»Zwei Tonnen Eisen wären die Nachteile nicht wert, die uns

entstehen, wenn diese Armee lebendig nach Süddal zurückkehrt. Wir gewinnen erheblich mehr durch die Furcht vor einem Gemetzel. Ich wollte, dass sie sich weigern, mir *Blitzschock* zurückzugeben!«, sagte er, während er Bellamus und Garrett nachsah. Tekoa und Gray wechselten einen Blick.

Sie warteten schweigend, bis Bellamus fast außer Sichtweite war. Er beherzigte Ropers Vorschlag. Seine Schildmänner und er stiegen auf gut genährte und ausgeruhte Pferde. Vielleicht entkamen sie tatsächlich. Die Reiterei des Schwarzen Königreiches benutzte Schlachtrösser. Sie waren viel zu schwer, als dass sie mit den Vollblütern hätten Schritt halten können, die die meisten Krieger Süddals ritten. Wahrscheinlich gab es auch nicht genügend berittene Skiritai, um Bellamus' Trupp aufzuhalten. Aber sie würden ihnen auf den Fersen bleiben und seine Leute über die Straße hetzen. Eine falsche Wendung, ein Schlammrutsch, der die Straße blockierte, oder widrige Reisebedingungen, und sie würden erwischt werden. Bellamus musste dem Glück vertrauen, das ihn hier oben, an diesem Ort verlassen hatte.

Für die restliche Armee Süddals gab es keinerlei Hoffnung. Sie hatten ihre Rüstungen und all ihre schweren Waffen auf dem Schlachtfeld zurückgelassen. Jetzt strömten sie hinter Bellamus und seinen Reitern her und hofften, vor den Anakim zu bleiben, die immer noch ruhig und in Formation warteten. Bellamus würde schon bald nicht mehr zu sehen sein, und dann waren sie allein und ohne Führung in einem fremden Land. Die Anakim würden sie einholen. Gott allein wusste, was dann geschah.

»Mylord.« Roper drehte sich zu der Stimme hinter ihm um. Pryce ritt auf einem Pferd der Südlinge auf ihn zu. Roper musterte ihn verblüfft von Kopf bis Fuß.

»Wo ist Uvoren, Pryce?«

»Uvoren ist auf dem Schlachtfeld gefallen, Mylord. Er kann sich nicht mehr für seine Handlungen verantworten.«

Roper sah den Wächter einfach nur an. Pryce' Gesicht war ausdruckslos, aber er hielt den Zügel mit der linken Hand. Die rechte hatte er fest an die Brust gedrückt, und seine rechte Schulter hing entschieden tiefer als die linke. Sein Gesicht war blutverkrustet und schlammverschmiert. »Ein spätes Opfer, richtig?«, sagte Roper schließlich.

»Das ist richtig, Mylord.«

Roper nickte brüsk. »Dann ist Gray ab sofort Hauptmann der Wache. Und du bist wieder Zuchtmeister.«

»Danke, Lord.«

»Es wäre mir allerdings lieber gewesen, wenn er es hierhergeschafft hätte, Pryce«, sagte Roper nach einem Moment des Schweigens.

»Er hätte es niemals bis hierher geschafft, Lord«, erwiderte Pryce. Es war kaum mehr als ein Zischen.

Der Hagel hatte aufgehört. Roper hatte eine Stunde Vorsprung versprochen, und nach seiner Rechnung bedeutete das, dass die Südlinge noch zwei Zwölftel Zeit hatten, den Altar zu verlassen. Hinter ihnen blieben ein gewaltiges Feld von Toten und ein gefällter Wald aus Piken zurück. Krähen und Möwen flatterten bereits heran und machten sich über die sterblichen Reste her. Jenen, die noch lebten, entlockten ihre spitzen Schnäbel Schmerzensschreie. Dichte Wolken hingen über ihnen am Himmel, aber die Luft schmeckte frischer und sauberer, als es auf dem Feld allmählich dunkler wurde. Die Südlinge würden die ganze Nacht über gejagt werden. Wenn am nächsten Tag die Sonne aufging, würden die meisten von ihnen kalt und still daliegen.

Bellamus schaffte es über den Abus. Er brauchte drei Tage, um das Schwarze Königreich zu verlassen, und die Skiritai folgten ihm den ganzen Weg. Sie griffen nicht an und versuchten auch nicht, ihre zahlenmäßig überlegenen Widersacher zu stellen. Sie beobachteten sie einfach nur und erstatteten Roper Bericht. In der Nacht taten sie ihr Bestes, um Bellamus' Truppe mit unablässigen Hornsignalen und Hufgetrappel wach zu halten. Nachdem er den breiten Fluss überquert hatte, warf Bellamus einen letzten Blick auf das Schwarze Königreich. Zitternd und nass wandte er sich zu den öden Hügeln um und sah, dass die Skiritai ihn vom anderen Ufer aus immer noch beobachteten. Die Anakim liebten die Wildnis jenseits des Abus. Ihre Seite war weit zerklüfteter und wilder als die bestellten Felder der Südlinge. Die düsteren Wälder hatten einst ganz Albion bedeckt und erstreckten sich jetzt über die Hügel wie die Borsten eines mächtigen schlummernden Wildschweins.

Solche Wälder gab es in Süddal nicht. Efeu, Geißblatt, Rosen und eine Pflanzenart, welche die Anakim »Mondlicht« nannten, wanden sich an den Stämmen von gewaltigen uralten Eichen, Eschen, Buchen, Weißbuchen und Ulmen empor. Die Wälder waren dichter als im Süden. Das undurchdringliche Laubdach spendete tiefen Schatten, durch den Wölfe, Bären und Luchse streiften. Das Holz wuchs hier gerader und direkter zum Licht hoch, bildete eine dichte Front aus Spitzen, die in den Himmel ragten. Die Anakim hängten gigantische Augen aus geflochtenen Weidenzweigen hoch oben in die höchsten Bäume. Bellamus hatte sich oft gefragt, wie sie so weit nach oben kamen. Gewaltige Vorhänge aus Flechten hingen von den Zweigen herab. In vielen Baumstämmen waren Handabdrücke zu sehen, als wäre das Holz der Bäume weich und würde unter der Berührung der Anakim nachgeben. Und als würden sie ihre harte und hölzerne Natur nur dann annehmen, wenn ein Südling dasselbe versuchte. Die Wälder des Schwarzen Königreiches raschelten nicht im Wind, sie schienen zu frösteln. Und sie knarrten nicht im Sturm, sie stöhnten.

Bellamus hatte so viel über die Anakim in Erfahrung gebracht, wie er nur konnte, bevor er auch nur einen Fuß in das Schwarze Königreich gesetzt hatte. Er kannte ihre Gesetze, ihre Sitten, ihre Wirtschaft, ihre Arbeitsweisen, kannte ihre Anführer, ihre Helden, ihre Sprache und ihre Geschichte. Aber als er jetzt über den Abus auf die dunkle Wildnis zurückblickte, wurde ihm klar, was er die ganze Zeit über schon hätte erkennen müssen: das Ausmaß seiner Unwissenheit. Er hatte jeden Anakim, den er in die Finger bekam, nach seinem Land ausgefragt, nach ihren Gesetzen und ihrer Denkweise. Und doch hätte er begreifen müssen, wie viel sie ihm nicht erzählt hatten. Es gab so viel, was ein Anakim ihm nicht erzählen würde, einfach weil er gar nicht auf die Idee kam, es zu tun.

Als Lord Northwic und er den Osten des Landes geplündert hatten, hatte er erwartet, dass die Anakim vor ihrer Streitmacht flüchteten, so wie sein Volk es getan hätte, wenn es sich einer Invasion gegenübergesehen hätte. Es war schon richtig, einige waren in das Hindrunn geflüchtet, die meisten jedoch waren einfach geblieben und gestorben. Sie besaßen keine Waffen, sie hatten keine befestigten Stellungen und wussten, dass sie sich einem Gemetzel auslieferten. Dennoch waren sie geblieben. Bellamus war vollkommen verblüfft gewesen. Was war der Grund für ein derartiges Verhalten? Waren sie irgendwie nicht in der Lage, ihren drohenden Untergang zu erkennen, als die feindlichen Armeen den Abus überquerten? Hatten sie vielleicht weniger Vorstellungsvermögen als die Männer von Bellamus' eigenem Volk, oder waren sie einfach unfähig, den Tod zu verstehen? Es hatte sehr vieler Befragungen bedurft, bis eine von ihnen, eine Frau namens Adras, die an der Grenze lebte, auf die Idee gekommen war, ihm zu sagen, was die anderen ihm nicht erzählt hatten. Die Anakim waren auf eine Art und Weise mit ihrem Land verbunden, wie die Südlinge es nicht kannten. Sie sahen keine Notwendigkeit, zu reisen oder etwas zu erforschen. Ihr einziges Bedürfnis bestand darin, sich niederzulassen und Familien zu gründen. Mit jeder Jahreszeit, die verstrich, liebten sie ihr Zuhause mehr. Sie hatten gewusst, dass sie bei der Invasion der Südlinge sterben würden, aber sie hatten den Tod der Alternative vorgezogen. Wie ein Wolfsrudel würden sie alles tun, um ihr Territorium zu schützen.

Geflohen waren die jüngeren Familien, deren Liebe zu ihrem Land noch nicht so ausgeprägt war, dass sie es für undenkbar hielten, entwurzelt zu werden. Keiner von all den Anakim, mit denen Bellamus gesprochen hatte, war auf die Idee gekommen, ihm von dieser Verbundenheit zu berichten. Ihnen war nicht klar gewesen, dass ein Südling möglicherweise anders empfinden könnte. Sie begriffen nicht, dass die Armeen des Südens nicht unter schrecklichem Heimweh litten, weil sie durch dieses fremde Land marschierten. Sie realisierten nicht, dass die Menschen aus Süddal ihr Heim grundsätzlich nicht so sehr liebten, wie sie ihre Familien liebten.

Durch Beobachtungen, Fragen und Experimente hatte Bellamus immer mehr in Erfahrung gebracht. Die Anakim schienen nicht so stark zu empfinden wie die Südlinge. Die Kälte war ihnen weniger unangenehm, die Sorge machte sie weniger krank und der Schmerz weniger hilflos, die Furcht war weniger überwältigend und das Entsetzen nicht so schockierend. Nur die Liebe schienen sie ebenso stark zu empfinden wie die Südlinge, trotzdem ließen sie sich nur selten davon überwältigen. Tatsächlich waren sie so anders, dass sie sogar die Kälte zu schätzen schienen. Bellamus hatte sie danach gefragt und keine wirkliche Erklärung dafür gefunden. Sie schienen sie einfach zu lieben. Konnte Bellamus erklären, fragten sie, warum er sich in der Wärme glücklicher fühlte? Warum essen ein Vergnügen war, wenn er hungrig war? Warum Rosen süß dufteten? Ein paar Anakim hatten es zu erklären versucht, hatten gestammelt, dass die Kälte das Gefühl von *maskunn* verstärkte, was so viel wie frei bedeutete oder offen. Wenn es kalt war, so erklärten sie, fühlte man mehr. Dann war die Trennung zwischen ihnen und ihrem geliebten Land nicht so stark.

Es musste noch so viel geben, was er, Bellamus, nicht wusste. Was er vielleicht erst noch im Laufe der Jahre herausfinden würde. Das, woran es den Anakim mangelte, war das Offensichtlichste. Sie begriffen den Wert von Gold nicht, also hatten sie keine Währung. Stattdessen betrieben sie Tauschhandel. Ein nützliches Objekt gegen ein anderes. Vielleicht war deshalb auch ihr Verständnis von Kunst so wenig ausgeprägt? Alles, was sie malten oder webten, war entweder schwarz oder cremefarben. Sie schienen nicht in der Lage zu sein, die neuen Dimensionen, die Farbe hinzufügen konnte, zu begreifen. Und abgesehen von einigen besonderen Symbolen kannten sie keine Schrift. Ihre Sprache war, wie Bellamus festgestellt hatte, frustrierend ungenau bei den Begriffen, bei denen sie eigentlich präzise sein sollte, und übermäßig pedantisch, wo sie geheimnisvoll sein sollte. Es gab zum Beispiel keine entsprechenden Wörter für die Farben Orange, Rot, Blau und Grün. Und auch nicht für Begriffe wie »zivilisiert«, »optimistisch« oder »Déjà-vu«. Für sie waren Orange und Rot einfach nur zwei Schattierungen derselben Farbe, ebenso wie Blau und Grün. Zivilisation war ein Fluch, Optimismus schlichtweg irrelevant. Mit dem Phänomen Déjà-vu schienen sie zwar vertraut zu sein, benannten es aber nicht.

Dafür kannten sie Worte für Dinge, die Südlinge sich nicht einmal vorstellen konnten. Sie verwendeten einen bestimmten Begriff für einen Fremden, bei dem man das Gefühl hatte, dass man ihn schon einmal getroffen hatte. Oder ein Wort für eine Erinnerung oder einen Gedanken, der einem entrinnt, wenn man nach ihm greift. Sie kannten ein Wort für das Gefühl, wenn etwas Gutes zu Ende ging. Eine Bezeichnung für die Sünde, den kurzen statt des langen Begriffs für eine Sache zu benutzen. Sie benannten den Wind, der so heftig wehte, dass er die Zweige im Wald lautstark gegeneinanderschlug. Es gab ein Wort für das Gefühl von Nostalgie, das ein vertrauter Geruch auslöste. Ein weiteres für das Gefühl der Entfremdung von jemandem, dem man einst nahegestanden hatte. Ihre Bezeichnung für Diener war eindeutig positiv. Ihr Wort für »Lord« war mit dem Begriff »Vater« verwandt und »Lady« mit »Mutter«. In beiden schwang vor allem ein Ausdruck der Dankbarkeit mit. Aber sie äußerten diese Begriffe nicht mit dem Respekt, den ein Südling damit verbinden mochte, sondern eher anerkennend. Bellamus hatte sechs verschiedene Bezeichnungen für »Fluss« gefunden, vier, die die Silhouette eines Baums beschrieben, und sieben dafür, wie hart der Boden war, auf dem man reiste. Seine Lieblingsentdeckung war ihr Ausdruck für ein Wort, das man gern aussprach: *eulalaic*.

Er war mit einer ganzen Bibliothek von Fragen im Norden angekommen, doch das Schwarze Königreich hatte nur sehr wenige beantwortet. Stattdessen hatte es ihm Fragen gestellt und ihm dann die Antworten abgerungen. Wovor hast du Angst? Ist dem Südling irgendetwas angeboren? Wie benehmen sich verzweifelte Männer? Wie solide sind eure Vorstellungen von Schönheit? Anstand? Ehre? Wahrheit? Gott?

Bellamus blieb im nördlichen Süddal. Einerseits, weil er ein Auge auf den Abus haben und sicherstellen wollte, dass keine rachsüchtigen Legionen in den Süden einfielen, andererseits aber auch, weil er nicht gedachte, sich König Osberts Missvergnügen auszusetzen. Es hatte enorm viel Willenskraft erfordert, so kurz nach der letzten Invasion einen weiteren Feldzug zu beginnen, und Bellamus hatte Versprechungen gemacht, die er besser nicht gegeben hätte. Also hielt er sich von Lundenceaster fern.

Die Legionen kamen tatsächlich nach Süden, aber nur, um die Überreste der Armee Süddals zum Fluss zu bringen. Fünfzigtausend Köpfe, auf die Piken gespießt, die auf dem Schlachtfeld zurückgelassen worden waren, wurden auf der südlichen Seite des Abus, der von Süddal, in den Boden gerammt. Sie erstreckten sich, eine Pike alle vier Meter, von einer Küste Albions bis zur anderen. Die Krähen stürzten sich darauf und hielten ein Festmahl, teilten die Insel mit einer lebendigen schwarzen Mauer. Bellamus sah es mit eigenen Augen. Er saß mit Garrett, Stepan und einem halben Dutzend Einsiedlerkrebsen im Sattel auf einem Hügel, von dem aus man den Abus überblicken konnte. Davor hatte man die Piken mit den Köpfen in die Erde gerammt. Am gesamten Nordufer war kein einziger Anakim zu sehen.

»Die Sache ist noch nicht ausgestanden«, sagte Bellamus. »Sie kommen nach Süden, Garrett.«

»Sie sind nicht so hart wie die Unhieru.« Das war alles, was Garrett dazu zu sagen hatte.

»Die bösen Cousins der Anakim«, sinnierte Bellamus leise. »Ich finde die Anakim unendlich viel bedrohlicher. Sie haben ein Gespür für den langen Atem, das weder wir noch die Unhieru besitzen. Mit der richtigen Motivation und dem richtigen Anführer können sie alles auf eine einzige Sache konzentrieren. Und wir haben ihnen beides gegeben.«

»Den richtigen Anführer und die richtige Sache?«

»Genau. Zudem sind sie und die Unhieru natürliche Verbündete. Sollten die Anakim nach Süden ziehen, müssen wir uns möglicherweise auch Gogmagoc stellen.«

»Ich würde nichts lieber tun, als Gogmagoc gegenüberzutreten«, erklärte Garrett.

»Zweifellos würde das deinen beträchtlichen Ruhm noch steigern«, bemerkte Bellamus.

»Dieser Pryce Rubenson …« Garrett atmete lange aus. »Er war der schnellste Mensch, den ich jemals gesehen habe.«

»Ich bezweifle, dass du Pryce wiedersehen wirst, aber es gibt noch andere Meisterkämpfer der Anakim, gegen die du dich beweisen kannst. Leon Kaldison ist ebenfalls ein großer Held, und angeblich ist Vigtyr der Schnelle der Beste von ihnen. Es wird Zeit, dass wir uns auf eine andere Art der Kriegsführung vorbereiten, Großer. Wir müssen eine Möglichkeit finden, uns den Anakim im Kampf Mann gegen Mann zu stellen. Im Moment sind ihre einzelnen Soldaten einfach zu gut.«

»Wir haben einen Krieg begonnen, den wir nicht gewinnen können«, sagte Garrett düster.

»Nein. Wir haben einen Frieden gebrochen, der eine Lüge maskiert hat. Wir können nicht mit den Anakim leben.« Bellamus warf einen Blick auf Stepan, der hinter ihm auf einem Pferd saß. Er hatte die Hand auf den Griff seines Schwertes gelegt, ohne dass Garrett es mitbekommen hatte. »Genauer gesagt habe ich einen Frieden beendet, der eine Lüge verdeckt hat.«

Garrett drehte den Kopf langsam in Bellamus' Richtung. »Was meinst du damit, dass du diesen Frieden beendet hättest?«

Bellamus lächelte ihn liebenswürdig an. »Du musst eins über die Anakim wissen, Garrett, nämlich dass sie den Krieg mehr lieben, als gut für sie ist. Die Schlacht ist das Einzige, was ihre Zahl eindämmt. Sie leben so lange, dass sie uns am Ende zahlenmäßig weit überlegen sein werden, wenn der Krieg ihre Zahl nicht begrenzt. Und das, obwohl sie sich langsamer fortpflanzen als wir.« Garrett runzelte die Stirn, und Bellamus wandte sich wieder zu dem düsteren Land jenseits des Flusses um. »Zu dieser Erkenntnis bin ich vor ein paar Jahren gekommen. Ich habe in ganz Erebos die Grenzen gesehen, wo die Anakim auf die Südlinge treffen, und es gibt niemals Frieden. Wir sind zu unterschiedlich. Es gibt zu viel gegenseitigen Argwohn und zu viele Missverständnisse. Noch haben wir den Vorteil der zahlenmäßigen Überlegenheit, aber das wird nicht lange so bleiben. Je schneller dieser Krieg begann, desto wahrscheinlicher war es, dass wir ihn gewinnen würden. Also habe ich ihn angefangen.«

»Nein, das hast du nicht«, widersprach Garrett. »Sie haben damit begonnen, Süddal zu überfallen. Das hat Gottes Zorn auf sie herabbeschworen: die Überflutungen, die Seuche, die Feuerschlangen am Himmel. Deshalb hat der Krieg begonnen.«

»Und warum sind die Anakim nach Süden gekommen und haben uns überfallen? Weil ich sie zuerst überfallen habe. Wir haben es getan.« Bellamus deutete auf die Einsiedlerkrebse. »Wir haben sie provoziert, und sie haben reagiert. Es gibt immer Überflutungen. Es gibt immer Seuchen. Jedes Jahr. Die Feuerschlangen am Himmel waren ein angenehmer Zufall, aber ich habe die Priester bestochen, damit sie erklärten, es wäre das

Zeichen von Gottes Missfallen, dass wir den Anakim erlaubt haben, ihren Fuß in unser Land zu setzen. Ich weiß, was in unserem König vorgeht, Garrett. Er hat schreckliche Angst vor den Anakim. Er brauchte nur den richtigen Anstoß.« Garrett schien nicht zu bemerken, dass die Einsiedlerkrebse mittlerweile sehr dicht hinter ihm waren.

»Ich habe gehört, dass du an König Osberts Hof zur Vorsicht geraten hast«, widersprach Garrett misstrauisch. »Und dass Königin Aramilla zu dieser Invasion geraten hätte.«

Bellamus tat die letzte Bemerkung mit einer Handbewegung ab. Er war nicht bereit, alles zu verraten. »Ich habe zur Vorsicht geraten«, gab er zu. »Ich wollte meine Karten nicht offen zeigen. Vor allem wollte ich nicht, dass Earl William diesen Feldzug leitet. Glücklicherweise hat sich das Problem aber schon gleich zu Beginn des Feldzugs von selbst erledigt.« Bellamus ließ das Schweigen eine Weile wirken. »Da du es jetzt weißt«, sagte er dann, »frage ich mich, ob du mir hilfst, diesen Krieg zu beenden. Ich kann dir mehr Ruhm versprechen, als du irgendwo sonst ernten wirst. Ganz sicher jedenfalls mehr, als wenn du nur an König Osberts Hof herumsitzt. Du wirst deine Chance bekommen gegen die größten Krieger der Anakim, die jemals gelebt haben. Du kannst gegen Gogmagoc kämpfen. Oder aber du kannst das tun, was Seine Majestät dir vorgeschlagen hat, und ihm wegen meines Scheiterns meinen Kopf bringen.«

Garrett schien förmlich auf Bellamus fixiert zu sein und rührte sich nicht in seinem Sattel. »Was wird der König tun, wenn er herausfindet, was hier passiert ist?« Bellamus hatte diesen Mann noch nie so leise sprechen hören.

»Ganz sicher bin ich in Ungnade gefallen, und deshalb bin ich hier oben sicherer, selbst in deiner Gegenwart«, antwortete Bellamus und musterte den Hünen von Kopf bis Fuß. »Aber bei dem unausweichlichen Blutbad, das es geben wird, wenn die Anakim erst nach Süden ziehen, werde ich viele Gelegenheiten bekommen, um Seiner Majestät zu beweisen, dass er mich braucht. Ich muss ihn einfach bis dahin meiden. Und ich freue mich bereits darauf. Du sagst, du willst gegen Gogmagoc kämpfen? Ich will Roper. Dieser Schwarze Lord ist noch besser als sein Vater.«

Eine Weile herrschte Schweigen. Bellamus' Pferd warf den Kopf hin und her und zuckte mit den Ohren. Beruhigend klopfte er ihm den Hals.

Garrett richtete wie Bellamus seinen Blick auf das Schwarze Königreich. »Du stellst mich also auf die Probe«, sagte er nach einer Weile. Bellamus musste zugeben, dass Garrett mehr mitbekam, als er ihm zugetraut hätte. »Aber wenn du glaubst, dass deine Krieger mich daran hindern könnten, dich zu töten, irrst du dich.«

Bellamus fragte sich, ob das wohl zutraf. Er saß reglos da und wartete darauf, dass der große Mann zu Ende sprach. In seinem Wams steckten zwei Briefe. Der eine war von Aramilla und kodiert. Darin bat sie ihn inständig, sich vom Hofe fernzuhalten. Sie beschrieb König Osberts schreckliche Wut und schlug ihm vor, sich im Norden zu verstecken und darauf zu hoffen, dass er vergessen würde, bis er gebraucht wurde. *Warte darauf, dass dieser Sturm vorüberzieht, mein Emporkömmling. Wenn es so weit ist, komme ich zu dir nach Norden. Ich vergesse dich nicht.*

Der zweite war an Garrett adressiert. Der Bote war von einem von Bellamus' Männern abgefangen worden. Darin befahl der König dem Mischling, Bellamus zu enthaupten und seinen Kopf nach Süden zu bringen, damit er über dem Tor von Lundenceaster zur Schau gestellt werden konnte. Dieser Brief war mittlerweile durchtränkt von Bellamus' Schweiß, während er auf die Antwort des Kriegers wartete. Garrett hatte Heofonfyr neben sich, auch wenn die lange Klinge in einer grausigen Lederscheide steckte, die er selbst angefertigt hatte. Aus der Haut von Anakim. Er blickte noch immer geradeaus. Die Einsiedlerkrebse rückten erneut ein Stück näher und bereiteten sich darauf vor, ihn an einer tödlichen Antwort zu hindern. Stepan hatte sein

Schwert mehr als zehn Zentimeter aus der Scheide gezogen. Bellamus rührte sich nicht. Er musste seinen Männern vertrauen.

»Ich will, was du willst«, sagte Garrett schließlich. »Und der König ist eine Made. Männern wie ihm folge ich nicht.«

Bellamus entspannte sich noch nicht. »Aber folgst du stattdessen mir? Du kannst nicht hierbleiben, wenn ich dir nicht vertrauen kann.«

»Wenn ich der erste unter deinen Kriegern bin, ja, dann werde ich dir folgen.«

»Niemand außer dir selbst kann dich zum ersten unter meinen Kriegern machen«, entgegnete Bellamus.

»Dann werde ich das tun.«

Bellamus lächelte freundlich. »Der legendäre Eoten-Draefend«, sagte er. »Es ist gut, dass du dich uns angeschlossen hast.« Sie schwiegen erneut.

»Dort ist gar nichts«, sagte Garrett. Er starrte über den Abus auf das dahinterliegende zerklüftete Land. »Sie haben nicht einmal genug Ackerland. Nur Berge und Wälder und Flüsse. Lieben sie es? Diese Wildnis? Oder hindert sie nur ihre Faulheit daran, ihr Land zu verbessern?«

»Oh, sie lieben es.« *Und ich liebe es auch,* setzte Bellamus in Gedanken hinzu. Er sah über den Abus hinweg, und sein Blick war gleichzeitig zärtlich und wild. Bellamus wusste, dass Stepan dasselbe empfand. Das Schwarze Königreich hatte sie beide verzaubert. Garrett dagegen teilte die Sicht der meisten seiner Landsleute: Der Norden war eine unfruchtbare Wüste. »Die Wildnis ist ein entscheidender Teil ihrer Welt«, erklärte Bellamus. »Für sie ist kultiviertes Land leeres Land. In der Wildnis fühlen sie mehr … Nun, sie fühlen mehr. Für sie besteht die Welt aus Umrissen und Schatten. Sie haben absolut kein Interesse an Farben. Für sie ist die Erinnerung Farbe. In der Wildnis gibt es mehr, woran Erinnerungen hängen. Wenn ich mir etwas wünschen könnte, dann würde ich mir wünschen, die Welt nur einen Tag lang durch die Augen eines Anakim zu sehen.«

Garrett warf einen kurzen Blick auf ihn, und Bellamus bereute seine offenen Worte sofort. Der Mischling hatte sich mit einer Bestimmtheit gegen die Anakim gewendet, die nur ein Mann empfinden konnte, der jeweils einen Fuß auf beiden Seiten des Abus hatte. Im Norden würde er niemals willkommen geheißen werden. Und hier im Süden war seine einzige Chance zu überleben die, einen größeren Hass auf die Anakim zu hegen als selbst der entschlossenste Südling. »Sie sind Dämonen«, sagte der Hüne langsam. »Es ist ein Land voller gefallener Engel.«

»Selbstverständlich«, stimmte Bellamus ihm rasch zu. »Ich nehme an, das ist ein sehr närrischer Wunsch gewesen. Aber wenn man seinen Feind erfolgreich bekämpfen will, muss man ihn kennen. Wir werden sie nicht besiegen können, solange wir sie nicht verstehen.«

»Wie du schon sagtest, wir werden sie niemals begreifen«, gab Garrett zurück.

* * *

»Also, hast du noch etwas über die Kryptea herausgefunden?«

Roper und Keturah saßen sich in seinem Quartier gegenüber. Roper an seinem Schreibtisch, wo seine mitgenommene Ausrüstung vor ihm ausgebreitet war. Sie trug die Spuren von Harstathur. Keturah saß auf dem Bett und versuchte zu weben.

Sie schwieg einen Moment, während sie sich mit einer Reihe abmühte. Ihre Bewegungen wurden ruckartiger und ungeschickter, bis Keturah schließlich das schiefe Viereck aus Tuch mit einem gereizten Seufzer in ihren Schoß fallen ließ. Sie starrte noch eine Weile darauf, bevor sie Roper antwortete. »Ja. Ich habe herausgefunden, dass ich in der Akademie nichts mehr über sie in Erfahrung bringen kann.«

Roper sah sie stirnrunzelnd an.

»Ich habe an einer Rezitation auf der dritten Stufe teilgenommen, während du weg warst«, erklärte sie. »Die Kryptea und die Akademie haben einen Pakt geschlossen, mein Gemahl. In den letzten vierhundert Jahren hat die Akademie alles, was die Kryptea angeht, zu ihrem Herrn geschickt, damit er es zensiert. Deshalb wurde ich so entschieden davor gewarnt, nach ihnen zu fragen. Sie beschützen einander.«

Roper starrte Keturah an. »Was? Die Akademie soll doch angeblich unabhängig sein.«

»Die Kryptea ebenfalls.« Keturah nickte. »Wie es scheint, hat ihre jeweilige Position als Außenseiter beide dazu bewogen zu glauben, dass sie gemeinsam sicherer sind. Also haben sie eine Abmachung getroffen: Die Kryptea darf sämtliche Informationen herausfiltern, die die Menschen möglicherweise gegen ihre Existenz aufbringen könnten, und dafür dehnt sie ihren Aufgabenbereich aus, um die Akademie zu beschützen. Also wird jetzt jeder, von dem man glaubt, dass er die Akademie gefährdet, ebenfalls Opfer eines Meuchelmords.« Roper wusste dazu nichts zu sagen, und Keturah nahm ihre Webarbeit wieder hoch. »Es ist genau so, wie ich es in jener ersten Rezitation gehört habe. Die Kryptea ist ein giftiger Pilz, dessen Fäden sich bereits zu weit ausgebreitet haben, als dass man ihn einfach herausschneiden könnte. Sie ist überall. Und sie weiß, dass ich mich nach ihr erkundigt habe. Sie hat mir einen Kuckuck in die Kleidung geheftet.«

Roper blieb auch deswegen so stumm, weil Keturah dies so sachlich geschildert hatte. Man hatte sie bedroht. Ihn hatten sie direkt durch ihre bloße Existenz bedroht. Und eines Tages würden sie auch das Kind bedrohen, das Keturah unter dem Herzen trug.

Es klopfte an der Tür, und Roper ignorierte das Klopfen eine Weile, während er Keturah ansah. »Das ist schlicht und einfach unsere erste Sackgasse. Wir werden einen Weg finden, dieses Amt aufzuheben. Ich habe Uvoren gebrochen. Eines Tages werde ich auch Jokul brechen.« Keturah hob den Kopf und sah ihn mit großen Augen an, aber Roper hatte sich bereits zur Tür umgewandt. »Herein!«

Einen Moment lang erwartete Roper, Helmecs vertrautes Gesicht zu sehen, als sich die Tür öffnete. Stattdessen jedoch wurde er mit den etwas weniger gütigen und weniger entstellten Gesichtszügen des Heiligen Wächters Leon konfrontiert, der auf Pryce' Rat hin Roper jetzt als Leibwächter diente. Leon kündigte Gray an und trat dann zurück, damit der neue Hauptmann eintreten konnte.

»Hauptmann.« Keturah hob lächelnd den Kopf. »Schön, Euch wiederzusehen. Habt Ihr die Schlacht unbeschadet überstanden?«

»Das habe ich, Miss Keturah. Mein Kopf ist noch ein bisschen empfindlich, aber ich bin erneut von ernsthafteren Verletzungen verschont geblieben.«

»Angesichts der Geschichten, die ich über Eure Tapferkeit gehört habe, ist das eine wirklich besondere Fähigkeit. Pryce und mein Vater sind praktisch in Stücken zurückgekehrt.«

»Mein Glück ist wirklich bemerkenswert. Wie ergeht es Euch mit Eurer Schwangerschaft?«

Keturah verzog das Gesicht. »Ich leide unter Morgenübelkeit. Roper kam vorhin mitten in einem solchen Anfall, und es scheint ihn genauso zu schmerzen wie mich.«

»Es ist abscheulich«, bestätigte Roper. Er winkte Gray zu sich. »Du arbeitest an deiner Liste?«

»Allerdings, Mylord.« Gray setzte sich gegenüber von Roper an den Tisch. Der Schwarze Lord war von den Liktoren, den Kommandeuren und den Hauptleuten der gesamten Armee belagert worden und hatte Gray schließlich ein Blatt mit den Wappen von fast dreihundert Kriegern übergeben. Von diesen sollte Gray diejenigen auswählen, die würdig waren, der Heiligen Wache beizutreten. Er hatte beinahe die ganze Reise von Harstathur zurück daran gearbeitet und würde bei der Siegesfeier in einigen Stunden fast einhundert neue Heilige Wächter ernennen. Sobald Gray sie bekannt gab, würden Boten durch die ganze Festung eilen, um die neuen Wächter in die Ehrenhalle einzuladen. Alle wussten, dass es viele freie Stellen in der Heiligen Wache gab, und jeder Krieger mit einem Namen hoffte in dieser Nacht verzweifelt auf einen Platz an der langen Bank.

»Es gibt hier ein Wappen, das nicht zu den anderen passt, Lord«, erklärte Gray. »Das von Vigtyr dem Schnellen.«

»Ah …« Roper senkte seine Feder und lehnte sich auf seinem Stuhl zurück. Er musterte Gray. »Bist du sicher?«

»Ziemlich sicher. Es wäre ein Schlag gegen die Prinzipien der Heiligen Wache. Vigtyr ist ein außerordentlicher Kämpfer, gewiss, aber sein Mut allein genügt nicht. Er ist zu egoistisch und liebt Gold und Wohlstand zu sehr. Es würden berechtigte Fragen aufkommen, wenn er akzeptiert wird.«

»Es ist deine Entscheidung.« Roper hob die Hände. »Vigtyr wird nicht in die Ehrenhalle eingeladen, wenn er nicht zum Heiligen Wächter gemacht wird. Dann müsste er die Enttäuschung in Gegenwart von zu vielen Männern hinnehmen. Besser, wenn er das mit sich allein abmachen kann.«

»Einverstanden. Aber wie um alles in der Welt wollt Ihr ihn besänftigen?«

»Ich habe ihm einen Besitz im Norden überschrieben und ihm ein Schwert aus Unthank-Silber überbringen lassen.«

Gray sah Roper eine Weile an, das Gesicht zu einer Grimasse verzogen. »Möglicherweise wird er Euch dieses Schwert irgendwann in den Hintern schieben!«

Keturah hatte sich mit ihrer Webarbeit beschäftigt und lachte jetzt schallend, ohne hochzusehen. Roper nickte ernst. »Diese Möglichkeit besteht durchaus.«

»Erinnert Ihr Euch an die Leichtigkeit, mit der er die großen Männer dieses Landes zu Fall gebracht hat? Und das ohne das Wohlwollen eines Gerichtshofs voller Ephoren, die nur auf einen Vorwand warten, um Euch bestrafen zu können.«

»Ich hätte all das ohne Vigtyr nicht bewerkstelligen können. Uvorens Tod in Harstathur hätte einen Bürgerkrieg entfesselt, wenn seine Leutnants nicht bereits entehrt worden wären. Wir mussten sogar seinen Leichnam dort bestatten. Er war in Stücke gehauen. Ich wünschte, Pryce hätte sich etwas zurückgehalten. Also ist es, wie es ist, und ich muss mich mit Vigtyrs Missfallen auseinandersetzen.«

Gray nickte langsam. »Es tut mir leid, dass ich Euch das aufbürde, Lord.«

»Ist schon gut, Gray. Solange du mir dabei hilfst, mit ihm fertigzuwerden, jetzt, da er so erbost ist.«

Gray schnaubte. »Wir könnten durchaus bei dem Versuch sterben, dieses Fiasko zu entwirren. Aber was kommt als Nächstes? Ihr seid der Schwarze Lord, habt keinen Rivalen, und Euer Recht auf den Thron ist geklärt. Was soll dieses Land jetzt tun?«

Roper strahlte. Sein ganzer Körper schien sich zu entspannen. Aufgeregt trommelte er mit den Fingern auf die Tischplatte. »Als Erstes werden wir das Schwarze Königreich verteidigen. Wir dürfen nicht zulassen, dass eine Armee des Südens unsere Grenzen überquert und ungestraft unser Land verwüstet. Also werden wir den Fluss erweitern, Gray. Der Große Kanal wird sich quer durch Albion erstrecken und von einem Damm hinter dem Hindrunn aus kontrolliert werden. Das macht es einer Armee unmöglich, den Fluss zu überqueren, ohne Flöße oder eine Brücke zu bauen. Es verlangsamt sie und gibt uns damit die nötige Zeit, um zurückzuschlagen.«

Gray hörte erstaunt zu. »Ein sehr ehrgeiziges Vermächtnis. Aber die Summe, die das verschlingen wird, Mylord … Woher kommt das Geld?«

»Ich habe das bereits mit Tekoa besprochen. Die Vidarr werden die Kosten für den Bau tragen.«

»Und wie wollt Ihr es ihnen zurückzahlen?«

Roper schob seinen Stuhl vom Tisch zurück und stand auf. Er ging zu einem Tisch, von dem er drei Kelche nahm. »Birkenwein?«, fragte er Gray, während er die Kelche füllte.

»Vor dem Fest?« Gray grinste. »Ihr lebt wohl gern gefährlich, Lord.«

Roper brauchte Keturah nicht zu fragen. Sie hatte die Vorliebe ihres Vaters für einen guten Schluck geerbt. Er gab seinen beiden Gefährten jeweils einen Kelch und setzte sich dann wieder. Bevor er fortfuhr, sah er zu Keturah. Die beiden hatten darüber noch nicht gesprochen. »Die Vidarr sind nicht die Einzigen, die darauf warten, dass eine Schuld zurückgezahlt wird. Mein Vater hat versprochen, dass wir als Vergeltung Lundenceaster einnehmen würden.« Er trank einen Schluck Birkenwein. »Also werden wir nach Süddal ziehen, und die Südlinge werden wissen, dass wir nur deshalb vor ihren Toren stehen, weil sie es gewagt haben, diesen Krieg zu beginnen. Aber das ist noch nicht alles. Die Erinnerung an Harstathur ist noch ganz frisch, also kann ich das schwer genau sagen. Doch ich glaube, ich fange an, den Krieg zu lieben.« Er verstummte erneut und sah Gray an, aber der Hauptmann der Heiligen Wächter rührte sich nicht. »Das hätte ich niemals erwartet. Es gibt so viel Tod, so viele zerstörte Leben, und so viele Menschen haben ihre Liebsten verloren. Mein Vater starb vor meinen Augen. Helmec wurde zu Tode gequetscht. Da ist so viel Blut, Leichen und Trauer. Aber ich muss feststellen, dass mein Verstand immer wieder zu den Schlachten zurückkehrt, die wir geschlagen haben. Es ist eine so viel intensivere Erfahrung, als das normale Leben sie bietet. Alles ist wie kristallisiert: Man erfüllt einen reinen Zweck. Jede einzelne Handlung scheint die Bedeutung eines ganzen Lebens anzunehmen. Und trotz allem liebe ich es. Nichts kommt dem gleich.«

»Genau aus diesem Grund ist die Schlacht heilig«, antwortete Gray. »Sie vereint Tod, Euphorie und Zielstrebigkeit in sich. Es wird niemals eine ähnlich bewegende Erfahrung geben. Eure Reaktion ist längst nicht einzigartig, Lord. Viele unserer Standesgenossen lieben den Krieg. Aber verliert nicht aus dem Blick, was er ist. Lasst nicht zu, dass er den Rest Eures Lebens verschlingt. Wenn Ihr in Zeiten des Friedens vergesst zu leben und es Euch einfach nur nach dem nächsten Kampf gelüstet, so ist das Besessenheit. Im Moment mögt Ihr glauben, dass das gewöhnliche Leben im Vergleich dazu dumpf ist. Ich verstehe das. Ihr könnt Eure Gedanken nicht kontrollieren. Aber Ihr könnt Eure Gewohnheiten kontrollieren.«

»Du hast Recht.« Roper trank erneut einen Schluck. »Natürlich hast du Recht. Und so machtvoll die Erfahrung des Krieges auch sein mag, so ist sein Einfluss in unserem Land doch im Schwinden begriffen. Wir sind den Südlingen zahlenmäßig immer mehr unterlegen, daher müssen wir diesen Krieg führen, solange wir noch die Kraft dazu haben. Wir werden nicht einfach nur Lundenceaster einnehmen, Gray. Wir werden ganz Albion erobern. Es wird Zeit, diesen Krieg zu beenden, ein für alle Mal. Keine brüchigen Friedensverträge mehr, keine hinterhältigen Abmachungen. Wir unterwerfen ganz Süddal.«

»Und was ist mit den Menschen, die dort leben?«

»So weit habe ich noch nicht gedacht«, gestand Roper. »Vielleicht werden wir sie vertreiben. Oder vielleicht wollen sie ihr Land weiter bestellen und uns einen Tribut zahlen. In dem Fall müssten wir ihnen verbieten, Waffen herzustellen. Ich habe noch nicht darüber nachgedacht. Aber so oder so wird das Schwarze Königreich eines Tages fallen, wenn wir seine Zukunft nicht sichern. Und der einzige Weg, dies zu tun, besteht darin, ganz Albion zu beherrschen. Nur wenn ein Ozean zwischen uns und den Südlingen liegt, kann der Friede von Dauer sein.«

»Was ist mit den Unhieru?«

Wenn die Anakim Süddal einnahmen, würde eine neue Grenze zu den Unhieru entstehen, und zwar im Westen von Albion. Im Moment hatten die Anakim so wenig Kontakt mit ihnen, dass sie fast ins Mythische abgedriftet waren. Roper war nicht einmal sicher, dass es sich bei Gogmagoc, dem Mann, der angeblich König war, um eine reale Figur handelte.

»Ich möchte, dass sie sich uns anschließen«, antwortete Roper. »Wir bieten ihnen an, ihnen ihre alten Gebiete zurückzugeben, wenn sie sich unserer Armee anschließen. Ich glaube nicht, dass sie an Expansion interessiert sind wie zum Beispiel die Südlinge. Sie sind nicht so gierig und geben sich vermutlich mit ihrem kleinen Königreich zufrieden. Womöglich können wir dann sogar einen dauerhaften Frieden mit ihnen schließen. Hast du irgendwelche Erfahrungen mit ihnen gemacht?«

»Keine«, erwiderte Gray. »Aber ich habe viele Geschichten gehört. Wenn sie wahr sind, dann dürfte es nicht leicht werden, sie zu kontrollieren. Also, die Beute aus Süddal soll die Vidarr entschädigen?«

»Ja. Der Süden ist fett und wohlhabend geworden. Dort gibt es mehr als genug, um unsere Schulden zu begleichen.«

»Nun denn.« Gray trank endlich einen Schluck Birkenwein. »Wenigstens passt die Größe Eures militärischen Ehrgeizes zu Eurem Versuch, unsere Anlagen und Versorgungswege zu verbessern. Das rettet Euch vielleicht davor, als der Große Baumeister in die Geschichte einzugehen.«

»Ein schöner Titel«, widersprach Roper.

»Wartet nur ab, Mylord, dann bekommt Ihr einen noch schöneren.« Gray klang ganz sachlich. Der Schwarze Lord lächelte und hob seinen Kelch. Gray erwiderte den Toast.

»Wirst du mir helfen?«, erkundigte sich Roper.

»Ja, Mylord«, antwortete Gray.

EPILOG

Es klopfte. Vigtyr saß auf einem Stuhl, die langen Beine zum Feuer hin ausgestreckt und einen Becher Wein in der Hand. Er drehte den Kopf in Richtung des Geräusches. Einen Moment blieb er so sitzen und starrte auf das Holz der Tür. Das Feuer neben ihm fauchte, als der Wind hineinfuhr, der über den Kamin fegte. Er leerte den Becher, ohne den Blick von der Tür zu nehmen. Wieder klopfte es. Vigtyr stellte den Becher sorgfältig neben sich auf den Boden und stand auf. Er reckte sich, bevor er reagierte. Als er die Tür öffnete, stand ein Bote dahinter. Ein kurzer, stämmiger schwarzhaariger Legionär, der etwas Langes in der Hand hielt. Es war in helles weiches Leder gewickelt. Der Bote verneigte sich.

»Liktor Vigtyr Forraederson von Ramneas Hunden?«

Vigtyr nickte.

Der Bote strahlte. »Ah! Es ist mir eine Ehre, Liktor. Ich komme mit Lord Roper Kynortassons besten Empfehlungen.«

Vigtyr trat zur Seite und winkte den Boten herein. Der Mann zögerte kurz, aber Vigtyrs Blick ließ keinen Widerspruch zu, und der Bote gab nach. Er bedankte sich murmelnd, als er das Zimmer betrat.

Es war ein bizarrer Raum. Von der Wand war kaum etwas zu sehen, weil sie von Dutzenden von Wandteppichen bedeckt war. Nicht alle von ihnen stammten aus den Werkstätten der Anakim. Einige waren eindeutig Arbeiten aus Süddal. Weniger stilisiert, stattdessen in allen möglichen Rot-, Blau- und Goldtönen gefärbt. Das war nicht die gleiche Kunstform wie das Schwarz und das Cremefarbene in den Bannern der Anakim. Überall befand sich Schmuck. Auf einem Dutzend Tischen standen reich ziselierte Kelche aus Silber, Zinnteller lehnten an der Wand, und es gab Waffen, die so glänzten und deren Schneiden so scharf waren, dass sie noch nie benutzt worden sein konnten. Übertrieben verzierte Öllampen, die offenbar sorgsam gepflegt wurden. Zwei gewaltige Hauer eines Tieres, eine winzige Harfe, geschnitzte Holzstücke, so lang wie ein Unterarm, die Vogelkrieger darstellten, löwenköpfige Männer und Engel mit riesigen spinnenförmigen Händen. Der Boden war nicht mit Fellen bedeckt wie in den meisten Häusern der Anakim, sondern mit Teppichen. Sie waren wunderbar gewebt und hatten komplizierte Muster. Und höchst außerordentlich und unvertraut war auch das schwere Parfüm, das alles überlagerte. Ein starker Duft, der einem fast den Atem raubte.

Der Bote stockte. Der Raum war unbehaglich voll. Es gab zu viel, das man ansehen konnte, zu viel, worüber man nachdenken musste. Ziellos schweifte sein Blick von einem Objekt zum anderen. Dann wieder auf Vigtyr, dann wieder zu einem Objekt und schließlich auf der Suche nach irgendetwas Vertrautem zum Kamin. Der Bote blinzelte und atmete schwer wegen des Parfüms, aber er sah, dass Vigtyr ihn erwartungsvoll beobachtete. Also versuchte er, den überwältigenden Duft zu ignorieren. »Wie ich bereits sagte, Liktor«, begann er, »ich überbringe die Grüße des Schwarzen Lords und seine Belohnung für Eure Verdienste um das Schwarze Königreich.« Er hielt ihm den langen in Leder gewickelten Gegenstand hin.

Vigtyr nahm ihn, wickelte das Leder auf und enthüllte ein prachtvolles Schwert. Der Erl, die durch das Heft gehende Verlängerung der Klinge, war genauso breit wie der Griff, und die Nieten saßen perfekt. Der Spalt zwischen Metall und Holz war so winzig, dass das menschliche Auge ihn nicht wahrnahm. Die

Bindung und das Material der Scheide waren makellos und genauso perfekt angepasst wie der Griff. Der einzige Schmuck der Waffe war der Glanz der einzelnen Teile. Es zeugte von der einzigartigen Handwerkskunst der Anakim und schien irgendwie nicht in diesen Raum zu passen.

»Unthank-Silber«, sagte der Bote, der sah, dass Vigtyr das Schwert nicht aus der Scheide zog. Er musste sich bemühen, in dieser erdrückenden Atmosphäre die Augen offen zu halten. »Die Klinge jedoch ist einfach ...«, der Bote hielt inne und atmete flach, »... nur ein Unterpfand für einen Besitz von fünfzig Hufen Größe, der Euch im Norden zugesprochen wurde. Der Schwarze Lord ist Euch außerordentlich dankbar.«

Vigtyr untersuchte das Schwert eine Weile. »Danke, dass du es mir gebracht hast, Legionär«, sagte er und blickte dann hoch. »Noch etwas?«

»Nur das, Liktor, und ich soll erneut die Dankbarkeit des Schwarzen Lords aussprechen. In diesem Punkt war er sehr nachdrücklich.«

Vigtyr blickte wieder auf das Schwert und lächelte. »Wie erfreulich«, erwiderte er. »Kann ich dir einen Schluck Wein anbieten, Legionär?«

Der Blick des Boten schweifte wieder zum Kamin. »Leider muss ich das ablehnen, Liktor. Ich habe noch andere Nachrichten zu überbringen.«

»Was für Nachrichten?«

Der Bote versuchte zu lächeln. »Das kann ich Euch leider nicht sagen. Es ist ein Auftrag des Schwarzen Lords.«

Vigtyr blickte den Boten eine Weile an. »Komm schon«, sagte er schließlich und wandte sich ab. »Du wirst mir einen Becher nicht abschlagen.« Er goss Birkenwein aus einem silbernen Krug in einen Becher, der hinter ihm auf einem Gestell stand, bevor er sich wieder zu dem Boten umdrehte und ihm den Becher hinhielt. Der Bote zögerte, doch Vigtyrs Blick war erneut unerbittlich, und so nahm er den Becher aus seiner Hand entgegen.

»Danke, Liktor.« Er trank einen Schluck, und Vigtyr lächelte ihn liebenswürdig an.

»Du warst auf Harstathur, nehme ich an?«

Der Bote nickte und hob anerkennend die Brauen, als er den Wein kostete. »Ja, Liktor.«

»Wie ist die Schlacht für dich gelaufen?«

»An unserer Position der Schlachtreihe ging es sehr hart zu, wenn ich das sagen darf, Liktor. Die Pikeniere waren außerordentlich schwer zu bezwingen. Wir haben viele Männer verloren und hatten nur wenig Gelegenheiten zurückzuschlagen.«

»Das ist in der Tat kein besonders ruhmreicher Ort für einen Kampf«, bestätigte Vigtyr. »Ich liebe es, gegen Ritter zu kämpfen. Sie sind so langsam, dass man fast den Eindruck gewinnt, sie wären gar nicht bewaffnet. Die einzige Schwierigkeit besteht darin, ihre Rüstungen zu durchbohren.«

»Langsam nur für einige von uns«, erwiderte der Bote und trank noch einen Schluck Wein.

»Allerdings«, sagte Vigtyr. »Pikeniere. Ritter. Für mich ist das eine wie das andere. Sie sind alle zu langsam.«

Der Bote brummte höflich.

»Man fragt sich, wie viele Adlige man während einer solchen Schlacht tötet«, fuhr Vigtyr fort. »Wie viele von ihnen wohl als die besten ihres Reiches galten.«

»Ich stelle mir vor, dass sie wohl zu den besten zählten, wenn sie bei den Einsiedlerkrebsen waren«, meinte der Bote.

Vigtyr brummte und richtete seine Aufmerksamkeit auf das Schwert. Nachdem er den Griff noch einmal betrachtet hatte, zog er es plötzlich aus der Scheide.

»Ich glaube, es wurde speziell für Eure Hände geschmiedet«, sagte der Bote. Es war sehr warm in dem Raum, und ihm trat der Schweiß auf die Stirn.

Vigtyr hielt das Schwert in der linken Hand und führte einen eleganten Schlag damit. Sein Blick richtete sich wieder auf den Boten, und er wechselte das Schwert von der linken in die rechte

Hand. Einen Moment lang richtete er die Waffe auf den Boten. Der Augenkontakt war so brutal und das Schwert so bedrohlich, dass dieser Moment, wenn auch nur einen Herzschlag lang, vollkommen verzerrt zu sein schien. Der Bote wich unwillkürlich einen halben Schritt zurück. Dann senkte Vigtyr das Schwert und schwang es erneut durch die Luft. »Sehr gut ausbalanciert«, bemerkte er. Der Moment war so kurz gewesen, dass der Bote glaubte, ihn sich vielleicht nur eingebildet zu haben.

Vigtyr drehte sich um und füllte seinen Kelch. Das blanke Schwert hielt er immer noch in der Hand. Der Bote nutzte die Gelegenheit, um rasch den Rest des Weines zu trinken. »Also, was sind das für Nachrichten, die du überbringen sollst?«, hakte Vigtyr nach. Er wandte sich wieder zu dem Boten um. Noch immer hielt er das Schwert gesenkt, aber er hatte den Kelch auf den Tisch hinter sich gestellt.

»Eine Botschaft nach außerhalb der Festung«, antwortete der Bote widerstrebend.

»Aha. Ein bisschen Wildnis für dich?«

»Ja, Liktor. Ich muss nach Norden.«

Vigtyr sah den Boten in der langen Pause, die nun folgte, erwartungsvoll an.

»Zum Haskoli. Ich muss eine Botschaft für die Brüder des Schwarzen Lords überbringen.«

Vigtyr hob das Kinn und hatte den Mund leicht geöffnet. »Ah ja … Ropers Brüder.« Er leckte sich die Lippen. »Richtig. Ich habe vollkommen vergessen, dass sie noch im Haskoli sind. Welches Haskoli ist es denn?«

»Das am Avonsee.«

»Wie schön. Ich nehme an, du sollst ihnen mitteilen, dass sie jetzt in Sicherheit sind, nachdem die Bedrohung durch Uvoren beseitigt wurde.«

»So in etwa, Liktor.«

Sie schwiegen. Das Parfüm war erdrückend, und der Bote musste seinen Blick von Vigtyr losreißen. Dann lächelte der riesige Zuchtmeister. »Gut, mein Freund. Vor dir liegt eine lange Reise. Ich darf deine Zeit nicht länger in Anspruch nehmen.« Er legte das Schwert auf einen der kleinen Tische. Der Bote war sichtlich erleichtert und stellte seinen Kelch ab.

»Ich danke Euch für den Wein. Ich muss jetzt wirklich weiter.« Der Bote verbeugte sich und richtete sich ruckartig wieder auf. Dabei sah er Vigtyr an, der sich nicht gerührt hatte. Langsam wich der Bote zurück, lächelte schwach, drehte sich um und eilte dann zur Tür. Vigtyr sah ihm nach, ohne sich zu bewegen. Schließlich drehte er sich um und trat an den Kamin, um einen neuen Holzscheit hineinzulegen, bevor er sich aufrichtete und in die Flammen starrte. Er hatte die Hände hinter dem Rücken verschränkt und runzelte die Stirn. Dann stieß er einen Pfiff aus. Einen Augenblick später betrat ein kleiner vierschrötiger Legionär mit den kräftigen Händen eines Arbeiters den Raum durch eine Tür neben dem Kamin. Er sah Vigtyr an, der immer noch in die Flammen starrte.

»Herr?«

»Ich habe Arbeit für dich, am Avonsee, im Norden. Du brichst noch vor dem Fest auf.«

»Am Avonsee?«, fragte der Legionär. »Im Haskoli?«

»Ja, im Haskoli.«

»Was für eine Arbeit, Liktor?« Der Legionär hakte seine Daumen in den Gürtel.

Vigtyr hob den Blick und sah ihn an. »Du überbringst eine Botschaft.«

Die Schwarzen Legionen

Vollwertige Legionen:
Ramneas Hunde
Die Schwarzfelsen
Die Pendeen
Die Grauen
Die Skiritai

Hilfslegionen:
Gillamoor-Legion
Salzmäntel-Legion
Dunoon-Legion
Insel-Legion
Ulpha-Legion
Hetton-Legion
Hasgeir-Legion
Soay-Legion
Ancrum-Legion

Häuser und Hauptcharaktere des Schwarzen Königreichs

Große Häuser und ihre Banner:

Jormunrekur – *Der Silberne Wolf*
Kynortas Rokkvison, vermählt mit Borghild Nikansdottir (Haus Tiazem)
Roper Kynortasson, vermählt mit Keturah Tekoasdottir (Haus Vidarr)
Numa Kynortasson
Ormur Kynortasson

Lothbrok – *Die Wildkatze*
Uvoren Ymerson, vermählt mit Hafdis Reykdalsdottir (Haus Algauti)
Unndor Uvorenson, vermählt mit Hekla Gottwaldsdottir (Haus Oris)
Urthr Uvorenson, vermählt mit Kaiho Larikkadottir (Haus Nadoddur)
Tore Sturnerson
Leon Kaldison
Baldwin Duffgurson

Vidarr – *Desaster und der Baum*
Tekoa Urielson, vermählt mit Skathi Hafnisdottir (Haus Atropa)
Pryce Rubenson
Skallagrim Safirson

Baltasar – *Der Gespaltene Schlachtenhelm*
Helmec Rannverson, vermählt mit Gullbra Ternosdottir (Haus Denisarta)
Vigtyr Forraederson

Alba – *Das Wilde Einhorn*
Gray Konrathson, vermählt mit Sigrid Jureksdottir (Haus Jormunrekur)

Indisar – *Die Untergehende Sonne*
Sturla Karson

Oris – *Die Aufgehende Sonne*
Jokul Krakison

Algauti – *Der Engel des Wahnsinns*
Aslakur Bjargarson
Randolph Reykdalson
Gosta Serkison

Kinada – *Der Eisbaum*
Vinjar Kristvinson, vermählt mit Sigurasta Sakariasdottir

Neantur – *Der Gehäutete Löwe*
Asger Sykason
Hartvig Uxison

Rattatak – *Der Eisbär*
Frathi Akisdottir

Andere Häuser und ihre Banner:
Eris – *Der Weibliche Auerochse*
Atropa – *Das Steinmesser*

Kangur – *Der Engel der Göttlichen Rache*
Alupali – *Die Adlerkralle*
Keitser – *Der Allmächtige Speer*
Brigaltis – *Der Engel der Furcht*
Tiazem – *Der Dunkle Berg*
Horbolis – *Der Geköpfte*
Denisarta – *Der Sternenregen*
Hybaris – *Das Mammut*
Mothgis – *Der Engel des Mutes*
Nadoddur – *Der Schlagende Habicht*

DANKSAGUNG

Man darf mit Fug und Recht behaupten, dass meine Vorstellung vom Autor als einsamer kreativer Dynamo hinter jedem Buch in Scherben liegt, seit ich mit meinem Roman begonnen habe. Besonderer Dank gilt deshalb meiner Agentin Felicity Blunt sowie meinem Lektor Alex Clarke, die beide nicht nur ihr Vertrauen in dieses Buch gesetzt, sondern außerdem bedeutenden kreativen Input gegeben haben und damit halfen, einen weit besseren Roman zu formen als den, den ich ihnen ursprünglich gegeben hatte. Ebenso danke ich dem Rest des Teams bei Wildfire, Headline und Curtis Brown, vor allem Ella Gordon, Katie Brown und Jess Whitlum-Cooper.

Besonderen Dank verdient meine Mutter, die sehr viele Stunden in dieses Buch investiert hat und deren Einsichten, Meinungen und deren Unterstützung unverzichtbar gewesen sind. Es gibt noch sehr viel mehr Mitglieder meiner Familie und meine Freunde, denen ich für ihre Inspiration und ihre emotionale Unterstützung beim Schreiben dieses Buchs Dank schulde: zu viele, um sie alle aufzuführen, aber ich schätze sie deshalb nicht weniger.

Zum Schluss möchte ich mich besonders bei Michael Dobbs bedanken für seine frühe und dankbar akzeptierte Unterstützung sowie seine kostbaren Worte der Weisheit.